清代廉吏阎廙居

策划

中国共产党古交市纪律检查委员会·古交市监察委员会

古交市委宣传部　古交市文学艺术联合会

弓才赋　著

山西出版传媒集团

山西人民出版社

图书在版编目（ＣＩＰ）数据

清代廉吏阎广居 / 弓才赋著. -- 太原 ：山西人民
出版社，2024.6
ISBN 978-7-203-13421-3

Ⅰ．①清… Ⅱ．①弓… Ⅲ．①长篇历史小说－中国－
当代 Ⅳ．①I247.5

中国国家版本馆CIP数据核字(2024)第093943号

清代廉吏阎广居

著　　者：弓才赋
责任编辑：孙　茜
复　审：贾　娟
终　审：梁晋华
装帧设计：阎宏睿

出 版 者：山西出版传媒集团·山西人民出版社
地　　址：太原市建设南路 21 号
邮　编：030012
发行营销：0351-4922220　4955996　4956039　4922127（传真）
天猫官网：https://sxrmcbs.tmall.com　电话：0351－4922159
E－mail：sxskcb@163.com　发行部
　　　　　sxskcb@126.com　总编室
网　　址：www.sxskcb.com

经 销 者：山西出版传媒集团·山西人民出版社
承 印 厂：山西万佳印业有限公司

开　本：787mm×1092mm　1/16
印　张：39
字　数：600 千字
版　次：2024 年 6 月　第 1 版
印　次：2024 年 6 月　第 1 次印刷
书　号：ISBN 978-7-203-13421-3
定　价：118.00 元

序

弓才赋同志历时四年,创作的长篇历史传记小说《清代廉吏阎广居》付梓刊印,无疑是一件令古交文坛欢欣鼓舞的文化盛事。

古交市河口古镇历史悠久文化厚重,钟灵毓秀人才辈出,清代著名的江南第一廉吏阎广居,就是从这块丰腴的厚土上走出来的个中翘楚。二百多年来他惩腐戒贪除暴安良的传奇故事,被民间艺人演绎成不同版本的道情秧歌与评书段子,在坊间市井广为传唱,人们在茶余饭后津津乐道口耳相传,将其奉为神明。他惊涛骇浪跌宕起伏的逸闻趣事,铁骨铮铮大义凛然的气概,影响和激励了一代一代的乡梓后生晚辈。本书的作者弓才赋同志还在孩童时,已为之倾倒折服,待到束发之年便发下宏愿:"他年若能识文断字,一定要将这位前辈先贤的传奇一生付诸笔端,以期流传千古,勉励后人。"

然而命运多舛的他,却因幼年丧母突遭厄运,勉强只读了六年小学,便与他心仪的课桌永别了。性格倔强又不甘寂寥的他,却并未就此落魄消沉,反而是静下心来一头扎进书堆里,以排遣心中的愤懑郁积。因为天性使然的嗜好,他又在困境中痴迷上了阅读,从此心无旁骛,读书成了他唯一的精神寄托。随着博览群书的知识累积,也激发了他创作的欲望和灵感,可却因为生计所迫使他望而止步,个中就里无以言表,苦涩酸楚一言难尽。直到退休后的桑榆晚年,他才回归田园潜心创作,之后在不到五年的时光里,便在若干知名的网媒纸刊上,发表了许多散文诗作,从而成为我市文坛崛起的唯一白发新秀。

为了圆儿时的那个梦想,2019 年后,他大胆铺陈,开始了长篇历史传记小说《清代廉吏阎广居》的艰辛创作。凭着多年来持之以恒的读书修养和扎实的写作功底,历时四年,于 2022 年 3 月完成了这部六十余万字的作品,将当年的夙愿付之笔端。

这部大块头的长篇小说,以真实的历史人物阎广居为原型,以民间秧歌道情、评书段子为蓝本,依托史实构思情节,详尽地展现了阎广居少年嗜学读书科考踏上仕途,履职湘省二十二年的宦海生涯;成功地塑造了一位廉吏能臣超凡脱俗的勤勉形象,使人耳目一新肃然起敬,为尘封湮埋了二百多年的历史人物注入情感魂魄,使之血肉丰满跃然纸上,再现了当年的雄姿风采;它将为广大读者和文学爱好者,献上一席集方言俚语、民俗文化、风土人情、楹联诗赋于一体的文化大餐。

大清王朝自雍正七年"改土归流"以来,由于各地流官的飞扬跋扈凶残暴虐,早已惹得天怒人怨。到乾隆晚年时,曾经的康乾盛世已日渐衰落,官场糜烂贪墨成风,横征暴敛愈演愈烈,民生日蹙雪上加霜,国势衰落江河日下。走投无路的人们纷纷背井离乡,潮水般地涌进城垣市井。所过州县,吊桥高悬四门紧闭,路遗野尸饿殍遍地,人的生命如同蝼蚁草芥,生死只在眨眼间。于是那些既不安分又不甘冻饿毙命的顽民,便趁势纠合起来铤而走险,或结伴偷窃行盗,或啸聚山林拦路抢掠,霎时间山匪盗贼多如牛毛。

其间嘉庆皇帝亦曾试图励精求治挽狂澜于既倒,怎奈皇权体制已经病入膏肓积重难返。白莲教匪趁势蛊惑煽动,穷途末路的饥民们纷纷揭竿而起,倾刻间风声鹤唳狼烟骤起,山雨欲来风满楼。

乾隆五十八年,曾暴发了一场波及湘、黔、川三省数十个州县的大规模的苗民起义。为了镇压这起强势崛起的"暴民动乱",大清王朝举两年的国库收入,耗资两千多万两白银,死伤军民人等十余万众,战死都司以上官吏二百余人,直到嘉庆二年才结束了这场耗时五年的拉锯战争。从此后大清王朝便日薄西山一蹶不振了。

阎广居就是在这种大形势下走上仕途的,他履职时的湘西、黔中,适逢其地又恰逢其时。对此他虽然无奈却并不怯懦,上任伊始便义无反顾地以身许国。为了消弭官民隔阂,缓和民族矛盾解民于倒悬,他不避刀斧赴汤蹈火踏遍五岭山寨,以诚换心,说服土著山民心悦诚服地与官府通力合作。

乾隆四十七年他履职慈利任上时，当地土著苗民已占山割据，公开与官府抗衡。曾经的土司后裔们也趁机蠢蠢欲动，试图东山再起。白莲教匪见缝插针乘虚而入，拉起一杆子人马兵临城下。三方势力在与官府死磕到底的共同目标驱使下，时而拉拢聚合互相利用，时而猜忌分裂明争暗斗。他们一旦联合起来，形成统一战线，其后果将不堪设想，一时间风云际会鱼龙混杂，大战在即一触即发，形势岌岌可危。

值此非常时期，他临危不乱，只带了一名随从赶着马车独闯苗寨，凭着三寸之舌，只在不到三个月的时间里，便苦口婆心地说服了以虬龙、飞虎为首的苗土四十八寨，在和风细雨中分化瓦解了他们的结盟。而后军民一心同仇敌忾一战解围，消弭了困绕慈利三年的教匪作乱。其文韬武略不输沙场宿将，胆略气魄足以令鬼神惊骇，令匪闻风丧胆。

乾隆五十年他在耒阳任上，为拯救一批明朝天启年间从南海苏禄国流入境内的巴天人，不惜耗时数年引导教化，使之脱胎换骨融入华夏民族，成就了一段化盗为民的千秋佳话。

他一生呕心沥血殚精竭虑，只为匡扶正义救民于水火，却把功名利禄置之度外。湖南按察史徐文昌屡次举荐他升迁道台时，他答之曰："我只想为国为民实实在在地做点力所能及的事，并无升迁奢望，只要俯仰无愧天地，此生足矣！"而婉言谢绝。

他生活俭朴，不喜奢靡，食不求甘饴，衣只为遮体，哪怕就是分发赈灾粮米时，也只是苞米棒子地瓜野菜充饥。他将皇上的赏赐和养廉银一万二千两，悉数列入衙署公用度支，用于救助鳏寡孤独、兴办公塾义学和乾州修城。他凭着刚强的毅力和非凡的才智，在湘省履职二十二年，洁身自好，出污泥而不染，为贪腐肆虐的官场注入了一缕清风，为湘省百姓撑起了一块朗朗晴天。

他作为皇权体制内的州县官吏，忠孝仁义根深蒂固，早已渗透在骨髓里浸泡在血液中，自然有其先天固化的思想局限。但他一尘不染的清风峻节，事必躬行的勤勉精神，疾恶如仇的铁面无私，爱民如子的高尚风格，值得我们今天的领导干部借鉴效法，在本职工作岗位上践行初心使

3

命，勤勉尽职当好人民公仆。

综览全书，小说以阎广居的生平事迹为主线，采用单线结构形式，以主人公出场前后的社会背景衬托，从少年读书束发科考"大挑一等"走上仕途，到履职湘省剿匪缉盗释疑断讼，运筹谋划排兵布阵，直至劳卒乾州魂归故里，一步一步地铺陈开来，娴熟地运用方言俚语，细腻地刻画了以阎广居为主的一个个活灵活现的人物形象，展现了一幕幕形象逼真的历史画卷，成功地塑造了一位胸怀博大的廉吏能臣形象，描述了阎广居平凡而卓越的一生。本书叙事脉络清晰，内容充实丰盈；语言鲜明犀利，词藻朴实葳蕤；生活气息浓郁，情节生动感人；字里行间饱含着作者对他笔下主人公的崇敬景仰，也渗透了他坚实厚重的文学功底，令人叹服。

我对文学作品虽有涉猎，却谈不上深层次的探讨研究。弓才赋同志请我为此书作序时，起初我颇感为难，但见其情真意切诚恳如是，主人公阎广居与我又同乡同姓，于是便欣然命笔写了以上文字，仅供读者参酌。

古交市人大常委会原主任　阎世禄

目 录

1

2

楔　子

大清王朝自乾隆登基以来，国家已进入鼎盛时期，随着疆域面积的不断拓展，政府派遣官吏的需求也在逐年递增。科考正途录取的进士，已经远远满足不了日益增加官吏派遣的需求，且伴随科考落第举子的逐科累积递增，历届科考隐形弊端，也随着时间的推移，正在沉淀发酵重叠蔓延。这样就严重阻碍了读书人科考进身的仕途，民间怨声载道已是沸沸扬扬。

为了补充淘汰官吏平息民愤，消除落第举子长期以来对朝廷淤积的怨恨，稳定知识群体，乾隆十七年，上谕颁旨："为野无遗贤，弥补考场疏漏，拟从三科以上会试不中，排名在前十的举子中遴选官吏，大挑面试择优录用。'大挑一等'授予知县或相当职衔，'大挑二等'授予学政、教谕等职。"

乾隆四十六年三月，阎广居就是在这种政治形势的大背景下，由三科会试落第前三的举子入选。缘于"同天贯日"的形象气质，他在文华殿面试"大挑一等"，从此走上仕途，之后历任常宁、慈利、耒阳、芷江、麻阳知县，辰沅兵备副使，乾州同知、知府二十二年。他廉洁奉公整饬吏治，剿匪治盗除暴安良，鞠躬尽瘁死而后已，为湘省百姓撑起一片朗朗晴天，为贪腐肆虐的皇权官场注入一缕清风。

回首往顾，他曾经履职的常宁、慈利、耒阳属湘南古黔中郡，芷江、麻阳、辰沅、乾州属湘西。就地理位置而言，黔中、湘西均属荆楚边陲荒蛮之地。自远古以来，汉、苗、白、回、土家族人就杂居其地。他们为了渔猎掠食界畔争端，动辄逞强好胜刀枪相见，族群械斗已然成风。族群藩篱形成的种种弊端陋习在这里十分突显，民族矛盾复杂尖锐而敏感。

1643年野心勃勃的多尔衮，亲自统领十八万满蒙铁骑，劈关斩将，打开国门山海关，一路厮杀，风卷残云入主中原。

1644年，清太宗皇太极驾崩后，为了消弭内斗稳固皇权，努尔哈赤十四子多尔衮与和硕郑亲王济尔哈朗以辅政王的身份，辅佐皇太极第九子，时年仅六岁的福临荣登大宝，是为顺治皇帝。

然而，当他面对幅员辽阔四夷未靖的疆域时，才觉得好像是接了个烫手的山芋，似乎有点头重脚轻四顾茫然，更兼强弩之末兵穷力竭，主少国疑自顾不暇。

于是，他审时度势后，便理智地采纳了汉臣洪承畴的建议，实施了"以抚为主，以剿为辅"的政治策略，大局才慢慢得以稳定。

为了巩固中央集权、收服民心、疗治战争创伤，王朝政府对这些荒蛮边陲之地，也只是设置衙署派遣官吏以彰显皇权而已，甚至把这里当做充军发配和贬谪官吏的苦寒之地。凡到此地任职的吏员，甚或是既无政治背景又无钱财的小官，甚或是得罪了朝中权贵，政治失势倾轧迫害而被贬谪的上层官僚，更有部分是纳贿填了缺的候补捐官。前两者上任之时，便是带着一肚子委屈怨恨来敷衍塞责，好歹吃苦受罪熬煎上几年，缓以时日，寻找靠山疏通关节，等待变数东山再起，而只把这里当做鸟穴暂且栖息的落难之地。那些捐官上任伊始，便一门心思地盘算着，怎样把花掉的银子翻上几倍捞掳回来，再去疏通关节，谋求异地升迁。他们只把做官当生意来打理，凡是可以纳贿捞钱的油水营生，绞尽脑汁无不涉猎，铆足了劲头使劲往里钻。赈济灾粮掺杂沙砾，一斗不足九升。诉讼纠纷界畔争议，却把律法当儿戏，吃了原告吃被告，任意偏袒倾斜。甚至教唆师爷窜通地痞恶棍，栽赃诬陷敲诈勒索，不惜逼良为娼、逼民为盗、草菅人命，凡此种种，不一而足。哪里还有心思染指那些劳神费力又没有"收成"的烦琐政务？更别说关心老百姓的疾苦、兴办义学教化苍生子民了。长此以往，绥靖不治，放任自流。

由是，在这块山高皇帝远的"方外"之地，贪腐成风、匪盗肆虐已成常态，民不聊生、百姓流离自是必然。

直至雍正七年，政府强制推行"改土归流"后，随着派遣官吏、边防驻军和伐木流民的大批涌入，大清朝才正式开启了对这些荒蛮边陲之地汉文化教化的坎坷之路。

本书主人公阎广居，正是在这样的背景下登上了属于他的历史舞台。

第一章　寒门贵子

十四世纪中叶,行将就木的元朝政权已经走上穷途末路,垂死挣扎的王朝政府为了维持摇摇欲坠的没落统治,对外侵略扩张发动战争恣肆抢掠,对内高压专制巧取豪夺横征暴敛,惹得天怒人怨民不聊生。蒙古王公贵族们趁机大肆掠夺农民的土地,数以千万计的百姓流离失所,中原大地连年灾荒饿殍遍野,失去土地的饥民们纷纷揭竿而起奋力抗争。

1359年朱元璋领导的农民起义军迅速崛起,经过近十年的浴血奋战,终于将蒙古王朝赶到长城以外的大漠荒原上,1368年明王朝正式建立,定都应天。

由于连年战争、饥饿和瘟疫的肆意摧残,北方大部分地区,白骨露于野,千里无人烟,大片土地荒芜闲置。为了增加国家税赋,从根本上解决北部边防驻军粮食给养长途运输负担沉重的症结,明朝洪武二年,政府颁布"徙民戍边"法令,将中原和南方人口密集地区的平民百姓,适量分期分批迁往北方无人区和人口稀少的边远地区戍边屯田。人口迁徙派遣集散登记之地,选在山西平阳府洪洞县一棵遮阴里许的大槐树底下,这就是中国历史上由政府强制推动,波及范围最广、迁徙人口最多的大移民潮,史称"大槐树移民"。

随着人口迁徙的大潮,阎氏先祖阎刚带着三个尚未成年的儿子,举家迁徙至山西太原府阳曲县正西乡河口都,一个边远的山庄窝铺神堂岩村定居下来。

清雍正初年,在经历了曲折漫长的三百五十多年后,阎氏一门人丁兴旺族群繁茂,而这里的土地日见稀薄,已经远远不能满足人口繁衍生息日益增长的需求。

雍正二年,十一世祖纯嘏公汝祐,便将神堂岩的房屋土地折价转让予近门族人,追随叔祖朝炳公一脉,迁往阳曲县汾河流域唯一的集镇村落河口定

1

居。之后在这里置房买地再创家业，先后生育长子文贵、次子文宝。汝祐公自幼喜好读书，崇尚耕读传承，读书之余精耕细作勤俭持家，光景过得如火如荼，日胜一日。

令他倍感欣慰的是，他的两个儿子知书达理。尤以次子文宝似有乃父遗风，自幼熟读诗书胸怀远大，希图由科考举士光耀门庭，纯嘏公寄予更大厚望。然而命运多舛，他却屡试不第，眼见已届成婚年龄，却还是白丁之身。纯嘏公眼见其功名无望，便秉承先祖耕读传家的遗训退而求其次，为其先后娶妻刘、武二氏，生育广恩、广惠、广德三子。刘、武二氏病殁后，又续弦邻村望族南瓮上赵大成之女为妻。祖上虽然充盈厚实，但随着添丁进口和三次婚姻的风雨沧桑后，殷实之资已然殆尽，虽有薄田三十余亩，然土地边远贫瘠又遭山虫鸟兽侵害，且自耕农作粪土亏欠，收成微薄，岁得粮尚不足二十斛，养家糊口尚勉强支撑，遇上灾荒年景生计颇为艰难。

文宝劳作之余常常慨叹，回首曾经岁月，虽经纶满腹却怀才不遇，饱读诗书又生不逢时，此生竟与功名仕途无缘，为讨度日生计，便委身于私塾教习孩童，聊以弥补养家糊口之不足。

乾隆七年，一场罕见的区域性灾荒不期而至，春夏无雨天旱地荒，秋风袭来颗粒无收，冬春两季搅糠拌菜尚可勉强糊口，及至次年初夏时已是空空如也。由是，不堪重负日夜焦虑无以排解的文宝，烦躁苦闷误染烟土毒瘾，不得已只能靠借贷典当以维持生计。这样使得本来就艰辛的生活又雪上加霜，终致家徒四壁负债累累，敝衣枵腹室如悬磬，绳床瓦灶穷困潦倒。

乾隆九年初冬的一天，在债主们的胁迫撺掇下，被逼无奈的文宝，只好将婚后三年的孺人赵氏，一纸文书卖予别人为妻。卖约签毕，银两已然交割，买主愤愤不平地站在上房地下污言秽语喋喋不休，迫不及待地催着要立马领人。那些嗅觉灵敏的债主们像毛鬼神①似的已经守待在院里，或贴着窗根晃来晃去，或杵在门口探头探脑，急不可耐地等着收账，恨不得立马闯进去瓜分了桌上的银两。此时被迫签了卖约的文宝已然是万箭攒心悔恨不已，既无法面对兄弟子侄家人，更无颜直视曾经恩爱有加形影相伴的贤惠婆姨，只是唉声叹气地圪蹴②在门前的灶台上，耷拉着脑瓜一袋接一袋地猛吸土烟。婆姨赵氏更是难舍难分痛不欲生，瞪着充满血丝惊悚困惑的两只大眼，苦殷殷③地望着垂头丧气猛抽土烟的丈夫的脊背，哀怨抽泣，哽咽着说："他大④，把你的那双袜子脱下来，俺给你补一补吧，好歹咱们婆姨汉子一场，临了⑤……临了，让俺这不成器又招人嫌的婆姨再尽一尽心，以后的事俺也就管不上了，你自个好好经由⑥咱孩儿们吧！"文宝疑惑不解地扭过头来睨了婆姨一眼，强忍着眼里的泪花，看着她那情真意切不容置疑又无法拒绝的眼神，长长地叹了一口气，无可奈何地脱下那双臭气熏天的袜子，心有不忍地哆嗦着递了过去，而后低下头来佝偻着身子盘膝坐在炕头上。沾满土腥又被脚汗浸透，露出脚指和脚后跟的双层粗布袜子，光滑的顶针已然不能奏效，可怜的婆姨就用嘴咬着穿针，一针一咬恬淡自如，一线一针情深意长，不仅丝毫没有半点嫌弃怨愤，似乎还是很享受的样子，生怕别人和她争执抢夺似的，那么用情专注如痴如醉，其情如许无以言表。面对此情此景，铁石心肠的人也会凄然泪下。久久凝视着她的文宝顿然热血沸腾，情不自禁的热泪顺着脸颊顷刻布满了腮帮，心如刀绞五内俱焚，羞耻屈辱悔恨交加，灰暗无光的脸庞已经憋得血红，还没有等她缝补完毕，就猛地赤脚下了地，从买主手里夺过卖约，断然撕了个粉碎，一把抱住呆若木鸡的婆姨，斩钉截铁地说："不卖了，不卖了！万两黄金也不卖了，天塌地陷了也不卖了！拉枣杷杈⑦讨吃要饭咱们也要守在一搭了。"看着眼窝深陷面黄肌瘦而又不失耿气的汉子，歇斯底里地声嘶力吼着，疯了似的，如此动情动义，婆姨赵氏顷刻泪流满面，反手将其紧紧地抱住，浑身战栗着说："他大，俺不仅是放心不下你，更放心不下的还是三个没有亲妈呵护的孩儿。男子汉大丈夫顶天立地，能放得下就能拿得起来，为了孩儿们，你一定要拿起来啊！"夫妻二人相拥抱头涕泗纵横地放声大哭，竟把檩条椽子苦木上的尘土震得唰唰直往下掉。那买主和捎客见文宝撕了卖约顿时急了，竟急扯白脸凑上来拉拉扯扯，胡搅蛮缠不依不饶地讨要说法。

初冬的十月，乌云低垂旷野四合，天阴沉沉的，寒风裹挟着鹅毛般的雪花撞开了虚掩的房门，棉门帘子掀起半人多高，嗖嗖嗖的寒风顷刻注满了凄凉的屋子，家舍比外头还冷，凄凄！惨惨！戚戚！

这时三个比肩相邻的孩儿号啕着拥上来哭成了琵琶，引得街坊邻居们一阵凄婉可怜唏嘘不已！遂三三两两地走进门来，团团围住买主和捎客，循理循情地央告劝解，实指望能唤醒他们的良知和些许同情心："咱们都是养儿活女的人家，俗话说，宁拆十座庙，也不毁一桩婚；救人一命，胜造七级浮屠；这个人家拆散了，三个娃娃就没有活路了，看在孩儿们恓惶可怜的份儿上，你们就行行好，不要逼坎⑧了。"

谁知那个买主竟然还来劲了，恼羞成怒地吼道："俺可怜他们，谁可怜俺呢？俺四十多岁了还未成家，一辈子挣的家当都砸在这里，就是为了买妻生子传宗接代，俺出了银子领人是明摆着的事，你们别在这里啰哩啰唆胡搅蛮缠，搅和俺的好事，要不俺到衙门里告你们勾连串通，设下骗局骗俺的银子，还仗着人多势众撵赶欺负俺外乡人。"好像"初转人"⑨似的，不仅没有半点同情心，还不说人话。

买主一阵响鞭炮似的双抱手也填不进耳朵里能药死壁虱的呛话⑩，瞬间把众人彻底激怒了。

大家一看这个给脸不要脸的"二述徘"⑪如此不近人情又不识火色还恶言恶语地伤人，也就没有必要央告客气的了，立即放下眉眼七嘴八舌地咒骂起来，戳心戳肺的叱骂声像刀子似的劈头盖脸地向他戳去："世上竟有这样蛇蝎心肠的畜生，披着人皮的牲口，丧尽天良狼心狗肺，乘人之危落井下石，就不怕上刀山下油锅千刀万剐，天打五雷轰断子绝孙遭报应吗？"

有几个火性子的年轻人甚至抄起圪榄棍棒要动粗，情势骤变，势若冰炭，咄咄逼人。这突如其来的阵势，一下子把买主和掮客都镇住了，二人吓得躲到墙旮旯里，瞪着四只鼠眼互相看着瑟瑟发抖，饶是再没有人性的畜生也只能知难而退，遂无可奈何地匆匆卷起桌子上的银两，跑到院里解开枣树上的缰绳牵上准备驮人的毛驴灰溜溜地走了，债主们一看云里没雨了⑫，这才一哄而散了。

经此一场撕心裂肺的生离活别劫难后，文宝毅然痛下决心洗心革面，在妻子的悉心照料下，狠着心，经过两个多月的苦熬苦煎，终于彻底戒掉了毒瘾。风雨飘摇的家又恢复了往日的安宁祥和，破败不堪的日子一天一天有了起色，街坊邻居们见状也纷纷伸出援手相助。

腊月二十四那日临近年关时，南瓮上老丈人赵大成心疼女儿，知道外孙孩儿们度日艰难，一大早便赶着两头毛驴，驮来一布袋毛谷小米，一布袋软米、糕面、杂粮、冻豆腐和山药蛋，看着清汤寡水冷冷清清的家舍，临走时还留下两吊现钱，殷切地叮嘱文宝："浪子回头金不换，好好地经由咱孩儿们过日子，缺甚了吱声。"而后他噙着两眼泪蛋蛋头也不回地走了。

过年时大人孩儿穿着拆洗得干干净净的旧衣裳，文宝在自家院子里垒了个一人多高的"塔塔火"⑬，破例天刚擦黑时就点燃了，火光冲天照得满院通红，引来左邻右舍大人孩子们的好奇观赏，人们纷纷点头赞道："火焰冲天，喜在明年，好兆头！好兆头！"

第二年秋末，乾隆十一年九月初八早起，天刚蒙蒙亮，文宝拿了把镰刀来到磨石沟口大槐树底下的谷场上切谷穗，此时东方刚好露出了鱼肚白，他才切了两把，忽然发现自家老院的上方烟雾缭绕光焰冲天，一片通红，似着了大火一般。文宝大吃一惊，慌忙扔下镰刀，三步并作两步飞也似的跑回家中。

此时婆姨赵氏尚未穿好衣裳，正在炕上疼痛难忍地来回翻滚。文宝已觉异常，急忙唤来两个嫂子帮忙照料。大嫂一看便知道是要分娩了，遂命文宝赶紧烧了一锅热水，拿来草纸剪刀备好，掀起炕席在土炕上铺了寸许厚的细灰渣，妯娌二人动手忙活起来。

辰时初刻，阳婆刚升起一杆高时，一个喜嘟嘟的婴儿顺利诞生了。文宝一看是个带把儿的，瞬间乐得喜上眉梢，因为排行第四，便随着前面几个哥哥的小字取名四蛮。看着孩子生得天庭饱满脸廓圆润，浓眉大眼鼻直口方，文宝与婆姨脸上露出了久违的笑容。之后随着孩儿的一天天成长，小日子过得有声有色渐渐滋润起来。

四蛮自幼乖巧，天资聪慧，口珠笔算无师自通，七岁进学时取名广居，师承本县有名的老学究曾少梁先生。先生见其品学兼优，精进自律，大为称赞，常常捋须自语："此子非常人也，将来必是国家栋梁之材，吾得而教之，不枉此生，幸甚！幸甚！"

据曾任嘉庆帝师的静乐县李銮宣先生所撰《安亭公墓志铭》说：广居少时，强学博览，五岁那年正月初五，乡里有剪纸送穷的习俗，居曰："穷可送乎？送于何处？吾不忍其穷而送之也！"居父奇之曰："孺子他日当为良吏，足以耀祖光宗矣！"由此一斑可见，四蛮幼时奇异，与众不同，竟有超乎哲人的胸怀和见地，非等闲之人也！

据老辈人口耳相传，四蛮上学时曾有一轶事，至今还在坊间流传。其时，河口私塾在老镇东头紫金沟畔的武氏祠堂院内，幼童四蛮上学时，天天路过东头街上的五道将军庙，每次经过，泥塑神像一定要站起来打躬作揖。孩儿年幼，心生疑窦又感恐惧，回家后便如实禀告父母，文宝亦觉奇异，恐怕惊吓了孩子,于是便找寻木匠定做了两扇遮掩的木门,镶嵌在敞口的门框上。这固然有神话传说演绎的色彩,但流传下来的合理解释是:四蛮是天上的文曲星下凡,品阶要比五道将军高,凡人不知,神灵自然明白,站立施礼自在情理之中。

据道光年版《力恕堂文集》藏书序载:广居少贫,性嗜学,生平实行实学,出处无瑕,内处罔闻,立身修己,斯须不懈,家常缺米,囱无炊烟,而咏歌自若。

释意应是:广居少虽家贫,然圣贤熏陶儒学传家,娴静无闻白璧无瑕。幼喜诗书竟成瘾癖,长成后立身修德,丝毫没有懈怠,以致家常缺粮断炊,但手不释卷,书声琅琅诵读诗文,心无旁骛咏歌自如。

乾隆三十一年,四蛮二十岁时,父亲为他隆重迎娶了同邑名士冀家沟万金公的千金掌上明珠冀氏为妻。婚后夫妻恩爱和睦,四蛮读书更加精进勤奋,这年童试考中秀才入邑庠。乾隆三十二年岁食饩,一等廪生(明清时取得廪生资格的生员享受廪膳补贴)。有了廪膳贴补,四蛮便如愿以偿地进入山西公学晋阳书院读书深造。此时四蛮可说是春风得意信心满满,遂为自己取表字子仁,号安亭,一号澹宁散人。

晋阳书院是山西久负盛名的公学,与应天书院、岳麓书院、嵩阳书院、白鹿洞书院齐名。始建于明万历初年,它的前身是为祭祀三位河汾乡贤王通、司马光、薛瑄而建的“三贤祠”,位于太原古城东南的偏僻静谧之地。明万历二十一年,山西巡抚魏元贞在“三贤祠”的原址上兴建山西公学,取名三立书院,后改为河汾书院,清雍正十一年才正式更名为晋阳书院。傅山先生曾在此读书执教,大清名臣陈廷敬、孙嘉淦、于成龙、祁寯藻、李銮宣、武攀龙、李调元、折遇兰均在此就读成名,有清一代,名满天下享誉四海。

其时晋阳书院由山西学政阎之臣亲自主理,掌院山人是安徽桐城大儒张公莫,观察飞山徐公,方伯、石君、朱公等硕儒执教。办学的宗旨是为朝廷培养从政后备官员,学生学习的目的也很单纯,就是为科考举士博取功名。故而设置的课程是“四书”“五经”,此外还有《二十一史》《资治通鉴》《大清律例》等史鉴律书。

这些经书典籍,四蛮在私塾就读时已经熟读自如,到此攻读只是精进研习,故而深得张公莫先生和几位座师的卓殊偏爱。时常与之商酌诗词歌赋概论文章,日久天长竟是亦师亦友。

乾隆三十三年九月二十四日,四蛮喜得长子士骧。初为人父的他,自然欢喜不尽,文宝和赵氏更是喜上眉梢,乐得合不上嘴巴。

乾隆三十五年庚寅春,二十四岁时,四蛮乡试考取第二十六名举人,领乡荐。大主考、时任吏部尚书曹公取批评语是:"局正理圆,思沉力厚",大主考、时任内阁中书王公中批评语是:"文心静细,格律浑成",可见其人品端正敦厚沉稳,文笔功底之深厚,格律诗词俱佳。

这年初冬的十月十八是河口老镇上的古庙集会,三里多长的商铺街上字号林立人头攒动。三百多亩的麻坪滩地里,被大同、内蒙古赶来的骡、马、牛、驴等大牲畜填得满满的。或百八十头一片,或十亩八亩一块,围着木栅栏各自为营。从静乐、岚县、宁武等西八县赶来的牲口贩子们,穿着油腻腻的掩襟没膝老羊皮袄,刻满核桃纹黝黑的脸庞上绽放着灿烂的笑容,嘴里叼着锃亮的长木瓜杆黄铜烟锅脑儿金丝白玉嘴大烟袋,手里攥着盛满烟丝的软羊皮烟包和吊着牙剔、耳勺、银镊子三件坠儿的熟牛皮火镰匣子,三三两两地在栅栏里来回穿动,一会儿掰开牛、驴的嘴巴检看牙口,一会儿拍拍骡、马的屁股察验膘水,评头论足交头接耳窃窃私语。那些靠替人说合挣利钱的捐客们,来回穿梭在他们中间,还时不时地把他们中的某一位拽扯到栅栏边上,手伸进袖筒里龇牙咧嘴地捏着别人莫名其妙一脸雾水的暗码子,时而摇头不语,时而甩手顿足,嘴里骂骂咧咧……

临近晌午时,从东园口的官道上跑来两匹枣红色的大红马,马上骑着穿黑布棉皂袍的公差。到了村口时,二人敏捷地跳下马来,一个手里提着直径二尺许的大面铜锣,一个手里托着结了紫红色绣球的大红绸喜带,一进村口就站定了,重重地敲了三声响锣,双手高举大红喜帖,操着浓重的晋源方言朗声宣读:"报喜,山西太原府阳曲县河口镇生员阎广居高中乾隆庚寅科乡试第二十六名举人。"正在牲口集市上闲逛溜达的里正武双庆闻讯赶来,急忙趋前应酬接待,殷勤地引领了二位公差沿着大官道直愣愣地向四蛮家奔去。这时街上赶集的人们,麻坪滩里的牲口贩子们早已拥挤在官道两旁,顿时人如潮涌欢声雷动,老街上的商铺金字牌匾上迅速挂上红绸布,竞相放起了爆竹,竟比过年还热闹。

四蛮家里早有人报了喜讯,族长阎文广知道堂兄文宝家里生活拮据,便赶紧从自家字号里拿了十吊现钱过来，和四蛮的父亲文宝一起张罗着挂起神祇，摆好香案，静候官差老爷的莅临。片刻工夫，官差已经到了十字街门前，随着三声铜锣的再次响起，公差又照前朗声宣读了一遍。四蛮的父亲和文广叔领着四蛮迅速迎了上去，二位公差麻利地将红绸喜带给四蛮斜挂在身上，随即跪下叩头说："恭喜老爷高中本科乡试第二十六名举人。"四蛮慌忙双手扶起，口里连连说"使不得！使不得！"，便将两位公差和里正武双庆让进堂屋里，送上香茶。文宝恭恭敬敬地给两位公差每人送上两吊喜钱，歉意地口里连声说："一杯茶资不成敬意，请笑纳。"两位公差心里顿感不悦，却隐忍着并未显露出来，勉强地谦让了谦让，口称谢字，顺手揣进怀里，油亮的脸上强挤着木刻般的哂笑，佯装亲热与之叙话。文广叔张罗着四蛮在神祇前焚香叩拜，伴着院里院外震耳欲聋的爆竹声，文广、文宝和四蛮恭恭敬敬地将二位公差以及里正引领到集镇上最好的饭庄"聚仙斋"招待酒饭。直到午后未时才将喝得满脸通红的二位差人送出村口，扶上马鞍抱拳施礼。望着两位公差打马扬鞭，穿过交山上的五果园子隐没在尘埃中时，他们才如释重负掉头返回家里。

之后天天有登门贺喜的亲戚，四蛮父子一家人虽然累得腰困腿酸直不起身来，心里却像吃了蜂蜜似的甜滋滋的。四蛮中举的喜讯像长了翅膀一样，瞬间传遍了镇上的街头巷尾，买卖店铺和赶集的会场上，人们见面的第一句话就是："大喜，大喜，四蛮中了，四蛮中了，这可是自古以来咱河口镇上中举的第一人啊！"镇上阎、武二社的族长主持公议，将原定赶集七天的大戏，又加了三天六场。南头娘娘庙上唱的是五寨"梨花春"的《忠报国》，东头南台上唱的是忻州"汉家苑"的《卧虎令》，两台名戏名角为争伯仲互不相让，竟打起了擂台，热闹的气场把这年的庙会推上了前所未有的高潮。

这年春节，四蛮家里格外热闹喜庆，循例以往挨家轮流挂的神祇破例挂在了他家，日子虽然不宽裕，但祭祀祖宗的供品不能寒碜，母亲腊月里就安排长子蛮子早早地在"德盛永"的杀房里定了一只二十斤重的纯色猪头，又从后街上老字号"合德成"缸房打了一坛甘洌醇香的头令大茬酒。母亲和媳妇们张罗着煮了五升细好面的糖稀油面儿馓子，蒸了十二个碗口大的花馍大供，备了八大海碗的整菜席一桌。除夕晚上接神①时竟把一个大供桌摆得满满的。

文广叔过来一看，便戏谑地对四蛮的母亲说："二嫂，还是你舍事啊！又大方又排场。"四蛮的母亲接过话茬儿说："他叔叔，咱四蛮能出息了，靠的是祖宗累积的荫德，要不是咱们家舍窄逼⑮和缺逼⑯，还应该再排场些才是呢，让你见笑了。"

初二一大早"送神祇"⑰，文广叔定了一盘远近闻名的"八音响工"，合族的大人孩子们齐刷刷地集中在村头的谷场上，文广叔亲自主持了这场隆重的祭祖仪式。开场时，他郑重地宣布："孩儿们，每年的祭祖送神祇，是合族人最隆重神圣的盛典，咱们今后要立一个规矩，凡是咱们族里的人家，无论谁家的孩儿考取了功名，祭奠时要由他领衔主祭，四蛮是咱们大槐树移民以来的第一个举人，咱们今年就从他开始。"大家异口同声地表示赞成。这时四蛮站出来谦恭地说："长幼有序这是古礼，无论是谁也不能破这个例。"便死活也不肯应允承接，这时有几个长辈站出来提议："既然四蛮一定要谦让，那咱们就退让一下，上香还是依古礼长幼顺序，奠酒时就由文广叔和四蛮领衔吧。"四蛮见大家如此折中地动议，也怕折了面子不好看，也便再不说甚了，遂依议循礼而行，整个祭祀仪程循规、依礼，谦让、祥和，庄严、隆重。

【方言注释】

① 毛鬼神：小气鬼。

② 圪蹴：蹲着。

③ 苦殷殷：苦的可怜相。

④ 大：父亲。

⑤ 临了：末了。

⑥ 经由：照顾。

⑦ 枣把权：讨饭的打狗棍。

⑧ 逼坎：愣头儿青。

⑨ 初转人：六道轮回中初次转入人道，指不通人情世理的人。

⑩ 药死壁虱的呛话：不入耳的污言秽语。

⑪ 二迷徘：容易冲动的人。

⑫ 云里没雨了：没戏了。

⑬ 塔塔火：过年堆的旺火。

⑭ 接神：除夕迎神奠礼。

⑮ 窄逼：不宽敞。

⑯ 缺逼：贫穷。

⑰ 送神祇：祭祖仪式。

第二章　科考风波

周围看红火热闹的外族乡人们看了，口中啧啧有声赞不绝口，纷纷议论："看看人家，就是不一样，不愧是书香门第啊！""八音鼓乐"和响彻云霄的爆竹声，把这年的祭祖"送神祇"的气氛渲染得更加热闹了。

乾隆三十六年正月十五刚过，四蛮就收拾行装准备上京赶考。这次春闱会试他可是成竹在胸信心满满，考场上应试也是得心应手挥洒自如。三场考下来，自己也觉得称心如意，心里暗自思忖：一甲不敢奢望，二甲应在囊中，三甲稳操胜券。

谁知张榜公布之日竟是名落孙山，四蛮心中大惑不解，情绪一落千丈，陷入深深的沉思之中，怎么也弄不明白到底是哪里出了纰漏，竟然如此一败涂地。然而木已成舟自然回天无力，只好无可奈何郁郁寡欢地回到晋阳书院。

恩师张公莫先生见其情绪失落一蹶不振像丢了魂似的，便悉心劝慰开导说："自古以来，科举考试就是一条艰辛坎坷的崎岖路，应试者多如牛毛，得中者凤毛麟角，从来就不会一帆风顺的，其间不确定的缘由防不胜防无法预料，诸如缺笔、避讳、卷面污渍，主考官甚至刻薄得不近人情，有的举子文章做得花团锦簇，但遇到圣上的名讳没有缺笔避讳，甚至卷面稍染污渍，便当废卷扔到一边。没有艰辛的寒窗苦读固然不行，但更需要用百折不挠的毅力去支撑，决不可遇挫气馁颓唐废志，务须沉下心来坚韧不拔精进研读。考试考的是底气和耐力，今科不中就争取下科，一举登科的人毕竟是少数。"

听了恩师苦口婆心的一番温馨细语，四蛮这才潜下心来，准备开始苦读生涯。

这年七月初五子时，次子士龙降生，虽然孩子生得圆润饱满白净喜人，但四蛮却怎么也高兴不起来。次年八月初八三子士骢降生后，四蛮不仅没有了欢悦，反而增添了无尽的烦恼。他回首自己曾经的半生，整日里只顾了钻研读书科考应试，田间耕作全靠父母兄弟们操劳，自己一家五口人的衣食用度还得拖累他们。虽说父母心甘情愿，兄弟们并无怨言，但身为七尺男儿的他又于心何忍呢？而今自己已届而立之年却功名未遂，还在这条没有时日和终点的长路上苦苦挣扎。"试问苍天，我还得在这条充满荆棘的漫漫长路上走多久呢？唉！哪年哪月是个头啊？"

乾隆三十九年元宵节刚过，四蛮循例又踏上了进京赶考会试的行程。二月初五到京后，他便手持恩师张公莫先生的荐书，专程拜访了在京的同乡前辈，已经致仕赋闲的学界泰斗孙嘉淦老先生，并附上自己的习作策论、制诰文章，请求先生赐教点拨。孙先生一一仔细品读罢，眉头一下子舒展开来，口中大加赞赏："谋篇布局大开大合，文章顺达收落有致；松柏风范聚气藏风，笔走龙蛇云水襟怀！后生可畏！不愧是张公门下高足，尽得其真传也！"听得先生如此褒奖，四蛮已自汗颜，连连拱手作揖自谦，心里却欢喜异常，待先生圈阅批点后，慌忙倒地叩头拜谢。喜出望外地接过先生批点的文稿，他竟似抱了婴儿一般，回到客栈反复细细品味后心境自然大好，不禁增添了几分信心，晚饭时还小酌了一杯。

二月初九贡院开考，第一场考的是八股论文，命题是"先王之法，时政之要"。在晋阳书院读书期间，四蛮对此论曾经不厌其烦地反复研习，这次孙先生批点的文章亦有此篇，故而作起来并不费力。从破题、承题到起讲、入题，从起股、中股到后股、束股，句句紧贴命题严丝合缝，引经据典条理顺达，文辞立意自然天成。交卷下场回到旅舍后，又仔细品味亦颇觉中意，竟使一向沉稳内敛的他，也不禁自鸣得意地心里暗自喝彩起来。

二月十二考试的命题是"其身正，不令而行"。论、判、制、诰，四蛮点论有据张弛适中，开合有度行云流水。

二月十五考的是经、史、时务策，四蛮一一应对自如。

三场考下来，四蛮虽然身心疲惫，但心境甚好，着实有了底气，便踏踏实实地住下来静候佳音。谁知，放榜之日，竟又是名落孙山！四蛮起先也只是心里纳闷，继而思量又起了疑心："难道是考场上高手如云？还是评卷考官有眼无珠？抑或主考大人营私考场作弊？"也对自己曾经的刻苦勤奋萌生了疑问。霎时心中阴云密布疑窦丛生。

原来这科会试的主考是曾任乾隆帝师的朱轼，吏部左侍郎邵基和刑部右侍郎张勇任副主考，这三个人素以秉性刚直疾恶如仇闻名于世，是乾隆皇帝深思熟虑后钦点的考官，圣意所属旨在从科考上堵塞漏洞，杜绝邪门歪道，公平公正为国选拔人才。谁知朝中竟有许多达官贵人还是心存侥幸钻猫狗洞意欲疏通，怎奈这三人刚直不阿油盐不进。那些人碰了几个钉子后仍未死心，无奈之下他们便想到了乾隆皇上的宠臣，时任内务府总管、吏部尚书、领班军机大臣、内阁大学士的和珅，若得此人援手，此事便有了七八分的把握——其时和珅正大权在握一手遮天红得发紫。

于是，他们便暗地里商定另辟蹊径剑走偏锋疏通"和大人"的门路。他们知道时任浙江巡抚的王亶望一向与和珅相交甚厚非比寻常，私下里商议委托王亶望寻机摸摸底细探一探水的深浅。王亶望心里也自忖："自己从知县到巡抚一路走来，多亏和大人的提携庇佑才节节攀升的，说透了其实都是银子铺的路。"他知道和珅不仅位高权重，而且心眼活泛又胆大心细。只要银子到了手，就没有他办不成的事，于是便信心十足地来到和府登门探路。和珅见王亶望深夜突然造访，便已经知道了他的来意，尚未等他开口，就一脸正色道："当今皇上乃千古第一明君，圣聪睿智洞察秋毫，谁要想在他老人家眼里揉沙子耍小聪明玩弄权术，那可真是背上羊毛织布袋没事找事。况且国家开科取士意在选拔人才，我等做臣子的，为君分忧身体力行鼎力维护才是正道，万万不可心存侥幸投机钻营自讨没趣。"

和珅一阵连珠炮似的含沙射影指桑骂槐，顿使王亶望如坐针毡瞬间凉了半截身子。他觍着滚烫的脸颊耐着性子等和珅数落完毕，便强颜欢笑灰头土脸地告辞出来，悻悻地打道回府了。

王亶望回府后便把自己关在书房里，独自苦思冥想了一夜，终于暂摸到了和珅的软肋。"他虽是当朝一品大员，除了当今圣上，尚有一人能对他颐指气使发号施令，这个人便是他的小妾吴卿怜。"

吴卿怜本是京城八大胡同陕西巷的当红头牌，一次机缘巧合被和珅看中，和珅便被她迷得神魂颠倒茶饭不思夜不能寐。顺天府尹桓海闻讯后心里一阵狂喜，便悄悄地派人暗示老鸨半送半赎将吴卿怜抬到了和府。吴卿怜不仅通晓琴、棋、书、画，且善于理财管家。自吴卿怜进府后，和珅便一路官运亨通财源滚滚。和珅喜不自胜，特意请前门街上的"小神仙"给她批了八字，果然是十足的旺夫命，于是和珅便顺理成章地把大小金库上的钥匙都交给了她。吴卿怜自此当了和府的大管家，平日里被专房专宠言听计从，京城里的许多达官显贵巴结逢迎攀上和珅，都是走了她的门路。

王亶望深思熟虑了一段时日后，便瞅了个和珅上朝不在府邸的机会，揣了两万两银票来到和府，私下里拜访了吴卿怜这个一手遮天的大管家。见面时王亶望极尽阿谀奉承巴结逢迎之能事，一阵清米汤把个吴卿怜灌得晕晕乎乎，临走时顺理成章地留下银票说明来意，吴卿怜竟眉开眼笑地接纳了。

王亶望回府后心中一阵窃喜，立刻把这个惊人的喜讯通晓了众人，暗示他们赶紧行动。吴卿怜自以为和珅位高权重，又仗着他对自己的恩宠偏爱，便自放开手脚来者不拒愣收银子。等到和珅察觉时，已经收了十几个人的三十多万两银票。偏偏这几日和珅又是军机处议政，内务府打理，上书房陪皇上，像走马灯似的来回奔走，忙得不可开交，已经七八日没有回府了。

二月初二那日午后，和珅才拖着疲惫的身子回到府邸，进了大门后便直奔西跨院来见吴卿怜。进了上房门脱掉官服，也顾不得洗漱更衣，便直挺挺地躺在床上，大呼："难得浮生半日闲，快与卿家共春眠。"

吴卿怜娇羞地瞥了他一眼微微一哂道："看你那点子出息，越来越没正经了，这才几日就饥渴成这个样子？难不成大白天便解衣宽带羞人答答地做那龌龊事儿，也不怕这帮嚼舌根子的下人们在背地旮旯里讥笑啊！"

和珅厚着脸皮正色狡辩道："可见他们无知不晓事，这有什么大惊小怪的呢？连孔老夫子都说，食色人之欲也。他们讥笑？看我哪天得空了撕烂他们的嘴。"

吴卿怜嫣然一笑，轻盈地在温水盆里揉了一把汗巾递过来，娇嗔地说："看你那猴急的样子，好像是和尚投胎转世的色中饿鬼，先擦把脸换上便衣喝杯热茶解解困乏，待奴婢给你弄几个精致的小菜，咱俩小酌几杯叙叙话，今晚管叫你折腾个够。"

和珅忽然像个听话的孩子似的，立马起身下地，温顺地接过汗巾擦洗手脸，吴卿怜迅捷从衣柜里拿了一套熨得平展展的薄棉袍，款款地套在他的身上，正要扣扣时，和珅突然间一个老鹰抓小鸡的快捷动作，容不得她半点扭捏，一把揽住她的小蛮腰，迅即拥到床上，三下五除二剥了个精光，而后自解衣带滚到一起，足足翻腾了半个多时辰才渐渐地平静了下来。

　　起床净手后吴卿怜趁着兴头，便把这几日收的银票和清单递给和珅，并将王亶望等人的请托如实相告。谁知和珅一听，竟像蝎子蜇了手似的把银票一下子扔到地下，怒吼道："你可真是胆大包天昏了头，连城隍爷的买路钱也敢收啊！立马退了去，不然我要了你的小命！"

　　吴卿怜瞬间一愣，顿时吓呆了，她可是头一遭见和珅发这么大的脾气。自她进门后，和珅对她从来都是言听计从疼爱有加，含在嘴里怕化了，捧在手里怕飞了，今日这是怎么了？不就是区区三十多万两银子，至于吗？之前经她过手的银子何止成百上千万，哪一次他不是笑眯眯一个劲儿地夸赞自己这个小财神会敛财，难不成今日吃错药了吗？她一头雾水百思不得其解，委屈得一下子爬在床上抽抽噎噎地哭泣起来。

　　吴聊怜上气不接下气地呜咽哭泣，一下子把和珅的心搅得六神无主乱了方寸，待静下来后，又反复纳谋了好一阵子才缓过神来。心里暗暗思忖：这也怨不得她，都是自己平日里娇惯的，一个妇道人家哪里懂什么科场舞弊的利害干系？看着白花花的银子，谁不动心呢？也怪自己平日里自我吹嘘得和皇上似的能包打天下，世上没有摆不平的事，想想她也没错儿，唉！如今生米已经做成熟饭，也只能是这样了，这个小冤家真叫人恼不得，怒不得，况且银子已经收了，退又退不回去。看着刚刚扔到地上的一张张"永顺号"钱庄见据即付的银票，和珅自己也不禁动了心，于是便换了一副面孔笑嘻嘻地坐到床边，把吴卿怜轻轻地揽在怀里说："小姑奶奶，不是我生你的气，这考场作弊可是掉脑袋的营生，雍正四年，当朝首辅张廷玉的胞弟张廷璐任主考时，并不敢收银子，只是慑于皇子弘时的恐吓，纵容几个权贵的考生挟带小抄。案发后雍正皇上毫不手软，竟硬生生地将其处以极刑，还责令张廷玉和满朝文武大臣们亲临现场目睹受教。如今圣上对此等弊端亦是深恶痛绝，虽然平日里对我恩宠有加，但也是保留底线的，并非事事迁就。一旦触及这根敏感的神经，就算是皇上庇护，朝中这帮权贵们平日里早就恨得咬牙切齿，还不借题发挥生吞活剥了我。嗣后，除了关联科考作弊的事，其他什么银子也可以收。"

　　和珅一席掏心窝子的肺腑话说得吴卿怜浑身发抖早已不敢哭闹了，径自搂住他的脖颈一个劲儿地央告说："老爷，奴婢一个妇道人家哪里知道这许多要紧的就里？当下还请老爷赶紧想个法子，怎样脱了干系躲过这一劫。

这个天杀的王亶望,真是个十足的丧门星,看我哪天不撕了他的狗嘴。"边说边搂着和珅使出浑身解数娇滴滴地撒起娇来,把和珅搅得心旌摇曳已然方寸大乱,遂自无可奈何又不失吹嘘地说:"以后凡事多动动脑子就行了,如今既然已经摊上了,就免不了费点儿周折,凭我在宦海里摸爬滚打了几十年的身手,这点儿事还是能撇得清的,放心吧!宝贝。"

吴卿怜这才破涕为笑地说:"我就知道老爷神通广大,这点儿小事还能难倒你不成?"说着便把那樱桃小口凑到和珅的脸颊上轻轻地吻起来,把和珅撩得一阵兴起不免又缠绵了一番。

和珅虽然对小妾底气十足地许了诺言,但真要既不走风漏气地收钱又心安理得地撇清这件事,还真是有些犯难呢!然而和珅毕竟老奸巨猾,他仔细纳谋了一番后便计上心来,遂立即进宫请见皇上。乾隆像往日一样,把他留在上书房里漫无边际海阔天空地聊侃起来。谈到兴头时,和珅话锋一转,慷慨激昂地说起时下官场吏治的种种弊端,且故意声东击西避实就虚,引得皇上勃然震怒,一一予以矫正。和珅马上顺着竹竿往上爬,对乾隆切中时弊高屋建瓴的政论大加赞赏,好似如梦初醒茅塞顿开一般。皇上说得酣畅淋漓心境大好,和珅听得若有所悟心中窃喜,君臣二人各有所得皆大欢喜。

两个时辰后和珅回到府邸,以他玲珑剔透的聪明劲儿,凭着之前曾两度出任主考的切身体味,对照"四书、程朱"释解很快梳理了一番,稍加揣摩后,便已经揣测到皇上这次会试命题的大致范围了。原来乾隆皇帝自登基以来,鉴于康、雍两朝三场科考舞弊泄题案的前车之鉴,会试、殿试的命题都是自己亲自拟定,从不假手他人。命题拟就后亲自锁进上书房的内柜里,待考生入闱后,才派贴身侍卫两人快马送达考场,如此则可保万无一失。谁知竟被他的幸臣和珅老谋深算巧施妙计,虚晃一枪轻轻化解。

于是和珅便叮嘱吴卿怜,连夜招来王亶望等人,将自己揣摩的考试命题与之透露,允诺届时可以挟带小抄,考生须在左耳垂下点朱红标记,便可畅行无阻。

原来此次考场搜检是内务府都虞司入值,和珅作为内务府总管大臣,领班郎中魏大铭是他一手栽培提携的门生,对他自然是俯首帖耳唯命是从。

王亶望一行得到和珅的授意后,马上高价密访文章高手,按图索骥雕琢文字,而后熟记硬背,自备小抄藏匿于身。三场考毕果然如愿,请托的十几个人悉数入选。如此大的作弊手笔，和珅竟做得不显山不露水瞒天过海天衣无缝，竟把三位主考大人和乾隆皇上瞒得严严实实。

皇榜公布后，王亶望的公子王少章竟名列二甲传胪。此子虽在国子监就读，却是京城有名的纨绔混混，依仗乃父二品封疆大吏的权势，声色犬马斗鸡走狗，读书不求上进，文章作得平平，京城学界无人不晓，由是引起轩然大波。三十多名落第的太学生以此为由，抬着孔圣人牌位，到贡院门前声讨此次科考舞弊的行径，矛头直指浙江巡抚王亶望之子王少章。

和珅闻讯后，急令步军统领衙门派兵弹压，将闹事的举子们悉数抓捕入牢。三名主考更是一头雾水莫名其妙，前思后想怎么也理不出个头绪来，只好战战兢兢地窝在家里自我反省，静待皇上龙颜大怒随时问罪。

闹事的太学生被抓后，家人们顿时急昏了头，他们聚集在国子监，请求祭酒朱锡麒想方设法予以疏通。瞬间把朱大人逼到风口浪尖上，他仔细寻思了一番后，便径直到内务府请求见和珅，向他反复陈说："太学生们年幼无知受奸人挑唆，也是卑职平日教导无方，下官身为学长，愿以身家担保，请予释放，由我领回训诫。恳请和大人鼎力周旋成全！"和珅一听正中下怀，当即慨然应允，遂立即召来步军统领面授："此次贡院闹事举子，念其年少无知，受阴人挑拨误入歧途，着即由贡生三人联名具结担保，交由国子监祭酒朱锡麒大人领回训诫教谕。"

一场因科考引发的轩然大波，就这样波澜不惊地平息了。事后乾隆皇帝虽有耳闻，但禁不住和珅巧言令色粉饰遮掩，遂不了了之。

经此科考落第的沉重打击后，四蛮回到河口便卧病在床，亏得母亲和婆姨悉心照料，直到初夏时才拖着病恹恹的身子走出户外。然而科场舞弊的阴影，却一直盘桓在他的脑海里挥之不去，他始终也跳不出这个怪圈子。朝廷设科取士，旨在为国广揽人才，可是在那些权贵们眼里，如此神圣的大事也能当作儿戏。平心而论，乾隆皇帝确实是一代圣君明主，自登基以来整饬吏治打击贪贿毫不手软，怎奈身边的贪官佞臣蒙蔽视听，弄权作奸，若如此情态蔓延下去，天下英才无论如何勤奋苦读，也将少有出头之日。而今自己已年过而立，家中生计如此艰难，父母年迈且有病在身，兄弟们为了助己科考，长年累月田间劳作负重不堪。自己从小只顾了读书应试博取功名，于家而言不仅没有毫厘贡献，且妻儿还得拖累家人，于理不顺于情不忍。他反复思量后，竟有放弃科考回归田园之意，然而再三斟酌后却又于心不甘。想自己七岁进学，勤习苦读二十余年，虽然学得满腹经纶却又屡试不第，而今一介孱弱书生，肩不能挑，手不能提，岂不是废物一个？既无颜面对父老乡亲，又无法直面授业恩师，更对不起对自己寄予厚望的父母双亲。前思后想进退两难，日夜忧虑无以排解。

小满过后的一场小雨，地里的禾苗渐次拔节，绿油油的庄稼覆盖了黄土地，四蛮的身体也渐渐有了起色。心里暗自琢磨：自从京城考试归来已三个月有余，尚未见过诸位恩师亦觉不妥。于是，五月初八一早，他便在汾河渡口登上了驶往太原的顺路船，前往晋阳书院拜谒半年未曾谋面的几位恩师。相见之下，他便把自己这段时日心中的淤积和今后的打算，向恩师们尽情倾诉了一番。四位恩师仔细听罢，方伯老先生开言道："学得文武艺，货与帝王家，科举应试就是唯一的途径，舍此而别无他途。历代科考均有隐形作弊之事，虽盛世王朝，也概莫能免，望贤契不要一叶障目知难而退。当今圣上乃千古明君，此中弊端岂能不晓，这次虽未张目，下科定会弥补疏漏。"

张公莫接着也说："古语有云，三十老明经，五十少进士。《儒林外史》载范进五十四岁时才中了个举人便欣喜若狂，你二十四岁便是明经举子了。而今会试考过两科，年方而立便如此颓废，恐有负我等苦心。"

朱公亦说："康熙朝才子蒲松龄一生未得功名，尚在书房联语：'有志者，事竟成，破釜沉舟，百二秦关终属楚；苦心人，天不负，卧薪尝胆，三千越甲可吞吴。'以为终身励志，望尔卸下包袱发愤图强，方不负此生。"

听罢三位恩师的谆谆教诲，四蛮如醍醐灌顶，纳头便拜："广居愚钝，恩师教诲，永志不忘。"遂自静下来潜心再读。

心无旁骛时间易逝，不觉三年已过。

乾隆四十二年，四蛮如期赴京应试。二月初六亥时初刻，天已大黑，他来到距离贡院一箭之地的悦来客栈。因是老顾客到来，一进店门小二便笑脸迎了上来，亲热地与之叙话："我就知道老爷今科必来，小人已将西房单间打扫干净，静候老爷大驾莅临，上科偶尔闪失，今科必然高中。"说着便顺手接过褡裢引他进屋里安排洗漱。才洗罢脸安置停当，一沽热气腾腾的面片儿汤已经端了上来，四蛮一路劳累又饿又乏，便一口气狼吞虎咽地吃了个精光，烫罢脚便上炕休息了，旅途困乏，一夜大眠。

翌日晨起饭后，四蛮即往铁狮子胡同孙府，再次拜谒孙嘉淦老先生。孙老先生的长子，时任礼部员外郎的孙孝愉先生，在客厅里热情接待了他，并告之曰："家父前年已回兴县老家省亲养老去了，行前曾与先生留书一封。"说着便将信札取来，四蛮遂当面拆阅："广居乡侄，上科考场端倪，老夫略知一二，皇上圣明天子，也不免浮云蔽日，此等弊端，历朝历代均有，倘有闪失不可气馁，尔乃治世栋梁国之贤才，他日必登庙堂。而今盛世王朝正需用人，尔须发奋科考报效国家，切莫因噎废食，心怀怨恨隐匿蒿蓬。谨记！谨记！"

良言一句三冬暖，老先生寥寥数语切中时弊，赏识勉励之词溢于言表。四蛮读罢热泪盈眶，遂于堂前跪下，顿首叩谢先生的赏识激励之情，并讨要纸笔修书一封，请孙孝愉先生代为转达致谢。

回到旅舍已近午时，孙老先生的教诲言犹在耳，四蛮心潮起伏激动不已："想我四蛮一介书生，何德何能，与先生仅一面之交，竟蒙如此褒奖，教诲导引指点迷津，真乃良师也，可慰平生。"心境也随之平静下来，先前科考应试的浮躁之气已然一扫而光了。

第三章　筹措盘缠

上科会试张榜及殿试揭晓后，朝野颇有非议，怎奈和珅巧言令色蒙蔽视听，皇上虽有疑窦，但并未深究。这科开考时皇上便用心作了安排，他调来满人大学士鄂尔泰任主考，朱轼任副主考，考场搜检也由步军统领衙门入值。鄂尔泰虽是关外满裔，却是八旗翘楚，少年及第文章盖世宦海游弋一路飙升。曾任国子监祭酒、武英殿大学士，堪称学界泰斗文坛领袖；通晓兵法上阵厮杀不输沙场老将，文韬武略杀伐决断雷厉风行。更难能可贵的是此人性格孤傲忠诚不贰，不交权贵不结大臣不徇私情，一心侍主忠心耿耿，凡事唯皇上的马首是瞻，如此刻意布局谨慎铺排，也是皇上用心良苦知人善任。

然而皇上圣聪睿智却百密一疏，和珅虽是内务府总管，还兼领着步军统领衙门。于是他又雷行旧路如法炮制，轻车熟路狠狠地捞了一把，三场考毕四蛮自然还是榜上无名。鉴于上科考场徇私作弊，太学生们在贡院门前公车上书强烈抗议，被内务府都虞司以聚众寻衅的罪名拘捕扣押，这次便再也无人敢挑头闹事了。

有了前头两次落第心灵伤害的垫底，四蛮也麻木了，这样不合情理大跌眼镜的结果，似乎早已在他的意料之中。

三月初一皇榜公布后，四蛮表面上平静得出奇，但心里却更加茫然了，这条充满荆棘的科考之路到底要走多远？心中无算前途渺茫一片空白，只好悻悻地打点行李早日踏上归程。回到太原时，他虽然脸上无光心里纠结，但还是硬着头皮前往晋阳书院，将这期科考落第的意外平心静气地禀告了四位恩师，同时将自己在回程路上谋划的打算委婉地说给他们："诚如各位恩师所言，科考是一条没有里程的漫漫长路，暂时三年两载是不会有结果的。而今父母年迈多病，家中生计颇为艰难，我欲回乡务农为之分忧解愁，一边劳作一边读书，兼顾教导幼子。"几位恩师十分理解四蛮的苦衷和心里的淤积，便默默地应允了。

由是，四蛮回到河口老家后便静下心来，白天与兄弟们田间劳作打理庄户，夜晚寒窗苦读辅导幼儿，生活虽然依旧艰辛，心里却好像踏实了许多。一段时日后，文广叔见四蛮已然放弃书院深造，返归故里田间劳作，甚感纳闷，便过来与之叙话。当他得知四蛮的真实想法后，也觉得切合实际确实在理，便提议道："东头公塾义学自年前腊月闭馆后，至今尚未开课，咱们族里的子弟多有辍学者，你何不就近办个私塾，既不荒废科考学业又能贴补家庭用度，还能解除家下子弟们读书的困境，也是个功德营生。"四蛮一听也觉得在理，便在文广叔家的西厢房开了个私馆，收了十几个子侄辈的孩童们，当起了私塾先生。

乾隆四十三年十月，这年的冬天似乎来得特别早，初冬季节已是寒风凛冽冰天雪地了。此时四蛮的父亲卧病在炕已经三个多月了，进入冬季后天天咯血，眼见的病情加重日甚一日，虽遍请乡中名医疗治，怎奈病魔顽固沉疴缠身，不能奏效。一家人急得寝食不安束手无策，四蛮更是心急如焚，衣不解带昼夜侍奉守候在身边。

十月初八一大早，父亲又咯了半碗痰血，口里喘着粗气脸如黄表，已是奄奄一息了。四蛮见状忙揉了一把热汗巾，轻轻地擦抹去父亲嘴角残留的血痰痕迹，从吸火灶上的砂锅里舀了半碗糊米汤，把父亲轻轻地揽在怀里，用小木勺吹着一口一口地喂饮。父亲硬撑着虚脱得像掏空了的身子勉强喝了少半碗时，便有气无力地摇头示意不想喝了。四蛮会意地将残留在碗底的剩汤一口喝了，而后把瓷碗放到锅台上，回手给父亲头底下垫了个小枕头，把自己的手心搓得热热的，放在父亲的胸口上轻轻地熨摩。父亲吃力地喘着粗气断断续续地说："四蛮，你可千万不要泄了气，咱们家几辈人读书科考，就你一个侥幸中了举，不管考到甚时候，一定要考个进士的功名，给大争口气！"说着说着眼包皮慢慢地耷拉下来，两手一松昏迷了过去。四蛮见状，大吃一惊，遂"大大大"地大声喊起来。家人们闻讯赶来时，父亲已经咽了气，四蛮顿时哭得晕厥了过去。

等他醒来时，父亲已经收敛入棺了，身边坐着哭成泪人的母亲和婆姨冀氏，还有文广叔。

文广叔见四蛮醒了，便轻轻地说："四蛮啊，人死不能复生，你大的病是痨症,哪怕是傅山先生在世也治不了,要不是你们兄弟尽心孝顺,哪里能活到今天呢?你们已经尽心尽孝了,你就节哀顺变吧!咱们还得商量着办理后事呢,你是咱们家里的主心骨,可千万不能倒下去。"

当天晚上文广叔就张罗着请父子①们铺排丧葬事宜。按文广叔设想,"广"字辈以上成了家的父子们一门来上一个人,丧葬事宜一切从简,文广叔是族长也是当然的总管。父子们议事时,文广叔直言道:"四蛮家的底细咱们大家都知道,他大卧病在床已经四五年了,光景过得一天比一天紧逼。人家有钱人家打发人,那是抖排场埋钱呢,咱们家没钱排场不起,也不去抖那个排场,就一门心思商量着怎样把老人家安葬好就行了。等他们兄弟将来发迹了,再给他大订响工请和尚做法事弥补吧!眼下咱们只能有多少钱办多少事。何况我那故去的二哥也是个通情达理的明白人,他若地下有知,也会体谅孩儿们的难处,咱们若真是要拉下饥荒打发他,恐怕他还要生气呢!既然大家认可我当总管,我就替四蛮兄弟们做一回主吧。我的盘算是,这个丧事除了人主②和儿女亲家外,四门的亲戚一个也不动,家下父子们除了做营生有差使的一家来一个,再也不能满杆上了。咱们大家既要体谅他的难处,还得帮衬着些,有钱的出钱有力的出力,不能再按过去的老皇历办了!"

文广叔说完后,大家异口同声欣然支持。第二天一早,父子们各家三升、两升地陆续送来了软米、黄豆等杂粮,文广叔也从自家的店铺里拿来了五吊现钱和香烛纸表等祭祀品。当下便安排了四个近门侄儿动土打墓子,两个孙子去河边上砍伐引魂幡儿杆子和丧棒。四蛮的母亲激动地说:"他叔叔,这可欠下黑圐圙③了,俺们家就活得个你,这个窟窿甚回子能填补上呢!等过了这一时,让咱孩儿们慢慢地糊补你吧!"

文广叔憨憨地一哂道:"二嫂,快别这么说了,咱们两家谁跟谁啊?将来我还得仰仗咱孩儿们呢!看你这五个孩儿,一个比一个孝顺,一个比一个有出息,你的后劲儿可大着呢,俺们还等着沾你的光呢!你就知足吧!"

自乾隆三十六年四蛮踏上科考之路已经十年了,十年来父亲把他一生未了的心愿全部寄托在四蛮身上,倾全家之力尽全家之产,只为圆一个科考举士的梦。对此四蛮心里明镜儿似的,十年来他寒窗苦读,一门心思扑在科考上,也只为宽慰父母报效国家。谁知三次应考却屡试不第,使得他那颗负重孤独的心灵备受煎熬。科考是父亲一生的梦想,他临终前还念念不忘勉励自己,死不瞑目,自己这一生最对不起的就是父亲。他想:"如今他老人家已经带着一生未了的遗憾撒手人寰了,而我的功名科考却还在爪哇国里扑腾。"心里的惆怅苦闷就像曲蟮⊕似的时时蠕动,让他隐隐作痛。

当天夜里四蛮守在灵前,回首父亲恓惶可怜的一生,他老人家幼年亦曾苦读诗书,到头来却是白身终了。为讨生计,他田间劳作私塾执教,曾因不堪重负染上烟瘾,好在母亲贤德感化,才使他浪子回头回归田园,但科考终究是他未了的愿。谁知命运捉弄,他竟与苦难羁绊一生。科考的痛、父亲的死像一根深深的刺,刺得四蛮心痛不已,竟夜无眠。父亲生前的往事历历如过眼云烟,临近天明他才和泪研墨,为父作祭文曰:

> 吾父文宝,表字美玉,少怀侠义,别号剑庵。兄弟二人,排行伯后;幼年失父,中年丧母;娶妻贤良,刘武二氏;生育广思广惠广德;先妻病殁,续弦吾母;又生二子,广居广恩。少有异志,饱读诗书;半生耕读,一世清贫;岁月蹉跎,家道中落;为讨生计,苦熬苦煎。曾因不堪重负,误染烟瘾;幸得母亲感化,才迷途知返,浪子回头,再创家业。一生忠孝仁爱,德化桑梓。晚年痨症痼疾缠身,虽治无愈,阴阳两隔,六十有一,溘然长逝。怎不使我肝肠寸断?呜呼哀哉,痛煞我也!寸心谨上,伏惟尚飨。

十四那天祭日,父子们一大早就来到灵前,在文广叔的悉心安排下,一切丧仪循序依礼有条不紊。十五那日早上出丧时,合族人丁扛抬簇拥着父亲的灵柩,从汾河的冰面上,来到南岸九凤山下的大圲滩,在阴阳先生的导引下将老人家用心安葬了。

十六日早上拢墓时,四蛮又一次哭得昏厥了过去。兄弟们赶紧掐其人中,窝在怀里,他才苏醒过来。他睁开眼时突然提出要为父亲守墓,立即遭到文广叔和族里父子们的激烈反对,大家纷纷说:"这可使不得,冬时寒月,又在河滩里,那还不把人冻死啊!孝与不孝,不在守不守墓,你要冻出个好歹来,那就更不孝了。"在众人的劝说下,四蛮才勉强止住了念头。

第二年清明节刚过,四蛮便唤上五蛮,默默地从家里扛了十几根旧檩条椽子和麻绳草帘,在父亲墓前搭了个茅草庵,自己抱了一摞书,搬着行李灶具和耙儿铁锹镢头,平静地住下来。白日里刨谷茬垒石堰深翻土地,夜晚时就着油鳖儿⑤潜心苦读为父守墓。家人们都知道他的倔犟性子,凡是认准了的事谁说了也没用,也就不再费嘴磨牙劝阻了,只好依着他为其所为。几个兄弟们不忍心,要替换着轮流来守,他也不肯,无奈之下只好由他去了。母亲心疼怕他着了凉,便打发五蛮把自己铺的狗皮褥子送过去,婆姨冀氏既心疼又无奈,也只好天天打发士骧和士龙轮流着给他送饭。

乾隆四十五年,又临三年一届的会试科考,依清制父丧守孝期间四蛮是不能应试的,这也正好遂了他的意。之前三次科考已经把他累得身心疲惫负重不堪了,历届科考的阴影像雾霾一样笼罩在他的心头,始终无法排解,当下只想静下心来读书守墓,为父亲尽孝以抚慰自己受伤的心灵。

谁知山重水复疑无路,柳暗花明又一村。也许是四蛮的孝心感动了上苍,也许是佛祖慈悲刻意眷顾,喜神突然一夜降临。

乾隆四十六年正月,九年一次的大挑选拔官吏在京城如期举行,四蛮幸运适逢其时。

原来自乾隆登基以来,国家已经进入鼎盛时期,随着疆域面积的不断拓展,政府派遣官吏的需求也在逐年递增,科考正途录取的进士,已经远远满足不了日益增加的官吏派遣的需求,且科考落第的举子逐科不断累积递增,历届科考隐形弊端随着时间的推移,也在沉淀发酵,问题蔓延。为了消除落第举子的怨恨,补充淘汰官吏,稳定知识群体,乾隆十七年上谕:为野无遗贤,弥补考场疏漏,拟从三科以上会试不中、排名在前十的举子中遴选官吏,大挑面试择优录用。"大挑一等"授予知县或相当职衔,"大挑二等"授予学政、教谕等职。

礼部在梳理历届落第考生时,四蛮竟每次名列前三,自然在选拔范围。这年辛丑正月,吏部在文华殿大挑面试,四蛮缘于同田贯日的堂堂相貌,遂被拔为"大挑一等",分发到湖南常宁以知县实职任。四蛮自然喜出望外,倍感欣慰,遂长长地吁了一口气,情不自禁地慨叹,这条遥遥无期的科考之路终于结束了!

二月初二龙抬头那日午后,四蛮从京城风尘仆仆地赶回家中,满面春风地向母亲禀告了自己这次大挑选拔已被录取的喜讯。

谁知母亲听后竟是喜忧参半,喜的是皇恩浩荡祖宗荫德,四蛮总算出人头地,如愿以偿地走上仕途报效国家了。忧的是这山高路远千里迢迢,上任的盘缠路费可是一笔不小的开支,如何筹措? 到哪里去筹措?

四蛮自乾隆三十一年童生进学以来，官府虽然依制每年发放膳食补贴，但三个孩子出生后，生活日渐拮据生计很是艰难，好在兄弟们虽然娶妻成家，但尚未分门立户，这一家人的衣食用度，全靠父母兄弟们互相帮衬周济。虽有祖上留下的薄田四十余亩勉强支撑，却又逢近岁连年干旱，收成勉强可以糊口度日，但随着添了进口娃儿入学后，生活便陷入困境。之前还有他大在私塾里授课的微薄收入以作补贴，自大前年他大卧病在家后，不仅没有了补贴进项，反而每年看病吃药还拉下不少饥荒，他大殁后的丧葬用度还是父子们帮衬的。

而今到湖南上任可是一笔不小的开销，该到哪里去筹措呢？她心里便纳谋着把俊家山长征片上的那二十几亩地卖了或许能勉强凑些，但又虑及卖了"活命田"后，一家人就连眼下勉强糊口的光景也维持不下去了。

她心里虽然估折®惆怅，但第二天一大早，还是使促®二蛮买来香烛供品，请文广叔过来主持祭祖仪式。三根双响爆竹的震耳冲天，早已惊动了族中父子和四邻街坊，大家纷纷相约上门来道喜致贺。冀氏端着一笸箩刚买回来的糖秫蛋蛋®忙着给众人分发，几个嫂嫂们端茶倒水打里照外，母亲高兴得似乎忘记了忧愁，吩咐几个媳妇们，用乡邻父子们送来的生熟食品，简易安置了两桌酒饭款待大家。饭后待众人散去时，母亲独独留下小叔文广，将心里的忧愁苦闷和估折卖地凑盘缠的心思，打开心扉与之絮叨了一番。文广听后当即表示："二嫂，四蛮做官不仅是咱们阎氏一族的风光，也是咱们河口一村人的体面，我就知道你们家光景过得紧巴巴的，哪里还有多余的钱作盘缠呢？但我有一句话给你撂在这里，俊家山的地可不能卖了，且不说今后维持不了自家的过活，让外人知道了好说不好听。再说了，咱们家族这么大的户业儿，穷了你一家还能都穷了吗？就算是你铁了心舍得卖地，俺们也担不起名誉。你且止住这个念头，待我设法筹措吧，你就不用操心了。"

文广似乎早有成竹在胸，他离开四蛮家后便径直上老爷庙上捣了钟，把阎氏族中各家的主事人召来一起议事。待众人坐定后，他开口说道："大家都知道，咱们二门的四蛮，这次京城大挑面试被朝廷录用了，选拔到湖南去做官。他们家日子过得紧逼，去年二哥过世时已经花销得拉下饥荒，这里离湖南三千多里路，官家又不给盘缠路费，午后那会儿二嫂还跟我叨念着要典卖长征片上的那二十多亩地凑盘缠呢，还是我及时阻拦才制止了。四蛮是咱们祖上大槐树移民以来第一个中举做官的人，不能因为凑不起盘缠耽搁了，咱们大家合计着帮衬一下，这也是咱们族里人的体面。一旦二嫂真的要是卖了地，咱们的人可就丢大了。"

大家听后当即慷慨表态："那不能够，这可是咱们合族的事，四蛮是给咱们争光了，别人家想摊还摊不上呢，咱们决不能袖手旁观让外人看笑话。而且嗣后还要定一条铁的规矩，凡是族里人家，无论是谁家的孩子考了功名，大家都得帮衬。这一回就是个开头，这个头一定要开好，穷家富路，不能让孩子寒碜了。"于是众人或三钱五钱的散银，或三十二十的现钱，纷纷解囊相助。

武氏族长武锦元听说后，也主动寻上门来对文广说："阎族长，四蛮做官上任筹措盘缠的事，你应该通达俺们一下才对，这可不光是你们阎氏家族的事，也是咱们一村人的脸面，大家都有仔肩，因为缺了盘缠当不起官，丢的是咱们全村人的脸面。"于是武姓族人也如法炮制捣钟筹募。

其他族姓人和街上的买卖字号家听说后，也都伸出援手予以资助。

三天后，文广手提着一个半旧松紧口儿的粗布钱袋，亲自递到四蛮的母亲手里说："二嫂，我粗略攒点估算了一下，这是五十多两散碎银子和二十来吊现钱，虽然不宽裕，大概也勉强够盘缠了，你仔细收好了。"四蛮的母亲激动得泪流满面，喃喃地说："他叔叔，你可真是俺们家的活菩萨，一回一回就是给你添麻烦，在这里我先替你那死去的二哥，谢谢你和咱们村里的父子乡亲们，以后让孩儿们连本带利慢慢地糊补吧，你开个明细单单，咱们心里要有数啊！"说话间喊来四蛮，大礼谢过文广叔，而后将沉甸甸的银袋子顺便交给他收起来。

次日晨起，四蛮梳洗整装后，便和文广叔相跟着挨家逐户上门谢过父子乡亲们。他心里一块石头终于落地了。

之后一段时日，母亲和妻子忙着准备行装，天天有上门道喜的亲戚朋友，母亲和家人们忙里忙外地热情接待。

二月初八一大早，里正武双庆满面春风地来到四蛮家，一进上房门便给四蛮的母亲叩头请安禀告："老嫂子，夜来午后，阳曲县衙门里差人送来公文说，四蛮的任职文书，驿站已经快马传递送达太原府学政衙门了，让四蛮这两天就去认领，限期十日后就得启程上路，可不敢轻慢耽误了啊！"四蛮在旁倒了一碗热茶送上去，便坐在板凳上与之叙话："双庆叔，我这一走关山万里，不知何年何月才能回来，家里的事还望您老人家多多照应，有劳了。"说着起身拱手施了一礼，武双庆慌忙还礼说："不敢当，不敢当！咱们街坊邻居几辈子的交情了，你现在是官差，家里照应自然是在下职责所在，何劳嘱托？你就大放宽心吧。"少坐片刻后即行告辞，母亲迅捷从炕柜顶上的竹篮里拿了一包细点心送到他手里说："他叔叔，大起早的，辛苦你了。"武双庆稍作推让后便提着点心出了大门，四蛮送到大门外的台阶上。

翌日晨起，四蛮从寨跟底的渡口上搭上过路船，前往太原学政衙门认领任职文书。已时初刻在水西关码头登岸，从旱西门进城后，沿着东西米市、柴市巷、开化寺街、钟楼街、柳巷，半个时辰后，便来到道门前街的学政衙门。只见两扇朱漆大门敞开着，一对半人多高的石狮子威严地蹲在门前，两个铁塔似的兵丁持枪守门，手扶腰刀的武官旁若无人地来回走动巡视。四蛮遂小心翼翼地走上前去施了一礼，并递上门帖说明来意，武官大人木然地接过帖子，郑重其事地仔细打量端详，似乎要在上面刻意寻找点儿什么破绽似的。四蛮见状立即心领神会，迅捷从怀里掏出早已备好的门包递上去，那武官才眉开眼笑地说："足下少待片刻，待我立即禀报学台大人。"

须臾，满面春风的武官出来宣谕："学台大人传谕，请常宁知县阎广居即刻进见。"说着便引领着四蛮走进去，穿过前厅直奔侧院书房而去。学政大人蒋兆奎头戴单眼花翎红雨帽，身着孔雀补子、米奇蓝十字绣四品官服，在书案前正襟危坐翻阅文牍。四蛮趋步案前，立即跪倒在地，口称："阳曲县河口镇门生阎广居，拜见学台大人。"蒋大人随即站起身来虚抬了一下右手道："贤契请起。"说着便将他让到左侧的客席上，自己陪了与之喝茶叙话。言谈间学政大人对四蛮的人品学识大加赞赏，徐徐勉励道："贤契此去就职的湘南乃荒蛮之地，吃苦自然在所难免，望尔莫负皇恩，勤政爱民廉洁奉公，为桑梓同仁们争个脸面，切记！切记！"

四蛮虔诚地频频点头应声道："感谢大人谆谆教诲，广居自当时刻铭记永志不忘。"

少坐片刻，文吏送过任职文书，四蛮签字认领后便要告辞，蒋大人殷切地说："贤契此去湖南关山万里，不知哪年哪月才能再次相见，老夫已吩咐厨下备了午饭，特意为你饯行，饭后再上路吧。"

四蛮恭敬恳切地说:"承蒙大人厚爱,本不该辞,怎奈学生行程在即,自京城大选回来后还未拜告诸位恩师,还请大人成全则个。"

学政大人送下堂来时捋须赞道:"如此说来,老夫便不挽留了,贤契请自便吧。得意不忘师恩,有情有义,前途无量,前途无量。"

四蛮走出学政衙门时已近午时,便在街边的小铺子里,快速吃了一碗刀削面,而后匆匆赶往晋阳书院,拜见了恩师张公莫、朱公、方伯、石君几位老先生。先生们早已从京城传来的邸报上知道四蛮大挑选拔取中的消息,见面时喜上眉梢,一一叮嘱勉励:"吾等虽为老朽,早知贤契必有今日,望尔不负平生所学,善待黎民百姓,立功立德报效皇恩,封妻荫子光耀祖庭,得遂平生夙愿。"四蛮大礼参拜谢过恩师,师生洒泪而别。

【方言注释】

① 父子:对族人的统称。

② 人主:母亲的娘家人或父亲娘舅的家人。

③ 黑圈圈:圈圈是土围子或篱笆围住的地方,这里指亏欠大了。

④ 曲蟮:蚯蚓。

⑤ 油鳖儿:乌龟状的油灯。

⑥ 估折:盘算。

⑦ 使促:督促指使。

⑧ 糖栖蛋蛋:大麦熬的粞糖。

第四章 纳妾波澜

四蛮离开晋阳书院后,沿着铁匠巷起凤街、棉花巷半坡街又来到水西关码头,搭上回程便船,天擦黑时才回到了河口。一路上他在心里纳谋,此行赴任的湖南常宁地处湘西南边陲,土著族民苗汉杂处,匪盗猖獗山寇出没,自己孤身上任,人地两疏,似有诸多不便。这里离常宁三千多里路,行程至少也得两个多月,路上头疼脑热灾灾病病,没个结伴同行的人似乎欠妥,但虑及盘缠拮据,又感力不从心。但反复思量后,又觉得路上的花销紧缩节俭些还是能省出来,无非是以步行替代车船,避开驿站住民房,该吃干时喝稀粥,反正自己最大的能耐就是读书和吃苦,没人做伴可万万不行,遂在心里反复斟酌着,直到下船时才将此事笃定。

然而选谁合适呢?他又犯了愁。这时他想起了堂兄广仁的次子喜贵,幼年丧父,与母亲哥哥相依为命,儿时亦曾就读私塾,十五岁时因家贫辍学而田间务农,劳作之余常常手不释卷勤奋读书,闲暇时又喜欢舞弄几下拳脚棍棒,等闲三五人近他不得,在乡里颇有些名气。而今年过二十,尚未娶妻成家,母亲年迈多病常常为此着急忧心,而他竟以"大丈夫四海为家,何患无妻"敷衍作答,母亲焦心忧虑十分无奈,儿大不由母,肠子里发痒探不上。四蛮觉得此人文武皆善品行不俗,带出去历练几年寻个出身,也好帮衬自己报效国家。念头刚刚闪过时,他突然惊奇地发现,喜贵正是他要寻找的那个合适的人,他这几年的读书精进习武磨炼,似乎就是为他上任召唤做的垫底准备,心里不禁一阵欢快欣喜,脚步也快了许多。

回到十字街口时,他瞟了一眼自家临街院落的大门,便毫不犹豫地绕过去,径直朝围着篱笆墙的喜贵家奔去。这时夜幕已经悄悄降临,街巷一片墨黑,而喜贵家里尚未掌灯。他刚迈进那座没有门扇的院落时,喜贵家那条看门的小花狗,突然敏捷地蹿到跟前,朝着他一阵猛扑狂吠。四蛮虽顿足俯首佯作捡石状诈唬恐吓，但它丝毫没有退避躲闪，反而越来越狂，待喜贵出来吼了一声，它才听话地返回月台上，翘着尾巴昂首挺腰"汪、汪、汪"地吼叫，讨好地向主人邀功请赏。喜贵俯下身来摸了摸它昂着的头，它才卧回窗台下蜷缩着身子不吭声了。堂嫂见四蛮突然夜里来串门，高兴得急忙点燃了油灯，并小心地剔净捻芯上的烧结，昏暗的家舍才亮了许多。她急忙把四蛮让到炕边上坐，而后端了一笸箩核桃、红枣，又冲了一碗糖水，热情地招待他。嘴里一个劲儿地夸赞四蛮有心劲儿，给祖宗增了光，是村里人的骄傲。四蛮嘴里嚼着枣，憨憨地笑着转移了话题，开门见山地直奔主题，母子二人一听，便满心欢喜一口应允。堂嫂激动得一定要留四蛮在家里吃晚饭，四蛮忙说："谢谢嫂子盛情，我刚从太原府学政衙门认领任职文书归来，尚未回家，时辰不早了怕母亲惦记，待改日得空了再上门讨扰。"说着便要告辞，堂嫂见挽留不住，便掬了一捧核桃红枣硬塞给他，眼里闪着抑制不住的泪花，嘴唇哆嗦着喃喃地念叨："贵人扶成，贵人扶成。"一直把他送到院墙外的街口。

当他回到家里时，见文广叔正在家舍与母亲闲聊叙话，似乎已经有些时候了。四蛮遂上前施礼问安，文广叔忙站起来委婉而恳切地说："四蛮，叔叔求你来了。"

四蛮一听马上诚惶诚恐地跪倒在地上说："叔叔在上，您老此言甚重，侄儿实不敢当，您是俺们家的大恩人。自我经年记事起，你对俺们家里时常周济，去年俺大去世时，又铺垫接济了不少，这次南下赴任的盘缠筹措，也是您老鼎力帮衬，俺们家里老老少少心里都有数呢。我上任离家后，家中的老小还得拜托您老看顾照应，刚才进门时，还纳谋着递明上门向您托付呢。"文广叔遂长长地叹了一口气将他扶起来。

原来文广叔有个小儿子，学名茂才，年方十八，因为老年生子，家舍宽裕自幼娇惯，读书不求上进，又不喜田间劳作买卖经营，眼见功名无望经商不成，又不肯出力受苦劳作，整日里游荡，四六不成材。文广叔担忧他在家舍饱食终日无所作为而荒废了，希望四蛮将他带到任上，早晚管束调教谋个差事，家舍并不指望他挣钱养家，只为争个脸面，好歹不致走上歧途。这时母亲也在一旁帮腔："四蛮，你叔叔可是咱们家的大恩人，你独自一人出远门，总得有一两个自己人互相照应帮衬，上阵父子兵，打虎亲兄弟，用谁也得用。茂才是自家兄弟总比旁人强，你就带上他和你做个伴儿吧！"四蛮对这个堂弟平日里的作为早有耳闻,心里虽然不甚喜欢,但架不住母亲的恳切帮腔,又不好驳了文广叔的佛面,稍稍犹豫了一下,还是硬着头皮答应下来。心里暗自琢磨:"在我身边做事,谅他也不敢走样,若能带出去调引得走上正途,对文广叔也是个交代,也好报答他老人家多年来对自家帮衬周济的恩情。"但随即又后悔了,觉得自己只顾了母亲和文广叔的脸面,一时脑热,未及深思熟虑便轻率应允,这样一来盘缠的缺口可就更大了。但话已出口,又怎能反悔收回呢?心里不禁一阵暗暗懊恼起来。

文广叔一听四蛮应允了,立刻大喜过望,马上从怀里掏出三十两纹银放在桌上,感激地说:"俗话说在家千般好,出门处处难,这是叔叔给茂才随的盘缠,路上宽裕些。"

四蛮赶紧拿起银子塞进文广叔怀里道:"叔叔,这可万万使不得,银子你收回去,盘缠已经够了,俺心里有数呢,您这是变着法儿又贴补俺呢。"

文广叔说:"四蛮,咱家好歹还有个小铺面,一年少说也挣百八十两银子,怎地也比你家宽裕些,况且这是给茂才随行的盘缠,你咋还能这样见外呢?"母亲知道文广是实在人,怕四蛮坚辞推让二人争执相持他下不了台阶,便狠了狠心说:"四蛮你就别推让了,听妈的话留下吧,你叔叔是不会收回去的。再说了,咱们欠你叔叔的太多了,等以后你挣了俸银慢慢地偿还吧!反正虱多不咬债多不愁。"听母亲发了话,四蛮再也不好坚辞了,文广叔遂高兴地说:"还是二嫂明理,还是二嫂明理。"随即告辞回家,四蛮陪着送到大门外揖礼别过。

自打四蛮从京城面试归来后,全家人欢天喜地兴高采烈竟比过年还要高兴,却把婆姨冀氏心里搅得七上八下惶惶不可终日。手里攥着淘米盆子就上了茅厕,把几个小娃儿的名字颠倒了混着喊,弄得孩儿们莫名其妙不知所云,还常常一个人托着两只面扑絮的手,傻傻地愣在那里失神发呆,恍恍惚惚神不守舍,像丢了魂儿似的。

自打十八岁那年一顶花轿把她抬进这个家门,她与四蛮休戚与共心心相印,相濡以沫形影不离,虽然日子过得坎坷艰辛不如人意,但夫妻恩爱情深意笃。而今膝下已有四个生龙活虎般的儿子,丈夫却要远赴湖南去做官,这千里迢迢携家带口显然不妥。可他孤身赴任无人陪侍,饮食起居谁来料理?每日里掐着指头算日子,心里的苦闷烦躁像烂麻儿似的缠绕成一团。

每当夜深人静孩儿们睡熟了时，她就一个人坐在炕头上翻来覆去地思考。十六年来四蛮夜以继日寒窗苦读，三年两头京城应试与科考羁绊，读书的辛劳，落第的沮丧，生活的艰辛，像三座交叉层叠的山一样压得他喘不过气来，本来就瘦弱的身体早已被掏空殆尽，这一去或三年五载，或十年八年，又没有个准日子，平日里头疼脑热缝补洗涮衣食住行，身边没有个知心着己的人照应怎么能行呢？

这两天她索性把孩儿们的生活琐事悉数托付给婆母照应，自己则腾出身子来专心致志地收拾行装料理四蛮的生活。一日三餐天天不重样，顿顿调着样儿做，荞面圪坨坨、莜面糊擦擦、栲栳栳、搓鱼鱼、山药饺子、磨擦擦、油糕、扁食、蒸馏饭……早晨酸菜苣蕾和和饭，晚上拌汤黄儿甜苣菜，好像要把他平日里喜欢的家乡饭菜，在这段剩余不多的日子里给他吃个遍。但看着四蛮吃得那么香甜那么享受，她不仅没有高兴起来，心情反而更加沉重了。这南方人吃的辣椒鱼肉大米饭，他能吃得惯吗？身边没个会做家乡饭菜的着己贴心人照应怎么能行呢？

几天后的一个深夜，她实在憋得沉不住气了，等四蛮和孩儿们都睡熟了，便轻轻地推开上房婆婆的屋门，将心里的担忧顾虑，布袋倒南瓜般向婆婆倾吐了个够。

婆婆皱着眉头听罢，沉思了好一会儿才说："孩儿，你想的也是妈心里想的。自打四蛮从京城回来那天起，我就纳谋上这件事了，我心里也是乱麻似的没主意了。你说个道道，妈听听该怎么办，咱们娘儿俩合计合计再定章程。"

冀氏听罢，便一股脑儿把自己的想法和盘端了出来："妈，我想给四蛮纳个妾，这样咱们虽然不在他身边，也好有个人替咱娘儿们照顾他，咱们不也就放心了吗？"

婆婆听后，稍稍顿了顿才说："孩儿，你可想好了，这件事妈也想过来着，只是顾忌你的感受，一直窝在心里打鼓没有说出来。如此一来可就苦了你了，还有四蛮那犟脾气他能答应吗？再说一时着了急，又去哪里寻个合适的人呢？"

32　　冀氏从婆婆明显松动了的语气里已经感觉到，虽然她心里有顾忌，但好像也认可，忧郁困顿的心境稍稍宽泛了些，便说："妈，这件事咱们要慎重考虑，但也不能再拖了，俺明天回娘家去和俺大商议商议，回来咱们再做定夺。"

第二天一大早起，母亲打发五蛮到文广叔家借了头毛驴备好鞍具，把他四嫂送回了冀家沟娘家。一进家门，冀氏就安顿母亲给五蛮做午饭，她拉着她大去了西屋，把自己和婆婆昨晚商议的主张不遮不掩直截了当地给她大说了。万金公听罢稍顿片刻，才语重心长地对她说："孩儿，你说得对，这件事大也想过，你婆母能不想吗？但她顾忌你的感受不好开口也能理解，你能这样想这样做是对的，咱们应该主动些，找个合适的人也就放心了。"接着万金公又说："你舅舅家的二丫今年十九岁了，属羊，是八月初八的生日，女红针线样样精细，诗书礼仪也能上了台面，人品相貌更是没说的。欠缺的是你妗子去世得早，没人经由拨律①，生成一副天足，从小定了娃娃亲，许配给解家塔的财主家，十六岁那年，还没过门就妨了女婿。自此以后就再也无人上门提亲了，都说是属羊的，男二女八是扫帚星，四蛮属虎是天上的文曲星，她妨不动，我看还合适。"

对这个小表妹，冀氏自然了如指掌，她舅舅杨文儒是个老夫子，也曾经饱读经书，但考了多半辈子，如今连个秀才也没中了，为养家糊口生计所迫，不得已只好在村里做个私塾先生。妗子去世那年表妹才三岁，是母亲将她接过家里来一手抚养长大。舅舅一辈子就生了两个女儿，二丫自幼聪明伶俐活泼好动，所以他特别钟爱喜欢，也特别在意，从小就当儿子似的养着，手把手地教，不仅读了诗词文章，而且书画也能看得上眼。长成后通情达理温柔贤淑相貌出众，是附近十里八乡挑不出来的俊俏闺女。谁知命运捉弄人，偏偏属羊还生在八月，三岁妨死亲娘，未过门就妨了夫婿，如今十九了，还守在家里聘不出去，急得舅舅头发都白了。

冀氏一听就觉得合心事，于是父女二人核计了一番，她便匆匆返回河口向婆母如实禀报。婆母早在经历了那次活人妻被卖的劫难后就皈依了佛门，除了信佛念经什么也不信，听了媳妇的叙述，觉得又是亲上加亲，便毫不犹豫地一口应承下来。

第二天一早，婆母便做主，用红细布包了五两银子和一吊喜钱，打发长子蛮子去亲家送聘礼。蛮子前半晌时到了冀家沟，刚坐在炕上喝水，万金公就达忙拾级②地回来了，蛮子赶紧起身行礼问安并说明来意，万金公气喘吁吁地说:"孩儿,急事急办,回去给你妈说,这边都谈妥了,明天三月初三就是好日子,赶紧迎娶了吧!实话实说,家里虽然不宽裕,但行李毡被还是十六岁那年准备现成的,除此以外,既无陪送嫁妆也不摆酒待戚,一切从简吧!"说话间蛮子将母亲打点的聘礼包恭恭敬敬地递上说:"伯伯,俺们家虽然穷些,但礼数不能少,这点薄银权当聘礼,请您代为转达给亲家吧。"

万金公接过聘礼并未点验便放在桌上说:"难为亲家想得周全,这就够体面了,那边的亲家你也不用见了,回去给你妈交代吧!"说话间饭已经端上来,蛮子匆匆吃过午饭就回河口了。

早上蛮子走后,母亲又打发二蛮把文广请过来,将她与媳妇商议准备给四蛮纳妾的事,详细叙说了一遍,她担心四蛮犟脾气顾脸面不肯应承,请文广过来帮着开导开导。

文广立即说:"这两天我还纳谋呢,这样就好,这样就好。"说话间四蛮进来了,不待母亲说完他就火了,一向知书识礼温文尔雅的他,气得脖子里青筋直暴脸色血红,大嗓门地吼道:"那不是给先人散德③吗?刚刚当了个芝麻小官,就摆谱纳妾,不知道天高地厚了,你叫我怎么面对婆姨孩儿?面对乡邻父子们呢?你们这是往火坑里推我呢!说下甚也不行,趁早打消了这个念头。"母亲阴沉着脸看他尽情发泄,停了好一会儿才说:"孩儿,这是你媳妇和你丈人的主意,他们也是不放心,为了你好,人也是他们给你选聘的,难得这么好的媳妇和亲家,你不但不领情还怨怨报报!再说了,这么远的地方,你一个人出去,身边没个自己人照应,妈也不放心啊!"说着难过得撩起衣襟抹着眼里的泪水。

文广叔接着说:"四蛮,难得这么通情达理的媳妇和老丈人,实话实说,这件事如果在咱家里过日子,别说你不答应,就是你铁了心要纳,俺们也不答应。如今你出门在外,媳妇又不能跟上侍候你,就当是买个使唤的,让她料理你的饮食起居。咱们这样做也只是给了她个名分,行动起来方便些。况且那是你丈母娘家的亲侄女,就权当她家给你陪了个使唤丫头。如今生米已经做成熟饭,一切都安置妥了,你就别任性了,否则大家都下不了台阶。"

母亲和文广叔说话的口气肯定不容置疑,语重心长又理由充分,把四蛮听得低下头不吭声了,但心里纠结得怎么也接受不了,却又不敢十分执拗坚持,便一个人回书房里生闷气去了。

　　第二天一大早起，母亲做主差遣五蛮和喜贵借了头毛驴，雇了一顶二人小轿，径直上大山上迎亲去了。赶早饭时他们就到了二丫家里，只见四蛮的丈人丈母和二丫的大大、姐夫已在家里等候多时，饭也做好了。二丫的父亲忙着招呼众人吃过早饭，便张罗着打发二丫上轿了。毛驴的鞍子上先垫了一条狗皮褥子，而后搭上捎裢，捎裢两边的口袋里装着二丫的衣服和首饰匣子。给四蛮的见面礼是六尺红腰带、爬山鞋和蓝缎瓜皮礼帽，用红包袱皮包得紧紧的，塞在捎裢兜里，簇崭新的缎褥缎被横搭在捎裢上用细麻绳捆绑了，一张六尺见方的白羊毛毡子，拴在鞍顶上。杨老先生拿出蛮子之前送来的聘礼包，从里面拿了一吊喜钱，把剩下的五两银子悉数塞到五蛮手里说："孩儿，伯伯家里不宽裕，留下一吊喜钱做个念想，你送来的聘礼，就权当是给二丫的陪嫁吧，你仔细收好了，回去交代你妈。"

　　五蛮一听就急了说："伯伯，这可不行，回去也交代不了，俺妈要责骂俺的。"还是万金公在一旁给圆了场："孩儿，你就荷上①吧，你们家里也不宽裕，上任的盘缠还是父子们急凑的，荷回去给你哥做盘缠吧。"两位长辈说得情真意切不容置疑，五蛮看着他们诚恳坚决的目光，嘴唇嚅动着却再也无法推让了。

　　这里准备停当，杨先生和万金公、女儿、女婿把他们送到大门外，再三安顿二丫说："孩儿，好好地照顾料理四蛮的生活，不要让他分心，我这里有你大大照应就行了，你放心去吧，时间长了要捎书带信回来告一下家舍，不要让大惦记你。"

　　二丫眼里滚着泪蛋蛋凄戚地说："大，俺这一走，咱们父女不知甚年甚月才能见面呢，您要保重身体啊！"说着父女二人已经哭成了琵琶。还是万金公在一旁又是埋怨又是劝慰："这是做甚了，今天是咱孩儿的好日子，赶紧打发启程吧，不要误了时辰。"父女二人这才擦干眼泪止住哭声，喜贵适时地放了三根双响的麻炮，就动身了。

　　临近晌午时分，他们顺顺当当地回到了河口。午饭时一家人高高兴兴地吃了一顿喜糕，唯有四蛮一个人在书房里蒙头睡觉没有过来吃饭。

　　饭后，四蛮的母亲把二丫领到书房，二丫进屋后便端了盆温水，把家舍的家具用抹布擦了一遍，而后把她娘家带来的行李毡被和捎裢里的嫁妆掏了一炕，四蛮见状便知趣地躲到书桌跟前的凳子上看书去了。

二丫一声不吭地把炕上的行李搬到炕柜上，用鸡毛掸子轻轻地掸扫了一遍，又用清水把席子擦抹了两遍，而后把羊毛毡子垫在底下铺上狗皮褥子，才把缎褥子铺展开，又把四蛮的行李挨着铺在上炕里。

晚饭时，冀氏用木盘子端了两碗红稀粥、一碟豆芽凉菜、两个喜蛋、一盘油炸糕送到书房里，一边往桌上摆放一边说："他大，这是咱舅家的二丫你认得，以后就由她照顾你的饮食起居，有甚不对的地方，你和我说道，可不许欺负她，这孩子从小没妈在俺家长大，和俺的亲妹子一样。"见四蛮不吭气，掉了两滴泪便匆匆走了。

这时二丫款款地走过来，把凳子摆好用抹布擦了，恭恭敬敬站在四蛮跟前，使了个万福，轻盈地说："老爷，晌午也没见你吃饭，饿了吧？请用膳。"

四蛮有生以来第一次感受这种只有戏台上才见过的礼仪，心里一乐，眉头也舒展开来，便不禁抬起头来仔细打量起二丫。这个小姨子，之前在丈人家里多次见过，那时还是个小孩子，常和自己闹着玩耍，并没有太多留意，几年不见竟出脱成水灵灵的大姑娘了，眉目清秀明艳照人，顾盼有致不亢不卑，虽是山乡女子竟有大家风范，不愧是读书人家的闺女，温文尔雅仁恭礼法。于是他便暂时放下戒备心理，走到桌子跟前坐了，这时才觉得肚里空荡荡的还真饿了，便端起粥来一口气喝了个精光，接着又连吃了五六个油糕。二丫见状忙把喜蛋剥了皮儿，又把自己的那碗粥也挪过去说："多喝点儿粥把喜蛋吃了，油糕食重，晚上不能吃太多，对肠胃不好。"四蛮乖顺听话地就着喜蛋又喝了一碗粥，才放下筷子。二丫就着豆芽菜吃了一个喜蛋和两个糕，便将碗筷收拾好端到上房洗涮去了。

四蛮吃了饭后，似乎不饿了，便扯了个枕头在炕头上靠着睡着了。不知过了多少时辰，忽然觉得有人在扯自己的衣袖，耳边传来轻轻的女人声音："老爷醒醒，你都睡了两个时辰了，起来烫烫脚再睡吧！"四蛮一下子坐了起来，双手揉了揉睡意蒙眬的眼睛，看着二丫问道："甚时辰了？"

"已经三更天了。"二丫说着便把他拉到炕楼边上动手脱袜子，还没等他反应过来，两只脚已经被摁在木盆里，一双葱白似的细嫩软手的温暖伴着暖暖的水热瞬间传遍全身，似有异样的感觉。四蛮这时才醒过神来，"我怎么这么浑啊？这两天一直为这事纠结烦恼，怎么睡了一觉就忘得干干净净了？真丢人啊！"于是便朝着二丫猛吼了一声："去，你一边去，我自己来。"二丫一愣,瞬间坐了下去,眼里噙着泪水说:"姐夫,俺做错甚了？"四蛮一个激灵回过神来,看着二丫坐在刚洒了一摊洗脚水的湿地上已是泪流满面,一头乌黑浓密的秀发像严冬的夜色煮染的丝缕,映衬着白皙红润的脸上珠泪点点,梨花带雨楚楚可怜,便自没了主意,恻隐之心油然而生。

二丫抽抽噎噎边哭边说:"这大概就是俺的命,俺这个妨七主的,小时候三岁妨了娘,长大未过门又妨了女婿。俺不怨你,是俺的命不好妨得来,你递明⑤就把俺送回大山上,我出家当尼姑去。"说着忽然站起来,从炕柜里寻了一把剪子竟要削发。四蛮一惊,急忙赤脚上去夺下剪子,一把将她揽在怀里……其时母亲和婆姨也没睡,母女二人守在上房里点灯熬夜等待,一直等到书房里的灯灭了,她们才如释重负般吹灯睡下。

【方言注释】

① 拔律:点拨。

② 达忙拾级:着急忙慌。

③ 散德:折损品德。

④ 荷上:拿上。

⑤ 递明:明天。

第五章 踏上仕途

三月初九清明节那日一早,四蛮引领着十三岁的长子士骧、十岁的次子士龙、八岁的三子士骢、六岁的四子士骏并合家男丁,带着纸香祭品和铁锹镢头,来到寨根底的汾河畔登上渡船,前往南岸的大圩滩祭扫祖先坟茔。

暮春之初清风拂面春意盎然,岸边灌渠堰阳坡面上的青草夹杂在荒草丛中,已经冒出尖尖的嫩芽,黄黄绿绿缠绕在一起。杨柳枝条像妙龄少女的长发恣意摇曳,一阵微风掠过,零零散散柔软蓬松。汾河上碧水悠悠,山巅峰峦倒映在水中澎湃荡漾,圪晃晃①地挤着两岸信马由缰喧啸翻腾。在这踏春郊游上坟扫墓祭奠先人的日子里,使人隐隐作痛无限悲怆凄凉,心中的哀思,恰似这一河春水静静流淌。

大圩滩坟茔位于汾河南岸的九凤山下,这里的祖茔是四蛮的祖父纯碫公汝祐和祖母王氏、杨氏三人合葬点穴立坟,左上首是伯父文贵的墓,右下手才是四蛮的父亲剑庵公文宝的墓。坟茔坐南面北高出河道三丈有余,三面开阔渐次低垂,西北延伸数里直抵河畔,状如凤凰展翅鸾翔引吭高歌。

古老的汾河带着盘古开辟的使命,像侠客一样踏着矫健的步伐,从遥远的白云生处管涔山脚下,风尘仆仆昼夜匆匆,途经宁武、静乐、古楼烦和晋西北边塞的雁门关一路走来,汹涌奔腾川流不息,在长峪沟口拐了个半圆弯由南向北,急匆匆地直奔瓮窑沟口的石崖下,又拐了个急弯才气喘吁吁地向东流去。大圩滩祖茔上青烟袅袅,坟头绒草刚刚泛青,祖墓上的哭丧棒已经长成两丈多高的垂柳了。四蛮深情地俯下身使劲地拔去墓头上的蒿蓬荆棘,士骧、士龙兄弟二人轮流着培上细土,整茸一新,逐个插上红黄蓝绿白的五色纸,裁剪成"富贵不断头"的纸穗子②,在墓前的石桌上摆好供品,焚香燃纸,由长到幼挨着上香。

四蛮主祭,蛮子、二蛮兄弟四人领衔跪奠,孩儿们依次跪在他们身后,模仿着长辈们的模样跟着有序磕头,庄严肃穆一丝不苟。

祭扫礼毕,四蛮恭恭敬敬地站在墓前,神情庄重地叮嘱四个儿子及家下人等:"我这次湖南赴任,或三年五年,或十年八载,尚无定期,每年送神祇和清明节扫墓是头等大事,礼数要周全,不可敷衍草率应班数,祖宗坟茔须年年植树修葺,决不可轻慢懈怠……"然后一家人围在坟前的熟地里,挖出去年秋天藏埋的一箩头山药蛋,架着柴火烧熟,而后就着供菜和酸菜、地菜,喝着祭奠剩下的半坛高粱烧酒,和先人们吃了一顿别致的"阴阳饭",才尽兴而归。

三月十六日是四蛮上任启程的日子,一大早起来他就到了上房和母亲叙话告别。二丫已将行李衣物打包现成,虑及南方多雨潮湿,她特意将羊毛毡和狗皮褥子卷在一起,用细麻绳捆绑了。为出行方便,她干脆女扮男装,头戴四蛮的瓜皮六瓣小帽,脚穿土骧的二道眉爬山鞋,身着四蛮旧衣裳裁剪改拨的短衣短裤,扎了一条皂色粗布腰带,一条漆黑锃亮的大辫子盘在脖子里,显得洒脱精干,竟似书童一般。

这时冀氏悄悄地走进来,把二丫拉到炕楞边上坐下,郑重其事地安托道:"二丫子,你姐夫大大③就交代给你了,他的身体虚弱有肠胃病,不能吃凉的、辣的、食重的,早晚要喝稀粥吃点软和的,晚上不能熬夜,睡前要烫脚,你好好地记住千万不要忘了。舅舅那儿你也不用惦记,平日里我会时常打发孩儿们去照应,时时节节俺一定亲自上门看望,你就放心吧!"说着噙在眼里的泪珠已经止不住滑落下来,饶是男儿性子的二丫,此时也是泪流满面了,她紧紧地拉着冀氏的手呜咽着说:"大大你就放心吧,你安托的事俺都记住了,俺会替你好好地照顾姐夫的,等回来时俺一定全须全尾地还给你。"说着说着姊妹二人抱在一处哭了起来。

此时一大家子人已经聚集在母亲的上房里,静静地等候着为四蛮送行,四蛮与二丫双双跪在地上给母亲磕头告别。母亲殷殷地叮嘱:"二丫你起来吧,四蛮的身体单薄,我把他托付给你,以后你就多操点儿心!你把他照顾好就是给我尽孝了。"而后抬起头来对四蛮说:"四蛮,你大虽然走得早,但你总算是给他长脸了,他在地下知道了也会为你高兴的。出去不管做甚官,一定要时时处处实实诚诚地为老百姓办事,不许欺压他们,更不许贪赃枉法坏了法度,即使不能流传千古,也不可当下就羞辱先人。清清白白做人,光明正大地做事，衙门中人好修行，多行善事多积功德，切记！切记！"此时四蛮听得已是涕泪纵横呜咽抽噎了，他一头磕了下去泣声呜语道："妈，您就放心吧，孩儿一定谨遵您的教诲，时时处处把老百姓装在心里，君子固穷守道修德，多行善事多积功德。只是您老这大岁数，我这一去，远历三千，不能守在床前尽孝了，您要保重身体啊！"说着母子二人相拥而泣哭成了泪人。

这时长兄蛮子在一边悄悄地提醒道："妈，时辰不早了，是该启程了，不要耽误了四蛮的行程。"母亲这才止住哭声，撩起衣襟擦了擦眼泪道："四蛮，自古以来忠孝不能两全，家舍的事你就不用操心了，有你兄弟们照应着呢。"四蛮也站起来，殷切地对兄弟们说："我此去千山万水，不知何年何月才能回来，妈的赡养和几个孩儿们的教诲就拜托兄弟们了。家里的子侄们要时时教导约束，无论贫穷富贵都要调引勉励他们读书上进，不要因我做了官就翘尾巴。与街坊邻里们相处，千万要恭敬谦卑礼让，宁肯吃亏三分，绝不贪占一厘一毫。"边说边向门外走去，这时守卧在檐下的那条大黄犬，悄悄地蹿上来摇着尾巴，亲昵地舔着他的足梁面，四蛮便俯下身去轻轻地摸了摸它的脊背，它哀哀地抬起头来眼里滑落着泪水，似乎在向他默默告别，引得四蛮也动了情感，遂拍了拍它的脑袋，心有不忍地站起来摇了摇头，无言地离去。

走到大门外的台阶上时，看见高峭挺拔的杉木旗杆耸立在街边。他抬起头来凝视着旗杆顶端的方斗说："这是朝廷给了咱们家的体面，一定要珍惜爱护，时间久了刷点桐油，别让它朽了。"而后站在街心若有所思地翘首西望，盯着磨石沟口两棵十余丈高的秦汉古槐，凝视了许久，才从十字街上沿着半里长的商铺街向城门口走去。这时临街铺面里的伙计们，正准备卸拴撤板洒水扫街开张门面，掌柜们正忙碌着擦抹柜台摆放期货。他们看见四蛮和家人们过来时，便立即放下手里的营生上前寒暄送别，四蛮上前一一与之拉话告别……

辰时初刻，四蛮在家人们的簇拥下，沿着一丈多宽的车马驿道，款款地来到寨根底的汾河古渡口。

河口汾河渡口码头始建于隋大业十二年，是时任太原留守的李渊为准备起兵反隋，令次子李世民前往与阳曲县西陲接壤的交城县域屯兰川养马屯田，为运送粮草马匹和夫役来往便利，在此特意修筑的。建筑宏大气派扎把结实，是汾河上仅次于太原水西关码头的第二大渡口，东西长三十余丈，南北宽六丈,河深丈余。码头临河外沿三面周边用三尺长、一尺宽、八寸厚的青石条,粘沙白灰麦秸糯米泥纵横砌垒,中间填充三七配比的石灰胶泥沙砾层层夯实,地上是一寸五錾的青石条铺面,石板面已经磨得碧绿如莹光滑似镜,悄无声息地留下了千年码头的岁月沧桑。码头地面进深一丈二尺,一溜九根桐油浸泡、直径八寸、嵌入地下九尺多深的榆木桩并排横列,桩上铁箍带环,链接着拴绑纤绳的巴掌大熟铁连环十八个,同时可供九条大船停泊装卸,气势磅礴宏大壮观。

码头北向外延的山畔底下,横卧着宽一丈二尺、进深两丈四尺的青砖瓦舍九间,外环三面六尺多高的石基砖围粉墙,正中耸立两丈四尺宽、丈二高的走马门楼一座,门阔八尺,可供车马大轿出入。皂漆大门配以黄铜兽环铺首和横竖五排的门钉,左右两尊半人高的青石狮子面目狰狞煞是威严。背面高出路基一人多的山坳里有一处四合大院,是马厩车轿棚子和驿卒杂役的居所。这就是古代专为传递官府文书、军事情报和接待过往官吏配置的临河驿站,当下虽已破落衰败斑斑驳驳,但从油漆剥落的榫卯结构飞檐斗拱和门窗彩绘上,已然婆娑隐现当年的雄姿风采。

驿站驿丞米丙臣兼领汾河码头主事,从八品吏员,湖南耒阳人氏。他闻听阎广居前往自己故里的邻县常宁任知县,一大早起就带了一名随从,站在大门前的槐树底下静静地守候。当他看见四蛮在家人的簇拥下走过来时,急忙趋步迎上前去,深深地施了一礼自报家门道:"太原府阳曲县河口驿站驿丞兼领汾河码头主事米丙臣拜见老爷。"四蛮慌忙还礼道:"久仰,久仰。"

米丙臣道:"知道老爷前往卑职故里服务桑梓从这里启程,鄙人在此专候大驾,替乡梓同仁们敬上清茶一杯,以解仰慕思贤之渴。烦请老爷移步驿馆少坐片刻,在下还有家书一封拜托老爷捎往舍下,若能赏光莅临,卑职感激不尽。"随即又施了一礼。

四蛮早闻此人勤于政事奉公履职,是仁厚君子且豁达侠义,又见其言辞恳切彬彬有礼,遂生爱意,便道:"足下言重了,区区小事顺路而为,何必如此客气呢?"

说着便回过身来对蛮子说:"烦劳哥哥们在码头上稍待片刻,顺便等一下文广叔和茂才,待四蛮去去就来。"

四蛮随米丙臣进了驿馆时,只见馆舍厅堂正中的八仙桌上,已经摆好了酒席，米丙臣谦恭地说："卑职在贵乡履职已经三年有余，久闻老爷寒窗苦读二十余载，仁义孝道品学兼优如雷贯耳。之前曾有几次动议想当面聆听教诲，终因琐事烦扰未曾谋面，幸得今日赴任从鄙所启程才得以相识，也是天意安排机缘巧合。老爷果然是相貌堂堂超凡脱俗，在下略备薄酒一杯，替乡梓同仁们为老爷饯行，此去一帆风顺诸事遂意，还请老爷赏脸浅酌几杯万勿推辞。"

四蛮一看阵势便知道不是虚情，但虑及家人们在外久等不妥，便说："足下厚爱本不该辞，只是家人们在码头久候心有不安，还望足下见谅。"米丙臣早知四蛮是实诚君子且素有酒量，便斟了一杯酒说："话虽如此，但也不在眨眼的工夫，稍坐片刻，待三杯酒后，卑职亲送大人上船便是。"

四蛮见状却之不恭，便挨到上席坐了，也为米丙臣斟了一杯酒说："我与足下千里易地为官确是有缘，愿与足下共饮此杯。"二人随即一饮而尽。

米丙臣为人豪爽性情耿直，在这里履职已经三年多还未回乡省亲，今日见阎广居仪表不俗正气凛然，也是性情中人，似乎遇到了知己，一下来了兴头，便想挽留多饮几杯，遂又满了一杯打开话匣子："佛语说得好，百年修得同船渡，十年修得一桌席，咱俩前世有缘，这次匆匆际遇，不知何年何月才能再见，请老爷满饮此杯。"

四蛮一听亦觉投缘，便道："有缘千里来相会，无缘对面不相逢，只要有缘，我们自然后会有期。"遂端起酒杯喝干。

这样来回互斟互敬，连着吃了十几杯酒后，四蛮夹了几口小菜便起身告辞了。

米丙臣知道不可挽留了，便将信札荷出来，双手恭恭敬敬地呈上道："鄙人家书拜托老爷了。"

四蛮两手接过来只扫了一眼，见一手漂亮的行草潇洒飘逸苍劲有力，已知此人学问卓尔不群，遂生敬意谦谦地说："蒿蓬隐匿灵芝草，淤泥藏陷紫金盆，足下学问如此了得，竟在这山乡僻壤埋没了数年，升迁必是早晚之事，广居能与足下相识，实乃三生有幸。"边说边将信札揣进怀里，说话间二人已成莫逆之交，相携着走出了驿馆。到了大门前四蛮请米驿丞留步，米丙臣却执意不肯，要送上船去，四蛮只好随性携手步上码头岸边。

这时渡口岸边已经聚满了人群，他们都是闻讯赶来为四蛮送行的乡亲们，文广叔也领着茂才赶来了，他眼里含着泪对四蛮说："四蛮，叔叔把茂才交给你了，就当是你的亲兄弟一般，只要为了他好，责罚打骂不要顾忌，千万不要为了我的老脸姑且迁就。"四蛮心里一热，忙走上前去激动地拉着文广叔的手说："叔叔，茂才交给我您就放心吧，我一定会全须全尾地把他还给您。"说着深深地施了一礼。

而后又调过身来与送行的乡亲们一一拉手话别："想我四蛮一介书生，何德何能，怎敢劳动众乡亲一大早为我送行呢？实在受之有愧啊！"

此时随行的喜贵和茂才已将二丫款款扶上船去，行李书箱也搬进船舱，四蛮遂与米驿丞拱手揖礼别过，纵身一跃跳上船头。站稳后双手抱拳朝着码头上送行的人群，揖礼拜别挥手致意："父子乡亲们请回吧，我此行不管走到哪里做什么官，河口永远是我的根，我决不辜负父子乡亲们对我的深情厚爱，纵使不能增光添彩，也决不会给家乡人丢脸的！"

河口是阳曲县邑汾河流域唯一的千年古镇，河神好像对这里特别眷顾青睐，趁着玉帝眯糊打盹儿的当儿，河水偷偷地从磨石沟口兀自南向蜿蜒至小峪沟湾，又在河心卧牛的刻意拨律撺赶下，陡然掉头转了个急弯，匆匆北下直抵山神爷坡脚底的旋儿湾，又拐了一个雕弓挽月状的弧形弯，才重重地喘了一口粗气放慢脚步，缓缓向东南绵延而去。三面环水把河口老镇包得严严实实，似乎还不忍离去，以致到了木鸽崖底的青石崖下还频频回首！春来河水绿如蓝带，波涛翻滚浩浩荡荡，清澈的河面上鱼群穿梭蜻蜓点水交相欢娱，桃花殷红杏花粉白两岸堤畔竞相绽放。弓字形的依山村落里炊烟袅袅，紫气升腾莺歌燕舞，喜鹊枝头唱；鸡鸣犬吠牛号羊叫，孩童嬉戏闹。偌大的麻坪滩田陌上，渠网纵横交错流水潺潺，麦苗昂首迎风郁郁青青，谷雨过后拔节渐次长，人勤春来早。一行北归的大雁在头顶上低飞盘桓嗷嗷欢叫，似乎对地里的禾苗和田埂上忙着浇地的人们诉说"我们又回来了"。

这时，一排排木筏，或二三十片，或三四十片，连成一串一串，从上游顺流而来，木排上的水手们齐声吼着雷鸣般的筏工号子："二马连环下来了，河道弯弯往里拐……"粗犷的尾排水手们，手执两丈有余的杉木棹杆，斜插在木筏孔隙中直抵河道，拖着木筏缓缓穿行放慢了脚步，恣意观赏这盛况空前的送行场面。此时，暮春的红日冉冉升起，穿过横亘在南岸的九凤山直射河面，峰峦倒影在清澈的碧波上，朝霞倾泻粼光闪闪，鱼跃峰巅浮光耀金；静影沉璧交相辉映。木筏驰入水流舒缓的河道时，木排渐渐平缓下来，稳稳当当鱼贯而行，刚刚还跑前跑后紧张的筏工们，顿时心情豁然开朗起来，情不自禁地吼着嗓子唱起了山歌。

酣畅淋漓抑扬顿挫撕心裂肺的曲调，伴着木排穿行水流哗哗哗的旋律扑上汾河两岸，穿过田陌村庄，在山谷沟壑间久久回荡。万般出于无其奈，撇下亲人走口外，那凄婉哀怨缠绵的歌声随着晨曦的清风，掠过河畔上的杨柳树梢飘上木鸽崖，飘上卧龙岩，飘上朝阳山，飘上斯须白云天籁苍穹。

巍峨高耸的庙儿山脉绵延起伏沟壑纵横，黄土圪梁上避风向阳的山坳里，若隐若现着零零散散的山庄窝铺，牛羊牲畜与劳田耕作的人们散落在坡梁沟畔上，星星点点蝼蚁般地蠕动。朝阳山阳弯坳窊里点缀着零零散散的野菊丁香，山坡上的灌木草丛和甜苣苦菜叶子，在晨光的辉映下泛绿舒展；薄雾霭霭的轻纱中，蜿蜒逶迤沉睡了千年的黄龙，已是躁动起伏；雄姿英发的龙头微微翘首，缓缓伸向磨石沟畔，傲然仰视南梁；龙头上圣母殿里焚燃的香烛纸表烟雾缭绕紫气升腾；悠扬的钟声飘上苍穹，唤醒了沉睡的卧龙，北虬南凤昂首挺脊，隔河凝望相映生辉。

此时船身已经驶入河心缓缓前行，四蛮头戴一顶簇崭新的黑缎瓜皮礼帽，身着洗得发青的蓝布长衫，脚蹬千层底皂面布鞋，拖着一条乌黑光滑似缎的大辫子，潇洒飘逸地伫立在船头，深情地凝望着老街上的参天古槐和枣树枝梢，凝望着老宅门前的旗杆斗顶，凝望着时隐时现的店铺门楣上熠熠生辉的金字匾额瓦联，凝望着紫金沟畔的中唐石刻和阡陌踏歌的田园风光……眼前移动的景致竟使刚刚激情澎湃的他，瞬间又儿女情长了，心里暗自思忖：我怎么从来就没有发现，我的家乡原来如此壮美啊！此时此刻，四蛮已是恋恋不舍，心潮波涌思绪万端，竟有难舍难分之意，随即口占一绝：

> 九凤朝阳霞帔映，
>
> 黄龙薄雾轻纱锁。
>
> 归去来兮我凤愿，
>
> 何日解官布衣裹？

小船悠悠顺着汾河古道，沿着千年老镇环形绕行，岸边送行的父老乡亲们殷殷招手，目送着船身渐行渐远，似乎还不忍离去。这时他才突然发现，自家养的那条大黄犬一直在河畔上追跑，似乎要把他送往任上，他的眼睛顿时潮湿模糊了……

【方言注释】

① 圪晃晃：势头勇猛。

② 纸穗子：上坟时插在坟头的剪纸。

③ 大大：姐姐。

第六章　常宁除霸

　　安亭公一行风尘仆仆步履舟行，一个多月后，于五月初来到湖南境内北临长江的重镇岳州府。谁知安亭公一路颠簸又感风寒，竟卧病在床水米不进。亏得驿丞方孝义及时援手，寻来一位乡野名医，只三剂草药后病相已然大好。

　　端午那天早起，安亭公觉得病情似有好转，便急切地督促喜贵和茂才赶紧上路。喜贵一看他面色憔悴身体虚弱精神萎靡，只怕是耽搁了行期着急上路，才扎挣着勉强支撑，便找了个借口婉言劝道："四叔，此地名胜岳阳楼是天下第一名楼，我等此次已经路过，不知哪年哪月还能再来？咱们何不在此逗留一日，稍事浏览一饱眼福，免得他日后悔了留下遗憾。"安亭公一听亦觉在理，又兼体弱身虚确实难以遽然登程，便默默地点了点头应允了。

　　早饭后，主仆四人在驿站里借了两匹马，便直奔西城门而来。此时太阳刚刚升起一竿子高，安亭公在二丫的搀扶下，缓步登上巍峨壮观的千古名楼岳阳楼。

　　他们刚上了二楼时，安亭公已经出了一身虚汗。可当他看到曾任康熙帝师的书法大师张照，在十二块紫檀木屏风上，书写镌刻的北宋名臣范仲淹的名作《岳阳楼记》时，顿时惊呆了。他喜出望外如获至宝，顿时精神了许多，连连惊呼道："旷世三绝！旷世三绝！文章盖世，书法绝伦，镌刻精美，若非喜贵提醒，我几乎与这稀世瑰宝擦肩而过，此行不虚！不虚此行！"遂自痴痴地站在屏风前，像着了魔似的，眉飞色舞如饥似渴地反复临摹比画，久久不肯离开。

　　登上顶楼时，一阵清爽的微风拂过，更觉心旷神怡。他凭高俯瞰临窗远眺，只见上下天光波澜不惊，云青青兮欲雨，水澹澹兮生烟，长烟一空尽收眼底，八百里洞庭一望无际。十余丈高的楼身拖着长长的影子倒映在水中，宛若洞庭龙宫海市蜃楼,碧波荡漾水天一色,雕栏玉砌飘浮水面,天光云影上下徘徊,已是心潮起伏激情澎湃,不由得一阵连连慨叹:"非洞庭美景岂能成就《岳阳楼记》的千古名作,非范文正公谁能道尽这天下第一风光。"遂自情不自禁地朗声诵读:"予观夫巴陵胜状,在洞庭一湖。衔远山,吞长江,浩浩汤汤,横无际涯,朝晖夕阴,气象万千……"

他的心境已被这烟波浩渺的洞庭风光感染了,竟自陶醉沉浸在欢快愉悦的激情中,如梦似醉忘乎一切,仿佛置身事外踏上灵霄广寒。

突然间一阵狂风掠过,阴云密布天昏地暗,山雨欲来风满楼。安亭公刚刚欢愉崛起的心境,霎时间一落千丈坠入茫茫的夜幕中,一种莫名的恐惧骤然袭来,不知是去国怀乡的忧谗畏讥,还是忧国忧民的责任担当使然,他蓦然回首曾经苦苦熬煎的岁月,虽寒窗苦读屡试不第,看似前途渺茫一片黑暗,却又大挑举士踏上光明,天上浮云似白衣,斯须变幻如苍狗。仕途也如这变幻莫测的风云,平坦必然伴随坎坷,光明与黑暗并存,潮起潮落跌宕升腾,瞬息万变只在眨眼之间。风平浪静的深渊正在暗流涌动,彩虹往往是风雨过后的七色斑斓,狂风巨浪与晨曦晚霞一样绚丽多彩,世事亦然如此,跌宕起伏才是人生,岂能海晏河清一帆风顺……

自从京城大挑面试归来后,他就留意思考常宁的人文历史和民生吏治,资料来源还是那次到太原学政衙门认领任职文书时,在晋阳书院张公莫先生那里,浏览京城邸报获悉的。赴任途中他一路上都在思考如何着手应对这纷乱的情势,把控当下扫除障碍,清理积案整饬吏治,打击豪强扫黑除霸,还老百姓一个朗朗乾坤。

他前几日卧病驿站,固然是由风寒引发,却也是忧虑过度所致。常宁虽是王化之地,却山高皇帝远,上下勾连串通,吏治糜烂腐败,百姓流离失所,水深火热熬煎,不经一番大刀阔斧的刮骨疗毒,怎能斩断这千丝万缕的盘根错节,解民于倒悬?

一阵风雨过后云开日出,湖面上又恢复了浮光跃金一碧万顷的宁静。须臾,汨罗飘过湘灵曲,湖面上星星点点的渔船,从四面八方簇拥着九艘龙舟,鱼贯穿行驶往汨罗末端的河伯潭。这时他才想起今天是端午节,不由得百感交集浮想联翩,便命喜贵借来笔墨,信手于白壁粉墙上题无名七言一首:

47

屈子抱冤沉汨潭，

九歌逐浪洞庭还。

楚水悼亡千古恨，

湘灵曲祭使人寒。

　　常宁县地处湘南边陲，北濒湘江，南岭山脉的塔山、大义山绵亘南部，东临春陵水与耒阳相望，西与祁阳衔接，域内河网密布纵横交错。自古以来族群繁杂汉民居多，民风淳朴敦厚良善，土地肥沃物产丰饶，素有"油茶之乡"的美誉，属湘南丰腴富庶之地。然而吏治败坏官场昏暗，师爷理政包揽诉讼，他们与地方乡宦串通一气，纳钱收贿左右司法涉案颇深。以致上行下效贪墨成风纲纪无存，黑恶横行百姓流离民不聊生。前几任县令均因贪赃枉法而祸及己身，当下厘案堆积如山，吏风一片混乱。

　　安亭公上任伊始，那些地方豪强商贾大户，甚至州府乡绅纷纷递上名刺请求拜见。他便假以旅途风寒染病卧床而闭门谢客。其间秘密调来积案文档仔细翻阅梳理，未及半月已然初见端倪。

　　安亭公苦思冥想了数日后便托词："儿时曾患怪疾留下病根潜伏体内，此次风寒旧疾复发疼痛难熬，须到乡村僻野之地避暑静养数月，顺便寻访乡医疗治。"而后尽将衙门政事暂委县丞李五竹署理，独留下茂才整理文档案卷。他与喜贵主仆二人乔装改扮走出县衙，忽而走乡串户游走于山野乡村，忽而与商贾搭档穿梭于城垣市井。经过两个多月的明察暗访，终于抽丝剥茧理出了诸多疑案头绪。

　　原来这里是湘省闻名的油茶之乡，茶树结果可以榨油，油质晶莹剔透竟似黄金，味道浓郁醇香令人陶醉，名厨大师视若珍宝，太医郎中疗病医伤，药食两用皆善，实属油中黄金瑰宝，其种植食用历史已有两千多年了，是历朝历代宫廷专用的御膳御医贡油。

　　据《本草纲目》载："茶油性偏凉，降温止血，清热解毒，主治肝血亏损，可驱虫益肠胃明目清心。茶籽苦寒香毒，主治喘急咳嗽去痰垢。"《纲目拾遗》亦载："茶油可治痔疮退湿热。"

　　据传，当年朱元璋被陈友谅追杀负伤，在此被当地茶农救助，每日以茶油涂抹，数日后伤口愈合红肿渐消，于是称此油茶果是"天赐奇果"。

　　缘于这种茶果油的神奇妙用，以及宫廷药膳贡油的特殊暴利，当地官宦世族、府县官吏、商贾大户和黑恶势力,对此垂涎三尺趋之若鹜。由是他们围绕着茶果油的包揽垄断,展开了一轮又一轮的极力角逐。或依官仗势巧取豪夺,或暗通款曲重金贿赂,挖空心思绞尽脑汁,使出浑身解数拼死博弈。

本县有一地方豪强章姓家族,兄弟三人个个刁蛮,泼皮无赖飞扬跋扈,横行霸道无恶不作。

老大章龙阴险歹毒,口蜜腹剑笑里藏刀,满口仁义道德,一肚子男盗女娼,逢人面带三分笑,心里已在算计你,人称:"厚颜无耻笑面虎,卑鄙下作伪善人。"

老三章豹性自张狂,蛇头兔眼骄横跋扈,为非作歹鱼肉乡里,浑身是胆不可一世。城隍庙里能撒尿,阎王的胡子拔着玩,敢与妖魔赌输赢,不怕厉鬼找上门,人称混世魔头"小霸王"。

老二章虎最为歹毒,杀人越货胆大包天,恣意妄为恶贯满盈,阴险凶残狡诈,魑魅魍魉也怕。不惧官府王法,不畏天道轮回,不信鬼神不信邪,不怕阴司报应,凡事我行我素,老子天下第一,人称"没毛大虫"章二。

他们本是域内乡野塔山南崀人氏,自幼不喜读书,长成不务农桑,好逸恶劳横行乡里,鸡鸣狗盗为非作歹,偷天换日制造事端,拦路抢劫设网捕鱼,是货真价实的地痞恶棍,声名远扬顶风十里呛死人,臭气熏天隔着天河吹喇叭。

兄弟三人成年后,乡村水浅已经不足王八沉浮。于是章二便纠集了一帮地痞无赖,横行于城垣市井。初始只是帮人扯皮拉纤坑蒙拐骗,继而插手买卖生意强买强卖,涉足赌场烟馆妓院,甚至抢男霸女,在市井街头过境路口,暴力收取庇护银子买路钱,之后参股钱庄当铺,强势控股高利放贷,从而积累了数以百万计的白银资本。

随着资本积累的暴增,章二志得意满吆五喝六目空一切,人性之恶也随之更加膨胀了,整日里花天酒地狐朋狗友,招摇过市威风八面。他下乡时鸡飞狗叫六畜不安,家家闭门上锁,上街来鬼哭狼嚎店铺歇业,人人避而远之。开始章二还洋洋自得甚觉惬意,白日里斗鸡走狗劫道掠财,夜晚时醉生梦死穷奢极欲,浮生野马悠悠哉,大有皇帝老大我老二的感觉,似乎"当今天下如欲称雄霸道,舍我而其谁也?"

一次偶然的遭际,才使他觉得完全不是那么回事,从而重新审视认识了自己。那是他的患难兄弟狗三牵扯进一桩人命官司，章二备了一份不菲的厚礼，信心满满地亲自去拜访县令王一非，意欲网开一面融通买放，谁知竟然被其生生地拒之门外。章二觉得丢尽了面子，气得暴跳如雷，回来后沮丧失落心有不甘，便将平日里与他厮混的酒肉朋友，县衙里的师爷蔡五德叫来询问个中就里。蔡五德酒酣饭饱后，仗着酒盖脸才道出真情："时下官场上的吏员们虽然贪腐敛财，但他们吃肉怕腥脏了嘴，当婊子还想立牌坊，从不轻易结交江湖上的混混，特别是那些招摇过市、为富不仁的市井无赖。这些人哪怕就是富得金砖墁地元宝垒墙，在他们眼里却还是不入流的贱民。足下若想游走官场，进入上流社会，谋求更大举措，还须改头换面包装一番。否则只能混迹于市井街头，却登不得大雅之堂。"

章二听后，顿时醍醐灌顶茅塞顿开，仔细琢磨觉得也是这个理，鸡窝里毕竟飞不出孔雀凤凰，狗骷髅上不得正经席面，且长此下去只是风光并不体面。

于是章二就纳谋着怎样包装自己。经过数日的苦思冥想后，才开始动作起来。他首先在府前街的繁华闹市三官巷，置了一套三进的豪宅大院，飞檐走兽斗拱风铃，彩绘门窗瓦面楹联，朱漆大门配以黄铜兽环铺首，上下两排青铜门钉，三寸宽的铜条镶边，二尺高的门基座上，蹲着三尺高的青石狮子，阴森森煞是威武。丈二高的青砖照壁上雕刻着松竹梅岁寒三友图，文绉绉地彰显风雅。门前站了两名头戴瓜皮礼帽，身着长袍马褂的白面儒仆迎宾送客，虽然不伦不类，但宏大的气派已经唬得行人绕道而行。

前院里账房管家仆人蓝袍加身。中院正厅五间辟为厅堂，东、西两墙六尺高的书橱里，填满了经史子集古籍缮本。正面中堂挂着五尺高的孔圣人画像，两边配以"文章开天地，道德通古今"的木刻行草楹联，左右间隔有序地挂着名人字画，显得古朴文雅又有创意。后进院里丫鬟妻妾成群，一律长短裙旗袍装束。

东、西厢房清一色的紫檀楠木家具陈设，塞满了商周青铜秦汉陶甬唐宋瓷器。

自身装扮也一改以往的绸缎衣饰，出门时身着素袍马褂儿，手持文雅折扇，口中之乎者也咬文嚼字，装模作样附庸风雅，一副文人做派，俨然名士清流。且隔三岔五便召集一群帮闲文人，抓耳挠腮舞文弄墨，座上客常满，杯中酒不空。初一十五舍粥饭,逢年过节济贫困,路过寺庙烧香磕头上布施,看见学官人五人六捐善款。不到一年光景,就把自己打造成一个"满腹经纶""仗义疏财""乐善好施"的儒商君子。精致的包装使得章二身价转换底气十足,似乎一代文人墨客名士风流。

昔日一身毛病被人不齿的他,如今"积德行善"与文人雅士结伴,令人刮目相看。也由此而受到知府大人的青睐眷顾,频频召唤明显高看。之后便慷慨解囊曲意逢迎,整日里交结官府笼络仕宦,不惜重金贿赂府县官吏,以跻身上流社会,混迹于衙门庙堂……

乾隆三十六年正月,章二凭借几年来官场上趋炎附势积累的人脉关系,而后辅之以金钱铺路上下打点疏通关节,把持了宫廷膳食油的专贡权,顺利拿到了县域境内茶果油的垄断经营,堂而皇之地成立了常宁油茶果贸易货栈。这样一来,昔日的"没毛大虫"便如虎添翼,摇身一变成了上流社会的官商大贾,神气十足不可一世。

改头换面的章二包揽茶果油生意后,便树起大旗招兵买马,由是市井乡野的流氓地痞们,纷纷投奔聚拢在他的麾下。章二坐镇县城发号施令,以山寨村落点片设置寨头寨主,丈量土地核定产量。四处张榜告示:"凡茶农生产收成的茶果须由贸易货栈统一经营。茶果成熟后各家自行晾晒,到就近点片设立的仓库缴纳,任何人不得擅自处置,否则重罚不贷。"收购时又大斗高秤品相折扣,两斛仅够九斗,且价格低于官价三成。茶农们虽然恨得咬牙切齿,但慑于官府撑腰和黑恶势力的淫威,却敢怒而不敢言,直气得七窍生烟五内俱焚,市井城垣怨声载道,乡野山村一路哭声!

为了经营便利,章二把油茶果仓库、榨油作坊和船运码头,选择在城郊宜潭乡的宜水河畔。船运码头、场棚建筑和经营管理,尽数委托乃兄章龙主理。

宜潭乡因位于宜水和潭水的交汇之处而得名,这里交通便利土地肥沃而人口稀薄。伴随着人口逐年暴涨和各种商业网点的急剧增加,人均拥有土地不足七分,寸土寸金价值昂贵。由于临河水旱码头的特殊地理位置,近年来商贸日趋繁荣,地价也随之而攀升,每亩地的价格已由乾隆初年的二十多两银子攀升到六十多两。经估算仓库、作坊和船运码头,共需占地六十余亩。

章龙插手后,便勾结时下的县令常圭,与当地里正乡绅甄五池串通一气

51

狠狠为奸，土地价格按大清开朝时顺治初年的官价每亩六两核准。

这块土地分属该乡四十八户乡民，是他们祖祖辈辈赖以生存的活命田，失去土地等于夺走他们的生命。告示一经张贴后，乡民们立刻像炸了锅似的，齐集在县衙门前集体申诉，男女老幼二百多口人，黑压压地跪了一地。县令常圭不仅不予受理，反而派出衙役捕快，手执棍棒武力驱赶。无奈的乡民们只好退回自家的田间地头，昼夜守候以求自保。其时正值暮春三月，地里的稻麦绿油油长势喜人，已经覆盖了红土地。章龙一看势头不好，便将老三章豹召来，如此这般面授机宜安排一番。

清明那天，乡民们都上坟扫墓去了，章豹雇用了一百多名街头混混，手执锄头砍刀，将六十多亩青苗悉数践踏毁损。等到他们闻讯赶来时，地上已经踩踏刨砍成一片狼藉，稚嫩的幼苗无助地躺在地下呻吟抽泣，满目疮痍无限凄凉。

愤怒的乡民们蜂拥闻讯赶到后，便将章龙兄弟二人团团围住与其理论，怒骂声指责声响成一片。这时埋伏在周围的一百多如狼似虎的市井无赖，手持棍棒迅速围上来，劈头盖脸见人就打。手无寸铁的乡民哪里是他们的对手，霎时间，纷纷躺在地下和青苗一样惨不忍睹。

一百五十多受伤的乡民们抬的抬来爬的爬来，天黑时聚集在县衙门前，喊声哭声骂声不断，引来过往行人的围观唏嘘！此时两扇乌黑的大门紧闭，两排身着皂衣的衙役，手执水火棍虎视眈眈地守在衙门前，县令常圭已然不知所踪。乡民们昼夜守候了三天，竟无一个公人出面安抚，更别说明镜高悬秉公受理了。

无奈的乡民们只好离开这暗无天日的县衙，前往衡州府衙上诉状告。当他们云集到府衙时，章二正在后厅与知府李世杰喝茶聊话。知府沉思片刻后，便将同知王某传来，精心安排叮嘱了一番。王某领命后，走出大门接待了上诉的乡民，他一脸无奈地对众人好言抚慰道："此事府台大人并不知晓，尔等蒙冤受屈他也很是痛心，可当下要紧的是疗治创伤。倘若因为诉讼拖延耽误了疗治期，致使轻伤加重，重伤死亡便不值当了。待身体痊愈后再行诉告也不迟。"随即派人将乡民们，集体安置在城西营房里疗伤治病，且时不时亲自或派人过来看视慰问。善良的乡民们满以为碰到了清官，便大放心宽地住下来，等待痊愈后再行诉讼。

在此期间,宜潭乡这边,章龙章豹兄弟二人,立即组织工匠一千余人,浩浩荡荡开进场地,昼夜不停加速施工。不到三个月的工夫,已将三十多座榨油棚、二十多座仓库和可同时装卸二十多条大船的船运码头营造完工。

等到乡民们伤愈再行诉告时, 同知王某一改往日和颜悦色的伪面孔, 声嘶力吼,断然裁决:"此案经本官查证核实,年初常宁县衙及宜谭乡里正与章虎签订合约在先,且县衙也已颁布公告,应属合法营造,章虎履行合约并无过错。打人致伤属口角意外斗殴,事出有因,双方均有过错。田价每亩六两实属低廉,且是顺治朝的官价不可考据,为此本府裁决:追加纹银二两,每亩按八两核准。此案终结,不得再行上诉,否则以寻衅滋事议处。至此一桩拖了三个多月的官商勾结暴力占地公案就此了断,无奈的乡民们,只好拖着疲惫不堪的身躯,无可奈何地回到乡里。当他们抱着一线希望,来到自家的田间地头时,仓库作坊,船运码头,已经赫然横陈在宜水河畔,生米变成了熟饭,无助的他们只能望河兴叹!这时里正甄五池带领县衙胥吏书办寻上门来,核定亩数签订契约发放价银。结果是扣除膳食疗伤费用后,田多的能领一二两,田少的还得倒贴,真是欲哭无泪状告无门。从此这群失去土地的乡民们离乡背井,踏上了颠沛流离的沿街乞讨之路。

秋风过后, 宜潭乡的茶果榨油作坊正式启动运营, 彩旗飘飘鼓乐齐鸣,爆竹连天流水待客,车水马龙好不热闹。老大章龙坐镇调停,将乡村收购的油茶果悉数搬运于此,昼夜加工成精品油,而后利用湘江船运便利,北上荆襄武汉,南下广东,西去四川,高出官价三倍牟取暴利,这样每年可获巨额利差五十万两以上。

在不义之财的反哺之下, 章二又涉足省府官场, 甚至交结吏部官员,上下通气,左右地方官吏任用,做起卖官鬻爵的生意来。这样使得许多地方候补吏员,纷纷攀附,暗通款曲,投在章二门下。从此手眼通天的章二气焰熏天炙手可热,驱使州县以下吏员如臂使指,把衡州和常宁官场玩得团团转。

前几任县令上任后, 章二便对症下药, 或拉拢收买, 或威胁利诱, 一一降服,使得他们一个个降低身价屈尊纡贵投在他的门下,甘当奴才走卒,与其沆瀣一气狼狈为奸。

当时有一川籍小吏刘文会,曾在耒阳做过三年县令。在任期间侵吞赈灾银两贪污渎职,使得该地灾民饿死上万人,被人检举弹劾。长沙按察使司派员纠察,免去县令之职接受查处。该员顿时手足无措不知如何是好,后经人引荐,将自己的小妾送给章二,拉上连襟关系。章二一看此人獐头鼠脑是可用之才,便动用自己的人脉,送上重礼打通关节,为其遮掩过去,并列为候补吏员,等待补缺安置。

一年后章二又上下疏通,将其补为常宁知县,如此一来刘文会便成了木偶,幕后主政却是章二,任凭外界山摇地动,这里却是波澜不惊。

安亭公上任之时,刘文会已任满三年,在章二的运作下已顺利升迁衡州同知。当章二正欲物色安排新的县令时,安亭公突然从天而降走马上任,章二犹自浑然不知。虽然感到困惑不解,也未特别在意,只在心里暗自思忖:"凭着自己的雄厚财力和神通广大的能耐,摆平一个县令,似乎也不必太费周折。"于是便像以往一样送上名刺请求拜见,谁知多次请见竟遭谢绝。之后三个多月,新任县令竟然失踪了,连卧底眼线和衙门里的官吏也不知其去向,章二甚感迷茫,无论如何也理不出个头绪来,一度时日心慌意乱魂不守舍。

寒露过后正是油茶果采摘收获的季节,也是茶农们欢欣鼓舞的日子,安亭公已经微服暗访了两个多月,他与喜贵从塔山循着山路正往县城折返。一路上只见山民们车推肩挑着的都是籽粒饱满的油茶果,但是脸上不仅没有半点喜悦之色,反而是愁眉苦脸,忧心忡忡。安亭公试着与他们攀谈,只称自己是长沙来的生意人,想采购一船油茶果运往长沙。谁知那些茶农们一听,立马像蝎子蜇了似的连连摆手说:"这位老表,你快走吧,这里的油茶果且不说没人敢卖给你,就是你收购了也运不出去,官府有禁令,水陆两路都设了缉私关卡,昼夜有人查检,鸟儿也衔不走一粒,一旦查获了不仅货品没收充公,人还得跟着吃官司,谁敢卖给你啊!就算是元宝垒了大门,也没人敢卖给你一粒。"

这时安亭公已基本掌握了确切可靠的线索,且从中理出头绪,对章二的斑斑劣迹和常宁官场的吏治糜烂包庇祖护,已然了如指掌。回到衙署后,他依旧闭门谢客不理政务,私下里却与喜贵、茂才和县丞李五竹,频频传唤知情证人,秘密召见有正义气节的乡贤里正,将案件案情梳理明细补充完整,按图索骥收集证言证词,只待时机成熟,便可一举出击。他这里虽然谨小慎微暗里操作,却早有卧底眼线,将他的行踪轨迹秘密报与章二。

章二虽然没有文化但不缺乏心机，他细细思索揣摩后，已自认定安亭公是在和他暗里较劲打擂台，秘密搜寻他贿赂官府欺行霸市的证据。面对油盐不进软硬不吃的知县老爷，素以沉着冷静著称的铁血魔头，竟也慌了手脚，似乎几年来他费尽心机，打造的黄金链接即将断裂，寒冬一夜到来，冥冥中觉得祸在眼前，这次恐怕在劫难逃，顿时感到了前所未有的恐惧和寒冷。

由是，他关起门来绞尽脑汁开动思维，仔细琢磨如何才能解开这个死结，苦苦思索一夜未眠。翌日晨起便带了一名随从，前往衡州府衙，拜见知府李世杰大人，把新任知县阎广居，这段时日上山下乡明察暗访的行动轨迹一一禀报，并不无担忧地说："这个新县令和咱们不是一条船上的人，他油盐不进行动诡异，明显是在背地里寻找麻烦，专与咱们作对，当下咱们该如何应对是好？我竟不信世上还有这等只为名声不爱银子的清廉官吏。"

李大人听罢，沉吟了片刻，遂叹了一口气说："这个阎广居是吏部大挑选派的知县，跟地方官府没有半点牵连瓜葛，连抚台大人也是在他到任后，交割文印才知晓的，明面上他也不敢张狂，唯唯诺诺上下敷衍，这些都是官样文章，实际上他只对吏部负责。据我所知，此人自幼家贫读书上进，刚直不阿素有抱负，从乾隆三十六年开始应试，连着考了三科不第，十年来心里窝着一肚子的火无处发泄，正想借此表明心迹效忠皇上。乾隆四十六年正月，大挑发榜任职后，皇上专门在文华殿设宴款待他们，圣上的本意也是通过大挑举士，恩荫笼络引为知己，使之感恩戴德忠心效命，借助他们渗入地方官场整饬吏治，皇上视他们为知己，他们感激皇上的知遇之恩，能不以死效命吗？正好常宁知县候缺，也怨咱们没有及时填补，机缘巧合便让人家钻了空子。虽说是个七品知县，人家可是天子门生，吏部直派的官员，我这里也不好随意开缺，只能缓以时日，无论什么由头随便寻个不是，安排他个闲职，才能解除一块心病，眼下实在没有法子更换，更不可无端打压，否则便是与皇上叫板自找麻烦。若想当下更换，除非是吏部改了派遣，除此之外别无他法。"

章二听了顿时凉了半截身子，回到家里后，一阵懊恼后悔，悔不该当初在没有合适替补的时候，便急匆匆地把刘文会这个狗才补了衡州同知，让人家钻了空子，都是那个小妖精蛊惑的，唉！现在说什么也晚了，无论如何也得想法子先迈过这个坎儿。如今能解开这个结的，唯有吏部郎中蒋钦蒋大人。

说起这个蒋钦和他的交情来，那还是乾隆四十二年，他为了承揽常宁的茶果油垄断经营，才与其搭上的线，两人联手卖官鬻爵左右衡州、常宁的官吏任免，把那些自下而上的官员们唬得乖乖的。他想，现在自己的垄断生意稳操胜券，风生水起如火如荼。自己一旦垮了，势必要波及牵连到蒋钦，这也是蒋钦不愿看到的结果，这样便能促使其伸出援手，说到底我与他已经捆绑到一起了，救我也是救他自己。

章二打定主意后便令心腹管家修书一封，差遣长子章文带足银票快马前往京城，明面上是向蒋大人问计讨教，实则是通风报信，督促他赶紧想方设法摆平此事，否则一旦拽扯出来，大家都得受牵连。

与此同时自己也揣了一摞面额不等的银票，携带随从小厮，星夜前往抚台衙门勾连串通，梳理关节商讨对策。

此前安亭公已将章二与前任县令暗箱操作垄断茶果油经营，牟取暴利扰乱市场，偷漏厘税欺压百姓，横行霸道危害乡里的斑斑劣迹详细整理呈文，报送至抚台衙门和按察使司。

抚台和按察使接到呈文后，一看证据确凿铁证如山，知道已成铁案谁也不敢袒护，为了撇清自己洗涮嫌疑，于是连夜签署发文，核准拘捕文书，快马送达常宁县衙。

就在章二风风火火游走于各衙门上下打点时，抚台衙门和按察使司的核准拘捕文书，已经下发至常宁县衙。安亭公立即发签，以迅雷不及掩耳之势，立即部署拘捕章二兄弟三人及其主要党羽。捕快衙役迅速出击，很快在长沙驿馆将章二抓捕归案。当捕快手持拘捕文书出现在他面前时，章二顿时如遭五雷轰顶，站立不住，一屁股瘫坐在地上，脸色苍白、瑟瑟发抖，竟不知是怎样被人拖走的。不到三天的工夫，以章二三兄弟为首的黑恶势力同伙们均已悉数追捕到案。与此同时安亭公快速出击，已将章氏兄弟的产业，船运码头、仓库、油棚、账房和三官巷的府邸贴了封条，立即派人接管。丫鬟使女仆役悉数遣散，妻妾们迁至外院，内院全部上锁封门。清理收缴了现银一百二十多万两，银票二十多万两，珠宝、玉器、古董、名人字画、名贵药材、烟土折合纹银三十余万两。行动之快，动静之大，令人瞠目结舌，直把那些山野村霸小毛贼们惊得魂飞魄散。

以章二三兄弟为首的黑恶团伙，被安亭公一举剿灭，宜潭乡暴力占地被迫流落异乡讨吃要饭的四十八户村民们闻讯后，扶老携幼返回乡里汇集在衙门前,请求安亭公严惩章氏兄弟,为他们伸张正义挽回损失。看着这群跌皮露肉,衣衫褴褛蓬头垢面的叫花子乡民,安亭公心痛得掉下眼泪,他立即叮嘱县丞李五竹给大家安置食宿,令主簿徐谦核对户籍,从收缴的赃银中开支,每户发给安家银子五两,每人发给生活贴补一两,让他们暂时回家安生度日静候审理清算,直把众人感动得泪流满面,跪倒在衙门前高呼:"青天老爷,公侯万代。"久久不肯离去。

为了避免白日干扰,安亭公决定夜里开堂审理此案,九月初三那日夜深人定后,安亭公经过一番周密的部署首次开堂。待三班衙役站定后,他才缓缓地从后厅步入大堂,落座后即发签传谕:"带囚犯章虎堂前讯诘。"

早已候在庭院右侧的两名狱卒,立即将身着囚衣,披枷带锁的章二带上堂来。这时三班衙役们手里的水火棍"咚、咚、咚"快节奏地捅着地砖,拖着长长尾音的"威武"震耳欲聋。章二虽久闯江湖经风雨见世面,却从未见过这等威严的阵势,心里一颤已自乱了方寸,浑身发着虚汗腿自先软了,身不由己咚的一声跪了下去。安亭公拿起惊堂木狠狠地拍了一下道:"下跪何人?报上名来。"

章二干咽了两口唾沫,抬起头来愣愣地直视堂上。见安亭公身着鸂鶒补子的五蟒四爪蟒袍,头戴素金顶戴,正襟危坐,双目炯炯盯着章二足足有一袋烟的工夫。直看得章二心里发怵,起了一身鸡皮疙瘩,遂自低下头来嗫嗫嚅嚅地说:"小人章虎,本县塔山南峁村人氏,家住在府前街三官巷,常宁茶果贸易货栈东家,以经营茶果油买卖为生,是遵纪守法的生意人,自认并未触犯大清律条,不知何故拘押小人。"

安亭公狠狠地拍了一声惊堂木,勃然震怒道:"好一个遵纪守法的生意人!那么本县问你,乾隆四十二年,你是如何巧取豪夺,垄断了本县茶果油和宫廷膳食油专贡独家经营生意的?"

经过一个回合之后,章二似乎比刚上堂来时冷静了许多,不仅没有了先前的恐惧心理,而且说话也捋直了舌头。遂慢条斯理地说:"回禀老爷,茶果油经营和宫廷膳食油专贡,是前任知县王一非老爷全权委托小人代管经营,并非小人刻意钻营巧取豪夺,且有盖着鲜红官印的代理合约文书为凭。"

安亭公又拍了一下惊堂木,愤愤喝道:"这种官样文书岂能糊弄了本官,我问的是,你是用什么龌龊手段拿到合约文书的呢?"

57

章二一脸无赖相，不平不怵地说："小人虽然龌龊，但前任知县王一非老爷可是有名的清官，我就是吃了熊心豹子胆也不敢玷污他老人家的名节。"边说边翻着一双狡黠的白眼，滴溜溜地朝着安亭公睨了一眼，嘴角微微翘起，蔑视的神态中竟有一丝微微挑战之意。

安亭公遂命文办当堂宣读主要涉案知情人的证言证词，并一一展示让章二过目。这时章二才感到这位太爷的手段比目光更厉害，脑袋迅即耷拉下来，脑子飞快地转着，似乎比眼珠子转得还快。

此时安亭公迅速果断，未及章二理出头绪，惊堂木骤然响起大吼一声："还不快快招来。"三班衙役们也齐声高喊："招……招……招……"尾音拖得更长，手中的水火棍捅击地砖的声音比先前更响了，竟震得房梁上的灰尘落了一地。

章二一阵紧张过后，又恢复了镇定，心里思忖："招了便是死罪，我自不开口，任尔神仙难下手。"他打定主意后，便如烂泥般的爬在地下，一副死猪不怕开水烫的样子，与安亭公叫起板来。

安亭公见状勃然大怒，迅即从签筒里抽了一根令签，扔在地下吼道："不给点颜色瞧瞧，怎么知道王法的厉害，杖责三十再审！"随着喊声落下，早有两名衙役上前熟练地将章二拖到阶前，翻过身来臀股朝上，两人按臂两人按腿，一人执杖噼里啪啦起来，直打得章二哭爹喊娘杀猪般嗥叫。章二虽然是前几任县太爷的座上宾，平日里出入走动飞扬跋扈，对那些皂衣差役根本不屑一顾。衙役们知道此人无德，早就恨得咬牙切齿，今日遇在他们手中，憎恨之心油然而生，情不自禁地加重了手劲，待到三十杖时，平日里霸气十足的章二，嗓子已经嘶哑得喊不出声来了。

停杖后，安亭公又狠拍了一下惊堂木问道："囚犯章虎招也不招？"此时章二已是铁了心肠，遂自咬紧牙关一声不吭硬挺着。安亭公一看已是怒火中烧，随即又扔下一签道："再责二十杖。"愤恨的衙役们更是怒从心头起恶向胆边生，十杖过后已是一佛出窍二佛升天，打到二十杖时，人已昏死过去。这些行刑衙役们都是此中老手，他们娴熟地将其翻过来脸面朝天，劈头浇了两桶井水，把他浇得浑身湿透，惊醒过来，此时已是气如游丝，奄奄一息了。

安亭公一看如此便退堂收场，待他走出庭院时，已是斗柄倒转星河渺渺了。这才觉得两腿像灌了铅似的，于是迈着沉重的步子，不知不觉回到后院内室。二丫忙迎上前来接过顶戴,脱掉官服换上睡袍木屐,心疼地端来热水递上汗巾,稍后便送上热气腾腾的粳米稀粥小菜和烤得发黄的油花卷,让他边吃饭边替他泡脚。此时安亭公已累得精疲力尽,匆匆吃了几口便上床睡了。

半个月后安亭公又开堂审理,章二瘸着腿被拖上堂来,待狱卒松手后,便如死猪般瘫趴在地上。任凭惊堂木拍得山响、水火棍捅地震,章二兀自咬紧牙关三缄其口拒不交代。其实他心里的如意算盘,是在等待京城靠山吏部郎中蒋钦的消息。这样反反复复等了一段时日后,眼见得云里没雨了,还在心存侥幸望眼欲穿。安亭公洞悉罪犯人性,对此了如指掌,知其有所企盼,故而不失时机,指派专人昼夜轮流审讯。章二更是心急如焚苦熬苦煎,拖着疲惫的身子,软磨硬拖死命熬了一个多月,眼见援手无望救星渺茫,实在煎熬不下去了,才勉强低下了昂贵的头,不得已竹筒里倒豆子,通通做了交代。

自供状画押签字后,安亭公雷厉风行,迅即以逃漏赋税盘剥百姓,欺压良善私设公堂,致伤、致残、致死人命等数罪并举,判处章二兄弟三人斩监候,待刑部核准秋后问斩,罚没赃银二百二十余万两,财产悉数充公,并行文立即送交按察使司和刑部衙门核准。

以"没毛大虫"章虎为首的黑恶势力被一网打尽,章二兄弟三人被安亭公判处死刑的消息瞬间传遍县域境内。城乡百姓奔走相告,县城商贾店铺,家家敲锣打鼓燃放爆竹,欢呼雀跃,竟比过年还要热闹。常宁沸腾了!衡州沸腾了!曾经遭受章二欺凌致残、致死的受害人及其家属们,纷纷到县衙控告揭发其罪行,天天络绎不绝人如潮涌。此举无疑春雷一般,震动了整个湖南官场。章二过去用白银铺路铸就的保护伞省府官吏们顿时慌了手脚,风声鹤唳草木皆兵,一个个急得如热锅上的蚂蚁,上蹿下跳不知如何是好。

京城里吏部郎中蒋钦闻讯后,更是如坐针毡寝食不安,他深知章二为人卑劣,一看事态严重唯恐其狗急跳墙,若继续拖延下去,局势实在难以掌控。当下虽然没有攀咬牵扯,那是章二寄厚望于己等予以救助,若此时再不援手必将祸及己身,顿时也着了忙,心里如同乱麻一般,不知如何酌处!于是,便也顾不得嫌疑体面了,遂厚着脸皮亲自上阵四下活动。

乾隆四十七年的元宵夜,是大清开朝一百多年以来常宁县城最为盛大的节日。城里的老百姓家家挂起灯笼,人人笑逐颜开。街市上的铺面门店粉饰一新,张灯结彩。此起彼伏的爆竹声响彻云霄震耳欲聋,人来车往熙熙攘攘。沉闷了十几年的县城云开日出,处处呈现出异乎寻常的热闹。一派歌舞升平的欢腾景象,昭示了人们对新任知县阎广居扫黑除霸雷霆手段的由衷认可,节日的气氛被饱受欺凌的底层百姓渲染得盛况空前。

然而在万家欢乐时,却有人如芒刺背方寸大乱。这天晚上酉时刚过,蒋钦便乘了一顶二人小轿,布衣乔装来到刑部侍郎文廷玉上官巷的府邸。门人通报后,便把蒋钦领入文大人书房,见面寒暄礼毕,蒋钦便直奔主题道:"常宁官商章虎是内兄干亲,内侄捎书已来京城,恳请大人看在卑职薄面周旋一二,不敢奢望免刑,只要留住性命,或流放,或充军,任由大人发落。"说着便从袖兜里掏出一张京城"永顺号"钱庄见据即兑的十万两银票,迅即夹在文大人刚刚览毕、顺手放在书案上的《资治通鉴》书页里。文廷玉将蒋钦让到侧席的太师椅上,待仆人送茶走后,轻轻地将银票抽了出来还给蒋钦才说:"你我相交多年,何须如此客气,此案棘手,早已惊动了圣上,恕在下怯懦委实不敢染指,倘有不测必将祸及己身,实在爱莫能助,望兄台见谅!若有转机,在下必然援手相助,不劳足下吩咐。"蒋钦一听,知道情势紧迫,再多说也无指望,便匆匆告辞出来,打道回府了。

章二之子章文,过年时就住在京城与蒋府一箭之遥的德盛康客栈,三天两头上门来讨教问安,蒋钦坐卧不宁一筹莫展,纵使八面玲珑的他也陷入了困局。平日里喜读兵书研究孙武的小诸葛,愁眉苦脸地窝在家里苦思冥想:围魏救赵,暗度陈仓,瞒天过海,釜底抽薪……反间计,苦肉计,连环计……这些平日里倒背如流,研究探讨了半生,古人运用娴熟的成功妙计竟连一条也用不上,纵使绞尽脑汁,却怎么也解不开这个令他心焦的连环疙瘩。

恰在这时,湖南督抚联名上报兵部:"湘南慈利匪患作乱,已经波及周边数县,县令挂印辞官,属地无人维持秩序已经大乱,百姓流离失所愈演愈烈,且有更大漫延之势。"请求兵部立即派兵弹压,否则后患无穷。

蒋钦闻讯后,脑洞大开计上心来,便乘机行走游说兵部。亲自登堂拜访兵部侍郎李兆麟谓之曰:"慈利匪患由来已久,主要是前几任知县柔懦寡断首鼠两端,甚至倚匪自重,以致养虎成患。若能选派能员干吏疏导,其实不必大动干戈劳军伤财,此患便可消除。"

李兆麟一听正中下怀,只是知县任免须吏部定夺行文,更苦于没有合适的人选。蒋钦便乘机推荐了阎广居，说："此人主政常宁一年有余，扫黑除霸政绩斐然，整顿吏治官场一新，可谓沉稳持重干练能员，足以独当一面，若能重用此人，匪患自然解除。"

于是李兆麟便与吏部议决，联袂呈文请旨，调常宁知县阎广居任职慈利。

此时安亭公在常宁的所作所为，已经把湖南官场震得地动山摇，正欲借此深入彻查官场腐败整顿吏治，怎知吏部调任行文已经送达湖南抚台衙门，中丞大人也怕章二兄弟案继续扩大，引起官场动荡不好收场，便仔细梳理，从幕府中亲自选调一名跟随了自己十几年的知己幕僚，马上行文派往常宁赴任，坐地督促阎广居迅速交割走马上任慈利。

安亭公甚感困惑，却又百思不得其解，但调任文书已然下达岂敢抗命，便默默地交割完毕，准备上任慈利。谁知风声一经传出，顿时像滚油里抛下冰砖炸开了锅。县域境内的百姓扶老携幼涌进城来，一下子把县城填得满满的，他们跪在衙署前日夜守候，不许安亭公离开衙门半步。安亭公饶是磨破嘴皮口干舌燥，甚至跪下来声泪俱下泣语哀告也无济于事。

不待几日，此事便惊动了衡州知府李世杰，遂立即禀报湖南巡抚伊星阿。中丞大人便调集了二百绿营兵，亲自莅临现场指挥调停，从西城门至县衙的街道上，强行驱赶高压清理出一条三尺多宽的人行甬道，将安亭公接出城外，连夜护送至慈利赴任。此时正值江南秋雨季节，暮野四合浓云密布，天上下着蒙蒙细雨，大地笼罩在一片茫茫的雾霭中。安亭公走出衙门抬眼望去，只见黑压压的一片，竟是城内百姓跪在满地泥泞的衙署前街道两旁，冒雨为他送行。他只瞥了一眼已是潸然泪下，赶紧趋步急匆匆地往城外走。一路走过，一路哭声，沿途的百姓们牵衣顿足拦道哭泣，泪水更比雨水多。安亭公的心揪得紧紧的，竟比去年春天南下赴任离开家乡时还要心痛。他边走边哭，还不时地停下来泣泪细语抚慰百姓。走出城外时，身后传来此起彼伏的哭声，一阵紧似一阵，像刀子一样直戳他的心窝，他突然一屁股瘫坐在地上不能动了。喜贵和茂才见状，便将其抬进早已预备好的官轿里，在二十多名武装官兵的护送下，快步疾飞奔走在茫茫的夜雨中，竟似逃路一般。

新任县令到任后，自然心领神会，秉承抚台行前交代匆匆结案，将章二三兄弟和几名同案犯，改判流放岭南，其他同案犯亦尽快结案，并未波及官场吏员。罚没赃银二百二十万两,上解抚台衙门一百万,除留五千两补偿宜潭乡民占地损失和其他善后度支外,其余全部截留在衡州衙署。这样使得轰动一时的扫黑除霸案瞬间尘埃落定,且未引起官场动荡。人间多少不平事,莫问鬼神问苍生,安亭公虽然刚直不阿,一心扫黑除霸澄清吏治,还老百姓一个清平世界朗朗乾坤,怎奈背后黑手卑鄙龌龊,沆瀣一气肮脏交易,在既得利益链接的驱动下,竟使一场轰轰烈烈的除暴雷霆,有惊无险而销声匿迹。这就是金钱和奸佞的狰狞恐怖,它不可能因为你追求的目标纯洁伟大而减少毫厘的黑暗可怕,公道正义在它面前黯然失色,显得那么苍白无力,那么无可奈何。一切从需要出发,当老百姓的渴求与邪恶势力的私利碰撞冲突时,无论多么正义迫切光明磊落,那些窃居权力顶端的幕后保护伞,便会不遗余力拼死一搏,他们翻手为云覆手为雨,高压施加纵横捭阖,必欲使其夭折而后快。如果没有更大权力的支持,就必须得改弦易辙偃旗息鼓,一个小小的县令,根本无力反抗。抗争无疑是螳臂当车以卵击石,否则就要付出血的代价。正义战胜邪恶,从来就是善良人的美好愿望,无情的事实从来是不以善良人的意志为转移的。

> 屈贾当年风骨铮,
>
> 关公无奈走孤城。
>
> 人间几许龌浊事,
>
> 鬼魅何惜屠众生。

安亭公深谙此中玄妙,故而选择了沉默,选择了无可奈何的被迫逃避,这就是阴谋与阳谋、邪恶与正义博弈的结果!亘古不变颠扑不破。

此案虽然就此罢结,但安亭公铁面无私手段霹雳,沉稳机智不畏强暴,雷厉风行的做派已经引起湖南官场的强烈震撼,对常宁吏治也起到了威慑作用。新任知县到任后,虽无建树,但也不敢放肆任意胡作非为,县衙吏员的贪腐风气亦有暂时收敛。

第七章　慈利剿匪

一

　　慈利地处湘西武陵山脉东部边缘的澧水中游，东北毗石门，东南连桃源，西北接桑植，西南邻永定，是一个以土家族为主，汉、白、回、苗等多民族杂居之地，历史悠久源远流长。这里林深茂密，可供耕植的土地甚少，时人称之为："七山半水分半田、一分道路与庄园"。

　　慈利的历史沿革可追溯到原始社会晚期，从那时起，这里的土著先民们就开始在澧水两岸繁衍生息。尧舜时"舜放驩兜于崇山以变南蛮"，这就是"南蛮"一词的来源。商周时属荆楚，春秋战国时为楚之黔中地，原名大庸，是古庸国所在地。公元前221年，秦始皇设置郡县，属黔中郡慈姑县，西汉改设武陵郡。三国时吴景帝至此，见梁山洞门大开玄朗如月，一时兴起遂改为天门郡。"天门中断楚江开，碧水东流至此回。两岸青山相对出，孤帆一片日边来。"唐代大诗人李白的名诗《望天门山》即咏此地。宋乾德元年改置澧阳郡。明代初期降天门郡为大庸县，划归岳州府辖制。清雍正七年"改土归流"设慈利县，归岳州府辖。

　　乾隆四十七年八月二十四日凌晨，安亭公在湖南巡抚伊星阿的高压强势胁迫下，被二十名武装官兵裹挟冒着绵绵秋雨来到慈利任上。离开常宁时的凄婉悲惨历历在目，身心疲惫的他竟卧倒病床。亏得二丫衣不解带昼夜守候悉心照料，直到九月中旬时，他才勉强起床走出户外。

　　大病稍有好转，安亭公便嘱喜贵调来县志了解地方风土人情。不待几日，他便将慈利县域的历史人文烂熟于心。

　　这次教匪动乱源于乾隆三十九年，河南鹿邑人樊明德、刘松在江淮荆楚一带以传播白莲教的名义，秘密策划推翻清王朝的起义，他们公开提出了"改乾坤，换世界"的口号，宣传"大劫在遇，天昏地暗，黄天当死，苍天当立"

63

以号召民众。起义历时十年之久，人数多达十万之众，范围波及七八个省。

乾隆四十五年，樊明德、刘松千里转战鄂、豫、陕、甘。他们为了贯通南下云、贵、川的甬道，特遣他的得意门徒邹云生、邹云建兄弟二人，带了几名心腹弟子秘密潜入慈利、桃源一带，布道传教发展信徒，摇唇鼓舌蛊惑煽动，游说土家苗民，利用一千多年以来，历史传承沿袭的民族隔阂，以及朝廷派遣流官萌生的种种弊端劣迹，甚至空穴来风无中生有，颠倒黑白混淆是非，挑拨离间族群和官民矛盾，企图把水搅浑从中渔利。

邹氏兄弟二人经过一年多的苦心经营，终于骗得了部分山寨头人和土家苗民的信赖，暗暗地发展了教徒一万多人，把那些族群头人和土著苗民们挑唆得像注了鸡血似的，以族群山寨自成体系割据山头，官民对立汉夷矛盾达到了有史以来的巅峰。土司残余势力也趁机蠢蠢欲动，他们各取所需互相利用一拍即合。土司残余借助教匪的蛊惑煽情聚拢人心，联手对抗朝廷撵走汉官恢复曾经的土司王朝。而白莲教则利用土司残余复辟的迫切心理，扩大自己的势力范围，共同抗拒朝廷的合力围剿，为白莲教匪南征云、贵、川，开辟一块补充兵源供应粮草的后勤基地。

安亭公审时度势充分认识到平息此乱的关键所在，必须是先期化解族群官民隔阂，而后才能消弭族群冲突和官民矛盾对立，扬汤止沸不如釜底抽薪，教匪之祸自然迎刃而解，非如此不能从根本上消除矛盾对立而长治久安。然而这个顽症已经延续了一千余年，其根深蒂固积重难返，非一朝一夕可以消除，如欲彻底根除何其难也！

安亭公经过一番深思熟虑的反复剖析，觉得那些山寨头人们虽然早有复辟土司王朝的念头，但真要让他们撕破脸皮扯旗放炮地与朝廷对抗，他们恐怕还没有这个胆量，眼下也只是受不了朝廷流官的盘剥压榨，被白莲教趁虚而入钻了空子。他们上当受骗的一时冲动，甚或原本就是挟匪自重与朝廷分庭抗礼，以此赢得谈判的筹码。若地方政府能清理更换盘剥压榨百姓的贪墨官吏，整饬吏治消除自身的管理弊端，实施怀柔抚慰的亲民政策，进而放下身价屈尊纡贵，开诚布公地与他们平等对话，宣谕圣教剖析情势晓以利害，感化他们悬崖勒马迷途知返，而后与官府同心合力，一起打击白莲教匪。这样不仅可以避免一场官民对抗的血雨腥风，而且能彻底截断教匪南下云、贵、川的阴谋企图。

目前，据京城传来的邸报称，樊明德与刘松率领的北上教匪，在陕、甘一带已经遭到官军的重创，人马损失十之八九，逃窜的残匪们正准备南下云、贵、川休养生息，以图东山再起。其时必然要从这里经过，若能赶在残匪到来之前平息此乱，便能配合官军一举将其剿灭。

谋定之后便付诸实施，秋分过后，安亭公与喜贵带了一名向导走出衙署，准备就近寻找几个山寨，试图打开一两个缺口而后再循序渐进。谁知那些山寨头领对他的异常举措颇为疑惑，不仅没有以礼相待，反而拒之门外，甚至撵赶恐吓，这样奔走了一个多月，丝毫没有尺寸进展，安亭公颇为费解又无可奈何，只好无功而返。

回到衙署后，他便把当地父老乡贤们请来，将自己的谋划和这段时日走访碰壁的结果如实述与他们，请求众人参酌剖析出谋献策，怎样才能迈出这关键的第一步。大家对安亭公初来乍到，便能切中时弊把控局势，且方法也是行之有效，只是对盘根错节的族群藩篱还不甚了然。

原来这里最大的族群当数土家族，而土家族人的精神领袖是虬龙寨的寨主樊大远，若能将其说服，其他土家山寨自然一呼百应闻风而从。其次便是苗王寨的龙阿四，他是苗民各寨共同推举的总舵主，在苗民族群中享有很高的声望，只要说服了他，苗民们必然是八方响应。而这两个族群之间，也常有些小摩擦，但在樊大远和龙阿四的理智把控下，终究没有发生过大的流血械斗，他们之间既互相争斗又相互依托，一直保持着若即若离的微妙关系。其他少数族群虽然憎恨官府但又不敢公开与之对抗，又怕得罪了土、苗两大族群被其逐渐蚕食吞噬，只好在夹缝中左右逢源以求生存。若能理顺这两个大族群的关系，其他小民族群必然随波逐流，一切矛盾自然迎刃而解。安亭公一听恍然大悟，遂谢过众人遣散会议。

原来早在大清入关以前，这里便是土著苗人的天下，在茫茫的深山密林之中，三五十里设置土司管理，土司制度根深蒂固已经沿袭了一千多年，土司便是当地土著苗民的小皇帝，他们自定律例收缴赋税，豢养私家武装称霸地方，历代王朝政府对此鞭长莫及，为了求得局部暂时稳定实现国家一统，只好默认这种制度的延续存在。雍正七年，政府强制推行"改土归流"，虬龙寨寨主樊仁长，人本敦厚性又豁达，他已经认识到"改土归流"是朝廷长治久安的大趋势，国家一统臣服王化已是必然。遂顺应情势主动请见钦差大人李广仁并允诺："愿意遣散地方武装，撤销土司制度，拥护朝廷派置流官，从此回归田园颐养天年。"李广仁一听大喜过望，便立即上折奏报朝廷，皇上为了顺利推进"改土归流"制度，勉励其他土司效法，遂敕封樊仁长为千总之职世袭罔替，并拨官银修筑土司王寨，且准许其保留少数武装，协助政府派遣的流官治理地方。如此一来，其他大小土司们便纷纷效仿归顺朝廷。这样几十年来，朝廷与当地土司们彼此利用相安无事。

乾隆皇帝继位以后，随着太平盛世的旷日持久，地方流官们私欲膨胀巧取豪夺，肆意盘剥压榨土家、苗、回等土著民族。他们奉行"以夷制夷"的基本国策，肆意挑唆山寨纠纷，离间族群矛盾，从而激起了土著苗民们的奋力反抗。已经随流归服王化的山寨纷纷倒戈宣布独立，建立自己的武装以求自保，甚至联手攻打县城威胁官府。地方流官借此张扬声势扩大匪情，虚报冒领中饱私囊，以致官民仇视对立愈演愈烈，其蔓延之势已不可扼制。

如今虬龙寨已历三世，现在的掌门人樊大远是樊仁长的嫡长孙，年方四十有余孔武励志，为人正气腹有韬略大有乃祖遗风。眼见官府糜烂肆意妄为，更加邹云生兄弟二人挑拨离间，便有就势出山收拾残局再振昔日土司雄风之意。

安亭公经过一夜思虑后，次日早起便带着喜贵和茂才，赶着马车拉了两坛老酒，翻山越岭三个多时辰，来到虬龙寨，递上名刺请见寨主樊大远。樊大远接过名刺便问报讯的小喽啰道："他们来了多少人马？"

小喽啰道："禀报寨主，只一个官爷带了随从坐着马车而来，连车夫在内一共三人，并无一兵一卒跟随。"

樊大远沉吟了片刻，心里暗自琢磨："这个县太爷，若真的没有亲兵护送就敢独闯山寨，也真够有胆量的，只是眼下还摸不准他的来意，断然不能放他进来，先晾一晾他再说。"遂吩咐小喽啰道："告诉山门值日哨长，严守寨门继续观察，若有异常，立即禀报。另外派出一支巡逻队，循着山路倒查五里，探究一下有无人马潜伏的痕迹！"

待报讯喽啰走后，樊大远便将总爷邵德、亲将吴才、把总雷虎三人召来商讨对策。

亲将吴才当即表示："汉人的流官个个刁钻奸猾狡诈，没有一个可信的，谁知道他们来这里又使什么坏，还是不见的好。"

把总雷虎说："既然来了，就不能轻易放他回去，先把他们关起来再作计议。"

总爷邵德说："自古道，请神容易送神难，关人非但于事无补，反而徒招恶怨，私扣朝廷命官必然会引来官府的重兵围剿，岂不是烧香引鬼惹火烧身吗？与其这样还不如闭门谢客，我自不接招，料他神仙也难下手。"大家各持己见七嘴八舌众说纷纭莫衷一是。

阳婆落山时，寨门口观察守候的哨长亲自回来禀报："探察的巡逻已经回来，一切自然如常，沿途并未发现人马潜伏的迹象，如今来人依然席地而坐，谈笑自如并无特别异常。"

樊太远闻报后顿时释然了，想了想，便对他的三个属下说："这个县太爷既然不带一兵一卒敢闯山寨，必然是有备而来，不达目得不会轻易离开，这样长久僵持下去总也不是个事，既然来了还是见见的好，咱们听听他的说辞，也好摸摸对方的底细，既然是客人就得以礼相待，咱们都到寨门口迎接一下为好。"

说着便吩咐厨下赶紧备一桌上好的酒席待客，而后他领着邵德等三人亲到寨门口迎接。随着三声炮响寨门洞开，安亭公站起身来不紧不慢地拍打着衣衫上的泥土，樊大远立即迎上前去深深地使了一礼道："山野草民樊大远，只因午后醉酒方醒，惊悉老爷已经候了一个多时辰，鄙人不胜惶恐，特来谢罪，老爷大人大量，宰相肚里能撑船，还望多多海涵。"

安亭公遂笑了笑道："男子汉大丈夫醉酒沉睡是常有的事，将军何罪之有？"说着拱手还了一礼，而后在众人的簇拥下，携手朝议事厅走去。坐定后安亭公命喜贵和茂才把两坛老酒抬进来呈上道："久闻将军慷慨仗义，喜酒善饮，这两坛老酒权作薄礼，还望寨主笑纳。"

樊大远起身拱手揖礼道："多谢老爷抬爱，在下受宠若惊。"

谁知，安亭公话锋一转道："只是我等三人步履车行一日方到贵寨，又在寨门前晾了一个多时辰，而今已是口干舌燥饥肠辘辘，能否赏一碗便饭聊以果腹？将军一向慷慨，今日何其吝啬也！"

樊大远怎么也想不到，这个县太爷竟然如此憨直，进的山门不问正事先嚷着要饭吃，遂红着脸歉意地说："让老爷忍饥挨饿，实在是在下的罪过，先上两盘点心充充饥，少待片刻饭菜便好。"说话间仆人已经端上两盘细点心来,安亭公遂旁若无人地就着茶水大口嚼起来,还不时督促身边的喜贵和茂才也吃,惊得二人瞪着四只大眼不知所措。

谁知,樊大远也是性情中人,他见安亭公如此放纵不羁憨态可掬,更增添了几分欢愉,心里思忖:"此人心直口快不藏不掖,与人交心不设城府,光明磊落襟怀坦荡,大智若愚不拘小节,竟似魏晋名士竹林七贤,更似当年置酒高歌放浪形骸的自己。"想想此前的警惕戒备,不禁哑然失笑,一颗悬着的心终于放下来,遂站起身来大礼再拜曰:"老爷诚心诚意善待我等山野草莽,卑职实在汗颜羞惭,竟以小人之心度君子之腹,之前行为多有不恭,还望老爷恕罪则个。"

安亭公哂然一笑,在袍襟上擦了擦手正色道:"唉!平心而论这也怨不得阁下,之前地方官吏狭隘偏颇私欲作祟欺蒙圣上贻害黎民,致使尔等深受其害苦不堪言,一朝经蛇咬,十年怕井绳,心有余悸在所难免!在所难免!"樊大远听得开怀大笑,连邵德、吴才、雷虎三人那一直紧绷着的脸也掩饰不住笑了。

须臾,一桌上好的菜肴摆上来,樊大远便将安亭公请入上席,自己右手作陪,喜贵、茂才与邵德、吴才、雷虎左右陪席。安亭公素有酒量,席间频频举杯,连一向以豪饮著称的樊大远也自愧不如,又见其英姿洒脱一身正气,胆量酒量堪称一流,钦佩爱慕之心油然而生,心里暗自琢磨:"此人豪爽正气仪表堂堂,不藏不掖表里如一,若能与之结为兄弟,也不枉今生。但又虑及他是衙门官吏,恐有攀附之嫌。"竟自放下念头。

一阵狂饮后酒至半酣,樊大远终究按捺不住了,便仗着酒盖脸竟自步下堂来,跪倒叩拜曰:"老爷是汉人中的贤达俊杰,心底无私光明磊落,今日相见似曾相识久矣!在下不才自惭形秽,如蒙不弃愿与大人结为八拜之交,吾愿足矣!"

安亭公慌忙走下堂来,双手将其搀扶起来说:"阁下一门忠烈世代豪杰,是土家人的龙凤翘楚,能与阁下结为兄弟,实乃三生有幸。"便自慨然应允。

樊大远见安亭公慷慨如此喜不自胜,当下安排香烛备好纸表,二人携手步入正厅,歃血盟誓磕头结拜,直感动得樊大远热泪盈眶涕泗横流,而后携手再次入席。邵德、吴才、雷虎,见寨主与县令大人如此投缘,遂轮番把盏敬酒以致祝贺,安亭公频频举杯来者不拒,把在场的人惊得目瞪口呆,宾主交相欢愉,直至三更后酒酣而散。

是夜宾主二人抵足而眠,彻夜长谈,樊大远声称:"我等土著山民世代居住荒蛮边陲,对皇上'改土归流'的大政从心底里真心拥戴。然而地方官吏横征暴敛,刻意离间制造隔阂,居心叵测,'以夷制夷'挑唆族群械斗。在此期间,白莲教邹云生兄弟二人便见缝插针蛊惑游说,但在下心里十分清楚,这群草寇只是祸乱天下而已,根本成不了大事,他们只想利用土家苗回族群与官府对立的情绪,把我们当枪使。但我们祖祖辈辈世居此地,岂能把一族人的身家性命押在他们身上,更不想夹在他们与官府之间两头受气,但也不想和他们公开撕破脸皮引来无端的骚扰。之前虽有些许接触,也只是敷衍搪塞而已!万般无奈迫不得已才立寨自保,并非刻意占山为王抗拒朝廷,若果如老爷所言,皇上圣明,佞臣作乱这种局面不会长久,若能整肃吏治使老百姓过上太平日子,在下愿意解甲归田一切听从老爷铺排。"听到樊大远至诚如此,安亭公感动之余更受启发,便坦言道:"日月光华九州普照,四海归心万民拥戴,然佞臣作祟浮云蔽日,皇上虽是圣明天子,怎奈地方官吏心存私欲败坏纲常,致使尔等蒙冤受屈陷入两难的境地,足下若能信得过我,悬崖勒马臣服王化,只要我阎广居在任一日,终不会使尔等蒙冤受屈。"

樊大远听罢,遂拱手再拜曰:"老爷但有所遣,在下悉听尊令。"

经过两天的艰难曲折苦口婆心开诚布公,安亭公以他特有的人格魅力,顺利说服了土家族最大的山寨虬龙寨。告别时,樊大远命人牵出两匹健骡,对安亭公说:"其他山寨道路崎岖,车辆行走多有不便,骡子爬山耐力持久,请仁兄把这两匹健骡牵上,以备不时之用。"

安亭公见樊寨主一片诚意也不好拒绝,便拱手一礼道:"承蒙贤弟厚爱,愚兄恭敬不如从命。"

樊大远亲手将安亭公扶上马鞍,并将一面三角黄旗和开列好的各寨地理位置和寨主名单双手呈上,恭敬地对安亭公说:"嗣后仁兄无论经过任何土家山寨,只需亮出这面小黄旗,无论何人定会以礼相待,更无人敢伤及你性命。"随即又安排五名亲兵护送安亭公下山。

樊大远送了一程又一程,不知不觉已经到了山口。安亭公站在古虬松下再三辞谢不肯前行,樊大远才止步叩拜,依依不舍,洒泪而别。

安亭公离开虬龙寨后,便打发茂才把马车赶回县衙,他和喜贵顺着山路,又踏上走访山寨的行程。借助虬龙寨主赠送的健骡脚力,免却了步履之苦,不到一个时辰就到了飞虎寨。喜贵高举三角黄旗寨前喊话:"新任慈利县令阎广居老爷拜会飞虎寨寨主沈鹏举,烦请通禀。"不到半刻钟,只听三声炮响,寨门洞开,寨主沈鹏举已率大小头领出寨迎接,安亭公忙与喜贵跳下骡鞍迎上去,寨主沈鹏举正要下跪施礼时,安亭公赶紧趋步上前一把扶住说:"沈寨主,不可如此。"说着挽起他的胳膊相拥着朝议事厅走去。

进门后,沈鹏举把安亭公让到首席上坐,未及安亭公开口,便恭恭敬敬地跪下大礼参拜曰:"老爷前几日莅临敝寨,在下莽撞不知礼数,竟以兵革相拒,冒犯天威还望海涵,恕罪!恕罪!"

安亭公忙上前双手扶起说:"误会!误会!寨主多虑了,若追根溯源亦非尔等之过,此乃历届流官亵渎皇恩,任意胡作非为所致,嗣后本县自会谨遵圣命革除弊端,改弦更张革故鼎新,务使尔等摒弃陋习安居乐业,从此沐浴皇恩。"

沈鹏举即刻安置酒饭款待,席间他又温语抚慰倾心直言:"当今圣上怀柔天下,朝廷'改土归流'的大政方略并非要同化小民族群,而是要根除千年顽症促进民族融合,避免土司割据维护皇朝一统。更何况大清入关之前也是小民族群,他们在明朝以前也曾饱受汉人的欺凌,而今入关才一百四十多年,不会得了天下便制造新的分裂,当今圣上乃一代圣君明主,岂能不知这么浅显易懂的道理?"

安亭公一席慷慨陈词循情依礼掷地有声,直把众人听得醍醐灌顶茅塞顿开,感动得沈鹏举热泪盈眶频频举杯,当即表示:"老爷一番肺腑之言,鹏举终身受教永志不忘,嗣后,但有差遣,虽赴汤蹈火万死不辞。"宾主交融欢声笑语酒酣而散。

这样安亭公在此盘桓了几日,以他的率直和坦诚,彻底征服了沈鹏举,待他离去时二人已成莫逆之交,竟有恋恋不舍之意。

在虬龙寨主樊大远的小黄旗作用下,安亭公在土家寨的走访异常顺利,所到之处均以贵宾相待优礼有加,故而没费太多时日,已经走访了十之八九。安亭公寻思:"大概也就这样了,剩下的小寨就不必再费周折了。"于是便转而走访其他族群。

苗市镇麻王寨,位于澧水中游和五雷山西部的崇山峻岭之中,自古以来就是苗人聚集之地。这里民风淳朴善良敦厚，后来不幸出了一个自称麻王的匪首，他啸聚山林打家劫舍无恶不作，致使当地百姓一下坠入苦难的深渊，由此而引起朝野震动。康王受朝廷派遣率官军前来围剿时，麻王抢占有利地形据险而守，竟三年未克。幸亏康王部下毛、杨二位先锋巧布野蜂阵，攻破城池杀了匪首平定叛乱。之后这里一直是土著苗人占据，他们性格豪放仗义，与周边土家、汉人和睦相处。朝廷"改土归流"后，历任汉官排斥歧视土著民族，刻意推行"以夷制夷"的狡诈平衡术，恣意挑唆族群械斗不断，致使他们身处夹缝中不得已而左右游离，既要防备官府打压迫害，还得防御其他土著族群的无端侵扰，故而谨小慎微抱团取暖。之后各山寨公推黄花溪神鹰山神箭射手龙阿四为寨主，坐镇麻王寨统领周边山民。时年四十多岁的龙阿四，为人爽直快人快语，年轻有为武功精湛，百步穿杨凌空射雁，深得苗寨山民的拥护爱戴。三年前他作为苗民领袖名正言顺地接管了苗王寨，其时他很想有一番作为，怎奈官府刻意打击土司残余和新兴族群势力的崛起，其他土著族群也趁机挤占争夺地盘，使得他既不能当孙子认怂，又不敢明目张胆地与之对峙。其间，邹云生兄弟二人也曾登门造访试探，明确表示愿意与之合作，发展壮大苗民武装，同心协力抗击官府，被阿四委婉地回绝了。值此矛盾错综复杂的非常时期，迫使他不得不调整策略以求自保，经与各寨头人们反复磋商后，他决定收拢山民休养生息以守为攻，明确晓喻苗寨山民，任何人不得外出惹是生非，凡有外来寻衅滋事者，尽最大限度地忍耐避让，不得随意任性而发生械斗轻启战端，更不准收容白莲教徒蛊惑煽动，给族群带来无妄灾难，否则，族规严惩不贷。

　　然而周边那些较大的异族族群却视他们为软弱无能，变本加厉地恣意欺侮凌辱，少数族民外出时，常常遭到无端的挑衅袭击。于是，龙阿四审时度势后，便重新规范了苗民外出的行为准则，明确限制他们不准单独行动，外出狩猎采药时必须结伴而行，一旦遭受其他族群意外挑衅袭击，便立即发射响箭信号以昭示方位，凡附近区域的族民们闻讯后，必须放下手中的一切营生，迅速集结拼死救援，否则族规处罚。这样一段时日后，境况才有了明显的好转，也由此而树立了族威，增强了族群的凝聚力，从而使小的族群摩擦骤然减少。当然，明面上看似偃旗息鼓风平浪静，但潜在的争锋危机却在暗流涌动，族群结怨越来越深。

　　乾隆四十七年腊月十二一大早，安亭公与喜贵乔装改扮成城里济生堂的出诊郎中，赶着马车直奔苗王寨而来。一路上但见村寨路口设卡盘查搜检，戒备森严如临大敌，阡陌田间一片荒凉，过往行人来去匆匆，幸得车伕通晓苗汉语言，又乖巧伶俐应对自如，总算没有遭到无妄拦阻，虽然费了不少周折，但中午时分已经来到慈利通往桑植官道旁的苗王寨。龙阿四一听是新任县令阎广居前来造访，便立即吩咐打开寨门列队迎接。

　　安亭公在龙阿四的引领下来到议事大厅，宾主稍事寒暄后，安亭公便先入为主道："本县到任时日不久，虽与龙寨主未曾谋面，但足下威名乡野传诵闻名久矣！今日一见果然名不虚传，此行不速登门造访，只为磋商怎样消除域内族群隔阂，绥靖地方的诸多事宜，能与足下就官民合力抗拒匪盗贼寇达成一致意向，还请龙寨主予以鼎力支持。"

　　因为之前苗王寨和其他族群山寨一样，不仅不与官府积极合作，反而刻意对抗仇视，龙阿四原以为新任县令阎广居突然莅临，不免会有一番居高临下的雷霆怒斥，于是，便像做了亏心事的孩子似的，一脸沮丧垂下头来静等着知县老爷怒斥指责。谁知，安亭公竟然这般谦和儒雅，心里一怔不禁大受感动，慌忙站起来恭恭敬敬地施了一礼道："久闻老爷仁德宽厚如雷贯耳，今日一见果然是忠厚长者虚怀若谷，我等久居荒山野岭世代耕田狩猎，除了温饱求生别无奢望，之前荒诞不经多有得罪，老爷大人大量，还望多多海涵，之后但有差遣使唤只管吩咐，在下愿效犬马之劳。"

　　安亭公虚抬了一下右手说："难得龙寨主如此深明大义，本县虽是初来乍到，但对域内族群械斗的症结也略知一二，虽说尔等负有不可推卸的责任，但主要责任应由官府来承担。我大清自顺治爷开朝立国以来，怀柔天下惠泽海内四夷臣服。然自雍正七年'改土归流'后，历任地方流官亵渎皇恩，恣意盘剥欺压弱小族民，致使尔等不堪凌侮心存怨恨，不得已才奋起反抗以求自保。官民宿怨对立已久，州县衙门形同虚设，地方秩序一片混乱，小民族群长年械斗不断，庶民百姓流离失所，这些都在情理之中，也是可以理解的。但叫人不能容忍的是尔等竟与教匪同流合污，开门揖盗助纣为虐，这就令人费解了。"

　　阿四一听刚才还温文尔雅的知县老爷，突然提高了嗓门，竟然指责他开门揖盗助纣为虐，似有兴师问罪之意，顿时吓得出了一身冷汗。遂稍稍冷静了一会儿才委婉地说："老爷此言甚重，在下实在不敢苟同，若说我等敌视官府也并非妄言，只是这开门揖盗助纣为虐，不知从何说起，还请老爷明示。"

安亭公遂道："尔等怨恨官府事出有因，本无可厚非，但此次教匪作乱，可是经由苗寨官道直扑慈利而来，若无私下里勾连串通默契，怎能一路畅通无阻顺利通过呢？"

阿四听后恍然大悟，遂朗声争辩道："此中就里老爷应该比我们还要明白，那时官军正在围剿苗寨，我等火烧眉毛尚且自顾不暇，那里还有精力拦截教匪过境通行呢？此事还望老爷翔实明察，以还我等清白之身，不可人云亦云诬陷好人。"

安亭公听后，微微一哂道："本县此来也非兴师问罪，之前谁是谁非，岂是三言两语能说得清的，我只想说当下我们应该放下恩怨尽释前嫌，精诚合作一致对敌，可好？"

阿四道："我等虽是山野草民也识得此中利害干系，并非不明是非的糊涂之人。眼下匪势虽然还在持续蔓延，但他们终究是山野草寇乌合之众，怎能与正统的王朝政府负隅顽抗呢？当年吴三桂举兵作乱，已经占据了江南半壁，一旦天兵出师征伐，他还不是顷刻间便土崩瓦解了吗？孰轻孰重一目了然。况且教匪祸国殃民人神共怒，我等族民也深受其害，岂能开门揖盗助纣为虐自掘坟墓？之前糊涂迷乱冒犯天威，还望老爷海涵，嗣后，一切愿听老爷调遣！"

至此，宾主尽释前嫌，心平气和地就合力剿匪的诸多事宜达成基本共识，安亭公一颗悬着的心终于掉进肚里，遂不无诙谐地说："龙寨主，咱俩抬了一个时辰的杠，肚子早已饿得咕咕叫了，当下已过午时，难不成我们还要饿着肚子争吵下去吗？"

阿四也笑着调侃道："老爷进得寨来怒气冲冲，不问青红皂白便兴师问罪，在下只顾了小心回话，哪里还有心情吃饭呢？其实饭菜早已预备好了。"

说着便吩咐摆席，片刻工夫一桌山珍菜肴已经摆好，阿四恭恭敬敬地把安亭公请到上席，喜贵和向导坐了客座，阿四和三位头领作陪。

席间安亭公徐徐道："此次教匪作乱兵连祸结搅得天翻地覆，朝廷早已痛下决心，务必将其一举剿灭，天兵所到风卷残云志在必得，值此非常时期，难得足下识大体顾大局,实乃国家之幸,慈利百姓之幸。尔等只需扼守关隘断匪粮道,而后派出小股游击骚扰敌后便是首功,不出数日贼兵必破匪患尽除。"

阿四忙站起来抱拳揖礼道:"坊间流传老爷用兵神武,排兵布阵如数家珍,今日一见果然名不虚传,我等心悦诚服愿听老爷差遣。"

安亭公遂笑着摆了摆手道:"哪里!哪里!龙寨主你太抬举我了。但有一点可以肯定,只要我等官民同心协力,何愁贼兵不破域内不平呢!"

饭后,安亭公立即修书两封,一封送给虬龙寨樊大远,备述:"幸得足下深明大义顾全大局,山寨族群隔阂已然消弭,官军剿匪决战已经布下天罗地网,烦请樊寨主三日后,调遣五百民军与苗王寨合兵一处,秘密潜伏在围城敌后外围。届时,绿营兵倾城出动,里外夹击便可一举将其歼灭。"另一封派向导连夜送入城内,交给绿营统领李士成,略谓:"虬龙寨和苗王寨已经允诺出兵助战,除断匪粮道关隘阻击外,各自再组精悍民军五百敌后包抄,请你务于十六日凌晨时,调集一千绿营兵出城突击冲杀,城外自有虬龙寨和苗王寨一千民军武装配合包抄,内外夹击一举将教匪悉数剿灭。届时以响箭三支为号。"

乾隆四十七年,腊月十六日子夜三更时,安亭公与龙阿四和樊大远合兵一处,统领着土家和苗民武装一千余人,乘着夜色悄悄地运动到围城匪军的身后潜伏下来,三面环形将匪敌弧形包围。凌晨时分,城墙上空突然飞起三支响箭,伴着三声炸雷似的火铳声响,城门洞开,李士成一马当先,亲率一千多绿营兵鱼贯涌出。

此时,安亭公一声令下,潜伏在敌后的一千多民军,迅捷以排山倒海之势包抄上来。霎时间,杀声四起天昏地暗,两千多名教匪本来就是乌合之众,一看这突如其来的腹背受敌阵势,已经慌得手足无措四下逃散。匪首雷方廷早已方寸大乱,既无法收拢人马应对这狂风暴雨般的突然袭击,更不敢冒死恋战,无奈之下,只好带了十几名亲兵突出重围向山野里匆匆逃窜。被包抄在圈里的匪徒们,像无头苍蝇似的懵懵懂懂瞎闯乱窜,绿营官军和山寨民军,一阵砍瓜切菜般的猛烈掩杀,惊慌失措的匪徒立刻倒下三百多人,霎时间,血流成河伏尸遍地,其余的匪徒们见状早已吓破了胆,纷纷放下武器哭爹喊娘跪地投降,那些侥幸逃脱的乱匪们只恨爹娘少生了两条腿,像兔子似的钻进深山密林里,东躲西藏再也不敢露面了。拂晓时分,战斗已经基本结束。

安亭公立即传令收拢人马,安排绿营统领李士成,组织官军清理战场掩埋尸体,将缴获的刀枪辎重搬运进城收缴入库,一百多伤残病员就近抬往绿营营房包扎救治。

为了安全起见,安亭公遂令樊大远、龙阿四率领民军将俘虏的八百多匪徒悉数押往苗王寨关押,由龙阿四组织苗寨民军负责牢房看押,樊大远带领虬龙寨民军外围警戒。又及时调集了二十余名胥吏和账房先生,配合喜贵将俘虏的匪兵一一核实造册登记,且从中甄别出负有血债的杀人魔头、大小头领四十二人,而后披枷戴锁打入死牢重兵看押。

至此,滋扰湘南三县一年多的教匪作乱终于落下帷幕。

腊月二十三那日一早,安亭公与喜贵才踏上返城的回程。一路走过,但见沿途的盘查哨卡已然尽撤,只见赶集置办年货的行人们三五成群结伴而行,精神焕发喜气洋洋,远近的山野村落里,鸡鸣犬吠炊烟袅袅生机勃勃,浓浓的年味气息已然悄悄弥漫开来,老百姓的生活已经步入了正常的轨道,开始准备过年了。他的心情豁然开朗,顿时喜上眉梢,不由得一阵激动不已,情不自禁地想起了远在河口老家的亲人们,今天已是小年了,他们也该忙活了,唉!可惜自己不在跟前。但只要他们安安然然高高兴兴就比什么都好。

回到衙署后,安亭公立即召来李士成和茂才,询问了伤兵的救治情况,茂才遂将登记清册送上来指点着逐一详细汇报。安亭公遂令喜贵将苗王寨登记的俘虏清册一并交与茂才,令其统一归拢整理行文上报澧州知府和湖南巡抚衙门,详细禀报此次剿匪大捷的战况,请将俘虏和伤兵上解长沙按察使司关押审诘处置。另行文报请总督衙门:"慈利匪患虽然暂时平息,但此次匪乱亦有地方小股山匪参与,腊月十六夜间的围剿战中,他们仗着地形娴熟侥幸逃遁,躲在周围的深山老林里苟延残喘,虽然眼下还不敢明目张胆地猖狂作乱,但他们匪性未泯,一旦有个风吹草动,必然又要兴风作浪,为了彻底根除此患,剿灭这伙山匪残余,请留五百名绿营兵协助地方继续剿匪,其余兵卒悉数退回,恳请总督大人恩准。"草毕,即派快马昼夜兼程送往长沙总督衙门。

乾隆四十八年正月十六,总督衙门派绿营千总邵勇,带着二十余名亲

75

兵,送来总督衙门的回文:"拟同意慈利县衙呈文,留下五百绿营兵由李士成统领配合地方剿匪,特遣千总邵勇率领其余五百绿营兵,将此役捕获的俘虏伤兵昼夜兼程,解交长沙营房甄别审诘。"

安亭公阅后,遂将统领李士成召来,拿出督抚行文请其过目,而后令其前往营房与千总邵勇移交伤兵,午后即往苗王寨交割战俘。

次日晨起,邵勇就带领五百绿营兵,押着战俘和伤兵踏上长沙归途。

待邵勇走后,安亭公又将李士成召来说:"慈利匪乱虽然暂时平息,但本地匪患并未根除,眼下之所以偃旗息鼓销声匿迹,是慑于腊月十六凌晨那场围剿战的威力。如今绿营兵撤走五百后,便没有了之前的威慑力,他们骚扰作乱是必然的,我意乘他们当下惊慌失措不知详情还蒙在鼓里,一举将其剿灭,根绝此患以期长治久安,不知将军意下如何?"

李士成一听便站起来施了一礼道:"老爷客气了,军队本来就是朝廷的武装,保境安民责无旁贷,在下身为军人自然以服从为天职,一切但听老爷调遣,虽赴汤蹈火在所不辞。"

第二天一早,安亭公便将虬龙寨的寨主樊大远和苗王寨的寨主龙阿四一起请来衙署,商讨出兵剿匪事宜。

安亭公开诚布公地对他们说:"承蒙二位寨主鼎力配合,去年腊月十六的那次包抄战我们大获全胜。但尚有十之三四的本地匪徒,借着地形熟悉的优势,逃匿隐蔽在深山老林中,或投奔山寨匪寇,或占山为王。他们经此打击后,眼下虽然不敢十分张狂,但他们的匪性却不会改变,一旦时机成熟就会兴风作浪。匪患不除境内永无宁日,如今我们只可一鼓作气乘胜围歼,才能彻底根除此患。这次总督衙门撤走了五百绿营兵,留下五百还得守城巡逻,眼下若要展开全面清剿,兵力似有不足,剿匪之事还得仰仗二位寨主鼎力相助。"樊大远和龙阿四忙说:"老爷言重了,我等本是老爷治下的子民,于公于私都应为国效力,当此非常时期一切听从老爷差遣。"

征得两位寨主支持的允诺,安亭公遂将统领李士成召来,共同商讨如何实施围剿。他坦诚地将自己谋划已久的腹案和盘端了出来:"据本县详查了解,慈利影响危害最大的匪首,当属二虎寨的张文兄弟,双乔寨的赵大兄弟,以及马儿岭马子寨的马得标兄弟三人,他们据险而守人数众多实力雄厚,只要拿下这三个匪窟,其他山寨的小股匪徒们,就会望风披靡不战而溃,当下我们应该如何部署怎样实施,请诸位畅所欲言各抒己见。"

李士成三人对安亭公对域内匪况的了解把握和丝丝入扣的分析非常认可,遂心悦诚服地恭请他统一部署调停。安亭公见状也就不再客气了,便直截了当地安排道:"窃以为山寨的正面围攻还是由李统领亲率绿营兵担当,樊寨主和龙寨主,只需负责解交关押俘虏和清查搬运缴获辎重,回去后立即组织人员,安排车辆马匹等运输工具,苗王寨收拾可供关押三五百名囚犯的扎把牢房五六十间,匪徒们抓获后就近关押苗寨,由你们负责看守拘押。眼下先选拔二十名精于侦探的山民,以采药狩猎的名义深入匪区侦察探路,打听虚实观察动态,随时掌握匪情及时与李统领联络报告,全力配合围剿行动。"二位寨主欣然领命。

接着,安亭公又对李士成道:"将军可将绿营兵三百人,先期运动到虬龙寨附近的山林深处秘密隐蔽,静候侦探报回的确切情报,提前潜伏在匪寨周边捕捉战机,待时机成熟时,集中兵力突然袭击一举围剿。如此则根据事态发展,像挤脓包一样,成熟一个挤一个,各个击破。"李士成与两位寨主听后,情不自禁地由衷赞叹道:"我等只知老爷精于理政刑狱断案,谁知排兵布阵竟也如此缜密周详了然于心,似有成竹在胸令人折服,真非常人也!"

部署停当后,众人分头行事,樊大远和龙阿四回到山寨,各自安排了十名身手矫健的年轻猎手,潜入二虎寨、双乔寨和马子寨的周围山林里侦察匪巢动态,沿途又安排了二十名腿脚利索的连环快手,随时等候传递情报。而后将苗寨里坚固的房屋洞穴倒腾出来,皮滕扎把配锁上链,一切准备就绪,静候张网捕鱼。

李士成领命后丝毫不敢懈怠,他瞅了一个大雾弥漫的深夜,将三百绿营兵悄悄运动到距离二虎寨不足三十里的虬龙寨密林深处潜伏下来。剿匪大本营设在苗王寨,由安亭公坐镇统一调停指挥。

正月十八一早,据哨探送来的情报称:"这段时日虽然还在过年期间,但二虎寨张文兄弟却似惊弓之鸟,龟缩在山寨里,整日提心吊胆无所适从,浑浑噩噩天天酗酒,醉了就睡醒来再喝。那些小头领和喽啰们见寨主兄弟两人天天烂醉如泥,也是惶惶不可终日,或三五人一伙,或十个八个一群,猜拳行令酗酒,赌博嫖娼抽大烟,巡山的喽啰们也懒得值日了,上下一片混乱,寨门形同虚设。"

安亭公听后大喜，遂命潜伏在虬龙寨的李士成，连夜调兵遣将迅速行动。李统领领命后，当天夜里便亲率三百兵卒出发，凌晨时分逼近山寨，只见寨门紧关却不见一兵一卒把守，守在附近接应的苗民侦探，迅速攀岩上去打开寨门，三百多兵卒如入无人之境，不到一个时辰，就把二百多醉梦中的匪徒们一个不剩地捆绑起来，撵赶到议事厅集中关押，此时太阳刚刚升起一竿子高。李士成一边命人就地造饭，一边仔细排查核实，将匪徒们掳进山寨里的妇女杂役三十余人发给盘缠路费悉数遣散。全体官兵们饱餐一顿后，个个摩拳擦掌精神大振。

这时虬龙寨樊大远组织的五百多山民，赶着骡、马、驴车拥上山来。安亭公命人将粮仓、银库打开盘点包装，悉数交由樊大远组织搬运，他与李士成带绿营兵卒押着二百多俘虏先行解往苗王寨，临行前特别嘱托樊大远，撤离时将山寨里可以住人的房屋全部点火烧毁。

天擦黑时，俘获的匪徒、粮食、银两、武器已经悉数解往苗王寨。这时龙阿四已经预备好了热腾腾的饭菜，樊大远亲自监督，将张文兄弟和几个头领披枷戴锁单独关押，其余匪徒们十人八人一室分别关押，而后大摆酒宴犒劳士卒。整个战役仅用了一个昼夜，便将二虎寨一举剿灭，实属大捷。

二虎寨匪窟被一夜剿灭的消息像长了翅膀一样，迅即在慈利域内传开，那些大小山寨的匪徒们顿时慌了手脚，昔日里因生计所迫被掳上山的小喽啰们，更是惊慌失措寝食不安，时刻寻机逃离返乡。那些巡山哨卡的喽啰们便趁着值日的机会，三五结伴偷偷地溜了，往日里没人愿意干的巡山差事，现在人人争先恐后，弄得匪首头领们防不胜防。于是，便干脆紧锁寨门严加控制，任何人非寨主允许，不得离开山寨一步。

这时安亭公不失时机地派人将那些逃返家乡的喽啰们私下召来，嘘寒问暖好言抚慰，勉励其立功赎罪，并亲口允诺："凡立大功者，不仅赦免之前的罪过，还有重大奖赏。"

期间，有一惯匪名赵三豹，跟随双乔寨赵大兄弟多年并充当贴身保镖。赵三豹自幼猎户出身，本事十分了得，且富有正义气节。他当土匪也是缘于一次狩猎途中，被这伙匪徒们强掳上山胁迫入伙的，开始他很抵触，被胁迫着参与了几次抢劫后，突然发现这些人的生意和打猎也差不多，有了买卖团伙行动，抢掠的财物论功行赏，大秤分金分银大碗喝酒吃肉，熬到小头领或有了点道行的，还能例假回去给家人们送点银两衣物，比打猎强多了，于是就默认了这种生活方式。几次行动后，赵大兄弟见三豹身手矫健功夫了得人又义气，一经攀谈还都是姓赵便认了同宗，随即调到身边当了贴身保镖。

昨晚天刚擦黑时，三豹循例回家探望父母妻儿，听得家里人说二虎寨匪窟近日被官府一夜剿灭了，顿时觉得后脊梁一阵发凉，惊恐得像丢了魂似的，左思右想总也不是个滋味，家里人也趁机反复劝导说："这个新来的知县老爷十分能耐了得，多年积习的族群械斗顽疾，他不动兵戈，仅凭一人一骑一张嘴就消停了。两千多的匪徒团团围住攻打县城，情势十分危急，而他不动声色调兵遣将，只一个晚上就烟消云散了。二虎寨那么险要，一夜之间也就剿灭了。况且这当土匪也不是养家糊口的长久生计，干的都是缺德营生，家里人出去被人下眼鄙视抬不起头来，将来娃儿们娶婆娘寻婆家，谁家愿意与咱联姻呢，唉！趁早洗手回头，指不定还能立功赎罪呢！"

赵三豹原本是良家子弟，他当土匪先是被人胁迫，之后却是为了生计，虽然早就纳谋着回家过安生日子，但经不起赵大兄弟的恩惠笼络和大秤分金银的利益诱惑，始终摇摆不定。这次回家在爹妈婆娘痛哭流涕的劝导下，终于迷途知返要金盆洗手了。

于是，他便悄悄地揣了二两银子，上门问计于本家族叔里长赵士良，把自己的想法端出来并请他帮忙，族叔赵士良一听大喜过望地说："孩子，你想得对，早该这样做了，新来的知县老爷仁德宽厚本事非凡，你那没本钱的营生，当下虽能养家糊口，但损阴丧德遭人摒弃，死后还不能上祖坟，天天被人诅咒，祖宗三代背上骂名，不是长久之计，你能良心发现愿意主动自首，我陪你去见阎知县，宜早不宜迟，说不定还能立功赎罪呢！"

说完，叔侄二人便趁着夜幕来到县衙，其时安亭公正好从苗王寨回衙门里有公务，便在二堂里热情地接待了他们，他语重心长地说："这次剿匪，本县已下了最大决心，一定要彻底根除此患，剿灭只是迟早的事，难得足下深明大义迷途知返，若能戴罪立功，本县不仅赦免你之前的罪过，还要重重地奖赏你呢。"

赵三豹道："大人说的也是小人心里想的，虽然开始是被胁迫，但之后多年却也是贪图钱财而自愿的，虽无命案但也罪不可赦，若有立功机会，小人愿意效劳，还请大人明示。"

安亭公道:"壮士若肯配合,眼下就有大功一件,对你来说易如反掌不费吹灰之力,得来全不费功夫,只是宜早不宜迟。实言相告,我已拟定近日攻打双乔寨,如果你今晚趁天黑连夜返回山寨,若无其事地潜伏下来,届时能及时打开寨门,便是首功一件,不知壮士意下如何?

赵三豹忙急切地说:"难得老爷如此赏识,小人正愁得不知如何立功赎罪报效您呢!这样难得的机会岂能白白错过,我今天晚上回去就纳谋筹划,然后再伺机而动。此外,我还有两个知心换命的兄弟,他们都听我的,我准备回去后联络他们一起和我配合行动,事成后请老爷也能一并赦免他们的罪过将功补过,还请老爷允准。"

安亭公一听遂道:"如此甚好,我还担心你一人势单力薄孤掌难鸣呢!万一有个闪失,不仅打草惊蛇前功尽弃,还得搭上你的性命。这样我就更加放心了。"

三

当晚三更后,赵三豹乘着茫茫夜幕悄悄地踏上回山的路径,第二天黎明时分才返回山寨,他心里琢磨着,无论如何先倒头睡上一觉再作计议吧。谁知,赵大兄弟早已派人过来传话约他见面,三豹也不敢怠慢,便匆匆擦了一把脸,直奔山后的议事厅去了。见面后,赵大只简单询问了一下三豹家里的情况,就直奔主题探询山下的风声,三豹便乘势编造了二虎寨被剿灭的经过:"二虎寨山高林密地势险要戒备森严,这次突然一夜被剿,主要是官军派了卧底眼线混入山寨摸清底细后,里应外合乘乱举事的,否则,一时半会儿也不会被倾巢剿灭了。"

赵大沉吟了片刻道:"这段时日我也一直在纳谋着,如何把握山寨守护巡逻防范的安全,从今以后我把这副担子就交给你了,我再给你拨上两个小队,由你统一调拨差遣,主要负责巡山、哨所、守卫,从今天开始山寨里取消所有人的探家例假,实施内外封锁,无论任何人没有我的允许,不得轻易下山,更不准随意带一个陌生人上山进寨,如有半点闪失,唯你是问。唯有如此才能万无一失。"

赵大随即将阿发、阿贵兄弟二人召来当面安排:"今后巡山守寨的安全防务就交由三豹负责了,你兄弟二人和你们统领的喽啰,一切听从三豹的统一调遣铺排,任何人不得抗命不遵,他有先斩后奏临机处置的权利,若有违命抗拒者任凭三豹处置，否则，唯你二人是问。"

三豹一听心中一阵窃喜，原来阿发兄弟正是他的拜把兄弟，真是人走运气不用早起，想啥来啥天遂人愿，自己在心里琢磨着："这个立功赎罪的机会，肯定是跑不了了。"遂谢过寨主领命部署去了。

三豹回到住所后，便将阿发兄弟二人召来，详细叙述了山下的情势："新来的这位知县老爷本事十分了得，不到半年光景就摆平了苗、土四十八寨首领，一天之内杀退教匪两千多人的围城队伍，一夜之间剿灭了地势险要的二虎寨，我等兄弟们的这饭碗恐怕是不好吃了，不知两位兄弟有何打算呢？"

这阿发兄弟二人，虽然武艺高强豪爽仗义，但肚里没什么弯弯肠子，向来行事总是唯三豹这个大哥的马首是瞻，一听此话便自没了主意，遂抠着手指头一脸懵懂地说："大哥知道，俺们兄弟俩都是没主见的人，你给拨律个渠渠道道指点指点，俺们听你的就是了。"

三豹知道他们说的是实诚话，也就不绕弯弯了，便直言道："眼下的情势已经不是过去，这山寨里再也不是咱们兄弟安身立命的地方了，指不定哪天就被官府灭了。届时，咱们必然要受株连，甚至是死无葬身之地。况且，退一步说，咱也不能一辈子就吃这碗饭，家里的人被乡亲们戳脊梁骨，祖宗八辈都背上骂名，当下我们应该悬崖勒马另寻出路设法自保，否则，真到那时就来不及了。不瞒二位兄弟，昨晚我已见过知县老爷了，他亲口允诺，只要咱们能配合官军剿灭了双乔寨，不仅不会追究过去的罪过，还能给咱们记功，立功可以赎罪，这样一来我们就由被人唾骂的贼寇，变成光明正大的功臣了，不知二位兄弟意下如何？"

阿发兄弟二人一听便说："大哥，你说的这些情况，俺们也听探家回来的弟兄们说了，只是平日里见你和当家的那么贴心近乎，所以只是在心里琢磨却不敢对外声张，咱们今天总算想到一起了，俺俩都听你的，你说咋办就咋办。"

于是三豹就说："三天后，官军要攻山寨，到时候咱们只要配合行动把寨门打开，就算是立功了。"

二人立即说："这事好办，现在当家的把巡山、哨所、守寨的大事都交给咱们了，这里就是咱们兄弟说了算，你给咱们铺排吧。"

如是，三人仔细琢磨商讨了一番，阿发说："俺俩手下共有四十多个喽啰，除了傃子、富贵、二蛋、三不愣、五儿外其余都是自家的贴心兄弟，平日里刀头上舔血死人堆里打滚，水里火里蹚过的，都是摸爬滚打出来的换命兄弟，俺叫他们朝东绝不会向西，叫他们摇脑脑不敢发哼哼。"

这下三豹就更放心了，遂笑着说："我的想法是这样，山寨守门哨所瞭望都派上咱们自己的贴心弟兄，把那几个歪瓜蛋子的浑球编到巡山队，白天巡逻晚上睡觉，到时候咱们寻个由头，把他们灌得一塌糊涂不省人事后捆绑起来，派两个弟兄看住就万无一失了。"

说话间，三豹便立即调遣起来，山门上阿贵领上十五个弟兄把守，五个哨所再安排上十个靠得住的弟兄，剩余的由三豹和阿发各领六七个分前后山只管巡逻。

正月二十九初更时分，安亭公和李士成趁着夜色把二百多绿营兵，偷偷地运动到飞虎寨山谷间的密林深处潜伏下来。

二月初一黄昏时分，三豹派人送来情报，约定初三卯时初刻攻打寨门，届时以山间哨所的红灯指向为上山的信号。

二月初二一大早起，三豹胸有成竹地部署调停，他令阿发带了十个弟兄掌控了瞭望哨所，明确约定如无特别异常，三更后便点燃红灯指向信号。令阿贵带着傃子、富贵、二蛋等十个喽啰巡山去了，留下二十个贴心弟兄把守寨门，自己守在寨门口统一调停。阿贵领着那十几个人，前山后山的隘口要道挨着转了个遍，直到天大黑时才回到寨里，一天跑了五六十里山路，直把那伙人累得人困马乏又渴又饿。

回到寨里时，三豹已经安排伙房备了一桌酒席等待，那些家伙们一见酒肉，早已流出哈喇子，哪里还能按捺得住，立刻扔下刀枪就上了酒桌自斟自饮起来，阿贵大大咧咧地坐了上席，便和这帮人胡吃海喝起来，三豹喝了两碗酒后，便对阿贵说："弟兄们今天实在太累了，你替我把大家照顾好，不醉不散。"

阿贵立刻心领神会，便自扯开嗓子吆五喝六地行起酒令来，一直喝到午夜后，直把那几个"灰鬼"灌得东倒西歪不省人事，一个个爬在桌子底下，横七竖八地躺了一地。

阿贵见状心中窃喜，便命两个跟随先把他们捆绑起来，嘴里塞上汗巾，用铁链锁好房门。而后带着几个贴身不慌不忙地把山寨里仔细巡查了一番，一路走过，只听见各屋里鼾声如雷此起彼伏，他立刻吩咐将散落的武器统一收缴集中封存，房门一一上锁，这才放放心心地转悠到寨门前配合三豹去了。

二月初三拂晓时分，安亭公和李士成率领二百多绿营兵，沿着蜿蜒曲折的山路，顺着哨所红灯指引的方向，疾步如飞地涌到山寨门前，早已等候在那里的三豹和阿发兄弟们，迅即打开寨门迎了进去，这时山寨里除了各个低矮不平的房屋里，偶尔传出来醉酒后的鼾声呓语外空旷寂静，满天的星星眨着疲惫不堪的眼睛睡意蒙眬。三人分头领着兵卒直扑前后山寨的贼穴去了，那些尚在睡梦中的匪徒们慌乱中提着裤子被强制集结在寨门前的空地上。赵大兄弟和几个小头领被捆绑得粽子似的扔在一边，不到半个时辰的工夫，便将酣睡中的匪徒们悉数擒拿了，刀未出鞘兵不血刃，一场瓮中捉鳖的剿匪战就干净利索地结束了。

这时太阳刚刚露出半个笑脸，瞬间驱散了满山的薄雾浓云，树芽嫩草上挂着晶莹的露珠，喜鹊杜鹃叽叽喳喳，山间沟壑溪流淙淙，山坡上丁香野菊竞相绽放，灌木丛中草长莺飞蝶舞，昨天还是蒙蒙的天空，今晨已然湛蓝如洗，万物复苏春意盎然。

樊大远和龙阿四带着精神抖擞的山民们，赶着三百多头驴、骡、马牲畜瞬间涌上山来，原来宽敞冷清的山寨顿时被填得满满的，霎时间人满为患拥挤不堪。

安亭公迅速部署，令李士成和樊大远押着一百二十多名匪徒，立即解往虬龙寨，他与喜贵、阿四组织山民们将贼穴地窖里藏匿的黄白干货和粮米辎重打包捆绑驮运回县城。那些被强掳来的杂役婆娘们现场登记，发给盘缠路费就地释放。

安亭公在不到一个月的时间里，不动声色剿了两个土匪寨子的消息，迅即传遍乡野域外。那些龟缩在大小山寨里苟延残喘的匪徒们更加惊慌失措，惶惶不可终日，纷纷惊呼："这个阎广居究竟是何方神圣，难道我们的末日真的到了吗？"

马儿岭马子寨之前共有八十多名山匪，二虎、双乔两寨被剿后，不待几天就陆陆续续逃跑了二十多人，马得标兄弟三个也犯了愁，整日窝在山寨里盘算着，该如何应对这风雨欲来的恶劣情势。

安亭公回到县衙后，便派人四处张贴告示曰："凡本县域内的山匪盗贼们，除罪大恶极者外，其余人等准予悔过自新，十日内主动到县衙登记者，一律从轻发落，逾期未至者罪加一等，检举揭发可以将功抵罪，一经核实无误，可免除三年的劳役赋税。"

告示一经贴出，衙门里每日投案自首检举揭发者络绎不绝，不到三天就有一百多人登记自首。

安亭公一一予以甄别后，便令各村寨的里正长、保甲长和邻居三家画押担保领回，无人担保者暂时收监关押。

第五日黄昏时分，突然来了两个短衣打扮的庄稼人，声称要见知县老爷，有要事报告，喜贵便将他俩领到后衙二堂，安亭公和颜悦色地接待了他们，二人开口便道："我俩是马子寨观察哨所的喽啰，这两天当家的马得标兄弟仨，正在打点细软准备从后山小路逃窜，我俩知道那条后山隐蔽的捷径小路，愿意立功赎罪，恳请老爷允准。"

安亭公一听大喜，便热情地褒奖勉励了一番，令喜贵将他俩秘密移送到绿营营房，酒食饭菜款待，封锁消息保护起来。

而后立即召来李士成安排道："今日天擦黑时，将军可调一百二十名绿营士卒兵分两路，前山寨底派上八十人，虚张声势佯攻，另遣四十名精悍兵卒，你亲自统领，由这两名投诚的喽啰做向导，潜伏在后山小路口的隐蔽处，布好口袋阵势，守株待兔瓮中捉鳖。"

当晚戌时三刻，一百二十名绿营兵便汇聚到山前的林荫中，李士成遂安排把总解达带了八十名兵卒，沿着前山大道快速运动上去，正面攻打山寨，一路上故意弄出不经意间的响动打草惊蛇。自己亲自带了四十人，在两个投诚喽啰的引领下，悄悄地潜入后山小路的出口处隐蔽起来。

是夜三更时分，哨所值日的喽啰发现绿营兵运动的迹象后，立即向马得标报告，山下林间似有官军人马迂回运动。马得标一听便自着了忙，立即召来陈二毛和耿三两个当家人安排道："看来官军今夜是要动手了，他们人强马壮来势汹汹，大祸已在眼前，咱们这几十个人哪里是人家的对手？三十六计只好走为上策，赶紧逃吧！否则就成了瓮中之鳖，被人家一网打尽了！"

于是马得标和陈二毛，带了十几个亲信，将早已收拾好的金银细软，用九匹健骡驮了，绕到后山悄悄地沿着小路下山了，临走时叮嘱耿三留下将剩余的四十多名匪徒，组织起来死守山寨，待他们离开半个时辰后，悄悄抽身尾随追赶，直接到后山沟底三岔口的银杏树底下会合。

四更时分，潜伏在后山小路出口的李士成，隐隐约约地听到山坡间的小路上，传来细碎的马蹄声夹杂着零乱的脚步由远而近，便将四十名兵卒两边散开三十余步，隐蔽在灌木草丛中，形成一个葫芦状的扇形口袋阵势张网静待。不到一袋烟的工夫，小路出口处进出两个人来，他们四下张望后见没有异常，便朝着山间吹了两声口哨，片刻工夫驮着"干货"的牲口一个接一个走了下来，断后的是马得标兄弟二人，李士成一声令下，两边的兵卒们一起涌上来，一下子把他们围困在中间。

马得标一看这阵势，知道已经中了埋伏，反抗不仅无益，而且当下就有性命之忧，便像泄了气的皮球一样，将砍刀扔在地下束手就擒了，其余的匪徒们也纷纷扔下武器举手投降，李士成指挥着将他们一个个捆绑起来。经两个投诚喽啰的当面指认，其间只少了三当家耿三，便厉声喝问起来，一名匪徒见势不妙，也想立功赎罪，便主动告密说："三当家的断后呢！说好了半个时辰后到前边三岔口的银杏树底会合。"

李士成便赶紧组织撤离现场，自己带了十名兵卒留下继续守候。人马刚刚离开半刻功夫，便听到了由远而近的脚步声急匆匆地跑了下来。须臾，小路出口处，突然跳出一条五大三粗的汉子，十余人一起上去将其紧紧围住，耿三一看情势已知反抗徒劳，便将三节棍扔在身后，乖乖地蹲在地下，两名老兵迅即上去，三下五除二就将其捆绑了个结实。此时李士成急令信兵发了三支响箭，而后浩浩荡荡地回县城去了。

前山寨口的把总解达听到响箭后，便知道后山已经得手了，遂指挥着兵卒们猛烈攻打寨门，四十多名把守山寨的匪徒们一见阵势，急忙派人回老巢寻三当家的报告时，发现已经是空巢了，便跑到寨门口大喊："他们把咱们扔下跑了，快开寨门缴械吧！"说着众人已将寨门打开，乖乖地举起双手跪在门前。

大功告捷后，安亭公回到县衙，令李士成派人将匪首张文兄弟、赵大兄弟和马得标兄弟七人，用囚车押了立即解交大牢关押，令喜贵将剿匪名册拿来，仔细梳理核实共计三百七十三人，分别是苗王寨二百一十名，虬龙寨一百六十三名。

对这部分人的处置，安亭公颇伤脑筋，山寨关押不是长久之计，而监狱已是人满为患无法容纳，时间久了又恐节外生枝，况且他们大部分都是农家子弟，只因生计所逼，被人引诱胁迫才上了贼船，他们的去留，与多少人的生活休戚相关。这时他想起了母亲临行前的教诲："衙门中人好修行，多行善事多积功德！"思虑再三，还是决定不惜担点儿风险，快刀斩乱麻来"超度"这些误入歧途的人。

由是，安亭公将县丞、主簿和喜贵、茂才召来，把自己的思路向大家和盘托出："人类社会自种族藩篱形成以来，便衍生了匪盗贼寇，已经沿袭了数千年，其形成的缘由虽然五花八门，但究其主要原因，不外乎穷困贪婪和无知任性。当然除了作奸犯科仇杀暴力、自绝于社会的恶魔歹徒，他们在社会上已无立锥之地，为了逃避法律惩处，只好破罐子破摔。据我了解，咱们这次清剿抓获的山匪，都是本县和周边县域的农家子弟，很多人都是生活所逼和被匪胁迫走上犯罪的，土匪是他们过去的身份，今后的路怎么走，既取决于他们自己的良心发现，更重要的是官府要给他们认知改造的时间和机会。如此则关押监禁不如狱外改造效果更好，且不说他们创造的价值和社会效益，仅就监管费用而言，也是一笔不小的度支，孰轻孰重一目了然。据此，我们可根据名册核实，凡属域内因生计所逼和被人胁迫且没有命案的胁从者，由地方里长、正长、族长和邻里五户画押担保悉数释放，交由家人族长训导教化，衙门里派胥吏定期检察，若三年内没有劣迹者一律视为良民。倘有重犯再犯或劣迹者，立即收监罪加一等。无人担保或有命案的惯匪，一律收监审诘。凡属域外匪徒，可行文各州县衙门，由他们派人押回原籍自行处置。这样既可免却大宗监管度支，又可以挽救几百个濒临绝望的家庭，更重要的是达到人性教化的目的，可收到事半功倍之效。"

众人听后，异口同声一致认可："如此甚好！如此甚好。"

安亭公随即派喜贵和茂才将衙署吏员和本县士绅组成两个班子，分别到苗王寨和虬龙寨甄别处置，并四处张贴告示晓谕。这样不到一月，俘获的三百七十三名匪徒，外州县籍一百七十六名，悉数解交各州县处置。本县籍由里正、族长、伍长、什长邻里担保领走一百六十一名，剩余三十六名，有命案和无人担保者，全部收监立案审查。

二虎寨、双乔寨和马子寨顷刻被剿灭和安亭公释放胁从匪徒的消息传出后,未及官军继续清剿,那些散落在边远山区的小股土匪已是风声鹤唳草木皆兵,匪窟十寨九空了。他们像炸了窝似的,纷纷逃返家乡主动自首登记履行保释,匪首们都成了孤家寡人,无奈之下只好远走他乡隐姓埋名,夹起尾巴当孙子,再也不敢伤天害理了。

至此,一场波及湘南三县的教匪作乱和域内匪患,不到半年的光阴,在安亭公的调停运作下,武剿文攻,已然是风平浪静。之前安亭公在常宁扫黑除霸的铁骨铮铮,已在慈利家喻户晓,这次慈利剿匪,仅不足三月便见分晓,一时间传为美谈,人们纷纷聚集在县衙前,争相一睹这位知县老爷的风采。

剿匪甫定域内安宁,百姓奔走相告,乡野一片欢腾,疲惫不堪的安亭公,拖着散了架似的身子回到衙署后,才如释重负般地松了一口气。他静下心来仔细梳理当下要务时,觉得应将之前因剿匪滞留慈利的五百绿营兵,尽快解交长沙总督衙门。

于是,便在心里斟酌腹稿漫步走到书桌前坐下来,喜贵一看便知他要草拟文牍,遂赶紧磨了一池浓墨铺开纸张,泡了一杯清茶端到桌上,然后退到一边整理文档案卷去了。安亭公随手从笔架上拣了一支狼毫小楷,在砚池里饱蘸浓墨,举到鼻头深深地嗅了一口墨香,才定下心来用蝇头小楷给制台大人字斟句酌地备述了此次剿匪的详尽始末。文中对统领李士成和绿营兵卒的英勇无畏精神大加赞赏,特别感谢督抚大人的鼎力支持,使得慈利剿匪功德圆满……书毕,反复推敲修改后,嘱喜贵誊抄两封速派差役快马送达长沙督、抚衙门。

湖广总督舒常大人接文后,竟自暗暗称奇,捋须自语道:"此人果然精明干练浑身是胆,独身敢闯龙潭虎穴,仅凭三寸不烂之舌,就说服苗、土四十八寨臣服王化,运筹帷幄腹有韬略,排兵布阵游刃有余,智捣匪巢勇退贼兵,真是奇才啊!"

随即会同抚台衙门联署奏报圣上呈请褒奖,并呈文兵部、吏部,细述阎广居任职慈利三月,未动兵戈,深入龙潭虎穴,说服苗、土四十八寨倾心归顺臣服王化,虽是书生临战,竟然指挥若定,上兵伐谋大智大勇,竟使弥漫湘南三县三年的匪患,在谈笑间消弭于无形,似有古之儒将风度,实乃当今官场干练之才,可堪大任……

绿营兵撤走后,安亭公遂部署把总周青整顿守城兵卒,将原定三百编制的兵勇裁撤了一百，只保留了二百名年轻干练的足额编制，负责城门衙署岗哨值日，夜间巡逻城防治安，捕快缉私游击匪盗。裁撤的兵勇尽量安排返回原籍，协助村寨训练乡勇，随时防备小股匪患作乱，平时狩猎耕田藏兵于民，战时兵民合一常备不懈。村寨完善保甲联治，督促乡贤里正长规范制定乡规民约。

春风过后，虬龙寨樊大远和苗王寨龙阿四虽然是剿匪的功臣，心里也是忐忑不安，二人相约来到慈利县衙请见安亭公，安亭公立即令喜贵将他们请进后堂客厅。见面后二人便要倒头行跪拜礼，安亭公慌忙把他们拽着拉到客椅上坐定说："咱们已是患难与共的朋友了，还用得着这么客气吗？这次慈利剿匪若非二位鼎力相助，岂能在如此短促的时间，取得如此战果，论理是我该感谢二位才是呢。"

樊大远和龙阿四忙不迭地说："哪里！哪里！老爷言重了，俺们可不敢领受，若非老爷明察秋毫及时点拨，或许我等至今还深陷泥潭而不能自拔呢。抑或成为官府通缉千夫所指的罪犯，说透了您才是救苦救难的活菩萨，是俺们应该感激您才是呢！"

安亭公微微一晒道："之前谁是谁非风雨阴晴已然过去，今后我们还须同舟共济精诚合作，为老百姓营造和谐安宁的生活。"

樊大远忙道："老爷言之有理，俺们今天正为此事而来。之前俺俩多次商议，此次匪患消弭后，俺俩冀希裁撤山寨武装，收缴刀枪武器，请求重新推举新的寨主，俺俩就此退出江湖归隐林泉颐养天年可好？"

安亭公听后，一阵哈哈大笑道："你二人深孚众望，又正值年富力强，便如此颓唐废志暮气沉沉，如果不是心存芥蒂，便是信不过本县。实言相告，只要本县在任一日，尔等就别想着清闲，武装裁撤是必须的，但不是全部，就此事我已呈文报请督抚衙门允准，每个山寨可保留三十到五十名不等的精悍乡勇，以防匪盗山寇的不时骚扰，平日里巡查山寨维持治安应付突发事件，实行村寨联防联治，由你二人分头节制，多余的武器悉数收缴。这倒也不是不信任你们，而是防止山寇刁民盗窃作乱，坏了尔等的名节。各大小山寨的寨主公推选拔，亦由你二人分头组织召集，着重选择公道正派且富有正义气节的名士乡贤，除与匪盗山寇私下勾连瓜葛的'两面人'外，如无重大过失尽可能维持现状。一定要把那些贪图私利欺诈山民的害群之马剔除下来。"

至此樊大远和龙阿四才恍然大悟,知道这是安亭公对他们的支持信赖,若再推诿谦让反而显得虚假见外了。

四

乾隆四十八年三月谷雨过后,安亭公便着手制定完善村寨管理体系,主体还按汉、白、回、苗、土家等族群藩篱分置。百户以上乡村基本沿袭汉制,十户为甲,十甲为保,十保为乡。百户以下零散族群,还是承袭旧制山寨独立寨民自治赋税包干,自下而上形成一个疏密有序的村寨管理体系。

进而核实户籍、田亩、税赋,划分乡村山林区界,但凡涉及族群藩篱的界畔的争议,事无巨细必然亲力亲为认真梳理,尽将双方当事人召来,循情依理消除隔阂增进和睦,在和风细雨中将多少年累积的纠纷争议化解于无形,消弭得干干净净。在汉民与其他族群发生争议时,尽最大可能地袒护和照顾小民族群的利益,直感动得他们热泪盈眶连连慨叹!如此一来反而使得他们赧颜抱惭,也就自觉地谦恭礼让起来。通过这些点点滴滴的烦琐杂事,安亭公用自己光明磊落的人格魅力,彻底感动和征服了那些少数族群。他们切身感受到知县老爷虚怀若谷的君子风范,是他们倾心钦服的汉官,对他的信赖钦佩之情与日俱增,官民之间的距离由远而近逐渐缩小,族群矛盾隔阂自然随之消除。那些少数族民们,骁勇骄悍固其习性,他们虽然不懂仁义礼信国学文化,更不懂老庄哲学孔孟之道,但他们义气忠厚,懂得感恩图报。从此后奉安亭公为再生父母,凡属衙门里颁布的法令文告,人人自觉遵守令行禁止,绝不越雷池一步。

由于安亭公御下谦恭有礼执法公正无私,半年后彻底根除了困扰多年的民族矛盾族群隔阂,官民融洽祥和一派风清气正,不仅没有了之前的械斗冲突,还出现了山寨族民自发的群防联治局面,使得匪盗山贼闻风而遁,再也不敢踏进慈利境内任意作乱。困扰慈利治安三年、惊动了王朝政府的匪患彻底消弭,他倡导的化盗为民,保释改造盗匪的教化方略,受到刑部和大理寺的高度重视,上谕颁旨褒奖,刑部、大理寺行文通告,明令在全国范围内推而广之,安亭公的声名也随之鹊起而大噪。

慈利匪患彻底消除,地方治安管理体系日臻完善走上正常的运行轨道,安亭公便着手清理牢狱整饬吏治,前任知县吴汝浩,署理慈利三年,盗匪作乱不事疏导清剿,简单乖戾肆虐逞威,动辄抓人拘捕,俘虏即盗虚报贪功,以致匪盗越剿越多，牢狱人满为患。

时任衙署刑狱的狱吏严筱芄，本是市井流氓痞子，因其堂客尤氏少有几分姿色，且与多名衙署胥吏差役狗扯羊皮，一次偶然的机遇被吴汝浩看中后，属下便曲意逢迎适时撮合而使之勾搭成奸。寡廉鲜耻的严筱芄凭借这"挑担"的戚亲，攀上吴汝浩这棵大树后，进而与众多衙门小吏称兄道弟打得火热。吴汝浩为了达到与严尤氏长期姘居厮混的目的，便委了严筱芄一个狱吏的差事，这样便将其牢牢地掌控在手中。

狱吏虽然是个不入流的小吏，但严筱芄乖张伶俐悟性极高，把一个小吏针尖似的权力，发挥到呼风唤雨淋漓尽致的极限，凡事只拿银子说话，哪怕是姑表娘舅近门族亲，他也只认银子不认人，给多少钱办多少事，高墙铁锁戒备森严的牢狱禁地，竟成了他坐地生财独家经营的无本生意，一茬又一茬拘来押走吐故纳新的囚徒，便是他的特殊商品。吴汝浩肆意抓人拘捕即盗的行径，便成了他源源不断永不枯竭的财源，牢狱探视明码标价，雁过拔毛无一幸免，重犯要犯更是量刑苞苴因人定价，只要给足了银子，便可以住单间开小灶，甚至起赃、串供、包妓女。如此这般不到三年，竟捞得盆满钵满不亦乐乎。

安亭公上任伊始对此早有耳闻，但那时教匪围城火烧眉毛尚且应接不暇，哪里还有工夫询查此事，如今囚犯骤增牢狱爆满，其间的弊端劣迹便更加突显无遗，街谈巷议市井揭帖，满城风雨沸沸扬扬。然而贪婪无度的严筱芄，不仅没有适时收手，反而抓住时机大肆敛财，我行我素恣意妄为。

安亭公闻悉后勃然大怒，觉得是该挤掉这个脓包的时候了，于是便把喜贵和茂才召来叮嘱道："这厮寡廉鲜耻利令智昏，脓包已到了非挤不可的时候，你二人立即以盘诘审查囚犯的名义，着手探究其贪赃枉法的种种劣迹，并以此为线索顺藤摸瓜，搜集前任知县吴汝浩贪墨的证据链接，争取在近期内把这个蛀虫也揪出来以儆效尤。"

喜贵和茂才上手后，便将囚犯名册调来，按殴、赌、忤、奸、盗、匪、杀、逆分类梳理，其中十有八九是盗匪，竟达一百二十三名，又将盗、匪按首、惯、协、从逐一分类标记，而后从中核实认定协、从犯一百零二名。安亭公遂将认定的协从犯名册调来，逐一详细甄别鉴定，并一一与之叙话疏导。

原来这些匪盗囚犯们都是域内外山野村寨里的贫困乡民，家中都有妻儿老小,虽有薄田却不足养家糊口,其中更多的是佃户山民,只因地方吏治腐败,官场贪墨成风,再加苛捐杂税压榨,使其不堪重负,又被那些惯匪盗贼蛊惑煽动引诱胁迫,便在农闲季节,兼顾起这不用蛮力的"无本生意"来,亦属半农半匪之人。

经过三个多月的审查甄别认定后,安亭公立即派人四处张贴保释告示:"经甄别鉴定下列人等,因为生计所迫奸人诱胁,误入歧途,并非恶意惯盗惯匪,经本县训导教谕,愿意改恶从善,特准免予刑处,交由地方乡绅、里正和邻舍五户具结保释。现仍为匪做盗执迷不悟者,宽限其十日内到衙署登记自首,迷途知返既往不咎,其发落仍循上例处置,过期不候。"并按乡、村、寨、甲附计开名单于后。

安亭公亲自主持保释赦免,并按穷、困、弱户,每人贴补盘缠一至两吊。竟把那些匪盗罪犯和家人们感动得泪流满面,长跪在县衙前号啕痛哭,久久不肯离去。

安亭公命人一一挽扶起来,逐个勉励鞭策,不到半年光景,牢狱为之一空。

慈利县衙保释赦免匪盗的消息瞬间传遍乡野山寨,那些尚且为匪做盗的家人们,纷纷通过各种途径,将自家的子弟亲属家人召回来,陪着到县衙登记自首,安亭公循前例免予刑处担保释放。

这样疏导厘清,不仅免却费时劳兵干戈之累,还省却了一宗可观的清剿费用,而且是化盗为民消弭了匪患,域内风气为之一新,不到一年光景,县域境内竟然做到路不拾遗夜不闭户。

另册登记的匪首七人,分别是高架界二虎寨的张文、张武,宝峰山双乔寨的赵大、赵二,马儿岭马子寨的马得标、陈二毛、耿三。安亭公查阅案卷发现,马儿岭马子寨的马得标三人,虽然占山为王抢劫行盗,但主要是针对那些为富不仁的奸商财主、横行乡里的土豪恶霸,况且也只是劫掠财物从不刻意杀人,对鳏寡孤独贫苦百姓时有周济,似有杀富济贫的侠义作为,遂依《大清律例》判处流放岭南永不还乡,其家下人等不予究罪。二虎寨张文兄弟和双乔寨的赵大兄弟,抢男霸女杀人越货血债累累,实属罪大恶极的惯匪强盗,遂判斩监候,同时报请长沙按察使司和刑部核准。

其余殴、赌、忤罪计一十八人,且羁押已达一年有余。安亭公遂分别将其地方里长、正长和族长召来，当面训导教谕，令其担保领回监管。嗣后再犯，担保人和里长、正长同罪，并授权族长可以行使族规代法。其余奸、杀、逆之罪十一人，暂时留监羁押再审。

随着狱犯释放牢房厘清，前任知县吴汝浩和狱吏严筱芄贪墨受贿、徇私枉法的斑斑劣迹已经浮出水面。经仔细梳理，三年来，狱吏严筱芄通过串供起赃、探视收监、私放囚犯等手段共计盘剥收取银子两万一千余两，竟比一个贪墨县令还要厉害，安亭公当即将其收入死牢羁押。

乾隆四十七年初，慈利教匪作乱围城，时任慈利知县的吴汝浩见匪势汹汹日胜一日，怕丢了城池王法无情，更怕教匪屠城祸及己身，与其城破人亡不如避祸为上，思虑再三后便给澧州知府沈维德留了一封私信，谎称其母病危回家探视，连夜出逃潜回乡下老家避难去了。待到新任知县阎广居平息匪患后，吴汝浩便带了一张万两银票匆匆来到澧州衙署，向他的恩师沈维德哭诉了一番。沈维德看在银票和往日师生的份儿上，把仔肩揽过来，向抚台衙门陈述吴汝浩确系因母病危回家探视，实非临乱脱逃，并附上其后补批的告假文牍，而后上下打点，疏通了抚台衙门和吏部关节，其时正好耒阳知县空缺，于是便在年底时，名正言顺地递补了耒阳知县。

这段时日，从慈利不断传来的消息得知，阎广居不到半年就平息了匪乱，当下正在整饬吏治清理牢狱，而且顺风顺水势不可挡。吴汝浩听得心里直打鼓，不禁暗自思忖："若照这个势头查下去，自己留在慈利的那个尾巴，以其只认银子不知收敛的贪婪本性，迟早要露马脚。倘若东窗事发，必然要攀咬牵连自己，一旦被其牵扯上，以阎广居酷吏的本性，能不顺藤摸瓜株连于我吗？真到那时可就天河水也洗不清了，唉！怪只怪自己当初鬼迷了心窍，竟然与这等小人掺和在一起，如今说什么也晚了，只能走一步看一步见风使舵了。"

这天午后下半晌，吴汝浩正一个人在家里来回踱着慢步，以排解心中的郁闷纠结，严尤氏突然披头散发地闯进来，一进门便瘫坐在床上，抽抽噎噎地将严筱芄被羁押的事哭诉了一番。吴汝浩一听顿时蒙了，突然像走夜路碰上劫道的，当头挨了一闷棍，心里猛地一颤，方寸已然大乱，愣了好一会儿才醒过神来，心里琢磨："这阎广居分明是冲着我来的，如果让其得逞了，我这仕途也就到头了，而且免不了牢狱刑灾。然而当下必须先得稳住这个臭婆娘，决不能让其胡乱攀咬先自乱了阵脚。"

　　于是便赶紧亲热地将其揽过来坐在怀里笑着说："我的姑奶奶，看把你急得火烧眉毛似的，这才多大点儿事呢？长沙按察使贾致谦大人与我是同乡，澧州知府沈维德大人是我的恩师，阎广居一个小小的知县，在他们眼里还不是一个使唤奴才？除了唯命是从就是俯首帖耳，待我去长沙和澧州走一趟，这点儿芝麻似的小事，顷刻就烟消云散了，你就给我乖乖地回家去等好讯儿吧！"边说边在她的脸颊上轻轻地吻了一下。

　　严尤氏一听，马上破涕为笑道："我就知道官人手眼通天能耐大着呢，阎广居哪里是你的对手？你就赶紧上手吧，迟了恐怕夜长梦多。"说着抬起头来，两条莲藕似的胳膊攀在他的脖颈上，两眼荡着摄人魂魄的淫光，不无挑逗地盯着他。此时吴汝浩心里乱麻似的，哪里还有心情与之厮混，遂无可奈何地在她的翘臀上捏了一把，淫笑着说："小祖宗，你现在得赶紧离开这里，回家去耐心等待，给我点时间让我准备准备，今夜就去长沙、澧州，也就是十天半月的光景，待事情办妥后，咱们再好好亲热。"严尤氏看着他那邪而不乱的一本正经相，觉得言之有理，遂哀哀怨怨地瞥了他一眼站起来，颠着屁股满心欢喜地走了。

　　打发走严尤氏后，吴汝浩把自己关在家里，静静地纳谋了好一阵子，便将衙署公务尽托县丞代理，自己换了一身便服，打点收拾了一沓银票，带着贴身随从，搭过路商船连夜去了长沙，于次日午后未时，在长沙府察院后街私邸，拜访了按察使贾致谦。

　　贾致谦与吴汝浩本是广东肇庆同乡，只先于吴汝浩两科进士入仕，此人敛财不避亲疏，贪婪不显锋芒，察言观色见风使舵，圆滑而狡诈，媚上御下更见功底，官场得意顺风顺水，不到十年光景，便由七品知县做到掌管一省刑法的正三品按察使。

　　今日一见吴汝浩突然登门造访，已知他的来意，遂不动声色地与之委曲周旋起来。

　　之前吴汝浩任职慈利县令，曾遭地方乡宦和僚属多人匿名检举其贪墨火耗、赈灾和修城银子十余万两。贾致谦受理后，并未大动干戈，而是派出自己的亲信经历司金事王毛仲、李贯文两人，秘密前往慈利查证落实。证据链接确凿后亦并未声张，而是将案卷文档调来压下，却派了一名亲信金事，悄悄地下去给吴汝浩透了个口风,而后坐在衙门里静候鱼儿上钩。

果然吴汝浩闻讯后,顿时惊恐万状,立即带足了银票寻上门来,一见面就声泪俱下地哭诉起来,贾致谦始终不露声色,待到吴汝浩哭诉毕,他才和颜悦色地将之前搜集的证据文档轻轻地递过去。吴汝浩只急速地浏览了一遍,已自冒了一身冷汗,急忙从怀里掏出一张两万两的银票,轻轻地放在桌上,哭丧着脸委屈地说:"这是小人的仇家恶意攻讦捏造的事端,以期混淆蒙蔽视听,还望大人明察秋毫周全一二。"贾大人只用眼角的余光瞄了一眼票额,便轻蔑地笑了笑说:"江湖风大官场水深,凡在职场里摸爬滚打的人,遭人攻击诬陷是常有的事,身正不怕影子歪,回去好自为之吧!"说罢,随手将案卷文档款款地放到炭炉上,瞬间火焚烟消。直感动得吴汝浩双膝跪地千恩万谢连连叩头。

这一回吴汝浩进得门来,又故技重演,一把鼻涕一把泪,声泪俱下地向贾致谦哭述:"现任慈利知县阎广居,本是出了名的奸佞酷吏,只因贪图名节立功心切,又受小人挑唆,为了拔高自己的顶戴花翎,不惜玷污小人清白,这种卑鄙龌龊的行径实在令人不齿,恳请大人为我做主则个。"

贾大人始终未动声色,一脸平和地听完了他的哭诉,而后轻轻地说:"据我所知,阎广居并非奸佞小人,更不是贪墨酷吏,他在常宁知县任上除暴安良的雷霆手段深得百姓称颂,已经震动朝野。而今他是慈利知县担着干系,整肃吏治也是职责所在,你的那点猫腻早已是秃子头上的虱子了,岂能瞒得了他?之前京城乡党仕宦早有弹劾检举,当下市井议论街巷揭帖已是沸沸扬扬了,是我在这里私底下扣压稳住不发才拖到今日。但纸里终究包不住火,这回你的娄子捅大了,阎广居是油盐不进的铁面包公,你落在他手里能有好果子吃吗?之前我也曾多次叮嘱你,在官场上摸爬就要时常检点,好自为之,千万不可授人以柄,你却总是只当耳旁风,这次恐怕连我这个按察使也保不了你了,你就等着自作自受吧!"说罢,无奈地摇了摇头,紧锁的眉头又皱了皱便不再作声了,把吴汝浩撂到一边,竟自读书去了。

吴汝浩一看贾致谦这个架势,便知道当下这个坎儿是过不去了,得出点血本了,遂畏畏缩缩地从怀里摸出了两张一万两的银票,沾着唾沫撮开页码,恭恭敬敬地送上去恳切地说:"大人说的那些龌龊事,十有八九也是有的,但与属下并无瓜葛,都是那些贪婪的胥吏差役们,冒着卑职的名头胡作非为,无论怎样总归是卑职治下不严,还望大人明察秋毫。如今上上下下都知道咱俩是肇庆同乡,倘若我牵扯进去,罢官夺爵牢狱刑灾尚不足惜,只恐怕玷污了大人的名节。"说着用眼角的斜光偷偷扫了贾大人一眼。

贾致谦一听便知道这个小人是在要挟自己,心里着实恼怒,但想了想之前两人拽扯的那些龌龊勾当,却始终是块心病,又觉得眼下还犯不着和他撕破脸皮,遂自不动声色地放松了板着的面孔,勉强笑了笑说:"唉!谁叫咱们是同乡呢,你要是蹲了大牢,我脸上也无光啊!这回恐怕要捅到抚台大人那里了,澧州府你要适时破费点儿,我这里一个人力挺,恐怕中丞大人起疑心,两个衙门同力周全可以避嫌。"说着便将吴汝浩放在书桌上的银票仔细叠起来轻轻地塞给他说:"咱们乡里乡亲不必见外,以后用银子的地方多着呢!你先去疏通沈大人,这里我先替你兜着点。"

吴汝浩像蝎子蜇了手似的猛地把银票扔在桌上,撂下一句:"那就拜托大人周旋了。"说着便逃也似的跑了出来,到了大门外时才定下神来仔细琢磨:"以此人素日的贪婪本性,怎么会将到口的肥肉吐出来呢?可见此案干系重大!这回恐怕要阴沟里翻船了!巡抚那里素无往来,怎能临时抱佛脚一下就攀上呢?"遂自发了愁,仔细琢磨后,觉得还是先到澧州知府那里去撞撞木钟吧!

吴汝浩逃出贾府后,贾致谦躺在卧榻上反复思考,心里不禁暗暗后悔起来:"唉!自己只顾了贪婪敛财饥不择食,竟摊上这等无耻小人,常言道,易涨易退山溪水,易反易复小人心,小人难养啊!一旦被其攀扯上,该如何是好呢?无论如何也撇不清了。"想着想着竟一夜未眠。

三日后,吴汝浩又揣了一张三万两的银票,来到澧州文林巷知府沈维德的府邸。吴汝浩自任职慈利知县以来,是这里的常客,一年中端午、中秋、大年三大节的孝敬,老爷、太太的生日礼,累积起来每年也得上贡两千多两银子。

天擦黑时,吴汝浩带着随从小厮,轻车熟路地敲开了沈府的大门。家人沈三一看是熟客,脸上堆满了笑容,双手一揖问道:"老爷一向春风得意,今日是什么风把您给吹来了?"吴汝浩笑着塞了五两银子,双手递上名刺道:"衙门里有点小公务,须请大人示下,烦劳足下通禀一声可好?"沈三遂殷勤地把吴汝浩主仆领进门房,泡了一杯热茶,安顿坐好后说:"老爷稍坐片刻,小人这就回禀。"

沈三拿了名刺来到沈大人的书房，双手将名刺呈上道："耒阳知县吴汝浩请见知府大人。"沈维德一听，先自警觉起来，心里思忖："如今并非时节，此人不期登门造访，必定事出有因，闻悉这段时日慈利整饬吏治风声很紧。之前他在慈利任上非议颇多，这次或许是被阎广居抓住什么把柄磨不转了，否则，他也不是那肯出血的主儿，还是不见为好。"想着便嘱沈三道："昨夜偶感风寒，刚刚服药卧床，改日再见吧！"沈三一听便知道是大人拒客的托词，遂小心翼翼地施了一礼退出来，旋即将原话委婉地转告了吴汝浩。吴汝浩一听便知道这是沈大人不愿见他的托词，顿时凉了半截身子，愣了好一阵才醒过神来，无奈之下只好闷闷不乐地走出府邸，两条腿像灌了铅似的，在小厮的搀扶下踉踉跄跄，竟然不知何时才回到驿馆的。

在沈大人这里触了霉头，吴汝浩便知道周旋无望了，第二天一早，便匆匆踏上耒阳的回程。刚进家门还未喘过气来，只见严尤氏左手提溜着个蓝布包袱，右手拽着个四五岁的呆傻娃崽，哭得泪人似的寻上门来。严尤氏一进家门便扔下包袱把孩子推到他的怀里，躺在床上撒起泼来，嘴里嘟囔着："这是你的孽种，我这就还给你，如今家被抄了个精光，那些痦子们半夜三更上门骚扰，俺也成了孤魂野鬼了，眼看那个死鬼是指望不上了，今后俺就是你的人了，你去哪儿，俺也跟着去哪儿。"

吴汝浩一听顿时火冒三丈，心想当初怎么就鬼迷心窍，摊上了这块滚刀肉？真恨不得生吞活剥了她，但稍稍冷静琢磨了一会儿后，心里暗暗思忖："这个姑奶奶，惹急了什么话也能说，什么事也敢做，现在可得罪不起，这会儿得先稳住她，然后再做长远打算。"想着想着，便强压下心中的怒火，把那痴傻儿撂到一边，轻轻地走到床前坐下，笑着将其揽在怀里温语抚慰道："姑奶奶，我这不是刚从长沙、澧州回来吗？贾大人和沈知府亲口允诺替咱们消灾免祸，只是当下案情尚未上达，为了避嫌他们也不好刻意垂询，到时候他们自会援手的，你就把心放到肚里吧，这段时日，外面风声紧得很，我也忙得顾不上看你去，眼下你先寻个隐蔽的地方躲起来，待风声过去，我俩做长久夫妻好吗？"

严尤氏虽是有名的泼辣荡妇，肚里却没有什么弯弯肠子，吴汝浩一阵甜言蜜语的清米汤，把她哄得像吃了蜜蜂似的笑逐颜开，进门时已经跌入谷底的心境，一下子又飘上了五彩云端，不禁一阵春心荡漾，久违了的欲火又重新燃烧起来，便乘势双手搂住他的脖颈，抛着媚眼撒起娇来。吴汝浩本是个色中饿鬼，又是久旷之身，这段时日熬煎得焦头烂额，怎禁得严尤氏如此柔情蜜意的温存呢？心里已是激情燃烧，一阵狂吻后，不禁旧情萌发，遂自解衣宽带厮混了一番。

起床后，吴汝浩从怀里掏出一张五十两的银票，又拿了些散碎银子，一并塞给严尤氏道："你暂且在城里寻个僻静的地方先住下来，千万不可轻狂张扬招蜂惹蝶，也别轻易到我这里来，闲暇时我自然会去看顾你们娘俩，其实，我心里最放不下的还是你啊！"严尤氏听了顿时心花怒放，连连点头说："俺就知道你心里惦记俺呢，俺心里除了你，也装不下别人了，咱们谁也离不开谁了。"说完站起身来，笑眯眯地抛了个媚眼，翘着屁股扬长而去了。

五

吴汝浩打发严尤氏走后，才静下心来，仔细思考这段时日发生的一连串变故："这阎广居真是当今官场上的另类异数，别人绞尽脑汁投机钻营只为升官发财，他却是铁了心只想做当世的海瑞包公沽名钓誉，于是便逮谁咬谁，挖空了心思寻找旁人的不是，像他这种人谁碰上谁倒霉，到了哪里也不会消停。也许是自己今年逢九冲犯太岁官星不旺，偏偏就撞在这个值岁的丧门星手里，看来此劫难逃。人走败运莫怨天，只能门牙掉了往肚里咽，自认倒霉等着承受。

"臬台贾致谦和知府沈维德，都是官场上摸爬滚打出来的老油皮，他们不仅奸猾狡诈贪得无厌，而且贼眼刁钻嗅觉灵敏，久经宦海沉浮惯会见风使舵，若不是心里有了底数，以其贪婪无度的本性，怎么会将到了嘴里的肥肉往外吐呢？除了戒备撇清怕沾染上臊气，还能作何解释呢？这回恐怕是阴沟里要翻船躲不过去了，看来这官也就做到头了。仕途不畅倒也罢了，若再摊上官司身陷囹圄，不仅人财两空还得丢人现眼，唉！这大概也是前世哪辈子的先人损了阴功，因果循环遭的报应，当下也只能火烧眉毛顾眼前了，无论如何得赶紧想个辙儿走出这个泥沼。可放眼四顾暮色茫茫路在哪里呢？平日里前呼后拥威风八面，呼风唤雨颐指气使，如今大难临头树倒猢狲散，已经到了末路死结，思前想后冰火两重天。

回首往顾，这些年自己在官场上，凭着阿谀奉承巴结逢迎，虽然低声下气步履艰辛，但好歹也捞了二十多万两银子！一旦被人擢挑①出来，必然是罢官夺爵流放从军,甚或株连三族砍头示众也是有的,无论如何当下必须得赶紧离开这个是非之地,出外避上几年,待躲过这个坎儿再作计议,就眼下手头的这点银子也够快活一阵子了!"

他左思右想反复权衡,竟一夜未眠,直到天亮时才彻底定下心来,三十六计还是走为上策。

然而到哪里去躲藏呢?自己一旦出逃失踪,不出三个月,都察院、刑部、大理寺便等身图像海捕文书昭告天下,普天之下莫非王土,率土之滨莫非王臣,除了上天入地人间消失,哪里还有我的藏身之地呢?想着想着又一次陷入了深深的绝望中,像一头被猎人撵赶着无处逃遁的野兽,又坠入了布满层层机关的陷阱中,盲人骑瞎马,夜半临深池,除了等待死亡而别无选择。

濒临绝境的吴汝浩上天无路入地无门,四野茫茫一片漆黑,已是心如死灰身似枯槁万念俱寂,苦苦熬煎得无以排解。于是他便像死猪一样索性瘫倒在卧榻上,懒懒地抓起平日里消愁解忧的那杆烟枪,心里想着先抽上几口熨帖熨帖,哪怕等等就上刑场也就认命了,得乐且乐得过且过。

然而三泡烟瘾过足后,一阵云山雾罩竟然出现了奇迹,刚刚还在陷阱中绝望挣扎的他,心里淤积的郁闷已然烟消云散,似乎一下登上五里云端,霎时身轻如燕飘飘欲仙,晕晕乎乎忘乎一切,心里不由得一阵欢喜异常,忍不住又瞥了一眼扔在榻几上的烟枪,情不自禁地赞叹道:"福寿膏啊!大烟枪,这洋人的玩意儿就是好!"

谁知,就是这瞬间的一瞥,使得吴汝浩眼前为之一亮,两眼直勾勾地盯住那杆镶着金丝边儿的白玉管烟枪,像绝望中的溺水者突然抓住上游漂来的一根朽木,不由得一阵连连惊呼:"邵云清啊!邵云清!你可真是寒夜里的孤灯雪里送炭,救苦救难的观世音!"遂跪倒在榻前连连叩拜。

这邵云清到底是何许人也?竟使穷途末路绝望中的吴汝浩,顷刻为之癫狂起来?其实这邵云清也是尘世中的凡夫俗子,他与吴汝浩同为肇庆同乡,自幼亦曾饱读诗书,长成后梦想功名入仕。谁知,连着考了三科不第后,便心灰意冷一蹶不振了,一气之下便跑到广州珠江码头的十三行做了牙商,承揽夷货与洋人做生意,凭着心眼活泛②和天赋异禀的脑壳,不仅掌握了贸易汇兑行情,还通晓了四国洋人的鸟语,叽里呱啦说得比洋人还流畅,几年间顺风顺水做到了洋买办,也算是困厄得福,弄得风生水起发了大财,要风得风要雨得雨，竟比一个县太爷还要风光几分。那杆精致的烟枪和刚才吞云吐雾的福寿膏，便是前年回乡省亲时，邵云清送给他的见面礼，吴汝浩由邵云清曾经屡试不第的坎坷和当下的飞黄腾达，一下联想到洋人在广州开的通商贸易十三行，瞬间脑洞大开，绞尽脑汁无觅处，得来全不费功夫，竟似茫茫大海上一叶樯倾楫摧行将沉没的孤舟，突然发现了遮风挡雨的避难港湾，遂在心里思忖，这倒不失为一个栖身庇护的好地方，到了那里准保万无一失。吴汝浩顿时激动得喜出望外手舞足蹈起来。

十三行是清政府闭关锁国后，在广州保留下来的唯一通商贸易行，凡进入十三行服务的国人，就会理所当然地得到洋人的庇护，地方政府官吏为避免惹起外交纠纷，从来不敢涉足这个是非之地到那里去随意捕人，多少形形色色的匪盗贼寇，甚至是犯有命案逆案的在逃嫌犯，一旦进了十三行，就像佩上观音菩萨的护身符一样平安无事，故而这里便成了大清帝国境内的国中之国。十里洋场国际都市，实乃名副其实的藏污纳垢之地。

吴汝浩打定主意后，便放下万缘一切都释然了，明面儿上坐堂理政批阅公文，上传下达迎来送往，装模作样勤勉躬亲，私下里却不动声色地把家藏的古董、字画、珠宝、金银细软典当折抵，兑换成贴现银票缝藏在袍襟马褂里。一切准备停当后，便择了个风高月黑的深夜，乔装改扮成皮货客商，带着贴身小厮冯三租了一条快船，悄悄地离开了耒阳，从此销声匿迹，隐形于珠江码头的十里洋场。

直到过了三天以后，衙门里的人才发现吴知县挂印辞官失踪了，顿时上下忙乱慌成一团，县丞米子茂和主簿朱先轸二人紧急磋商后，立即封存印信快马呈文上报衡州知府衙门。衡州知府沈维德接到呈文后，丝毫不敢怠慢，连夜呈文快马上报湖南巡抚衙门和按察使司。

湖南巡抚李绶接到呈文后勃然大怒，马上将按察使贾致谦召来，将衡州府呈文扔到案几上，不无讥讽地怒声呵斥："我的臬台大人，此事你可知晓？"

贾致谦小心翼翼地拿起呈文，只匆匆扫了几行便欠着身子，谨小慎微地回禀："中丞大人，属下也是刚刚收到衡州府呈文才知晓的，这个吴汝浩一定是心怀鬼胎负罪潜逃了。"

李绶大人紧锁着眉头，又语气肯定地补了一句："似这等无耻劣吏，必然是负罪潜逃，否则，放得好好的知县不做，为何逃逸呢？难道之前就没有半点蛛丝马迹的纰漏吗？冰冻三尺，绝非一日之寒！"

贾致谦一听，心里顿时明白，这中丞大人是想找个替罪羔羊，以推卸自己监管失察的责任，便马上帮着打圆场说："大人息怒，自古道，画虎画皮难画骨，知人知面不知心，偏偏这等小人又惯会使伪包装，平日里谦和儒雅一派正人君子模样，一朝得势就会张牙舞爪原形毕露。况且人家是吏部派遣的'百里诸侯'，倘若无人检举弹劾，没有半点蛛丝马迹，谁敢随意派人纠察呢！"

李大人似乎这时才稍稍缓过劲儿来，遂沉吟了片刻又问道："那依你之见如何是好呢？"

贾致谦赶紧殷勤地献言："回大人，依在下之见，当下须立即下发海捕文书全国通缉，而后五百里快马加急，呈文上报都察院和吏部请钧命定夺。"

李大人一听贾致谦说的也在理，遂马上安排道："我这里呈文上报都察院和吏部请钧命，你回去立即签发海捕文书，附上等身画像全国通缉，另派两名得力干吏，组成两个班子迅即分赴慈利、耒阳，彻查此人的贪墨劣迹。"

贾致谦一听，顿时如释重负，立即领命道："大人处置果断，属下这就去办。"

出了巡抚衙门，贾致谦才发现自己已经出了一身冷汗，心里暗暗思忖："这等卑鄙小人，但愿逃得越远越好，今生再也不要见到他了。"

但官样文章还得做得像模像样，滴水不能漏。于是他便将经历司王毛仲和照磨所李贯文传来吩咐："耒阳知县吴汝浩负罪潜逃，即日附等身画像下达海捕文书全国通缉。此外你二人各带上几名干吏分赴慈利、耒阳两县，立即着手勘察此人贪赃枉法的斑斑劣迹并整理上报，证人证言不可假手他人，证据链接要严丝合缝，牵连人等一并锁拿，不得徇私枉法，免得到时吃瓜落搞不清。"二人诺诺领命而去。

这时安亭公已将严筱芄审结定案，严筱芄在任衙署狱吏时，通过串供、起赃、勒索、诈病暴亡、私放囚犯等不法手段贪赃枉法收取现银三万余两，依《大清律例》官吏受贿、虐囚、死囚令人自杀、唆使狱囚诬指平人等数罪并举，判决其斩监候，并行文上报澧州厅、长沙按察使司和刑部核准。同时将吴汝浩在任慈利知县时，贪墨赈灾、税赋火耗、剿匪冒功、克扣军饷等二十余万两银子的罪状链接、证人证言等涉案材料，详细整理成文一并移交澧州厅复审,证据确凿措辞严厉,并行文上报长沙按察使司和抚台衙门核准拘捕人犯予以审诘。

乾隆四十九年中秋节后三天,慈利县上报长沙按察使司和刑部,关于二虎寨张文兄弟、双乔寨赵大兄弟以及狱吏严筱芄的死刑案件,已经核准发文到衙署,令慈利县衙择日执行行刑,以震慑地方匪患和奸胥滑吏。

安亭公收到行文后,便开始筹划行刑,这样大的杀人场面不仅在他来说是第一次,就是在慈利两千多年的历史上也是第一次,如何行刑使他颇费踌躇,杀人是手段,威慑安民才是目的。在法场的选址上尤为慎重,首先这里必须是场地宏大,至少可以容纳万人以上,其次是安保护卫,狱吏严筱芄倚官仗势私刑逼供敲诈勒索,针对的都是匪盗山寇囚徒惯犯,凡行走江湖上的人,恨不得食其肉寝其皮,自然不必虑及。关键是张文兄弟和赵大兄弟四人,他们都是绿林出身的山寨头领,行走江湖几十年,倘若届时有不要命的铁杆死党,突然袭击抢劫法场该如何应对呢?没有强大的武装护卫,是要捅大娄子的。

于是,安亭公便立即行文长沙总督衙门,请调绿营兵卒五百专司安保护卫。经他反复勘察地形地貌,行刑场地选在城南零阳镇的农田里,庄稼收割上场后,这里地形宽敞开阔,便于警戒护卫,不利于小股匪寇游击行动。

乾隆四十九年十月初三,慈利城南零阳镇的澧水江畔,坐南朝北搭起一座三尺高的行刑台,台上并排安放了五个行刑的木墩,正前方十余丈远的对面是监斩台,比行刑台还要高出二尺有余,居高临下气势威严。行刑台和监斩台周围各部署了五十名兵卒站岗守卫。四周东、西、南、北,每个方位四十名威风凛凛的兵卒,铁塔似的持枪伫立。外围三里内,两支五十人的巡逻队穿插游弋,中央三丈多高的杉木杆上高悬三角黄龙旗,周围五色旌旗随风猎猎,整个法场威武森严。

辰时初刻,一百名全副武装的兵卒押着五辆囚车,载着囚犯来到行刑台下一字排开,每辆囚车跟着两名带刀狱卒左右押解。新任狱吏周虎一声令下,五辆囚笼同时打开,十名狱卒快捷地拖着披枷带锁背插亡命木牌的囚犯,押上行刑台摁倒在木墩前,五名祖胸露臂满脸横肉的刽子手,身着褚红色的短褂,肥大的皂裤腿上打着人字形的黄绸绑腿,手执吹毛利刃的大砍刀,立眉霸眼旁若无人地守在墩前,静候午时三刻行刑开斩。

101

辰时三刻,安亭公与刑部派来的监斩郎官许大晟,在统领李士成和二十名亲兵的簇拥下登上监斩台。他放眼望去,只见一千多亩的田野上,被一大早拥来的人群填得满满的。安亭公落座后,便令文吏依次宣读刑部核准五名囚犯的死刑批文,厉声列数他们的系列罪状,台下黑压压的人群中夹杂着此起彼伏的怒骂、斥责和诅咒声,像煮沸了的海洋万头攒动人声鼎沸。此时人海尽头的茫茫旷野上,从四面八方赶来的人流,像打开蜂盖的蜂群和暴雨袭来前避险的蚁群一样,还在继续填塞着这无边无尽的海洋,向茫茫四野扩充。

巳时三刻,五名身着皂衣的狱卒提着枣漆金丝边儿的三层食盒,送来四菜一汤一壶老酒和粳米、糍粑的断头饭,木然地摆在囚徒面前的席地上。守候在旁的狱卒迅即卸掉囚徒的枷锁扔到一边,送行的家人们泪流满面,气肠嗝肚地陪着吃完这最后一餐的辞阳饭凄然离去。

午时初刻,安亭公与许大晟、李士成在狱吏周虎的陪同下,缓缓登上行刑台,对五名囚犯一一验明正身,而后返回监斩台正襟危坐。午时三刻,气定神闲的安亭公,将斩令牌用红笔勾勒扔了下去,大吼一声:"斩!"候在一边的周虎迅即捡起来,高举着向行刑台跑过去。随着三声追魂炮响起,五颗人头瞬间落地。

台下的欢呼声一浪高过一浪,冤情债主的家人们,已在澧水河畔焚香燃纸放起了爆竹,含着眼泪告慰他们那些被匪寇屠戮了的亲人的在天之灵。那些久患肺痨恶疾的病秧子们竟疯了似的拥上行刑台,从怀里掏出馒头、糍粑蘸着热腔血大口大口地嚼起来。

这时人们才突然发现远远的澧水河边,一个衣衫褴褛蓬头垢面的疯婆娘,肩膀上背着蓝底印花布的包裹,手里拽着个木头木脑的痴呆娃崽,嘴里磨着白沫喋喋不休,反复疯唱着昨晚在尼姑庵里求签得来的偈语:"天皇皇,地皇皇,昔日酷吏何等狂,谁承想,阴司索命无常到,顷刻刀下见阎王。山一程,水一程,黄泉路上乱纷纷,奈何桥上惊回首,忽啦啦,千日打柴一火烧。爹死娘嫁人,各人顾各人。"哭一阵,笑一阵,疯疯癫癫跟跟跄跄朝着刑场走来。台下的人们似乎怕沾惹上秽气,又似乎是怜悯她,遂自觉地让出一条甬道,不胜感慨地议论着:"这就是刚砍了头的那个狱吏严筱芄的堂客严尤氏,十足的败家婆娘吊客丧门星,因为她的风骚浪蹄不知拆散了多少好人家。而今报应来了，亲夫砍了头，姘夫逃遁了，儿子呆傻了，自己也得了失心疯，作孽啊！作孽！敢情天理循环因果报应原来丝毫不差。"

原来这个严尤氏，自那日被吴汝浩一阵清米汤灌得晕晕乎乎离开衙门后，便在耒阳城北城根的陋巷里寻了两间不扎眼的民房，满心欢喜地住下来，果然是大门不出二门不迈，一门心思守在家里当起贞妇节女，静等着吴汝浩拖引上她过舒心惬意的日子。谁知三日后，串门来的邻居告诉她："不知为啥，咱们的县太爷突然失踪了。"

严尤氏一听顿时蒙了，便急急忙忙地跑到衙门里探究虚实，谁知却被两个平日里低声下气巴结逢迎她的门役，一阵凶眉霸眼不耐烦的推攘，她才证实了这个狼心狗肺的东西是真的把她耍了。她顿时气得瘫坐在地上没了主意，待迷迷糊糊地回到家里时天已大黑了，第二天一早便一脸沮丧地背起包裹牵着傻儿返回慈利。当她回到慈利又去寻找昔日那些相好的胥吏差役请求帮衬时，谁知那些平日里像苍蝇似的围着她的相好们，竟像看见瘟神似的一个个避而远之，这时她才明白了，原来衙门里的官吏都是人面兽行的饿狼，敛财猎色才是他们的本性。其时，正逢严筱芃又上了刑场，这一气赶一气的急，直把严尤氏急得气闷了心，一觉醒来后便得了疯魔症，嘴里疯言疯语，见人呆傻愣笑，为这个几百年一遇的杀人场面，又添了一景，引得人们一阵阵此起彼伏的诅咒谩骂唏嘘不已！

慈利县一次行刑五名囚犯的消息，迅即传遍了湘省境内，窝藏在大山里的匪盗山寇们瞬间闻风丧胆，或远走他乡另寻出路，或金盆洗手投案自首，当下尚未拿定主意的残渣余孽们，也龟缩在山寨里，再也不敢露头了。那些心存侥幸漏网的大小贪官污吏们，战战栗栗如履薄冰，唯恐哪天忽然掉入冰窟窿。湘省官场顷刻风清气正，域内民风为之一新。安亭公成了匪盗贪官的克星，他的名声随之大振，一夜之间传遍潇湘大地。

乾隆四十九年八月十六日，正当长沙按察使司准备派员勘察吴汝浩劣迹时，突然收到了慈利衙署送来的案卷呈文，王毛仲忙不迭地马上禀报桌台大人。贾致谦接过呈文卷宗，只见吴汝浩的斑斑劣迹已经赫然纸上，证据链接严丝合缝无懈可击，便知道阎广居已经把吴的案子办成了铁案，遂顺水推舟予以结案，并将案情详略呈文详报抚台衙门和刑部，令王毛仲和李贯文合作一处，直奔耒阳办案，这才粗粗地出了一口气。暗自思忖，反正人犯已经失踪,只要无人招对便成了悬案,这里暂时不会有大碍的。但心里不禁又嘀咕:"这个王八羔子藏哪儿去了,海捕文书发下去,万一哪天缉拿归案,被攀扯出来如何是好呢?这贼咬一口,入骨三分啊!"想着想着,刚刚掉在肚里的心又悬在了嗓子眼儿上。

署理慈利三年来,安亭公夜以继日忙得焦头烂额,直到冬至那天才稍有松缓,晚饭时二丫端上来一盘羊肉扁食①,他随口说了一句:"晚饭还是清淡些好,何必这么讲究呢?"平和的语气中似有埋怨之意。

二丫忙说:"老爷,今天是冬至了,冬至小阳春也是小年,这是咱们老家的风俗,你少吃几个,泡着喝点儿汤也行。"

安亭公一怔,这才回过神来仔细思索:"我这离家已经三年了,拢共才写过两封家书,这年关临近了,母亲能不思念我吗?儿行千里母担忧啊!"想着想着,不禁流出了两行热泪,匆匆吃了几个扁食,泡着喝了半碗面汤,便伏在桌上写起家书。

男四蛮跪禀:

母亲大人万福金安。

儿自乾隆四十六年暮春离家赴湘已历三载,思母之情与日俱增,虽关山万里不能隔阻。

儿自幼承蒙慈母教诲,束发立志为国为民,感怀圣上皇恩浩荡,自大挑举士始即以身许国,虽肝脑涂地不足以报万一。然为国不能虑家,尽忠必然亏孝,幸得诸兄弟子侄承欢膝下,儿心稍觉宽慰,虽远在天涯,寸心悠悠时刻萦怀。

母亲辛劳一世病体年迈,本应颐养天年安享余生,而今尚为家事烦心操劳,儿心愧疚无以为报,唯时刻秉承母嘱,德为仁本移孝尽忠,以慰慈母报效皇恩。

当年父殁丧仪、四蛮赴任,赖文广叔与众乡邻父子筹措施银六十余两,此次随信寄上纹银百两,余银不多聊补家用,烦劳母亲逐一销缴。

又,杨老先生曾赠程仪五两,儿意奉上十两为妥,亦为二丫稍尽孝心。

儿身一切安好,万望母亲勿念。男四蛮叩首再拜书写完毕便问二丫："家里还有多少积蓄呢？"

二丫胸有成竹地说："整银尚有六十两，还有些散银大概不足五两。"

安亭公怔了一下，仔细琢磨了一会儿才自言自语道："也难为她了，三年的俸银禄米拢共才不足二百两，这已经不少了，只是……，唉！"

遂叹了一口气，抬起头来感激地望了二丫一眼道："三年了，你还没有添过一件像样的衣服呢。真正是苦了你了。"

此时二丫已经明白他的用意了，便说："老爷，三年了，你还没给家里寄过银子呢。这年关了，把那点余银寄回去吧，咱们这里好将就，家里的日子艰难啊！"

依清制，一个知县年薪四十五两，外加二十担俸米，按每担米价折银一两计，一年的俸银俸米是六十五两。为避免官员贪腐弥补薪酬不足，王朝政府特别定制，知县每年的养廉银子是五百两，属于补贴性薪金，数额也很可观，但安亭公从未领过一两，他把这笔银子留在衙署设立专户度支，用于怜贫救助和接待山寨头领们的应酬交际。此外还有一项更大的收入就是火耗和雀鼠耗，即地方政府每年收缴税赋的升溢，征粮时要按比例额外加收在存储期被雀鼠耗损的部分，征银时由于成色不足，上解都要重新浇铸成五十两的官锭，其间必有火耗亏损，清初定制是每两加收一钱，地方政府还要额外提高标准，这个差额就被合理地转嫁给纳税者，而实际是全部进了官员的私囊。安亭公到任后，特别规定耗羡归公，任何人不得侵占毫厘，这样不仅是自断财路，而且也断了别人的财路。退一步说，如果贪占了这两项，他又何至于这般清贫如洗呢？俗语道："三年清知县，两万雪花银。"那可不是虚妄之词，安亭公苦笑了一下，当下他要考虑的是该怎样筹措些银子，补贴家用弥补人情亏欠。

六

眼下正逢年关时节，眨眼间，离开家乡已经三年多了，自己还从未给家里寄过一吊麻钱，母亲和家人或许理解包容，可那年父亲染疾卧床直至撒手人寰时，家中已然一贫如洗，多亏乡亲族人们热情援手，前后帮衬了十几两银子才得以入土为安。乾隆四十六年大挑举士，自己才踏上仕途，却因为凑不起盘缠，逼得母亲典当卖地，又是文广叔和乡亲们节衣缩食倾情相助，才

105

筹措了五十多两银子渡过难关。追根溯源，文广叔和乡亲们才是我这一生中铭心刻骨永远不能忘怀的亲人，受人点滴之恩，须当涌泉相报，每念及此深以为憾，大丈夫生于天地间，修身齐家固其使命，若忘恩负义又何以立身。倘若自己还是那个当年只靠田间劳作私塾教习养家糊口而科考不第的穷酸举子时，虽然心里愧疚熬煎倒也情有可原，可如今踏上仕途，虽是七品小吏也是朝廷的命官，若再哭穷念穷便无人理解了。但话又说回来，如果真的无能为力装傻充愣，他们也断然不会催讨索逼，甚或自己顾及脸面举债遮羞虔心奉上，他们也会体谅我的苦衷委婉谢绝，甚至还要指责呵斥一番多此一举。因为他们当年的帮衬馈赠并非借贷放债，而是天性使然的善心义举。可我生为七尺男儿，又岂能借口托词坦然释怀，似乎理上不通情无可恕，甚至可以说是厚颜无耻诟病蒙羞，此心唯有苍天可鉴！况且他们的日子并不宽裕，有的甚至还很窄逼，相形之下自己又多么自私。即使他人宽容，我又何以心安，唉！当下已是伤痕累累了，是该到了必须偿还的时候了，哪怕借贷负债也不能亏了良心。

母亲承揽着一大家子的门衍差事，再小气也得二十两，当年二丫的父亲曾送五两程仪，怎么也得送上十两才能过意，婆姨娃儿的膳养用度至少也得十两……这样再小气也得一百两银子才能过了这个坎儿，一夜辗转反侧苦思冥想，怎么也不能入睡。

二丫心里自然十分明白，却又不好直言挑破，只好佯装迷糊延缓至次日天亮，起床后便对还在愁眉锁眼的安亭公说："老爷还在思虑往家里寄银子的事吗？喜贵和茂才还有四十两积蓄在我这里存着，咱们给他俩言说一下先挪借了。此外俺再和那些同僚的堂客们筹借一下，先把这个年关过了，明年用咱的俸银慢慢偿还不行吗？"

安亭公顿了顿说："喜贵和茂才也到了成婚的年龄，论理应该是咱们帮衬他俩才对，挪借他们的银子合适吗？"

二丫忙说："这不是还没动静吗？再怎么快也得明年下半年，就这么着吧。"

安亭公想了想，觉得也没有别的法子，稍稍迟疑片刻才说："那就依你吧，家里的六十两，再借上喜贵茂才的四十两就够了，你抽空给他俩解释一下。"

安亭公起床后尚未洗漱，便急着开了个明细单子，又让二丫也给她大写了一封家书一并封札。饭后把喜贵召来，将两封信札和一百两银子递给他说："你早点去驿站，把这些银子和两封书札寄回老家去。"喜贵出门后，他才如释重负般地长长出了一口气。

腊月二十九那天午后，安亭公收到母亲的家书，信是长子士骧代笔的，只见一笔刚劲有力的欧体小楷疏疏朗朗洒脱飘逸，心里先自欢喜了。

母亲在信中备述思念之情，而后细述："你文广叔那里送去六十两，让五蛮随行每家送了一坛高粱烧酒，可各家都是只收了烧酒不收银子，还是你文广叔给打得圆场，总算把乡亲们的人情都销缴了。大山上的亲家打发士骧送了十两银子一坛酒和二斤点心，亲家收到你们的请安信，欢喜得不得了，说下甚也不肯收银子，还是士骧临走时给偷偷塞在被窝里，他孤孤单单的一个人挺可怜，你们只要多去书信常常问候，他就心满意足了。两个孩儿读书刻苦已成廪膳生员，我的身体硬朗结实，家中诸事顺遂，望尔不必分心惦记。"

安亭公看完信后，这段时日困扰在心里的疙瘩终于解开了，他眼里含着热泪，竟像孩子一样手舞足蹈起来。二丫看了父亲的信后也激动得哭了，晚饭时特意炒了两个小菜，夫妻二人小酌了几杯。

乾隆五十年除夕，衙门里的胥吏差役们除了值日留守，都放例假回家过年了。一大早起，安亭公像个大户人家的家长一样张罗着贴对联、挂灯笼、打扫庭院，还特意安排喜贵和茂才，在衙门前的大街上和庭院中央，垒了两个一人多高的"塔塔火"，初更时分就点燃了，一阵滚滚的浓烟过后，两个倒瓮状似的炭钟，像狂怒的雄狮喷吐着赤红的火舌，三尺高的火苗呼呼的直往头顶上窜，霎时，烈焰升腾照得衙前院内一片通红，竟似白昼一般。

衙门前一对香樟木抱柱上，是他昨晚临睡前，拟就并亲笔书写的一副对联，贴上以后，他站在当街上来回走着看了几遍，只见梅红宣纸上斗大的颜体楷书，在炭火的映衬下熠熠生辉。

官无私欲鬼神惧，
吏有德心猿鹤鸣。

引得附近街巷里的大人孩子，好奇地站在远处翘首张望，安亭公遂令差役们搬出桌椅板凳，摆放在旺火前，招呼大家过来喝茶聊话，又命二丫端了一笸箩糖秠蛋蛋、花生、爆竹，给孩子们分发。

大家似乎有点怯懦，只狐疑地慢慢往前挪动脚步，却不敢径直走过来，直到安亭公亲自走过去，一手拉了一个坐到自已跟前亲热叙话时，其余的人们才一下子围拢上来，第一次近距离亲眼瞻仰了他们慕名已久的县太爷，情不自禁地赞叹："这位老爷身材高大脸阔圆润，浓眉大眼鼻直口方，真是好丰采！"心里暗暗琢磨："山西可真是地灵人杰的好地方，一个书生竟有那么大的胆量和气势，面对乱匪，临危不惧独身敢闯龙潭虎穴，上任不到一年就悉数剿灭了境内的山野盗贼，解除了困扰慈利三年的匪乱，如果不是当世的关云长和郭子仪，谁又能有这么大的胆略和气魄？感恩菩萨、感恩上苍对我们这一方百姓的眷顾。"

这时几个秀才们正兴致勃勃地站在衙门前的街心，仔细品赏玩味抱柱上的对联，一个个竖着大拇指，频频点头赞道："联是心声字是人品，对仗工整天衣无缝；联如其人字如其身，同天贯日正气凛然。掷地有声气冲霄汉。这位县太爷真是好品行好学问！"

一群稚嫩的孩童们稀罕地围着"塔塔火"拉钩、放炮、掰手腕，互相追逐嬉戏打闹，把众人逗得哈哈大笑。

殷红的炭火越烧越旺，照得人们眉开眼笑脸庞发亮，聚拢的人越来越多了，大家渐渐地松弛下来，之前的怯懦腼腆早已荡然无存，谈兴越来越浓，涉猎的内容也越来越广泛，从各地过年的饮食习俗到地方风土人情，从一年的粮食收成到赋税徭役摊派，无拘无束畅所欲言，天南地北侃侃而谈，似乎早已经忘记了谁是官爷谁是百姓。安亭公像个听话好奇的孩子，眯着两眼竖着耳朵直愣愣地听着，时而喜上眉梢击掌喝彩，时而笑得前仰后合忘乎一切。这样一直持续到三更后，众人才恋恋不舍地渐渐散去，从他们洋溢着喜悦的脸庞上，已经明显地感觉到，这是他们记忆以来过得最舒心快意的年，也是安亭公一生中最惬意亲民的除夕夜，直到多少年以后，那些当年身临其境的人们，还在街谈巷议中意犹未尽地品咂回味。

初一大早起，喜贵和茂才相跟着过来给安亭公拜年，刚进家门，安亭公便招呼着说："咱们来湖南已经三年了，前年在常宁与痞霸章二周旋，明察暗访日日像做贼一样。到慈利后，兵荒马乱天天像赶集似的，居无定所忙得焦头烂额，早已忘记了过年滋味，难得今年消停了，咱们也不要辜负了上天的恩赐，一定要像模像样地过个好年。来，过来先祭奠祖先。"

　　二人抬眼看时，只见中堂供桌上墙跟前，一溜长序排列着黄表纸筒竖的阎氏祖宗牌位，桌上供着三份雪白的花馍大供，左边一盘油面儿馓子，右边一盘干鲜果品，中央端端正正地摆着一只细砂石香炉，两炷燃了半截的檀香，袅袅冉冉一闪一闪地掉着香灰，两根铜钱粗的蜡烛上爬满了长长的烛泪，二人便自肃然起敬，不禁唤起了悠悠的思乡之情，遂赶紧走上前来恭恭敬敬地肃穆侍立，安亭公就着蜡烛点燃檀香举过头顶，而后递给他俩每人两炷，依次插到香炉里，接着三人轮流把盏奠酒跪拜。

　　祭奠礼毕，安亭公便招呼二人入座，喜贵和茂才互相狡黠地使了个眼色，又跪下去给安亭公磕了拜年的头才站起来。这时二丫刚好走过来，将二人让到饭桌前的凳子上，笑着说："一家人还这么生分啊！磕什么头呢？以后就免了吧。"二人笑着说："虽说是一家人，但长幼有序，礼数是不能少的。再说俺们还指望磕头挣拜礼呢！"说话间二丫已在每人跟前摆上一杯清茶，摆上花生和水果，又像变戏法似的端出来一盘油面儿馓子。喜贵和茂才的眼睛瞬间睁大了，也顾不得谦让，便毫不客气地一人拿了一个细细地品咂起来，边吃边说："好久没吃咱们家乡的细点心了。"安亭公看着他俩那孩子似的贪婪吃相，高兴得抿着嘴儿窃笑。谁知他俩吃完了还要接着吃，二丫端上菜来时见状，便戏谑地打趣："看把你俩馋得饿猫似的，这能当饭吃吗？赶紧洗手吃饭，油面儿多着呢！管教你们吃个够。"喜贵和茂才这才不好意思地憨笑着洗手去了。

　　其时，二丫已经把菜都端上来了，四个凉盘是猪头压肉、猪蹄皮冻、豆芽粉丝和五香花生米。大海碗盛着猪骨汤炖的烩菜，卤水豆腐垫底，白菜粉条海带烩菜冒了尖儿，顶端披着鸡冠似的红烧大肉和鱼肉丸子，还有一条肥嫩鲜美的红烧鲤鱼。安亭公笑呵呵地打开一坛老汾酒，喜滋滋地说："今天过年了，咱们自家人不必讲究，放开肚子尽气力喝，不醉不散。"说话间已给二人面前的杯子里斟满了酒，三人便开怀畅饮起来。

　　酒至半酣时，二丫端上一盘小巧玲珑的羊肉扁食笑着说："从现在开始，咱们换一种喝法，扁食里边包着麻钱呢，谁吃出来谁举杯，吃不出来就不能喝了。"说着便坐在下席细嚼慢咽地当起了监酒，于是三人又争先恐后地吃起扁食来。

　　一顿年饭足足吃了一个时辰，酒足饭饱后，喜贵和茂才才醉意蒙眬地辞行。临出门时，二丫左手拿着两串裹着梅红纸的铜钱，右手拎着两包白麻纸包的油面儿馓子说："这是你俩磕头的拜礼，一人一份拿上。"二人也不客气，笑嘻嘻地打趣："这过年的头可不能白磕！"遂提溜起来走出门外。二丫又追出门外来叮嘱："过年这段日子别让我天天招呼你们，除了必要的应酬交际，就在咱家里吃，过了十五再起灶，明天是初二，记得早早过来送神祇。"二人口中诺诺连连称是。

待二人出门后，安亭公抬起头来欣赏地看了二丫一眼心里想："还是女人心细啊！这几年打里照外，多亏她了！"

须臾，二丫沏了一杯酽茶端上来说："老爷，喝杯浓茶解解酒吧！"安亭公听话地端起来一口气喝干了，便躺在床上惬意地睡着了。

初二一早，喜贵和茂才如约早早过来，吃过早饭奠罢祖宗，二丫便拿过一只大竹篮，安亭公将黄表筒竖和供品、香烛、爆竹轻轻装了进去，喜贵恭恭敬敬接过来挎在胳膊上，三人便轻装便服出了西城门，踏着田径小路向澧水河畔走去。半个时辰后到了河边，安亭公瞅了一块空旷的高台平地，铺上麻纸，将祭品虔诚地摆上去，把筒竖牌位拿出来轻轻点燃，便和喜贵上香奠酒，茂才忙着燃放爆竹。

三人回到县城时见天色尚早，便悠闲地沿着大街欣赏起左右两边店铺门前的对联来了。只见一条三里长的元明商业老街，从西门直达东门，一丈五尺宽的街道整齐笔直，两边青砖瓦顶的门店飞檐斗拱，房连房门对门鳞次栉比，从油漆剥落参差不齐的彩绘门楣上，便可窥见当年的风采遗容，门店上家家挂着金粉彩绘的大红灯笼，远远望去像一条横卧着的长龙。街市上面貌一新，处处洋溢着节日的气氛，来来往往拜年的人群，踏踩着炸得粉碎的炮仗纸屑不断涌动。街道两旁摆满了各种孩童零食和手工玩具，哄得娃崽们拉着大人的手盘桓左右，挑挑拣拣流连忘返。

这时一个秀才模样的人突然走过来，朝着安亭公深深地施了一礼道："老父台，学生给您拜年了。"人们一听是知县老爷，马上拥过来，里三层外三层围了个水泄不通，嘴里喊着："知县老爷与民同乐来了。"喜贵和茂才一看顿时傻眼了，只在心里焦急地琢磨："看这阵势，恐怕一时半会儿是脱不了身。"急得浑身冒汗，竟不知如何是好。

谁知，安亭公却不慌不忙地退到临街铺面的台阶上，满脸笑容地作揖施礼说："阎广居给各位老表们拜年了。"而后频频招手致意。

围拢在前面的几个读书人忙着跪下去，要给安亭公磕头，安亭公见状赶紧走下台阶，一个个搀扶起来说："不敢当，不敢当。"

喜贵和茂才急忙走上前来委婉地对众人说："老爷家里还有客人等着，改日再与大家同乐。"边说边往前走，安亭公摆着手跟在后边好不容易才走出重围。走了不远后，便急忙拐进一个小巷绕着胡同回了衙署，到家时三人才长长出了一口气，感觉浑身都湿透了。

正月十五刚过，安亭公就连着颁布了三张布告。

第一张是均田垦荒的告示：

　　一、由于匪盗山寇作乱多年，乡野弃耕的土地甚多，但任何人不得私自侵占，若三年内无人认领，衙署将差遣胥吏配合地方乡贤里正造册登记，而后配发给无田耕种的贫困农户。

　　二、鼓励乡民垦荒造地，凡新开垦的荒地三年内不纳赋税，三年后统一丈量颁发田产契约永为产业。

　　三、倡导沿河乡村打坝造田，由乡贤里正领衔牵头，各地乡民集资，有钱出钱无钱出力，淤积的田地，按出钱和出力的多寡分配，三年内不纳赋税，三年后统一丈量，颁发田契永为产业。

第二张是设立义仓的告示：

　　一、嗣后各乡、村、寨独立设置义仓，散落的乡野小村寨就近连片，百户以上统筹设一仓，用于灾荒年景自救，乡民根据自家收成的盈余多寡自愿集储，由乡贤里正领衔，推举公道正派的乡民监督管理。

　　二、夏秋收后义仓集储，按户或田亩缴纳余粮，丰年多缴，歉收年景少缴或不缴。

　　三、丰年和平年只缴不减，灾荒年可以动用义仓储粮救急，个别无力缴储的灾困户，由乡民评议可以适当救助。

第三张是检举告示：

　　一、鼓励域内商贾乡民人等，公开或匿名检举上自衙门吏员、下至乡绅里正长的贪墨不法劣迹。凡有敲诈勒索、贪赃枉法、徇私舞弊、欺压良善者均在此例。

111

二、凡有上述行为的衙门官吏和乡绅里正长，投案自首者一律从轻发落，经人检举败露者罪加一等，检举揭发他人者可以立功赎罪。

三、任何人不得打击报复检举揭发人，一经发现，严惩不贷。

三张告示一经贴出，顿如惊雷一般传遍乡野，人们好像吃了蜂蜜似的，喜上眉梢奔走相告。而那些劣迹斑斑的衙署胥吏和乡绅里正长们却再也坐不住了，平日里趾高气扬横行霸道的人，都知趣地低下了高贵的头，见人低头哈腰谦恭礼让，老老实实地夹起尾巴来谦和做人，再也不敢飞扬跋扈恣意妄为了。

溪口乡有一里长段志武，亦曾读过私塾考过功名，但从十六岁中了秀才后，直到四十多岁了还未中举，勉强也算是未曾及第的读书人。他在澧水河畔有上好的良田五百多亩，山里还有两处庄园，在慈利、澧州经营着两处皮货布匹买卖，家中妻妾奴仆骡马成群，长工伙计三十余人，属这一带富甲一方的乡绅大户。由是，乾隆三十八年他被胥吏赵成指定为溪口乡的里长。

按清制，地方里正长应是乡贤民意推举，但由于受汉、唐沿袭下来的乡绅理政体制的影响，一般还是地主、乡绅或大户的族长们担任，民意推举只是个掩人耳目的程序。他们主要负责乡村里的户籍管理，协助公差征缴税赋，派遣徭役民夫，公益摊派等日常事务。

段志武当选里长后，开始还装点门面公道正派秉公办事，几年后就蜕化变质，成了为富不仁横行乡里的村霸。

赋税征缴，清政府入关后沿袭明制，实行"丁银税"，但是由于地主乡绅们藏匿的人口和涌入的流民不断增加，使得人口的数量很难准确厘清，也由于日益严重的大量土地兼并和人口急剧增加，丁银制已经成了农民的一项沉重负担。为了保证稳定的税源足额征收，确定人口数量，缓和阶级矛盾，康熙五十一年户部改革，下令废除"丁银税"法，实行"摊丁入亩"，按土地多寡纳粮征赋，基数按康熙五十年的丁税为准征起点，以后增加的人口不再额外增加赋税，这样就使得每年的赋税固定下来，而后将其分摊到田亩中征收，彻底废除"人丁税"法，而实行"一条鞭"法的田亩税。

乾隆三十八年，清政府为清理整顿税源曾颁发御旨，在全国范围内核查土地面积，重新颁发土地契约。这时段志武已是段氏家族的掌门人了，他利用自己担任本乡里长的职务便利，串通胥吏差役营私舞弊，将自家名下的一千多亩田产核定为五百二十亩。亏空部分，他把眼睛盯上了那些近年来新开垦的荒山荒坡地，明面上全乡土地核查，增加了五十多亩，而实际上真正增加的部分，已经暗里填补了自家核减少报的亏空。

在此基础上，胥吏差役便与段志武核定了全乡的税赋征缴额度，并由其承揽包干了乡里的赋税征缴。为此段志武在每年夏、秋两季，便安排十几名凶神恶煞的差粮汉，垄断控制了乡村粮税征缴。米价下跌时收银不收粮，米价上涨时收粮不收银，他与胥吏交割时却是半银半粮，这样每年便可升溢盈余五千多两白银。此外还要额外加收火耗、雀鼠耗等各种名目繁多的苛捐杂税，除贿赂胥吏和雇佣差役度支外，其余便是他与县太爷三七分赃。其间也曾有人检举揭发，谁知县太爷却振振有词道："这样包干就是图个利索，不仅税赋收缴分文不少，还省却了胥吏差役的额外度支，一举两得何乐而不为呢？"

如此这般，有了县太爷的公开袒护，谁还敢再自讨没趣公开叫板呢？

这样十几年来段志武巧取豪夺，仅税赋包干盈余一项就侵吞了两万多两白银，而每任县太爷三年任期，便能不显山不露水地从他这里获得八九千两的例银已成常态，彼此心照不宣各取所需相得益彰，这已是衙署上下尽人皆知的公开秘密，但是谁也不敢捅破这层窗户纸，除非他吃了熊心豹子胆。

在利益链的驱动和历任县太爷的庇护下，段志武在溪口乡里长的这把铁交椅上稳如泰山，一坐就是十二年，流水的知县已经换了四任，溪口乡的里长还是段志武，其间的隐形规则无人不晓。

安亭公上任伊始，教匪攻城山寇作乱兵连祸结，百姓流离失所土地荒芜闲置，段志武便躲到澧州经营自家的布匹生意以求避难，包干的税赋征缴也自然废弛。待到乾隆四十八年匪患平息后，段志武一家才返回溪口乡下。其时安亭公正忙于清厘刑狱、审诘前任知县吴汝浩和二虎、双乔、马子三寨匪首的重案，忙得不可开交，段志武连着请见了三次，都被安亭公婉言谢绝了。

检举揭发告示贴出来后，段志武心里也在琢磨："这些都是官样文章，世上哪有不吃腥的猫？前任知县吴汝浩上任时，也曾大张旗鼓地高喊着整肃吏治的调子，公开放出口风来，要收回溪口乡税赋承包的合约，结果他登门送了五千两银票并说明利害得失后，吴汝浩不仅没有收回合约，还把相邻两个乡的税赋征缴也一并承包给他。

这位阎知县上任以来,匪患作乱田地荒芜民不聊生,老百姓连肚子都填不饱,哪有钱粮纳税呢?这样浅显易懂的道理他能不明白吗?以后正常了自然还按老规矩行事,只要他认了这个茬儿,此事自然烟消云散,到头来还不是依样画葫芦雷行旧路吗?"

殊不知这时来自方方面面的检举暗揭,已如雪片般的贴满大街飞入衙署,衙门还是以前的衙门,而主宰生杀大权的老爷已经不是之前的知县了,此太爷已非彼太爷了。

安亭公洞悉人性,经过反复甄别梳理,对段志武等人的斑斑劣迹和心理活动,已然了如指掌,他深思熟虑一段时日后,便决定先从段志武身上打开缺口杀一儆百,由是便雷厉风行地将段志武公开拘押收监。消息传出后,乡民们欣喜若狂欢呼雀跃奔走相告:"动真格的了,暴风雨要来了,一个也跑不了,这位县太爷铁面无私可动真格的了。"

七

这下子那些上上下下的吏员村官们顿时慌了手脚,惶惶不可终日再也坐不住了。胆大点的还装门面硬撑着,胆小的便赶紧投案自首了。段志武收监后,当天就有二十多人到衙署里自首登记,检举揭发的人更是川流不息,安亭公遂令喜贵、茂才分别单个接待。

一个多月以后,喜贵经过详细整理誊抄了一份共计六十九人自首的名册,他们大部分是乡村里的里正长,还有五名是衙门里的胥吏差役,而且都是被人检举揭发频率最高的人。

安亭公经过反复梳理甄别后,先自认定了段志武等三人为横行乡里罪大恶极的重犯,遂毫不手软地予以收监审查,五名胥吏差役也悉数收监审诘。其余六十一人转往城西的北高峰茅庵寺秘密禁闭起来,由喜贵和茂才带了三名胥吏驻扎在那里,组织他们进行律法普及教育,重点解释《大清律集解附例》,引申《大清律例》覆盖的范畴,逐条对照检查反省自律。

这些村官们都是各地村寨里的乡绅富户,属于乡村的文化阶层,理解认识融会贯通自然不在话下。他们通过逐条对照检查认识,已经知道自己触犯了律法的哪些条款,论罪该受何种刑法的处置,条例上阐述得清清楚楚明明白白,一经自我对号入座,已是惶惶失措不寒而栗,整日里像热锅上的蚂蚁烧手燎足,再也坐不住了,仿佛寒冬骤然降临四顾夜色茫然,心里惊恐得自我反省："过去仗着自己是村寨里的乡绅、族长、大户，执掌着上百户人家的田亩税赋征缴和徭役摊派权力，乡民们见了点头哈腰恭敬施礼，在这块不大不小的土地上俨然小皇上似的，趾高气扬吆五喝六威风八面，久而久之晕晕乎乎忘乎一切，飘飘然而不知所踪，进而放荡不羁贪婪敛财，之后变本加厉愈发不可收拾，以致越陷越深被人检举揭发了，而今寒霜一夜降临，如何才能平安地度过这个不可逾越的坎儿？"心里的惊悚恐惧悔恨已是不言而喻，昼夜彷徨寝食不安。

其间，安亭公隔三岔五地来这里，对他们适时教谕引导："自古圣人立教，君主刑法都是方法和手段，其目的是为芸芸众生指点迷津警醒觉悟，感召教化他们重返人伦天道，不致使其坠入地狱而永世不能翻身。凡世界一切邪恶狡诈，只能得势于一时而不会得逞一世，天网恢恢疏而不漏，若要人不知，除非己莫为，倘若自作聪明心存侥幸，便是布鼓雷门掩耳盗铃。人非圣贤孰能无过，只要不是包藏祸心犯上作乱的叛逆之辈和杀人越货扰乱社会的匪盗贼寇，刑法也断然不会刀刀致命一棍子将人打死，雷霆雨露都是天恩！若能悔过自新痛改前非便是明智的选择，倘若执迷不悟怙恶不悛罪莫大焉。大家都是咱们慈利的乡绅名士，虽然一时糊涂触犯刑律，但并非罪无可赦，且本县也不想刑法处置，致使尔等背上耻辱。若能实实在在地做些功德善举将功补过，倒也不失为一种明智的选择，凡此种种只为顾及大家的体面，响鼓无须重槌敲，快马不用鞭催，奉劝诸位审时度势仔细思量，希冀能够明白此中的利害和本县的良苦用心。"

安亭公这里煞费苦心循循善诱反复引导，怎奈那些村官们却听得稀里糊涂一头雾水。虽然绞尽脑汁反复琢磨，竟像走夜路迷失了方向的人，踏上乱坟岗又踩上了"迷魂土"，绕来绕去又返回了原点，苦思冥想却怎么也理不出个头绪来，究竟怎样才能功德补过，真的不会判刑蹲监吗？如此则敢情甚好，可是对照检查自己，明明已经触犯了刑律，以这位县太爷一向疾恶如仇的秉性，若要免却刑法躲过牢狱劫难，几乎是白日做梦痴心妄想。唉！这是摆的什么迷魂阵啊！真是不可思议。

其间，也曾有人想到了缴纳"议罪银"抵罪的办法，但那是皇上为了充盈内帑，针对吏部任免的官吏而特别设置的赎罪制度，若能如此赎罪免却刑法，敢情再好不过了。他们当然愿意倾家荡产赎抵自己的罪过。

"议罪银"制是乾隆四十五年,礼部尚书和珅为了讨好皇上充盈内帑,提议设立的一项以银赎罪的特殊制度,即允许吏部任免的中下层官吏,在他们触犯刑律时,可以依据犯罪的程度,缴纳一定数量的赎罪银子以免除刑法,但也只是针对一般的刑事犯罪,十恶不赦的大罪当然不在此列。

于是,有人便壮着胆子,提出愿意缴纳"议罪银"以赎抵自己的罪过,众人一听,纷纷附议一致赞同。

过了一段时日,安亭公又循例前来教谕督察,喜贵和茂才便将众人的想法和议论,如实予以禀报。

安亭公听后沉思了片刻,便又把大家召集起来,悉心开导说:"我虽然不敢妄加非议'议罪银'制的合理与否,但我绝不会徇私枉法,更不会贪赃枉法。尔等已经触犯了王法,如果出点银子便可赎抵刑法,这样不仅坐实了尔等贪赃枉法的罪名,还会使无耻之辈妄生非分的侥幸心理,更不利于以后的警戒教化。窃以为大家不妨自发地做点儿功德善事,姑且只当是'功德赎罪'吧,这样既能触及了自己的魂魄以警醒自律,又能取得父老乡亲们的谅解宽宥,既不失当下的尊严体面,还可以再塑以后的个人形象。如此则功德无量,尔等何乐而不为呢?若能如此,我便担些风险也敢承诺,诸位都可以免却司法审诘的程序,给尔等一个悔过自新的机会可好?"

众人一听恍然大悟,一下明白了安亭公的良苦用心,遂纷纷感叹道:"老爷真是古之圣贤周公伊尹,菩萨心肠公侯万代!"

于是,众人马上自报响应,有的愿意修渠、修路、修桥,有的愿意修寺庙、盖学堂、建义仓。

于是,安亭公便令喜贵和茂才逐一核实登记在册,又差人勘察地形设计图纸,测算工程用度,预计始竣工时日,而后与他们一一签订合约,悉数放归回乡。

那些村官们被释放回乡后,开始乡民们并不理解,以为是衙门里徇了私情,赦免了他们的罪过,便私下里议论:"以这位县太爷的秉性,并非贪赃枉法的昏官,这些人到底使了什么魔障,竟把他也给迷惑了?这下我们可更惨了,就等着人家变本加厉地报复吧,唉!有什么办法呢!官断十条路,九条民不知。"

无处发泄的乡民们,愠怒愤恨已经溢于言表,抵触情绪更加厉害了。然而一段时日后,大家见这些人回乡后,竟然像变了个人似的,不仅之前的飞扬跋扈消弭殆尽,而且一个个低下头来,逢人打躬作揖谦恭有礼笑脸逢迎,且又是测量地形采购材料,又是请工匠雇民夫,里里外外忙得焦头烂额,只为给村寨里修桥、修路、修渠、盖学堂、建义仓、打坝淤田办起了实事。

乡民们仔细打听后才得知,这是知县老爷为了教化这些人,而变相实施的"功德"赎罪办法,只是心里的淤积还是解不开,这是哪家的王法呢?但大家静下心来后仔细琢磨,觉得也是这个理,如果把那些人监禁坐牢充军流放绳之以法,倒是解气痛快了,但贪墨了咱们的银子都收缴到衙门里,层层克扣挪作他用,甚至变着法儿进了贪官们的腰包,那些村官们也只是空担了个贪赃的罪名,做了几天过路财神,到头来还是人财两空当了替罪羔羊,贪墨了的银子和咱们没有毫厘关系。如此"功德赎罪"还能给乡民们办点儿看得见摸得着的实事,也算是贪之于民用之于民。

至此乡民们才真正理解了安亭公的良苦用心,不仅消除了淤积在心里的抵触情绪,而且还放下自家手头的营生,主动加入到建设工程的施工队伍当中。

那些村官们见状自然欢喜不尽,更不想错过这个消弭隔阂的赎罪机缘,便把工价悄悄地抬高了两成,还改善了民工伙食。善良的乡民们见状,知道那些村官们已经良心发现了自己过去的不耻,很想借此机会变相弥补亏欠,这倒不失为一种诚心忏悔,更是抚慰乡民们的受伤心灵,于是他们便自觉地延长了劳作时间,悉心尽力以为回报。

正是安亭公这一看似不经意间的无意之举,牵一发而动全身,不仅省却了浩繁沉冗的司法审诘,保全了一批乡村理政阶层人士的体面,更重要的是触动了他们固化已久的龌龊灵魂,使之幡然醒悟洗心革面改恶从善。由此他们改善了与乡民长期以来形同水火的对立关系,他们赢得了乡民们的真心拥戴,也赢回了自己丧失已久的尊严。

如此一来大家皆大欢喜,进度也随之加快了,不到半年光景,签了合约的乡村建设工程,很快就如期告竣了。

在这期间,安亭公又不失时机地采取雷霆霹雳手段,将之前收监在押的三个民愤较大的村官和五名胥吏差役快速结案并绳之以法,同时亲自主持召开了声势浩大的万人宣判大会。

那些暂时无人检举而心存侥幸的村官们再也沉不住气了，遂三三两两地来到衙门里，自首登记请求自罚。安亭公如法炮制，一一与之签了合约，他们纷纷回到村寨里践行"功德"去了。

中秋节后，安亭公带了喜贵、茂才和联络各乡村寨的胥吏们验收签约工程时，只见各地乡村寨里欣欣向荣热火朝天，正在兴建的各项工程如火如荼，已经告竣投入使用的建筑面貌一新。

据粗略累计，截至当下全县共打坝淤田三千一百多亩，开荒造地八千六百余亩，较大的乡村寨都建起了学堂、义仓，而且都已正常运行起来，义仓已经储了存粮，学堂里书声琅琅生机勃勃。

安亭公一路走过一路欣喜，乡民们像过节迎神一样，纷纷围拢上来叩拜一睹他的风采，他像回到自己家乡一样，坦然步下轿来，接受乡亲们的瞻仰和款待，所到之处一片欢腾。

其间，安亭公分头召见了那些践行功德善举的村官们，并主动为学堂义仓题字予以褒奖。这样那些村官们便更加增添了信心，合约之外又自发地做了许多拾遗补阙的善事。

进入冬季农闲后，安亭公统一部署了全县乡村里正长的重新推举，那些曾经被人憎恶检举的村官们，通过安亭公引导的"功德"赎罪行为已经脱胎换骨，不仅赢回了自信的尊严，而且赢得了乡民们的信赖认可，十之七八又被重新推举上来，他们不仅不记恨安亭公，反而逢人就说："老爷就是佛祖派来度化俺们的菩萨，过去是我们糊涂犯浑，如果碰上个昏官，还不借题发挥虚报冒功，退赃流放充军蹲大牢，既折损了先人累积的阴德，又使自己当下颜面扫地，八辈子也翻不了身。"

乾隆五十年秋，正当安亭公信心满满地整肃吏治，准备撤销更换一批玩忽渎职的胥吏差役，以期从源头上杜绝隐形苞苴，进一步深入整顿衙署风气之际，重阳节那天，突然接到长沙抚台衙门转来的吏部调任他为耒阳知县的任职行文，新任知县文广宇不日即到，令他一个月内交割上任。

接到行文后的安亭公不无遗憾地松了一口气，遂静下心来掰着指头盘算："自乾隆四十七年八月自己赴任慈利，转眼间已经三年又十五天了。当时慈利正是匪乱猖獗遍地狼烟的非常时期，幸得樊大远、龙阿四、李士成等人的鼎力辅佐，更加地方民心思定皇天佑我，虽然历尽坎坷忙得焦头烂额，好在有惊无险乱始善终诸事甫定，也算对得起这方黎民百姓而不虚此行了。然而千里搭长棚，终究没有不散的筵席，是该走的时候了。就当下而论，慈利安定祥和的情势已是不言而喻，新任知县到职后，只要能够整肃吏治勤勉职事承启衔接，料也不会走了大样。令他最为担忧的还是山寨族群的藩篱稳定，这些少数族群们在历史上，曾经被历代王朝政府歧视挤压，自雍正七年"改土归流"后，流官们又恶意盘剥压榨，由来已久的矛盾对立，使得他们对衙门官吏产生了铭心刻骨的憎恨仇视。自我临危受命后，秉承圣意宽柔抚慰，这种长期对立的尖锐矛盾才得以缓解，倘若新任知县不识此中利害干系，甚或听信谗言被人挑唆，这种费尽千辛万苦刚刚形成的和睦情势，顷刻就会土崩瓦解成了过眼烟云，一旦支离破碎再行弥合时，可就千难万难费了周折，虽然那时自己已经离任置身事外，但终也不想人走政息，再使黎民百姓遭殃。想想还是趁着自己当下还在任，又与他们交情甚笃的底气，先做点儿预防的铺垫为妥，以免他日留下遗憾后悔莫及。"

苦思冥想了一夜后，安亭公翌日晨起便修书两封，打发喜贵和茂才分头前往虬龙寨和苗王寨，召唤樊大远和龙阿四速来衙署晤面叙谈。

樊大远和龙阿四接到喜贵送来的书信后，立即相约着带了一些山货来到县衙，一见安亭公便泪流满面地跪下道："老爷，这才刚刚安定了两年您就要调离了，万一来个昏官，俺们又成了后娘养的崽，可怜的山民们又要遭殃了，不如当下就撂了这寨主的挑子，做个耕田狩猎的山民也图个清闲自在，免得到时出力不讨好，两头受夹板气。"

安亭公赶紧上去把二人搀扶起来说："两位兄弟稍安毋躁，先别急着撂挑子，还没见城隍就先折了腰，好像自己做了亏心事似的，我今日就是专为此事将你二位请来吹风洗耳的，凡事不可预设结果意气用事，倘若遇上贤明正气的清官，你俩便是鼠肚鸡肠先输了底气。据我所知，这文知县也是大挑举士，正经八百的读书人，他刚刚走上仕途，一门心思只想着感恩皇上建功立业等待升迁，绝不会为了些许蝇头小利毁了自己的似锦前程。但凡想做清官廉吏的人，就能扼制贪欲守住底线，充其量他也不会错到哪里去。族群藩篱历来就是个敏感的禁区，之前圣上曾为此将三名盘剥压榨苗土族民的知县处以极刑，还罢了两名玩忽职守的知府，官场上无人不晓。退一步说，倘若他定力不足听信谗言处置失当，尔等也千万要沉得住气，耐得住遭人猜忌的寻衅挑刺,只要缓以时日,迟早会有云开日出的那一天。"

安亭公一席入情入理的恳言劝导,使得二人醍醐灌顶茅塞顿开,遂羞惭地连连点头说:"感谢老爷拨律指点,俺们听您的就是了,不撂挑子了,不撂挑子了。"

午饭时,安亭公令厨下将二人带来的山货备了一桌酒席,并诙谐地说:"你俩带来的菜我贴上酒,咱们打上一顿平和,你们就回去好吗?"二人一阵哈哈大笑,遂酒酣而散。

贯通慈利东、西城门的商铺大街,是慈利最繁华的商业街道,这两天人们纷纷聚拢在这条宽畅的街面上。无论是耕田狩猎的山野乡民,还是经商坐贾的货郎买卖人,饶是那些素有修养的乡绅士子们,他们都被安亭公调任耒阳的坏消息震惊了,遂放下手头的营生涌到这里,加入愤愤不平的人流,呼天抢地吼喊咒骂,城垣秩序一片混乱。大家共同关心的是他们刚刚稳定了的生活又要发生变故,好像前些年颠沛流离的日子又回来了,一股莫名的恐惧一下子笼罩在心头,情绪也越来越激动了。

这时那些夹杂在人流中的乡绅士子们就站出来引导说:"我们在这里喊破嗓子吼塌天也不顶啥。如果能选派一些代表到长沙抚台衙门诉求请愿,或许抚台大人看在群情激愤的民意上,还能动了恻隐之心改变初衷。眼下只在这里吼喊,不仅于事无补,而且还有蛊惑煽情闹事的嫌疑。这个行动必须要快,否则生米做成熟饭便无力回天了。"

愤怒的人们似乎看到了希望,有人喊道:"派什么代表呢!咱们都去,人多势众,抚台大人不允,咱们就跪死在衙门前。"

乡绅士子们笑着说:"且不说盘缠路费的花销,这里到长沙五百多里,走水路也得两三天,到哪里寻这么多船呢?况且抚台衙前也不允许这么多人声势浩大地诉愿啊!"

焦躁的人们早已等得不耐烦了,一个个瞪着大眼,急切地吼喊:"现在已经火烧眉毛了,你们还在这里卖弄斯文!该怎么选派代表,赶紧定盘子吧!"

老学究杨之云立马从临街商铺里借来笔墨纸砚,草拟了一封情真意切的请愿书朗声宣读,大家纷纷踊跃签名,有的人还咬破中指摁了血手印,不到半天工夫,签名的人数已经超过万人。

与此同时,士子们提议推举了以杨文光、李之云为首席代表的士、农、工、商各界代表十二名,第二天一早便直奔长沙而去。三天后的下半晌他们才到达了长沙,十二名代表齐刷刷地跪在抚台衙门前呈上请愿书。

湖南巡抚李绥大人,接到门差送进来的万人请愿书后,丝毫不敢怠慢,赶紧走出衙门亲自接待了他们。

十二名代表匍匐在地泪流满面,口里一个声音:"我们是慈利十万父老乡亲的请愿代表,到这里只有一个诉求,恳请抚台大人允准阁广居老爷继续留任慈利知县,十万慈利百姓离不开他,如果不答应,我们就跪死在这里,否则我们无颜回去面对殷殷期盼的父老乡亲。"

李大人做封疆大吏十几年了,还是头一回见这么咄咄逼人的请愿阵势,一时也蒙了,竟不知如何处置是好,遂自沉吟了片刻定了定神,而后才笑着委婉地说:"各位乡贤父老,你们的心情我能理解,只是这七品以上的官吏,历来都是吏部核准任免才能发文,我虽身为抚台,却对此爱莫能助,希望大家能够理解,只是诸位远道而来,长跪在这里似有不雅,看在老夫的薄面上,请移步衙署内厅喝一杯清茶,咱们细细叙聊可好?"

抚台大人放下身段言辞恳切,话已经说到这个份儿上,弄得大家竟有些不好意思了,遂自觉不自觉地站了起来,款款地跟着抚台大人步入后厅。

待众人刚刚坐定,仆役便在每人跟前送了一盏盖碗茶,不待众人开口,巡抚大人又接着话茬儿说:"其实我和大家的心情也一样。阁广居治理慈利三年勤勤恳恳兢兢业业,剿匪治盗整顿村政安抚百姓卓有成效,堪称能员干吏,若能再续上一任,实在是尔等之幸慈利百姓之福。然而当下耒阳匪盗成群,百姓流离地方糜烂,吏部此举也是实属无奈,老夫身为地方职守,手心手背都是肉,岂敢抗命不遵?况且行文已然下发,更改是万万不可能的事,诸位若能信得过我,老夫在这里向诸位承诺,三年后我以抚台衙门的名义呈请吏部再行任职,将阁知县还给你们就是了,权当是借用三年可好?"

抚台大人言辞恳切的一番肺腑之言,说得大家顿时面面相觑哑口无言,竟然不知如何是好。

此时天已经擦黑了,抚台大人吩咐厨下备饭款待,席间又言辞恳切地说:"各位都是慈利父老遴选推举的乡贤名士,德高望重县民拥戴,老夫拜托诸位回去后,不吝口舌循循善诱平复民愤从长计议,一切以抚慰民心稳定地方秩序为上,切不可只顾当下痛快发泄私愤,由此引发人为的躁动骚乱,否则大家脸上都不好看。再退一步说，倘有奸邪谄佞之辈从中作祟，抑或言官弹劾借题发挥，再给阎知县安个教唆闹事的罪名，我俩都得跟着吃瓜落受牵连，尔等又于心何忍呢？"

李大人身为湘省抚台封疆大吏，并未居高临下盛气凌人吼喊呵斥，从见面伊始便纡尊降贵礼贤下士，言辞委婉恳切而绵里藏针，始终是商量的口吻，竟让代表们心里想说的一肚子委屈生生地噎在喉咙里，就是不能尽情倾吐。自古以来，绳锯木断水滴石穿柔能克刚，李大人深谙此中之道，而且游刃有余。

第二天一早饭后，抚台大人亲自安排，派了三辆高头大马的绿呢轿车，把他们送到潮宗门外的湘江码头，搭上了回程慈利的商船。一路上大家长吁短叹心事重重，竟然不知道如何回去交代合城的父老乡亲。

特别是杨文光、李之云二位老先生，更是唉声叹气扼腕痛惜，出发时他们拍着胸膛信誓旦旦赌神发咒："此行就是拼了老命也要讨个说法，一定要说服抚台大人改变初衷，挽不回既定情势誓不罢休。"其情其景历历在目。如今耽搁了这许多时日，不仅没有说服抚台大人留住安亭公，而且还肩负了替抚台大人充当说客的使命，这样两手空空一事无成，回去后如何面对一城父老盈盈期盼的目光，竟比他们自己当年科考不第还要失落沮丧。

三天后，代表们迈着沉重的脚步回到县城，还未站稳脚跟，聚集在城门口等候的人群，呼啦一下子围了上来，人们企盼期待的目光，像火炬一样，齐刷刷地扫得他们抬不起头来。双方相持了好一阵子，杨文光才无可奈何地抬起头来，把他们在长沙抚台衙门请愿的经过和结果，向众人做了翔实汇报。大家的情绪由希望到失望而后愤怒了，早已不耐烦的人们，当下便七嘴八舌地指责怒斥起来，代表们像做错了事的孩子，耷拉着脑袋任凭众人呵斥吼喊怒骂，也只是心虚理亏地默默忍耐承受。

这时还是李之云老先生站出来打圆场："事情已然这样了，这也不是代表们的失误，平心而论俺们也尽心了，况且抚台大人说的也在理，如果真有小人借题发挥从中作祟牵连了阎知县，我们又怎么能心安呢？既然抚台大人承诺三年后再把阎知县还给咱们，咱们就沉住气等吧，待三年后咱们再找他要人，看他如何作答。"

九月二十八日，安亭公与新任县令文广宇交割结束，便带着喜贵、茂才和二丫启程赴任耒阳,当他们一行走出县衙时,只见大街小巷里人头攒动水泄不通,衙前的方桌上摆着四碟凉菜、一条熏鱼和一壶老酒。

杨文光先生双手捧着连夜赶制的万民伞侍立桌前,李之云先生满满地斟了三杯酒,双手举过头顶递到安亭公面前说:"请老爷满饮三杯,合城百姓给您送行来了。"

安亭公眼里含着热泪哽咽着说:"想我阎广居何德何能,敢蒙父老乡贤们如此厚爱,这三杯践行酒我就汗颜领受了,万民伞可万万不敢承接,感谢父老乡亲们,来日再会。"

说着依次接过酒杯一饮而尽,又款款地走上台阶,深深地施了一礼,与大家频频挥手致意,而后心有不忍地走下台阶。

这时杨文光和李之云在前引路,安亭公一行随后,人们才不情愿地让出了一条狭窄的甬道来,三里多长的街道足足走了一个多时辰,一路上人们握着他的手久久不肯撒开,直到午时才走出西城门。

出了城门,簇拥的人群还不肯留步,安亭公无奈之下,只好狠了狠心断然上马,回头抱了抱拳,不情愿地朝着耒阳方向打马扬鞭而去。

送行的人群尾随着又走了半里多,直到他们一行早已看不见了,还站在路边翘首遥望,迟迟不肯离去。

【方言注释】

① 攉挑:挖掘。

② 活泛:机敏。

③ 扁食:饺子。

第八章　耒阳主政

一

耒阳位于湘南五岭山脉的北部边缘,因地处耒水之北而得名,东北邻安仁县,东南连永兴,西南与桂阳接壤,西临舂陵水与常宁隔河相望,北界衡南县,属衡阳盆地,南缘向五岭山脉过渡地形。

耒阳是东汉造纸术发明家蔡伦的故乡,历史悠久文化厚重源远流长,早在夏、商、周时属荆州,春秋战国时属楚,秦始皇二十六年置耒县,隶属长沙郡,西汉高祖五年隶属南平郡,汉献帝建安十三年隶属桂阳郡。

说起耒阳的历史,终也绕不开一个流传千古的奇异怪才,他就是大名鼎鼎的襄阳名士庞统。那是东汉末年军阀割据时,刘备署理南郡荆州,庞统怀揣东吴副都督鲁肃和刘备帐下的军师诸葛亮的荐书来投,宁肯自荐求职,也不愿折节攀附。就连刘备这样的枭雄,也见其形貌古怪狂傲不羁心中不喜,但又恐因此而阻隔了贤才进身之路,遂勉强留用,将其发落至南郡边远荒凉的耒阳任县宰。庞统到任后,每日醉酒酣睡不理政事,适逢张飞巡视莅临,见其酗酒废政昏昏沉沉,便勃然大怒欲治其罪,庞统遂不以为然地说:"量此百里小县,些小公事,何难决断?将军少坐片刻,待我逐一发落。"随即传唤公吏,将百余日所积公务尽将取来剖断,不到半日便皆发落了结。

张飞见之大惊失色,遂下席长揖赔礼致歉,并立即向刘备鼎力举荐。刘备闻讯大吃一惊,立即将其请回荆州委以襄赞军务的重任。至此庞统才将鲁肃和诸葛亮的荐书示与刘备,刘备赞叹曰:"真名士也!昔日水镜先生曾向我举荐,卧龙凤雏得一人可治天下,如今二贤皆为我用,何愁天下不宁乎!"

之后诸葛亮和庞统运筹帷幄决胜千里,为刘备征西川取汉中开创蜀汉基业,虽功成名就官拜副军师中郎将,但耒阳却是他走上仕途的第一个台阶,庞统也成了第一任在耒阳历史上留下墨迹的知县。他身处风起云涌天下汹汹的东汉末年,怀才不遇而处变不惊,在乱世中韬光养晦洁身自好,良臣择主而事,宁肯自荐不遂直中取,决不傍势攀附曲中求的孤傲清高,似乎比他为开创蜀汉基业雄立的不世功勋,更为后世传唱,诸葛躬耕卧隆中,先主三顾佐帝业,更有襄阳庞士元,怀揣荐书醉耒阳。

唐代大诗人杜甫晚年避难于此,曾有诗作:"耒阳驰尺素,见访荒江眇。"病逝后葬于耒阳城北,之后历代文人墨客到此凭吊者络绎不绝。

唐宋八大家之首韩愈,两次贬官五过耒水,路经耒阳县城时弃舟登岸,由东门入城,出北门凭吊杜陵。并赋诗《题杜工部坟》:"我常爱慕如饥渴,不见其面生闲愁。今春偶客耒阳路,凄惨去寻江上墓。"

明代游圣徐霞客亲临此地考察,在《楚游日记》中写道:"耒水经耒阳城东直北而去,群山至此尽开,绕江者惟残冈断陇而已。"由此可见,那时的古城何等寂寥荒凉。

耒阳自魏晋南北朝五代十国以后,战乱频繁百姓流离失所,人口锐减土地荒芜废置,至大清开朝初年,已是百业凋零匪患成灾。故有清一代,耒阳知县任用多达一百五十多人,像走马灯似的更换频繁,一年换两个知县是常有的事。

乾隆五十年十月初三,安亭公离开慈利来到耒阳任上,到了县衙时已是午后,两个看守衙门的老差役,颤颤巍巍地开门迎了出来。但见破败的厅堂挂满了密密麻麻的蜘蛛网,灰尘满屋一片狼藉,几案鼠爪印,门可罗燕雀。衙门里的胥吏差役们,因发不出饷银欠薪日久,已纷纷四散回乡了,唯有县丞米子茂和主簿朱先轸勉强留守,但却不敢在衙门里居住,只能藏在附近的民宅里守候观望。

安亭公立即吩咐门役去寻二人,自己顾不得旅途劳累,放下行李便与喜贵茂才二丫一起动手,打扫收拾厅堂整理居所。

当米子茂和朱先轸听说又来了一位新县令时,不禁心里琢磨:"这一年已经走了三任县令,这个太爷又能待多长呢?"

当二人不紧不慢地到了衙署时,见安亭公等人已在打扫庭院,便忙上前跪拜曰:"县丞米子茂、主簿朱先轸不知老爷大驾光临,特来谢罪。"

安亭公满脸愠怒地说:"起来吧!亏得你们还是衙署吏员,当和尚不撞钟倒也罢了,竟然躲到民宅里避难去了。"

二人自知理亏，也不敢多作申辩，便赶紧召来几个民夫一起动手，直到天黑时才清扫完毕安顿下来。

翌日天明一大早起，安亭公便嘱米子茂和朱先轸说："我今日去衡州府衙交割印信，你二人赶紧派人传唤离散的胥吏差役们回衙就职，三日后开署治事。"而后留下二丫和茂才看门守家，他和喜贵亲往衡州府衙交割文信去了。

原来自乾隆四十九年，前任知县吴汝浩挂印辞官后，吏部连着派了两任知县，均因匪患猖獗山寇骚扰，灾民遍地瘟疫蔓延，不堪重负而挂印辞官了，最后一任知县离任也已三月有余了。

十月初四黄昏时分，安亭公与喜贵才抵达衡州，知府徐文昌大人在交割文印毕，恐怕他和前几任知县一样，临阵畏难而中途退缩，便刻意安排了私宴为之接风洗尘。席间循循善诱温语抚慰极力勉励："足下治理常宁、慈利，剿匪灭寇除暴安良，惩恶扬善匡扶正气，深受当地百姓拥戴，深得抚台大人和各位同僚们的嘉许。而今受命于危难之中，更应不辞劳苦再接再厉，恪尽职守为圣上分忧解愁，不负朝廷重托，解民于倒悬。"

安亭公曰："广居出身寒微，自幼穷困，深知百姓疾苦，承蒙皇上恩荫大挑举士，又赖祖宗荫德才忝为县宰，虽赴汤蹈火在所不辞也！"

徐大人大喜道："足下履历本府早有所闻，寒门贵子学识渊博，人品端正乡里称颂，智勇双全可堪大任。抚台大人前日曾有专书致某，以足下治理常宁慈利两县的卓异功勋，本应擢拔升迁，怎奈耒阳乡宦士人通过都察御史，将耒阳乡患灾情上达天听，惹得皇上雷霆震怒，严旨申饬抚台李大人，勒令三年无治罢官夺爵。李大人反复权衡斟酌后认定非你莫属，由是便呈文与吏部商榷，请调足下担此重任，这样他就把自己的仕途前程都押在你身上了，对此他也很内疚自责，特来信嘱徐某，嗣后但凡足下有所请托，必当鼎力援手，若有疑难要事，可直接行文抚台衙门求助，切莫顾忌。望尔放开手脚莫受束缚，大刀阔斧革除弊端，莫负抚台大人的重托，三年治好耒阳，升迁只是早晚的事。"

安亭公听罢，当即跪地叩拜曰："广居本是落第举子，承蒙圣上恩宠，拔为地方小吏，一心只为报效皇恩造福百姓，对擢拔升迁并无奢望，感恩徐大人和抚台大人的信赖，广居定当以死效命。"

当晚留宿衡州府衙,次日天明饭后,徐大人送出衙署,亲扶安亭公上马揖礼相别。安亭公一路上感慨万端,马不停蹄连夜赶回耒阳衙署。

十月初六,安亭公回到耒阳后,便将地方父老乡贤名士们,一起请到衙署开门议政,寻找当下耒阳困厄的症结。众人见这个新上任的太爷,并不像前几任知县那样高高在上盛气凌人,只知道钻在钱眼里翻筋斗贪墨敛财,不管不顾地方治安和老百姓的死活,而是上任伊始便屈尊纡贵礼贤下士请教父老,不禁大受感动,遂敞开心扉以诚相待,大胆直言针砭时弊:

其一,耒阳由于地处湘南边陲之地,大清入关百余年以来,主要精力用于加强中央集权修复医治战争创伤,对这块边远荒蛮之地,只是设置衙署派遣官员显示皇权,却把这里作为发配贬谪官吏的去处,凡到此地任职的官员,不是政治迫害倾轧打压,便是得罪权贵的失势官僚。他们上任时,便是带着一肚子的委屈和不满来敷衍塞责,到这里吃苦受罪好歹熬煎上几年,等待皇上开恩赦免平反昭雪,或寻找靠山疏通关节重新起复任用,只是苟延残喘缓以时日得过且过,把这里当做勉为鸟巢暂时栖息的落难之地,满腔悲愤怨恨正愁无处发泄,只想着怎样离开这贬谪受罪的边远之地。抑或其间有一两个花钱补了候缺的捐官,也只是一门心思只想着把花掉的银子,翻上几倍捞掖回来,再去打通关节谋求调任升迁,他们只把做官当生意来打理,哪里还有心思关心老百姓的疾苦?长此以往,管理和教化都成了空白。由是匪盗横行治安不靖,百姓流离民不聊生,民风剽悍不服王化由来已久。

其二,盗匪长期作乱人心浮躁不安,域内民匪交汇,治安一片混乱,良善农人离乡背井远走他乡,刁蛮之辈入伙作乱以为生计,倘若官府围剿,彼则一哄而散遁入山林与尔周旋。

其三,更有异人水怪,白日水中栖息,夜晚上岸作乱,抢掠食物骚扰百姓,致使民不聊生流离失所避祸他乡,官府无奈,只能望水兴叹。

原来不知从什么时候起,这里出现了一种非人非兽的怪异族类。其身材矮小鼻塌齿露嘴突颧高,长发披肩肌肤黝黑,直立行走与人无异。他们长期以来生活在山野竹林灌木丛中,栖息之地逐水而居,行踪飘忽不定神出鬼没,时而游走于山间竹林,时而潜伏于湖泊水塘,与兽类结伴,与鱼虾为伍,水陆两栖非人非兽,涉水登山如履平地,攀竹爬树灵活似猴,潜入水底三五日游走自如,等闲三五人近身不得。每当夜深人静时,他们就三五结伴成群,潜入附近农家茅舍,逮鸡捉鸭抢掠食物。

安亭公仔细梳理后,决定先从探索"异人"打开稳定地方治安的缺口,于是便在当地土人的引领下,带着捕快十余人下乡走访勘察。原来这些异人栖息的三个老巢,龙塘、夏塘和铜锣湾,都是周边被竹林灌木围裹的水乡。

当他们一行来到龙塘小心翼翼地绕着竹林察看时,那些怪物一见来人带着刀枪,便"叽叽哇哇"地吼喊着跳入水中,霎时间踪影全无。平静的水面上,除了时不时冒出来的水泡和摇摆不定的芦苇叶子,竟无半点异常。安亭公无奈,只好带着众人离开这里,再去夏塘勘察。

他们一行向北折返了二三里时,不经意地看见西北山坡上的绿荫深处香烟缭绕,屋脊吻兽婆娑隐现,似有庙宇掩映其间。安亭公便顺着小路走上去,只见一处背山向阳的山坳里,竟然掩藏着一座气宇非凡的古庙,三尺多高的台基上,耸立着威严的山门,飞檐斗拱十分气派,门顶上悬挂着六尺长的金字匾额,"香兰古寺"映入眼帘,规模虽然不算宏大,建筑却很精致。安亭公遂令众人候在门外,自己轻轻走进去。当他踏着石阶步入正殿时,只见精美的砖雕基座上,慈眉善目的观音菩萨左手捧净瓶,右手执柳枝,便走上前去,就着烛灯点燃三炷清香,双手合十举过头顶,虔诚地插入香炉,而后跪在蒲团上,恭恭敬敬地磕了三响头,从怀里掏出几块散碎银两塞入功德箱里。

随着三声铜磬声的响起,他才突然发现供桌左侧的蒲团上,端坐着一位须眉皆白的老僧,便移步过去施礼,僧人站起来合十还礼,并请安亭公到禅房里喝茶小憩。攀谈间得知僧人便是香兰寺的住持慈云法师,耒阳城南人氏,八岁出家当沙弥,至今已五十多年了。

当安亭公问及"异人水怪"时,慈云法师长叹了一口气说:"我出家那年,这些异人们就在这里栖息,那时只有十几个,他们虽然粗野,却与周围的乡民们和睦相处,从不无故攻击伤害他人,更不骚扰寺庙民舍,且每逢初一十五还偷偷上庙里烧香叩拜。他们的水性极好,生存方式也很简单,主要是靠原始的手段捕捉飞禽走兽打鱼捞虾,捕鱼时用削尖了的竹竿潜入水底,一两个时辰就能拖着一竿子鱼浮出水面。周围的乡人们眼红妒忌,便仗着人多势众围攻抢掠,还变着法子排挤欺负他们,久而久之互相结怨生恨,于是他们便在夜里寻上门来报复。随着族群繁衍的壮大,这里便成了他们的领地禁区,任何人不得随意踏入。这样本地族群的乡民们为了报复,也趁机封锁切断了他们的生活供应来源，于是他们只能依靠抢掠补充，这样恶性循环互相对立，持续至今也已经五十多年了。"

慈云法师不经意间的言谈，把这些怪异人种五十年来的变异轨迹，阐述得清清楚楚明明白白，安亭公听得心里一阵欢喜，觉得今日之行收获颇丰，不知不觉日已西斜，便告辞而归。

当他们来到夏塘时，只见参天的茂林修竹，把几十亩大的水塘围得严严实实密不透风，在距离水塘还有一箭之地，远远就听到了一阵紧似一阵急促的口哨声，那些异人们急匆匆地从竹林中的巢穴里滑下来，疾步如飞地跑到池边纷纷跳入水中。

安亭公随即派人爬上巢穴观察，原来他们的窠巢是用藤条连接，将周围相邻的几棵碗口般的粗竹，生拉硬拽扯在一起搭盖的阁楼，上下两层有门有窗，低层居住顶层储物，顶端竹竿檩椽横竖密排，而后用一束束捆绑成形的稻秸秆，排得密密实实遮阳挡雨，周围是修剪整齐的细竹编排，里外泥巴抹平防风保温，底层铺着厚厚的稻秸茅草柔软蓬松，顶层阁楼摆放着食品衣物炊具整洁有序。远看像鸟巢一样，近看俨然一个精致的空中楼阁，连着看了几处大同小异，小的能住两三人，大的可住四五人不等。

安亭公特别叮嘱："不许挪动一件物品。"而后带着人马原路返回衙署。

第二天一早，安亭公一行来到城东北五里的青麓山下，首先映入眼帘的是一座十余丈高的凌云宝塔，巍然耸立在嶙峋峭拔群峦环抱的山腰间，挺拔似剑钟灵毓秀，气势恢宏雄伟壮观。经考证此塔是康熙五十八年张应星在任耒阳知县时，为震慑耒水中兴风作浪的青龙，调节弥补耒阳风水而建，故又名青龙塔，是耒阳的镇邑之宝。

安亭公循着塔内青砖台阶拾级登上塔顶凭高远眺，只见耒水临崖砥自南而来，东回再北转了个半圆，鬼斧神工造就了青麓山如绿袅伸入水中，三面环水临河突兀的宏伟气势，耒水幽幽如玉带缠绕，两岸杓兰敷英郁郁青青，耒水上下往来穿梭的船只，如松横织江中锦绣，塔尖似笔倒写天下文章的宏大气势。塔下的青麓书院掩映在绿树丛中，薄雾轻纱时隐时现，鸟语花香清静幽雅，书声琅琅地灵人杰。

隔河遥望，只见对岸的铜锣湾三面环水四曲回肠，岛上灌木葱茏绿树成荫，与青麓山上的苍松翠柏交相呼应相映成趣，好一派如诗如画的江南山水风光,着实令人心驰神往流连忘返。

青麓书院始建于清雍正二年,是时任耒阳知县徐德泰募银修建,至今已历六十余载,是湘省久负盛名的山中学府,院内可容生员二百多人。自开院以来,从这里走出来的精英名士不胜枚举,其中,状元一人,进士十二人,举人二十五人,童生秀才不计其数,可谓人文荟萃英才辈出,名满江南载誉潇湘。

掌院山长文廷云,进士出仕,做过衡阳学正,因厌恶尔虞我诈的官场而辞官归隐,退仕后隐居青麓山中,传道授业著书立说,执掌青麓书院已经二十多年,名士风流凌风傲骨。

安亭公对文廷云老先生闻名久矣,下塔后便徐步前往青麓书院拜访文先生,而文先生对安亭公也是仰慕已久。

二人见面惺惺相惜相见恨晚,稍事寒暄后就直奔主题。文先生说:"据山人在此执教二十多年长期观察,这种直立行走的怪异人,应该属于异域人种,虽然语言障碍无法交流,但凭直觉感觉他们一定是通人性的,首先对寺庙和学堂从不骚扰,其次是只抢食品衣物从不掠钱财,更不会无故伤及他人的性命,他们的生存环境离不开水和树林,警惕和自我保护意识极强,应该属于受到莫名伤害的特殊族类,对岸铜锣湾就是他们的老巢。"

通过几天来的实地勘察和香兰寺慈云法师提供的信息剖析,安亭公对文先生的观点十分认可。他回到衙署后,便派米子茂和朱先轸寻找当地士绅探访,查阅古籍善本的典籍史志,却始终没有只言片语的记载。

安亭公也纳闷了,苦思冥想怎么也理不出个头绪来,既然是人,又怎能长期潜伏在水中与鱼虾为伍呢? 若说是怪吧,史料上竟没有点墨痕迹,况且其他地域也没有发现此类人种,难道此怪只宜此地生存,似乎又不可能,苦苦思索终无其解,以致三更过后还在辗转反侧不能入眠。

于是,他索性起床披了件薄棉袍,独自一人来到后院,踏着庭院小径来回踱步。

二

此时正值初冬十月小雪节令,夜半三更旷野四合,浓云低垂万籁俱寂,可恶的天相竟比他此刻的心境还要阴沉,这乌云密布的漫漫长夜啊! 你何时能醒? 安亭公的心情似乎更加沉郁了,他刚刚步下庭院台阶,忽然一股冷风迎面袭来,不由得打了个寒噤,猛地一个激灵似乎清醒了许多,冥冥中鬼使神差玄关开窍,突然想起了乾隆三十九年他进京科考,因权臣和珅考场徇私作弊而名落孙山,回到晋阳书院废寝忘食昼夜苦读时,也是这样一个阴霾不眠的寒冬之夜,方伯先生如厕路过檐下,透过窗棂上的微光见他还在掌灯夜读,便推门进来,或许是顾及他科考落第后心里苦闷,抑或是怕他夜读劳乏累垮了身子,便刻意讲了一件他亲身经历的往事,聊以排遣慰藉。唉!一日为师终身为父,这父子情深的师生之谊,瞬间唤醒了他深埋在脑海里久远的记忆。

方先生进门后,嘴里哈着热气跺了跺脚,便坐到他的床边,拿起他刚刚读罢翻扣在床上的《论语集注》,顺手折住页码放到一边,温言细语地说:"夜深了,歇歇脑子吧!我给你讲一个我亲身经历的逸闻趣事,咱们消遣消遣,歇歇脑子。我年轻时出于好奇,曾跟随经商的叔父游历南洋,在南海上遇见一群水上的游渔族民叫巴夭人,他们长年生活在漫无边际的大海上,以海为家,渔猎为生,涉水如履平地,潜泳功能特别强大,可以深入水下二十多丈的深海,去采集珍稀名贵的珊瑚珍珠琥珀。为了减轻潜水挤压的痛苦,在孩童时就被大人们戳穿耳膜而变成了聋子,妇孺老弱住在海边搭建的阁楼内,青壮人丁长期食宿在自制的木帆船上……"

安亭公想着想着忽然茅塞顿开,似乎一下子走出了困境,这里的异人生活习性和特征,竟与之如出一辙。如此说来,他们应该就是方先生口中的巴夭人流窜到内地来了。于是他便静下心来,又把这几天来勘察采集的线索,仔细梳理连接在一起,越发证实了自己的判断。

这时安亭公才突然发现,善解人意的天公,不知何时已将满天的乌云化作轻盈的柳絮,顷刻间飘飘洒洒已是银装素裹,墙角寒梅数枝昨夜已然悄悄绽放,风姿绰约暗香涌动,他的眼前顿时一亮,遂情不自禁地趋步上前仔细品味玩赏。只见那娇艳羞涩的花蕾,像待字闺中的少女,在薄如蝉翼的绒雪映衬下,粉面含春犹抱琵琶半遮颜。欢喜得他像孩子似的踮起脚尖,深深地嗅了嗅那花蕊上扑鼻的芬芳,霎时一股幽幽的清香沁入心脾,迅即传遍全身,精神为之一振,似觉惬意舒心,早已忘却了昨夜苦思冥想的煎熬,遂恋恋不舍地绕着梅枝又转了几遭,尽情地享受这不期而至的梅雪晨曦,忽然诗兴袭来,随即口占一绝:

昨夜无眠愁几许，

庭前忧郁独徘徊。

晨风微恙飘绒雪，

墙角寒梅数朵开。

早饭过后，安亭公兴致勃勃地来到二堂，将喜贵和茂才召来安托："经过这段时日的勘察探访，已经基本掌握了这些异人水怪们的生活习性和规律，只要切准脉络便好对症下药了，良方已然开好，眼下还缺药引，但冬、春两季不宜实施。趁着这段时日的闲暇，你俩专程回老家走一趟，采购硫黄五桶，二麦粮种三十余石，再招募熟农工匠二十名，过了大雪节令后启程，春节前便可以到家了，顺便和家人们过上个团圆年。自乾隆四十六年，你俩随我常宁赴任也快五年了，秋后文广叔来信说，家舍为你们定的姻亲也等了三年了，这次回去一并迎娶了吧！男大当婚女大当嫁，再不能耽搁了。我给你们四个月的期限，明年二月底河开后返程便可，这几天就着手准备，先把手头的营生交代一下，路上小心谨慎，千万不可出了差错。"

二人一听，顿时高兴得眉飞色舞，手舞足蹈踢着二飞脚走了。

待二人走后，安亭公便把主簿朱先轸召来询问："衡州府衙拨的开府银子还有多少？"

朱先轸立即道："老爷上任时，府衙共拨了三千两，这段时日度支开销了五百多两，还有二千四百多两吧！"

安亭公便叮嘱："你从中挪出一千两，兑成银票交给喜贵和茂才，让他们回山西采购二麦粮种三十石，硫黄五桶，招募熟农工匠二十余人，为明年夏秋开荒种地，改造异人水怪提前做好准备。此外，硫黄是军用管控物资，须到长沙总督衙门调换通行关文，你一并办妥。"朱主簿连声诺诺领命而去。

晚上回家吃饭时，安亭公问二丫："咱们家里还有多少积蓄呢？"

二丫说："大概四十多两吧！"

安亭公说："前年往家里寄银子，借喜贵和茂才的四十两还了没？"

二丫说："这四十两便是净剩的，借他俩的已经还上了。"

安亭公连连说："这就好！这就好！过几天我准备打发喜贵和茂才回老家办差，你给他俩拿上三十两捎回家里去吧。"

二丫忙说："老爷，你这身官服还是上任那年置办的，已经快五年了，补丁缀补丁也太招人了，咱们过日子可以俭省节约，这官服可是关乎朝廷的体面啊！不能太寒碜了。"

安亭公道："你说得对，只是这以后的时日里大多是走乡串户，穿便服也能凑合，等明年的俸银发下来再安排吧！"

二丫说："唉！这推了一年又一年，这回咱可说好了，明年一准更换好吗？"

接着二丫又说："如果是这样的话，那就给家里拿上三十五两，咱们留下五六两也能支应了。"

安亭公苦笑着说："那就依你吧，反正日子是你过，我不用操心，另外你抽空给你大写封请安的信，让他俩一并带回去，安慰一下老人家。"

二丫高兴地连连说："这敢情好啊！"

接着安亭公又随口问了句："喜贵和茂才在你这里还有多少积蓄呢？"

二丫忙说："有六十两，一人三十两。"

安亭公叹了一口气说："唉！五年了，他们跟上我这个当县太爷的本家，吃苦受累担惊受怕也没沾光！这次回去，家里要给他们张罗婚事，咱们也得帮衬点才好，文广叔家里宽裕，或许不在意，这堂嫂家的日子一直过得紧巴巴的，能帮一点是一点。"

二丫马上说："老爷说得不无道理，只是咱们这点银子还是挤出来的，怎么帮呢？"

先生道："要不就给家里少拿上十两，给他俩每人帮上五两，多少表示个心意，待以后宽裕了再弥补吧。"

二丫停顿了一下说："那也行！只是给家里的也太寒碜了，唉！明年做官服又指不上了，一年更比一年紧啊！"

大雪节令那天晚上，安亭公把喜贵和茂才叫到家里，吃了一顿送行饭。

饭后，二丫把准备好的银子摆在桌上，安亭公从抽屉里拿出四封信札，一一嘱托："这里拢共三十五两银子，我给你俩每人帮衬上五两，剩余二十五两，给家里留下二十两，给二丫她大送上五两。这四封信，一封是家信，两封是给我的恩师张公莫和方伯先生的，路过太原时，你俩专程前往晋阳书院送一趟，还有一封是二丫给她大的，正月里你俩或谁去送到大山上。"

茂才说："四哥，给我俩的帮衬就免了吧！您也不宽裕，我们都给二大娘一并送过去。"

安亭公遂笑着说："你俩也别嫌少,我也就这点能耐了。"

喜贵忙道："四叔,话可不能这么说,俺们平日里的洗洗涮涮缝缝补补都是四婶,逢年过节也在您这里蹭吃蹭喝,可没少给您添麻烦啊!"

二丫忙说："都是一家人,再说这些就见外了。俺大那里也不用了,我已经给他备好礼物了。"说话时,从里间里提溜出四个用小花布包裹了的竹篮和两条三尺多长的竹扁担说："这是耒阳的特产糍粑、谷花糖、七层糕和红薯粉皮,给老夫人、俺大、文广叔和堂嫂每人一份。还有两只火腿是专门给张公莫和方伯两位先生的。"

安亭公赞许地看了二丫一眼说:"银子按我说的分发不得更改,其余照二丫说的办,除留下路上的花销外,其余的银子兑了银票好携带。后晌到朱主簿那里取上公文银票和通关行文,明天早早上路,我就不送你俩了,回去记得替我给长辈们请安问候。"

二人走后,安亭公又想了很多,也想了很久。喜贵和茂才跟随自己已经五年了,当初曾设想历练上几年,给他俩寻个出身。在常宁、慈利两地扫黑除霸剿匪灭寇,风风火火天天像逃难似的,他俩跟上我虽然担惊受怕,却从来没有退缩过,做事还是踏踏实实任劳任怨,论理是该给他俩补个出身,只是苦于没有空缺。这耒阳荒凉如此积弊更深,那天与知府衙门交割印信时,我硬着头皮向徐大人承诺,三年内务使耒阳消弭匪盗风清气正,可真要落到实处,恐非易事,三年怎能脱得了身呢?眼下衙门里除了县丞米子茂和主簿朱先掺,其他巡检狱吏典吏等诸员虚位待补,真要做起事来,须得配备齐全了才好,没有人哪能行呢?

他反复酙酌了许久,才狠下心来,给知府徐大人和抚台李大人各写了一封私信,备述时下衙署缺员甚多,似有人少事繁应接不暇之意,恳请配齐衙门吏员,方可纲举目张。而后叙述了喜贵、茂才,跟随自己鞍前马后五年来的辛劳,只因顾忌是乡里族人,叙功时便刻意隐匿瞒报了,现在想起来似乎也是自私,为了避讳乡里族人,刻意埋没了他们的功绩亦觉不妥,虽未直言挑明,但言下之意已是不言而喻。草毕立即封札,差人快马送往衡州府衙和长沙抚台衙门。

可信刚发出后,他便后悔了,心里暗自思忖:"如此明目叙功讨封无私亦私,更有假公济私之嫌,甚或是因于抚台大人眼下对自己的倚重,似有讨价要挟之意,唉!糊涂啊!糊涂!真是辜负了两位大人的信任!"然而信函已经发出,追是肯定追不回来了,遂自连连跺脚后悔不已。

晚饭时,他还为此事心里惦缺,思虑再三终也觉得不妥,遂胡乱吃了几口,便又伏案给两位大人各修了一份自请责处的忏悔信:"只因自己一时糊涂犯浑,似有假公济私之嫌,思虑再三,愿意自劾反省收回所请,并自请罚俸半年,以为惩戒。"一夜未眠,好不容易挨到天亮,立即差人分发出去。

在此期间,避祸流落回乡的胥吏差役们闻讯后,也三三两两地陆续回来了,安亭公一一甄别后,将那些年老体弱和品行有瑕疵者悉数淘汰,不足部分由乡贤里正们联名推荐并考核录用。另招募了十余名拳脚快手充当差役捕快。二百多名守城巡防兵卒,责由新到任的巡检王佩成掌管训练。同时将他赴任以来一个多月勘察了解的症结和当务之要,与县丞米子茂、主簿朱先轸和巡检王佩成,作了详情通报:"耒阳地处湘南边陲,内有水怪异人骚扰,外有匪盗山寇作乱,百姓流离不事农桑,十年九荒灾民遍地,当务之急是赈灾济民安抚百姓,只有解决了果腹之虞,诸事才能循序渐进。我等既受皇恩担当此任,必当尽心竭力为民解危,在我等任内决不可使一人冻饿毙命。然朝廷拨放的赈灾钱粮数量有限,唯有开源节流尚可拾遗补阙。鉴于龙塘、夏塘两地水怪异人隐匿竹林扰民,为了使其失去隐蔽屏障,我意调集灾民数千前往砍伐,就地支起锅灶以赈代酬,按人每日发精粮一升。竹林砍伐后整形编筏,运往耒水下游的沿途城镇商埠交换钱粮,以弥补赈灾粮米的不足。更重要的是消除了异人水怪的藏身之地,而后引导教化他们回归农耕,似可一举两得。此外再组织老弱妇孺上山采集艾蒿狼粪别有用途,亦可参照此例,用赈灾粮米补贴交换。"

大家听后深以为然一致赞同,于是安亭公便派县丞米子茂先期前往衡州、长沙等地,联系寻找竹竿推销门路,购买赈灾粮食。

行前他给衡州知府李大人修书一封,详细剖析了当下治理耒阳的症结所在,阐述了砍伐竹林迫使水怪上岸接受改造的必须,以借此开源节流弥补赈灾钱粮的不足,恳请李大人行文抚台衙门和沿途各地,协助发售竹竿以购买赈灾食粮。

冬至那天,安亭公带领灾民五千多人,浩浩荡荡地分赴龙塘、夏塘两地,

135

那些水怪异人们一看来了这许多人，顿时惊悚得从巢穴里蹿下来，跳入水中躲避藏身。安亭公亲自部署，三面环形朝着池塘循序渐进实施伐竹，且特别叮嘱："一定要保护他们的巢穴，不可为了泄愤而任意毁坏，否则严惩不贷。"

饥民们有了饱饭，自然不再吝啬劳动，干起活儿来像消雪似的，眼看着砍伐一天天逼近塘边。安亭公特别叮嘱每日收工时，还要给那些异人们适量放点儿食粮，不能把他们逼急了。

待大队人马撤离后，那些水怪异人们浮出水面时，发现他们居住的巢穴不仅完整保留下来，而且还在砍伐的空地上，堆集着他们需要的食物，且天天如此，便甚感困惑不解。

小寒过后，随着砍伐人数的不断增加，进度也随之加快，临近年关时，已将龙塘、夏塘边的竹林悉数砍伐，伐倒的竹竿按长短粗细分类，堆得小山似的。这样一来便使那些留存下来的空中巢穴，星星点点散落在空旷的野地里，在寒风中摇曳摆动瑟瑟发抖，显得那么形影孤单可怜无奈。

腊月二十三小年那天，安亭公一声令下，伐竹灾民悉数撤离，临走时又给那些水怪们留足了冬春两季的食粮和御寒衣物。

当安亭公回到衙署时，县丞米子茂正好风尘仆仆地从长沙赶回来。一见面便满面春风地向他禀报了此次衡州、长沙之行的喜讯："知府李大人接到您的书信后，对老爷临机变通的处置大加赞赏，并立即修书抚台衙门和沿途各县，协助咱们发售竹材和采购粮食。耒阳楠竹、斑竹坚挺韧性，是加工桌椅、竹席、乐器、竹筷的上等竹材，且很有销路，已与多家作坊客商签订合约，经当地府县衙门担保，已经预付定银三千两，明年清明前交货一并结清。与此同时抚台李大人也致函总督衙门求助，刚好十月初朝廷颁旨下来，准备明年开春征伐缅甸，明令沿途省府供应粮草军械，总督大人特别安排器械主事孟斌全力协助，仅爬山攻城云梯和搭建浮桥竹材，就需要直径三寸、长三丈的竹竿十万余根，每两纹银十根，货到结算，并先行预付定银三千两，也是明年清明前交货。这样两处共收到预付定银六千两，除留五百两作水运杂费外，其余五千五百两，我便做主悉数购买了稻米、苞谷、薯干等杂粮六万余斛，船运业主也已预付了定银，三日后便可解到新市古镇码头交货。"

安亭公听后大喜过望，对县丞米子茂大加赞赏道："好，好，好，你这下可立大功了，按县域人口五万八千余计，每人可配发毛粮一斛余，再挖点野菜竹笋补充,饥荒年景半岁温饱无虞,至少能安稳地过年了,我要给你记头功,并呈请府台大人予以褒奖。"

随即部署安排:"米县丞,你与主簿朱先轸立即核实户籍人口,通令各乡村里正长赶紧组织人夫马匹,后日到新市古镇码头分发食粮。"

腊月二十六那日,安亭公和县丞米子茂、主簿朱先轸带领胥吏差役等二十余人,来到新市镇水运码头。只见各乡村里正长,带领着运粮的骡、马、人车已经候在那里,人欢马叫一片欢腾。

当安亭公一行到达码头时,那些乡村里正长们一齐跪下磕头谢恩,搬运粮食的乡民们一见是知县老爷驾到,也呼啦啦地跪倒了一片,眼里含着热泪,山呼"青天老爷公侯万代",安亭公遂走上前去搀扶起来,和颜悦色地说:"大家受苦了,嗣后只要本县在任一日,就不会使尔等挨饿受冻。"而后又再三叮嘱各乡村里正长们:"回去后如实分发到户,不得遗漏一人一户,更不准截留一升一斗,如有盘剥克扣,一经发现严惩不贷。"转而又向乡民们拱手揖礼说:"拜托大家回去后,给父老乡亲们传我口谕,人均食粮一斛,三七精粗配发,若有盘剥克扣立即检举,本县为你们做主。"

这时,十几条装满稻米苞谷薯干的大船已经到岸,安亭公遂令米县丞和朱主簿带着胥吏们上船点验。

交割后县丞米子茂便回驿栈与领班船主核结运费。朱主簿按核实的户籍人丁,逐乡逐村与各里正长们就地交割,边卸船边配发搬运,两个时辰的功夫,十几条船便尽卸一空,申时后码头上除了一堆堆骡马粪便和车辙印痕,已是空空如也。

粮食分发后,安亭公一看天已擦黑,便就近来到码头驿站,准备在这里歇息就餐,明天一早再回县城。驿丞蒋少文一看是新任县令莅临,忙亲自出面接待,热情地把他们迎进驿馆。

坐定后,安亭公对蒋驿丞说:"我等分发赈灾粮米累了一天,又乏又饿,今晚也回不去了,想在你这里歇一宿,你给我们安排一顿便饭可好?"蒋少文忙不迭地说:"老爷为耒阳百姓废寝忘食,今日莅临鄙站,自当尽心竭力侍奉,敬请老爷喝茶稍候,在下马上安排两桌酒席款待。"

安亭公一听便道:"饥荒年景,路有冻尸野有饿殍,百姓挨饿受冻,酒食之饭岂能下咽!熬一锅热粥,随便吃点什么,能充饥就行了。"

蒋少文知道这位老爷素来刚直，不是装腔作势，忙赶紧道："久闻老爷清廉，果然不虚。在下遵命就是了。"遂回头令驿卒安置客房洗漱，自己亲到厨下安排便饭去了。

半个时辰后，蒋驿丞禀报饭已备好，众人来到前厅时，只见三张八仙桌上，摆着一模一样的饭菜，一盆热气腾腾的粳米稀粥，一盆刚出锅的苞谷棒子，一盆烤得焦黄的地瓜和一盆绿绿的山野菜。

安亭公一见面露喜色，众人饿了一天，也顾不得谦让了，便狼吞虎咽地大吃起来。安亭公饿得前心贴了后背，一口气喝了一碗粥饭，啃了一棒苞谷，又吃了半个地瓜，才放下筷子高兴地说："耒阳的苞谷皮薄籽黏，可比我们老家的好吃多了，甜甜的地瓜更比山药蛋好吃。好吃！好吃！"连连称赞。

当晚安亭公与米县丞同处一室，他又一次称赞米县丞长沙衡州之行的功绩："足下此行功莫大焉，既为本县分忧，也为百姓解困，实实在在地为耒阳五万八千灾民，做了一件功德善事。"

米县丞随即跪了大礼参拜："老爷千里迢迢到这穷乡僻壤，日夜焦虑百姓的衣食安危，我作为耒阳人，此乃责无旁贷，岂敢领受大人如此褒奖。"

安亭公急忙将他搀起来说："使不得，使不得。"

米县丞站起来作了一揖道："大人有所不知，若细论起来，我还得称呼您一声世叔呢！家父米丙臣在您故里汾河驿站任驿丞十余载，乾隆四十六年，老爷赴任时捎来的家书，还派人亲送舍下，一直未曾当面感谢！"

安亭公即刻大悟道："难怪我俩初次见面，便有似曾相识的感觉，我与令尊在河口驿站一别五年再未谋面，不知如今在何处高就呢？"

米县丞道："乾隆四十八年，家父调任太原水西关驿站驿丞兼领汾河码头主事，对迎来送往的烦琐杂事已感厌倦。而今，年岁已过天命，早有辞官归乡的念想。他每次来信对大人的人品学问倍加赞赏。"

安亭公听了，一阵唏嘘不已，而后愤愤而言："以令尊大人的人品才学，做个府县学正、教谕绰绰有余，可惜如今官场昏暗，白白浪费了人才！"

一夜无语。

第二天一早饭后，安亭公一行踏上归程，顺便浏览了新市古镇的风光。

新市古镇位于耒阳县城东北，自秦汉始就是耒阳的商埠重镇了，镇上商贾云集店铺林立，物阜民丰百业兴旺，岸上车水马龙，河中船只如梭。他一路走过一路欣赏,似有故地重游的感觉,心里暗自感叹:"这新市古镇比我们河口古镇毫不逊色!"一路上心情舒畅马蹄疾飞,午时初刻便回到了衙署。

安亭公刚进二堂坐定,书办立刻送上两封信札,他一看封面,便知道是徐知府和抚台大人的亲笔信函,遂顾不得洗漱便急忙拆阅。李大人在信中婉言陈词:"贤契大可不必自责,前后两信均已收悉,外举不避仇,内举不避亲,是古之圣教,孔子曾赞其可谓公也,然而有多少凡夫俗子,能跳出这个敏感的圈子呢?口头上似可大言不惭,但真正做起来便畏之如虎刻意避讳。平心而论,以足下的人格品行,断乎不会假公济私,尔若心中有私,必然是当初便叙功冒赏徇情舞弊,又何必要延至今日,才碍口识羞欲言又止近乎偷窃。尔在常宁、慈利两县除暴安良剿匪平乱,若无得力左右辅佐,虽诸葛孔明又如之奈何?岂能捷报频频一路凯旋,如此埋没勋功,亦非尔之大过,实乃本抚失察也!此事我已呈文吏部候补备选,待吏部核准后,自会妥为安置。自请罚俸就免了吧,耒阳大治,老夫就拜托贤契了!"

末了,李大人似乎意犹未尽,又引经据典地补了一段恳切的言辞:"本朝廉吏于成龙,为官清正,克己奉公不贪不占,杀伐决断雷厉风行,堪称大清第一能员干吏。但一生瞻前顾后畏首畏尾,爱惜自己的名节,好像燕雀爱护羽毛一样竟成洁癖,不顾情理违心避讳,而备受后世官场诟病。连圣祖爷都说他矫情,穷人和富人打官司,他不问青红皂白刻意袒护穷人,平民与秀才理论,他执意偏袒平民,尚未公堂对簿胜负,已然立见分晓。乡人子弟虽有功勋,他刻意回避绝不据实荐举,一生为名所累,似有哗众取宠沽名钓誉之嫌。终致在其任所刁民起哄诬陷好人,亲朋远离孤芳自赏。明面上似乎是刻薄了,说穿了还是一个贪,只是贪了名节,这也是做官的大忌啊!"

安亭公读罢,顿如醍醐灌顶,竟感动得泪流满面,这段时日以来,一颗惴惴不安的心,才彻底放下来。

三

腊月二十八那日,喜贵和茂才回到太原府水西关码头。二人下船后,便将行李寄存在码头驿站,只背了个褡裢进了西城门,沿着半坡街、西米市、起凤街、铁匠巷直趋晋阳书院而去。张公莫和方伯二位老先生在书房里热情地接待了他们,张公莫先生激动地说:"广居不愧是我的得意门生,他在常宁、慈利扫黑除霸剿匪治盗的一系列举措,我等从京城传来的邸报上已经知晓了，大智大勇有胆有识，真给咱们山西人长脸了，有学生如此，今生足矣！足矣！"

喜贵随即从褡裢里取出信札和火腿双手奉上说："这是四叔给您二位老师的书札和薄礼，只因路途遥远携带不便，礼是寒碜了点，还望二位师长海涵。"

两位先生顿时喜出望外，高兴地连连说："哪里，哪里，这火腿可是稀罕物啊！多年没吃了，今年过年有口福喽。"

说话间厨役已将饭菜端上来，二人便餐后，便告辞回水西关码头去了，路过"永顺号"钱庄时，将银票兑了现银。

未时初刻，二人抬着九百多两现银回到码头，迎头碰上驿丞米丙臣。两人立刻放下银子行礼问安。米驿丞眼前一亮，忙问："二位小兄弟何日回来的？安亭公还在常宁吗？"喜贵答道："前半晌才回来，刚才去晋阳书院给老爷送了封信，老爷三个月前刚调任耒阳知县。"

米驿丞一听大喜道："这下可好了，家乡父老们有盼头了，二位何时返回任上，可否为某捎封家书呢？"

喜贵忙说："这次回乡有公差，大约正月十五左右才能启程返回，捎书带信是顺路的事，届时还请老爷备好，返程时我们路过带上。"

米驿丞遂邀二人到驿站歇息一晚，二人忙道："快过年了，还是早点回家吧！"

米驿丞道："你们带这么多现银不嫌累赘吗？何不把银子存到驿站入了柜，我这里给你们出个票据，回到寨底驿站承兑现银可好？"

喜贵和茂才连连说："好！好！好！我们只知道钱庄才能汇兑银票，怎么把这茬儿给忘了呢？"

米驿丞又道："如果二位执意要回家的话，我这里给你们备上两头大牲口，回去解交驿站就行了，驿站的车马都是来回流通的。"

二人高兴地连连称谢，口里不住地说："老爷真是俺们的贵人啊！"

米驿丞遂与二人将银子抬回驿站换了票据，命驿卒牵了两头备好鞍驾的健骡过来，打发二人上路。

二人回家心切又借助了牲口的脚力，一路扬鞭奋蹄，晚饭时分就回到了久别的河口。到了村口时，喜贵把缰绳交给茂才说："天不早了，你拉回家里喂点草料,明天咱们到驿站兑银时一并奉还吧。"

第二天一大早,喜贵便约了茂才到寨底驿站还牲口取银子,士骧和士龙也跟着过去帮忙。银子取回后,便一并抬到茂才家的柜上存了,顺便把耒阳带回的礼品信札和银子给老夫人送过去。老夫人乐呵呵地给他俩端出刚煮的油面儿馍子,让士龙给她读信,边听边询问四蛮的身体状况。当看到他俩放在桌上三十五两银子时,老夫人开口说:"不对呀,四蛮信里说的可是二十五两,怎么多出十两呢?"二人相互看了看,知道瞒不下去了便说:"这十两是四叔帮衬俺俩的,俺们知道您的日子不宽裕,就都拿过来了。"

老夫人嗔怒地说:"这就是你们的不对了,那是他应该的,这几年你们跟上他吃了多少苦受了多少累,论理这也不为多,拿回去吧,要不等会儿还得让士骧给你们送过去。明年正月里,我备点礼品,你俩或论谁,和士骧上大山上看一下亲家,我就感谢你们了。"

午后,喜贵去了茂才家,将四叔这次打发他们回来的安排,向文广爷做了详尽叙述,并请他帮忙筹措。

文广爷道:"麦种农具熟农工匠好筹措,正月初二挂神祇时,我给咱们族里的人知会一下,应该不会作难。只是这硫黄数量较大,咱家柜上只有两桶,还缺三桶,我得纳谋一下看怎么筹措。四蛮安托的事就是我的事,我会尽全力去办,你们放心好了。只是你俩都老大不小了,这婚姻大事可得考虑了,村里像你们这般岁数的人,孩子都喊大了,这次回来就赶紧办了吧。聘的亲事都等几年了,咱们不急,人家可着急呢!将心比心,咱也得替人家考虑一下,你们这次走了,又得哪年哪月才能回来呢?我这里还好说,你妈一大把年纪了,你若成家了,媳妇就能名正言顺地伺候你妈了,就算是给你妈找个做伴的,让她替你尽孝吧!你妈一大早就过来和我唠叨了。你纳谋纳谋!"

喜贵说:"二爷,您说的这些,我又何尝不明白呢!只是四叔交代的营生还没办妥,哪里还有心情办喜事呢?倘若拖延了时日,明年清明前能回得去吗?"

文广爷接着说:"这事不需要你操心,只要你点头应允了,公事私事我来一起操办。我已经问过'二宅'先生了,正月初八就是黄道吉日,你俩一天办,茂才怎的你怎的,正月十五过后,我打发你们启程南下,不会误事的。"

喜贵忙说:"那就拜托二爷了,只是婚事的花销,我还带回些许银两,咱们一家人明算账,您劳了身子再贴上银子,不合适啊!"

回家后,喜贵将二爷的原话如实禀告了母亲,母亲一听自然喜出望外,高兴地说:"孩儿啊,还是你二爷想得周全,总算了了妈的一桩心事了!"

正月初二送神祇那天,喜贵和茂才抬了一箩筐炮仗过来说:"回来时四叔特意安托,俺们这几年不在家亏欠多了,今年祭奠祖宗多尽点儿心意。"

文广爷接上说:"今天晌午,我备了几桌酒席,送了神祇都过我家来,我还有些说道的。"

午饭时,文广爷站起来高兴地说:"四蛮打发喜贵和茂才回来,专门采办大麦小麦粮种三十石,硫黄五桶,招募铁、木、石匠和耕种的把式二十名,犁、耙、镢头等农具若干。这两天大家分头踅摸准备,粮种要挑籽粒饱满的,价钱还不能高了,工匠要年轻力壮的。硫黄还缺三桶,三蛮和五蛮明天就去后沟和冀家沟询问一下,倘若没有存货,赶紧回来咱们点火烧炉自己熏,说下甚也不能耽误了。"

接着又说:"此外,喜贵和茂才的婚事已择于正月初八同一天办,今天就算是请父子了,明天开始分头行事,蛮子和二蛮分别当两边的总管,父子们也分两头上手,大家齐心合力,拿出精神来。"说得大家来了兴头,连连举杯。

初三一早,众家父子们便紧锣密鼓地开始分头帮办喜贵和茂才的婚事。老夫人打发士骧和喜贵上了大山上看望亲家去了。除了二丫带回的礼品,又用红布包了五两银子,提了一坛高粱烧酒,一包油面儿馓子。杨老先生高兴得喜上眉梢,不住地向喜贵询问二丫的情况,一个劲儿地夸赞四蛮知书达理有出息。

晚饭时,大家聚拢在文广爷家碰头。三蛮说:"后沟村的窑头艾三愣满口应承,他说腊月里给太原兵备道留的十桶存货还没提走,估计得正月尽了才来提货,咱们先提上三桶应急,这两天他就开窑,到那时就出货了,不误事。"

五蛮也说:"冀家沟的窑头是我舅舅,那里存货是没了,但他表示这两天动工,赶十五也能熏出来。"

文广爷便说:"那冀家沟就不用了,明天派人过去告一声。后沟村的艾窑头和咱们家既是老相与,又是老亲,明天五蛮和茂才带上银子过去告亲,顺便把货驮回来就放心了。"

正月初八,婚礼过后喜贵和茂才便安下心来,着手收集二麦粮种犁耙,核实熟农工匠，一直忙到十二后半晌，才诸事甫定。

正月十三一早，喜贵和茂才从寨底驿站借了两匹快马，前往太原水西关码头与米驿丞核实船运事宜。他俩一路上忐忑不安，心里直犯嘀咕："这河冰虽然已经解冻，但河上的冰块还在碰撞涌动，照常例这石头碴子似的冰块，只有出了兰村口才能慢慢融化，这段河道崎岖拐弯，又是逆水行船能行吗？"

晌午时分，二人来到水西关码头，把牲口交给驿卒后，便急匆匆地去见米驿丞。谁知见面后，米驿丞却兴冲冲地说："今年是腊月里打春河开得早，十五有一艘从河南孟津运来茶叶的商船在此卸货，回去是空船，到时候我与他们商量，给点银子够船工们打秋风就行了。你俩回去立即准备，把货搬到码头上，他们这里卸货后，后半晌船就到寨底码头了。届时你们把船工带回村里，好好地招待一番，连夜装船，十六一早就能启程了，多则三天，少则两日便可到达孟津码头。从那里转旱路，大概就走了十之三四的路程了。孟津驿站驿丞兼码头主事朱先轲，是我的同窗好友，也是咱们耒阳人，我给他带上一封信，他一定会鼎力帮助的。"

二人一听大喜道："老爷，您这周密细致的铺排，可给俺们省了不少银子，俺俩替阎老爷先谢过您了！"

米驿丞忙说："阎老爷为俺们耒阳百姓呕心沥血，是俺应该谢他才是呢，这也就是俺这个耒阳人，能为家乡尽的一点绵薄之力了。"

至此喜贵和茂才一颗悬着的心才放了下来，他俩随便吃了几口饭，便连夜赶回河口了。

喜贵和茂才回到河口后，立即将米驿丞的铺排给文广爷仔细汇报了。文广爷高兴地连声说："这下可是碰上贵人了，又快捷又省银子，咱们赶紧准备吧。"

正月十五晌午，文广爷在老街上的合盛永饭庄备了三桌酒席，给众人送行。

饭后，全村的青壮劳力，足有百十号人，抬的抬，扛的扛，牲口驮的，骡车拉的，一个多时辰就把粮种、犁耙农具、硫黄全部搬运到寨底码头了。

大家坐下刚抽了一袋烟的工夫，一艘三丈多长的大帆船已经靠岸了，船工们快捷地将纤绳拴绑在木桩铁箍环上，纷纷跳上岸来，文广爷迎上去一阵寒暄后，便派蛮子引回合盛永饭庄招待吃饭去了。

天擦黑时船已装好,这时蛮子领着船工们也出来了,船老大仔细查验了船身吃水的深度后说:"咱们连夜回水西关码头吧,用不了一个时辰就到了,在那里暖和些住一宿,明天一早启程就歇心了。"

文广爷顿时瞪大了眼睛,惊异地询问:"夜里走船行吗?"

船老大晒晒地说:"我们在黄河上还走夜船呢,这才几里路啊?更何况今晚的月光比白天也差不了,没事的。"说话间已经解开纤绳。

文广爷一看拗不过他就说:"那路上可得慢点儿,千万不可出了岔子。"

而后又对喜贵和茂才安托了几句:"你俩可是四蛮的帮手,做事要舍身子,乡亲们第一次出远门,路上操点儿心,千万别出了差错。"

喜贵刚要上船时,士骧和士龙急忙跑过来,手里拿着一个印花布包袱,双手递给他说:"这是俺妈给俺大捎的两套换洗衣服,还有一封信和俺俩的一些习作文章,劳烦二哥带给俺大,请他闲暇时改拨改拨。"

喜贵忙接过来说:"两位小兄弟真的长大了,和二哥还这么客气啊!放心吧。"

船老大是个四十多岁的河南汉子,果然是黄河上的老船工,更加酒足饭饱后精神饱满身手不凡。他一个箭步跳上船头,攥紧棹杆吼了一声:"伙计们,走喽!左右伺候。"

那四条三十多岁的汉子,迅捷攥起棹杆左右各站了两人,须臾船头已经驶入小峪沟湾,船老大喊了一声:"左拐掉头喽!"

四条汉子迅捷蹦到右船头,将棹杆插入水中,铆足了劲儿往里撑,霎时已到了漩儿湾,右拐弯,他们又转入左船头使劲往外撑。一根三丈长的棹杆,时而直抵崖畔,时而插入河底,从一步岩左拐绕北湾,右拐下扫石。一路上惊涛骇浪跌宕起伏,暗礁险滩深入浅出,七拐八拐弯弯绕弯弯,直把一船人惊得瞠目结舌,如此这般,直到出了兰村口才风平浪静了。戌时初刻,船已经稳稳当当地泊在水西关码头。

喜贵、茂才正招呼大家收拾行李下船时,米驿丞早已来到岸边,口里直说:"这就好,明早从这儿起身又快些。"

这时城门里响的爆竹声一阵紧似一阵,已经下了船的村乡亲们,第一次见这么大的阵势,便缠着喜贵说:"天还早呢!咱们回城里去看看热闹吧!我们可是头一遭进城啊!"

喜贵忙说："让茂才叔先领你们进城，我去安托一下，马上就来。"

于是，茂才便领着这群老乡们沿着东、西米市直奔钟楼街、开化市去了。一路上只见一街两巷的买卖字号一家挨着一家，家家门上都挂着各色各样的灯笼，令人眼花缭乱目不暇接。大家高兴地说："今天可开眼了，怪不得老辈人都说，头等人住在城州府县啊！这是有来由的。"到了巡抚衙门前，喜贵才赶了过来对大家说："午饭到现在三个时辰了，看红火不能顶饭吃，赶紧吃饭去。"说着领着大家从鼓楼街返回"清和元"饭庄，每人要了一碗"头脑"就着"稍梅"和"帽盒子"①，一阵咽嚼咽后，众人已是腰圆肚饱满头大汗，直到壬时才回到码头驿站。

正月初六刚过，安亭公便带领乡民们直奔龙塘、夏塘两地，组织搬运竹竿到铜锣湾编筏水运。

那些"水怪"异人们见人来了，已经没有了敌意，只远远地躲在边缘上看热闹。到了饭时，安亭公打发人用盆子把饭菜给他们端过去，他们也不客气，高兴地摆摆手就争抢着吃饭去了。不够了，还跑过来自己动手添加。

十来天以后，他们就不把自己当外人了，到了饭时，便拿着碗勺自觉地蹭过来吃，安亭公便乘势和他们滚缠在一起，比画着手势交流起来。

一段时日以后，他们似乎觉得不好意思了，便主动拿着削尖了的竹竿下塘里捕鱼去了，每每饭前半个时辰，就把一竿竿鲜活的鱼送到了粥棚，清洗干净后，配上野菜、竹笋和草根放到锅里炖。乡民们高兴地说："这些'水怪'也不怪啊，似乎还很仁义！今后咱们可得另眼看待他们啊！"

晚上安亭公索性就住在香兰寺，慈云住持晚课后便过来与他聊天。他说："乾隆十六年，我跟随住持慧元禅师，前往广东韶州化缘。听当地人讲，在观音山附近就住着一群怪异人。大概是明朝天启年间，他们的祖先，搭乘商船从南海迁移过来的。其相貌特征、生活习性与这些'水怪'基本相符。如果是这样，我们就有理由把他们联系在一起，他们应该是南海某个岛上的异域人种。"

安亭公说："我在晋阳书院读书时，我的老师方伯先生也讲过，南海上确有这样一群怪异人种，这两天我正等着他的信儿呢！"

正月十六一早，喜贵一行从水西关码头启程，因是顺风顺水，十八日前半晌时，船已到了河南孟津码头，朱先轲阅罢米驿丞的信函，满脸堆着笑容

145

说："真的难为阎老爷了,如此遥远的路程,从家乡运来粮种工匠,俺们耒阳百姓有福啊!卸货以后,你们先放心吃饭,剩下的事就交给我来洽谈。"

卸船后喜贵悄悄把船老大拉到一边,从怀里掏出两锭十两的纹银递过去歉意地说："老大,伙计们受累了,这点儿船资不成谢意,请笑纳。"

船老大忙不迭地说："这可万万使不得,一路上吃住开销都是你们掏的钱,哪能再收银子呢?俺们和米老爷是老相识,收了你的银子,米老爷那里就不好见面了,况且这顺水行舟,货船比空船还好驾驭呢。"

喜贵一看怕僵持下去不好收场,便硬塞给他一锭银子说："大家一路上走船起早贪黑,俺们不落忍,这点儿银子给伙计们打打牙祭,别让俺们留下惦缺。"

船老大这才千恩万谢地收了说："哎!这山西人就是厚道啊!咱们来日方长,后会有期。"

晌午后,朱驿丞过来招呼说："这里正好有宜昌来的十辆送茶的骡车,回去是空车,我已与他们商妥,载费按半价计,给他们五十两银子就行了。这样人和货都可以上车了,只是上坡时,咱们的人要下来帮着推一下。从这里到荆州一千二百多里路,路过南阳、襄阳、荆门,都是大官道。沿途百八十里就有驿站,你们带的硫黄是军用物品,晚上还是住驿站放心。路上碰到土匪山寇,就把通行关文递给他们看,谅他们也不敢贸然抢劫和官府公开对抗。到了荆州把货卸到码头上,乘船过了扬子江就是湖南境内了,再有五六天就到耒阳了。现在装车启程,赶天黑就能住宜阳驿站了。"

喜贵和茂才连连称谢,朱驿丞忙说："俺是耒阳人,阎老爷给俺们乡里造福,是俺应该谢你们才是啊!"说着从怀里掏出一封信札说："劳烦二位把这封信带给俺弟弟朱先轸。"

至此二人才知道,这位朱驿丞便是县衙主簿朱先轸的长兄,遂再次揖礼致谢。当下装车启程。

正月二十五,安亭公收到晋阳书院的来信,两位先生对他的作为赞赏有加,再三勉励鞭策。

张公莫先生在信中详细介绍了南海巴夭人的来龙去脉："那是我在岳麓书院读书时,听先师王文清所述,明朝天启年间,广东潮州巨商欧阳文,从南海苏禄国经商回来,碰到海盗袭击商船。在万分危急的关头,十几个巴夭人跳上船头,手持捕鱼的竹矛,将海盗击退救了他们。欧阳文怕海盗寻仇报复,便把他们悉数带回老家,安置在观音山一带。从那时起,欧阳文定期给他们供应食物用度,直到去世。到了康熙朝时,族群人数已经翻了几倍,本地乡民们见他们非人非兽怪异荒诞,便请求政府派遣官军围剿。他们无奈之下只好离开观音山,之后便消失得无影无踪。当地人都以为他们又回到南海去了。贤契在信中描述的'水怪'生活特征习性,应该就是这个族群,他们很可能是循水潜入湖南,应该是异域人种。如是这样,千万不可派兵剿杀,若能将其驯服教化,更是一件功德无量的壮举。"

末了,先生又说:"广州十三行里,定然有通晓巴禾语的人,必要时可聘请他们充当译长,有助于语言交流,望贤契妥为处置。"

安亭公读罢,恍然大悟,拍案惊呼:"果然如此,确凿无疑。"遂更加坚定了他的信念。

二月初,塘边砍伐的竹竿已经搬运了十之五六,安亭公便将营地搬到铜锣湾。临行前,他试着用手势和那些"水怪"们比画,请他们随行前往,谁知他们竟也乐意,于是就带了二十多人过去了。

到了铜锣湾时,见竹竿已经堆得小山似的,但竹筏才扎了几十个,且稀松散架,既不规范,更不扎把。安亭公遂将巡检王佩成召来仔细询问,弦外之音似有责备之意。

王巡检为难地说:"咱们这些乡民也不是消极怠工,只是苦于笨手笨脚不得章法,因为他们之前从未做过这种手头活儿,故而又慢又不成营生。"

这时那些跟随安亭公过来的"水怪"们看了,耸了耸肩咧开大嘴直笑,似有讥讽嘲笑之意。安亭公突然明白了,他们都是扎竹筏的行家里手,于是便用手势比画着请他们帮忙。他们倒也不客气,说话间已经动起手来,两人抬竹竿一人扎绑,底下一排三十根,横排三根,上排三十根,然后用拇指粗的藤条缠绕挽结,不到半个时辰就扎好一个,只把众人看得目瞪口呆。由是安亭公便重新安排,三人一组,一个"水怪"带两个乡民,不到半天工夫就扎了二百多只。

第二天又把龙塘、夏塘两地的青壮"水怪"们悉数调来,不到三天就扎了二千多只。

二月初十,安亭公安排了一千只竹筏下水,用藤条连接十只一排,三人

147

一组,由一名"水怪"领航掌舵,搭配乡民二人前后棹筏。又令县丞米子茂和胥吏鲍生元,随头筏前往长沙衡州两地分头交割结算。

一百多排竹筏从铜锣湾启程,足足扯了三里多长,似巨龙一般,浩浩荡荡,蔚为壮观,一路直下长沙、衡州而去,沿途河畔的乡民们争赶着看热闹,竟成了耒水河上一道靓丽的风景,安亭公脸上也露出了久违的笑容。

四

二月十二那日,安亭公正在铜锣湾上勘察地形,忽然县衙差人来报:"喜贵和茂才从河口回来了。"

安亭公一听大喜,立即带了两个差役与差人一起,打马扬鞭回了县城。

回到衙署时,喜贵和茂才已将粮种、硫磺、农具整理入库,正和乡亲们坐在仓前的台阶上聊天。他们见安亭公回来了,便亲热地围上来,正要跪下磕头时,安亭公赶紧上前挽住说:"这可使不得,咱们都是一道街上的邻居,你们千里迢迢到这里,是给我帮忙来了,咱们还是按村里的辈份称呼,千万不可生分了。"

说话间安排喜道:"你到厨下吩咐一声,晚饭时上一坛老酒,炖两条鲤鱼,给咱的乡亲父们接风洗尘,顺便把二丫也唤上,让她到厨房里帮着再炖一锅家乡的大烩菜。"

饭后,喜贵和茂才将士骧、士龙捎来的包袱递给安亭公,并详细汇报了这次老家之行的经过。

喜贵说:"俺俩这趟差事只是担了个名誉,其实都是文广爷一手帮办的。他老人家又贴银子又操心,俺俩只是跟着跑了跑腿。还有水西门驿站的米驿丞和孟津驿站的朱驿丞,他们不仅热情援手,还为咱们省了不少银子。"

安亭公不无感慨地说:"文广叔历来如此,就不用说了,只是这耒阳人的家乡情结特别浓厚,比咱们老家人还厚道呢!"

安亭公回到家里后,顾不得洗漱就打开喜贵带回的包袱细看,里边包着一套蓝布长衫,一身手工小布内衣,一条蓝布腰带,一条粗布汗巾和两双白布袜子,底下压着一封厚厚的牛皮纸信札。只见衣服上的针脚密密麻麻,整齐均匀。他看着看着,一下陷入了沉沉的思念中,夫妻情谊,油然而生,仿佛看到妻子冀氏就着微弱昏暗的油灯精神专注穿针引线的样子。这几年她在家里吃了多少苦?受了多少罪?二十年患难与共,情深似海。想着想着,安亭公不禁热泪盈眶。

这时二丫轻轻地走过来，顺手拿起长衫仔细看了看说："还是俺大大，看这针脚，就不是一般的女工。"嘴里说着，眼里悄悄闪过一丝酸楚和羡慕的目光。

安亭公偷偷擦干了眼泪对二丫说："收起来吧。"说着便打开信札看了起来，只见那一笔隽秀的蝇头小楷，已经让他欢喜了。士骧在信中婉转地陈述：奶奶这几年身体大不如从前，常常半夜咳嗽醒来就不睡了，饮食骤减，怕起怕动，衰老多了。

看完后，他就坐不住了，冥冥之中，似秋风袭来，一股寒意掠过心头。想想母亲年迈，已过花甲，吃苦受累，劳碌一生，而今垂暮之年了，还要为一家人操心，心里十分愧疚，便自暗暗地祈祷起来……

他心情郁闷，烦躁不安，便走出庭院散起步来。半个时辰后，情绪才稍稍稳定下来。遂又回到书桌浏览起两个孩子的功课来了，但见制论文章虽然流畅，只是还欠火候，有待雕琢，便提起狼毫认真改拨起来……

直到三更后才批改完，放下笔时叹了一口气，心里思忖："两个孩子长大了，一个十八，一个十五。我这几年不在跟前管束，还能自律，真是亏了他们了！"想着又铺开纸，字斟句酌地写了一封情深意切的家书，刻意勉励一番，才熄灯睡了。

第二天早起饭后，安亭公嘱茂才去城北杜陵附近寻一处僻静的场地，让他在这里经由工匠们凿石磨、箍面罗、制风箱、盘铁炉。又从铜锣湾挑了三十个心灵手巧的后生跟着学徒，准备三个月内打造镢头三千把，凿石磨一百合，箍面罗一百只，以及镰刀、勒戈、碌碡……

这里安置妥帖后，安亭公便与喜贵引领那些从老家带来的耕种把式，把犁耙镢头和二麦粮种悉数搬到龙塘、夏塘两地。只见那里的竹林砍伐后，留下满地的竹根茬子，削砍的竹枝梢叶夹杂着灌木草丛，一片狼藉。便派人先将"水怪""巢穴"周边三四丈以内清理干净，然后点火就地焚烧。大火过后，满地灰烬，暗乎乎的，一镢头刨下去，橘红的土质冒着热气，肥得流油。

安亭公遂抽调了三百多精壮后生刨根挖桩，每日垦田拓荒二百多亩。随着镢头供应量的增加，垦荒面积不断扩大，便不失时机地又调来二千多乡民，人拉犁耕部署春麦下种，到清明后十几天已全部播种完工。大致丈量了一下,两地已垦出荒地二百余顷了。

这时砍伐的竹竿也悉数编筏,运往长沙总督衙门和潇湘下游沿河竹坊。清明后,县丞米子茂携胥吏鲍生元从长沙回来了,他兴奋地向安亭公禀报了竹材交割的结算情况。一见面就说:"老爷,我们发财了。"原来这次与总督衙门交割时,竹筏多出了五百多只,经与主事孟斌交涉,同意按合约执行,扣除预付定银外,又付银票八千余两。此外沿河竹坊客商的交货差额还有五千六百多两,两项合计共收回银票一万三千两,现银四百多两,盘缠应酬交际开支了不到三百两。

安亭公听后,高兴得笑逐颜开,对米县丞连连夸奖说:"后生可畏!足下真是难得的经商人才!这下有了银子,诸事都好展开了。"

接着又说:"我们现在急需一名通晓苏禄国巴夭语的译长,与这些'水怪'们交流。短期内,你尽快物色一位擅长外交辞令的能干吏员,前往广州十三行商讨聘请事宜,这样便于我们对这些'水怪'的摸底教化。"米县丞忙说:"好,待我选定后,立即禀报大人。"

竹筏棹运结束后,那些"水怪"们又回到了各自的"巢穴",安亭公仔细核查后得知,龙塘"水怪"族群八十六人,夏塘"水怪"族群七十二人,两地合计共一百五十八人。于是他便与他们试着用手势比画商讨,将"巢穴"移到塘边集中居住,按"巢穴"每人拨给垦荒地二亩,发给农具,派遣熟农二人引导教化劳动,教习耕种锄犁劳作。

周边附近土著乡民亦按户每人配发土地二亩,明令三年内不纳赋税。剩余垦田集体耕种,暂由衙门胥吏经管,粮食收割后入官仓,全县统筹分配。

谷雨过后,地里的麦苗已经出土了,刚开垦的荒地,像松软的毛毯,在草灰肥的作用下,嫩绿嫩绿地赶着垄子长,在红土地的映衬下格外显眼。

间隔一些时日,安亭公便亲自带人过去,给那些"水怪"们送衣送食。天晚了,就在"巢穴"里和他们一起吃住。白天手执锄头教习劳动,休息时就脱光了衣服和他们下塘里逮鱼摸虾,凭着儿时在汾河漩儿湾练就的潜水功夫,也能用竹竿叉鱼。闲暇时就用手势比画着教习他们汉话,慢慢地时间长了,也能简单口语对话了。

通过生活的耳濡目染和点点滴滴感化,那些"水怪"们对安亭公依赖的竟离不开了。一次半夜里,有个"水怪"从"巢穴"里忽然跳下来,躺在地上来回打滚，头上淌着豆大的汗珠，口里大喊大叫，众"水怪"们纷纷围在跟前叽里呱啦，不知如何是好。见此情形，安亭公急步走过去，命人将他紧紧抱住，在鬓角上摸了摸，又将嘴掰开，看了看舌苔，便不慌不忙地从怀里掏出自制的牛皮针囊，从里面挑了一根三棱银针，像蜻蜓点水般，对着眉棱骨由右而左轻轻点刺了一排，而后两手箍头，用拇指稍稍一挤，便流出了乌黑的黏血。接下来又在十根指头上挨着扎了一遍，然后吩咐他们掐了半碗灶灰，用开水泡了汤，慢慢灌了下去。片刻工夫，那人就稳定下来，安亭公熟练地把住左手，切了会儿脉后点点头，命人抬回"巢穴"安置睡了，天亮醒来时，已是面皮红润，没病一般，从此后他们便把安亭公视为神灵了。

这里稳定下来后，安亭公便转移至羊武咀，着手教化铜锣湾隐蔽的"水怪"。

这时立夏已过，岛上的丛林灌木已是郁郁葱葱，十分茂密，一两个人进去就会迷失方向。安亭公调来五百多乡民，两人一组拿着镢头铁锹，间隔十丈就挖一个烟灶坑。那些"水怪"们不知道是干啥，心里直犯嘀咕：前段时日，见那些乡民们裹挟着他们的族类，编棹竹筏，心里便疑惑，但细看时，他们还很开心，又不像是胁迫的样子。这两日又来了这许多人到处挖坑子，到底要干吗呢？遂自疑虑重重，百思不得其解。

小满过后烟灶坑已经挖妥，安亭公遂命人将年前后收集的艾蒿、狼粪和硫黄悉数搬来，亲自示范装入烟灶，而后，一次全部点燃。霎时间，只见岛上狼烟骤起，迷雾缭绕，熏得人晕头转向，眼泪直流。

不到一个时辰，岛上便成了烟雾世界，那些"水怪"们似疯了一般，像没头的苍蝇，瞎闯乱碰地跑到河边，跳入水中避难去了。

安亭公似乎胸有成竹，三四天后，便在羊武咀的河边按"水怪"们的习俗，搭建了一排上下两层的茅屋和几个大粥棚，命人把龙塘、夏塘的"水怪"们召来。水怪们纷纷跳入水中，见面后，便细说他们这段时日的遭遇和对安亭公的认可。于是那些"水怪"们便相跟着走上岸边，安亭公命人把他们引进茅屋，端来热气腾腾的米饭和炖鱼。他们多日来悬着的心终于放下来，两三日后，烟灶里的火种也熄灭了，铜锣湾又恢复了往日的祥和宁静。

安亭公又派人领着他们回到各自的"巢穴"里，将衣物食品等家什悉数搬到茅屋，分家分户住下来，经清点这里的"水怪"共一百三十二人。

151

过了几天，米县丞领着一位陌生人过来说："遵大人嘱托，前段时日，我打发胥吏邹凤仪前往广州十三行寻找译长。他启程后，刚到长沙码头就碰到他的琼州老乡邵雨，此人早年随父到苏禄国经商，因而通晓当地几种土著语言。这次到长沙探亲，正好与邹凤仪在长沙码头相遇，二人叙旧后，一拍即合，便领了过来。"

安亭公大喜过望，马上将邵雨招呼进茅屋里攀谈起来，说话间，命人召来两个年长的"水怪"测试。一进屋，邵雨便与之叽里呱啦地交流起来。你来我往，一问一答，安亭公在一边不时地插一两句话，交谈整整持续了两个多时辰。

待"水怪"们出去后，邵雨便向安亭公禀报说："这些'水怪'就是南海苏禄国的巴夭人，一百六十多年前，他们的祖上，在海上为救助一艘商船，得罪了海盗，便随商船来到韶州观音山。在那里住了一百多年后，因地方百姓视他们为怪物，刻意排斥，诉告官府，他们被官军围追阻击。无奈之下，只好集体循水迁居此地避难。谁知到这里后，又受到当地土著人的排斥，把他们蜷缩在龙塘、夏塘和铜锣湾这几个地方封锁起来。本地人不仅不与他们进行商品交换，甚至抢掠他们捕来的鱼虾，使得他们的正常生存受到了威胁。为了补充生活食物和日常必需用品，无奈之下，遂产生了报复心理，每当夜深人静时，便外出寻机抢掠，以牙还牙，到他们这一代已经六七代了。他们并无特别奢望，只求官府给他们划定几块适应生存的场地，便于他们独立生活。祈求他们的生存环境能受到官府的保护，不受外来干扰，自食其力，捕获的鱼虾提供合法的买卖交换场所，愿意正常缴纳赋税，接受官府管辖。"

安亭公听后，沉思了好一会儿才说："他们祖上因为行侠仗义离开家乡，本来是为了避难，但由于语言阻隔无法交流，被本土人视为怪物而刻意排斥打击，逼得他们剑走偏锋，以牙还牙，这不是他们的过错，而是历朝历代官府没有深入调查，把他们视为妖魔鬼怪着重打击，使得他们身心备受伤害，实属逼上梁山。这样畸形延续了一百五六十年了，他们有戒备心理是正常的，我们必须深入到他们中间，以心换心，以诚取信，获得他们的信任和认可。唯有如此，方可化解他们几代人长期延续下来的积怨，从驯化着手，教化深入，而后达到同化的目的。起步就是消除语言障碍，嗣后，要组织有文化的年轻人跟着邵译长学巴夭语，而后分派到巴夭人群里教习他们汉话，只有与他们

152

打成一片，才能事半功倍啊！"

有了通晓巴夭语的译长，与巴夭人交流起来就方便多了。于是安亭公便把那些巴夭人召集起来，询问他们的去向。他们表示，这里的气候已经适应了，只要官府保护他们不受欺负，还是愿意留在这里。安亭公随即表态："只要他们不再骚扰地方百姓，官府保护他们的人身安全，并承诺：他们的人格尊严不会受当地土著族民的歧视。"

由是，安亭公便从附近村落里选了二十多个有文化的年轻人，由邵译长执教，专业学习巴夭语言，以期能在三两个月里，达到普通交流的水准。

与此同时，又从附近调来乡民五百多人与那些巴夭人掺杂在一起，在羊武咀开荒垦田。不到半个月的功夫就在荆棘丛中垦出荒地两千多亩，并抓紧时机全部播种了大麦。

接下来派喜贵和邵译长着手登记造册，将羊武咀、龙塘、夏塘的巴夭人分头组织了六个班，上下午轮流教习汉话，安亭公时不时地也参与其中，如此一来，那些巴夭人便逐渐稳定下来了，他乐在心里，喜上眉梢。

这里腾开手后，安亭公便着手建立乡村管理机构，大村独立，小村划片百户以上设立里正长。将龙塘、夏塘和羊武咀合并成立一个特别乡，由喜贵担任里长。而后由各乡村里正长分头组织将闲置的土地确认地权。无主无户的按人分发给无田农户，山野沟畔河边以村划拨。集体开垦的荒田，按人按户分给本乡村民。这样一来至立夏前，全县已垦出荒田四千二百多顷，平均每人可配发二亩以上。

小满后十来天，龙塘、夏塘、羊武咀的小麦、大麦已经渐渐黄了下来。这一天安亭公兴致勃勃地来到龙塘，站在香兰寺前的山坡上，放眼望去，只见金黄的麦穗波浪翻滚，好似黄金的海洋。他慢步走下山坡，趋步田埂上，伸手摘了一穗麦穗，放在手中轻轻一捻吹掉麦壳，只见颗粒饱满的像蚂蚁蛋，便吞进嘴里慢慢嚼了起来，口中顿时清香四溢，唾沫和着麦粉黏得吹起泡来。

他随即询问同来的老乡石见说："你估测一下，这一亩地能打多少呢？"

石见说："这里的地比咱们老家的肥多了，一亩地少说也能打五石。"

安亭公高兴地说："也就是说，这几片地能打六万多石啊！好！好！好！"

接下来又问："多会能开镰呢？"

石见说："三两天就能了，这里夏季有梅雨，还是早点割吧！"

安亭公遂对米县丞和喜贵说:"后天五月初三,就是好日子,开镰。你等回去后就知会各乡里正长,届时动员全体乡民悉数参加,收的收,打的打,边收边打,争取十日后就让老百姓家家吃上新白面。"

五月初三一早,龙塘、夏塘和羊武咀三地,集中了五六千人。安亭公亲自部署,五十顷地设立一个粥棚一个麦场,乡民们高兴得喜气洋洋,笑逐颜开。

安亭公又嘱喜贵,每个麦场先收十亩测试一下产量。三天后结果出来了,龙塘平均亩产五石二斗三升,夏塘亩产五石三斗,羊武咀的大麦亩产五石六斗二升,这样一盘算心里便有数了。于是他便安排主簿朱先轸先按每人五斗分发,让各乡里正长们组织,每日收工后分发一两个乡村,这样就省得晾晒入库来回倒腾了。

十几天后,随着收割的进度,粮食已分发完毕,但是堆在场上的麦子还有三千多石。安亭公吩咐喜贵派人给香兰寺送了五石小麦,给青麓书院送了三十石小麦和大麦,给乡民每人配发大麦粮种一斗,由各乡村集体认领,回去后分发到户。剩余部分晾晒后,悉数入库,而后将之前凿造的石磨和面罗按乡村分发下去。

接下来便抓紧时机,安排大麦的夏耕夏种,直到六月初,才将麦田全部耕种完毕。与此同时各乡村民开垦的荒田,也已播种结束,安亭公松松地缓了一口气,这才想起来,已经好长时间没见他的老朋友巴夭人了。

初八上午,安亭公来到羊武咀的茅屋,只见那些巴夭人把麦子煮熟了吃。给他们分配的石磨放在地下当饭桌用,他这才明白他们既不会推面粉,更不会做面食。于是他便亲自动手帮着垒起磨台,安装石磨,示范推面。他们连着吃了几天擀面条,揪片子,蒸馒头后,高兴得直伸大拇指。

经过几个月的教习训练,二十多个年轻人基本掌握了普通巴夭语的对话交流,安亭公统一测试后,便把他们分发到龙塘、夏塘和羊武咀去给巴夭人教习去了。

这天午后,安亭公将巡检王佩成召来询问:"这段时日,我忙得顾前不顾后,前些时招来的乡勇训练得怎样了?"

王佩成说:"大人不问,我还正准备给您汇报呢!乡勇自从招来后,只顾守城巡逻棹筏儿,并未认真训练。"

安亭公遂道:"这也怨不得你,今年前半年,咱们像救火似的,一个人掰开几瓣儿使。现在基本稳定了，训练得抓一抓了。把人全部调回城里，分开两拨，一半守城巡逻值日，一半专业训练，一递一天轮流交替着来。再聘请专业的武术教练，擒拿格斗都要过硬，训练要有气势，才能起到震慑的作用。以前老百姓穷得没人抢，现在有了口粮，就得防患了，年年防盗，夜夜防贼。官仓银库须有专人把守，买卖店铺也不可懈怠。"

王巡检遂道："老爷放心好了，我一定要在三个月内训练出一支精干的武装来，保证官仓银库和商贾店铺不出半点差错。"

恰在此时，茂才领着老家来的铁匠师傅九斤推门进来，他遂把信函折叠起来收了，忙站起身来让座寒暄，并嘱书办上茶，而后坐在九斤跟前的侧椅上，亲热地询问："九斤哥，你们来了三个多月了，你看我这整天忙得焦头烂额不亦乐乎，也没顾得上去看望你们。这里的生活还习惯吗？"

九斤赶紧站起来拘谨地说："老爷，您以后可不能再这样叫了，俺们可担不起，那些称呼都是孩儿时，在村里不懂事胡应承的。您现在做了大官，是咱们村里的体面人，再这样叫就不合适了，让衙门里的人知道了，也不成体统。"

安亭公遂站起身来，轻轻地拍了拍他的肩膀，摁着坐下去，谦谦地说："咱们老几辈人就住在一道街上，光屁股时还在一起玩耍，记得那年在漩儿湾里耍水，一个浪头劈过来，把俺打晕了，若不是你手疾眼快把俺拉出来，俺的小命早就没有了，说起来你还是俺的救命恩人呢，可不敢生分见外了啊！"

九斤腼腆地说："那些多少年前的陈谷子烂芝麻往事，难为您还记着啊！"

安亭公道："救命之恩，哪里敢忘啊！你说吧，今天过来是想叙叙旧呢，还是另有他事呢？咱们都是自家人，可千万别见外啊！有甚事可以随时和我说，也可以和茂才说。"

茂才见九斤拙嘴笨舌的木讷憨样，便插嘴说："四哥，我替九斤哥说吧。是这样的，他前几日上街时，碰到咱们磨石沟里的一个同乡，此人是后梁上胡市局的人，只因十几年前犯了命案，被流放到这里，如今落了一身病，流落街头乞讨为生，今年才三十多岁，已经豁牙露齿满头白发了。他听口音询问才知道是老乡，便动了恻隐之心，领回咱们城北的作坊安顿下来。九斤哥是小心之人，回来后觉得不和您打个招呼，似乎不太合适。虽然我再三告诉他，这里就是咱们的家，况且收留的还是咱们的老乡，我能作了这个主，待他把身子养好了，我给四哥说一声，眼下就别惊扰您了，您这两天正忙呢！但他执拗不肯。今天非要过来告您一声，既然是老乡，咱们又知道了，想请您想个法子帮一帮，否则他就客死异地，永无返乡之日了！”

原来此人名叫耿天大，小名二老虎，家中兄弟二人，他排行老二，今年才三十二岁。他大也是个很有个性的人，只因合族里就数他们这一脉的人个子矮小，哥哥出生时，就给取了个俗名叫长大，寓意是希望他哥哥长成个高个子。可待到他出生时，他哥哥还是比别人家的孩子矮半头，他大一怒之下，便给他取了个硬邦邦的诨名叫天大。

他大、他妈过世后兄弟分家，他分得七里地坪的一处庄子，家道倒也殷实宽裕，也是黄明日月。可谁知他竟因娶了个画眉似的俏洒婆姨而种下无妄的祸根。

他们村里有个破落户子弟叫曹三锁，只因排行第三，又生得干瘪精瘦，村里人都叫他“瘪三”。瘪三的祖上也是村里有名的财主，到了瘪三父亲时，吃洋烟熏料子卖婆姨，已经败落下来，传到瘪三时，虽然歪倒邋遢[②]得已经不成样子了，但瘦死的骆驼还是比马大。

这瘪三从小仗着家境殷实，顽劣无赖惹是生非，与人寻衅斗狠是家常便饭。十几岁时邻居家娶婆姨，他去闹洞房，趁人不备钻到人家柜子里，被主人发现后，揪出来脚踢手打“搓洗”[③]了一顿，还“筛了灰渣”[④]，以致眉棱骨上留下几道至死也抹不去的印疤，此后人们便都叫他“疤三”。

疤三长大后，无赖已成常性，翻墙跳院扔石头，钻猫狗道踹寡妇门；成年后更是不务正业，欺男霸女非嫖即赌，整日里东家出来西家进，专往女人堆里扎，是方圆十里八乡出了名的泼皮无赖，村里但凡是安分守己的庄户人家，无不像避瘟神一样躲着他。

二十岁那年除夕夜，疤三赖在邻村一个寡妇家里厮混，就是不肯回家过年，两个哥哥寻上门来又哄又劝，怎奈疤三却是王八吃秤砣，早已铁了心。他妈气得当下就跳了崖，他大一口气背过去，就再也没有醒来，可怜一对白发垂暮人，接神时候就上了“望乡台”[⑤]。

经此一劫大难后，村里人都觉得，疤三就是再没有人性，也该有所收敛了吧。谁知，这个丧尽天良的畜生，竟是墙头上跑马，死也不回头，反而因大、妈死了没人管束，愈发放开胆子变本加厉，和尚打伞无法无天了。

也许是人家气数尽了，风水逼堪得紧，也许是在他眼里，只有不断追逐更新的贪婪色欲，从来就没有人的本性。这年清明节时，家里人都去给大、妈上新坟。色迷了心窍的疤三赖在家里，竟把魔爪伸向他的亲嫂子，两个哥哥一怒之下将其撵出家门。第二年正月初二送神祇时，近门族支的父子们，嫌他倒运踉踉败了家门的兴，遂集体合议将其逐出户籍。

之后，四门贴了告示的他，就觍皮擦脸地赖在那个寡妇家里，当起了"炕头王"。那寡妇虽然恶心得肠子都悔青了，但左思右想，自己娘家门上没有亲兄弟，婆家这边又是单门独户，思量着寻个光棍汉改嫁了，但又谁也惹不起这个心狠手毒的恶魔。万般无奈，只能一天一天熬日子。

天大婆姨过门那日，又被疤三这个魔头看上了，他三天两头提着猪肉、豆腐、烧酒寻上门来，名义上是和天大厚气喝酒。实则是包藏祸心，醉汉之意不在酒。天大生来胆小懦弱怕事，又是小户人家，更知道他惹不起这个猪尿脬，只好唉声叹气，�拉下骷髅当王八，他虽然心里恨得咬牙切齿，但明面儿上还得赔着笑脸曲意讨好逢迎，这样就更加助长了疤三的嚣张气焰。

于是，疤三便强势威逼霸王硬上弓，鸠占鹊巢反客为主，久而久之，便将天大刚过门的婆姨霸为己有。开始还假眉三道避人耳目偷偷摸摸，之后见天大软弱可欺，就登堂入室明铺夜盖起来，竟把天大当长工一样，吆五喝六地使唤。

天大婆姨虽然厌恶得一万个不情愿，怎奈疤三又是甜言蜜语地日哄⑥，又是拿刀抡杖地威胁，窝囊气堆⑦的天大又给她做不了主，只好门牙掉了往肚里咽，逆来顺受任人欺凌。

这样持续了一年多，竟把个牵牛花似的天大婆姨，折磨得骨瘦如柴，冷蛋打了一般，人不像人，鬼不像鬼，羞惭得竟连自家院里也不敢抛头露面。窝囊气堆的天大反倒成了自己家里的外人，白天下地当长工，晚上睡在偏房的小炕上，一出家门就被人指指点点，头也抬不起来。于是他便索性住在七里地坪的庄上，连家也不回了。

天大的哥哥长大顾忌脸面，实在看不下去了，便私下里与他近门族支的父子们商议，无论如何得想个法子，撵起这个"炕头王"⑧，替天大出出这口恶气。众人纷纷表示，这不明摆的是屙在脖子里，用尿冲的刷，欺负咱们家死人吗？俺们早就看不下去了，也愿意舍了身子，帮天大出这口气，只怕天大这个死狗扶不在墙头上，俺们挑头出面名不正言不顺，倘或有个闪失，谁能担当得起呢？如果天大能站出来说一句硬气话，不用他动手，俺们就能打得他骷髅从屁眼里翻出来，教他梦见也害怕，准保再也不敢了。

于是众人怂恿，由天大的哥哥做东，在家里摆了一桌酒席，派人把天大叫回来喝酒。其间，众人又是劝酒又是"逼象眼"^⑨，把天大喝得酒醉醺醺脸红脖子粗，额头上的青筋像曲蟮一样蠕动，充满血丝的眼里冒着幽幽的蓝光。大家见火候已到，便七嘴八舌地推波助澜，把天大激得咬牙切齿怒火中烧，一盅一盅地往肚里灌烧酒，前半夜竟然没有说过一句话。

一直喝到三更后，天大醉眼蒙眬地竟然换了个笨碗，自斟自饮起来，连着喝了三碗后，他猛地把碗摔在地下，站起来提了一把菜刀说："今天就劈砍了这个杂骨头，出出这口恶怒气。"众人一看怕出了人命，便把他手里的菜刀夺了，随后簇拥着天大风风火火地回到家里，把疤三从被窝里拖出来，光着身子拳打脚踢地搓洗起来。谁知，这个不识时务的猪尿脬^⑩，平日里横行霸道惯了，哪里能受得了这个窝囊气，不仅不认罪服软，反而扯开嗓子破口大骂："你们这几个尿不几，等你大得了势，把你们全家人都毁割^⑪了！"药杀壁虱的咒骂声，一句更比一句恶毒，听得众人火上浇油怒不可遏，嘴里愤愤地喊着："骗了狗日的王八蛋，叫他这个杂籽只^⑫，再去掀门子^⑬！"

由是，众人怒从心头起，恨往手上使，劈头盖脸打得更起劲了。也许是天打遇对该出事，抑或是阴司报应逼堪得紧。众人只顾拼命搓洗，谁也没曾料到，气昏了头的天大，三两步走到大门前，提了一根大腿粗的顶门椽，飞跑过来猛地照头一棒砸下去，只见那疤三口吐白沫脑浆迸流，抽搐痉挛时已经翻了白眼，霎时间，三魂走了七魄散，一时三刻就咽了气。

众人一看出了人命，顿时都傻了眼，你看着我，我看着你，大眼瞪小眼，呆呆地愣在那里没有了主意。倒是平时窝囊气圪怵^⑭的天大，今天却显得特别硬气。他掷地有声地对众人说："家下父子们都是帮衬俺来的，砸死人和你们没干系，吃官司上法场俺一人承担，绝不能牵连了大家。"

哥哥长大，见天大如此耿直硬气，也不失时机地附和着说："不关你们的事，官司俺们兄弟兜起来，到了衙门里也不会攀咬，眼下大家帮着料理一下后事就行了。"

兄弟二人铿锵有力的诺许，使得帮衬的父子们，当下就歇心了，遂连夜分头寻找保长、里正报官。

三天后，阳曲县衙派了一名巡检，带着仵作一干人等，来到村里验过尸体后，便令保长通知疤三家人："涉案人等业已锁拿，立即掩埋尸体，等候衙门里开堂审诘。"而后拘拿了天大等一干人证，回太原三桥街的县衙交差去了。

胡市局的炕头王疤三，被天大用顶门椽打死的消息像炸雷一般，迅即传遍了河川两都山峁圪梁，积愤已久的乡民们顿时沸腾了，他们像过年似的，高兴得又吃好的又放炮仗。

然而，人们在高兴之余，不禁又为天大担忧起来，从小软弱无能的天大，平日里三棍子打不出一个响屁来，岂料他不鸣则已，一鸣惊人，居然敢于直面横行乡里的恶狼村霸，并将其一棒砸死，正应了那句老话："尿人恼了，砂锅溢了。"不仅洗刷了自己一生的耻辱，还仗着酒力冲冠一怒，为周围十里八乡的村民除了一害。更难能可贵的是，事后大义凛然地把仔肩揽在自己身上，竟没有牵连一个乡邻父子，从而彻底颠覆了他一贯懦弱的窝囊形象，使之一跃而成为远近闻名的侠骨汉子，名声鹊起而大噪。

这种一反常态的豪气，瞬间警醒了世人，也由此而告诉世间一切邪恶，你们醒醒吧！凡势只能得意于一时，而不能得逞一世，凡事以中为度适可而止，得饶人处且饶人。举头三尺有神明，一旦激起人神共愤，上苍自然要惩罚你，这惩罚你的人和方式，上苍自会给你安排得妥妥帖帖恰当其时，也许是路见不平的侠客好汉，也许是手无缚鸡之力的怯弱懦夫。流血五步伏尸二人，玉石俱焚；暴尸荒野狼拖狗啃，自作自受；更有甚者，天打雷劈尸骨无存，作恶多端必遭天谴。善善到头终须报，只争来早与来迟！

天大便是集懦弱和侠义于一身的异类，平日里树叶掉下来怕砸了脑袋，走大路怕踩死蚂蚁，可一旦尿人恼了，却是那么执着而又义无反顾，竟然是一条顶天立地的硬汉子。

于是，便有急公好义的乡绅领头，几千人联名摁手印担保天大，周围十几个村里的乡绅名士自动请缨，把担保控状送到太原三桥街的阳曲县衙。

开堂审理那日，天大声泪俱下，一款一款地控诉了恶棍疤三长期霸占其妻，使他蒙羞屈辱不堪忍受，一五一十地陈述了自己如何醉酒失手，致死人

159

命的无奈,坦然承认是积愤已久,本想教训一番让他收敛,谁知酒后失控致死人命,并将仔肩都揽在自己身上,把众人推得干干净净,证人证言链接天衣无缝,又有乡绅民众的控状佐证。

知县老爷也知道曹三锁恶贯满盈死有余辜,便有意祖护天大。但又虑及死者家人寻仇追杀,便刻意将其发配到三千里外的耒阳流放,待服役几年风头过后,便可解刑为民,似有明显祖护之意。

安亭公听罢,沉默了一会儿说:"说起来我和这个天大还真是有缘呢,那还是乾隆四十一年秋天发生的事,他的遭际当时在咱们村里传得沸沸扬扬。记得那是过了中秋后的一天前,后沟里的艾乡绅寻上门来,恳请我替他们写一份联名担保控状,我当时就觉得天大冤枉透了,还义愤填膺地替他打抱不平,书写毕,我第一个签了名,后来听说是发配到南方的荒蛮之地流放了,谁知道他竟然就在咱们耒阳?"

于是便命茂才调来案卷仔细翻阅,只见乾隆四十一年十月,阳曲县衙的判词是:"命案囚犯耿天大,阳曲县河口都胡市局村人氏,因本村恶痞曹三锁长期霸占其妻,心生怨恨酒后教训,失手致死人命,循《大清律例》,判其发配湖南耒阳流放七年,解刑后,循例纳入该地民籍。"

除此之外,并未见到解刑入籍的处置文牍。安亭公想了想,觉得这么多年来,耒阳的知县调换频繁,天大本人又不知晓详情,只知道自己是判了重刑,唯有老老实实地服刑劳役,并不敢到衙门里探究询问,搁置下来也在情理之中。

于是,他便安托茂才和九斤说:"你们回去后,把天大暂且收裹在咱们的作坊住下来,别让他流落街头讨吃要饭了。然后请个郎中给他看看病,瞅个合适的时机给他补办了解刑,再送回老家去,也是个功德营生。"

说完后,便打发九斤先回去,留下茂才单独叙话。安亭公语气平和地说:"去年冬天咱们刚来耒阳时,我想给你和喜贵寻个出身,便向抚台衙门举荐,报请吏部审批候补。刚才收到李大人的信函,你俩都已报请吏部核准候补了。只是眼下这里仅有一个职缺待补,他便先将喜贵行文补了,并承诺俟后但有实缺,再给你补任,你不要有什么想法啊!"

茂才听后,眼里闪过一丝不易让人察觉的妒意,心里却觉得十分别扭委屈:"凭着咱们两家几代人的厚气,怎么也应该是我先任职才是啊!"但还是言不由衷地勉强说："我晓得,喜贵比我大两岁,先任职也在情理之中,我岁数还小,再等几年也无妨,您别多心。"

安亭公晚上回到家里时,便把天大的遭遇给二丫说了,二丫听后凄凄地说："这天大也怪可怜的,十几年与家人天各一方音讯全无,别说是老乡,就是外下旁人,也应该帮一帮才好。"

安亭公立即附和道："说得好,今晚你给炖一只鸡,我明天过去看一看咱们这个可怜的小老乡。"

他临睡前又给五蛮写了一封家书,嘱他回胡市局打听一下,并把天大当下的境况通晓家人,让他们别着急,一二年内便能回去了。

次日一早,安亭公将书札交给书办,立即送达驿站发起。又纳谋着给天大开了几剂草药,命人抓齐了,才把炖的鸡汤装在沙罐里,带了喜贵直奔坊间而来。

刚出了北城门,远远就听到铁錾勒石锯齿凿刨,夹杂着叮叮当当的打铁声,交叉穿插此起彼伏响彻一片。

进了大门时,只见铁匠棚里炉火正烧得通红,九斤哥左手掌钳上下翻转,右手执锤左右导引,掉锤的后生们,抡着十八斤重的八宝锤,旁若无人地拼了命地往下砸,火星迸溅铿锵有力。

那木工棚里却是,解板拉锯的小工们,吱吱糊糊锯末吐泻;兑缝刨板的师傅们,眯着两眼刨花飞扬;石匠大工们,手执锤錾灰头土脸,一幅热火朝天。

安亭公走进当院时,茂才赶紧走过来,安亭公调侃地说："我来看看天大吧,他乡见老乡,两眼泪汪汪。"茂才遂引着他走进西北角的小正房里,见天大正躺在床上蒙头酣睡。

茂才轻轻走过去推了推他说："天大哥,你看是谁来看你了。"

天大睡眉打眼地坐起来,见安亭公虽然穿着便服,脸上带着笑容,但仪表堂堂的眉宇间却透着逼人的英气,便知道他是河口的老乡阎广居老爷来了,遂赶紧起身下地,哆哆嗦嗦地跪下说："老爷,你可要救救俺啊!"说着已是泪流满面泣不成声了。

安亭公赶忙将他扶起来说："天大,你可是病人,赶紧躺下,咱们都是乡里乡亲,今后就叫俺四哥吧,别生分了。"说着让喜贵把鸡汤和草药放到窗台上，安托茂才说："这是我开的几剂草药，从今儿晌午起，每顿饭前半个时辰煎一剂喝下去，连着喝上三剂。记得熬药时切两片鲜姜做引子。喝完后告我一下病情。这是二丫昨晚炖的鸡汤，吃饭时热一热，给你补补身子。"

他临走时，又从怀里掏出二三两碎银子递给天大说："想吃什么了，让孩儿们跑跑腿，今后需要甚了，就告诉茂才，把心放宽些，家舍的事，我已写信托人照应了，你别担忧，好好养病比什么都强。"

安亭公突然造访，不仅给天大带来药和鸡汤，还给了这许多银子，直感动的他刚刚擦干的眼里又流出了泪蛋蛋，呆傻在那里不知如何是好。

安亭公见天大忧郁伤感不利于养病，便诙谐地说："天大呀！你这个名字叫的太大了，大闹天空的孙猴子才叫齐天大圣，你就敢叫天大，我给你改改吧，以后就叫天配，这也够大了！"

天大赶紧跪了说："谢谢四哥，俺从今儿起就叫天配了。"

安亭公走出院里时见天色还早，又挨着工棚转了一遍，看到九斤时便说："九斤哥，我今天过来看了看天大，早晚你们多照应一下，省得我惦记。"

九斤忙放下铁锤说："那还用说吗？你就放一百个心吧！"

临走时又对茂才说："这里的作坊已经成气候了，你纳谋纳谋，今后要批量生产农具，承揽些对外加工活儿，也给咱们创点儿收入。"

茂才说："这两天我也正纳谋呢！"

三天后，茂才回到县衙，告诉安亭公说："天大服了你开的草药后，已经明显见好了，这两天在家里待不住，就跑到木匠棚里帮着做营生，因为他在家里时做过木工活儿，手脚也很麻利。"

安亭公说："轻微活动一下也好，接着再服两剂，大好了再做营生，你告诉他，千万不可劳累过度了，等痊愈后就留在作坊当木匠吧！"

手中有粮心里不慌，随着村民们日常生活的稳定和社会治安的日趋正常，人们开始安居乐业了。那些流亡在外避难的流民们，也陆陆续续地回归了，但大多数人还是心存顾忌等待观望。

安亭公便把县丞米子茂和主簿朱先轸召来安托："你二人这几日到乡下走一遭，挨乡逐村与地方里正长们进一步核实并明确晓谕，凡是返乡回流的人口，不论长幼妇孺，由地方核准，每人可救助食粮一石，由官仓核发。"

谁知这样持续了一段时日后，返乡回流的人口仅有十之二三，并无显著增长，收效甚微。安亭公便有些纳闷了，这有家不还，难道就甘心在外流浪吗？

于是，他便亲自下乡走村串户查究缘由，寻找症结所在。

原来那些流民之所以宁肯颠沛流离，不愿回归家园的根本原因却是：

其一，多年来因为盗匪山寇的骚扰，使他们身受其害心有余悸，不敢贸然返乡。

其二，逃亡到边疆地区的乡民，被当地土司山寨掳掠强迫为奴，身不由己，无法脱身不能返乡。

其三，逃亡到外地州县做了佃户雇农的，暂时勉为生计，不愿返乡。

其四，在原籍时曾经为人奴仆，或欠人钱财，或有官司在身，惧怕追讨索逼而不敢返乡。

五

于是安亭公便安排主簿朱先轸，派人四处张贴布告昭示安抚，鼓励敦促招徕流民：

一、凡近期返乡回流的人口，经衙门里登记核实后，无论妇孺长幼，每人配发食粮一石，过期不候。

二、回流人口愿意到龙塘、夏塘和羊武咀落户者，每户资助安家银子二两。

三、返乡人丁，每人无偿划拨土地二亩，三年内不纳税赋。

四、返乡流民亦可自主选择投靠亲友，食粮和土地照发，满三年后愿意留下者，再行户口单列登记。

五、凡属配发的土地不许自由买卖，无论任何债务纠纷，不得掠夺土地抵偿，违者严惩不贷。

六、流民两年内不回归，荒置的土地均视为无主耕田，由乡村再行分配，官府补发田契确认地权。

七、官府承诺决不使一人一户挨饿受冻，务使返乡流民有真正回家的感觉。

如此一来，从根本上解除了返乡流民的后顾之忧，大家一传十，十传百，返乡人流才渐渐多起来。

163

二人走后，安亭公又把喜贵召来说："前几日，抚台衙门行文送达，你已被正式任命为耒阳县从九品典史了，我这两天忙得没顾上通晓你。今后你要两边兼顾，龙塘、夏塘、羊武咀的汉话教习和日常管理也不能放松了。"

喜贵忙问道："那茂才叔怎么安置的呢？"

安亭公道："你二人是抚台衙门同时报请吏部候补的，这次衡州府衙摸底排查时，耒阳仅有典史一职候缺，抚台衙门就先任你了，茂才暂且候补，待有了候缺，再行补任。"

喜贵遂带歉意地说："如果是这样，还是先任茂才叔才好，他毕竟是叔叔啊。"

安亭公道："职衔任免升迁可不是平头百姓家请客坐上席论辈分，自然由不得你谦让，也不是我说了算，那是吏部和抚台衙门按资历和业绩考察确定的，甚话也别说了，好好干，别辜负了李大人的信任。"

喜贵说："这也就是我当下的一点想法，只能和您说说而已。"

安亭公道："难得你能这样想，我就很欣慰了。凡事谦恭礼让就是人品，茂才那里我已言明，他也理解，你别多心了。"

中秋过后八月十六一早，安亭公和喜贵带了一名随从，脚登快马，沿着一尘不染的官道来到龙塘。那些巴夭人一看是久违了的知县老爷来了，便亲热地围了上来，用他们刚学来的汉话，生硬地说："老爷，好长日子没来了，俺们好想你啊！"

安亭公微笑着说："我也想你们啊！今天就是特意过来看看。"

邵译长在一旁陪着介绍说："老爷，巴夭人自古以来，只有原始巴语代代沿袭，并没有书写的文字传承。他们对老爷的人格品行，十分景仰钦服，对咱们汉人的文化也特别崇拜，他们也想像咱们一样，取一个有名有姓的名字。私下里曾悄悄问我，他们能不能随您的姓，我一直敷衍搪塞无以作答，今天正好您来了，请您示下。"

安亭公一听，心里不禁"咯噔"了一下，似乎觉得有点难以言说的别扭，但瞬间又感到了一种深深的欣慰，这些昔日的"水怪"异人们，已经真正走进中华民族这个家庭了，这是他们心灵深处发出的信号，是个好兆头。我们作为这个大家庭的主体，应不失时机地伸出双臂去拥抱他们，绝不可冷淡漠然置之不理，而寒了他们的心。但他们为什么非要随我的阎姓，却又觉得似乎不妥，便试探地问道："我们汉民中张、王、李、赵才是大姓，他们随便姓什么都可以，为什么偏偏要随我的姓呢？"

邵译长说："巴夭人自古以来，崇拜的是太阳神，他们之所以提出这个要求，主要还是由于崇拜和敬仰的诚意，我倒是觉得没什么不妥，请老爷斟酌一下，他们对汉民族和汉文化的认可，主要是缘于您一年多来，对他们无微不至的体贴关怀和朝夕相处的那段非常日子，您用您的人格魅力和真情实意，切切实实地感染和影响了他们，他们生性率直而寡于心计，多少年来饱受历代官府和土著民的排斥挤压，东躲西藏颠沛流离，过着非人非兽的苦难日子。是您这把钥匙才开启了他们那颗封闭禁锢已久的心锁。他们通过对您的认可，才认可了咱们的文化。说透了您就是连结的桥梁纽带，您还是应允了吧，这样便可贴近他们，更有利于对他们的教化改造，您不会吝啬忌讳吧。"

安亭公沉默了好一会儿才说："我倒是没什么忌讳，更不会吝啬如此，只是怕那些不知就里不明世故甚至别有用心的人曲解了。"

那些一直跟随他们的巴夭人，似懂非懂地听着他俩的对话，邵译长一路上是在劝说老爷答应他们的请求，而老爷好像是在顾忌什么而不肯答应，于是几个头人便滞留在后，悄悄耳语了一番，而后相跟着走到他俩前面，突然跪倒在地说："谢老爷赐姓，今后俺们就是老爷的子孙了，老爷就是俺们巴夭人的祖宗爷。"

安亭公这时才反应过来，他们已经能听懂汉话了！看着他们那兴高采烈的憨厚样，笑着说："咱们都是大清国的子民，我可不是祖宗爷，是你们的父母官。"

那些巴夭人高兴得手舞足蹈，边跳边说："俺们有姓了，今天是个好日子，俺们可得好好庆贺一下，中午请祖宗爷喝酒。"说着跳着高兴得一哄而散。

安亭公也没认真当回事，只是看见他们高兴的样子，也情不自禁地跟着一起乐呵。等他们走远了，才笑着与喜贵一起浏览地头的秋麦去了。他们一路走过，但见比肩高的大麦波浪翻滚，一株长着两三个穗儿，迎风挺拔颗粒饱满。他高兴得两眼眯成一条缝，脸上绽放着红光说："这秋麦长势更好，眼看着丰收在望，老百姓能吃饱饭了。"

心里欢喜脚下生风，他们挨着转了几片麦田，不觉已到晌午了。这时那几个巴乇头人过来，把他拉住说："祖宗爷跟我们吃饭去，看看俺们的手艺，俺们也会做面食了。"

安亭公也不客气，便跟着他们到了塘边，只见长满绿茵的草地上，铺了一地崭新的竹席。他给治过病的那个巴乇人，热情地陪着他们席地而坐，随着一声清脆响亮的口哨声，只见塘边的巴乇人端着盆盆罐罐鱼贯而来。当他们揭开盖子时，他惊愕了！这可不是一般的家常饭，有清汤炖的鸡、鸭、鹅和鲤鱼、草鱼，有红焖虾、基围虾、醉虾，蒸螃蟹、炖泥鳅、煮王八，野菜鸡蛋，冬笋腊肉，紫苏田螺。主食却是糍粑、合粘、七层糕、馒头、花卷、饺子。还抬了两大坛米酒，空旷的竹席霎时被摆得满满的。

只听其中一位年长的头人一声令下，那些巴乇人便齐刷刷地跪下来，朝着安亭公磕了三个响头后齐声高喊："感谢老爷赐姓。"

安亭公赶紧站起来走上前去挽扶着说："快快起来，可不敢当，不敢当。"

他们站起来迅捷打开酒坛，在一溜排开的粗瓷碗里盛满了酒，头人端起一碗跪下，举过头顶请他满饮。安亭公亦觉惬意，遂畅快地接过来，连着喝了三碗，而后毫不客气地挨着品尝菜肴。众人一看老爷如此赏脸抬举，高兴得又唱又跳起来。一顿饭足足吃了两个时辰，安亭公已经喝得酩酊大醉了。喜贵见状，忙挽扶着到香兰寺休息去了。

翌日晨起时，安亭公兴奋的心情还没有平静下来，这群"水怪"异人们，今天终于自觉地走上他设想的教化轨道了，而且已经初见成效，如此下去，与本地土著民融合是必然的。但静下来后仔细思考，昨天一时兴起贸然答应他们随姓的事，十分不妥，似有哗众取宠，笼络人心之嫌，但有言官弹劾，必然引来非议，其后果很难设想，遂又暗暗地担忧起来。

沉思了好久后，他觉得还是禀报一下抚台大人为妥。于是，便打发喜贵向慈云禅师借来纸笔，小心翼翼地给李大人写了一封长信。信中细述了龙塘、夏塘和羊武咀"水怪"们的引导和教化过程，并将自己贸然答应巴乇人随姓的担忧恐惧一股脑儿端出来，恳请李大人指点迷津，以期他日佞人作难时，也好庇护。信写好后立即封札，差人快马送达长沙抚台衙门。

早饭后，安亭公又忐忑不安地与喜贵、邵雨一起来到夏塘。路上特意叮嘱二人，到这里后先给他们打个招呼，咱们只吃便饭充饥，千万不可奢侈靡费，然而刚到夏塘后，那些"水怪"异人们，早已兴高采烈地迎上来，众人簇拥着他们一行，挨着地垄逐片浏览了地里的庄稼。一路上大家兴致很高，边走边看边聊，他来时的忐忑不安又被这止不住的欢喜冲淡了。

其间，喜贵和邵雨悄悄地把那些"水怪"拉到一边安托说："老爷昨天在龙塘吃了鱼虾，脾胃失调身体不适，今日午饭只简单准备点儿素食粥饭就行了，千万不能再吃大鱼大肉了。"

那些巴天人本来就厚道实诚，更没有什么弯弯肠子，经此一说，便诺诺领命而去。

午饭也是在塘边摆的，地上铺了三块品字形的竹席，几个头人陪了安亭公、喜贵和邵雨坐在上席，其他人陪在两边。端上来的饭菜显然简单多了，四个热菜都是素菜，野菜煮鸡蛋，竹笋炖蘑菇，青菜炖豆腐，木耳拌合粘，三个汤是甜糟枸杞汤圆羹、粳米麦片汤、立夏粥，主食是苍粑粒、糍粑、饺子。开席时，头人给安亭公和喜贵、邵雨每人斟了一碗酒后，即率众人跪下，也请安亭公赐姓，安亭公不慌不忙地说："姓已送给龙塘了，现在只能给你们送名了，你们如果愿意，就姓广吧！"

头人赶紧率众人磕头谢恩："谢老爷赐姓。"这样夏塘的"水怪"们便都姓广了。

第三天，安亭公一行来到耒水河畔的羊武咀。那里的"水怪"们似乎早已等不及了，一大早就在路边候着迎接。当他们一行人刚刚下马后，便立即迎上来，用半生硬的汉话说："恭候老爷大驾光临。"

安亭公高兴地说："我今天过来看看你们，也看看你们种的庄稼。"

他们兴奋地说："老爷真是俺们巴天人的再生父母，俺们生生世世是您的子子孙孙。"

安亭公赶紧道："此话谬矣！咱们应该是生生世世的兄弟姊妹。"

边说边往麦田里走去，在路上他歉疚地说："这里看完后，我们还要到对岸的青麓书院，午饭就别准备了。"

他们一听，便急了眼，委屈地说："老爷您一碗水可要端平，不能厚彼薄此啊！龙塘、夏塘都吃了饭，到了俺们这里就刻意躲着走，是俺们做错甚了？"

安亭公遂缓缓地说："今天确实有急事，待哪天得空了，我专门来和你们吃上一顿饭，有甚要求尽管提，咱们早已是一家人，千万不可生分了。"

他们遂不失时机地接上话茬说："老爷给俺们赐了姓，咱们就是真正的

167

一家人。"

安亭公笑着调侃说："姓已让龙塘抢了去，夏塘姓了广，给你们留下居，尔等就姓居吧，就算是你们三家分晋，我也得一碗水端平。"

他们一听，高兴地立即跪下谢恩，安亭公说："这下没意见了吧。"

他一路走过，见那沉甸甸的麦穗儿随风摇曳，波浪翻滚宛若金色的海洋，鼻息间丝丝沁入醉人的清香，放眼四顾一望无际，已是丰收在望，心里欢喜得情不自禁地对喜贵说："看这情势，秋分过后就能开镰了，你妥妥地布置一下，确保丰产丰收颗粒还仓。虽然已经分田到户了，但还是要时有互助的，诸如收割、打场之类的营生，还是人多出活儿。秋收后，秋耕秋种也须抓紧，千万不可违了农时，霜降前必须下种，冬小麦出土后要耙一次地，才能保暖过冬，麦苗才长得壮实。"

临近午时，安亭公一行离开羊武咀，乘船驶向对岸的青麓山底。临行前，那些"水怪"头人们虽然不乐意，但安亭公有言在先，他们也无可奈何，便簇拥着把安亭公一行送上船，目送到河对岸时，才依依不舍地返回茅屋。

安亭公一行到达青麓书院时，已到午饭时分，掌院山长文廷云见安亭公不期而至，便忙着递茶叙话，私下里却悄悄地嘱咐厨下备饭。

安亭公立即制止道："我们今天中午不请自到，就是想和学子们吃一顿便饭，有甚吃甚，你就别忙乎了。"

文廷云说："老爷，你们来了这许多人，饭也不够吃啊！"

安亭公忙道："我们也不是斗米斗面的食客，随便什么能充饥就行了。"说着便领着喜贵和邵雨来到饭堂，只见大厅里已经坐满了人，每人捧着一只粗笨碗，里边盛着麦片菜粥，另有一小碟山野菜，苞谷面窝头和粗白馍各一个。

安亭公微笑着说："照这个标准每人来一份。"文先生迟迟疑疑似有为难之意，但还是勉强照办了。

文先生陪着安亭公一行坐了一桌。安亭公随口问道："天天都吃这个吗？"

文先生感慨地说："这已经改善好多了，若不是夏收时老爷接济了三十石麦子，我们哪能吃上白馍呢？之前都是苞谷山芋掺野菜，学子们常常私下里称颂老爷的恩德呢！"

安亭公道："慢慢来吧！眼下这些学子们，可都是咱们耒阳未来的精英啊！不能让他们受制了，否则我怎么能对得起五万八千多耒阳百姓呢？"

满堂的学子们瞪着大眼，看着知县老爷居然吃着和他们一样的饭菜，宾服钦佩之心油然而生。

其间，安亭公认真地对文先生说："我意在三年之内，普及乡村幼教，届时还请先生举荐一批门生弟子充任教学，移风易俗须从教化着手。耒阳先民因长期族群藩篱争斗，更加匪盗骚扰自卫，使得他们不得已而远走他乡，甚至被匪人掳掠而加入匪列，长此以往，便滋生了好勇械斗的习性，此种弊端绝非一朝一夕可以消弭，唯有书香浸润，方可循序渐进春风化雨，多一个读书人，便少了一个盗贼。"

文先生听罢连连称道："圣人设教只为教化苍生，老爷此举却是未雨绸缪。老成谋国，实乃耒阳百姓之福也！但有差遣，敢不效命乎？"

安亭公接着坦言直称："今年秋粮入仓后，耒阳百姓便可解除饥饿之虞了。从明年开始，凡书院生员，由官仓调剂，每人年补廪食粮一石，只要本县在任一日，断不致使咱们的学子饿着肚子读书！"

文先生不胜感慨地说："如此则功德无量矣！这里我替莘莘学子谢过老爷了。"

随即站起身来，深深地施了一礼。

安亭公忙站起来还礼说："先生过誉了，此乃敝县职责所在，先生甘守清贫，不辞劳苦传道授业于穷乡僻壤，应该是敝县感激先生才是正理。"

饭后，稍事歇息，安亭公一行便辞别书院，打道回衙了。文先生与众位师长陪着送到山前的官道上，目送着他们打马扬鞭而去。

次日早饭后，安亭公刚进二堂坐定，书办送来抚台李大人的亲笔信札，李大人在信中坦言："贤契多虑了，骚扰了耒阳多年的'水怪'异人，在你的诚心感召下，已经转化为自食其力的大清子民了，尔功莫大焉！若非贤契呕心沥血老成谋国，何来此等辉煌。说穿了，你的善行义举，实在是替圣上修德布道，那些异人们因信服贤契才臣服王化，皇上知道了，感激还来不及，哪里还会责怪于你呢？你尽可宽心吧！"

安亭公读罢，之前的担忧顷刻烟消云散。激动之余，将县丞米子茂召来安排："耒阳域内种植油茶树的历史已上千年了，只因前些年匪盗作乱，人心

169

浮动民不聊生而弃种多年,尔可带人下乡勘查摸底,现在残留的树种还有多少,这可是个赚钱的经济作物,可否明年开春时,将山野坡梁地尽数种植?常宁油茶树每亩的收益是种粮食的十倍,且不需要良田,坡梁地就行了,如果能将半数以上的山坡地种植油茶树,那耒阳百姓的生活水准就不是温饱了?平川地还是种稻谷产量高,也适宜南方人的生活习俗,种植二麦因是新垦的荒田,既无灌渠又过了节令,只是救急而已,种植稻谷才是长远之计。"

<h2 style="text-align:center">六</h2>

立冬过后,一夜北风凋碧树,山野田陌一片沉寂,落叶满地枯。风风火火忙碌了一年的安亭公,似有如释重负的感觉。

这天清晨起床后,他一边洗漱一边在心里琢磨:"不知不觉赴任耒阳已满一年了,虽然天天忙得焦头烂额,但还是有所收获,正应了一句老话'谋甚得甚',想办的事不仅能办成,而且还有了起色。"遂自心中窃喜又颇感欣慰。于是,便拟了一份名单,将主簿朱先矧召来吩咐:"你照此名单知会一下,明天早饭后咱们召集一个议事会,把方方面面的当家执事都叫回来,午饭弄几个顺口菜,大家辛苦一年了,犒劳犒劳。"

午后,书办送来士骧的家信,他拆开后,里边还套装着一封天大的家信。士骧在信中陈述:"孩儿收到父字后,便遵嘱专程往胡市局看望了天大的家人。从而得知,自天大流放后,天大婆姨终日以泪洗面,几次寻死上吊,经娘家人和哥嫂的悉心疏导,情绪才稍有缓解。天大的哥哥帮着把七里地坪的庄子收裹起来,每年的收成除抛下尽后,还有些许盈余,日子过得宽宽裕裕。孩子已经十岁了,正在私塾读书,长得结实人又机灵。他们听孩儿说明来意后,一家人喜出望外,天大婆姨一把鼻涕一把泪,哭着询问天大的近况,孩儿便如实说了,他们千恩万谢地要给您立长生牌位。天大的哥哥立即打点行装,要到湖南去看望乃弟。经孩儿反复劝说,湖南山高路远,三个月的时间也去不了,况且那里还有老乡们照应,他们尽可放心好了,给捎封书信安慰安慰才是。于是他们口述,孩儿代写了一封家书。"

安亭公读完毕,心里的一块石头才落了地,心想这回对天大也有个交代了。

第二天一早,议事会如期在二堂举行。安亭公首先对大家一年来的勤勉辛劳做了充分肯定。其次,部署今冬下乡摸底,拟在各乡村镇确立保甲连保责任制。其三,在百户以上的村镇,兴建公塾义学,采用乡民公摊与衙署补贴相结合的方式,引导敦促适龄孩童入学。而后众人各自汇报前段时日布置的任务完成情况。

县丞米子茂说:"自老爷亲自部署的七条安置令颁布后,返乡人口与日俱增,到昨日止已回流人口一千二百余户,计五千三百多人,且大多数乡民在原籍有土地房屋,已经确认地权,食粮如数补发到户。另有三百多户,因本地房屋倒塌又无田产,欠人钱财或有纠葛者,愿意移民到龙塘、夏塘另辟生路,业已核实发放安家补贴银六百多两,以后回来的再陆续安置吧。"

安亭公道:"流民安置之事暂告一段,以后回来的让乡村里正长们慢慢安置吧!今冬明春要把乡村'伍''什'保甲制和兴建公塾学堂的事完善了。"

米子茂接着说:"经我带人核实,油茶树现有残存三百多亩,且已七零八落良莠不齐,待明年将边远地区的山坡地二千多亩悉数种植,后年就可受益了,这样明年还需补贴一千一百多人的口粮。"

安亭公道:"这个可以暂时赊借过渡,后年受益后照数扣还即可。"

主簿朱先轸说:"前几日衡州知府行文,年底前按惯例下拨的十万石赈灾粮,要求我们派人前往交割。"

安亭公问道:"官仓存粮还有多少呢?"

朱先轸说:"夏收时入库三千二百石,秋收入库五千一百石,剔除返乡流民补贴五千三百石,铁木石坊和其他支出不到三百石,现有库存二千六百石。"

安亭公道:"这个库存足够支撑半年了,咱们已经有能力解决老百姓吃饭的事了。明年上半年垫付茶农一千一百石,剩余还有一千五百石,到夏收时再收入三千石是十拿九稳,这样赈灾粮就不需要了。应该呈文报请衡州知府衙门,赈灾粮就免了吧。"

众人遂附议道:"这样我们心里就有数了,如果再领赈灾粮,我们这些人也脸上无光,十几年来,耒阳已消耗了国家一百多万石粮食,再持续下去,让我们情何以堪!"

这时巡检王佩成说:"今年夏收后,根据老爷的安排,经过几个月的轮番训练,咱们的乡勇已基本达到训练的目标。前几日组织了一次擒拿格斗的专业比试,连衡州府来观摩的千总都赞不绝口呢!"

安亭公道："好！要的就是这个样，有了过硬的队伍才能打过硬的仗。过去耒阳民生凋敝，连盗寇也养不住。现在随着百姓生活的逐步稳定，咱们就得多操点儿心了，除留足守城巡逻值日的乡勇以外，大部分要分发到域内几个大的集镇码头去，设立治安联防站点。同时也要抽调部分侦探乡勇，秘密潜伏在码头、集镇、酒肆、茶楼巡查探访，不仅要有应急的能力，更要防患于未然。"

王佩成连连点头道："老爷虑事周全安排得当，卑职遵令，立即部署。"

这时，喜贵站起来说："老爷前段时日部署的龙塘、夏塘、羊武咀稻田灌渠的改造事宜，经我与当地土著民、巴夭人实地勘察，根据地形地貌，已经绘制了施工草图，今冬明春农闲季节抓紧施工，半年内告竣无疑，立夏时便可畅通浇灌了。"

安亭公道："主干渠道和公田分支灌渠的施工，还是按照去年开荒时的办法部署，由衙署统一调配，由各乡村寨摊派出工，官仓支领粮米，分片设立粥棚，予以补贴。其他分支渠道，由各分田受益人摊工修筑，争取明春谷雨节令时予以配套，务须满足全面灌溉的基本功能。"

这时，邵雨站起来说："巴夭人经过半年多的教习，已经能够简单交流对话了，方言土语的教习，还得依靠本地土著族民，更深层次的语言进化，需要日常生活的潜移默化累积锤炼，绝非短期内可以把握。前几日家中有事来信，敦促卑职尽快返乡，我想今日辞过老爷，一两日内便告辞还乡，还请老爷见谅。"

安亭公感激地说："既然先生家中有事，明日让朱主簿给你结清工钱，我亲自置酒为你饯行。巴夭人的语言教习，你功不可没，将来是要载入史册的，这里我先谢过先生了。"

最后一个汇报的是茂才，他说："今年春天，咱们城北铁木石坊成立时，根据老爷的安排，我从城北附近遴选了二十个灵巧后生跟着学徒。他们现在都已学成肄业，完全可以独当一面自立门户了。夏收后，遵您嘱咐，铁木石坊除了加工必需的农具外，还承揽了对外加工和农具外销业务，仅半年工夫，便纯收入银子一千八百多两。这样持续下去，明年收入可望达到五千两左右。如今已临近年关，老家来的工匠们，已经念叨着想回家过年了，长期留滞这里显然不太合适，还请老爷示下。"

安亭公沉思良久后问道："这本地学徒的后生们，确实能独当一面了吗？"

茂才道："应该是可以了。"

安亭公又问道："想回家的人有多少呢？"

茂才道："除了九斤、石见、二愣、三蛋几个没有家小顾虑的以外，其他人都想回去。"

安亭公道："那你再仔细核实一下，留下来的人，一定要本着自愿的原则，千万不可勉强滞留。愿意回家的人，要把工钱结清，每人年薪多少合适呢？"

茂才道："按咱们北方的行情，月薪应是三吊现钱；若按耒阳当地的行情，两吊就差不多了。"

安亭公道："那就取个中间价位，按月薪二吊半计酬，你再费些口舌，给乡邻们解释一下，请他们多多体谅包容。"

茂才道："若月薪按二吊半计酬，就不用扣饭钱了，这样也能说得过去。"

这时县丞米子茂在一旁插话说："老爷，话可不能这样说！依我之见，老家的乡亲们也够仁义了，人家当初可是看在您的份儿上，才抛家舍业千里迢迢来帮助咱们的，咱们不给人家涨工钱也就罢了，若再苛刻了，似乎就有点儿说不过去了。再说了，耒阳是匪盗横行的重灾区，人们连饭都吃不饱，哪里还有钱雇工呢？故而工价十分低廉，根本不可比照。况且咱们的工匠们，不仅是干活儿卖力气，还兼顾着教习徒弟，上半年农具供应不上时，晚上还连续加班熬夜。咱们可别让人家太吃亏了，人家不吭气，是碍于厚道的人情世故，并不是心甘情愿。我的意见是工价按内地行情三吊计酬，吃饭不再扣工钱才说得过去。"

安亭公道："大家都别争执了，就照茂才说的办，饭钱不扣，工价按两吊半计酬，让他们也多少做点儿贡献，谁让他们是我阎广居的邻里乡亲呢？这个差价的人情，我就毫不客气地领受了。他们返乡的日子，就定在大雪节令后，回去正好过年，这样来回路上的时间都给算上工钱，年见年结账，正好是一个整年的工钱。"

议事结束时，安亭公特意叮嘱喜贵说："中午多加几个菜，再上点酒，我明天下乡去，今天咱们给邵译长饯行。"

午饭时，安亭公把邵译长拉到自己身边坐下，酒过三巡后，他主动斟满酒杯举起来说："倘若没有邵译长，我们与巴夭人的交流就无法沟通，更谈不上之后的深入教化，邵译长可是咱们教化巴夭人的功臣，这第一杯酒我先敬邵译长。"

邵译长忙站起来说："老爷实不敢当啊！论理应是我敬您才对呢，在这半年多的教习中，我切身感受到，是您的人格魅力和悲天悯人的菩萨情怀，才征服了巴夭人那颗备受伤害的心灵，也颠覆了他们之前对官府和咱们汉民族的认识。他们对您的崇拜景仰如对天神一般，您就是他们心中的太阳神，如此功德感召日月流芳千古。邵雨耳濡目染潜移默化，从中学到了不少做人的真谛，您不仅教化了巴夭人，也感染了我，应该我敬老爷才是，这里我先干为敬。"说着一饮而尽。

安亭公无奈，只好陪着喝干了，而后谦谦地说："邵译长过誉了，巴夭人虽属异域人种，但他们流落在这块土地上，我们就有仔肩关爱和保护他们。普天之下莫非王土，率土之滨莫非王臣，恻隐之心人皆有之，这也是本县的职责所在。"

一席话说得邵译长和众人连连宾服赞叹不已。

饭后，安亭公把天配的家信递给茂才说："这是士骧捎来的天配家信，你回去后亲手交给他，让他放宽心量不必焦虑，年底前定然让他回乡与家人团聚。"

茂才道："这样咱们就了却了一桩心愿了。"

安亭公道："这两天我便给他签署解刑文牍，让他高高兴兴地回家过年。此外，我听说侄儿媳给你生了胖小子，这趟差事就交给你，顺便回家看看，过了年再回来，这两日你就着手准备吧，作坊的管理让喜贵兼顾一下。"

茂才一听，顿时高兴得喜上眉梢，连连说："谢谢四哥，谢谢四哥。"

小雪节令后，北国已是千里冰封万里雪飘的寒冬，而静谧恬淡的江南，却还沉浸在冬日暖阳的眷顾下。凌晨时，刚刚撒了一层薄薄的霜，似乎还停留在醉人的晚秋，只是红叶飘零山野沉寂，放眼四顾草木灰暗，触目柔肠断。

为了把公塾义学的普及落到实处，这天一早，安亭公带了县丞米子茂和王把总，踏着冬日的暖阳，直奔新市古镇而去。临近午时，他们一行五人才到达新市驿站。驿丞蒋少文闻讯后，立即迎上来施礼拜见，口称："新市驿站驿丞蒋少文给老爷请安。"

安亭公虚抬了一下右手说："免礼，免礼，本县今日到此小有公务，需要盘桓几日，还请足下行个方便。"

蒋少文站起来说："哪里，哪里，老爷莅临是敝站的荣光，卑职欢喜还来不及呢！"

说着便吩咐驿卒，将他们的马匹牵入马厩悉心经喂，自己则陪了安亭公一行，来到客厅歇息叙话。须臾，驿仆已经递上汗巾沏好清茶。

安亭公道："我等一行来此，只为图个方便，饮食歇息一切从简，千万不可奢靡了。"

安亭公多次莅临此站，他廉洁俭朴的一贯做派，蒋驿丞自然早已熟知，便亲到厨下安排午饭去了。

半个时辰后，蒋驿丞把他们一行引领到餐厅，只见宽敞的八仙餐桌上摆了四个凉菜、一个杂烩热菜、一盆白米饭和一盆米粉汤。蒋驿丞怕安亭公责备，歉疚地解释说："老爷，这些都是本地的土产，并没有一个是荤菜。"

安亭公愠怒地说："还是有些铺张，下顿不可这样了。"

蒋驿丞见安亭公也只是责怪，并未断然拒绝，便高兴地连连说道："对对对，下不为例，下不为例。"

午饭间，安亭公嘱蒋驿丞派人把新市镇里长田宏德寻来，当面安排说："本县想在这里召集一个临时议事会，请你知会一下镇上的乡贤、乡宦、乡绅和各大商铺的财东掌柜们，午饭后前来驿站议事。"

田里长诺诺领命而去。

未时末刻，通知议事的人已经陆续来齐了，当安亭公步入大厅时，只见面阔三间的议事厅里，已经坐得满满的。众人一看知县老爷来了，都纷纷站起来，准备施礼参拜。安亭公双手一揖，轻轻地摆了摆手说："大家免礼，各就各位吧。"

他边说边瞅着，走到紧贴中堂的那张空桌前坐下来，笑呵呵地对大家说："各位都是咱们新市镇的乡贤名士、财东掌柜，咱们耒阳长期以来，饱受匪盗饥荒的侵扰，使得百姓流离失所民不聊生，生意凋零税赋匮乏，致使教育长期滞后，这些早已是不争的事实。在此，我便不一一赘述了。虽然我们当下还没有走出困境，但本县以为，其他诸事尚可缓以时日循序渐进，唯教育乃头等大事刻不容缓。今日把诸位请来，只为能就此达成共识，尔等有何远见卓识，尽可开诚布公不吝赐教，目的只有一个，就是在今冬明春的休闲季节，把咱们新市镇的公塾义学兴办起来，在这里开个好头，而后在全县推而广之。"

稍稍停顿后，新市镇里正田宏德站起来说："老爷倡导的可是造福子孙后代的功德营生，这等好事，俺们欢喜还来不及呢，哪里还有不赞成之理呢？只是窃以为，当下兴办义塾的症结无非是两宗，即场地和银子，咱们只围绕这两宗展开议论即可。"

田里正的话音刚落，瑞福祥绸缎庄的东家司马文立即站起来说："敝人以为，作为千年古镇的新市，当下便有商贾店铺四十八家，而且都是前朝初年开办的老字号，其兴盛的买卖和悠久的历史，无不仰赖于新市老镇的这块皇天后土，只要各位财东掌柜们稍有点儿感恩之心，筹集几千两银子，料也不是难事。此外据我所知，各家为了自家的娃崽们读书启蒙，或三家五家，或七八家请一个先生，当下便有分散的私塾二十余家。这些私塾开销所费，若能集中整合起来，全镇只办一个公塾，似乎也差不了多少。此议的关键是要选择一所适宜而宽大的场地，其次便是择一位德高望重的贤人，悉心主理才能长久。"

里长田宏德立即响应说："若是这样，俺家祖上传下来的祠堂，前后两院共有房屋三十五间，除了过年祭祖时才使用，平时总是闲置着，若能把前院倒腾出来做公塾，也有二十余间，只是年代久远显得破旧，需要改造修葺一下才能使用，据俺粗略估算也花不了多少银子，不知诸位以为如何？"

阜永钱庄东家韦先云不失时机地站起来说："如此甚好，咱们新市镇现有私塾二十一家，现在集中起来便是现成的公塾，我建议由乡贤田里正领衔牵头，测算一下到底需要多少银子。由各商铺钱庄买卖家自报公摊，如此则既不用衙署补贴，也不用普通百姓人家摊派，咱们在座的各位稍做点儿功德布施，便能把好事办好，不知众位意下如何？"

众人一听大喜，纷纷表态支持。安亭公更是喜出望外，高兴地连连说："新市镇不愧是千年古镇，财东掌柜们慷慨乡贤开明，确实给咱们耒阳办学开了个好头。大家如无异议，就请田先生主理，由司马文和韦先云二位财东协理。开支要明细公开，捐资要合理公道，还要勒石铭碑昭示后人。明天一早咱们就去实地勘察,近期开工修葺购置桌凳,塾师请青麓书院山长文廷云荐举,明年清明过后正式开学。"

接着安亭公又补充道:"鉴于今年以来,部分村镇已有匪盗出没骚扰的苗头,为防患于未然,县衙欲派遣乡勇若干,在此成立常驻巡查公所,白天游弋守护,夜间值日巡逻。尚须各位财东掌柜们予以鼎力支持。"

司马文和韦先云马上站起来说:"老爷如此铺排,真是雪中送炭,这几日,俺们正愁年关时怎么防备匪盗贼寇的骚扰呢,如此便彻底解除了俺们的后顾之忧了。"

第二天晨起饭后,在里长田宏德的陪同下,安亭公率众人前往田氏祠堂察看了房屋。只见东、西厢房各有十间,既宽敞又宏大,的确是个设立公塾的理想场地。

这样他们一行连着走了几个集镇,创办义学的办法都比照新市镇的模式,由各商贾店铺商家捐赠筹银,地方里正长们寻找场地,乡贤、乡绅们领衔主理,不到半个月就走了五个镇。临近大雪节令时,才回到县衙,其他乡村创办公塾义学之事,尽委县丞米子茂署理操办。

大雪那日一早,安亭公与喜贵来到城北的铁木石坊。一进大院就看见乡亲们正在忙着打点行装,直到他俩到了跟前时,众人才发现了,于是,大家便放下手头的营生,迅捷围上来。

安亭公叮嘱茂才说:"今天中午弄上两桌酒席,和咱的老乡们聚聚,就算是送行酒吧!明天启程时,我再过来送大家上路。"

众人簇拥着安亭公回到屋里后,天配也跟着进来,他见众人围着安亭公不停地叙话,只好腼腆地站在门旮旯里,一边抽土烟一边偷睨,直到看见安亭公也在人群里搜寻他,便壮着胆子走过去。

安亭公遂将众人拨拉开,把他拉到跟前上下打量着,见天配穿着崭新的掩襟棉袄和扎了裤脚的大裆棉裤,脚踩粗布面儿的元宝棉鞋,腰里扎了一条干干净净的黑布腰带,手里攥着简陋的铜锅烟袋,头脸刮得干干净净,花白的辫子梳得溜光,人也显得精神了许多,便亲切地打趣:"天配啊,再过一个多月就能见上家人了!这大概也是你的造化,命里该有此一劫,你也别怨谁了,回去后守着婆姨孩儿好好地过日子,与人和善是好事,但也不能太窝囊了,凡事要分清是非曲直,不能一味地和稀泥。再反过来说,人善人欺天不欺,天理循环报应从来不差,你就好自为之吧!"

天配眼里含着热泪激动地说:"要不是四哥热心救俺,俺恐怕早就做了他乡野鬼了,回去后俺要给四哥立长生牌位,让俺的子子孙孙们世世代代供奉下去。"

安亭公诙谐地说:"这可担当不起,我还怕折了阳寿呢!"

说话间,茂才走进来,安亭公便从怀里掏出两封信札和二十两银子递给他说:"两封信是给家里和二丫她大捎的,银子交给你大娘去安排吧。把大家的工钱集中兑了银票,你统一保管,回去后兑出来再逐个分发。盘缠路费从朱主簿那里先借着使,回来一并结清,来回我给你三个月,路上紧巴些⑤,家里就能多待几天。你可要照顾好大家,一定要给我全须全尾地带回去,否则,别怪我责罚你。"

接着他对九斤和石见说:"我倒是劝你俩也回去吧!不是我嫌弃你们,得赶紧回去先成个家,现在什么也不误,再拖下去就晚了。"

九斤和石见相互对视了一眼,遂道:"俺俩也商量过了,依着俺俩的性子,信马由缰惯了,回去自己把控不住,挣多花多,挣少花少,这里没有干扰,再坚持待上一年,积攒点儿银子回去好成家。"

安亭公道:"难为你俩想得周全,那就留下来,再辛苦一年吧。"

午饭时,米县丞和朱主簿也赶过来,他俩也是托茂才给父亲和兄长捎带书信来的。大家欢聚一堂,气氛十分热烈,一顿饭吃了一个多时辰,众人都有点喝高了。

临走时喜贵掏出一封家信和十两银子递给茂才说:"茂才叔,烦劳你把这封信和银子捎给俺妈好吗?"

茂才遂调侃地说:"喜贵啊,才当了个小官儿,就跟我客气起来了。"

自喜贵任职耒阳典史后,茂才对他似乎便有了无形的隔阂,心里总想着找机会发泄一下,以排遣自己心中淤积的不满。

憨厚的喜贵并未有所觉察,便赶紧说:"不客气,茂才叔,路上小心些,可别出了差错。"

第二天辰时初刻,安亭公和喜贵来到作坊时,茂才和乡亲们已经收拾停当准备上路了,他俩便和九斤、石见相跟着送上官道。安亭公再三叮咛:"冬时寒月昼短夜长,起早不可贪黑,晚上还是住在大些的集镇驿站放心,不要贪图赶路错过宿头。回去给乡亲们问个好。"而后与之一一拉手,洒泪而别。

巳时初刻,安亭公刚刚回到二堂坐定,王巡检领着一个年约四十多岁,五短身材,留着八字胡须,身着长袍马褂的干练之人,急匆匆地走进来。那人一进二堂门,便给安亭公跪地行大礼,王巡检敏捷地打了个千儿站起来说:"老爷,这位是咱们县城广德诚钱庄的掌柜周广银,他们钱庄前日刚从衡州永泉钱庄拆借的一万二千两银子,昨夜在搬运途中便失盗了,特来报案。"

周广银遂即站起来,双手递上失单。

安亭公接过来看时,只见失单上的明细开列是:江南铸造厂铸,五十两马蹄银二百四十锭,计一万二千两,分两箱包装。

遂抬起头来对那人说:"周掌柜请坐下回话,你仔细叙述一下失窃经过和确切地点。"

周广银忙道:"确切的失盗地点是新市码头驿站。俺们广德诚钱庄,自顺治八年在耒阳开办以来,已经营了一百多年,也算是老字号了,前些年因为匪盗作乱,市井萧条,几乎没有生意可做。去年以来,缘于老爷整治得力,市井买卖逐步趋于繁荣,今年拆借业务也随之攀升,这样敝庄银根便渐渐紧缩,周转明显不足,为此东家方鼎臣从衡州永泉钱庄拆借了白银一万二千两。为保险起见,便从衡州金刀镖局高价雇了两名得力保镖,一路押解护送。

"谁知从衡州梓木码头启程时,岸边忽然匆匆跑来两人,一个四十多岁,白皙长身书生模样,身着长袍马褂,自称是衡南县茶市镇人,乾隆四十九年进士,欲到广西梧州赴知县任,手里还拿着吏部任职文书和衡州府行文,身边跟着一个二十多岁的后生,粗布短衣担着行李,好像是陪侍的伴当。那书生模样的人,倒是慈眉善目言词谦和,他一脸无奈地婉言恳求,半月前收到吏部任职文书和衡州府行文,明令一个月内赶到任所。谁知,因母亲卧病在床耽搁了几日,竟至耽误了上任时间,恳求搭船赶一下路,愿意加倍给付船钱。

"东家一看那人是个斯文人,且屈尊纡贵言辞恳切,又是即将上任的官员,心里琢磨着也想结识一下,便丝毫也没有猜疑,满口应承下来。随行的保镖李云和徐超,见事发突然而心生疑窦,遂立即上前挡驾谢绝。怎奈东家一意孤行口气决绝,二人终因见是两个文弱之人,也未曾放在眼里,便没有十分坚持。

"一路上，东家与那人诗词歌赋谈古论今，似有相见恨晚之意。昨晚酉时到达新市码头时，天已大黑，便一起投宿在码头驿站。

"今晨方东家一觉醒来时天已大亮，一看银箱不翼而飞便呼叫起来，两个保镖和伙计们被惊醒后，见大门虚掩着，便立即赶到西厢房查看，那两人早已无影无踪了，顿时惊出了一身冷汗，方东家遂一屁股瘫坐在地上大哭起来。还是驿丞蒋少文亲自到巡检联防站报的案情，此时方东家已经昏迷过去，由是保镖和乡勇们只好雇了辆骡车拉回耒阳钱庄，请了郎中调理。"

安亭公听后，沉吟了片刻，便和王巡检、喜贵、周掌柜带了保镖和二十个乡勇，直奔新市码头而来。只见码头上，除了上下船的行人和装卸货物的搬运夫役外，一无所有，遂漫步走进驿站。

<h2 style="text-align:center">七</h2>

驿丞蒋少文见安亭公带人来到驿站，便上前打了个千儿迎进客厅，坐定后顾不得寒暄，便详细禀报起来："昨晚酉时初刻，方东家一行九人，抬着两个包钉箱来到敝站，进门后便与在下商议说：'蒋驿丞，俺们一行九人，租金多寡不计，只要包住一个独进院落便行。'由是，在下便将西南临街的一所小院收拾出来，安置了他们。五更天时分，驿卒听到院里有人走动，还以为是他们收拾东西准备启程，也未特别留意。天明后，听到方东家大喊大叫，过来察看时，才知道是失落了银箱。于是，小人便安排驿卒将方东家抬进屋里，而后急忙到巡检联防站报了案。"

安亭公仔细沉思了许久，并未深入探寻，而是嘱托蒋驿丞马上安排两只快船备用，然后胸有成竹地对王巡检说："你现在带上十五名乡勇，乘船逆水而上，离开码头五里后，沿河两岸三里以内部署巡查，凡此域内破旧寺庙、房屋和新增墓穴，务必仔细勘察，如有异常不许惊扰，立即回来禀报。"

而后，又转头安托喜贵说："你带上四个乡勇，坐快船顺水而下，沿途码头仔细盘查询问过往船只情况，密切关注河边停泊留滞的小船。"

王巡检似乎有点迷茫，遂抬起头来疑虑地盯着安亭公道："老爷是让我巡查上游吗？"

安亭公斩钉截铁地说："是的，这是逆向思维背道而驰，也就是兵法上讲的瞒天过海声东击西，这伙盗贼绝非等闲之辈，尔等此行仔肩重大。备周则意怠，虚虚实实，虚则实之，实则虚之耳！务须谨之慎之，不可敷衍懈怠。"

王巡检迟疑了片刻，忽然若有所悟，随即打了个千儿领命而去。

待王巡检和喜贵分头行动后，安亭公与两个保镖在蒋驿丞的引领下，来到方东家昨晚歇息的小院。进了大门时，只见一明两暗的三间正屋宽敞明亮，两间西厢耳房也很精致。蒋驿丞边走边说："昨晚方东家和他的两个伙计守着银箱，一起睡在正屋左侧里间，右侧里间是另外四个伙计，两个保镖睡在中间。随他们一起来的那个秀才和他的书童则睡在西厢房里。"

安亭公若有所思地迈上正屋台阶，不经意间，忽然发现紧挨门框右下角，那毫不引人注目的窗格纸上，竟然有个指头大的窟窿，仔细端量时，明显是手指头沾着唾沫湿透了的洞窟。

当他回到屋里时，两个保镖分别介绍说："前半夜俺俩上了门闩便睡着了，睡前曾再三叮嘱右侧里间的四个伙计说：'上半夜尔等不许睡觉，轮流值班守夜。'三更时俺俩睡醒后，便到院里院外巡查了一遭，除了听见上下屋里的鼾声外，并无任何异常。四更时回屋插好门闩门搭，俺俩便和衣仰靠在行李上，窃声闲聊。谁知，聊着聊着竟不知何时就迷糊了过去，是方东家的呼叫声才惊醒俺们，此时天已经大亮了。"

安亭公转悠到西厢房时，见床上的铺盖整整齐齐，只行李担子放在地上，他顺手打开时，见是两床包裹着的被褥和几件换洗的衣物，只稍稍抖翻了一下，便掉出一根尺许长的芦苇管和迷药、熏香、火镰。安亭公一看，就什么也明白了，便令随行的乡勇收了。

走出院外时，他一看天色尚早，便辞了蒋驿丞，带了两个保镖，打马回县衙去了。

他一路上与二人攀谈时，才得知这两个保镖的大名诨号，一个是"穿山镖"李云，另一个是"云中弹"徐超，他俩都是金刀镖局掌门甄五爷门下的高徒，除刀枪剑戟样样精通外，一个擅长飞镖，一个惯使流弹，镖不走空，弹无虚发，空中矢鸟，百步穿杨，在荆襄湖广一带，也算小有名气。但凡是他二人担当护镖的生意，等闲盗贼都要退避三舍。

一路上两人给他介绍说："这种神出鬼没别出心裁的缜密谋划，除了江洋大盗古尚云，其他蟊贼恐怕无此机杼韬略。俺俩自出道后，在江湖上行走二十余年，还从未失过手，这一回可是小阴沟里翻大船了。"

原来这江洋大盗"水上漂"本名古尚云，是衡南临武人氏，因幼年父母双亡而流落街头乞讨为生。江南大盗皇甫南见其灵气聪慧，自己又膝下无子，便收入麾下视为己出，送入私塾读书识字，教习兵法学得轻功，尤其是水上的功夫十分了得。虽是大名鼎鼎的江洋盗贼，却是一身文质彬彬的书卷气息。二十多年来北上荆楚潇湘，南下两广四川，行走江湖作案二十余年，屡屡得手从不走空，南辕北辙声东击西，瞒天过海出神入化，做的都是大案要案，不鸣则已一鸣惊人，是皇甫南麾下第一得意门生。

此人上无父母下无妻儿，作案的目的似乎也不是为了钱财，一年内只作两起，且每次作案的手法也不会雷同，窃来的钱财不嫖不赌，也不置产业，除了孝敬师父皇甫南外，却是专门用来周济穷困，供养鳏寡孤独流浪孤儿，素有"南天第一侠盗"之称。

乾隆四十二年，皇甫南在广州十三行窃了洋行的三万两银票，被洋巡警尾随跟踪了，无法脱身。眼看就要坠入衙门捕快和洋人布下的天罗地网时，竟是古尚云及时出手，巧施连环妙计，使其全身而遁。从此后，皇甫南便金盆洗手，明确昭告江湖："我归隐林泉后，凡我门下弟子的江湖纠葛生杀予夺，均须听命于掌门弟子古尚云裁夺。"于是古尚云便成了江湖盗贼的总瓢把子。

古尚云执掌江湖后，更加小心谨慎，纵横江湖神出鬼没，北上南下居无定所，闲暇时云游书院、寺庙、道观，与名贤雅士为伍，与高僧大德结伴，吟诗作赋参禅论道，纵情于名山大川江河溪畔，至今无人识得其庐山真面目。历任湖广督抚对他恨得咬牙切齿，却又无可奈何，曾经悬赏十万重金以求缉捕擒拿，却至今尚无半点音讯踪影。

安亭公回过头来试探着询问道："二位都是江湖上的武林高手，此次侦缉破案，我欲邀请两位助我一臂之力，不知尔等意下如何？"

二人忙不迭地说："承蒙老爷如此倚重，小人自然不胜荣幸！况且这银子寻不回来，俺们也交不了差事，不仅是砸了镖局的金字牌匾，也砸了俺们自己的饭碗。更何况失窃了这许多银子，金刀镖局就是倾家荡产也赔不起。俺俩愿意听候老爷差遣使唤。"

安亭公回到县衙三日后，喜贵才风尘仆仆地从衡州码头赶回来，一进二堂便向他禀报："老爷，那天我们离开新市码头后，沿江顺水而下，但凡见到逆水上行的船只，便上前拦阻盘查。第一条从衡州来的船夫说：'两个时辰前有一条小船，与他们擦身而过，船上只有两个船夫，船舱里放着两只包钉木箱，但船身吃水颇深，似乎很是沉重。'连着盘问了几条上行船只，口径大同小异如出一辙。于是我们便扯起船帆，拼命直下衡州而去。进了湘江一直追到梓木码头时，才追上那条嫌疑小船。我立即靠过去上船盘查，果然见船舱里有两只包钉木箱，结果撬开一看，里边装的竟是满满的两箱河卵石。

那两个船夫一看，顿时也傻眼了，便忙不迭地磕头谢罪说："那是三天前，就在这个码头上，有四个短衣装束的壮汉，雇了小人的船只到新市码头，上船后便慷慨地给了俺十两银子，说好是来回的船资。当晚三更后到了新市码头，那四人便下了船，说好天明前返程，让俺们寸步不离在船上候着。于是俺们父子二人，便把船只拴绑结实，回到舱里安心睡了。四更时，那四个人抬了这两只上了锁的包钉木箱放到船舱里，顺手给了俺一封信说，让俺们把货运到长沙岳麓码头，那里有人接应，交货后收信人再付十两银子。俺一听这样的好生意，便满口应承下来，其他的事俺们一概不知，还请官爷明察。现在连船带人都押回来了，请老爷剖断裁夺。"

安亭公只稍稍沉吟了片刻道："那两个船夫没说假话，他们只是被人利用了的小卒子，此事与他们无瓜葛，今晚安排一下食宿，明早就放行走人吧。"

这边王巡检带了一船乡勇，离开新市码头后，逆水而上走了三四里到了郊外，便将十余名乡勇分了两拨，左右上岸，依安亭公嘱咐，二里以内绕着村庄，专捡破旧的寺庙、房屋仔细巡查。

这样搜查的进度显然很慢，直到第二天午后，才在伍家湾村南密林深处的一个小土包上，发现了一穴新墓，墓顶上栽着一棵胳膊粗的柳树，树枝上还挂着白幡，墓门口是几块当地的红金石简易砌垒，现场踩踏得十分凌乱，但既无遗留供品，也无香灰痕迹。抬眼四下望去，但见离墓地二十余丈远的左山丘上，一处破败的古庙里有烟雾袅袅升起。

王巡检便带了两个乡勇爬上去，但见东、西厢房和庙门均已坍塌，只有三间正殿还东倒西歪地勉强支撑着，窗户格子上塞着稻草遮风。那袅袅烟雾正是从这里飘出来的。

他们推门进去端量时，好像是龙王庙，只见正面台基上的泥塑神像，已经剥落得斑斑驳驳。神像座台下，蹲着两个衣衫褴褛的花子，正围着一堆忽闪忽闪的篝火，慢慢地往里添加紫禾烧烤山芋。二人虽然嘴边和脸颊上熏染得墨黑，两眼却炯炯有神，看到他们带着刀枪进来时，似乎并不害怕，也只是不经意地瞥了一眼，便旁若无人大口大口地啃起山芋来。

王巡检一看便有几分明白了，遂迅即带人离开这里，循着河畔又向前搜索了三四里地，直到酉时过后天已漆黑，才把人马收拢起来，只留下十名乡勇潜伏在河边观察，自己带了三个随从立即返回县衙。

回到县衙时，已是亥时了，见二堂里灯还亮着，便径直走进来。见安亭公正在与喜贵叙话，便上前打了千儿站在一旁。安亭公一看是王巡检，便一边招呼让座，一边命人沏茶，并急促地询问道："怎么样？有线索了吗？"

王巡检落座后，便把这几日搜检的情况做了如实禀报。安亭公听后，立刻面露喜色，口里自言自语地说："这就对了，应该是这样的。"

遂又问道："这个土包离河边有多远呢？"

王巡检道："大概有一箭之地。"

安亭公又问道："周围是农田还是树林？除了那个龙王庙还有什么建筑呢？"

王巡检道："临河畔一箭之地是农田，土包前后都是杂草丛生的林木。"安亭公道："如此说来，这赃银便有着落了，但要逮住盗贼还得费些周折。"

王巡检道："老爷说的是赃银已经有了着落吗？"

安亭公道："是的，如果不出意外的话，赃银应该就在新埋的墓穴里。我们现在要紧的是稳住这个江洋大盗，不能让他逃遁了。这个墓穴里埋的赃银就是鱼饵。别着急，沉住气慢慢来。鸟飞于上，其欲在下，故而死于网；鱼潜于下，其欲在上，故而死于钩。成败在此一举，切莫错过良机，咱们要放长线钓大鱼。只不过尔等这几天的行动已经惊扰了他们，眼下需要的是欲擒故纵诱其上钩。"

接着安亭公便安排王巡检和喜贵道："你二人现在调集两条快船，由保镖李云和徐超分头带领，每船隐蔽十名弓弩快手，潜伏在河对岸上下游一里以外的芦苇荡里昼夜守候，船上不得生火起烟，只能用小竹筏补充给养。另选十名精壮兵勇，你二人亲自带领，乔装潜伏在伍家湾村里听候调遣。再选两名本地乡勇，换上便装潜回家去，早晚以打柴狩猎作掩护，秘密踏看传递情报，只可远远地观察动静，不得靠近坟墓和寺庙半步。咱们布下天罗地网，逮住江洋大盗"水上漂",便是首功一件。凡事见机行事,万万不可惊扰了盗贼。"

二人领命去后,安亭公遂连夜部署安排,撒下渔网静待蓄势而发。天亮时已部署停当,枕戈待旦等候鱼儿上钩。

王巡检和喜贵带了十个乡勇,换上乡民便装,趁着夜幕住进距离龙王庙仅有一里之遥的伍家湾祠堂,这里地势略高且又隐蔽,对坟前和庙里的动态,已是一览无余。因是临近年关时节,打扫祠堂、修缮灶台准备祭祖,也在情理之中,故而丝毫没有引起局外人的怀疑。

古尚云闻报那日有兵勇们出入龙王庙并在坟前察看,兀自起了疑心:"难道自己悉心设计的金蝉脱壳之计,竟然被阁广居识破了吗?"心里直犯嘀咕,总也觉得不踏实,便留下两个花子在庙里继续蹲守,又派了两个小厮到土包后的树林中刺探,自己则带了一名随从,连夜潜回耒阳县城,在营房附近寻了个不起眼的小客栈住下来,昼夜窥视县衙和兵营里的一举一动。

高手对决往往是明面上风平浪静山水不露,谷底深渊里却是暗流涌动,于无声处静观风向。古尚云与安亭公,这两位黑白道上的幕后隐形人,心有灵犀不谋而合。他们似乎是在棋盘上博弈,风云际会纵横捭阖,惊心动魄刀光剑影。一个是声东击西金蝉脱壳,一个是欲擒故纵瞒天过海,一个是移花接木偷天换日,一个是明修栈道暗度陈仓,看似扑朔迷离波诡云谲,其实双方都是在给对手设网布局。

古尚云观察了一段时日后,只见衙门里和营房外,除了正常守城的巡逻值日外,一切秩序井然波澜不惊,更不见有兵卒调动的丝毫迹象,他悬在嗓子眼里的那颗疑惑不定的心,终于彻底掉进肚子里。

腊月二十八那日,古尚云带了一条小船,乘着夜色沿河巡查了一番,只见除了河心里往来的船只匆匆穿梭而过外,河岸上空旷寂静,并未发现任何异常,便悄悄地把小船隐藏在茂密的河畔野草丛中,他独自悄悄地隐蔽在船上,直到三更过后,才小心翼翼地潜回龙王庙里,仔细询问了两个花子这几日蹲守监控的情况,二人欣喜地说:"谢天谢地,这几日坟墓前后和寺庙内外,始终没有嫌疑人等过往。"

流动巡查的那两个密探也及时补充道:"山包后树林丛中,倒是常有两个跛脚山民狩猎拾柴,我两尾随跟踪了几趟,发现他们都是伍家湾村的乡

185

民,家里有老有小,绝对不是官府里潜伏的人。"

古尚云听后大喜道:"这下子我心里便有数了,再熬煎上两日,咱们除夕晚上起货离开这里,这趟生意就做成了。"

当天晚上王巡检也潜回县衙,向安亭公禀报了这两日观察的情况。

安亭公听后,一阵欢喜道:"据此分析,贼人起赃的日子,应该是除夕夜里,他们企图趁着当下过年的热闹混乱,便于及时起赃逃遁。你回去后,立即安排部署除夕夜的擒贼行动,丝毫不可疏忽懈怠,届时我会亲自带人过去接应你们。"王巡检领命后,已是底清数明,拂晓时便潜回伍家湾祠堂。

乾隆五十一年的除夕,注定是一个不寻常的年夜。戌时初刻,安亭公带了十名全副武装的兵勇,从耒水河畔登舟逆水而上,直趋伍家湾而来。

天刚擦黑时,古尚云便召集他的党羽们,开始挖墓起赃。王巡检和喜贵带着一队乡勇,迂回潜伏到山包北侧的丛林中。古尚云看着一锹一铲挖开的坟墓,血红的两眼焦急地等待着,直到露出棺材时,他才兴奋地走上去,吆喝着党羽们铆足了劲儿往外抬。

这时王巡检和喜贵带着十余名兵勇,正神不知鬼不觉地从背后包抄上来,古尚云和他的党羽们,只顾了高兴地往外抬棺材,却浑然不知背后潜伏的危机,等他们清醒过来时,刀枪已经架在脖子上了。

王巡检眼见人赃俱获,已是稳操胜券,便放下武器准备捆绑盗贼。谁知,古尚云趁着这个当儿,突然一个箭步窜了出去,右脚尖在棺材顶上轻轻踮了一下,瞬间腾空而去,而后间隔三丈、五丈左右,两只脚尖替换着在地上踮上一下,霎时间已飞奔到耒水河畔。王巡检见状,只好令喜贵先把那几个掘墓的党羽掀翻在地,迅即捆绑了放到一边,自己腾出身子追赶上去。

古尚云飞到河边时,放眼四顾竟无一人,心中一阵窃喜,匆匆钻入草丛中,寻找自己来时藏匿的那只小船。

殊不知,这时安亭公已经带着两船人,箭一般地从河面上飞过来,喜贵也带了六七个人追到河边,眼见古尚云已成瓮中之鳖。

在这千钧一发之际,古尚云却镇定自若,只见他手持船桨腰身一弯,突然一个筋斗翻身,竟像跳蚤一样,猛地蹦上安亭公的船头。众兵勇猝不及防,唯恐伤了老爷,惊得赶紧把安亭公拥进船舱。古尚云并不理会,只顺手一摔,便把船桨扔出三丈远的河面上,而后一跃腾了过去,两脚左右轮番边踏边飞，恰似冰上滑雪一般，更像蜻蜓点水浪里飞燕，轻盈地朝着对岸飞驰过去。

众人见"水上漂"轻功如此了得，顿时看得目瞪口呆，竟然像木桩般愣在那里动弹不得。安亭公见状，急忙下令放箭，口中还不忘及时提醒："要捉活的，切莫伤了他的性命。"众人这才清醒过来，赶紧手忙脚乱地张弓搭箭。

说时迟，那时快，站在船头的李云迅即掏出飞镖，'嗖'的一声甩了过去，直插古尚云的左腿弯筋处，与此同时，徐超的飞弹也已击中他的右腿肚子，失去平衡的古尚云身子一倾，瞬间掉入水中。两条小船急驰过去，众乡勇迅捷伸出钩枪，将其拽上船来狠劲摁住，霎时间古尚云捆成粽子似的。

安亭公眼见擒了古尚云，忙令王巡检带人上岸，把棺材和其余罪犯押上船来，而后满心欢喜地让乡勇扯足船帆顺水而下。此时两岸村庄里已是灯火通明，爆竹声声此起彼伏，众人这才想起来，今晚正是除夕。子时初刻时，已将盛满赃银的棺材和人犯悉数押回县衙。

安亭公令王巡检将人犯披枷带锁押入大牢，特别叮嘱狱吏冯卜青为古尚云两腿伤处敷药包扎，令喜贵清理银锭移交入库。

一切安排就绪后，安亭公才与众人来到城西的兵营，那里早已备好了丰盛的年饭。当他们一行入座后，宽敞的大厅里顿时肃静下来。安亭公清了清嗓子兴奋地说："今年这个年过得不寻常，一个时辰前我们破获了一起江洋大盗案，这可是咱们耒阳今年岁尾的收官之作。"众人一听顿时欢呼起来。

席间，安亭公举起酒杯说："这江洋大盗'水上漂'，在江南作案二十余年从无失手，今日被我手到擒来，多亏了金刀镖局的'穿山镖'李云和'云中弹'徐超二位好汉，我要给你们记头功，这第一杯酒理应先敬二位。"

二人赶紧站起来说："若不是老爷谋划周全运筹得当，哪里能轻易捉得住这个飞贼呢？俺二人今日有幸参与了这场惊心动魄的高手对决，也算不虚此行了。虽有微劳，也只能是这场博弈中的两个无名小卒，哪里还敢厚颜无耻贪功冒赏呢？这第一杯酒应该先敬老爷才是。"

于是，众人纷纷举起酒杯附议道："请老爷满饮此杯！"

安亭公见状也只好说："在这场除夕夜捕捉飞贼的行动中，我等官兵上下齐心通力合作，在座的各位功不可没，我提议大家同饮此杯，本县先干为敬。"

187

　　而后举杯一饮而尽，众人跟着一齐喝干后，遂纷纷凑上来，你一杯我一杯地轮流敬他。安亭公似乎特别高兴，来者不拒，一杯接一杯地连着喝，直到五更后，街巷里响起接神的爆竹声时，才酩酊大醉而归。

　　直到初一临近午时，安亭公才醉酒醒来，起床后他擦了一把脸，对二丫说："你把家舍准备的年饭打包了，唤上喜贵带上一坛烧酒，咱们到城北的铁木石坊，给老乡们拜个年，顺便与他们吃上一顿年饭。"

　　当他们一行来到作坊时，九斤、石见正在准备午饭，见安亭公一行过来了，便高兴地围上来拜年问好。

　　安亭公歉疚地说："今年这个年过得实在太忙了，也没顾上请大家回家吃顿年饭，今天中午，让二丫做几个家乡菜，咱们在一起吃个年饭吧。"

　　说话间，二丫已经像变戏法似的，一盘接着一盘地从食盒里往外拿，压肉、皮冻、烧肉、丸子、豆腐，还有一盆拌好的胡萝卜羊肉馅儿。喜贵忙着和了一盆白面，大家一起动手包饺子。二丫麻利地炖了一盆大烩菜，又烧了一条大鲤鱼。二愣和三旦高兴地放了一阵爆竹。大家兴高采烈，一顿年饭吃得热火朝天。

　　九斤和石见欢喜地说："这比咱们在家里时还红火呢！"

　　饭后，安亭公说："正月初二，按咱们家乡的习俗是'送神祇'，明天一早我过来，咱们一起到城外祭奠一下祖宗爷。"

　　正月初三早饭过后，当人们还沉浸在过年的热闹气氛中时，安亭公带了喜贵和王巡检，专程去大牢里看望了古尚云。当牢门打开时，只见古尚云正席地而坐闭目养神。看到他们一行进来，只平静地点了点头，不亢不卑地说："江洋大盗古尚云给老爷拜年了，恕在下刑具在身，不能大礼参拜。"

　　安亭公客气地点了点头，说："今天是大年初三，我过来给你拜个晚年。"说着便坦然撩起袍襟席地而坐，吩咐狱吏道："今日可以例外，你为古大侠打开枷锁，我俩叙叙话。"

　　待狱吏打开枷锁时，古尚云才站起来，缓缓地舒展了一下腰身，而后坐在安亭公的对面，双手抱拳一揖道："谢老爷法外施恩。"

　　安亭公虚抬了一下右手道："古大侠何必如此客气。以足下如此过人的才智，无论经商、习武，还是考取功名，都可成为人中龙凤国之栋梁，却为何要步入歧途，行此不堪而遭人唾弃呢！"

古尚云长长地叹了一口气道："唉！老爷有所知而有所不知,此话说起来一言难尽,古某自幼颇有天赋,怎奈父母双亡家遭不幸,故而流落街头乞讨为生,幸得师父怜悯悉心收养,遂心存感激视其为再生父母。对我而言,他的话就是金科玉律,焉有不听之理？等到明白事理时,已经坠入其中,不能自拔了。话虽如此,但我还是要感激师父的教养之恩,如果不是他老人家收留了我,或许我早就饿毙荒野,成了他乡之鬼了！"说着两行热泪已经滑落下来。

安亭公遂道："此话倒也不假,若非师父收留,恐怕你也学不得文韬武略。再退一步说,如果你只是个平庸之人,或许也不会作孽如此触犯律法,这大概就是前世因缘的宿命吧。说说你的想法吧,现在摆在你面前的路只有两条,一条是执迷不悟怙恶不悛,一条是改恶从善重新做人。"

古尚云遂不假思索地说："我知道自己触犯了什么律条该当何罪,而今说什么也晚了,即使是改恶从善,也不会重新做人了,只能引颈受戮认罪伏法了。"

安享公道："话可不能这样说！佛语说：放下屠刀,立地成佛；苦海无边,回头是岸。足下虽是盗首,但行窃只对那些盘剥鱼肉百姓的地方豪强和不法商贾,且只窃钱财而未曾伤及人命,更有扶弱抑强周济贫困的善行义举,将来审诘量刑时,本县自会酌情予以考虑,足下大可不必如此伤感。"

古尚云只淡淡地笑了笑,不无讥讽而轻蔑地说："老爷此话果然不谬,可如今官场上那些贪官污吏们,个个都是利欲熏心的名利之徒,但凡有点机缘空隙,哪个不是削尖了脑袋往里钻呢？他们为了自己的升迁,从来不会顾及言官弹劾清流评议,甚至不惜制造冤假错案,为日后升迁增加砝码,更何况我这个闻名遐迩的江洋大盗,正是他们邀功请赏的资本,岂能轻易错过这个千载难逢的机缘？若要公平公正厘清是非,简直是与虎谋皮痴人说梦！"

安亭公遂道："古先生此话固然不虚,但也不能就此一概而论,诚如史上名臣海瑞、包拯,为官清正廉洁铁面无私,本朝贤臣陈廷敬、于成龙痛革时弊刚直不阿,有多少刑狱错判,在他们手中申冤昭雪,这也是不争的事实吧。"

二人说得来了兴趣,不知不觉已近午时,安亭公遂令狱吏备上酒饭边吃边聊。

三杯老酒下肚后,古尚云说："老爷,您这话题扯远了,只眼前就有一位,我与老爷虽是初次谋面,却已闻名久矣！您从常宁、慈利一路走来,政声隆起,刑侦断狱堪比况钟,清正廉洁不逊海瑞,堪称本朝第一能员干吏,古某与您博弈对决较量了一场,也算不枉此生了,今日栽在您的手里,不算丢人。"

安亭公说:"足下不愧是皇甫门下第一高徒,胸怀韬略足智多谋。诚如此次破案,若非我多了个心眼,差点被你的迷魂阵糊弄了。今日此来,只想讨教,足下是如何得知'广德诚'钱庄在衡州拆了如此大宗银子?又是如何巧施妙计,顺利登上运银船只的呢?"

此时古尚云已经喝了半坛老酒,晕晕乎乎酒意正酣。安亭公此言一出,他心里不由得一阵狂喜,已是飘飘然了,遂趁着酒兴眉飞色舞地说:

"其实方东家一到衡州,我就尾随跟踪上了。他和'永泉'钱庄陈掌柜在里间谈生意时,我正在柜台上兑银票,又故意寻了个不是与伙计们争执起来。其实真正的意图,只是想着怎样延缓时辰,以偷听他两在隔壁的对话,所以他两在里间的谈话内容,我便一字不落地窃听了。

"待初战成功后,我急忙赶回寓所,立即伪造了吏部的任职文书和衡州府上任的行文,当晚便住在梓木码头驿站。天刚蒙蒙亮时,我便打点好行装带着伴当,悄悄地潜伏在码头泊船处的附近,远远地窥视他们的行踪。等他们装好银箱准备启程时,才急匆匆地赶到江边,委婉地央告方东家,恳求顺路搭船捎个方便。谁知,他竟一口应允了。"

安亭公抿了一口酒,不动声色道:"你怎么就知道他们一定会捎你搭船呢?如果搭不上这条船,你这趟生意岂不是白忙活了吗?"

古尚云也抿了一口酒,得意地说:"这就是人性的致命软肋,特别是这些富甲一方的钱商巨贾。他们虽然腰缠万贯挥金如土,但较之于官场吏员,也只是沐猴而冠,虽富则不贵,还是少了些许自信。平日里总是琢磨着,怎样变着法儿,才能倚官傍势光耀门庭,今日既然撞上了,岂肯白白错过眼前这个天赐良机?况且我两一副弱不禁风的样子,又怎能与江洋大盗联系起来呢?"

安亭公道:"于是,你便利用你处心积虑与之契合的这个机缘,使尽浑身解数投其所好,经史子集诗词歌赋,出口成章侃侃而谈,使劲把自己包装成一个曾经寒窗苦读的饱学之士谦谦君子,而且当下已是前途无量的朝廷官吏。这样就更加勾起他巴结逢迎的攀附欲望,唯恐热情不够冷落怠慢了你,完全丢盔卸甲成了你的囊中之物,并且心甘情愿地被你利用。此时你虽已胜券在握,但又不失风度谦和有礼,致使对方愈加深信不疑,竟成莫逆之交。

"当你们在新市驿站下榻时，下半夜用熏香将他们悉数迷倒，里应外合将银箱抬走。而后声东击西使了调包计，逆水南上伍家湾，意欲把我引到下游长沙，你好瞒天过海金蝉脱壳。"

古尚云一脸迷茫地说："是的，若照常人的思维，既然银子已经到手，顺水逃遁最为便捷，老爷一定会调集人马顺水追赶，待您发现上当受骗时，我已将银子悉数转移。谁知老爷竟然虚晃一枪南辕北辙，使我猝不及防。于是，我只好耐心蛰伏等待时机。当我潜入县城刺探时，衙门里兵营外竟然偃旗息鼓波澜不惊。这样便使我误以为，那些动作只是例行搜查，您一定还蒙在鼓里。于是，才决定趁着除夕夜，人们过年忙乱时起赃转移，如此便坠入老爷布下的天罗地网。只令我疑惑不解的是，老爷究竟是怎么知道赃银的藏匿之地的？"

安亭公道："如此大宗的银两，离河岸遥远了，必然是利于隐蔽而不利于搬运，近了又似乎没有可靠的藏匿之地，只有挖掘新坟才不会使人猜疑，除此之外还能往哪里隐藏呢？"

两人边喝边聊，早已忘却了谁是知县谁是囚犯了。直到天将擦黑时，安亭公才醉眼蒙眬地回到寓所。

八

正月初六一早，安亭公刚到衙署坐定，接到通知的"广德诚"东家方鼎臣和掌柜周广银便乘着骡车来到衙前。他们下车后便在衙门前放了一阵爆竹，两个伙计抬着一块楷书"当世包拯"的金字牌匾走进来。他听见动静后，便走到院里来察看，只见方东家和周掌柜已经进了大门。他们见安亭公正在阶前伫立，便立即迎上来跪地大礼参拜。安亭公赶紧走上前去搀扶起来，把二人迎进二堂客厅。

二人进门后，一阵激动不已千恩万谢，方东家不禁感慨地说："如果不是老爷破案及时，恐怕方某至今还卧病在床，抑或一命呜呼了，您可真是俺的救命恩人啊！"

安亭公忙道："方东家言重了，刑侦缉盗绥靖地方，本来就是我的仔肩，你又何必如此客气呢？"

方东家道："话虽如此，倘若没有老爷的谋略策划，一切都是空谈，抑或再碰上一个昏愦糊涂的庸官破不了案时，你又能如之奈何？我可真的要好好感谢您啊。"

说着令人抬上二十锭大银来说："老爷，据我所知，这次缉捕盗贼官府可是动用了几十名兵勇，又是大过年的，士卒们昼夜潜伏忍饥挨饿，在下实在于心不忍，这区区一千两银子，就算是方某犒劳大家的一点辛苦费用，请老爷务必代为收下，也让我尽尽心意，或可宽慰些许。"

安亭公道："这可万万使不得，破案缉盗，确保一方百姓平安，本来就是官府的职责所在，在我任内出了此案，我已愧对皇天百姓。如果因为破案再收了你的酬银，岂不是厚颜无耻？你抬银上堂不是当众羞辱本县吗？不仅让我无地自容，甚至会让人觉得这是一出官盗勾结骗取酬金，沽名钓誉而编织的假案闹剧。"

安亭公一席慷慨陈词，把方东家一肚子想说的话，噎在嗓子眼儿里就是吐不出来，他深深地叹了一口气，不无感慨地说："老爷确是当今官场上的另类异数，之前我们与衙门里打交道，哪一桩不是金银铺路钱做马？不烦其多，只恨其少，而今方某主动送上门来，也只为略表谢意。谁知，竟然被老爷生生拒之门外，您可真乃当朝的海瑞包拯，实乃朝廷之幸，耒阳百姓之福啊！"说着连连慨叹！唏嘘不已！

自古尚云被捕入狱后，安亭公曾反复叮嘱王巡检："古尚云不仅是名满江南的侠盗，而且是江湖盗贼们的总瓢把子，他的门生弟子遍及江南数省，且个个都是身怀绝技的武林高手。咱们这次除夕夜的缉捕行动，虽然是暗里运作，但当下已经不是秘密了，以他在江湖上一呼百应的地位，不出半个月就传遍大江南北了。坦而言之，此举无疑地动山摇，固然可以震慑江湖，但也无形中把耒阳推向风口浪尖，成为江湖盗贼们跃跃欲试、争相角逐的众矢之的，倘若其铁杆党羽拼死劫狱，将如之奈何？当下只有壁垒森严防微杜渐，才能应对突发于万一。这牢狱防范的弊端漏洞，便已凸显无遗，诸如院顶的露天处，必须架设铁网吊挂风铃，屋顶院外要昼夜巡逻警戒，大小牢门双岗双哨双锁，门锁钥匙由你和牢头两人分别掌控，牢房重地非我亲临或手谕，任何人不得越雷池一步。此外，再派一队精悍兵勇，潜伏在牢狱附近的隐秘房屋枕戈待旦，随时准备应付突发事件，万万不可疏忽大意。"

王巡检听后，这才感到事态严重，遂立即领命部署去了。

正月十五过后，连日沉浸在过年气氛中的人们，渐渐地回归自然常态。

农户人家备耕备种张罗春播,商贾店铺盘点存货开张门面,衙门里的胥吏差役们渐次回任上岗。安亭公虽然感到疲惫不堪,但因为破获了江洋大盗古尚云的盗窃案,而心情愉悦格外惬意舒心。

这时,安亭公生擒江洋大盗古尚云,智破"永盛"钱庄银锭失窃案的消息,已经像长了翅膀一样,传遍了荆楚潇湘,地方各大小衙门、商贾、店铺、钱庄的贺信,像雪片一样飞入县衙,耒阳沸腾了!衡州沸腾了!湘省沸腾了!

长沙和衡州的买卖字号钱庄,纷纷派人送来五尺多长的金字牌匾,极尽赞美之词,诸如"当世包公""况钟再生""神探狄仁杰"……,一摞一摞地放置在衙署二堂,堆积如山,可以说是匾满为患。

主簿朱先轸和喜贵整日里忙着迎来送往,高兴得满脸绽放红光。当他们请示安亭公"牌匾该往哪儿悬挂"时,安亭公苦笑着说:"能往哪里挂呢?我看都搬到城北的铁木石坊去,交给木匠们处置或许还有点价值,否则还得腾个库房专门存放,那不是自找麻烦吗?"

朱主簿和喜贵似乎有点惊愕,但又不好反问,只好遵命照办了。

这时,街头巷尾的人们都在议论:"之前,咱们只知道这位知县老爷,剿匪除霸手段霹雳雷厉风行,谁能料到他侦缉疑案擒贼捕盗,也是驾轻就熟谋略过人,山西这个地方真有灵气,就是人才辈出啊!"

其间,更有那些屡屡失窃而深受其害的不法奸商财东掌柜们,别有用心地送上不菲的真金白银,强烈请求安享公重刑重判古尚云,其言辞尖锐咬牙切齿,恨不得五马分尸千刀万剐了他,其目的只有一个,置其死地而后快。

然而,奇怪的是街头市井山野乡村的庶民百姓们,对此案的侦缉告破,不仅没有欢欣鼓舞,反而更多的是扼腕痛惜连连慨叹!致使安亭公又坠入云雾山中,一时竟理不出个子丑寅卯来。仔细琢磨后,似乎才明白了此中原委。

原来古尚云自出道以来,虽然作的都是大案要案,却只针对那些不法商贾和地方豪绅,不仅没有侵扰百姓,反而窃来的钱财还周济贫困,只为行侠仗义施舍穷人,小民百姓同情爱戴,自然也在情理之中。于是,安亭公对古尚云的认识又一次迷茫了,心里暗自思忖:"此人绝非寻常的仗义侠盗,其违背人性的逆反思维,究竟是天性使然的劫富济贫,还是别有用心收揽人心,以图谋更大的不轨呢?"这样就迫使他不得不从另一个角度重新审视,感到对此人的处置务须慎之又慎,否则贻害无穷。由是,一个新的念头迅即闪入他

193

的脑海……

自古尚云被捕后,那些江湖黑道上的山寇盗贼们,一个个毛骨悚然如坐针毡,连连惊呼:"这阎广居果然是个天煞星,这里再也没有咱们的立足之地了,当下就得远走他乡或改弦更张,否则,除了受害,就再也没有咱们的好果子吃了。"

于是,他们纷纷收笼人马偃旗息鼓,准备离开这块"凶险之地",前往异地他乡,另辟生意途径。

正月二十五这天午后,安亭公与王巡检、喜贵又来到大牢里与古尚云进行了一次长谈。

安亭公进门后不无客气地对古尚云说:"今年这个正月里,我整天忙得迎来送往应酬交际,竟把足下冷落了,今日得空忙里偷闲,再来看望看望古先生。"

古尚云一脸轻蔑地微微一笑,客气而狡黠地说:"老爷矫情了,我一个身陷囹圄的阶下之囚,哪里能当得起您如此抬举呢?"

安亭公道:"先生此言谬矣!我敬重的是你的人格品行,足下虽是江湖盗首,却是一身正气侠肝义胆,若非应酬繁忙,确实早该再过来看看你了。"

古尚云道:"既然老爷如此坦诚,我也不妨开诚布公,古某虽然身陷囹圄,却也洞悉世故人心,老爷虽然遮遮掩掩,但古某还是心知肚明,平心而论,实在是我给您添麻烦了,还望老爷多多海涵。"

安亭公遂道:"哪里,哪里,这耒阳多年来盗匪作乱积案如山,本县初来乍到又人生地不熟,确实是有点应接不暇手忙脚乱了。"

古尚云道:"老爷一向襟怀坦荡,今日为何这般躲躲藏藏讳莫如深呢?如果在下猜测不错的话,您这个正月里的许多应酬,大概都是因我而起,这些前来造访的体面人物,明面儿上是给老爷贺岁致喜,实则是探究底细游说刑案。商贾大户们送匾致贺,是给老爷施加压力,抑或也有人送金送银不一而足。说透了他们是牛皮鼓、羊皮鼓,一人心里一个鼓,当下这里已成众矢之的了,您想躲也躲不开了。"

安亭公遂不失时机地引导道说:"足下不愧是人中翘楚江湖宰相,虽然置身牢狱,也能洞察人情世故,以你天赋异禀的睿智聪慧,倘若踏上仕途,定是举重若轻游刃有余,谁知鬼使神差误入歧途,竟成阶下之囚,可惜啊!可惜！"

古尚云毫不掩饰地说："老爷又娇情了不是？您只上任一年有余，伐竹开荒种植二麦，兴修水利创办义学，教化巴夭异人，革除时政弊端，已是政绩卓著有目共睹，仔细捋捋，哪一件不是功德无量的善行德政？市井街头人人称颂，山野百姓有口皆碑，他年定当永垂史册显身扬名。"

安亭公叹了一口气道："唉！足下只知眼下，怎知当初？本县出生寒微幼年贫贱，自六岁启蒙后，寒窗苦读十八载，二十四岁才得以中举，怎奈连着考了三科，却屡试不第。空有一腔热血报国无门，无奈之下，只能隐匿蒿蓬，私塾教习，种田谋生。幸得皇上恩荫，大挑举士才踏上仕途，故而此生别无选择，唯有奉公履职报效皇恩而已。"

古尚云道："以老爷天性使然的君子秉性，为官一任造福一方，此言固然不谬。且立德、立功、立言，是历代读书人梦寐以求的不朽。怎奈当今官场尔虞我诈互相倾轧，贪墨成风恣意妄为，到处一片污浊昏暗，您只晓得一味愚忠愚孝报效皇恩，却不知审时度势通权达变。倘若世人皆醉，您又岂能独醒？如此下去，迟早是要吃亏的，而且是要吃大亏。"

安亭公道："本县既以身许国，生当倾心效忠皇命，唯克己奉公绥靖地方，维护一方百姓，才是终身使命，虽赴汤蹈火不敢懈怠，岂能与之同流合污自取其辱，以不耻而谋求升迁发财。更何况当下耒阳百姓，正身陷水深火热之中，如嗷嗷待哺的婴儿，我又岂能瞻前顾后明哲保身熟视无睹呢？"

古尚云道："在下不是糊涂人，其实，我也知道我说的这许多，都是多余的话，恕古某直言，如此惊天动地的大宗钱庄失窃案，发生在老爷任上的属地，您作为一方职守的知县老爷，仔肩所在责无旁贷，又岂能坐视不理作壁上观呢？我今日栽在您的手里，也不以为耻。咱们打开天窗说亮话，明白人不装糊涂，实话实说吧，您需要古某怎样配合？在下虽是江洋盗贼，但也曾是儒家弟子，虽然不会像您那样忠君报国，但怜悯之心还是有的，冲着您这份爱民如子的大义情怀，老爷但有所嘱，古某敢不以死效命？"

安亭公道："你我今世相遇，也是前世因缘的造化使然。咱俩都是明事晓理的人，瞌睡离不开眼里过，响鼓不用重槌敲。这个案子总得有个了结，平心而论，我虽然不会虚报贪功诿过于人，但也不会徇私枉法袒护于你，更不想将此案移交衡州府衙和长沙按察使司审诘。这段时日，我经过反复斟酌思考再三，总觉得以你睿智聪慧的韬晦谋略，委身于江湖黑道，实在是有点屈了王佐之才，若能审时度势金盆洗手退出江湖，倒也不失为一个明智的选择。"

古尚云长长地叹了一口气道："大丈夫生于天地间，自当读书科考显身扬名立于庙堂，怎奈古某自幼父母双亡流浪乞讨，幸得师父收留才免于饿毙街头，如今既已误入歧途掉进墨缸，纵使金盆净手，又岂能退出江湖洗涮干净？况且而今已过不惑之年，又身陷囹圄，哪里还能有此奢望呢？"

安亭公道："古语有云，士为知己者死。足下若能信得过本县，本县愿意为你悉心谋划，铺排一个得体的台阶，既不会使你失去当下的尊严体面，还可免却牢狱刑灾，不知足下以为如何？"

古尚云道："吾虽不及师旷之聪，闻其弦而知雅意也！老爷恻隐之心，在下心存感激。让我金盆洗手退隐林泉似可商榷，若教我背信弃义颠覆江湖，恕在下愚钝实难从命，您大可不必苦口婆心循循诱导，大丈夫一言既出驷马难追。只当下在您属地造的孽案，古某自会认罪伏法，您只须整理一份笔录口供，古某给您签字画押就是了。至于之前人云亦云，您就别追根究底了，我也不会轻易把屎尿盆子往自己头上扣。冲着您对湘省百姓的这份怜悯情怀，古某愿意委曲求全，成全您的千古美名。"

安亭公见其心存芥蒂顾虑重重，似乎一时难以说服，便只得就坡下驴见好就收道："难得足下如此深明大义，今日咱们先到此为止，待改日闲暇时再作深谈可好？"说着便令王巡检递上整理好的口供笔录，古尚云稍视浏览后，便毅然签字画押了。

安亭公立即站起身来，吩咐狱吏道："古先生是我的挚友，不可以等闲囚犯视之，室内要保持卫生清洁，即日起免却披枷带锁，可以读书沐浴，一日三餐要荤素搭配，不可少了酒水汤羹。"

他回到寓所后反复思索："如此看来，古尚云的这些侠义作为，并非别有用心的收揽人心，他也不是图谋不轨的狂悖之徒，如此则之前的猜忌担忧便是多余了。当下他虽然对我信任有加，也知道我的良苦用心，并非专为诱惑游说之词。但以他天赋异禀玲珑剔透的心机，岂能对此深信不疑？其实这也怨不得他，虽然他对我为他作的谋划成全，确实是由衷发自内心的，但真正予以实施付诸行动时，我能做得了主吗？我自己心里都没有底，他又凭什么能相信我这口说无凭的许诺呢？根据《大清律例》释解的权限，知县量刑的范畴也仅限于笞、杖刑律的裁决,徒以上的刑法裁定,须报经按察使司和刑部最后核准,死刑犯的甄别裁定,最终还得圣上亲自核准。当下虽然画押签字了,那是他对我之前在历任各地恪尽职守的人格品行认可使然,真要他交代之前的全部案情,那可就另当别论,甚或要大费周折了。如果他不主动配合,恐怕按察使司和抚台衙门就要介入,真到那时,自己徒有一腔热情,也是爱莫能助。这该如何是好呢?"

这时,前任湖南巡抚李绶大人,因为乾隆五十年,耒阳灾情遍地匪盗横行,绥靖无治民不聊生,引得皇上震怒而严旨申饬,遂力排众议,大胆起用时任慈利知县的阎广居调任耒阳,只用了一年多的时间,便迅速缓解了当地灾情,平息了困扰该县三年多的匪患,稳定了地方治安。其间,引导流民回归,教化巴夭异人"水怪",为朝廷每年节省了十万斛赈灾粮米的大宗开销,其功勋卓著政绩斐然,使得圣上龙心大悦,也为他化解了当下的尴尬,而今已经调任湖北巡抚任上。

现任湖南巡抚浦琳,乾隆三十一年进士,由户部主事郎中,擢授湖北安襄郧道,又累迁福建巡抚。为人贪婪狡诈而好大喜功,一路走来官声不佳,升迁全赖巴结逢迎,所至任上贪墨成性雁过拔毛。如今轰动江南的广德诚钱庄窃银案,落在他的手里,以其平日里贪婪成癖的本性,面对如此叙功升迁的天赐良机,岂能善罢甘休,能不为此挖空心思大作文章!心中不免升起了几许忧虑和惆怅。

这时他才深切地怀念起前任巡抚李绶大人来,若当下还是李大人主政湘省,这个难题自然就迎刃而解了。然而,如今官场上如李大人这样清廉务实刚直不阿、人品厚重通情达理的封疆大吏几乎是凤毛麟角,可遇而不可求,一旦错过了,今生恐怕再也无缘了。

李大人在离任前,曾给自己来过一封私信,其言辞恳切直达胸臆:

> 以贤契在常宁、慈利剿匪治盗除暴安良之功,慈利任满本应擢迁叙用,只因耒阳匪患作乱,致使灾民遍地人口外流,引得圣上震怒,屡屡申饬老夫,三年无治,将罢官夺爵永不叙用,无奈之下,只好委屈贤契再调耒阳,只为替我分忧解困暂缓燃眉之急。谁知,贤契不愧为可堪大用之才,仅用一年之余,便使耒阳大治初见端倪,伐竹垦荒教化异人,种植二麦免却皇粮赈济,召回流民安定一方,

197

使得圣上龙心大悦赞赏有加。此次履职湖北巡抚实非我愿，行前我曾向吏部荐举贤契擢任衡州通判，如其不允，亦可随我到湖北任上，以贤契之德才，三年擢升知府定然无虞。自古以来铁打的衙门流水的官，贤契若有此意，老夫愿与吏部再行周全，以你在常宁、慈利、耒阳的功勋和吏部岁考五年的卓异，只要稍加斡旋，料也不是难事……

其时正值岁末年关，安亭公因广德诚钱庄失窃案侦破在即，竟未秉笔作答而搁置下来。现在想起来，似有失礼。于是便磨墨挥毫，给李大人回了一封私信：

抚台大人勋鉴：

丙午岁末，恩师来函言犹在耳，其时，正值江洋盗案侦缉迫在眉睫，箭在弦上，不敢以私废公，故而无暇敬禀，还望恩师海涵。广居忝任耒阳职守，诸事刚起发端，百姓之苦，匪患之忧，迫在燃眉，若此时离任，似有不妥，唯愿三年任满，地方绥靖黎民安康。届时祈愿追随恩师，侍奉左右。承蒙厚爱，不胜荣幸，感激涕零，顿首叩拜。

肃颂勋祺

广居拜上

丁未正月

写毕，又仔细浏览誊抄了，才封札递与书办，嘱其即行送达驿站，快马传送武昌湖广总督衙门。

待给李大人的信札发出后，安亭公的心绪才稍稍安静下来，而古尚云的案子又萦绕在他的心头。这古尚云虽然早已是闻名遐迩的江洋大盗，但通过这次"广德诚"钱庄失银案的侦破，竟使之名声大噪，他的侠义作为更是家喻户晓尽人皆知，市井坊间竞相传唱，人们在茶余饭后，总是不厌其烦地津津乐道，由此可见其深入人心影响之大。如果我能将其说服，使之心悦诚服地与官府合作，用其所长以盗治盗，这倒也不失为一个明智的上善之举。

古尚云并非顽冥不化之人，他的门徒弟子遍及江南数省，若能将其收入麾下，便可执江南盗贼之牛耳，或捕捉或降服，收放自若，他们多年编织的渔猎网络，霎时便可烟消云散。若一旦将其处以极刑，其门徒弟子必然会疯狂反扑大施报复，楚南潇湘必然是盗贼云集窃案四起，以当下官府的侦破缉捕能力，必然是顾此失彼疲于奔命。届时，将人心惶惶一片混乱。可这新上任的抚台大人，心里到底是怎么想的，又会怎样去做呢？以古尚云窃案的数额之巨和影响之大，若依《大清律例》当处极刑无疑，这样既可叙功请赏沽名钓誉，又可为仕途晋升做铺垫，诱惑绝非等闲之人能抵御了的，更何况是这位贪婪成性的浦琳大人呢？

安亭公把自己封闭在衙署二堂里，反复琢磨苦思冥想了一夜，却终无破解。万般无奈之下，遂决定亲赴衡州府衙，当面与知府徐大人探究，商讨一个切实可行的法子，而后再作计议。

九

翌日天明早起，安亭公便与喜贵搭乘了一条过路商船，直下衡州而去。也许是空舟载人，又是顺风顺水，抑或是心中有事天遂人愿，只临近午时，商船便在衡州码头靠了岸。二人下船后，顾不得一路颠簸劳乏饥肠辘辘，便急匆匆地直奔知府衙门。衡州府衙坐落在城北中央的繁华大街上，门前两尊威风凛凛的石狮目空一切，唬得行人避而远之，两扇敞开着的朱漆大门两边，侍立着铁塔似的四名持枪兵丁，远远望去使人不寒而栗，一名面无表情的巡逻武官左手扶刀，来回游走在衙前，使得过往行人望而却步。

这时，安亭公似乎才觉得自己已经许久没来这里了，遂健步走上前去，伸手从袖兜里掏了一张名刺递上，并说明来意。那名巡官一看，知道来人便是大名鼎鼎的耒阳知县阎广居，便丝毫也不敢怠慢，木讷的脸上立刻绽放出灿烂的笑容，两手抱拳一揖，而后点了点头，立即跑回门房将名刺递给值日武官，那名武官稍览后，赶紧出来走到安亭公面前，敏捷地打了个千儿道："请老爷移步门房稍坐片刻，卑职立即回禀知府大人。"边说边领着安亭公和王巡检回到门房，沏了两杯清茶递上后，便转身趋步后衙去了。

二人坐定后，刚喝了几口茶，那武官便出来禀告："老爷，知府大人请您后厅叙话呢。"安亭公笑了笑，谢过武官，便径直奔后厅签押房而去。他进门后刚要下跪参拜时，徐大人赶紧上前扶住说："贤弟啊，你跟我还来这些虚礼，如今你是咱们衡州府的名人，连我这个知府也跟着沾光了，快快坐下叙话。"

安亭公落座后，也顾不得寒暄客套，便直奔主题说："徐大人，恕在下唐突，卑职眼下遇到麻烦了，特来请大人示下，还请您不吝赐教。"

199

徐知府忙道:"贤弟,有话尽可直说,你我何必如此客气呢?"

如是安亭公便把这段时日,关于古尚云案该如何处置结案,而淤积在自己心里的纠结和担忧,一股脑儿地端出来,恳请徐大人指点迷津。

徐大人听后,沉思了好一会儿才说:"贤弟啊!此事干系重大,倘若现在还是李大人主政时,咱们便能开诚布公地与之陈述利弊畅所欲言。可如今主政的是浦琳大人,咱们之前与他素无渊源,我也是在他上任那日,与同僚们依礼制到长沙码头迎接了一下,之后还从未单独拜谒请见,眼下还踏不住此公的深浅,待我仔细纳谋一下,该如何着手是好。"

安亭公说:"徐大人,我这次可是小炉匠揽下铸钟的活儿了,接了个烫手的山芋,真不知道该如何处置了!这古尚云虽然是江洋大盗,却是侠骨柔肠的铁血男儿,更是江南盗贼的总瓢把子,他在江湖上天马行空二十余年,呼风唤雨颇具人望,虽然当下他阴差阳错地被我缉捕了,看起来好像是给我戴了一顶红缨帽,但是福是祸还未可知呢!若能把握尺度处置得当,至少可保湘省二十年风平浪静;倘有些许闪失,他的那些徒子徒孙们再与咱们置气,就一定能够掀起狂风巨浪,搅得天翻地覆。真到那时,恐怕连抚台大人也要跟着吃瓜落。"

徐大人初始听安亭公的口气,只当是他想把古尚云收入麾下,以协助衙署侦缉破案,便在心里盘算着,若能协助他促成此事,倒也不失是上善之举,如果颇费周折,便也就会不置可否了。但是经他这样深入地作了一番利害剖析后,这才感到事关重大不容小觑。一旦处置失当,其带来的严重后果,远非只是一个能否收服古尚云的麻烦。遂一脸迷茫地凝视着安亭公,虔诚地询问道:"那依贤弟之见,该如何处置才合适呢?"

安亭公断然决绝地说:"其一,攻心为上,感化收服为我所用,是为上策。其二,长期监禁稳定江湖,使其徒众不敢轻举妄动,是为中策。其三,瞒天过海,秘密流放,是为下策。但无论怎样处置,只要不处极刑,古尚云便永远是咱们手里的一张王牌。自古道,盗亦有道,更何况是侠盗义盗?这样就更加耐人寻味了,也不是我要刻意为其开脱,而是江湖情势迫使我们不得不这样谨慎,孰轻孰重已是一目了然。浦琳大人若能明白此中利弊得失,理智而不失时机地收服古尚云,便是明智之举,就算他不为我用,也能牵一制百而稳定江湖,至少眼下不会引发贼众寻衅滋事。"

徐大人忙道："经贤弟这样切中时弊的一番剖析，本府已是醍醐灌顶豁然开朗了。但此事得谋划周全，请你缓我以时日，让我亲赴长沙与浦大人当面陈述。窃以为他虽然贪婪无度，但也绝不是糊涂之人，只要我把利弊与他说清了，他也断然不会莽撞行事。待浦大人首肯后，咱俩再作计议。"

说话间已过午时，徐大人忙吩咐厨下赶紧上饭。安亭公只简单地吃了几口便告辞了，当晚便搭船回了耒阳。

送走安亭公后，徐知府回到内厅，也陷入深深的思考中，他反复梳理了安亭公与他谈话的脉络，才觉得实在是棘手。平心而论，安亭公的见解的确是高屋建瓴老成谋国，格局之大谋划深远，若能顺着这个脉络理清思路予以处置，无疑是最好的结局，否则，由此而萌生的后果将贻害无穷。但若没有抚台大人的首肯和鼎力，一切谋划都是梦幻泡影；若要获得他的认同又似乎很难。此事若放在去年之前，依李大人一向明辨是非的襟怀格局，必然是从谏如流，甚或他比我俩还要虑事在前。李大人奉调湖北离任前，曾再三叮嘱："阎广居是湘省官场上难得的人才，他的思维敏捷超前，虑事谋划也比咱们周全，我曾谋划将其擢任衡州通判，以助你一臂之力，谁知天意难测身不由己，眼下只能走一步看一步，顺势而为了。我离任后，望你闲暇时疏导疏导他，诸事收敛忌出风头，凡事不可与上司争彩头，更不能违命抗上，否则是要吃苦头的。"

可眼下这个主政湘省的浦琳大人，心里到底是怎么想的呢？自己心里虽然没底，但他肯定不会像李大人那样体恤包容属下，更不会与我推心置腹畅所欲言。罢！罢！罢！丑媳妇免不了要见公婆，事已至此，明日就去觐见一下这位抚台大人，看他如何作答，而后见机行事。

由是，翌日晨起，徐知府便调了一艘官船带了两名侍卫和随从人等若干，直下长沙而去，午时初刻便登上长沙府潮宗门码头。徐大人一看天色尚早，便吩咐随从安排驿站午餐歇息。

申时初刻，抚台大人在他西跨院的书房里，亲切地接见了徐知府。徐大人见抚台大人如此亲热，便将自己对耒阳劫案和盗首古尚云处置的个人意见，委婉地陈述了一番。

浦琳大人自始至终笑眯眯地听着他的叙述，完了之后平心静气地说："这个盗窃案是耒阳知县阎广居破获的，我们在结案呈报时，应该多听听他的意见才是。"

徐知府道:"不瞒大人,昨日阎知县专程到衡州府衙,就此案处置的日后担忧,曾与属下反复磋商,卑职刚才的陈述,便是我俩磋商后达成的共识,但卑职自以为才疏学浅,难免虑事疏漏,还请大人定夺。"

浦大人笑了笑说:"阎知县可是咱们湘省官场上难得的能员干吏,这次耒阳广德诚钱庄失窃大案,幸亏他声东击西出奇制胜,及时予以破获。否则,咱俩也要跟着受牵连,如今既然他已明确表态,又正好与老夫不谋而合,这样咱们也算是英雄所见略同了。但结案报审时,还是要讲究些韬晦策略的。为显示皇恩浩荡,咱们只能依律依例照章行事,该怎么判就怎么判,把人情留给皇上去做,咱们都是皇上的臣子,说透了就是咱们做恶人,让皇上当好人,这样皇上高兴了,事情就好办了。"

徐知府一听,立时就急了,说道:"倘若皇上照准了,如之奈何呢?"

浦大人道:"徐知府,你就放心吧! 我除循例呈文上报大理寺和刑部外,还要另上奏折给皇上陈述利弊,以他老人家的圣聪睿智,岂能装聋作哑而不明就里? 如此则君臣相得益彰各取所需,岂不妙哉!"

浦大人话已至此,徐知府再也无言以对了,遂疑惑地抬起头来,仔细端详着浦琳大人笑容可掬的脸上嵌着的那一双滴溜溜转动却又永远令人捉摸不透的小眼睛。良久,他只好站起身来,谢过浦大人,而后告辞回了驿站。

第二天一大早,徐知府便坐上来时乘坐的官船,从长沙潮宗门码头逆水返程。到了衡州码头时,船并未靠岸,而是继续前行,直到亥时初刻,才进了耒阳县城。

安亭公一见徐大人不期而至深夜造访,便知道他有要事相商,遂嘱书办吩咐厨下立即备饭,而后领着徐知府来到书房掌灯夜谈。

徐知府坐定后,便把他昨天在长沙抚台衙门,就古尚云案的处置,与浦琳大人沟通的结果,给安亭公详细复述了一番。

安亭公听后,沉吟了片刻才说:"徐大人,平心而论,自古以来恩出自上,浦大人这样处置不仅得体也在情理之中,但他若能表里如一信守诺言,自然再好也不过了。只是以他那一向阴险狡诈的伪善,就不得不令人怀疑了!"

徐知府道:"贤弟啊! 咱们眼下能做到的也就是这一步了。自古道:人心难测,白云苍狗斯须不定。更何况是这个久经宦海沉浮又深不可测的浦大人呢?他心里究竟在想什么,届时如何算计怎样实施,这些都是咱们掌控不了的。谋事在人,成事在天,这就要看他古尚云的造化了,咱们只能顺天应人听天由命了。"

安亭公道:"当今皇上怀柔天下,是古今华夏第一圣明天子,他虽然深居皇宫足不出城,可是慧眼独具洞察天下,以他老人家的圣明,此案若能上达天听,其中利弊得失,自然一目了然。但问题的关键是这个浦琳大人心里打的什么小九九,明面儿上说得滴水不漏无懈可击,但真正实施起来,他又是如何去做,我们心里都没有底。阿弥陀佛!但愿他能信守诺言,咱们便可省却了不少麻烦。倘若此公私心作祟贪功冒赏,两面三刀言不由衷,那可就适得其反另当别论了。真到那时,不仅祸及湘省贻害无穷,甚或皇上震怒追责究罪,咱们这些人都得跟着吃瓜落。"

徐知府道:"唉!贤弟啊,我又何尝不是这样忧心忡忡呢!眼下咱们已经把该说的话都给他说清了,剩下来就是他应该办的事了,但愿他能厘清头绪掂出轻重,审时度势谨言慎行。否则,真到那时,他这一省巡抚岂能脱得了干系?今日就到此为止吧!人家可是官大一品压死人,终究咱们是人微言轻,肠子里发痒探不上,说多了非但于事无补,反而是遭人猜忌徒劳无功。"

二人一夜秉烛抵足长谈,天刚拂晓时,徐知府便乘船离开耒阳,回衡州府去了。

安亭公虽然心里纠结得翻江倒海五味杂陈,可面对这位神鬼莫测的抚台大人,却也是无可奈何,只能听天由命任其所为了。

二月十二,惊蛰那天午后,安亭公正在衙署二堂览阅各乡镇村寨呈报上来的里正长、保甲长花名清册,只见茂才提着一个蓝布印花包袱,风尘仆仆地推门进来。他马上站起身来沏了一杯清茶,把茂才拉到自己身边坐下,急切地询问家中近况有何异变。

茂才徐徐地说:"四哥,这次回乡一路上都很顺当,腊月二十六那日晚饭时分就到家了,当晚天配留宿俺家。第二天一早,俺和士骧便把他送回了胡市局,他们一家人见天配突然从天而降,高兴得又是哭又是笑。热心的乡亲们闻讯后纷纷涌来,一下子把他家屋里院外塞得满满的,众人一致赞颂说:'天大可真是福大命大造化大,如果不是咱们河口的官府老爷悉心照应,就是有一百个天大,也做了他乡之鬼了。'中午饭时,天配婆姨高兴得又是炒鸡蛋,又是烙油饼,还炖了一只老母鸡,烫了一壶烧酒,他们一家人陪着俺俩吃了饭。下午俺俩返回河口。"

安亭公似乎心不在焉,只不停地询问道:"你大娘怎么样,她的身体还结实吗?"

茂才一听,立即收敛了笑容,勉强地说:"回去的当晚,俺就到家里去看她老人家了,当时她正迷糊着,俺怕惊扰了,便与四嫂打过招呼就回家了。初一早上俺过去磕头时,大娘似乎还有精神。临行前,俺去辞行时,她老人家拉着俺的手久久不肯撒去,嘴里一个劲儿地念叨着您的小名说:'四蛮的身子骨儿还硬朗吧!你比他年轻,大娘就把他托靠你了。'凭俺的直觉观察,她的身体是不如前年了,但这个岁数的老人都这样,您也不必过分担忧。包袱里是四嫂给您带的几件换洗衣服,两封信是杨老先生和士骧捎的,详细情况你看一下就知道了。"

安亭公急切地打开包袱,取出信来拆阅,见士骧在信尾这样陈述:

> 奶奶自去年以来,身体日渐衰退。小雪那天如厕时跌了一跤,便卧床了。虽然饮食渐次缩减,但神智还很清晰,只是口中常常喃喃自语叨念您,且不忘叮嘱儿男,不可实情相告,唯恐累父担忧。

安亭公心里兀自琢磨,不知不觉自己离开乡已经六年了,母亲今年正好六十三庚。

这时他的脑海里突然莫名其妙地迸出一句古话:"七九六十三,性命就在两狼山。"心里不禁咯噔一下,顿时惊出了一身冷汗。瞬间,这个老年人忌讳的年轮坎儿,像符咒一样嵌进他的脑海里挥之不去,一种不祥的预感骤然袭来,这段时日以来,天天悬着的一颗心,一下子提到嗓子眼儿上,眉头紧锁的他,竟然心慌得再也坐不住了,猛地站起身来,像丢了魂儿似的,彷徨地踏着地上的方砖,心神不宁地来回踱步。

茂才见一向沉稳内敛的四哥,忽然一反常态,如此焦虑不安,便知道他是在着急母亲的病情,遂悉心安慰道:"四哥,您大可不必过于焦虑,凡上了岁数的人,冬春两季血脉不畅最难熬煎,行走困难也在情理之中,等清明过后春暖花开时节,自然就能下地走动了。"

晚饭时,安亭公闷闷不乐地回到家里,顺手把包袱扔在床头,便懒懒地和衣躺下了。二丫见他这段时日劳累郁闷食欲大减,今晚还特意烫了一壶小酒备了两个小菜,见他这副懒懒的样子,便问道:"老爷,是哪儿不舒服吗?"

安亭公说:"没事,你先吃吧,我歇会儿再吃。"

二丫便轻轻地走过来,摸了摸他的鬓角额头,感觉也不是十分烫。正欲扭头端饭时,忽然看见床头上放着一个新包袱,便问道:"茂才回来了吗?"

安亭公道:"嗯!你看看吧,里边还有舅舅给你捎的信呢。"

二丫一听似乎明白了什么,便急切地问道:"是不是老夫人身体有恙呢?"

安亭公这才点了点头道:"士骧来信说,母亲自去年小雪那天如厕时跌了一跤就卧床了,她老人家今年虚岁六十三,正是逢九年龄,我的心里便不由得有些担忧。"

二丫忙道:"老爷,你到这里上任已经六年了,还没顾得上回家看看呢!她老人家这么大岁数了,倘或真的有个闪失,那可要后悔一辈子啊。"

安亭公沉吟了片刻道:"你说的在理,这两天你就简单准备一下,我明天到衡州府向徐大人告个假,咱们还是回去看看放心。"说完喝了一碗粥便睡了。

二丫收拾停当后,便拆阅父亲的信札,父亲来信言简意赅备叙思念之苦,并未言及家中琐事,但她已从欲言又止的文字涂鸦删改处,隐隐约约地感到他的身体似乎有疾,竟也心神不宁一夜未眠。

翌日天明,安亭公与米县丞打了个招呼,便带了一名随从搭上过路商船,前往衡州府衙去了。

待他见到徐知府时,便把士骧的来信递上并说明原委,恳请告假半年。

徐知府浏览后,立即点头道:"此等大事刻不容缓,丝毫也耽搁不得,衙门里的事务,就暂委县丞米子茂署理吧。你可让他随时来找我,疑难之事,我来给你兜着。"

安亭公道:"米县丞既是本地人,又是干练之才,署理一个县的政务,料也不是难事,我担心的是古尚云的案子,继续拖下去,不知该如何区处。"

徐知府道:"这也正是我的担忧,依我之见,不如暂且放一放,先解来衡州关押,这里的牢狱戒备森严,应该万无一失。待你探亲归来时,咱们再商量着了结此案。"

安亭公道:"属下也正是此意,若能解来衡州关押,我就放心了。现在我就返回耒阳安排，一两日内派王巡检亲自带人解来衡州。其余诸事，卑职就拜托大人了。"

徐知府一看安亭公如此着急，便从抽屉里拿出十两银子递上说："贤弟，我知道你心里着急，就不强留你了，这点银子只是我的一点心意，请你千万带上，替我孝敬一下老夫人。"

安亭公一看就急了，忙站起身来揖礼道："徐大人，您的好意我心领了，在此我先替家母谢过大人，但是银子可万万不能收，您一向清廉如洗，哪来的多余银子，我不给您送倒也罢了，哪能再反过来向您索讨呢。"

徐知府道："贤弟这样就见外了，咱们的交情不是银子而是投缘，这银子是我孝敬老夫人的心意，你就别推辞了。"

安亭公见徐知府话已至此，便再无理由拒绝了，遂无可奈何地收在怀里，又深深地施了一礼，而后拜别辞行，连夜返回耒阳。

他回到耒阳的第二天，便将县丞米子茂召来安排道："犬子捎来家书，母亲卧病在床，近日我欲回乡探视一下。昨天已到衡州府衙，请得徐大人示下，允准告假半年，离任期间，衙门里的政务由你暂时署理。为安全起见，古尚云可暂解衡州府牢囚禁，明日一早，让王巡检亲自押船，解交衡州大牢。"

米县丞一听安亭公此言，似有作难之意，便诚惶诚恐地说："老爷重托本不该辞，只是这千斤重担，属下哪里能担得起啊！还请您另择贤明署理为妥。"

安亭公道："米县丞，这也是徐大人的托付，你就莫辞让了，足下之才胜某十倍，担当此任绰绰有余，望尔恪尽职守，不负我与徐大人之托。"

米县丞见推辞不过，便道："感谢老爷和徐大人的信任，卑职遵命就是了。"

印信交割完毕，安亭公便带了王巡检，亲自去大牢里，看望古尚云并真诚地与之解释说："犬子来信告知，家母卧病在床，我已告假半年，准备回乡探望，为了安全起见，暂且将你解往衡州牢狱，委屈一段时日。你的案情我已与知府大人交换过意见，并请得抚台大人示下，明面上依法循理公事公办，私下里由抚台大人呈文刑部，请旨圣上法外施恩，万望足下耐心等待，待我回来后再行结案。"

古尚云听后沉思了片刻道："承蒙老爷鼎力，古某不胜感激，但凡是您安排,我自当遵命配合,请老爷放心好了。"

第二天一早,安亭公便调了一艘官船,派王巡检带了十名便衣兵丁,悄悄地把古尚云转移至衡州大牢去了。

王巡检一行走后,安亭公便将喜贵召来说:"茂才捎来家书说母亲病急,我已告假半年回乡探视,你把手头的营生交代给茂才,而后去朱主簿那里借点盘缠与我回去一趟,明天一早动身可好?"

喜贵一听忙应道:"侄儿这就去移交。"

安亭公又把朱主簿召来说:"我明早就要动身,回老家探望母亲,你给我预支上一年的俸银兑了银票,再从养廉银户头上借上三十两散银路上开销。"

朱主簿一听便说:"老爷,这养廉银本来就是朝廷拨给您的薪金补贴,过去您设专户使用,卑职尚可理解,可这眼下回家急用,还用再借吗?况且,这三十两也太少了,您就再拿上一百两吧,我知道您没有积蓄,这三十两银子,哪能够一路上三个人的盘缠呢?"

安亭公斩钉截铁地说:"甚也别说了,就这么办。"

朱主簿见状,无可奈何地摇了摇头走了。

次日晨起启程时,二丫打点行装,喜贵雇了一辆骡车,米县丞和朱主簿过来送行时,只见安亭公身着洗得发白的蓝布长衫,外套一件藏青色的马褂,头戴一顶瓜皮小帽,脚蹬二道眉爬山鞋,俨然一副塾师模样。二丫女扮男装做了书童,喜贵挑着行李担子当起脚夫,主仆三人就这样轻装上路了。

【方言注释】

① 头脑,帽盒子:太原清和元饭店的名吃。

② 歪倒邋遢:品行不端的不像话了。

③ 搓洗:痛打。

④ 筛灰渣:头脸朝下四个人拽着手脚在地下摩擦,惩罚坏人的手段。

⑤ 望乡台:黄泉路上能看见家乡的高台。

⑥ 日哄:欺骗。

⑦ 窝囊气堆:窝囊废。

⑧ 炕头王:霸占别人的老婆反客为主。

⑨ 逼象眼：逼人就范。

⑩ 猪尿脬，尿不几：都是骂人的话。

⑪ 毁割：杀人灭门。

⑫ 杂籽只：杂骨头。

⑬ 掀门子：偷情串门子。

⑭ 窝囊气圪怵：窝囊透顶的人。

⑮ 紧巴些：抓紧时间。

第九章　丧母之痛

一路上安亭公闷闷不乐，每日里只是不停地督促赶路，天不亮启程，掌灯时分才住店。

三月初六那天后半晌，他们到了河南境内的黄河孟津码头，喜贵卸了行李辞了骡车后，顺便找了个临时歇脚的地方，安顿好安亭公和二丫，便寻找朱驿丞去了。

朱驿丞听说安亭公已经莅临孟津驿站，立即换了一身体面的官服趋步过来，恭恭敬敬地跪倒在地参拜曰："卑职孟津驿站驿丞朱先轲，久闻老爷大名，今日得以相见，实乃三生有幸，请受卑职一拜。"

安亭公赶紧上前，扶起来施了一礼说："朱先生这可使不得，是我们叨扰给你添麻烦了。"

朱驿丞虔诚地说："老爷此话就见外了，这迎来送往的接待，本来就是在下的分内职责，您为俺们耒阳百姓废寝忘食昼夜操劳，卑职仰慕已久，难得今日路经敝站，能为老爷效劳，不胜荣幸之至。"

安亭公道："我等此行并非公务，只是回乡探亲路过，若有过路船只，还请足下费心留意顺便捎个脚，仅此而已。"

朱驿丞道："这个不消老爷吩咐，刚才我已在码头上查检了，恭喜老爷吉人天助，赶巧明天一早，便有一艘邮船从这里启程，前往太原府传送公文邮件，老爷一行搭乘此船，再好不过了。"

安亭公遂道："敢问足下，邮船路经沿途驿站码头，是否停靠滞留呢？"

朱驿丞道："这个好说，只要敝站多派几个邮差，路经码头驿站时，留下一人卸货交割，约好回程时原地等候，误不了多少时辰，到太原汾河码头时，也只停留一个时辰，邮船便直达河口寨底码头，装十桶硫黄而后返程，这是河南提督衙门特别交办的差事，这样大约四天后，就可以到家了，只是这昼夜行船,劳乏老爷了。"

安亭公一听大喜道:"如此甚好!如此甚好!这里我先谢过足下。"

朱驿丞道:"这下子老爷该放心了吧!今晚在这里安心歇息一宿,养足了精神明天上路,晚饭时,我略备薄酒与老爷接风可好?"

安亭公道:"本县常听喜贵和茂才夸赞足下,这次际遇可是领教了,只这饭菜却不可铺张了。"

朱驿丞知道安亭公素来不喜奢靡,晚饭时只备了四个地方小鲜,一条红烧黄河鲤鱼,上了一坛汾酒,还特意炖了一锅大烩菜。

当菜端上来时,安亭公连连说:"朱驿丞,奢侈了!太奢侈了。"

朱驿丞委婉地解释:"我知道您厌恶贪腐奢靡,这桌酒席可是俺自掏腰包置办的,还请老爷海涵。"

话已说到这里,安亭公也不好再说什么了,于是四人笑着开怀畅饮起来,直至三更后,酒酣耳热时方尽兴而散。

三月初十阳婆落山时,在汾河上颠沛了四天三夜的安亭公一行,回到河口境内。当邮船驶过扫石崖下时,安亭公早已兴奋得坐不住了。善解人意的二丫赶紧扶他站起来,他激动得眼里含着泪花,嘴里哆嗦着说:"回来了!回来了!我魂牵梦绕的故乡河口,您的儿子四蛮回来看您来了。"

船身驶近一步岩时,那座横亘在汾河绕弯上的山崖,像一扇偌大精致的屏风,静静地伫立在水中央,夕阳的余晖斜映在河面上,似彩虹一样云蒸霞蔚五色斑斓。船身驶入崖底时,好像进了水晶龙宫,花团锦簇姹紫嫣红。安亭公高兴得像孩子一样喃喃自语:"回家了!回家了!"

这时身手矫健的船老大,敏捷地将篙杆直抵崖畔使劲一撑,水手们一阵猛划,只见船身已在崖底急速掉头,缓缓驶向北湾,绕了三里多长,才到了河下村边,而后悠悠地驶向山神爷坡底的漩儿弯,又朝南直上九凤山下的小峪沟湾。安亭公伫立在船头上,凝视着横卧在河心中央的盘古石牛,会心地笑了,当船驶往寨底码头时,夕阳已经落下远山,天际渐渐暗淡下来,暮色已然涂黑了河畔。

喜贵将行李搬上岸边时,二丫也扶着安亭公下了船,他热情地招呼船老大说:"大师傅,你把船泊好,跟我回家住上一宿,明早再返程吧!"

船老大慌忙施了一礼说:"谢老爷垂爱,不给您添麻烦了,俺们今晚装好硫黄,只在驿站歇上一宿,明早就返程了。"

安亭公见其执意不肯,遂令喜贵掏出五两银子送上说:"这点散碎银两权当茶资,请师傅们务必收下,感谢你们一路上的悉心照顾。"

船老大忙不迭地说:"老爷,您是朱驿丞的贵客,送您也是朱驿丞安托俺们的差事,更何况是顺路捎脚呢?这可万万使不得。"双手摆得扇子似的直往后退。

安亭公见其如此,便使眼色让喜贵直接塞进他的怀里。别过船夫后,三人便急匆匆地回家了。

掌灯时分,安亭公和二丫回到阔别了六年的老宅院。当他推开大门时,只见院里静悄悄地一片漆黑,只有母亲的上房里闪着微微的灯光。他急切地踏上台阶,推开房门,见一家人都在屋里守着,妻子冀氏和长子士骧,正在炕上给母亲喂汤,其他人都在地下殷殷地围着凝望。

家里人一看四蛮和二丫突然回来,又是惊诧又是欢喜,纷纷围上来嘘寒问暖。四蛮也顾不得与他们寒暄,只微微地点了点头,便拨开众人,准备上炕去看母亲。待他走到炕棱边,才看见自己日夜思念的母亲,蜷缩着佝偻了的身子躺在炕里,那熟悉的音容笑貌早已荡然无存,呈现在他眼前的却是一个苟延残喘的身躯,那木刻般的脸上,竟然没有一丝儿血色,松弛了的薄眼皮儿,疲惫地耷拉下来遮住了双眼,两颊深陷颧骨突兀,消瘦得已然面目全非,在微弱的油灯映衬下,竟似石灰土刷的墙壁那么苍白,如果不是喘着粗气,张开了的嘴巴里还能看到干涩的舌头在不时嚅动着,真不敢相信她还是一个有着生命特征的垂暮老人。四蛮的胸膛里顿时像塞了块石头似的,止不住的两行热泪已经滑落下来。他迅速爬上炕头,一头俯在母亲耳畔,哽咽抽泣着大声喊:"妈,妈,您的四蛮回来了,四蛮回来看您来了。"

这时,母亲那双耷拉着的眼皮,竟然像受到电击一样微微睁开了,母亲哆哆嗦嗦地抬起那双骨瘦如柴的手,试图摸索他的脸庞,他赶紧抓住母亲的双手说:"妈,我在这儿呢!"可母亲嘴里还在喃喃地质疑:"四蛮,四蛮,真的是你吗?你可回来了,妈想你啊!"说着,她缓缓地反过手来,紧紧地拽住四蛮的手,再也不肯松开了。

四蛮赶紧跪着俯下身去,把自己的脸颊紧紧地贴在母亲脸上,激动得淌着热泪说:"妈,是俺,您的四蛮回来看您来了!"

母亲的嘴角微微地嗫动着，终于露出了一丝淡淡的微笑，旋即又腾出右手来，在他脸颊上来回摩挲着，泪水顺着她眼角的皱纹浸湿了枕头。

四蛮趁势移到母亲身后，用左手将她揽在怀里，命二丫递过半碗热米汤，自己一口一口地尝着喂着。母亲像个听话的孩子似的，顺从地一口接着一口地喝起来，半碗米汤喝下去时，人已经精神了许多。

妻子冀氏见状，忙嗔怪地说："妈都快三天没吃东西了，你这一回来，她就精神了！待会儿再弄点吃的试试看。"

这时，两个嫂嫂已经熬了一锅片儿汤，四蛮又让二丫舀了半碗端过来，用勺子搅拌着吹着，一口一口地喂母亲，母亲竟然乖顺地连汤带面又喝起来，霎时，眉棱骨上渗出了微微的汗，临了还吃了半个荷包蛋。当四蛮还要再喂时，妻子埋怨地瞥了他一眼说："可不敢再喂了，妈已经三天没进食了，吃多了怕淤食伤着脾胃，还是给明儿留点儿肚子吧。"

四蛮一听在理，便在母亲背上垫了两个枕头，此时的母亲两眼直愣愣地盯着他，生怕他跑了似的。

当晚四蛮便要睡在上房里陪母亲，几个兄弟们忙说："你连着坐了几天船也劳乏了，今天晚上还是早点儿休息去，让俺们来陪妈妈吧！"

四蛮道："兄弟们伺候了五六年，今儿我回来，也让我尽尽孝好吗？况且这会儿，咱妈也离不开我了。"

兄弟们见他执拗如此，知道争也无益，便拖着疲惫的身子，各自回家去了。

待众人走后，四蛮又关切地对妻子说："立站了一天，你也累了，早点儿歇息去吧！让二丫留下和我一起照顾咱妈。"

冀氏知道四蛮的犟脾气，也不敢执拗，便委婉地劝说："他大，让士骧留下和你照应吧！今晚二丫和俺去睡，让俺姊妹俩说说话，这都六年了，我惦记她，她也想我啊！"

四蛮只好说："也好，就这样，你们早点歇息去吧。"

等家人们走后，四蛮让士骧烧了一锅开水，顺便把灶火烧旺。他下地兑了一盆温水，在柜里寻了一块汗巾，沾着温温水给母亲浑身上下都擦洗了一遍，而后把她的右手放到枕头上，轻轻地把试脉搏。须臾间，他已明显地感到母亲的脉弦沉细弱如丝，显然是肺肾阴液将竭，后天脾土亦虚，眼见病势深重已是日渐危笃,如此下去,唯恐来日无多,唉！他不由得长叹了一声。

由此可见妈晚饭时的异常,也只是心情激奋的一时活力,抑或是痨症沉疴晚期的回光返照。瞬间,心里像锥子扎了似的,竟痛得他心慌意乱手足无措了。

当他哀哀地看着已经沉沉地睡着了的母亲,便问士骧索来纸笔,强忍着心里的剧痛,斟酌着给母亲开了一剂药方,又反复对症修改了几次后,誊抄了一份递给士骧说："明儿到贵元堂药铺先抓上三剂,试着给你奶奶调理一下吧！"

士骧收了药方说："大,你多日连着舟船劳乏也累了,快到下炕里铺开行李,早点儿睡吧,晚上由我来照应奶奶！"

四蛮说："你先睡吧,前半夜事儿多,我来照应,待下半夜消停了,你再来接替。"

父子二人正紧让着,忽然听见母亲嘴里喃喃地喊着："四蛮,四蛮,你在吗？"

四蛮忙俯下身子,就在母亲耳边接应："妈,我在呢！"

母亲即伸出她的两手,在眼前试着摸索,四蛮赶紧把脸凑过来说："妈,我在您跟前呢！"说着便拿了个枕头,依偎着躺在她身边。母亲的心愿得到满足后,一会儿又发出了微微的鼾声。

四蛮遂回过头来,低声对士骧说："你奶奶今夜是离不开我了,你下地把火蒙好了睡去吧！有事时我再唤你。"说着便掉过头去,陪着母亲憨憨地睡着了。士骧见状只好轻轻地爬过来,给父亲盖了一条毯子,才轻轻地下了地,而后蹑手蹑脚地铲了两铲煤泥搭在火里,捅了个穿到底的窟窿眼儿,慢慢地把火嗓子拨拉开,便在下炕里睡了。

当他一觉醒来时,天色已经微微闪亮了,只见父亲正轻轻地给奶奶擦着脸,遂愧疚地说："临睡前,俺还在心里琢磨着,指望自己下半夜替换您,让您好好地歇息呢,谁知一觉醒来就天明了。您去下炕里圪眛①一下,奶奶让我来伺候吧！"

四蛮不经意地说："其实我也是刚醒来,只是没有脱衣裳罢了,你紧巴些下地收拾一下,把火捅开打添上,你妈她们一会儿就上来做饭,吃了饭还得早点儿给你奶奶抓药去。"

士骧"嗯"了一声，迅捷叠好被褥，下地把尿盆倒了，撮了一簸箕煤块，把火捅开打添起来，蹲了一锅水，而后掏了灰渣，又给温罐里注满水，才洒水扫地擦抹桌凳去了。

他刚收扫完毕，母亲和姨娘已经上来了。二人进门后，先爬上炕看了看母亲，才问四蛮道："夜里三更时就熄灯了，妈睡得还稳当吧？"

四蛮"嗯"了一声说："妈只睡了一个多时辰就醒了，我饮了半碗水，才又眯糊②过去。"

冀氏欢喜地说："这就好，这就好，只要能睡觉吃饭，就不会有大碍了。"说着便与二丫忙乎着做饭去了。

不到半个时辰，饭就做好了，二丫先给母亲舀了半碗拌面疙瘩汤，晾在火台上，四蛮慢慢地把母亲扶起来，身后垫了一床被子，而后就着酸菜，用小勺吹一口喂一口，母亲似乎喝得很香，只一会儿工夫便喝光了。她喝完后，抬起头来低声说："俺是饱了，你快点吃吧。"发音咬字似乎比昨天利索了。

冀氏惊喜地说："要不给妈也捡上一小铲干粥吧。"

母亲点了点头说："你们快吃吧，等会儿让四蛮吃饭时，喂俺几口就行了。"

冀氏高兴地说："你看这人疼人是个甚了？他四蛮一回来，妈的病立马就好了。"

早饭后，哥哥嫂子们都过来了，他们进门后，见母亲半躺半靠地坐着，立刻高兴得眉开眼笑。二嫂不失时机地调侃说："咱妈就是偏心眼儿，俺们央告下个甚也不给面子，还是疼她四蛮啊！"说着瞥了四蛮一眼说："这下子，你可再不能走了，陪着咱妈熬到天热了再说。"

四蛮苦笑着说："你们伺候的日子也够数了，就是缺我伺候呢，我回来你们该做甚做甚去，咱妈的饮食起居我一个人包了。"说话间，士骧已经抓药回来了。

四蛮吩咐说："先打开一剂用温水泡上，放三颗大枣两片生姜作引子，半个时辰就能煎了。"

接着，四蛮又嘱咐士骧说："等会儿，把咱家的长腿驴备上鞍鞯，让你妈准备准备，你将姨娘送回大山上，去看看你老舅，让她留下和你老舅住上一段时日，你早点回来，家里还有事呢。"士骧应了一声便打理去了。

二丫在旁听了说:"咱妈的病这么沉重,才有了起色,俺怎能忍心走了呢?还是留下来照顾几天,待大有好转后再去吧,俺大那里不当紧,也不在乎这几天。"

四蛮说:"咱们家里人手多,你就别操心了。他老舅身边孤苦伶仃没亲人,又有气喘顽疾,你离开他已六年多了,他若知道咱们已经回来还见不着你,一定思念心切,你先上去看看,等咱妈的病好转了,我再上去看他老人家。你现在上街买点儿吃的用的,再给老人带上些现钱,以备不时之用。"

二丫知道拗不过他,便应声出门准备去了。四蛮送走二丫刚刚回到上房时,见文广叔和喜贵他妈过来了,正坐在炕棱边上和母亲叙话呢。二人高兴得连连说:"好了,好了,脸色调过来了,比前些日子强多了。"

四蛮怕母亲累着了,便把他们让到西房里聊话去了。刚坐下,文广叔便说:"四蛮啊,你可五六年没回来了,前天我过来看你妈时,她嘴里喃喃自语着,就是叫念你呢!你这一回来,她的病就好了,你也不必揪心了。难得回来一趟,走亲访友必要的应酬少不了,缺甚了,让孩子们到咱铺子里来拿。"

喜贵他妈也说:"是啊,我听喜贵说,你在那里明面儿上是县太爷,实则天天像赶场似的,连个囫囵觉也睡不了。回来就松宽松宽③多歇上一段日子,咱喜贵和茂才身上,你可没少操心啊!家舍的事,二嫂替你张罗吧。"

四蛮忙说:"谢谢二叔、二嫂,我回来这几天,家里人都说,你们平日里已经帮得不少了,我就不客气了。"

送走二人后,四蛮心急火燎地回到上房里,准备给母亲煎药。见妻子刚端下药吊子,放在锅台上温着,士龙正在炕上给奶奶揉捏胳膊腿。

四蛮立即上了炕,趴在母亲跟前轻轻地问:"妈,您饿不饿呢?晌午想吃甚了,叫孩儿们给您去做。"

母亲微笑着说:"这一阵还不饿,等等再说吧。"

四蛮便让妻子把药汤倒出来过滤了,自己拿着小汤匙,一口一口地吹着尝着喂给母亲。半碗汤药喂进去时,母亲额头上已经渗出微汗。四蛮拿了一条汗巾慢慢地擦了,顺手盖在眉棱骨上,一会儿母亲又轻轻地睡着了。

看着母亲睡沉了,四蛮才对家里人说:"妈的病可不能轻视,咱们要做好万一的准备,昨天半夜里咳嗽时,痰里已经带血了,我琢磨着恐怕是痨症,该预备的也得预备了。"

四蛮的一席话，听得一家人顿时凉了半截身子，刚才还热闹的气氛，瞬间凝滞冷却了，家里静得让人窒息。

停了好一阵子，大哥蛮子才说："去年冬天时，我就看出端倪了，只跌磕了一跤，也就是个伤筋痛骨的病，怎的就上不来气呢？我琢磨着，昨天夜里是看见你们回来高兴冲的。该预备的已经都预备好了，前年你捎回来银子时，俺们就偷偷地预备了，寿衣寿材都是现成的。"

四蛮一看家里人紧张的样子，又缓缓地补充说："也不一定就是痨症④，我只是担忧，提个醒儿，有备无患，省得到时手忙脚乱，反正迟早是要用的。这两天先吃几剂汤药看看效果再说，你们该做甚还做甚去，不要都在这里守着，这里有我和他妈照应就行了。"

临出门时大嫂二嫂都说："就这样吧，白天你和他婶婶受累些，晚上让俺们轮流着伺候，白日黑夜一个人熬可不行，有事让孩子们喊一声，俺们随叫随到。"

兄弟们出门后，母亲刚好醒了，嘴里一声接一声地喊着："四蛮，四蛮。"

四蛮赶紧爬到炕上，把脸凑到母亲跟前说："妈，我在呢。"

母亲急忙拉住他的手说："我刚才看见你大回来了，脸瘦得不成样儿了，肯定是吃不上饱饭，教你媳妇快去给他做饭吃。"

四蛮知道母亲在说胡话，也没特别在意，只好拉住她的手苦笑着接应说："嗯，知道了。"

停了一会儿，母亲又说："可把妈给干渴死了。"

冀氏赶紧倒了半碗红糖水端过来，四蛮慢慢地饮着喝了，母亲又说："刚才好像梦见你大回来了。"

四蛮便把母亲扶起来，背后垫了个枕头说："妈，您睡迷⑤了，起来醒醒吧，让孩儿们给你做饭去吧。"

母亲笑着说："你这一说我还真饿了，俺就是想吃那个豆面溜尖尖，调上酸菜汤汤的饭。"

这时妻子炖的山药蛋混混菜刚好熟了，听见这话便赶紧稀稀地拧了半碗豆面，放到一边饧着，又用油葱丝烹了一碗酸菜汤汤，只一袋烟的工夫，多半碗酸菜汤溜尖尖便端上来了。四蛮接过来调好，尝了一口觉得还可口，这才吹着热气喂母亲。

母亲好像几天没吃饭似的，一会儿便把那半碗溜尖尖都吃光了，似乎还想吃，冀氏又给泡了少半碗汤，母亲喝完后啧了啧嘴说："好吃，好吃。"

饭后，四蛮怕母亲白天睡多了晚上失眠，便端端地坐在她跟前，有一搭没一搭地和她拉起家常来。母亲今儿特别精神，嘴里不停地询问着，多是那些已经过了多少年的老话儿。四蛮像个听话的孩儿，耐心地赔着笑脸认真回话，母子二人打开话匣子，絮絮叨叨说了又说，好像心里总有说不完的话儿。

后半晌时分，士骧回来了，他进门后喝了一碗凉水，才对父亲说："我老舅也卧病在床了，俺们回去时，俺大姨在伺候着呢，好像病得还不轻，俺趴到跟前和他打招呼，他也不认识俺了。于是俺到坡底井上担了两担水，吃饭后就回来了。看样子姨娘得留下伺候些日子，暂时是回不来了。"

四蛮遂道："唉！那也是没法子的事，都是高龄老人了，过两天你再上去看看吧。"

这时忽然听见院里熙熙攘攘地来了一群人，四蛮出去看时，却是去年腊月里，刚从耒阳返回来的那些乡亲们，他便赶紧把他们让到西房里。大家一进门便嚷嚷着说："刚听说您回来了，俺们也不知道老人如此病重，论理说早就该过来看看才是呢。"边说边把手里提的麻糖、馍馍、火烧放到墙跟前的桌子上。

四蛮埋怨着说："让你们多心了，都是自己人，何必这么破费呢？这两天我还琢磨着，等哪天得空了，请大家吃顿便饭叙叙呢。家里都好吧？"

众人七嘴八舌地说："俺们这两年跟上你在耒阳，虽说受了点苦，但也攒了不少银子，那可是实实在在的干货，能办不少事呢。"

四蛮歉意地说："你们这次耒阳之行，可帮了我的大忙了，我还得谢谢你们呢，其实我也是有愧于大家了，工钱没给够数，是少了点，但是咱们挣下名誉了，当地人都说咱们村里的人厚道实在，这比多挣些钱强多了。"说着站起来揖了一礼。

众人一听就急了，忙说："俺们心里有数呢，这趟来回的盘缠都是衙门里给开销的，挣下的银子都是纯干货，要是在家里时，早就流遭了。再说了，俺们出去还开了眼界，这可比挣钱强多了。"

说话间，四蛮叮嘱士骧说："告诉你妈，中午准备几个家常的顺口菜，我和大家喝点儿酒。"

众人一听就急了，齐声道："这可不行，老人还卧病在床，俺们帮不上忙倒也罢了，哪里还能再给您添麻烦呢。"说着便站起身来告辞。

四蛮一看留不住，便陪着送到大门外说："那就改天约个日子，咱们再聚吧！"

众人都说："家里有甚苦力活儿，您招呼俺们一声，俺们有的是力气。"

第二天一早，里长武双庆和几个本家父子上门来看望母亲。四蛮怕打扰母亲休息，只在正房里站了站，便都领到西屋里喝茶叙话去了。

武双庆埋怨着说："您回来也不吭气，俺还是听俺侄儿三毛说才知道的。有甚事叫孩儿们吱声一下。"

父子们也接应着说："是啊，有事可得通达俺们呢。"

四蛮说："母亲卧病在床，我忙得糊涂了，家里但凡是有事，我不麻烦你们找谁去啊！"

大家稍叙了一会儿话，知道四蛮忙，便告辞出来了。四蛮送到大门口时，却见胡市局的天配，正赶着一头搭着笼驮的灰毛驴，从大槐树底兴冲冲地走过来，远远地就大声喊着："四哥回来也不知会一声，俺过来看看您。"

四蛮忙笑着迎过去说："看你说的，我回来第一个想到的就是你，过两天消停了，我就看你去呀！你怎么倒先来了呢？"说着便接过缰绳把驴牵过来。

到了大门口时，两人把笼驮抬回院里。四蛮埋怨着说："你来就来呗，还驮这么多东西干吗呢？都是些甚呢？"

天配一边一袋一袋地往外拿，一边口里念叨着，这是荞面、莜面、豆面、蔓荞面、干山药面，黄豆、绿豆、红豆、小豆，还有两只野鸡和山兔。

四蛮一看就不高兴了，说："哎呀！天配你这是做甚呢？我们也是庄户人家，你拿这么多东西叫我怎能吃得了呢？"

天配赶紧解释说："四哥不要生气，这还是俺阻拦着呢，依俺哥的意思，还想让俺再驮上一驮山药蛋呢，你们家里人口多用得着，待空闲了，俺住下来和你慢慢地吃吧。"

四蛮一看天配急成这个样子，知道他也是诚心，便安慰说："好，留下慢慢吃吧，但只此一回，以后可再不能这样了。"

天配憨憨地笑了，遂跟着四蛮去上房里看望老太太去了。

一进门，四蛮便嘱咐妻子说："今天中午咱就吃天配拿来的荞面，把那只野兔也炖了。”

妻子微笑着和天配打过招呼后，便麻利地把野兔脱毛洗净剁成小块慢火炖上，又和了半盆荞面放到一边饧着。

晌午时，冀氏用筷子头儿麻利地在面板上给母亲擿了半碗圪垛垛，又把撕碎了的兔肉丝儿与之调和起来。四蛮把母亲扶起来，坐着慢慢地喂了，吃完时还泡着喝了两勺面汤。母亲笑眯眯地说：“好多日子没吃荞面了，好吃，好吃。”四蛮会心地笑了。

午饭后，天配急着要回家，四蛮送出大门外时，从怀里掏出一吊现钱，往天配手里塞着说：“这一吊现钱，你拿上顺便给婆姨孩儿们扯几件衣裳，可别让我生气啊！”

天配像蝎子扎了似的把手收回来，瞪着两只大眼说：“四哥，您还是俺的四哥吗？俺自己种点杂粮，您还要给钱，那您救了俺的命，得给您多少钱呢？”

天配发自内心的一句实诚话，竟把四蛮噎得语塞了，便收起现钱说：“那我先收起来吧！”心里却琢磨着：“等找个合适的机会再弥补吧，现在给他也确实不合适。”

三月十四早饭后，抓来的草药刚好吃完，四蛮见母亲苍白的脸上，似乎有了红润，心里一阵暗暗欢喜，便把上次抓药的那个方子，又调整了一下剂量，交给士骧抓药去了。

十六晚饭时，四蛮给母亲舀了半碗豆黄黄稀饭，妻子蒸了一小碟拌了葱丝麻油的鸡蛋羹。谁知，母亲勉强把汤喝完后，便再也不想吃了，四蛮挖了半匙蛋羹喂进嘴里时，母亲嚅了嚅也吐了。

四蛮一看情况不好，便放下碗给母亲把脉，微弱的脉搏有一下没一下地乱跳着，脉相已是明显紊乱，竟比初十那天还不如，他的心里不由得一阵慌乱。

妻子站在炕棱边上瞪着两眼，焦急地询问：“妈这是怎的了？这两天才刚有了点儿好转，怎么突然就不能吃饭了？”

四蛮好像没听见似的说：“你紧巴些拾掇了，去把五蛮叫过来。”

冀氏一看这架势，就知道不好了，边收拾洗涮边让士龙去唤他五叔。

五蛮过来时，冀氏已经拾掇完了，便拉着士龙去了东房里。四蛮看着母亲又眯糊过去，便回过头来对五蛮说：“妈这病的症状转沉了，今天夜里你和我陪侍一下，先不要给家里人声张，今晚看看情况，明天再作计议。"

五蛮说："自打你回来，妈就一天天见好，我还欢喜着呢，怎么一下又转沉了呢？"

四蛮叹了一口气说道："唉！这两天我也是怕扫了大家的兴头，才一直没敢声张，其实妈的病不是跌打磕伤而是痨症，这病已经时间长了，妈自己心里清楚，却又怕咱们惊恐，所以硬是顽强地挺着。近日来每天夜里都咯血，这两天看似病轻好转，实则是因为我回来，精神亢奋强支撑着呢。一旦转沉了就不是好兆头，我刚才号了脉搏，似乎是凶险之相。"

五蛮这才恍然大悟地说："你这一说俺就明白了，前段时日俺夜里陪护时，妈咳嗽咳起血痰，她却硬说是嗓子震破带出来的血，让俺不要害怕也不要声张，你看俺傻子似的，竟然叫妈给糊弄了。"

四蛮接上说："咱俩心里有数就行了，今晚你和我照应着，先去把火打添好了，让家里暖和些，你先睡觉，上半夜我来守护，若有异常我再叫你，可好？"

五蛮听话地"嗯"了一声，便去打炭添火，把屋里打扫干净了，而后在下炕里铺开行李睡了。

四蛮也在母亲身边放了个枕头，半躺半卧着想心事。

三更时，母亲忽然一阵剧烈的咳嗽，四蛮赶紧扶起来拍脊背，只见母亲瞪着两眼，脸憋得苍白，大口大口地喘着粗气。四蛮赶紧唤醒五蛮，让他扶住母亲轻轻地捶背，自己腾出手来放到胸前，慢慢地熨摸着，足有半个时辰后，她才把一口浓痰咳出来，随后便是血痰，接下来又是几口乌血。四蛮心疼得用热汗巾擦去母亲嘴角的血痕，慢慢地放平躺下，而后冲了少半碗糖水，母亲勉强喝了两口就不喝了。

这时，兄弟二人已经惊得没了睡意。五更时母亲又咳了几口痰血，临天明时才眯糊了一会儿。

三月十七一大早起，天刚微微闪亮，冀氏急切地推门进来，火急火燎地问四蛮道："咱妈是不是下半夜就没睡呢？我听得她咳嗽声就一直没有停过。"四蛮懒懒地"嗯"了一声说："唉！妈怕是过不了这个坎儿了，把家舍拾掇一下，天明了唤兄弟们过来商量一下妈的后事吧。"

冀氏一听便知道情势不妙，遂心慌意乱地把家舍打扫了，捅开泥火熏了一锅水,便去上院唤兄弟们了。

一会儿,三个哥哥都过来了,四蛮便把母亲夜里的病情,简单地给大家交代了一下,临了说:"这两天把你们手头的营生先放一放,都在家守待着吧。"

兄弟们一听母亲的病情如此严重,顿时惊得目瞪口呆愣在那里,好半天才缓过神来。蛮子问道:"这两天不是天天见好吗?怎么一下子说不行就不行了呢?"

四蛮道:"这个痨症本来就是个凶险病,哪怕是华佗再世也回天无力。这两天的好转或许是回光返照。咱们还是准备一下,免得到时手忙脚乱。"

这时,冀氏已经悄悄地从箱子底儿上把母亲的寿衣拿出来,流着眼泪在下炕里一件一件地攒倒起来。四蛮只瞥了一眼,已是泪眼婆娑了,遂凄凄地说:"先不要拾掇了,待吃了饭再说吧。"

此时众人哪里还有心情吃饭呢?一个个耷拉着脑袋哀哀地伫立着,不知如何是好。冀氏见状,便婉转而又不容置疑地说:"都到这个关头了,咱们就不要忌讳了,先给妈把寿衣穿上,或许还能冲冲喜呢!穿上能脱下来,穿不上就留下惦缺了。"

大哥蛮子一听说得在理,便也主张说:"咱们不要迟疑了,听他四婶的,先给咱妈把寿衣穿上冲冲喜吧!"

于是冀氏立即打了一盆热水,端到炕上,在被窝里用热汗巾把母亲的身子细细地擦了一遍,才从里到外一件一件地仔细穿起来。

刚穿好鞋时,一直注视着母亲的蛮子忽然惊讶地说:"妈不对了。"四蛮赶紧爬上炕,见母亲的呼吸一阵紧似一阵,气切得越来越厉害,便赶紧俯下身去,从背后把母亲托起半个身子来,用手在她的心口上舒缓熨摸,口里大声地喊着:"妈,妈,妈。"

眯糊着的母亲似乎被唤醒了,她缓缓地睁开两眼,挨个看着众人,而后慢慢地停在四蛮的脸庞上,微微地点了点头。四蛮刚要放倒身子让母亲歇缓时,忽然觉得两手一下子沉到炕上,再看母亲时,已经合上双眼没了气息。

四蛮"妈,妈,妈"地连着唤了几声,却再也没有回应了!

冀氏颤抖着右手,从寿衣兜里掏出一枚洗净的现钱,哆哆嗦嗦地塞进母亲的口里,大声地哭起来。

蛮子见状，赶紧从南房柜顶上小心翼翼地拿下"咽气驴儿"⑥，噙着眼泪在院里点燃，一阵大火过后，已是烟消云散。

四蛮顿时悲痛欲绝，止不住的泪水顺着脸颊直往下流，顷刻间注满了腮帮。

母亲走了，带着慈祥安宁的面容走得匆匆忙忙，走得干干净净。

母亲走了，像一个修行了六十三年的佛陀，功德圆满地踏着五彩祥云飘上云霄。

四蛮的心也随着那一缕清风飘上云霄，他呆呆地愣在那里傻了。

这时一家人已经哭成了琵琶，四蛮用袖口擦干了脸颊上的泪水，给母亲轻轻地盖上陀螺经被，才慢慢地屎戳⑦着下了炕把门打开，扑面吹来一股冷风，才使他浑身一颤清醒过来。

他在门口哀哀地愣了好一阵子，才沮丧地叹了一口气说："妈妈已然是这样了，大家节哀顺变，还是考虑如何安顿她老人家的后事吧。"众人这才慢慢地止住哭泣凑过来。

四蛮说："先把寿材抬回来，把妈妈殓殡了，咱们再做计议。"

于是二蛮就招呼两个弟弟和士骧，跟他去后院里抬寿材。临出门时，大哥蛮子特别叮嘱："把材盖掀下来分开抬。士龙跟着去南庄里扛一捆谷草垫底。"

几个兄弟出门后，蛮子便嘱冀氏烧"咬牙饼子"⑧，自己动手扎了一束挠头纸⑨，挑在大门顶上，又扎了个"小马鞭"放到一边，裁了四块斗大的白麻纸，贴在大门和上房的门扇上。

这时文广叔和喜贵听见哭声也过来了。文广叔一进院门，就拍着门扇呼天抢地地哭着说："二嫂啊，你怎的就撇下兄弟走了呢！叫俺以后有了疑难，可和谁商量呢？"竟把一家人引得又大哭起来。

蛮子和四蛮流着泪赶紧走上前央告说："二叔，这是由不得人的事，您老节哀顺变，快坐下歇歇，料理丧事俺们还指您呢，您哭坏了身子，俺们和谁商议呢？"说着把他扶到凳子上坐下。

文广叔啜泣了好一会儿，才止住哭声说："先请阴阳先生择日子吧，择了日子才能请父子打墓子呢。"

四蛮说："咱们跟前有凑手的吗？"

文广叔说："此事没商量，还是到大坡里请弓先生吧，他家祖上三代堪舆世家，是咱们这一代有名的风水大师，庙儿山的狐爷庙，崖头的龙王庙，马连咀的南海观音寺，都是他看的风水。咱们大圩滩的祖茔也是他家老先生看的风水，你大走的时候，弓先生不在，还是他二哥帮着料理的。"

四蛮道："大坡弓氏家族我知道，是咱们北梁上的名门望族文化世家，可怎么就不走功名仕途，却硬是扬短避长入了旁门左道呢？"

文广叔叹了口气说："此话说起来一言难尽，大坡弓氏的先祖弓学朝先生，幼年时也曾饱读诗书通晓六艺，怎奈屡试不第，竟与功名无缘，直到四十岁时，还是白丁之身。先生一怒之下，便放下孔孟探究鬼神，弃文修艺涉足堪舆。谁知，这一冲冠之举的赌气，竟然使他成了大气候，不仅是阴阳风水寺庙堪舆，领先于同道中人，便是驱魔避邪除妖捉怪，也是手到擒来技高一筹，方圆几百里内名声大噪，竟被晋中八县、西北一代和关外夷族奉为异人，甚至有的地方还修了他的生祠以驱妖镇邪。嗣后传子维宝，至今已历三世，现在的掌门人是他小孙子弓朝忠，此人不仅精通堪舆之术，而且通晓易经八卦中医药理，专治疑难杂症，也是一代名医，祝由造诣更是首屈一指。"

四蛮听后一阵唏嘘不已，遂道："那就等五蛮回来让他去一趟，赶天黑就能回来了。"

须臾寿材抬回来，文广叔指点着家里人把母亲殓了。

四蛮便安排五蛮说："你吃过饭后，封上两吊现钱，上大坡里请弓先生择一下出殡的日子，紧巴些赶天黑前返回来，别耽误了晚上请父子。"

五蛮走后，文广叔说："你大走的时候，咱们家舍缺憋，也没像样发送，你现在可是朝廷的命官，孩儿们也顶上来了，得顾点儿体面，这回咱们就排场些吧。今晚请父子按老股子，凡是成家立户的都请了，再说了你多年在外，许多本家子侄都不认识，他们都想见见你呢！"

四蛮说："按理说是应该排场些，才能对起母亲的一世辛劳，可我这个穷官儿，眼下还排场不起。咱们还是俭朴些，能过得去就行了，我妈是通情达理的人，她能理解我的苦衷。"

文广叔说："我知道你不宽裕，就这么办吧，太小了也挡不住门户，到时候来了你还能撵出去吗？也不要太委屈了。凡是咱家铺子里有的东西，让孩儿们过去拿上，算是我贴补的。今晚准备上几桌饭，都是自家人好顾待，炖上一大锅烩菜,蒸几笼馍馍,上点儿酒就行了。"

四蛮说:"二叔啊!就依您吧!凡我们家里的大事,哪次也离不开您,我不能驳您的面子。"

大哥蛮子也想体面一下,但又怕四蛮变卦了,遂马上接着说:"四蛮,别争了,咱们就依了二叔吧。"说着便急忙安排二蛮三蛮唤人操办,又打发了士骧和士龙,去河边砍哭丧棒和引魂幡杆儿,再三叮嘱道:"丧棒和引魂幡杆儿必须一根枝梢上分开的,五根丧棒,尺五一根,引魂幡杆儿是一丈二尺,不能短了。"

趁着众人忙乎的间隙,四蛮给徐知府和浦琳大人修了两封告假信函,略谓:"三月初十属下回乡,十七日晨母病殁,依律丁忧三年,祈盼恩准。"

修毕封札后,便令喜贵前往寨底驿站,邮传至长沙巡抚衙门和衡州府衙。

阳婆落山时,五蛮风尘仆仆地从大坡里赶回来,进门后,他顾不得和家人打招呼,便就着水瓮喝了半瓢凉水,才把两吊现钱掏在炕上。

四蛮一看便愣住了,忙问道:"弓先生不在家吗?"

五蛮道:"在,弓先生一听说是咱家的大丧,便招呼俺坐下,而后掐着指头说:'七天是凶日,九天吧!二十四祭奠,二十五出殡大吉。'说着便叠了黄表纸,画了三道符交给俺:'殡房正墙、大门顶上、寿材大头各贴一道,你先回去,二十四一早俺就下去了,你不用来接。'我掏出现钱送上时,先生说:'这可就是你的不对了,咱们两家三代世交了,你家大圩滩的祖茔,就是俺家祖父择的,那是一块好风水,世兄在湖南做官给咱们乡里争光了,这钱我还能收吗?快收起来,你赶紧回去忙吧!'说着就把俺推出门来,俺还能说甚呢?只好揖礼拜别。"

四蛮说:"这可如何是好呢?"

文广叔说:"由他去吧,弓先生就是这犟脾气,品行不端的人家给多少银子他也不去,这明摆着是给咱家面子了。上回打发你大时他也没收钱,他喜欢喝酒,等办完丧事后,送上两坛老酒就行,这事我来安排吧,你就别操心了。"

申时初刻本家父子们陆陆续续地都来了,他们依礼在灵前上香后,便到上房和四蛮叙话去了。喜贵在院里摆了五个方桌,等众人坐定后,四蛮挨着桌子给大家敬了酒。

文广叔颤颤巍巍地站起来说："大家都知道了，二嫂是今天上午巳时初刻走的，弓先生给择的日子是二十四祭奠，二十五出殡，明天开始就得打墓子报丧，推米磨面点豆腐。我上了年岁了，腿脚也不利索，大家推选个总管，众人检点的把事情办好。"

众人都推举喜贵，喜贵说："总管还是二爷来当，打里照外跑腿的营生，我来照应吧！"

于是喜贵便按照文广爷的铺排，拟了一份差事名单，给大家读了一遍，众人补充了几款便完善了。

等众人走后，四蛮安托家里人说："你们明天都有差事，今晚我来给妈守灵吧！"

大哥蛮子说："还是轮流守吧，一个人可受不了。"

四蛮说："我甚也干不了，这点差事就请你们交给我吧，否则，我可真成了废物了。"说着便搬了个凳子坐到灵前，兄弟们知道多说无用，便渐渐地散了。

等大家走后，四蛮给灯碗里添足了油，香炉里上了两炷香，便把母亲的行李打开，坐在灵前两眼盯着香炉里的冉冉袅烟，静静地沉思起来。母亲的音容笑貌，瞬间一幕幕地在脑海里翻滚，一阵冷风袭来，不禁泪如雨下，万千思绪涌上心头，怎么也平静不下来。于是，他便叫士龙取来纸笔，挑了挑暗淡的油灯捻子，就着微弱的光搜索记忆，字斟句酌地为母亲撰拟祭文：

> 天穹苍苍，山野茫茫；
>
> 岁在丙午，泣泪奠母；
>
> 呜呼吾母，遽然长逝；
>
> 寿终正寝，六十有三；
>
> 可怜吾母，出生卑微；
>
> 幼年丧母，姊弟为长；
>
> 抚育弟妹，俨然长母；
>
> 侍奉乃父，经年累月；
>
> 和睦邻里，持家俭约。
>
> 齿龄二九，续弦吾父；

家道中落，父染恶嗜；

债主索逼，无奈鬻妻；

吾母刚毅，巾帼须眉；

切齿穿针，拾补臭袜；

情深意笃，感化吾父；

浪子回头，再创家业；

生育二子，广居广思；

先母遗子，视若己出；

忍饥耐寒，含辛茹苦；

孝敬公婆，和睦妯娌；

相夫教子，亲仁善邻；

十里八乡，众口称善；

勤俭持家，载誉乡里；

立德垂懿，典范桑梓。

痛哉吾母，痨疾缠身；

回天乏力，撒手人寰；

可怜斯人，天不假年；

举家悲恸，肝肠寸断；

河水啜泣，山野呜咽；

凄风苦雨，阵阵袭来；

呼天抢地，痛心疾首；

扼腕惋惜，长恨唏嘘！

呜呼哀哉，痛煞吾也；

唯愿吾母，安享极乐；

谨具奉申，伏维尚飨！

　　草毕，他的心绪才稍稍平息了，便靠着行李，静静地眯糊了过去。冥冥中，看见母亲站在树梢的云端上，正向他轻轻招手，口中念念有词："我已乘风归去，九天苍穹伴星辰；尔等切莫悲伤，祈福人间桑梓地。"

226　　醒来时，母亲已经飘然而去，他仔细追索记忆，竟是一副对仗押韵的挽联，随即赶紧裁了一张六尺宣纸，将母亲的箴言用楷书工工整整地誊写了，贴在灵棚两侧。

这时才觉得浑身困乏像散了架似的,便胡乱扯了条被子蒙头盖着睡了。

三更时,妻子和几个妯娌们给母亲添加遗饭时的哭声,才把他惊醒了。

兄弟便过来劝导他说:"这院里晚上不能睡觉,中了夜风可不是闹着玩的!"

四蛮说:"我盖被子蒙头睡还不行吗,不行就再加个皮袄,恳求你们高抬贵手,让我在灵前陪陪妈好吗?"说着真的从家里拿了件老羊皮袄盖在被子上,一副我行我素的样子。

众人见四蛮执拗如此,妻子和兄弟妯娌顿时没了主意,虽然心里着急,却也无可奈何。

这时素以辛辣刻薄著称的二嫂,竟然站在一旁冷冷地挖苦说:"你这个饱读诗书的县太爷,怎么任性得像个孩子,还要俺们这些时常被你讥讽的难养小人经由吗?"几句话说得四蛮脑袋耷拉下来,闷在那里不吭声了。

大嫂三嫂也不软不硬地适时帮腔说:"妈的丧事还指望着你做主呢,中了夜风可不是耍的,前半夜守灵,后半夜必须得回家睡。否则你病倒了,俺们还得腾出人手来照顾你,自己不省心还给别人添麻烦,你觉得合适吗?"

这时士骧士龙和几个兄弟们也凑过来趁势力劝,这才把四蛮逼到了墙角,他气得叹了一口气,才无奈地回上房睡了。

冀氏见四蛮走后,便凑过来打趣二嫂说:"这金木水火土,一物降一物,还是你行啊!乖乖的!"

二嫂嗔怒地盯了她一眼说:"都是你把他给惯的,看成什么样子了?真是秀才屙在供桌上,知文知礼不知死(屎)。"

冀氏怕这个口无遮拦的二辣子,再说什么填不进耳朵里的难听话,急忙调转身子悻悻地走了。

大嫂三嫂一看这阵势,也悄悄地溜了。

第二天清晨天刚亮,四蛮便早早起来,净手后先到母亲灵前熄灯上香,而后洒水扫院忙活起来。

士骧起来时见父亲正扫门前的大街,便上前夺下扫帚说:"大,您歇歇,这些事我们来干吧。"

四蛮说:"你还有事呢,早点吃了饭,备上牲口去大山上报丧,把你姨娘接回来。"

这时文广叔和喜贵都过来了,喜贵说:"隔河千里远,来回一趟不容易,打墓子派上四个人连半工,早饭吃硬点儿,中午带上干粮就不用送饭了,晚上回来再犒劳,先把孝衫备好,我和蛮子哥去动土。"

四蛮说:"父子们公推你当总管,你就放开手脚安排,觉得怎样合适怎样来,别事事告我,不懂的细节,可以随时请教文广叔,你给我说这些我也不懂。"说着便扶着文广叔回上房叙话去了。

前半晌时,天配赶着两头毛驴,驮着一布袋软米、一布袋黄豆,从胡市局下来了。四蛮一见,便有些不高兴地说:"天配,你这是做甚呢?"

天配赶紧说:"四哥,我知道您烦俺呢,可是你也得替俺想想啊,你从几千里外的湖南把俺解救回来,俺就是当牛做马也报答不了您的一勺勺恩情,俺家是种地的,不缺的也是粮食。您家里的情况俺知道,人多地少又没有劳力,连吃饭都是勉强糊口,哪里还有多余的粮食呢?这软米和黄豆都是发送老人用得着的,况且俺已经驮下来了,您就开开恩,好歹给兄弟个脸面吧。"

这时,四蛮才突然意识到自己的脸上,已经愠怒带相了,遂歉意地说:"天配啊!我知道你们家里眼下真的不缺粮食,这一大早就赶着牲口驮下来也是诚心,可是你也得替四哥想想啊!这不收吧!似乎不近人情,可若真要是收下了,你让四哥情何以堪!"

天配腼腆憨厚地说:"四哥,这些小杂粮,都是婆姨娃儿们,利用饭前午后的间隙,在自家门前的碥畔圪梁上刨挖的,你弟媳妇特别嘱咐让俺送下来的,您能好意思让俺今天再驮回去吗?要不先存放在您这里,等过了这一时,让俺再找个由头,给她们驮回去还不成吗?"

天配说得诚心实意近似哀求,且话已经说到这个份儿上,竟把四蛮也挤逼⑩得接不上话茬儿了,只好调转话头谦谦地说:"天配,咱兄弟们甚也别说了,先把粮食卸下来,你回家歇歇脚吃了饭再回去,这准行了吧?"

但是他心里却在盘算着:"天配的这理由充分得真让人没有半步退路,可他一个靠种地谋生的庄户人,无非是去年雨水充足,比往年多收了几斛粮食,我还能没轻没重地接受人家的感恩吗?今天非得想个法子,把他销缴⑪了不成。"

谁知天配好像早有安排似的说:"四哥,我还要到油房弯里去驮麻糁⑫

呢,您给俺拿上两条布袋,俺先过去打包起来,赶晌午时回来吃了饭还能歇歇脚,后晌回去甚也不误。"

　　天配说得一本正经煞有介事,四蛮听了觉得合情合理丝毫也没有怀疑,于是便吩咐五蛮给他寻了两条布袋,打发他走了。

　　谁知临近午时还不见天配回来,四蛮便打发五蛮去东头油房里寻找。半个时辰后,五蛮回来说天配根本就没去那里,四蛮这才明白了是怎么回事,遂在心里暗暗地琢磨:"天配这个老实人,也和我耍起心眼儿了?"

　　后半晌时士骧从大山上也回来了,他对父亲说:"俺老舅这两天喘疾正沉重着呢,姨娘没日没夜地守护在身边,须臾也不能离开。俺只坐在炕棱边上和她说了会儿话,便告辞了。临走时她挖了二升细好面,叠了一沓白麻纸,让俺带回来给奶奶蒸大供,还一直哭着,说,真对不起奶奶疼了她一场,我出门时,她还在抽抽搭搭啜泣不止。"

　　四蛮叹了口气说:"唉!屋漏偏逢连阴雨,怎么这两个老人的劫难,就天打遇对地赶在一起了呢?"

　　当晚,四蛮心里怎么想也不是个滋味,总觉得舅舅病得如此沉重,自己若不去探视一下,真要是有个闪失,可就留下一辈子的惦缺⑬了。次日一早左思右想后,还是打发五蛮去文广叔家借了一头骡子,自己骑着上了大山上。进了家门时,才看到久未谋面的舅父,瘦骨嶙峋地躺在炕上,已是奄奄一息了,二丫正伏着身子用勺勺给他喂水。

　　四蛮也顾不得与二丫打招呼,便迫不及待地爬到炕上一探究竟。谁知,他刚轻轻地呼唤了一声"舅舅"时,舅父竟然睁开了紧闭着的双眼,一下子拽住他的手,上气不接下气地说:"四……四蛮啊!舅……舅怕是不行了,二丫……俺就交给你了。"说话间已是老泪纵横了。

　　他歉疚地抽泣着说:"舅舅您放心吧,俺不会委屈了二丫的,您放宽心量好好养病,等痊愈了,俺再上来陪您老喝酒。"舅舅却像怕他跑了似的,两只瘦弱无力的手拽得更紧了。

　　姐姐丫子怕四蛮劳累了,又怕父亲伤感了,便赶紧上炕把二丫替下来,嘱她去给四蛮做饭。

　　四蛮说:"俺哪里还有心情吃饭呢?今天上来就是不放心。"说着把二丫拉到院里,悄悄地安慰了一番,又给她塞了五两银子说:"你放心留下来侍候舅舅,俺还得早点回去料理母亲的丧事呢。"

二丫哭着说:"咱妈疼了俺一场,俺也没给她老人家饮过一口水,这辈子可留下悭缺了。"

四蛮怕二丫不舒意,便安慰道:"你把舅舅照顾好,就是给咱妈尽孝了。舅舅倘有不测时,你可一定要给俺捎个话来,即使俺离不开,也会打发孩儿们上来帮你料理的,咱们家里人手多,你不要担心。"说着夫妻二人洒泪而别。

三月二十四早饭时,弓先生已经风尘仆仆地从大坡里下来了,他刚到大门口就碰上了文广叔。文广叔忙把他领到上房里给四蛮介绍说:"四蛮,这位便是大坡里的弓先生,他一早就下来了。"

四蛮忙站起来揖礼说:"久闻先生大名,今日得以相见,真是三生有幸。"

弓先生赶紧上前施礼说:"世兄,让您见笑了,俺这是旁门左道上不了台面的下三烂,哪里敢受您的大礼呢?您才是咱们乡里的名宦显贵呢。"

四蛮忙沏了一杯清茶递上,招呼着坐了,说:"贤弟抬举了,俺这也是被皇恩裹挟了身不由己啊。"

弓先生道:"那年世伯仙逝,兄弟正在静乐县甄家庄的甄员外家捉墓狐,错过了与世兄谋面的契机,回来后尚且后悔不已,今日得以相见,也算是弥补了此前的缺憾了。"

落座后,二人便海阔天空地畅谈起来,从阴阳八卦到五行堪舆,从孔孟诸子到程朱理学,从扁鹊华佗到《本草纲目》,口若悬河滔滔不绝,谈笑热烈妙趣横生。四蛮似乎已经忘记了今天是母亲的祭日,弓先生也忘却了此行的仔肩,倒像两个博学的得道高僧,在切磋探讨高深莫测的玄机妙理,更像是一对高山流水的渔樵知音,阳春白雪相互倾慕,似有相见恨晚之意。众人听得瞠目结舌面面相觑,直愣愣地杵在那里,竟然也忘记了自己的手头营生。

喜贵见二人谈得兴致勃勃忘乎一切,只怕误了正事,便悄悄地凑过来对弓先生耳语说:"在下是本家兄弟喜贵,先生有何铺排先安托了俺,待俺去准备可好?"

弓先生不好意思地调过身来说:"不是这位兄弟提醒,光顾着嘴里痛快,真的误事了。"遂哂笑着开了个单子递过去说:"这些都是安葬祭祀必需的镇文,烦劳足下准备一下。"

喜贵把士龙唤过来安托⑭说："从这会儿起，你就归弓先生使唤了，一定要把先生伺候好了，不可贪玩误事。"顺手把镇文单子递给他说："现在就去准备这些镇文吧。"士龙诺诺领命去了。

这时忽然进来十几个人，他们都是去年从耒阳回来的乡亲们。进门后就嚷嚷着说："俺们虽然不是近门族支的本家父子，但老祖宗的大丧俺们不能袖手旁观，得给俺们安托点营生才是啊！"

四蛮知道他们也是实心实意地过来帮忙的，如果不给他们安托点营生，他们心里肯定不舒服，于是便把喜贵叫进来，一一做了安排。

这时天配也来了，边进门边说："四哥，伯母发送的日子，您也不搭道⑮俺一下，幸亏那天俺走时，多了个心眼打听了一下，否则，可就错过了。"

四蛮说："天配，你就别搭忙拾级了，咱家舍人手多着呢。"

天配说："你不告诉俺，俺还能不来吗？来就是做营生⑯来了，你看给俺安托点甚营生呢？"

四蛮遂告喜贵说："你给天配安排个合适的营生吧，要不天配心里还受制呢。"

半前晌时，忽然听见院里有响工吹打的声音，四蛮心里一阵纳闷，正要出去看看时，文广叔已经进来说："之前，咱们本来已经商量好，丧事就不准备订响工了。可今儿早上出门时，碰上转角楼'聚胜元'的赵掌柜。他把我拉进铺子里说，咱们这条街上的买卖商铺家合议了，大家都说和咱家祖上几辈子交情不赖，思谋着想过来给老人家磕头祭奠一下，又怕给你添了麻烦，便打消了这个念头。后来又有人提议要送上一盘响工，于是，他便自做主张付了订金，他怕你埋怨，所以特别让我过来给你说道说道。无论怎样，千万别拂了大家的一番好意。我纳谋着都是几辈子的老交情了，便硬着头皮应承了。"

四蛮一听文广叔的解释后，心里也自琢磨："这人都来了，若再退回去，以后大家就不好见面了。"

他沉吟了片刻道："文广叔，我是这样想的，既然街坊邻居们抬举咱家，咱们也不能不领情，只是你和他商量一下，剩余的差额由咱们支付可好？"

文广叔道："这倒也是个办法，赵掌柜只付了一吊现钱的订金。咱们简单些，用响工迎一下地宅和人主，在灵前吹打上两个时辰，烧完卷亡纸后，估计再给上两吊现钱就能安托住了。至于赵掌柜付的那一吊订金，我和他在生意

231

上慢慢弥兑吧！你就别操心了，剩下的事咱俩再结算，这样大家都能下了台阶，面儿上也就说得过去。"

四蛮这才转怒为喜道："如此甚好！如此甚好！"

接待人主是在文广叔家，舅舅辈的老人们都已经谢世了，来的都是表兄弟们。央告人主时，喜贵端着木盘托了一壶酒和一只炖鸡，天配抱着一摞孝衣跟着。大哥蛮子领着兄弟子侄三十多人，跪了一屋半院。

表兄弟们一看当县太爷的四蛮也跪在地下，便慌得坐不住了，纷纷下炕穿鞋忙着往起搀扶说："四哥啊！你快起来吧，可把俺们折杀了。"

文广叔一看这架势就明白了，便说："亲家们歇心些上炕坐吧，这是你姑姑挣下的世袭，你们今天是主把子⑰，有甚不可意的地方只管说，你们如果不挑点儿理，他们还真不敢起来呢。"

人主们赶紧说："俺姑的这世袭可挣大了，俺们没说的，快起来吧！"

文广叔这才回过头来对着屋里院外的子侄们说："孩儿们，人主恩准了，你们磕个免罪头起来吧！"

大哥蛮子听了，招呼众人磕了免罪头后，才歉意地站起来，恭恭敬敬地退着走了。

只有四蛮走过来，坐在炕棱边上和姑舅们嘘寒问暖地叙了一会儿话，才施礼走了。

四蛮走后，人主们才长长地吁了一口气道："过去咱们想给县太爷磕个头都不够秤数⑱，今天县太爷给咱们磕头了，姑姑给咱们挣的这世袭可够大了！"

二十五日凌晨四更时，天气阴得像锅底一样，伸手不见五指。喜贵领着人主们来到灵前，为老太太奠酒送行，他们想起姑姑平日里的百般恩惠，竟哭得死去活来，还是喜贵和蛮子搀扶起来，央告着离开了。

鸡叫二遍时，蛮子用丧棒砸碎了灵前的灰锅⑲，母亲的灵柩从十字街口启程了。沿街商铺门前摆着供桌祭品，微弱的香烛光亮在乌黑的夜色中，像河灯一样摇曳着。左邻右舍的乡亲们跪在街边焚香燃表奠敬，他们怀着依依不舍的崇敬之情，为这位德高望重恩泽乡里的老人，送上最后一程。

士龙扛着引魂幡在前头引路，五个儿子像走马灯似的，来回轮番磕着谢罪头，灵柩走走停停缓缓而行。伴着一路的嚎哭声，冀氏和大嫂抖撒着枕头里的荞麦皮,把母亲的灵柩送出城门口,而后快速上了大官道,直奔寨底汾河码头而去。

这时码头上早已停了一条三丈多长的大船。灵柩上船后,众人簇拥着灵船绕着瓮窑沟湾,艰难地驶往长峪沟口的河畔上。

卯时初刻,灵柩上了坟茔时,天刚微微亮。弓先生把钻墓公鸡放进墓窨里驱赶鬼邪后,放了镇文。灵柩下到墓窨时,他调正穴位,亲自进去点燃长明灯、放好墓志铭和遗饭钵子,而后用谷草扫着脚印倒退出来。

长子蛮子背跪在墓道口哭着喊了三声妈后,众人便飞快地填土合垄。

辰时初刻已将墓丘收拢完整,五根丧棒依次插在墓顶,这时,初升的太阳刚刚穿过九凤山峦,照射在墓顶上的引魂幡上。弓先生连连说:"时辰正好,时辰正好!"

士骧和士龙摆好祭品,众人依次祭奠后,便坐船返程了。

看到出殡的人们回来时,天配迅即点燃了一堆熊熊的谷草,众人依次跳越火堆,把水盆里的菜刀翻了,在热水盆里洗漱干净后,才上桌吃饭。

四蛮和几个兄弟们挨着给众人敬酒致谢后,便和弓先生单独坐了一桌。

席间四蛮给弓先生敬了一杯酒说:"贤弟啊,这两天我忙得焦头烂额,实在顾不上招待你,今天完事了,咱兄弟俩好好喝几杯吧。"

弓先生说:"四哥客气了,应该是我敬你才是,我就先干为敬吧。"说着一口喝干了,又反过来给四蛮敬了一杯。这样你来我往推杯换盏,喝得起了兴头。

酒至半酣时弓先生说:"四哥啊,我今天还要到大川南沟的折遇兰先生家去呢,他家修祠堂请我去堪舆,大前天就约好了今天到这儿来接我,喝酒就到此为止吧,反正你守孝的日子长着呢,我但凡路过家门上,就回来与你小酌可好?"

说话间,士龙领着一个半大小子进来,说是奉家主之命来这儿接弓先生的。弓先生遂站起来施了一礼说:"对不起了,四哥,我得上路了,就此别过,来日方长。"

四蛮遂嘱士骧说:"给你叔拿两坛老酒吧。"

先生道:"我去折家还带上你的酒,这不是寒碜人家吗?"说着便往大门外走去。

四蛮追到大门口时,他已经上马了,只回头揖了一礼说:"四哥再会。"便打马扬鞭去了。

回蛮长长地叹了口气道:"弓先生果然是名士,风流洒脱飘逸,吾今生不及也。"

第二天一大早,四蛮领着家人们去大圩滩给新坟拢墓。动身前他安托士骧、士龙准备了十几根丈余长的椽子、麦秸、草绳、铁锨,带了行李和一摞书,还有简单的锅灶。两个孩子不明就里又不敢询问,只好照办。

蛮子和二蛮一看就明白了,在一边愤愤地说:"四蛮,看来你这架势,是要准备去坟地里搭棚守墓啊!那可是汾河滩里,春风能吹破璃璃瓦,这纯粹是胡折腾,和自己过不去,真是迂腐到家了。"四蛮一听,便噘着嘴杵在那里不吭气了。

冀氏怕僵持下去耽误了拢墓的时辰,便悄悄地把二嫂叫过来,自己躲到一边去了。

"二辣子"过来一看这阵势便开了腔:"四蛮是咱们家的大孝子,咱妈是你一个人的,俺们成全你,你一个人去吧。"说着招呼着众人说:"都回家吧,还愣着干吗呢?"

四蛮一看,也真怕僵持下去不好收场,便也不敢十分坚持了,遂大声对着两个儿子吼了一声:"算了吧!"而后调转身子,一个人悻悻地出了大门,心里却在嘀咕:"这个泼妇,咋就让我给摊上了呢。"

众人见四蛮出了大门,忙赶紧收拾起身。到了大圩滩时,阳婆刚抬起头来,蛮子从怀里掏出五谷杂粮,朝着坟头上均匀地挥洒,大家分头垒墓门拢土丘,闺女媳妇们爬在一边号啕痛哭。

这时四蛮忽然听见二嫂边哭边叫念着:"妈呀!妈!你怎的就这样歇歇心心地走了呢,留下你的四蛮叫谁管束啊?他可是有一出没一出,想干甚就干甚,你叫俺们怎么办啊!妈!妈!"哭得有板有眼声泪俱下。

直把个四蛮气得浑身直打哆嗦,脸颊憋得血红,却又不能发作,于是他便朝着她们大声吼道:"快祭奠了回家吧,家里还有事呢,叫俺们一群大老爷儿们,就在这里停应你们的呀!"

234　　　这时蛮子已经摆好祭品点燃香烛,正挨个给众人发香。大家祭奠完毕,便坐船返家了。

一路上四蛮脸色沉得墨黑凡人没话，进家后，只擦了一把脸便上炕睡了。

午饭时，妻子见四蛮一直蒙头大睡，喊他吃饭也不应声，待她爬到炕上熨摸眉棱骨时，已是烧得滚烫了。这时她才着了急，赶紧打发士龙去"贵元堂"请郎中去了。

一会儿郎中冯先生来了，冀氏忙招呼着让座递茶。冯先生只稍稍端详后，见四蛮面呈土色印堂发暗，便大致确定了病情，又仔细询问了病由，上炕把脉时，隐隐间觉得脉搏沉凝紊乱，脉速一阵紧似一阵。当他撬开嘴时，只见舌苔黏黄厚腻，且有苦涩恶臭之味，寒热病确诊无疑了。

他沉思了片刻后，才字斟句酌地说："老爷这是急火攻心悲伤过度，由中风而引起的寒热之症，眼下人已虚脱，千万不可轻慢了。"

冀氏一听便着了急，忙问道："先生说的这些，俺们妇道人家也听不懂，只这眉棱骨上烧得赤红，光是呼呼噜噜地睡觉，真叫俺心里不踏实，您赶紧给开方下药吧。"

冯先生道："先尝试三剂草药后，看看效果再说吧！"说着皱着眉头开了一剂方子，令士龙跟着他取药去了。

药取回来后，冀氏急忙打开一剂，用温水泡在药吊子里放到一边浸泡。

这时，闻讯赶来的二嫂，一进门就三行鼻涕两行泪地痛哭起来，她把自己的嘴巴狠狠地抽了两下说："看俺这张臭嘴，都是俺咒的。"她哭着爬到炕上看四蛮，见他脸色土灰得和纸一样就更急了，呜咽着说："四蛮啊！四蛮，咱们一个锅里搅勺子二十年了，二嫂就是嘴上刻薄不饶人，你大人大量，千万别往心里去，二嫂胆儿小，你可不要吓唬俺了，快起来吧，二嫂给你捏羊肉扁食去好吗？"

冀氏一看哭得泪人似的二嫂，也禁不住抽啜着说："二嫂，你那都是为他好哩！他平日里也常跟俺说，二嫂就是刀子嘴豆腐心，你就别多心了，快下炕来，咱姊妹们倒歇倒歇，让他睡一睡兴许好点儿。"说着便硬把二嫂拽到炕沿边上，随手递了块热汗巾让她擦脸。

二嫂擦干眼泪后说："他老舅不知怎的了？要不让士骧把二丫接回来，让她和你一起照顾四蛮，光这病人就得一个人伺候，你可照应不过来，这两天先让孩儿们过俺那边吃饭，把你的身子腾出来照顾四蛮。"

冀氏说："十九那天他大上大山上看了看，说俺舅的病重着呢，这两天也不知道怎的了，明天再让士骧上去看看吧。"说话间，便把药吊子坐在温火上熬煎。

不到半个时辰药已煎好，冀氏滗着把药汤倒在碗里，稍稍凉了一会儿，便让二嫂把四蛮扶起来，自己拿了个小匙慢慢地喂饮。等到多半碗汤药喝完时，四蛮已是满头大汗了，冀氏给他嘴里塞了块红糖放平躺下，而后在头上盖了块汗巾，用被子蒙住，让他发汗去了，一会儿四蛮便发出了微微的鼾声。

二嫂走后，冀氏才给孩儿们热了点剩菜和烧纸馍馍胡乱吃了几口，又把药吊子添水煎好后温在火口上，才上炕挨着四蛮眯糊了过去。

天快擦黑时，四蛮才醒来。冀氏揭开汗巾和被子看时，只见浑身的虚汗把汗巾和内衣都湿透了，遂赶紧擦干了又盖上问道："他大，你轻省些了吧！"

四蛮轻轻地"嗯"了声弱弱地说："就是浑身酸痛，像散了骨头架似的。"

冀氏问："饿了不？想吃甚了，俺给你去做。"

四蛮舔了舔干涩的嘴唇，喘着粗气有气无力地说："甚也不想吃，水，水，水。"

冀氏忙晾了一碗开水，把药端过来先喂了，他把一碗水喝光了，才缓缓地闭上眼睛又睡了过去。

冀氏乘这空儿熬了半砂锅炒黄黄米汤，下锅后，舀了一碗凉在火畔子上，让士骧把他大扶起来又喝光了一碗米汤，才摇了摇头躺下睡着了。

冀氏一看这架势，心里更着急了，遂下了地拉开少半扇门，站着晾了晾身子，扎了一块汗巾匆匆去了贵元堂，把四蛮的病状细细给冯先生说了一遍，不无担忧地说："一口饭也不吃，就是嘴干，光是睡觉可怎么好啊！"

冯先生说："嘴干就勤饮些水，能睡觉能出汗是好事，你不要担忧，药吃完后，让孩儿们过来，再开一剂，连着三剂才能见效呢。"冀氏疑惑地点了点头，忐忐忑忑地回家了。

当晚冀氏和两个孩子都睡在上房里陪四蛮，四蛮半夜里尿了一泡，喝了一碗水后又睡着了，一直到天大亮时才醒了。

这时冀氏已熬好了药，便上炕先喂了，用手摸额头时已不烧了，遂舀了一碗和和饭慢慢地喂，四蛮只喝了少半碗又不想喝了，脑袋耷拉着又沉沉地睡了过去。

三剂汤药喝完后，四蛮的饮食稍有好转，食量也在渐增，只是身子软得爬不起来，日夜昏睡不醒，把冀氏急得六神无主，在地下来回转猫孤儿。

四月初六那日前，冯先生又过来号了一次脉，见脉速虽然快些，但已趋向稳定，只是这整日里浑浑噩噩地就是睡觉，却着实让他不踏实。

回去后便把医圣张仲景的《伤寒杂病论》反复研读了一次，从脉象病症到汤头药味仔细寻味了一番，自认为并没有什么不妥之处，却怎的就是不见几迷①呢？便自纳闷了，但又碍于面子，放不下架子，却又不敢贸然下药，又怕拖下去耽搁了不是耍的。

左思右想后还是不歇心，随便吃了几口饭，便匆匆过来安慰冀氏说："按脉象病相应是见好征兆，汤药先停上几日，看看病状再做理论。你不要过于烦心了。"

冯先生临出门时又对冀氏说："如果方便的话，还是请大坡里的弓先生下来手诊一下放心，他不仅通晓医理药理，且精通祝由之术，手段比我强多了。"

冯先生走后，文广叔来了，进门就询问四蛮的病情。冀氏遂把这段时日诊治的详情叙述了一番，并说："冯先生刚才建议请弓先生复诊一下，是不是这病真的无法治愈了？俺一个妇道人家可没主意了，二叔您给做个主吧。"

文广叔一听就大为赞同道："弓先生治病的手段在咱们这一代可是首屈一指，别再拖延了，明天就让士骧把咱家的骡子备上去请他，宜早不宜迟。"

谁知天将擦黑时，弓先生竟背着个褡裢从大门口悻悻地进来了。冀氏先是一惊，继而喜出望外，遂上前问道："兄弟啊，你是神仙吗？你怎么就知道你四哥病了呢？"

弓先生道："四嫂抬举俺了，兄弟实不敢当，二十五那日俺与四哥分手时，见他印堂发暗行走倦怠萎靡不振，便知他有疾在身，只那时走得急促未及提醒，但心里却盘算着暂时不会有大碍，待俺从南沟折返回时再作计议。谁知，交城却波的郑乡绅缠手，硬是从南沟把俺拖走了，在却波又被平遥的杜掌柜黏上，不得已拖了许多时日，今日午后才从水西关码头搭船回来，这不刚下了船，俺便赶到家里来，真对不住四哥了。"

说话间他已上了炕，把四蛮的左手托在枕上，仔细把起脉来。

冀氏在一旁，边给弓先生介绍四蛮的病况，边把冯先生开的药方小心翼翼地递上。

弓先生览毕沉吟了片刻道："四嫂啊，俺仔细斟酌，冯先生此方亦属对症下药，并无不妥之处。四哥此病只是悲怒伤着肝脾，悲则伤肺，怒而伤肝，肝气逆，神昏暴厥而昏睡也！当下之状既要补气，又须疏导，上下贯通，病自消弭耳！"

冀氏听得一头雾水不甚了了，于是，便把那日拢墓时，四蛮为在坟地里搭棚守墓与家人争执怄气的事也一并与之说了。

弓先生听后并未介意，只轻轻地对她说："四嫂，你就放心吧，俺只要掐准了病根儿，便可以疗治了。"说着竟自从裆裤里取出一本泛黄的线装书，从书页里抽出一张二指宽的黄表纸条来，用朱砂笔蘸着雄黄画了一道符咒，而后焚烧了，用白酒冲化给四蛮饮了，遂对冀氏说："四嫂，你去歇息吧，今晚子时后，俺再给他补补气，明日便可无虞了。"

冀氏顿时喜上眉梢连连说道："那敢情好，他大俺就托付给你了。"

她说完后刚要离开时，忽然猛地拍了一下自己的脑门子说："你看俺这气门芯②，光顾着高兴了，竟忘记给俺兄弟做饭了，你从平遥那么远赶回来还饿着肚子呢，兄弟你说吧，想吃甚呢？四嫂立马给你去做。"

弓先生憨憨地说："饭就不必做了，有什么熟吃的将就两口就行了，俺留着肚子，明天还要陪四哥喝酒呢。"

冀氏忙说："那可不行，俺哪能让你饿着肚子过夜呢？"

弓先生怕她再去张罗添了麻烦，便说："那你给俺做一碗熬山药和子饭吧，这两天在外边大鱼大肉吃腻了。"

冀氏赶紧捅火坐锅剐山药，一会儿一海碗热气腾腾的熬山药和子饭便端上来，还特意夹了一碗拌了油葱丝的苦菜。

弓先生高兴地连着喝了两碗后才说："还是咱的家常饭好吃。"

冀氏走后，弓先生也累得上了炕，挨着四蛮眯糊了过去。

待他一觉醒来时，已临近子时了，忙下地擦了一把脸，返回炕上坐在四蛮左首，双腿盘席，五心向上，含胸拔背，沉肩坠肘，守元抱一，气定神闲，周天导引，贯通二脉，深吸一口气，气沉下丹田，左右内循三十六，前后自转七十二，如此往复三百六十五，霎时天门洞开，白阳下照，继之凝神入静，内丹自燃。

半个时辰后，他微睁两眼，气涌丹田，双手合十，轻揉慢搓，继而导引丹田之气注入掌心，而后轻轻放在四蛮的小腹上，佛手回春循环补气，反复如此，半个时辰后，已是精疲力尽了，便自收功后，倒在四蛮身边睡着了。

鸡叫三遍时，弓先生才醒了，待他睁开两眼时，只见四蛮披了件蓝布夹袄，端端地坐在他的身边，笑眯眯地盯着他问道："贤弟，你是傅山先生啊！什么时候飞到俺身边的呢？"

弓先生一看大喜道："四哥，你可知道你已经昏睡十几日了，若不是兄弟及时援手，恐怕你三五日内还在沉睡中。你说吧，准备怎么谢俺呢？"

弓先生一席话把四蛮也逗乐了，二人一阵哈哈大笑后，便相互调侃起来。

这时，冀氏推门进来，见二人盘足挽腿促膝交谈，竟自惊得目瞪口呆，一个劲儿地逼问道："兄弟，你是神仙啊，你四哥卧炕沉睡了十几日不醒，怎的只喝了半碗符水，便能一夜醒来呢？看来俺家得给你立个长生牌位供着呢！"

说着，便根根巴巴地把四蛮这十几天来，一直卧炕昏睡的事给四蛮叙述了一番。四蛮听后不以为然地说："俺只觉得是送走你后的那日，浑身乏力像抽了筋似的一觉睡着了，竟不知已经昏睡十几天了。"说着便向冀氏讨来冯先生开的药方，反复仔细品味了半天才说："他这是按寒热重症开的方子，能有那么严重吗？"

弓先生道："四哥，实言相告，你的病情恐怕比寒热症还要重呢。冯先生偏颇了，他只知其一不知其二，只知其然而不知其所以然。依你的脉相症状，按寒热重症诊治本无大错，但却把补气疏导的功效寄托于汤药，而此等重症的补气功力，若用汤药颇费时日，且收效甚微，唯有气功导引才能立见成效。"

四蛮说："若论奇经八脉，俺也略知一二，只这气功导引又从何说起呢？"

弓先生胸有成竹地说："四哥，你又孤陋寡闻了吧？其实早在上古时候，治病还没有丸散膏丹汤药之说，人生病了只能依靠占卜符咒，之后衍生了气功疗法，轩辕黄帝就是气功的祖师爷。凡人之病，源自内伤七情：喜、怒、忧、思、悲、恐、惊，外伤六淫：风、湿、火、燥、寒、暑。由此囊括为：大方脉、诸风、胎产、眼目、小儿、口齿、痘疹、伤折、耳鼻、疮肿、金簇、书禁、砭针等祝由十三科。若细论起来，祝由还是汤药的祖宗呢！例如书禁科就是用符咒禁禳，移易精神变换气质的，此科的精髓在于运用暗示、心理、催眠、音乐，再辅之以气功导引之术，才是完整的疏理疗治，运用得当功效立现。只是近代以来被民间方士断章取义，剽窃行骗愚弄百姓，才使其蒙尘诟病而被人不齿非议，逐渐濒临消失。"

弓先生一席话，竟把四蛮听得呆若木鸡愣在那里，好半天才醒过神来，连连说："今日俺可真领教了，贤弟大才高深莫测，如蒙不弃可愿随俺到湖南一行，以你之才，进则可以举士为吏，退则亦可治病救人，何愁无用武之地！"

弓先生笑了笑说："四哥高抬俺了，俺只能泰山治鬼江湖疗病，逍遥散淡惯了，对功名利禄早已心灰意冷，既不想治人，更不想受制于人。况且这一方嗷嗷待哺的百姓还离不开俺呢，你却只为功名仕途着想，全然忘记了桑梓父老。"

几句话说得四蛮顿时脸红了，遂道："贤弟说的是，俺怎能忘记桑梓父老呢，还是不去为好，不去为好。"

说话间冀氏已将酒菜端上桌来张罗着说："你俩边喝边说吧，今日可得好好谢谢俺兄弟了。"

四蛮一看酒上来时，立刻来了兴头，高兴地说："俺知道兄弟的海量，今日就是这坛酒，咱兄弟两一醉方休。"

谁知，弓先生却摇了摇头说："若放在平常时，咱俩喝这坛酒恐怕不在话下，只是今日你才大病初愈，只能浅斟慢饮，绝不可以放肆尽兴，待痊愈后，俺再陪你醉一回。"

席间，弓先生刻意把话题引到守孝的古制上说："古人坟前结庐守孝，那是迂腐愚孝标榜孝行。身体发肤受之父母，不可毁伤，孝之始也。你若守孝墓地夜受风寒卧病不起，甚或致伤致残，绝非慈母所愿，更是陷亲于不义，迂腐啊，迂腐！依你当下，更应该是爱惜自己，才能造福百姓为国效力，这才是大孝呢！"

四蛮连连道："是四哥愚钝迂腐，让兄弟见笑了，谨受教。"

饭后弓先生告辞回家，四蛮说："你就不能留下来再陪上四哥几天吗？俺还要向你讨教祝由十三科呢！"

弓先生道："西兴县的孙嘉淦先生老父仙逝，已经约好明天到家来唤俺，俺今天必须得回家去停应着。"

四蛮说："你喝了酒能上路吗？今日前晌咱俩再倒歇倒歇，午饭后让士骧备上牲口把你送回去，不会误了明天的事。"

弓先生说："这点酒对我来说只是扑淋淋雨刚湿了衣裳，还没放在心上呢。"

四蛮道："俺知道兄弟海量，话虽如此，但俺还是不放心。不若让孩儿们回去给家舍通报一下，明天叫他们到这里来接你，还能省却了这段路程的来回劳乏。"

弓先生拍了拍自己的褡裢说："不瞒四哥，俺这趟交城、平遥之行还挣了些银子，待俺送回家去省得被小人们惦记路上操心。"说着，二人一阵哈哈大笑。

四蛮见弓先生执意要走，便吩咐士骧说："去你二爷家把骡子备上鞍鞯，送上你三叔一程。"

弓先生说："俺虽说是逍遥懒散之人，但这点路程不到一个时辰也就到了，还值得人匹马夫地再送一回吗？"

说话间，士骧和文广叔已经相跟着进来了，弓先生赶紧下地施礼说："给二叔请安。"

文广叔说："孩儿啊，你哪次来都是匆匆忙忙的，就不能住上一两天吗？咱们父子俩还没倒歇呢。"

弓先生说："俺已经约好了主顾，明天到家里来唤俺，等忙过了这阵子，俺专门下来住上几天，咱们父子们好好叙谈叙谈。"

他一边说着，一边背起褡裢朝大门外走去。到了台阶上时，四蛮已经把装了两坛老酒的捎裢搭在鞍座上，士骧接过褡裢自己背上，把他扶上鞍座，他也没有谦让，只笑着回过头来拱手揖礼，扬长而去了。

四蛮在和文广叔在往院里返回时说："此公放浪形骸不拘小节，潇洒飘逸，真性情中人也！"

他回到上房时，见冀氏正在拾掇炕上的行李，便随口问道："二丫还没回来吗？"

冀氏道："这两天俺们只顾着忙活你了，哪里还有心思考虑别的事。明儿打发士骧上去看看，也不知道舅舅的病情怎样了？"

四蛮听罢,瞬间一种不祥的预感掠过脑海,遂打住话题调转头来和文广叔叙话去了。

第二天早饭后,他到文广叔家借了头骡子,忧心忡忡地上了大山上。

当他推开门时,只见炕头上空空荡荡,哪里还有舅舅的影子?却见二丫独自坐在凳上傻傻地发呆,他猛地心里一颤,忙问道:"二丫,舅舅呢?"

这时二丫才忽然醒过神来,她一下子扑到四蛮的怀里哭起来。

四蛮一看这架势,便什么也明白了,遂抚摸着二丫的头安慰道:"唉!已然是这样了,节哀顺变吧!别再哭坏了身子,这也是没法子的事。"

二丫这才止住哭泣,待静下来擦干眼泪后,才说:"你走后的那天晚上俺大就殁了,俺知道咱妈的灵柩还停在院里就没告你,丧事是姐夫和二叔张罗着,请了家下父子们操办的,和咱妈是同一天出的殡。家舍的这些家具,俺做主都让姐夫拾掇了,这几间旧房俺也给二叔留下让他经由去了,以后逢时过节上坟添土还得靠他呢,反正俺们这些闺女们也顶不了门子。俺纳谋着明天烧了'三七'就回河口,以后百日、周年就让姐姐她们烧去吧!"说着又泣不成声了。

四蛮听后更觉凄凉,遂沉吟了片刻道:"你不要难过了,这也是没法子的事,俺今天晚上留下来住一宿,明天和你去给舅舅祭奠了,咱们就回河口好吗?"二丫子啜泣着止住哭声,才给四蛮做饭去了。

晚饭后,二丫领着四蛮去看望二叔。二叔见四蛮上门来看望自己,忙安托婆姨赶紧做饭。

四蛮忙说:"二舅,俺们刚吃过了。"说着便从怀里掏了点碎银递上说:"二舅啊,俺来时走得匆忙,也没顾上给您备点礼,这点碎银留下你自个儿买吧,俺舅以后上坟添土的事就拜托您老了。"

二舅一看忙道:"这些本来就是俺分内的事,咱们都是自家人,还用你们安托吗?你们以后回来,二叔这儿便是你们的家。"

翌日天明,姐姐一家大早起就过来了,二叔和他们相跟着给父亲烧完纸回来后,二丫便把家门钥匙交给姐姐,姊妹二人抱头哭了一场,赶中午时就回了河口。

242　　二丫进家门看见表姐冀氏后,一下扑进她的怀里喊了声:"大大,咱姊妹们好命苦啊!"便大哭起来,冀氏紧紧地把她搂在怀里也跟着哭起来。

这时,四蛮知道自己劝也无益,便独自一人过了西厢房,嘱士龙把喜贵唤过来安托说:"我这一守制大概得两年多,你把家里安托一下,一两天启程回耒阳吧。"说着拿出一封信递给他说:"回去把这封信带给米县丞。"

喜贵说:"这两天俺也正纳谋这事呢,只是见你整日里昏昏沉沉,不知道该怎么办了,家里也没啥安托的了,俺明天就可以启程了。"

自从那日听了弓先生的一番劝导后,四蛮便打消了墓地搭棚守孝的念头。只是凡"七"日祭时都要去母亲坟头看看,有时候待上一个上午或一整天。他看着丧棒和引魂幡杆上已经发出嫩芽,看着坟头上绿茵如织芳草萋萋,心里也渐渐地释然了。于是他便坐在墓前,轻轻地朗读母亲喜欢的那些诗文,像儿时放学归来接受母亲的测验一样享受,每当此时心里反而觉得倍感欣慰,仿佛母亲正在认真聆听……,只是再也听不见母亲鼓励和指责的声音了。这时他又凄然了,止不住的眼泪又流满了腮帮。

自从母亲逝世后,四蛮便纳谋着这个家该何去何从,是继续维持同家的大户人家呢?还是各自立户分家呢?四蛮也茫然了,于是他便把文广叔和大哥请来商议。

文广叔首先表态说:"过去二嫂在世时,咱们这个家维持大一统是对的,如今二嫂过世了,还是分门立户各过各的好,自古以来千里搭长棚,从来就没有不散的筵席。"

大哥虽然沉默不语,但从他的神态上观察,似乎也赞成文广叔的说法。

于是四蛮就说:"那就请文广叔给我们主持裁夺吧,您是长辈又是族长。"

大哥蛮子也附议说:"是的,咱们家的事还非文广叔裁夺不行。"

文广叔沉思了一会儿,遂笑着说:"既然你们兄弟俩如此信任俺,俺就免不了当一回和事佬吧!咱们家虽然贫穷,但是人多,而且是读书人多,也算是大户人家了。二哥手上留下四个残缺不全的小院子,现在你们各家住一个,虽有些许差别但悬殊不是很大,俺的意思是你们就都别动了。这个旗杆院稍大点,给四蛮五蛮留下,省得来回搬迁麻烦。地产俺也仔细捋过了,俊家山长征片上那是二十五亩四分,磨石沟畔的张家坪是八亩半,大圩滩十五亩二分,麻坪滩边滩上五亩一分。俺的想法是麻坪滩里的水浇地能种瓜果蔬菜,就按五户平分。张家坪的地就近些分给一家,长征片上割出五亩来,剩余二十亩两家分开,大圩滩割出五亩来,两边割出来的地再分上一家,不知道合适不合适?"

四蛮说:"把大圩滩的十五亩分给我和五蛮,长征片上虽说是大块良田,但毕竟山高路远耕种费力,更兼山虫鸟兽糟蹋损失,我看就别再切割了,按两户平均分配吧。张家坪的地留给一家。"

文广叔说:"大圩滩是沙滩地,不打粮食本来就亏,再让出五亩来不合适。"

大哥也说:"不合适,还是把长征片上割出五亩来贴给四蛮和五蛮。"

四蛮说:"别说了,就这么办吧,我读书时,都是哥哥们供养的,这几年我不在家,地也是兄弟们帮着耕种的。如今我还有俸禄,侄儿们读书上进时我还得再贴补些才是呢。"

于是,文广叔便打发士龙去把其他三个兄弟都唤过来照实说了,大家都认为四蛮和五蛮亏了,但四蛮不松口他们也没办法。大哥蛮子遂道:"把张家坪的地给俺留下,二蛮和三蛮把长征片上的地平分了,就这么分吧!"

二蛮和三蛮忙说:"这样分明显是俺俩占便宜,四蛮还有两个孩子的读书花销。如果大哥和两个兄弟执意要这样分,那俺可得说好了,咱妈过三个周年的花销由俺俩操办,以后每年上坟、送神祇的供品和族里的公摊公派也是俺俩包办,否则,就得推倒重分。"

不待四蛮开口,文广叔马上接着说:"难得二蛮和三蛮如此明理,这也是个办法,再别谦让了,就这么定了。你们都是好孩儿,给咱们家开了个好头啊!"

家中诸事甫定后,四蛮没了后顾之忧,他每日里便与五蛮过河,到大圩滩地里劳作。十五亩地种了八亩谷子,二亩山药,二亩豆类杂粮,三亩多甜瓜和西瓜。

六月小暑时节,甜、西瓜渐渐趋向成熟,他俩便在地头搭了个瓜庵住下来。四蛮头戴一顶旧草帽,身着汗衣短裤,裤脚挽在小腿上,国字形的脸上闪着黝黑的光,俨然一位田间劳作的熟农。

晌午时分,士龙从汾河上凫水给他们送来午饭,他和五蛮吃饭时,士龙就到地里摘甜瓜吃。

饭后,他俩便陪了士龙到河里耍水。四蛮淘气得像孩子似的,竟与五蛮、士龙竞技狗刨、蛙泳、仰凫等潜水的各式技巧姿势，累了就赤身仰卧在沙滩上晒阳婆，兼顾考校士龙的习作功课，直把士龙高兴得活蹦乱跳，天天欢喜得就是每日中午能给他大和五叔送饭。

六月二十六，母亲百日那天，四蛮收到湖南巡抚浦琳大人和衡州知府徐大人的信札，信是五月中旬发出的。

浦大人首先对老夫人溘然逝世深表惋惜哀悼，其次宽慰他节哀顺变，所请三年丁忧守孝依例照准。

徐知府在信中直言陈述："浦大人对你丧母的丁忧守制，似乎早已迫不及待了，他刚接到你的信函尚未报请吏部，便令直隶永年候补段三才署理耒阳去了。如此则古尚云的案子，咱俩就成了局外人爱莫能助了，咱们之前的担忧恐怕是避免不了。"

四蛮览罢虽然也是忧心忡忡，但却无可奈何，只能听天由命任其所为了。

跳出官场外，落地是尘埃；谁解其中味，无官一身轻。此时解官归田的四蛮，忽然想起那年离乡赴任时发的宏愿，"归去来兮我夙愿，何日解官布衣裹"。今日终于因母逝而回归恬淡得遂夙愿，随着时间的推移，他也从丧母之痛中，慢慢地解脱出来了。

大暑时节，地里的甜、西瓜已经熟透了，四蛮便挑了个麻阴阴天，赶着自家的长腿驴驮了一驮熟瓜，拿了两坛高粱烧酒，领着士龙，前半晌时到了胡市局天配家。

天配一看四蛮来了，高兴地赶紧出来卸了驮子，把他俩迎进家里，眼里含着热泪兴奋地说："四哥，你可是大忙人，今日怎的有空来俺家呢？"

四蛮说："母亲逝世后，俺依礼在家丁忧守制，如今俺和你一样也是种地呢，这些甜、西瓜就是俺今年种的，驮来让你和孩子们尝尝鲜，也教你看看四哥种田的功夫。"

天配感动地流着热泪说："谢谢四哥惦记俺。"说着回过头来看了一眼手足无措的婆姨说："看把你个愣棒，赶紧杀鸡儿烧烙饼呀！"

这时院里院外挤满了看热闹的人群，人们啧啧有声沸沸扬扬："这天配家祖坟上真的冒青烟了，不知是哪辈子积的阴德？竟把县太爷还逼坎的，亲自驮着甜、西瓜上门来看望他，俺们也跟着沾光了。"

天配婆姨忙杀开两个大西瓜放在篦子上,端在院里请大家吃。

午饭时,天配的哥哥长大,叫了两个长辈过来陪客。天配婆姨炖了一只老母鸡,炒了一盆鸡蛋,炖了一盆粉条豆腐炖菜,烙的葱麻油烙饼。

四蛮把自己带来的高粱烧酒打开一坛给众人满上,急得天配一个劲儿地说:"四哥啊,你到俺家来还带着酒,就短没带锅灶了。"

四蛮笑着说:"俺怕你家里没有好酒,这还是发送老夫人的席面上剩的酒,你就别客气了。"

一顿饭吃了一个多时辰,出晌时候四蛮要走了,他趁天配不注意时,将两吊现钱塞在行李底下。到了院里时,只见笼驮里金瓜、南瓜、豆角、玉米棒子已经塞了满满两驮筐。

四蛮诙谐地说:"天配呀,俺喝了酒可是要骑牲口的,你驮了这么多东西俺还能骑吗?"

天配忙说:"四哥你别急,待俺备上自家的牲口送你吧。"

四蛮一听,怕这一根筋的愣鬼真的去送他,忙说:"快别送了,还是俺爷俩慢慢地走吧。"说话时,天配和长大已把笼驮抬上鞍子。一家人簇拥着他俩,送到沟底下还不肯回去,还是四蛮生了气才停下来。

一路上士龙眯着眼羡慕地问:"大,你咋就这么好的人缘呢?看人家把你抬举得像祖宗似的。"

四蛮说:"你只要好好地读书考上功名,将来就能为老百姓办实事,你若为老百姓办了好事,老百姓就会抬举你,你的人气自然就有了。"士龙若有所悟地点头"嗯"了一声,便高兴地撒着欢儿跑起来。

士骧自去年县考中了秀才后,已是廪膳生员了,依制今年开春便可补入晋阳书院深造了,怎奈年后祖母病危又加殁后丧葬诸事而耽搁了,至今一直尚未报到。

立秋那日晚饭时,四蛮对士骧说:"家里暂时没甚事了,你去掰上一口袋老玉米挑上两个大西瓜,俺递明陪你到晋阳书院去报到,顺便看看俺的各位恩师。以后两年内俺丁忧守制,都在家中,家里的事你就甭操心了,只安心在那里读书深造,争取功名举士报效国家。"

第二天一早,四蛮和士骧从寨底码头搭了条顺路船,前半晌时便到了晋阳书院。其时方伯和朱公均已告老还乡,唯张公莫先生还在执掌书院,四蛮进门后,便拉着士骧倒地跪拜,张公忙把他扶起来说:"贤契啊,你也是有了岁数的人了,嗣后再不可行此大礼。"四蛮谦谦地说:"圣人之教不敢忘也,一日为师终身为父。"

张公看着一边的士骧问道:"这个后生是谁啊? 这么眼熟。"四蛮道:"这是犬子士骧,去岁县考的廪膳生员,本该开春时便来报到,只因家母卧病和殁后丧事耽搁了,俺今日把他交给您,还望先生像当年对俺一样严加管束不吝教导。"

接着便把自己今年三月回乡探母、母亲痨疾病殁以及当下自己正在家丁忧守制的事一并说了。

张公听后一阵唏嘘。午饭后,四蛮路过水西关码头与米驿丞叙了一会儿话,便搭船回家了。

霜降过后,地里的庄稼已然收割打垛储粮入仓。四蛮不失时机地抢在上冻之前,赶着自家的长腿驴和五蛮轮番拉套帮犁,把大圩滩的沙土地翻耕耙磨了。转眼已是立冬了。这年的冬天似乎比往年来得要早,一场鹅毛大雪后,待到朔风起时,已是千里冰封的严冬了。

在这不期而至的寒冬里,庄户人家的光景就是猫在家熬日子。而四蛮和五蛮却趁着冰封河道的便捷,赶着牲口人担肩挑,把当年夏、秋两季积攒的猪羊牲口圈粪和了大粪驮出去,又从瓮窑沟煤场上把炭块煤面驮回来,整整劳乏了一个多月,到数九时已经把地里的粪堆摆得像满笼屉窝窝头似的,院里的煤场也捎带着堆满了。

进入冬眠时,他便歇歇心心地为五蛮和士龙,开了整篇讲习《论语》《制诰》考校诗文。劳乏了,就到街上的店铺作坊里与财东掌柜伙计乡邻们倒歇①。闲暇时也到寺庙上和善爷僧人们参禅论道讲习经文,日子过得悠哉悠哉!

这时,他才真正领悟到田园生活的惬意舒坦,日出而作日落而息,恬淡静谧取舍自如。白日家塾教习,夜晚挑灯夜读,无官一身轻,饱食万事休,遂自由衷地感叹道:"这样的生活,真是神仙过的日子!"

【方言注释】

① 圪睐:少睡一会儿。

② 眯糊:睡着了。

③ 松宽:轻松。

④ 痨症:肺结核。

⑤ 睡迷了:沉睡了。

⑥ 咽气驴儿:为逝者黄泉路上预备的纸扎坐骑。

⑦ 屁戳:紧跟在后面。

⑧ 咬牙饼子:为逝者预备的上路干粮。

⑨ 挠头纸:昭告大丧在街门顶上挂的纸穗子。

⑩ 挤逼:挤对。

⑪ 销缴:清理偿还。

⑫ 麻糁:炸干油后剩的渣子。

⑬ 惦缺:遗憾。

⑭ 安托:安排。

⑮ 搭道:托人捎话。

⑯ 营生:活儿。

⑰ 主把子:人主。

⑱ 秤数:标准。

⑲ 灰锅:放在灵前灰渣锅,出殡时要砸烂。

⑳ 几迷:明白。

㉑ 气门芯:呆傻的人。

第十章 再主耒阳

一

腊月二十四那日,四蛮正在家里给街坊四邻们刷对子。后半晌时,茂才忽然推门进来,他瞬间愣住了,遂一脸惊愕地问道:"你怎么突然回来了,有什么事?"

茂才放下褡裢后,跺了跺脚接过士龙递过来的茶碗喝了两口,才从怀里掏出抚台大人和徐知府的信函递上说:"您自己看吧!乱了,乱了,全乱套了。"

原来段三才自署理耒阳知县后,为酬谢抚台大人的知遇之恩邀功请赏,便把古尚云从衡州府牢解回耒阳重审,试图从他嘴里撬些口供,以为日后擢任升迁累积勋劳增加砝码。谁知侠肝义胆的古尚云却没把他放在眼里,不仅只字未招,而且态度傲慢轻蔑不屑。段三才一怒之下便动了酷刑,古尚云临危不惧坦然受之。

消息传出后,古尚云在江湖上的弟子们纷至沓来,齐集耒阳密谋劫狱,虽未告成,却死伤了七八个乡勇。

段三才一看情势不妙,顿时慌了手脚,遂禀报抚台衙门允准,调集了两船绿营兵,又将古尚云连夜解交长沙臬司牢房关押。

利令智昏的按察使周宣理不识时务,也想从古尚云嘴里挖点儿口供以为己功。开堂时,周大人摆足了按察使的架子,惊堂木拍得山响,横眉怒目,威风十足,竟把古尚云激得义愤填膺忍无可忍,一怒之下揭了他的老底,当堂列数其自乾隆四十二年任安化知县始,一路升迁任上贪赃枉法的斑斑劣迹。周大人恼羞成怒还是动了大刑,这样又把古尚云的那些江湖弟子们引到了长沙。一夜之间,十几家钱庄、当铺、字号被盗,失窃了三万多两银锭银票和贵重物品,且没有留下任何蛛丝马迹。

霎时间,长沙城风声鹤唳草木皆兵。浦琳大人惊得目瞪口呆,顿时慌了手脚,遂立即行文衡州府衙,限期阁广居夺情复职,于是米县丞便派茂才专程回来接他。

四蛮拆阅浦大人的信函时,却是抚台衙门发来的通行关文:"着山西阳曲在籍丁忧吏员阁广居,文到之日夺情复职。限丁未正月下浣日到任履职。返程在即,冀希沿途各驿站循三百里例,快马接力,不得有误,切!切!"

徐知府在信中说:"去岁五月中浣,浦大人收到贤弟守制丁忧的呈请后心中窃喜,迫不及待地任用段三才立即上任署理耒阳,意欲从速了结古案。谁知,段三才这厮贪功心切,又无履职能力,遂未加审势便动了酷刑,竟使堂审适得其反情势恶化,招致江湖盗贼汇集耒阳欲图劫狱,虽未遂,但也死伤了乡勇七八人。复而频频作难,致使盗案四起,人心惶惶城垣混乱。不得已,遂行文急召贤弟夺情复职。为黎民百姓计,望贤弟文到即返,平息此乱非你莫属。"

四蛮看罢,顿时皱起眉头沉默无语,纳谋了好一阵子才说:"当下千里河道冰封,原来的水路都变成了旱路,抚台大人责令正月底前返回任上,三千多里的路程谈何容易?"他又迟疑了一会儿,才无可奈何地吩咐茂才说:"话虽如此,但钧命难违,甚就甚了,总不能现在就走吧?你先回家准备过年,咱们过了初三再启程吧!"

除夕一早饭后,四蛮领着两个儿子去了大圩滩母亲墓前哭祭告别。回家后便对家人说:"耒阳盗贼作乱,聚众劫狱,抚台大人来函,责令俺正月底返回耒阳任上,俺初三便要启程,家务事以后是指不上俺了,兄弟们多担待点儿。"

说着他又回过头来,凄凄地看了一眼两鬓染霜的妻子冀氏,语重心长地说:"如今你也是有了岁数的人,今后家里的担子就撂给你了,一定要注意休息,千万不可恃强逞能,把自己累倒。"

冀氏听罢不禁一阵凄然,遂强忍着心中的酸楚,微微地"嗯"了一声后,急忙转身悄悄地抹去了眼里的泪水。

四蛮见状,心有不忍地对士骧和士龙说:"男儿十五夺父志,俺走后,你俩要挑起担子来,别让你妈操心,好好读书,不可荒废了学业,只有考上功名,才能光宗耀祖造福百姓。"

初一中午,四蛮把全家人都召到一起吃了一顿团圆饭。席间,二嫂眼里含着泪花酸酸地说："四蛮啊，咱俩可真是前世的冤家，在一起时谁也见不得谁，如今你要离开时，俺还真有点舍不得呢。二嫂递明给你捏羊肉扁食吃，你可得给俺个面子啊！"

四蛮笑着说："俺递明还有事呢，等下次回来时咱俩再掐吧。"说得一家人都笑了。

初二送了神祇。初三一早时，茂才已从寨底驿站牵来三头健骡，一家人把他们送到东园口的官道上，才依依不舍洒泪惜别。

三千多里的旱路行程，抚台大人却只给了一个月的返程期限，这个期限像石头一样沉沉地压在他的心上。四蛮一门心思只想着月底前赶回耒阳，一路上起早贪黑晓行夜宿。好在他持有抚台衙门的晓谕行文，每到一个新的驿站，便能换上上好的牲口，一天奔走二百余里。正月初八黄昏时分，便到了河南孟津驿站。四蛮心里暗暗欢喜，照这个速度行程，大约再有半个月就能到达耒阳了。这样看来抚台大人限定的期限还是绰绰有余的。

谁知，先天羸弱的二丫由于连日来的鞍马劳顿，又加父亲新亡的悲伤还未消弭，竟然染病了。

他们一行到了孟津驿站时，二丫已是气喘吁吁病体不支了。驿丞朱先轲见状，忙给他们收拾了一间僻静的屋子歇脚。四蛮也顾不上吃饭休息，便急着给二丫诊脉开方服药，晚上更是衣不解带彻夜守候。

直到翌日晨曦时二丫才醒了，当她看到自己衣衫不整和衣躺在驿站的狼狈相时，便急切地爬起来，一个劲儿地督促守在自己身边的四蛮赶紧上路。

四蛮知道她是为自己的行期着急，便故作轻松地说："别急，时间宽裕着呢，你这可是风寒急症，千万不能着急，待休养两日病情好转时才能上路，不会误事的。"

二丫哪里肯依，遂勉强支撑着虚弱的身子起床下了地，急切地呼唤茂才赶紧启程。

四蛮见这阵势，也知道以二丫的秉性，便是拦阻也是白搭，便嘱茂才备了一辆马车，把煎好的汤药装在罐里带着上了路。

一路上善解人意的二丫，怕四蛮因她的病情耽误了行程，便强支撑着故作轻松地督促茂才赶路。四蛮显然明白她的心思，便也悄悄地使眼色示意茂

251

才,茂才只好说山路颠簸,走快了容易翻车。这样五天多才走了四百多里路,直到正月二十四才到了湖南境内的慈利。

安亭公心里测算着还有近千里的路程,似这样走下去,真的就耽误期限了。于是,他便狠了狠心,把二丫托付给茂才照应着,坐上马车随后慢行,自己则从驿站借了一匹快马,日夜兼程先走了。

正月二十九那日后半晌,安亭公风尘仆仆地回到耒阳。米县丞见老爷突然归来,遂引回后厅喝茶叙话,并嘱书办立即打扫寓所准备晚饭。

坐定后米县丞才禀报道:"老爷,段三才上任还不到半年,耒阳就大乱了,先是劫狱事件死伤了七八个乡勇,后来又是盗案频发商贾罢市。不得已,抚台大人只好解了他的职衔,急召老爷回来主政。而此时的段三才已是惊弓之鸟,恨不得马上离开耒阳,茂才走后的第二天,他便留下印信匆匆回了长沙。对此,徐知府也无可奈何,只好令属下临时署理,等候老爷回来。"

安亭公遂令米县丞将朱主簿、王巡检召来,令他们三人协同主持政务。他与喜贵第二天一早便下了衡州府衙。

徐大人见安亭公如期回任,高兴地连声说:"贤弟果然是诚信君子,你这一回来,俺就放心了。经此一劫后,恐怕浦大人也明白了咱们当初的良苦用心。你昨日刚回来,今天就到了这里,够劳乏了,今晚在这里歇上一宿,明日我和你一同去见浦大人可好?"

安亭公见天色也不早了,便点了点头应允了。

次日晨起,徐大人备了一艘官船与他一起到了长沙抚台衙门。

浦琳大人见安亭公如约而至喜出望外,遂不胜欣喜地把他拉到自己身旁坐了说:"贤契啊,可把你盼来了,令堂大人不幸辞世,老夫深以为憾,循情依礼本应成全你丁忧守制,怎奈江洋大盗古尚云的徒子徒孙们兴风作浪,搅得地方不宁,老夫应接不暇已是心力交瘁了,迫不得已,只好横刀夺情,借助钟馗解此燃眉,还望贤契理解老夫的苦衷。"

安亭公见抚台大人如此纡尊降贵通情达理,也被他的恳切言辞深深地触动了,遂不胜惶恐地说:"慈母病殁,循情依礼自当守制丁忧,然盗贼突然发难,更加大人召唤,卑职接到钧命已是心急如焚夜不能寐,敢不以死效命乎!自古忠孝不能两全,尽忠必然亏了孝道。"

浦大人连连说:"贤契德才兼备朝野尽知,前任中丞已备述矣!虽为地方小吏,实乃国之干臣,老成谋国高屋建瓴,吾辈望尘莫及。就古尚云这个江湖盗首的刑处裁决,之前我与贤契已经达成默契,亦曾提醒授意于段三才,怎奈这个庸才不知审势却又贪功心切,动辄逞强好胜刑讯逼供,如此则非但不能服人,反而招来无妄祸患。不得已,只好借重贤契夺情复职再主耒阳,只为老夫分忧解愁。嗣后,古尚云案由你全权审诘处置,任何人不得擅权干预,还望贤契不辞劳苦了结此案。”

安亭公忙道:“承蒙大人笃信不疑,属下不胜欣慰。然卑职以为,此案既已解交臬司衙门,余意以为还由周大人主审,卑职协理如何?”

浦大人道:“不瞒贤契,臬司周宣理亦非可堪之才,还是贤契主审,老夫才能放心。”

安亭公忙道:“不妥,不妥!现在古犯拘押在彼,卑职贸然介入,周大人面上也不好看,还是周大人主审,卑职协理妥当,否则,易生枝节不好周全。”

浦大人说:“既然贤契谦让,老夫以为明面上由他主宰,私下里裁决定案还是由你做主,你就放开手脚审理结案吧。”

说话间,浦大人已将按察使周宣理召来了。

安亭公忙起身施礼道:“耒阳知县阎广居见过周大人。”

周宣理亦还礼道:“子仁兄,久仰,久仰。”

待周宣理坐定后,浦大人便把刚才与阎知县、徐知府所议之事,又给他简要交代了一番。

周宣理一听,立即像蝎子扎了似的站起来道:“一个案子,两人主裁不分伯仲,易使罪犯产生投机侥幸心理,在下愿退而让贤,请阎知县全权审诘为妥。”

浦大人见周宣理态度如此决绝,便知道他是心有余悸,想尽快甩掉这个烫手的山芋,于是他沉吟片刻后说:“既然臬台大人再三谦让,依老夫之见,不若将此案移交衡州府审理,由子仁协理,一个月内结案可好?”

周宣理一听忙不迭地说:“如此甚好,如此甚好。”

徐大人见浦大人如此作难也是无奈,便再也不好说什么了,遂谦谦地应允道:“承蒙二位大人信赖,卑职悉听安排。”

第二天一早,浦大人便派了一队绿营兵押解,将古尚云解交衡州大牢拘押候审。

当晚，安亭公在衡州牢房秘密会见了古尚云，心有不忍地对他说："慈母去岁病殁，广居守制丁忧在家，怎奈抚台大人遣使急召，不得已而夺情履职。这一年来让足下受制了，好在已经过去，咱们只当是做了一场噩梦吧！嗣后，你的案子还是我与徐知府联袂审诘，足下有何顾忌，尽可与某直言无妨。"

古尚云道："老爷夺情复职，皆是因我而起，让您受累了。"说着起身拱手揖礼致歉。

安亭公道："这或许就是咱俩的缘分，我今天过来便是知会让你放心，待足下刑伤痊愈后，我再介入案件审诘。"

他随即吩咐随行的狱吏说："尔速差人去耒阳的'济生堂'请傅郎中过来，为古大侠疗治刑伤，辅之以膳食调养。读书自省，放风时间要适当延长，最好上下午各一次。"

安亭公与徐知府回到寓所后，终也静不下心来，遂边吃饭边就古尚云案的审诘，二人又深入细致地探讨研究起来。

安亭公说："如今了结本案的主要分歧，已经聚焦在到底是就此量刑结案而平息眼前骚乱稳定地方治安，还是追溯此前的系列窃案追责治罪以彰显官府的威严呢？窃以为大可不必究其既往，还是就此结案平息骚乱稳定当下为妥，如此则便省事多了。若要古尚云供述之前的系列作案，似乎比登天还难，他心里十分明白，如此大宗的盗窃案，只要犯上一起便是极刑，还有必要再一一供述吗？更何况交代的案件多了，必然要牵连更多的案犯。以古尚云一贯的江湖侠义，他决不会犯此大忌。况且，案件审诘浩繁，必然旷日持久，不知要拖到哪年哪月？根本解不了当下的燃眉之急。再退一步说，即使他供述交代了，咱们也抓不到人犯，而古尚云在江湖上侠盗义士的龙头地位便一落千丈了，如此则他这张王牌还有用吗？"

徐知府一脸懵懂又不无担忧地问道："那依贤弟之见，该如何是好呢？"

安亭公道："咱俩联袂禀报浦大人，言明利害得失，将古尚云处以长期监禁或秘密流放，以威慑那些江湖盗贼们，使其再也不敢轻举妄动，这样古尚云也就成了咱们手里的一张王牌，以此而求得暂时相安无事。如此则官府便赢得了足够的时间，在这消停的几年里，咱们派出大量捕快侦探，或秘密潜伏暗里跟踪，或卧底离间招降纳叛，枕戈待旦撒网捕鱼，直到将那些流窜的盗贼们捕捉殆尽，到那时要杀要剐还不是官府说了算？抑或古尚云幡然醒悟助我捕盗,也不是不可能的事。倘若磨砺上十年八载,待其意志衰退淡出江湖后再开恩赦免,更显得皇恩浩荡怀柔天下。如此则事半功倍,名利双收,咱们何乐而不为呢?"

徐知府听罢豁然开朗,连连道:"如此甚好,俺纳谋着浦大人此时也厘清思路了,只是碍于他的体面不好言明罢了,只逼堪着让咱们说出来,他好就坡下驴,咱俩也别着急了,先放一放吧!待他催案时,似乎又主动些。"

自那日安亭公在慈利与二丫、茂才分别走后,茂才请驿丞拨了一名驿卒,带上他的堂客服侍二丫。双方言明是雇佣,待到耒阳后,他们夫妻再赶车返回慈利。这样走走停停不计时日,一路上但以照顾病人的身体为主,二丫的病情才稍有缓解,但疲惫的身子还是软弱无力。

当安亭公回到县衙时,他们正好刚从慈利回来尚未下车。他见状,赶紧把二丫扶回家里上床歇了,忙着给她把脉开方熬药。这样一段时日后,仍不见明显好转,直把他累得精疲力尽,哪里还有精力顾及衙门里的当下政务?

主簿朱先轸见安亭公忙得焦头烂额心有不忍,便私下里与县丞米子茂商议说:"俺有个表妹叫陈小颖,现年二十一岁,是本县太平乡大和圩人,自小便敦厚良善勤快利索,人品端庄,夫婿前年殁于瘟疫,如今寡居守孝已经两年有余,膝下亦无子女。余以为若能将她接来服侍太太料理家务,便能把老爷彻底解脱出来,等太太病愈后便打发她回去。如此则既帮了老爷的忙,也能为她自己排遣淤积打发时光,省得闷在家里憋屈久了,真成了病秧子。这样各为其好两不相欠,更无须分文酬劳。倘若能在这段时日,为她在城里踅摸上一门亲事,也了却了俺这当表哥的一桩心愿。"

米县丞听后眼前顿时一亮,忙道:"如此甚好,这两日我还正为此事焦心呢!只是苦于跟前没个合适的人选。待我禀报老爷后,咱们再作计议。"

待朱主簿退下后,米县丞当即便去请见安亭公。

安亭公一听此言正合心思,便委婉地说:"既然是朱主簿的表妹,贤惠干练自然可信,但一定要给付工钱,虽说是自家人,也不能凭空里白白使唤人家,我这里除了陪侍太太之外,还得做饭熬药料理家务,营生多着呢,我看就给上两吊现钱的月酬吧!"

米县丞道:"老爷,咱们耒阳的工匠一个月才挣两吊现钱,大户人家的使女也就是一吊钱的价,给多了也不合适,您说呢?"

安亭公遂笑着道："咱这里的营生不是多嘛，你什么也甭说了，就按大户人家的使女例，月酬给上一吊吧！"

米县丞熟知安亭公的禀性厚道，知道再说多余，也未与他争执，便去通晓了朱主簿。

第二天一早，朱主簿备了一辆马车去了大和圩，午饭时便将表妹接来了。

进门后，安亭公上下打量了一下小颖，见她果然是敦厚端庄干净利落，便笑着点了点头。

小颖是勤谨活泛人，她见老爷家里横七竖八杂乱无章，便悄无声息地动手收拾起来。只一会儿工夫就拾掇得井井有条，须臾间已将饭菜做好了。安亭公见状一阵欢喜，忙招呼朱先轸与他共进午餐。觉得饭菜也可口，便更加放心了。

晚饭后，他仔细嘱托了一番小颖后，便把行李搬到书房睡了。

安亭公把二丫安排停当后，又把衙门里的政务也委托了米县丞，便带着喜贵下了衡州府衙。

徐知府见安亭公突然不期而至，遂喜出望外地说："贤弟啊！俺可把你盼来了，浦大人前些天连着来了两道公函，又派臬台大人亲自下来催促。我敷衍搪塞说，我与阎知县这两日正在梳理，月底前可望了结此案。"

安亭公说："咱们现在就可以呈送结案文牍了。"

徐知府说："那就劳烦贤弟费心了。"

于是安亭公便静下心来，在徐大人的书房里字斟句酌地起草行文：

乾隆五十一年耒阳"广德诚"钱庄窃案主犯古尚云，衡南临武人氏，乾隆十三年戊辰生人，幼年孤贫流落街头乞讨为生，江洋大盗皇甫南怜其聪颖，收为养子而误入歧途沦为盗首。幼年熟读诗书，通晓兵法，轻功了得。虽为盗首，侠骨柔肠，盗亦有道，门生弟子遍及江南数省。其天性使然专窃不仁，以盗济贫，窃来钱财悉数施舍，或街头乞丐，或寺庙道观，向有侠盗义士之称。数十年行走江湖并未失手，此次走风实属偶然。

若循《大清律例》，仅此一案，便是极刑。以余度之，盗寇同理，用刑犹如用兵，以不战而屈人之兵，善之善者也。以此度之，三军夺帅，攻心为上，剿抚并用，是为上策也，故而不须徒费时日。究其既往，若能招抚古盗一人，便可稳定半壁江南。

　　卑职以为此案不宜循例重判，或监禁或流放，任凭大人裁夺。只要缓以时日，辅之秣马厉兵，便可将域内盗贼逐个捕捉。届时再作了断，或杀或剐，也就没了后顾之忧。倘若古能幡然悔悟助我捕盗，更是功德无量，据此赦免其罪，亦显皇恩怀柔，如此则事半功倍也！只要当下不处极刑，便无须惊扰圣驾。只须送上文牍，由臬司衙门报刑部备考，便可了结此案，恳请大人三思而后定夺。

　　徐大人览毕，连连说："好，好，好，就这么报吧。"于是二人联袂依次署名，又将古案文牍调来一并火漆封缄。

　　第二天安亭公与徐知府便带着文牍来到抚台衙门。

　　浦大人看了他俩送来的文牍时，连连赞道："贤契果然是大手笔，有理有利、有据有节，就这样送吧，二位辛苦了。"

　　随即传来按察使周宣理，将文牍递与他，不待他看完便说："照徐知府和阎县令的呈文，臬司量刑结案吧。"

　　周宣理忙问："执行何种刑处呢？"

　　浦大人迟疑了一会儿说："流放吧！拣个就近点的地方。"说完回过头来，询问的目光朝着徐知府和安亭公看了看，二人遂即点了点头。

　　这样耒阳"广德诚"钱庄万两白银失窃案，从侦缉破案到判刑结案，历经两年又三个月，就此尘埃落定，终于有了朝野一致认可的结果。至此长沙、衡州、耒阳的社会治安秩序井然。

　　乾隆五十三年谷雨那日，安亭公与徐知府回到衡州府衙后，一起到大牢里看望了古尚云。

　　古尚云心存感激，由衷地说："古某幼年孤贫漂泊江湖，不谙世事误入歧途而不能自拔，以致半生危害社会。感谢二位大人宽宥，嗣后但凡有用得着古某的地方，虽赴汤蹈火万死不辞也！"

　　安亭公道："足下言重了，以你的才智学识，本应立于庙堂之上，造福黎民百姓，却被盗贼引诱误入歧途，以致美玉如厕可惜了材料。而今幡然醒悟，亡羊补牢未为晚也。我等冀希足下，在刑部核准前的这段时日里，潜心读书反省自律静以修身，方不负我等的殷切期许。"

安亭公一番语重心长的肺腑之言，暖得古尚云顿时热泪盈眶，连连慨叹，唏嘘不已。

二

立夏节令后，夜来南风起，稻谷二麦覆垅呈黄，庄户人家喜洋洋。江洋大盗古尚云案报请刑部待核后，安亭公便在心里琢磨着，在等待刑部核准的这段空闲时日，了解一下各地公塾义学的开办进度，察验乡村治安联防体系和水利配套工程的施工状况，顺便走访巴夭人近期的生活状况。

五月二十四日，他带了喜贵和王巡检一行五人来到龙塘镇。那些巴夭人见他们久违了的知县老爷突然从天而降，喜出望外激动得热泪盈眶，霎时间，一窝蜂似的纷纷聚拢过来，把他团团围在中央。

安亭公俨然一位慈祥的长者，他目不暇接地环顾着周围一个个熟悉的面孔，频频与之招手致意。当他殷切的眼神触及到那一双双企盼的目光时，他的眼睛瞬间湿润了。

那些巴夭人像孩子似的眼里含着热泪，争先恐后地打开话匣子，比画着向他演示他们这些日子刚学会的能耐和本事，尽情地夸谝自己的才艺技能，生怕错过了这个能讨他欢心的表白场合。

他们不仅熟练地掌握了犁田锄地的庄稼把式，而且学会了各种蒸煮煎炒的厨艺，更重要的是他们已经能用娴熟的汉语与他交流了。

安亭公对他们展示的各种技能一一给予了鼓励和鞭策。他们高兴得手舞足蹈心花怒放，由衷地说："老爷就是俺们巴夭人的再生父母，世世代代的老祖宗。"

他们簇拥着安亭公一行，浏览了他们耕种的庄稼地和改造后的农舍院落。午饭时，用自己娴熟的厨艺招待了他们最尊贵的客人。

饭后，安亭公亲往香兰寺拜谒慈云住持，他虔诚地对慈云住持说："若非住持当年指点迷津拨云见日，或许俺至今还在迷雾中徘徊呢，您不愧是山中宰相世外高僧。"

慈云住持双手合十曰："施主宅心仁厚功德无量，巴夭异人归服王化，才是菩萨的造化！阿弥陀佛！"

离开龙塘后，他们一行又沿着老路走访了夏塘、羊武咀和青龙书院，勘察了各地创办的公塾义学、乡村保甲治安联防和水利配套工程。安亭公虽然疲乏劳累，但心情愉悦精神振奋，这一趟乡下之行，考察了近一个月的时间，直到六月底时才回到耒阳。

经过一个多月的休养生息，二丫的病情明显有了好转，瘦弱的身子渐渐有了起色。

小暑那日，安亭公回到家里时，二丫已经能够料理自己的日常生活了。只见她泛着红润的脸上挂着淡淡的笑容，只是身子骨儿却像散了架似的，只能待在家里做些手头营生。

安亭公回到家里时，二人正在床上做女红针黹。小颖见他回来，顾不得招呼，便赶紧放下了手头的针线活儿，忙着烧水去了。安亭公看到家里拾掇得整洁干净温馨可人，不禁一股暖流涌上心田，遂自漫不经心地坐在床边，询问起二丫的病情来。

二丫高兴得眉开眼笑，一个劲儿地夸赞说："这段日子俺可多亏了小颖妹妹照顾，不知老爷是从哪里打着灯笼寻来的，她性情温顺得像个小绵羊，与俺脾气投缘，俺俩已经认了干姊妹。"

安亭公笑着说："那好，那好，只要你俩高兴，俺还巴不得呢。"

这时小颖已经端出一杯热茶来，款款地放在炕桌上，侧着身子道了个万福说："老爷，请喝茶。"

二丫就势一把将她拽过来，拉在自己身边坐下说："叫什么老爷呢？叫姐夫。"小颖顿时腼腆得羞红了脸，只是低下头来手足无措地抠着手指甲。

安亭公乐呵呵地说："对，小颖听你姐的，就叫姐夫吧！"小颖羞涩的脸又红了，忙借故做饭迅捷离开了。

饭后，安亭公似乎有点别扭，却不知道哪里不自在，便安慰二丫："你的病体刚刚有了起色，可别累着了，饭后还要睡个午觉才好。"说着便抽身去书房歇息了。

眼见二丫的病情有了好转，安亭公这段时日以来，提在嗓子眼儿上的心终于跌到肚里，阴郁的心情瞬间转晴了。

这天午后，他便把去年盗匪聚众劫狱袭击耒阳大牢事发后，段三才上报抚台衙门的那份呈文存档副本调来仔细研究。

之前，他就在心里无数次地琢磨，这伙不期而至的窃匪，他们如果没有十足的把握，便不敢置高墙壁垒戒备森严的险象于不顾，在人地生疏的异域牢禁之地，贸然实施劫狱的侥幸心理心存疑虑，当时只是碍于古尚云案审诘分歧的缠手，在衡州、长沙两地之间来回奔走周旋，又兼二丫卧病在床心神不宁而无暇顾及。今日只稍事梳理，便从中发现了诸多纰漏可疑，使他对这个劫狱案的迷惑，突然产生了强烈的好奇心理。

据悉，段三才是去年五月二十四日才赴耒阳任上的，五月二十六日夜里，他才把古尚云秘密解回耒阳候审。而且每次提审都在狱内的密室里进行，虽然动用了大刑，但依着古尚云的性子，断乎不会大喊大叫，而壁垒森严的高墙之外，怎能知道他已经押回耒阳？谁知，三日后拂晓时，一伙神秘的窃贼突然云集此地，倘若不是内鬼接应底清数明有把握，他们便是吃了熊心豹胆，也不敢生此邪念而贸然劫狱，此案蹊跷啊！蹊跷！

于是，他便把巡检王佩成召来询问："去年五月二十九日，耒阳大牢发生的劫狱案，已经过去一年多了。我回任履职后，因周旋于古尚云案的审理纠结，尚未着手梳理。为慎重起见，趁着这段难得的清闲日子，咱们仔细梳理筛查一下可好？"说着便将副本查阅圈点了的可疑之处一一指给他看。

王巡检只稍加浏览后，便猛地拍了一下自己的脑门说："老爷不愧是断案释疑的解困高手，总能在不经意间发现疏忽纰漏，且能抽丝剥茧识破疑点。您看俺这榆木疙瘩的脑袋里，从来没有这根弦儿，经您这么一提醒，俺也开窍了。您说吧，咱们该怎么着手呢？"

安亭公道："雁过留声，人过留踪，凡怪异之事，无论怎样缝补弥合，也难免会留下蛛丝马迹。没有家贼招不来外鬼，你顺着这些疑点蹅摸一下，看看可有纰漏之处？"

王巡检若有所悟地点点头说："老爷所虑极是，请您缓以时日，待我细细查访。"

五日后，王巡检回到衙署对安亭公说："老爷，那日经您点拨，俺回到营房后仔细捋了捋。其间，确有一名巡逻的乡勇，在案发三日后告假还乡了，他冠冕堂皇的理由是母亲病重回家探望，谁知这一去就再也没有回来。

"那时俺只以为他是嫌差事苦累打了退堂鼓，故而也没当回事，反正是募来的乡勇，只好趁由他去了。前日俺亲自下乡询查后，才得知此人父母早亡，一家人的生计，全靠祖上传下来的两垧山坡地养活，日子过得恓惶可怜，为了挣点饷银维持生计，他才应募的乡勇。

"谁知,去年秋后,他家里的老旧房屋突然翻修一新,还置了十几亩水地和一头耕牛。转眼之间,小日子便红火起来,当下已是村里人羡慕的黄明光景了,由此俺起了疑心。于是,便派人将其传来讯问,此时,他却支支吾吾遮遮掩掩前言不搭后语。俺一怒之下,便将其捆绑起来一顿要挟恐吓,只半个时辰后,他便做了如实交代,却原来这里边还真是有些猫腻呢!"

安亭公微笑着点了点头说:"你再说得详细点。"

王巡检说:"此人名叫陈三伢子,是乡下五里牌村人,孩童时与同里玩伴樊傸子兴趣投缘,长成后亦相交甚厚,竟成莫逆之交。

"十年前,家徒四壁穷困潦倒的樊傸子,为谋求生计,外出闯荡,便将爹娘妻儿托付于三伢子看顾,三伢子不仅满口应允,而且还将家中仅有的两吊现钱倾情相赠,直感动得傸子热泪盈眶,当下许诺,待他日发达后,当与之共享荣华富贵。

"樊傸子踏上江湖后,便拜在江洋大盗古尚云门下做了梁上君子。去年五月二十八日,他悄悄潜回耒阳,秘密约见了三伢子并送上两锭大银,以酬谢他当年的慷慨解囊,并请他疏通其充任县衙狱吏的表兄梁化锋,这样便在不经意间将他死死地捆绑了。陈三伢子在收到樊傸子赠送的两锭大银时,已是利令智昏,遂应允牵线买通了他的表兄梁化锋,如此这般,三人一拍即合,狼狈为奸,共同谋划了这起里应外合的劫狱大案。"

安亭公沉思了一会儿说:"咱们眼下先不动声色地稳住梁化锋,说服陈三伢子戴罪立功,以捕捉樊傸子为突破口,只要捉住樊傸子,这桩劫狱案便可告破了。"

王巡检道:"老爷言之有理,眼下的关键就是这个陈三伢子能否就范呢?"

安亭公道:"以我之见,陈三伢子作为在编的乡勇,私通盗匪贿赂狱吏里勾外连,无论司法审诘还是军法从事,都是必死无疑,何况他已供认不讳。当下已是坠入猎人陷阱的山狍野鹿,正在垂死挣扎,故而他的就范是必然的,因为贪生怕死是人的天性。其次,他的房屋地产和堂客娃崽还在故土乡里,既搬不动又不能变现,以他贪婪的本性,眼前只有配合衙署破案以赎罪自救,才是他唯一的出路。不知三伢子现在何处拘押?梁化锋知晓与否?"

王巡检道:"回禀老爷,陈三伢子还在城西营房拘着,尚未收监呢。"

261

安亭公道："这就好，这就好。"

是晚戌时初刻，安亭公与王巡检来到城西营房，秘密提审了陈三伢子。

当陈三伢子拖着疲惫不堪的身子被押上堂来时，见安亭公端坐在公堂上，便立即跪倒在地，磕头如捣蒜般直呼："小人该死，罪该万死！恳请老爷看在两个幼崽无人抚养的份儿上法外施恩，但有差遣，小人当以死效命。"

安亭公见状，遂步下堂前，亲手将他扶起来和蔼地说："人非圣贤，孰能无过？亡羊补牢，为时未晚。何况尔本是心地善良的农家子弟，只因交友不慎一念之差才误入歧途，本县念在你是初犯，又兼少妻幼子无人看顾心有不忍，思虑再三，决计为你网开一面法外施恩，尔可愿意戴罪立功？"

陈三伢子站起来时，已是泪流满面了，他痛心疾首地说："老爷，俺一时糊涂铸此大错，而今已是后悔莫及，恳请您给俺指一条生路吧！"

安亭公道："当下便有个将功折罪的契机，尔若能探得樊侏子的行踪，便可赎抵死罪，尔可愿否？"

陈三伢子忙不迭地说："老爷，俺愿意，愿意，请您给俺半个月的时限，俺就是踏破铁鞋，也要找到这个狗崽子。"

当晚安亭公便将陈三伢子秘密释放了。

三伢子回到家里稍事停留后，遂连夜收拾行装，于次日晌午时分，便住进了耒阳城南的醉春风客栈。

醉春风客栈位于耒阳南城门口的西城墙根儿下。临街三层一溜十三间青砖瓦舍，气派宏大装饰典雅，底层是饭庄，二层和三层都是客房，它的临街对院便是闻名湘南的醉春风妓院。三伢子知道侏子在这里有个相好的妓女叫小桃红，他只要得空闲时，便准到这里来与之厮混。于是，便在三楼的走廊尽头定了两个包间住下来，窗户正对着妓院的大门。

王巡检派了两名武艺精湛的乡勇化装后，也住进了三伢子隔壁的房间。

三伢子入住后，顾不得洗漱，便搬了把椅子坐在窗口打开窗户，两眼死死地盯着出入妓院的每个人。从前半晌到后半夜，连着等了七天，却不见侏子的半点儿踪影。

随着时间的推移，三伢子渐渐地有些焦躁不安了，眼见半月时限一天天临近，愁得他像热锅上的蚂蚁似的再也坐不住了，只好站起身来在地下兜圈圈。

直到第十三日黄昏时分，正在窗口苦苦转悠的三伢子忽然眼前一亮，只见挂着大红灯笼的妓院门口，突然闪进一个熟悉的身影来。那人头戴一顶黑缎瓜皮小帽，身材高挑而精瘦，身着藏青色儿的蓝绸长衫，外套绛紫色儿的贴身马褂，脚登鹿皮快靴，背上拖着一条二尺多长的大辫子，辫梢上彩丝系结，手持折扇温文儒雅，俨然一副十足的贵胄公子哥儿派头。

三伢子两眼射着蓝光顿时心花怒放，是他！是他！就是他！这个让他心急火燎等了近半个月的樊侉子，终于出现了。须臾间，他的身影已经映在小桃红寓所的纱窗上。

三伢子一颗悬着的心终于跌在肚里，遂自在心里盘算："这个风流鬼前段时日一定是走穴去了，发了愣财就到这里叼马子①会相好，依惯例他是要在这里住上一段时日，至少今晚他是不会走了。"

于是，他便敲开隔壁房门，将这个突如其来的收获报告了那两个乡勇。三人合计后，便打发了一个乡勇立即回营房禀报王巡检，他和另一个乡勇留下来继续监视。不到半个时辰，王巡检已经带着四个乡勇赶来了。

王巡检了解情况后，迅速做了周详的部署，决定三更以后行动。四个乡勇携带绳网，蹲守在小桃红窗外的楼底下，断了樊侉子跳窗逃跑的后路，王巡检自带两个乡勇和三伢子直闯正门实施抓捕。

子时刚过，王巡检带着他们悄悄闯入妓院，他亮了衙门签署的拘捕文书后，老鸨和两个守夜值日顺从地把他们领到小桃红寓所门前，打开门锁后便退了出来。

当他们闯进房间时，警觉伶俐的侉子已被开门声惊醒了，他一看势头不妙，便敏捷地从枕头下抽出一把匕首，左手揽住小桃红的脖颈，右手持匕直抵她的心口，把小桃红当作人质盾牌，拖着她的身子急速地往窗口退去。王巡检见势不妙，怕行动过激伤及无辜，便一下子僵持在那里。在这当儿，侉子用匕首迅捷挑开窗扇，将小桃红朝着他们一把猛推过去，一个箭步登上窗台跳了出去。当他们快步赶到窗口楼下时，只见四个乡勇正在收紧网口，侉子已像断了脊梁的癞皮狗一样，还在绳网里扑腾。王巡检当即问老鸨寻了一条扁担，令两个乡勇抬着捆绑结实的侉子上了路。整个抓捕过程，前后不到半个时辰。

当他们回到县衙时，安亭公已将狱吏梁化锋拘押起来，着令茂才临时署理狱吏。

这时天已大亮,安亭公一看正犯已经归案,这才轻轻地松了一口气,命茂才将人犯披枷戴锁关入大牢。

午饭后,安亭公遂决定接触一下樊傀子先探探口风。于是,便带着王巡检和茂才一起去了牢房。当牢门打开时,令茂才为其去掉枷锁,而后与之席地而坐。安亭公平和地对樊傀子说:"虽说尔师与我形同水火势若冰炭黑白分明,但悲天悯人扶危济困的天性使然,竟是心有灵犀如出一辙。尔赴汤蹈火舍身救师的悲悯情怀也概缘于此,但因尔一时兴起的莽撞,竟使官府死伤了七八个乡勇,还险些搭上自己的性命,想必尔亦后悔莫及,且不说尔之前犯的那些盗窃大案,仅此一桩便是死罪难逃,甚或株连三族。本县念尔事亲至孝人性尚存,可为你指点一条明路,唯有倒戈相向立功赎罪,方可脱离此劫。尔既是古尚云的得意门徒,想必也是人中翘楚,此中利害关联就不须本官为你一一诠释了吧?而今我把话撂在这儿,当下先不用急于答复,可以给你留下足以反省的时间,待哪天醒悟了再通晓狱吏,本官随时恭候你金盆洗手浪子回头,这也算仁至义尽了吧!"

樊傀子低下头来一言不发,沉思了好一阵子才说:"倘若师尊的案子还是老爷审理时,我等也断然不会出此下策节外生枝,只因段三才贪功心切滥用酷刑,才激起江湖弟子们的愤慨,也是我等糊涂才酿的祸端。老爷今日苦口婆心循循诱导,只为拯救傀子拔除苦难,俺虽是江湖盗寇,亦不禁肃然起敬。如今既已身陷囹圄,傀子只求以死谢罪,绝不敢厚颜无耻乞求免死,以亵渎师父的名节。"

从牢房回来后,安亭公兀自在心里琢磨:"此人明事晓理率性耿直,可见其心存善念人性尚未泯灭。只要掐准了这个脉搏,而后动之以情晓之以理,再辅之以循循善诱感化疏导,何愁他不会束手就范为我所用呢?但凡人都是有软肋的。"

于是,他便把三伢子召来,仔细询问了樊傀子的家庭状况。

三伢子说:"傀子虽然穷家薄业家境贫寒,但祖上三代却是传统守正的庄户人家,爹娘特别恨其偷窃行盗坏了门风,便把他逐出家门。但傀子为人至诚至孝,时时还要觍着脸回家看望二老,又是送吃喝穿戴又是给银子。而爹娘对他的殷勤孝道不仅不领情,反而当着他的面把他拿回去的钱物,狠狠地扔进茅厕粪坑里,以解心头之恨,但傀子痴心不改依然如故。"

安亭公听后，顿时眼前一亮便有了主意。

翌日晨起，他令王巡检备上马车，带了一篮鸡子和一坛米酒，由三伢子赶着车，亲自到了五里牌村探访侁子的爹娘。

他们进了大门时，只见侁子的阿爹身着补丁摞补丁的土布短衣，正在院里喂猪。他见三伢子领着县太爷突然莅临，以为是侁子犯了窃案，官府寻上门来抓人了，顿时惊恐得颤颤巍巍地跪在地上，一个劲儿地磕头谢罪。

安亭公赶紧上前将他慢慢地搀扶起来说："老人家，可别折了俺的阳寿，快起来咱们回家叙叙话可好？"

说着，安亭公便径自把他扶进屋里坐在炕上，让三伢子搬了条凳子坐在他身边，一五一十地把侁子犯的事如实说了。侁子的阿爹一听，便火冒三丈咬牙切齿地说："罪过啊！罪过！这个狗崽子不是俺樊家的种，俺早就知道他会有这么一天的，善有善报，恶有恶报，该杀该剐，任凭老爷发落，这是他罪有应得。"

侁子娘一听就大哭起来，扑通一声跪倒在地下哆嗦着说："青天老爷，俺娃是被歹人挑唆坏了，您就饶他一条小命吧！俺们来世当牛做马，也要报答您老人家的大恩大德。"

侁子的堂客韦氏也拽着两个六七岁的娃崽跪在地上，磕头如捣蒜般地恳求："青天大老爷，只要能保住俺娃他爹的性命，俺们愿意卖房卖地倾家荡产替他赎罪。"说着便大哭起来。

安亭公看着全家人已经哭成一锅粥，忙上前将他们一个个扶起来说："俺今天上门来，就是为了拯救侁子的，你们甭哭了，咱们坐下慢慢说。"

待众人止住哭声后，安亭公才一款一款地陈述："按《大清律例》释解，侁子犯的可是死罪，但其中有一条是将功折罪，也就是说立功可以赎罪。眼下就有个立功的机会，只要他能供出他的那些死党们，就能折抵死罪保住他的性命。俺今天过来，就是想请二老和家人规劝规劝他，不要固执己见执迷不悟了。否则，哪天别人供出来，他可就没有机会了。"

侁子娘激动地连声说："谢老爷恩典，俺们让他说，他要是不说，俺们就死给他看。"

安亭公看这架势，心中一阵窃喜，便吩咐王巡检用车把一家人载了连夜返回县衙，先安置在客房里住下来。

次日晨起，安亭公陪他们一家人吃过早饭后，便命王巡检和茂才把樊侏子押来。这时除掉枷锁脚镣的侏子，身上穿着还是那天去妓院时的行头。

他一进门，樊老爹上去劈头盖脸就是一顿暴揍，无论众人怎样劝阻，都毫不见效，幸亏两个娃崽跑过去挡在中间，他才停下来。

樊侏子见全家人都来了，便过去给爹娘跪下磕头说："忤逆儿侏子不孝，让爹娘跟着受累了，二老的养育之恩我来世再报吧！"说着便失声痛哭起来。

可怜的侏子娘一下子抱住侏子的头大哭起来，婆娘韦氏领着两个孩子跪在一边啜泣着，一家人又哭成了一锅粥。

侏子娘哭着说："娃儿呀！为了救你活命，青天老爷昨儿专门去了咱家，苦口婆心不厌其烦，真是活菩萨啊！你就不为爹娘娃崽着想，也得感念老爷的菩萨心肠啊！他才是你的再生父母。老爷说了，只要你把你的那些狐朋狗友们供出来，就能立功抵罪免去你的死刑，你总不能让俺们两个土埋在脖子上的棺材瓢子，白发人送黑发人吧！"

侏子一听娘的哭诉，顿时明白了今天这个见面是县太爷安排的苦肉计，遂腾的一下站起来，铿锵有力地说："娘，你这是陷俺于不忠不义，恕孩儿愚钝不能遵命。"说着站起身来杵在那里再也不吭声了。

侏子娘见状，立刻从怀里掏出一把剪子，右手倒握着直刺心口，茂才急了，一把上去抱住夺下剪子来。

侏子娘一屁股坐在地上，拍手呼掌地大哭起来，嘴里叫念着："你们今天夺了，可夺不了明天，反正俺不能死在这个狗崽子的后头，亲眼看着他上法场，还是一死了之吧！"

樊老爹在一旁狠抽着自己的脸说："造孽呀！造孽！报应啊！报应！真是损尽先人的阴功了。"

侏子的婆娘跪在侏子脚底下也哭得背过气去了，两个娃崽一人抱了一条腿，哭得房梁上的尘土直往下掉。

侏子听得一阵心慌意乱，顿时没了主意，停了好一阵子，忽然紧握着两个拳头朝自己一阵狠揍后才说："你们甭哭了，俺说，俺说。"

韦氏一下子站起来，一手揽住他的脖子，一手拍着他的胸膛说："死鬼啊，死鬼，你早这样还要爹娘跟着遭罪吗？你死了倒是痛快了，可叫俺娘儿们咋活呀！"

这时，安亭公不失时机地推门进来说："侔子真是一条汉子，我想将来把你安置在衙门里当个侦探捕快，肯定是一把好手。"

樊侔子见县太爷进来急忙跪下磕头说："老爷啊，你这一招老厉害了，只是把俺害惨了。"

安亭公忙上前扶起他来笑着说："侔子啊，人怕糊涂，更怕的是陷入泥潭还执迷不悟。平心而论，你的那些狐群狗党比之梁山好汉的手段如何？可他们最终还是觍着脸接受了朝廷的招安，因为他们知道这个行道虽然能大碗吃肉大秤分金，但终究不是安身立命的基业，将来娃崽们嫁娶婚配，谁家肯与你连接姻亲？子孙后代被人唾骂不能科考入仕，你一辈人造下的孽冤，得多少辈儿孙替您背黑锅呢？普天之下莫非王土，这也就是那些虽然丧魂落魄走投无路的文人穷汉们，宁肯流落街头冻饿毙命，也不敢触碰王法底线的真实缘由。自古以来，识时务者为俊杰，而今你深明大义迷途知返，亡羊补牢不为晚也！今日中午本官为你置酒庆功。"

说话间，厨下已将备好的酒席摆上桌来，安亭公笑呵呵地陪着一家人，高高兴兴地吃了一顿团圆饭。

饭后，樊侔子讨来纸笔，开了一份长长的名单，递给安亭公说："老爷，这是古先生麾下二十八宿弟子的名单，请您过目。"

安亭公接过来仔细浏览时，果然是二十七人，姓氏年龄绰号，籍贯特长嗜好，一一标识得清清楚楚，不由得一阵喜出望外地说："侔子果然是顾全大局的明白人，不鸣则已，一鸣惊人。仅此一斑已见足下脱胎换骨的决心，我要破格重用你。"

樊侔子痛心疾首地说："老爷，您别奉承了，俺这一纸投名状，已将自己半世的名节毁于一旦了，俺这欺师卖友的无耻行径，他日必然是身败名裂遗臭万年。俺这会儿才感悟到当年师父为什么宁肯四海漂泊，也不愿娶妻生子传宗接代呢？如今看来，这些身外之物便是累赘，累赘啊！"

安亭公见侔子如此捶胸顿足扼腕不已，遂耐心地抚慰鞭策道："尔不愧是古尚云门下第一高徒，二十八宿天罡之星，侠骨柔肠有情有义。而今悬崖勒马倒戈相向，更是明智的抉择，尔大可不必愧疚自责。我给你三天的时间，待明日备车，把一家老小送回家中安顿了，返回衙署时，咱们再做计议。"

七月十五中元节那日后晌，侉子返回县衙后，不无忏悔地对安亭公说："老爷，而今俺虽已倒戈为官府效命了，但仔细想想总觉得愧对恩师，当下只想见见他老人家，当面向他倾诉一下俺的无奈，以舒缓这些日子淤积在心里的苦闷，不知老爷允准否？"

安亭公笑着点了点头说："这是必须的，一日为师终身为父，你如此重情重义之人，我能不成全吗？明天我来为你安排。"

第二天一早，安亭公带着侉子和喜贵一起前往衡州府衙，请见徐知府并说明来意。徐知府首肯后，便安排喜贵领着侉子去大牢拜见古尚云，独独留下安亭公与之叙事。安亭公遂把他俩分别这段时日，自己怎样心生疑窦，从呈文副本的字里行间识破端倪，又如何秘密捕捉说服三伢子、侉子倒戈相向的细节，一一给徐大人禀报了一番。

徐知府听后，顿时惊得喜出望外，兴奋得连连慨叹道："贤弟啊，你可真是深藏不露用兵无形，咱俩分别仅三月有余，你便弄出这么大的动静来，只此一招便能将湘省盗贼一网捕尽。嗣后，抚台大人当对你刮目相看了，便是当今圣上也会另眼相看的，你就等着升迁吧，湘省臬台非你莫属。"

安亭公谦谦一笑道："徐大人过奖了，如果不是您笃信无疑从中调停，卑职岂能放开手脚轻装上阵，更不会有如此作为。说透了，这个功劳应该记在您名下才是呢。况且，眼下也只是拿到了名册，这些窃贼们浪迹天涯行踪诡异，真要悉数拘捕，似乎还得费点儿周折，甚或捕获一个便惊了一群。而今最棘手的是怎样想个万全的法子，才能一网捕尽呢？今日让侉子过来拜见古尚云，便是让他们师徒二人沟通一下，才好实施拘捕。若能说服古尚云倾心与官府合作，才可一战定乾坤。"

徐知府忙说："对对对，贤弟所虑极是，你看我只顾着高兴，竟然失态让你见笑了。"

喜贵把侉子领进牢房后，便自退出来。

侉子到了监狱时，古尚云被囚禁在西北角落一处神秘的独院里，虽然是高墙壁垒的牢狱禁地，这里却是波澜不惊静谧安宁，似乎远离了尘世凡间。他进了正屋房门时，见古尚云身着洗得发白的蓝布短衣，正仰卧在临窗的躺椅上认真读书，他面色白净略显红润，竟比之前胖了许多。侉子只扫了一眼，见北墙根下摆着一张挂了蚊帐的单人竹床，西墙一面四开门的书橱里摆满经史子集，旁边的几案上搁放着文房四宝笔墨纸砚，室内竟似居家一般温馨可人，一应生活用具齐全。

侥子急忙上前跪在地下大礼参拜，古尚云见他突然不期而至，并未特别惊讶，只略有迟疑，心里便什么也明白了，不经意地说了句："起来吧，坐下叙话。"

侥子怯怯地落座后，便声泪俱下地把自己如何被捕，安亭公怎样施以亲情苦肉计，父母妻儿如何以死相逼，自己心力交瘁，不得已而投诚的过程，详详尽尽地给古先生做了交代，且一个劲儿地反省忏悔，以期赢得他的理解和同情。

古尚云面无表情地沉思了好一会儿，才开口道："事已至此，多余的话就莫说了，凡事不会一成不变，盛极必衰月满则亏否极泰来，如此周而复始循环往复，这才是天道自然。只当下咱们这帮人，早已违背了皇甫先生当年劫富济贫的初衷，丧心病狂明火执仗肆意妄为，甚至利令智昏的不知道自己是龙是虎了。试想，哪个正统的王朝政府会容忍这种嚣张跋扈的肆虐横行呢？长此下去招来横祸灭顶之灾是必然的。凡世间之事聚则起于缘而散则由缘尽，千里搭长棚，从来没有不散的宴席。皇甫先生说得对，咱们是该到了收缘的时候了，最好的收缘结果，就是悬崖勒马金盆洗手，或归隐林泉安贫乐道，或远走他乡安身立命，以体面退出江湖，甚或效命官府以赎己罪，也不失为明智的选择。否则，大劫来时，必然是死无葬身之地。只是如今这帮人鱼龙混杂，他们能听我的吗？这些年来，他们在我跟前唯唯诺诺唯命是从，但背地里却是信马由缰胡作非为，甚至妄自尊大，似乎老子天下第一。窃来的钱财娶妻纳妾购置田产，吃喝嫖赌任意挥霍。他们只当我耳目闭塞孤陋寡闻全然不晓，却不知我早已心知肚明一目了然，只是不想和他们枉费口舌徒伤冤气罢了。这样下去被抓被杀是迟早的事，真的到了那一天，是要下地狱的，佛祖也救不了他们。唉！我这孽作大了！"说着不禁潸然泪下，一阵唏嘘不已。

侥子一看古先生不仅没有对自己投靠官府的倒戈相向横目怒斥，反而连连自责慨叹不已，似有悔恨交织伤感之意，心里不由得一阵窃喜，赶紧安慰道："天作孽犹可恕，自作孽不可活，各人自有各人的造化，这个罪过不能由先生承担，您大可不必如此伤感，免得伤了身子，俺的罪过可就更大了。弟子不揣冒昧,您不妨再斟酌一下,想个两全的法子,彻底断了他们的后路,免得越陷越深滑得更远。"

古尚云沉吟了片刻,徐徐试探道:"你可有什么好的法子,不妨说出来咱们共同探讨一下。"

俟子说:"据俺所知,七月二十三日是大师兄柳之龙的生日。自您入狱后,他便吃五喝六登高一呼取而代之,成了当下号令江湖的掌门人,为了拉拢各个山头的当家人,以确立他的江湖正统地位,便私下里约定每年他生日的那天,各路人马偃旗息鼓,前往枇杷山庄置酒庆贺。俺觉得这就是个一网捕尽的好机会。届时,只要方法得当出其不意,便可一举将其悉数捕获,只是这招儿似有点阴损,恐被江湖上不齿而留下诟病。"

古尚云叹了一口气说:"柳之龙啊柳之龙,前些年他便有觊觎谋篡之意,只是顾及我的声名威望,还不敢放肆。自我入狱后,他便私欲膨胀蠢蠢欲动全然没有了顾忌,还居然年年聚首庆寿,这种在同一时间特定地点的规律活动,被官府一网打尽是迟早的事。不如咱们现在就借这个机会,配合官府一举将其捕尽,也算是替他赎罪替天行道了。再退一步说,这阎县令自来湘省后,惩腐戒贪除暴安良,一心一意兴修水利创办义学为老百姓谋福祉,也属湘省百年来第一清官廉吏,我等作为湘人不给他帮忙倒也罢了,若再恣意添乱折腾就不地道了。"

古尚云一席肺腑之言,俟子听得如释重负,连连称道:"先生审时度势高屋建瓴,弟子茅塞顿开受益匪浅。实不相瞒,俺今日到此便是向您请罪忏悔来了,难得您远见卓识痛下决心,竟是弟子始料未及的。既然如此,您不妨把您的想法与知县老爷和盘托出,弟子甘愿深入虎穴见机行事。"

古尚云心里明白,俟子之所以这样,其良苦用心是在有意成全自己,遂不无感慨地点了点头道:"你也算是我弟子中少有的忠厚之人了。"

午饭时,安亭公令厨下备了几个家常菜,上了一坛老酒,与古尚云和俟子在牢房里边喝边聊,趁着酒兴,古尚云便把自己和俟子商讨的想法和盘托出。

安亭公赞许地给二人斟满酒杯说:"难得先生师徒如此深明大义,我替三湘父老谢谢你们,请二位满饮此杯,我先干为敬。"说着一口气喝干了杯中酒。

古尚云今日显得特别轻松,似有一种放下释怀的感觉,他喝干了自己的杯中酒，便抱起酒坛给安亭公斟了一杯说："老爷客气了，鄙人虽然行走江湖二十余年，但终究也是三湘子弟。过去蒙昧愚钝误入歧途，给老爷添了不少麻烦，今日此酒就算是赔罪吧，我先自罚三杯。"说着一口气连着喝了三杯。

古尚云喝干后，又给安亭公和自己斟满酒杯，缓缓地说："实施细节我已交代佽子了，我的弟子中除了极个别的离经叛道者外，大部分还是恪守正道之人，在这里我替他们求个情，希望老爷收网后，分别予以甄别对待，不可一刀切了。从此后鄙人退出江湖，也算给自己一个圆满的交代了。"

安亭公遂道："此次收网行动，先生功不可没，我欲请你留在左右辅佐本县，不知先生意下如何？"

古尚云道："皇甫先生已过七旬，眼看来日无多了，恳请老爷放我归隐林泉为其奉养天年，以报答他老人家的养育之恩。让佽子留下来侍奉老爷，待师父百年后，俺再追随左右，还望老爷予以恩准。"说着双手端起酒杯举过头顶，而后一口喝干以示珍重。

回到耒阳后，佽子向安亭公详细介绍了柳之龙的简历。柳之龙本是湘南永州人氏，幼时因家贫流落街头乞讨为生。那时师父刚刚出了道，见这个娃崽虽然混迹于流浪人群，但眉宇间却透着掩饰不住的灵秀，便不禁想起了自己的苦难童年而顿生怜悯之意。于是，便收养在身边着意栽培，他跟随师父走南闯北，深得其真传。刚出道时，还循规蹈矩恪守师道，之后随着师父身边的弟子逐渐多起来，便自立门户正式收徒了。

可惜的是，他收的徒弟三教九流鱼龙混杂，甚至不乏横行乡里被人追杀的地痞无赖。师父知道后，把他召去好一顿怒斥，勒令他限期清理门户。否则，挑筋断骨逐出师门，这样他才有所收敛。

前年师父入狱后，柳之龙一看机会来了，便把同门弟子们召到枇杷山庄，摆了一次大宴，诈称师父从狱里传出口谕，令他执掌师门。

这次救师劫狱的行动，便是他主谋策划的，虽然没有得手，但却成就了他古派掌门人的江湖地位。之后，约定每年七月二十三他生日那天，同门师兄弟和他收的那些小弟子们，都要前往山庄为他祝寿。

枇杷山庄位于湘西南永州与广西全州接壤的紫金山腰密林深处，属湘省西南与广西边陲的连接地带，山高林密地势险要，常有豺狼虎豹出没其中，除专业猎户，等闲人从不敢登此凶险之地。

安亭公道:"今天已是中元节,再有七八天就是柳云龙的生日了。我欲派遣足下深入虎穴卧底山庄,以便里应外合从中举事,一举将其悉数捕获,不知你意下如何?"

佽子忙道:"难得老爷如此信任,在下岂肯错过这个立功赎罪的机会?虽赴汤蹈火,不敢辞也!"

安亭公道:"若要一网打尽,必须在二十二日夜间,集结精兵二百余人悄悄地潜伏在山下的密林中。三更后,把人马秘密运动上去将山庄围了,便可大功告成了。为了稳操胜券,当下必须先将柳之龙稳住,使其解除戒备心理,才好见机行事。当初柳之龙为了替代古尚云的江湖地位,竟不惜假传师父口谕,麻痹迷惑同门弟子。现在咱们请古先生写一封真的手谕,由你亲自带上送给他,这样他的掌门人地位就坐实了。他对这个亲笔手谕,估计早已垂涎三尺了,这样你便可以赢得他的信任。届时,里应外合便宜行事,事成之后我给你记首功。"

佽子听了,顿时心花怒放,连连说:"好,好,好,只要拿上这个手谕送给他,此举便万无一失了。还是老爷谋事周全。"

于是安亭公与佽子马上相跟着下了衡州,分头行事。佽子到狱中拜见了师父古尚云,将他与安亭公商妥的深入虎穴里应外合一举围剿的谋划,给师父说清了。

古尚云听后,立即赞同,马上写了一份手谕交给佽子。

他沉吟片刻后,又写了一份与之相悖的手谕:"经查,柳逆之龙欺师灭祖狂悖不羁自立山头,已是人神共怒,即日起挑筋断骨逐出师门。凡我门下弟子,务须服从佽子铺排,人人均可奋起讨伐,万万不可附逆,切!切!"

写毕,将两份手谕一并交给佽子说:"两份手谕你都拿上,唯恐届时有人质疑,被柳之龙利用了,而陷入混乱不能自拔。"

佽子看后点了点头道:"还是师父虑事周到,这样便万无一失了。"

这边安亭公私下里请见了徐知府,把这段时日说服佽子和古尚云的事,一一翔实禀报。

徐知府连连赞道:"贤弟果然是大手笔,湘省从此无盗了!说吧,需要本官如何配合呢?"

安亭公说:"此次收网事关重大,成败在此一举,还得仰仗大人鼎力。卑职恳请大人调集二百精悍兵勇配合行动,并以衡州府衙的名义,行文永州知府衙门请求协同配合。"

徐知府当即召来游击统领雷勇,当面部署:"三日内选调精悍兵勇二百人整装待发,你亲自统领前往永州捕盗,一切听从阎知县统一调遣,不得有误。"

雷勇迅即打了千儿,见过安亭公,约好出发时间,而后诺诺领命而去。

徐知府又将书办召来吩咐:"立即行文永州知府衙门,已请的抚台大人示下,耒阳县令阎广居和游击统领雷勇,亲率二百兵勇,前往彼州紫金山枇杷山庄捕盗,届时,请求协助配合行动。"

那日侊子在牢房里讨了师父的手谕后,便日夜兼程上了枇杷山庄。

自乾隆五十一年深秋,柳之龙组织策划武装劫狱的行动以来,便奠定了他临时大当家的地位。为了夯实这个来之不易的基础,去年七月二十三日,他又在自己的寿宴上诈称师父已从狱里传出口谕,让他代掌师门。怎奈一年多过去了,同门弟子们对他这个掌门人颇有质疑,甚至已经传出话来,要在今年的寿宴上挑头发难。这段时日他正为此事心烦意乱焦虑不安。今日见侊子忽然提前而至,不知是何吉凶,便把他拉进密室里仔细攀谈起来。

侊子说:"中元节那日深夜,俺与狱吏梁化锋在衡州狱中秘密叩见了师父古尚云。师父对你前年深秋冒死劫狱救他的行动颇为感动,不无欣赏地说:'这个柳之龙还真是个人才,虽说他在开门立派招收弟子上不甚检点小有瑕疵,但不会影响他的江湖地位。前些年我曾就此对他严加训斥,这也是爱徒心切,看来是我过虑了。而今我已身陷囹圄,这个当家人也非之龙莫属。'说着写了份手谕让我带给你。"

柳之龙一听,高兴得两眼发光,急切地问道:"手谕呢?"侊子忙从怀里掏出手谕来递过去。

柳之龙接过手谕仔细看过后,顿时兴奋得眉开眼笑,脸上绽着红光激动地说:"师弟啊,你不仅胆气豪壮而且谋略过人,可真是俺的右膀右臂。今后,古门江湖由咱二人共同执掌,待师父的案子了结后,俺北上荆襄再开辟一片天地,你就是这里的瓢把子了。"

侊子赶紧站起来拱手施礼说:"谢大师兄栽培,侊子没齿不忘。"

柳之龙亲切地拍了拍他的肩膀,又补充道:"这次寿宴的召集、接待、监酒、巡逻和酒筵安排均由你掌管,从现在开始,你就把大总管这副担子挑起来吧。"

侉子又一次激动地站起来拱手致谢。

柳之龙也站起来道:"兄弟,别客气了,只要你跟俺贴心干,咱们兄弟们的好日子还在后头呢。"

七月二十二日酉时初刻,安亭公带着喜贵和王巡检会同统领雷勇,在永州府派来的两名猎户引领下,已将兵勇秘密隐蔽在山前的密林深处。

侉子在山上点验时,见各路"诸侯"均已到齐,便绘制了一幅地形图,以巡逻的名义,带了两个心腹沿着小路下山去了。

他在密林中把地形图交给安亭公时说:"今晚不宜行动,明日中午是便宴,晚上持续一个通宵才是正席呢。明晚也是这个时辰,您将兵勇运动上去迅捷包围山庄。三更后,待他们喝得不省人事时,咱们再动手,方可万无一失。"

侉子回到山庄时,洗尘接风宴正进入高潮,柳之龙见他进来,便高声喊着:"侉子兄弟快过来,这里给你留着席位呢。"

他走过去时,果然见右下首空着一个座席,便不客气地坐上去说:"为了以防万一安全起见,俺刚才带着几个兄弟从小路下山,沿着大路回来,又巡逻了一次。"

柳之龙这时已经喝得醉眼蒙眬,略带歉意地给他满了一杯酒说:"师弟辛苦了,先喝几杯解解乏吧。"

侉子连着喝了三杯后,便端了酒杯挨着桌子与众人应酬去了,一直喝到三更后才散了。

第二天早饭后,几个师兄弟们突发奇想,撺掇着侉子要上山狩猎,说是要给大师兄的寿诞添点喜气。侉子一看,这可是一个拉拢人的好机会,遂不失时机地禀报柳之龙说:"兄弟们想上山打点猎物,给师兄寿筵上增加点儿野味。"

柳之龙立即高兴地说:"难得师弟们有此美意,莫扫了大家的雅兴,现在你是大总管了,连我都要受你节制呢,别问我,你去安排吧。"

侉子马上令人从库房里把兵器弓弩搬出来,众人各自挑选了自己称心的拿手武器,相跟了三十多人上了山。

274

他们一伙刚走了四五里路,爬上一个山坳时,突然看见七八只山狍野獐架着一人高的灌木,拼了命地疯跑下来。众人一看来了猎物,高兴地正要张弓搭箭时,侉子赶紧摆手示意潜伏起来。

须臾,一只五尺多长的金钱豹,风驰电掣般尾随着追下来,侉子手疾眼快,瞬间张弓一箭射去,正中它的左前腿,那畜生猝不及防,一下子栽了个跟头滚下来,还没等它缓过神来,众人一拥而上,已用绳网将其网住捆了个结实。

大家纷纷拱手向侉子祝贺:"大师兄寿诞之日,樊总管旗开得胜,唾手就捉了一只金钱豹,大手笔啊!"

侉子憨憨地笑了笑说:"小弟无能,多亏众人。"

初战告捷后,大家的兴头更足了,侉子留下两名护院保镖看守花豹,又把众人分了两拨左右散开围剿包抄。大家披荆斩棘剑拔弩张,围追阻击各显身手,直到晌午时分才鸣号收工。

大家将捕获的猎物集中起来攒倒时,只见是金钱豹一只,梅花鹿一只,山狍十二只,野獐九只,山鸡野兔不计其数。侉子指挥着众人砍了二十多根胳膊粗的树干,大家分头捆绑着抬上,后半晌时才人困马乏地回到山庄。

众人抬着猎物到了山庄门前时,只见柳之龙领着家人们,正在门前焦急地等待。当他看见捕了这么多猎物时,顿时高兴得眉开眼笑。

众人放下猎物,纷纷拥上来向他拱手祝贺道:"大师兄寿诞,侉子给你捕了一只金钱豹一只梅花鹿,豹鹿临门大吉大利,可喜可贺!"直把个柳之龙高兴得开怀大笑。

侉子令人给金钱豹腿上敷了箭疮药,松开圈在铁笼子里,其他猎物悉数交给厨下烹制菜肴。此时,众人已经累得精疲力尽,随意吃了点便饭就休息去了。

而侉子却丝毫不敢懈怠,只顾了忙着布置寿诞晚宴。他把进深两丈四尺、跨度一丈八尺的三间客厅布置得皇宫一样富丽堂皇。

对着门的中堂上悬挂着五尺高的钱塘龙君画像,其狰狞可怖的面目,似乎彰显了柳之龙私欲膨胀的野心,两边附着龙飞凤舞的狂草寿联:

云归大海龙千丈,

雪满中空鹤一群。

一丈二尺长的金丝楠木条几供桌,两边翘着龙尾雕卷,明黄的桌裙上绣着暗黄色的麒麟图案,桌上摆满了各色时令果鲜。

左右两侧的山墙上,分别挂着众师弟们奉送的唐伯虎的《海棠春睡图》、李唐的《万壑松风图》、韩滉的《五牛图》、宋徽宗的《芙蓉锦鸡图》。

供桌前正中央端端正正摆了一把宋代宫廷的黄花梨太师椅,椅上垫着明黄坐垫,椅前的地上铺着孔雀图案的朱红地毯。

顶棚前后左右四个方位,各吊了七盏大红灯笼,寓意二十八宿,把厅堂照得如同白昼。

厅堂两边摆了四张嵌着和田玉石的紫檀木八仙桌,每桌八只黄檀雕花镂空坐墩,桌上一色儿银制餐具摆放整齐。

两边靠墙的高脚条几上,摆放着众师弟们送来的名贵礼品:有商周时的青铜礼器,战国时的铸剑,三尺高的珊瑚玉树,一尺二寸高的金马驹子,宋代官窑绿釉,定窑龙盘,元青花瓷,唐三彩,田黄,冻石,琳琅满目,五彩斑斓。

侪子斜挂着飘了金黄穗儿的朱红总管执事带,精神抖擞部置调停,俨然一个指挥千军万马的大将军。

四

七月二十三日酉时初刻,古尚云门下的二十八宿弟子,已三五结伴陆续来到厅院。他们经过昨晚洗尘宴上的推杯换盏和今日上午的狩猎角逐,明面儿上已是拉手言欢亲如兄弟,但因柳之龙上位不正而萌生的芥蒂隔阂,已在心底里翻腾发酵了一年多,又岂能在一朝一夕间冰雪消融呢?

那些跟随古尚云多年的早期弟子们心里十分清楚,师父纵然身陷囹圄,也断然不会把二十八宿弟子的行为规范和身家安危,托付给柳之龙这样的不肖之徒。他们见其趁着师父入狱临难之际,便厚颜无耻地谋权篡位时,早已是义愤填膺怒不可遏了,满腔愤怒怨恨正愁着无处发泄,总想着找个适当的时机予以质疑发难。

而柳之龙的铁杆追随者们,虽然也知其掌门人的身份名不正言不顺而底气不足,但在柳之龙的蛊惑诱导下,却也要硬着头皮为之一搏。

其余那些少数揣着明白装糊涂的骑墙观望者,竟然也装傻充愣首鼠两端,打定了主意左右逢源两不结怨。

他们物以类聚各自为营摩拳擦掌蠢蠢欲动,笃定了要在今晚的寿宴上唇枪舌剑一决雄雌。

自古尚云入狱后，柳之龙便挖空心思，谋定了要坐上这江湖第一把交椅，为此他不惜以身冒险暗使阴招，密谋策划了那起大清开朝以来的第一耒阳大牢劫狱案，虽然折损了几个小喽啰也未曾得手，但却为他日后谋权篡位，铺垫了第一个台阶。怎奈以倷子为首的十几名早期弟子们并不买账，他们不仅没有俯首帖耳唯命是从，还时不时地就放出狠话来，要与他叫板发难分庭抗礼。

为此，柳之龙曾私下里传话给他的那几个铁杆儿帮凶，让他们上山时多带几个贴身保镖，但凡有人胆敢跳出来质疑发难，便不惜枪打出头鸟杀鸡儆猴，甚至暴力相加拼死一搏。

谁知，在这关键的节骨眼儿上，樊倷子反戈一击，不仅为他送来他视为皇天圣旨的古尚云亲笔手谕，而且还话里话外地暗示着愿意鼎力相助，直把他感动得热泪盈眶心花怒放。

至此，笼罩在他心头的忧郁阴霾已然荡涤殆尽，当下正容光焕发地坐在堂前的太师椅上，笑眯眯地攒足了精神，踏踏实实地等待昔日的同门弟子们顶礼朝拜，享受这期待已久的掌门人的正位体面。

倷子气宇轩昂地挺立在他的左首，高声叫念着各位师兄弟的名号："二师兄小时迁李云鹏右侧上席正位，三师兄过街风上官宣右侧上席正位，四师兄荷叶蜻蜓赵亦林……"

他们依次进入厅堂，拱手参拜大师兄后，便由侍者引领入席。

待众人坐定后，倷子抿了一口茶水清了清大嗓门，移步至厅堂中央，朗声宣读师父古尚云的亲笔手谕："众所周知，余今深陷囹圄，在此非常之际，江湖诸事尽委之龙掌舵。嗣后，凡我门下弟子悉听其命，胆敢违拗造次，尽皆逐出师门。执此手谕，如我亲临。"

倷子宣读毕，又依次传给众人浏览了一遍，而后领衔宣誓："我等弟子二十七人谨遵师嘱，悉听大师兄的调遣。"

待众人宣誓毕，柳之龙不失风度地站起来谦和地说："承蒙师父及诸位同门弟子抬举偏爱，鄙人才疏德薄忝居掌门。嗣后，之龙愿与诸位风雨同舟患难与共，振兴师门再铸辉煌。"

古尚云的亲笔手谕在厅堂上被其弟子们传阅后，竟如惊雷一般，把那些早期追随古尚云的弟子们击得猝不及防。虽然铁证如山，但他们怎么也不会相信师父能把掌门人的尊位，委之于他平日里深恶痛绝的痞徒柳之龙。但捧在眼前的手谕白纸黑字，明明是师父的亲笔无疑，瞬间也呆傻了。

而柳子龙的追随者们则欣喜若狂欢呼雀跃，立即上前向他拱手再拜曰："谨遵师命，悉听大师兄差遣。"

这时，八个侍者已经托着精致的檀香木漆盘鱼贯而入，挨着八仙桌依次上菜。

为了安排这次丰盛的寿筵，柳之龙可谓煞费苦心极尽奢侈。他绕着弯子托人从长沙"聚贤斋"饭庄以每日二十两纹银的薪酬，请来两名曾经给乾隆皇帝调理过御膳的大厨一手操持。这两人固然身价高，架子大能耐也大，无论是煎炒烹炸炖，还是腌卤酱拌蒸，都能引领当前南北菜系的风向，是当下执江南上流社会舌尖味蕾的牛耳者。

他俩绞尽脑汁反复推敲，为此次寿宴炮制了上、中、下八珍海席，材料采办购置所费纹银达五千余两之巨，旷日费时三月有余。

第一道菜是酱肉凉拌八碟，酱狍肉、酱獐肉、酱野兔、山鸡丝、翡翠虾、香椿皮蛋、竹笋腊肉、黄瓜火腿。

第二道菜是下八珍：海参、龙须、蛎黄、赤鳞鱼、江瑶柱、乌鱼唇、大口蘑、川竹笋。

第三道菜是中八珍：猩唇、驼峰、猴头、熊掌、燕窝、凫脯、鹿筋、豹胎。

第四道菜是上八珍：鱼翅、银耳、广肚、鲥鱼、裙边、蛤什蟆、黄唇胶、果子狸。

飞禽走兽山珍海味，琼浆玉液珍馐美馔，琳琅满目五彩缤纷。烹炖煎炒腌卤酱蒸，孔雀开屏龙凤呈祥。菜肴之精致，席面之丰盛，极尽繁华奢侈，令人瞠目结舌。

四大名酒是：茅台、汾酒、杜康、西凤。

柳之龙两眼眯成一条细缝，兴奋的脸上绽放着血色红光，居高临下目空一切，显然已是当下江湖第一总瓢把子。

开筵时，倮子与柳之龙并肩坐在左首头席，三巡酒后，他便引领着众位同门弟子，虔诚地给大师兄一轮一轮地敬酒。第三道菜中八珍席上来时，已经喝光了四坛茅台酒，才刚打开一坛汾酒。柳之龙虽然已经喝得晕晕乎乎，但却似乎刚刚来了兴头,他大呼小叫地狂喊着:"这鸟杯太麻烦了,换碗,换碗,换大碗!"

侉子见状,急令人将桌上的银杯撤了,换上清一色儿的景德镇青花瓷五寸奎碗。此时墙角的落地自鸣钟正好响了三声,显然已是丑时。

他心里暗自思忖:"这个时辰,山下的兵勇们应该快上来了,我得尽快去把那些巡逻的保镖家丁们撤回来,便于他们秘密运动上山。"于是,他便悄悄地溜出厅堂。

这时天空阴云密布,唰唰地下着大雨,看着这一阵紧似一阵的沉猛势头,估计天亮前是停不下来。他遂披了件蓑衣,提着青龙宝剑,带了两个亲信走出山庄大门,循着山路往山下走去。刚走了百十步时,忽然看见五六个巡逻的保镖家丁,正猥猥琐琐地蜷缩在路边的凉亭里避雨。他们见樊总管亲自带人巡查来了,便急急忙忙地冒雨走出来,带着歉意地朝着他打了一躬,准备继续下山巡逻去。

侉子见状,赶紧摆了摆手说:"弟兄们都辛苦了,这大雨天料也不会有事,赶紧撤回庄上喝酒去吧!"

那几个家丁保镖们感激地拱了拱手说:"谢大总管恩典。"遂如释重负般一溜烟地跑了回去。

侉子回过头来又对两个亲信说:"你俩抄着小路下山传令,把巡逻家丁保镖们都召回来吧。"

说着他一个人沿着大路下了山,刚走了二里多路时,只见安亭公和雷统领带着乌泱泱的一大群兵勇们刚刚爬上来,正好与他顶头撞上。侉子便把安亭公拉到一边禀报道:"老爷,巡逻的家丁保镖们已然尽撤,待俺回去后,再把庄内的武器悉数收缴入库,寅时初刻击掌为号,咱们里应外合一起动手。"

安亭公大喜道:"好,你赶紧回去安排部署吧,我们半个时辰后便可包抄上去了,免得时间长了,引起他们的疑心。"说着继续带着兵勇放开脚步快速爬行。

侉子迅捷回到山庄后,立即派自己的心腹将把门守院的保镖庄客全部撤换下来,而后将他们安置在后院的仓库里,令厨下上了一桌八珍席面,抬上两坛茅台酒,亲自启开坛盖,给他们连着敬了三碗,关切地说:"这大雨天弟兄们辛苦了,下半夜肯定不会有事,你们就扯开嗓子喝吧!"

直把那些人感动得连连说："感谢总管老爷体恤恩典！"

当他走出前院时，听见上房厅里猜拳行令的呼喊声夹杂着醉酒的叫骂声，瞬间把他的耳朵塞得满满的，心里不由得一阵暗暗欢喜。遂命守门的亲信，将午后狩猎归来尚未收缴入库的刀枪弓弩，悉数搬入兵器库中上锁封存，这才大放宽心地回到上房。

这时柳之龙已经喝得醉眼蒙眬摇摇晃晃，看见侉子走到他跟前时，猛地在他的肩膀上狠狠地捣了一拳，瞪着两只血红的大眼结结巴巴地逼问道："我的樊总管，今天是俺的好日子，你怎么也学会偷奸耍滑了，一个晚上也没见你的影子，干嘛去了呢？来，来，罚酒三碗。"

侉子说："大师兄，咱们这些衙门捕快们天天惦记的重犯要犯，在这里大张旗鼓地摆筵置庆，稍有疏漏便被人家一锅烩了，俺还能不多操点儿心吗？这不俺刚刚巡查岗哨回来，现在外边正下着大雨，咱们就歇歇心心地喝到天明也没事了。"说着抱起酒坛挨着桌子给众人满酒，瞬间又把喝酒的气氛渲染到高潮。

这时安亭公和雷统领已经带着兵勇们包抄上来，把山庄围了个水泄不通。

寅时刚过，侉子见众人已经喝得晕头转向了，便悄悄地退出厅堂，轻轻地打开院门走出去，在夜色中轻轻地拍了三巴掌。安亭公和雷统领迅疾带着一百多兵勇，潮水般地涌进来，在侉子的指挥下，分头直奔上房、西厢房和后院。

这时已经喝得东倒西歪的柳之龙等人，一看这么多官兵突然从天而降，顿时惊出了一身冷汗，瘫坐在那里傻了眼。不待他们缓过神来，每人跟前已经站了一个持刀的兵勇，手里盘着指头粗的麻绳，三下五除二，把他们一个个掀翻在地，捆绑了个结实，拖到院里。

侉子挨个清点，见无一人漏网，遂命人打开后院的地窖关进去。

安亭公遂命喜贵、茂才带人打开库房清理财货，一边造册登记，一边打包装车。不到半个时辰，一场干净利落的围剿战，便兵不血刃地圆满结束了，这时天刚微微泛亮，刚才还一阵紧似一阵的大雨，似乎也善解人意地住了。

此时，侉子已命人在后院里支起两口大锅煮饭，雷勇指挥着兵勇们轮番替换着就餐。

天明时，安亭公安排喜贵带了二十名兵勇留下看守山庄，其余官兵押着人犯和收缴的财货，浩浩荡荡地踏上了回程耒阳的路。

晌午时分，大队人马才到了永州城下，只见合城士绅商贾财东掌柜们簇拥着知府姬光祖大人，在烈日的暴晒下站在路边翘首以待。他们一个个衣衫光鲜而满头大汗，似乎已经等待了许久。

安亭公与雷统领见状急忙紧走了几步，趋步上前跪倒在地大礼参拜："耒阳知县阎广居、衡州绿营统领雷勇参见知府大人。"

姬光祖赶紧上前把他二人扶起来朝着安亭公说："安亭先生如此谦和有礼，真真羞煞老夫也！为缉拿惯盗柳之龙，本府曾经悬赏纹银五千两。然而此贼声东击西来去无踪，至今已历三载却杳无音信。尔却只在眨眼间便将其一窝端了，而建此不世奇功，虽况钟、海瑞亦望尘莫及，奇才啊！奇才！当下已届午时，本府受永州士绅商贾财东掌柜们之托，在此专候足下，诚邀二位携带人马进城小憩，容老夫略尽地主之谊，营房里已经备好酒菜，三杯酒后再送尔等上路。"

安亭公见知府大人和诸位士绅财东们汗流浃背地站在烈日下诚邀如此，且言辞恳切不容置疑，感动之余便爽快地应允了。由是，他和雷统领便带着人马，随姬大人一行回到永州兵营。

姬大人立即安排兵营统领赵万荣，率了五十名兵勇接管人犯，将押解兵勇换回营房就餐并派人给人犯们也送上饭食。还特别在内厅为安亭公与雷统领摆了一席置酒洗尘。席间虽然姬大人和众位乡绅财东再三热情相劝，但安亭公托以重任在肩不敢贪杯，三杯酒后吃了一碗米饭，就辞行上路了。

一路上，围观的人群熙熙攘攘，竟似赶庙会一般。人们更多的是在瞻仰安亭公的风采，纷纷交口称赞："这阎知县果然是不同凡响，常宁除霸、慈利剿匪、耒阳治盗，真是咱们这方百姓的福气啊！"

大队人马走了三天多，七月二十七日晌午时分才回到耒阳。安亭公遂令茂才将柳之龙和他的那几个恶徒，披枷戴锁关进死囚牢，其余人犯分门别类予以关押。

而后，又让傣子拿着古尚云的手谕，挨着牢房给他们宣读传阅。这时那些盗贼们才真正认识了柳之龙的真面目，感到师父为他们指的才是安身立命的出路，纷纷表示愿意交代自己的罪行，主动缴纳不义之财，检举揭发柳之龙和他的那些死党们,争取立功赎罪。

安亭公一听大喜,遂命茂才和俅子将所囚罪犯按盗窃次数窃银多寡、犯窃情节以及赃银处置等项归拢,初步划分为甲、乙、丙三个等级。

甲级,专以窃财为目的,奸淫掳财杀人越货,作案频繁手段卑劣窃银巨大,窃来的钱财纳妾嫖妓赌毒成性肆意挥霍者。

乙级,恪守盗规不欺良善,作案只对无良商贾不仁富户地方恶绅,虽有嫖娼狎妓赌毒劣迹,但无奸淫杀戮命案,窃来的钱财大部纳妾置产挥霍,小有怜贫周济施舍者。

丙级,坚守盗规不置产业,专以劫富济贫为己任,窃来钱财施舍济贫者。

而后,安亭公根据俅子提供的初步情况,先行对号入座,列出甲级八人,如狱吏梁化锋、过街风上官宣、荷叶蜻蜓赵亦林,柳之龙和他的四个恶徒;乙级九人,其余十五人为丙级。

为便于分化瓦解,又明确晓谕,鼓励囚犯检举揭发他人立功赎罪,通晓家人变卖资产退赔抵罪。

为此安亭公令茂才和俅子把乙、丙两个等级的囚犯集中起来,宣读了等级划分的界限和名册。

众犯听后纷纷表示愿遵师命,与柳之龙之辈划清界限,并检举揭发其罪恶行径。

那些被划为丙级的囚犯们听后,心里一阵偷偷欢喜,暗暗庆幸自己平日里遵规蹈矩,尚未逆天害理,这样划分显然对他们有利。

而被划分为乙级的囚犯们却顿时着了急,深为自己平日里把师父的谆谆教诲只当是耳旁风而懊恼不已。

只此瞬间,安亭公已然捕捉到他们心烦意躁的不安信息,遂不失时机地开导说:"虽说眼下已为尔等划分了等级,但这个区分界线却不是一成不变,如有检举揭发他人者,可以立功赎罪,也可据此重新调整等次。但一定要真实可信,决不可挟机报复胡攀乱咬,否则,严惩不贷。其次,积极主动退赔赃银者亦可赎抵罪行。"

说着回过头来吩咐茂才说:"专门辟出一间宽敞的屋子,备好笔墨纸砚,你带上两名胥吏守候,专门接待检举揭发和代写家书。"

这样一说,又给了那些人一线希望,他们脸上顿时流露出一丝不易察觉的欢喜。

柳之龙的那些痞徒们闻听后，像大风浪中突然翻了船的溺水者，看见上游漂下来的一根稻草似的。瞬间，求生的欲望为之一振，纷纷请求要检举柳之龙犯下的那些斑斑劣迹，主动变卖家私退赔赃银，以立功赎抵自己的罪行，安亭公也慷慨地应允了。

果然几天后，衙门里便陆续收到了赎罪银子十几万两和一摞一摞货真价实的检举信函，其中，大部分是针对柳之龙和他的那几个恶徒的。

安亭公一一甄别后，根据检举揭发的事实和缴纳退赔赎罪银的多寡，又把罪别等级做了相应调整，由原来按三类划分调整为五类，即甲、乙、丙、丁、戊。

甲级：梁化锋、柳之龙和他的四个恶徒。

乙级：过街风上官宣，荷叶蜻蜓赵亦林。

丙级：原定九人调为三人。

丁级：调整为九人。

戊级：其余十二人。

安亭公据此审诘快速结案，甲级梁化锋、柳之龙和他的四个恶徒拟判斩监候，财产罚没充公，其家人十五岁以下官卖，十五岁以上流放宁古塔与披甲人为奴。

乙级两人，上官宣和赵亦林拟判绞监候，其家人悉数官卖为奴。

丙级三人，流放岭南，永不返乡。

丁级九人，流放蜀地，遇赦可赦。

戊级十二人，免于刑罚，由族人三户和乡村里正、保甲担保领回故里，令族长乡人监督改造，若有再犯，二罪归一严惩不贷。

樊侉子虽为盗贼亦有盗行，但良心未泯幡然觉悟，积极主动配合官府捕盗立功，拟免于刑罚留任捕快。

陈三伢子检举樊侉子、梁化锋立功，赦免无罪，准其还乡。

耒阳"广德诚"钱庄案主犯古尚云，去岁夏初已经臬台周宣理审诘，拟判就近流放并已呈报刑部大理寺核准。此次枇杷山庄包抄捕盗，赖其深明大义与官府合作，才得以一举成功，鉴于其在留监期内反躬自省立此莫大功勋，赦免刑罚，准其回归山野颐养天年。

枇杷山庄收缴的字画古董等官卖后,折银十一万三千二百两,盗犯缴纳赎罪银子十二万五千两,两项合计共二十三万八千二百两。

安亭公仔细斟酌后,从中拨出一万八千两,作为耒阳劫狱案中死伤乡勇的抚恤银,以及各乡村公塾义学、青龙书院和香兰寺的修缮费用,其余部分留作赃银退赔。待进入审诘程序时,按照各地府、州、县衙报来的失窃登记准确数额核准后,再酌情予以赔偿。

消息传出后不待几日,那些历年失窃备案的商贾大户财东掌柜们,纷纷云集耒阳登门造访。明面儿上赶着猪羊牲畜抬着酒坛呈送匾额,打着犒赏慰劳的名义,极尽赞美之词,实则是心存私欲便宜行贿,争取更多的赔偿数额。

开始,安亭公还碍于情面勉强应酬接待,但凡私下请见行贿者,概予严词拒绝。之后,随着来人逐渐增多,他就干脆闭门谢客,弄得那些人灰头土脸丢尽颜面。但他不近人情廉洁似水的名声却传得更远了。

十月二十三日,安亭公经过三个月的昼夜审诘梳理,困扰了湘省二十多年的三十一名江湖盗贼案才告终结。

安亭公将审理案卷和终结判决整理行文,带着喜贵前往衡州府衙,请见呈报徐知府。

徐知府见安亭公不期而至突然造访便拱手道:"贤弟啊,你这次枇杷山庄的包抄行动,竟把湘省盗贼一锅烩了,做得干净利索,真是奇功啊!奇功!完全可以编一部大戏了,戏名我都替你想好了,就叫它《枇杷山庄剿盗记》,怎么样?响亮吧。"

安亭公笑了笑说:"徐大人,快莫调侃了,俺这还不是多亏了您的鼎力相助!否则,广居焉能建此微功?"接着就把这次抓捕和审理结案以及善后抚恤赔偿诸事,一一给徐知府做了翔实禀报,并将审理结案文牍呈上请他过目。

徐知府览毕,大加赞赏道:"以贤弟之才,署理一个州府也是绰绰有余,徐某真是望尘莫及!什么也别说了,明日我和你同下长沙,给抚台大人禀报吧。"

第二天一早,安亭公随徐知府一行,乘着官船下了长沙,浦大人在他的签押房里接待了他们。

徐知府和安亭公进了门后,刚要下跪参拜时,浦大人立即挽住二人的手臂说："二位贤契如今可是咱们湘省的功臣了，今后见我不必行此大礼。"说着把二人拉到自己身边坐下。

安亭公便把这段时日与徐知府通力合作，怎样发现劫狱案的蛛丝马迹，抓捕和争取樊侅子、枇杷山庄里应外合一窝端，以及善后、审理、赃银退赔、补偿和审理结案的情况，又详详细细地禀报了浦大人。

浦大人听后，对安亭公运筹帷幄、胆识过人的谋略大加赞赏，不无感慨地说："贤契智勇双全有胆有识，一个霹雳手段便将困扰湘省二十多年的盗贼悉数消弭。嗣后，湘省再无盗贼骚扰了，我要给你记首功。怪不得前任抚台李大人交割印信时，再三向我举荐你呢，果然是干练之才，可堪大用。"

安亭公述毕，徐知府又做了补充汇报说："此次捕盗之所以一举成功，全赖阎知县剿抚并用谋划周全，审诘有方善后处置妥帖。不仅一举将其剿灭，更是彰显了官府的威风，阎知县功不可没啊！"

浦琳大人遂将臬台周宣理召来吩咐道："耒阳捕盗审理结案判决已经完结，你与阎知县交割一下，该存档备案还是报大理寺刑部，近日内抓紧时间循例照章处置，存疑处可与阎知县商榷定夺。"

周宣理领命后，遂将安亭公带来的案卷行文一并收好，回衙门履行去了。

安亭公交割后，便与徐知府回了衡州，回到耒阳时已是十一月初了。

在回程路上，他才想起了二丫的病情，遂在心里暗自思忖："自己已经快一个月没着家了，不知二丫的病情怎么样了？"

这天傍晚，当他回到家里时，只见二丫面容憔悴瘦得已经出了大相，她已卧病在床快两个月了，与之前相比判若两人。安亭公顿时着了忙，急切地坐在床前，拉着二丫的手细细地询问病情。

二丫见他急切的样子心有不忍，便躲闪着他焦灼的目光，闪烁其词地转移话题说："老爷，您也瘦多了。"

这时，小颖端了一杯茶水过来放在几上，接过话茬说："那是一个多月前，俺姐偶感风寒，突然高烧四五日不退，嘴里胡话连连。那时老爷不在衙署，我托人请来济生堂的傅郎中诊了脉，开了三剂草药，连着吃了六七日，才把高烧退了，但咳嗽仍然不止，白日胸闷乏力，夜间睡眠盗汗。从那以后便厌食不眠，一天天地瘦下去。其间，俺也想托衙门里的人禀报老爷，怎奈俺姐怕干扰了您的公差却死活不让,您这一回来就好了。"

安亭公遂叫小颖将傅郎中开的药方拿来,细看时,只见明细开列:

生姜四钱,葱白四钱,粳米三两。入米煮粥待熟时,加入生姜、葱白稍煮即服,早晚各服一次。

安亭公只扫了一眼,便知道它是疗治一般风寒疾病的汤头,按说此方与病理病状还是对症的,可如今已有两个多月了,病情不仅毫无起色,反而愈加沉重,这就不得不令他对傅郎中当初的诊断准确与否起了疑心,可名冠湘南的济生堂郎中傅愈之,毕竟是家学渊源的祖传名医,以其博学严谨一丝不苟的精湛医术,断然不会有此诊断谬误而贻笑大方,可若非如此却又是哪里出了纰漏?如此下去怎不叫人恐慌担忧?他轻轻地叹了一口气,便让小颖点燃一炷清香,将二丫的右手轻轻地托过来置于枕上,试着为其诊探脉搏以究病源。谁知,香头刚刚燃了寸许时,见脉来细数无力,二丫已是脸色苍白气喘吁吁了,待她伸出舌头细看时,只见舌苔凝厚而蜡白,竟似母亲那年临终前的病状一般,心头不禁掠过一丝不祥的预感,遂在心里暗自狐疑:"莫非此症也是痨疾?"

他顿时惊出了一身冷汗,竟自一夜辗转反侧而不能入眠。

翌日晨起饭后,他便着了身便装,径直前往济生堂请见傅郎中,尽将自己昨日为二丫诊脉后萌生的疑惑以及病情起因症状一一与其述之,以求先生为之释疑解惑。谁知,傅郎中听后捋须沉吟了片刻道:"诚如足下所言,这种脉象症状无疑便是痨疾。"

安亭公本来是抱着侥幸心理,寄希望于自己的诊断是谬误,更希冀于傅郎中能矢口否定,并从医理上提出足以推翻此症的理论支撑。孰知,傅郎中一句肯定的语气便把他推向绝望的深渊而期望破灭。他的两条腿像灌了铅似的,竟不知是怎样才回到家里。

他进门后便一头钻进书房里,浑身像抽了筋似的躺在床上连连叹息!二丫今年虚数才二十六岁,自从乾隆四十六年她跟随自己来到湘省后,七年来含辛茹苦颠沛流离倒也罢了,却怎么年纪轻轻就患上了这种恶疾呢?这不仅是要她的命,简直就是要俺的命。上苍啊!上苍!你怎么就这般冷酷无情呢?竟把这泼天似的灾祸,骤然降临在一个只有二十六岁的弱女子身上?霎时间,心底里的绝望已是万念俱灰,仿佛瞬间掉入万丈深渊。

五

回首往顾，二丫的这一生真是黄连水里煮苦瓜，苦到心把子上了。在她嗷嗷待哺的幼年时，母亲就撒手人寰。长成后因属相犯忌未过门便丧了夫婿，十九岁那年随自己赴湘省任上，本来可以过上几年享福的日子，但因自己履职的常宁、慈利、耒阳三县，均属荆楚边陲的荒蛮之地，黑恶横行匪盗出没，故而整日里战战兢兢提心吊胆吃尽了苦头，更没有过一天安生的日子。她这一生中朝思暮想的奢望，便是能生育一男半女以为慰藉，每当看到衙门里的吏员僚属们带着孩子时，她总要觍着脸凑过去抱起来亲个不停，临了还要送上许多吃的玩的，衙门里的人都说太太知书达理待人亲和。其实，个中就里唯有他心里底清数明，她对孩子的喜欢笃爱已是痴迷成癖了。怎奈她从老家来到这里后，却因水土不服阴阳反常而引起经血不调，终致未能如愿以偿。而反观自己的生活轨迹，更是墙头跑马刀尖上舔血，踏狼窝闯虎穴，与她聚少离多。她不仅没有得到俺的悉心照顾，反而还得分心来为俺昼夜操劳。而今天不假年生命垂危，眼见得梦幻已成泡影，真是作孽啊！作孽！唉！

安亭公遂把自己关在书房里，苦苦地熬煎了一个多时辰后，才突然回过味儿来。二丫现在急需的是救治和抚慰，俺必须得挺起来，绝不能颓废崩溃，哪怕就是有一丝萤火之光的希望，也要使出浑身解数去鼎力争取，断然不能把这种无形的恐惧传染给她，更不能让她知道病情而绝望。只要她有了足够的信念，再辅之以药物滋补调理，疗治才能奏效，甚或出现奇迹也不是不可能的事，这就需要俺挺起来。只有俺挺起来，才能挺起她来。

其次，痨症恶疾是传染病，小颖是朱主簿的表妹，不能因为她的善良主动而被无故感染了。如此则自己必须得脱鞋下水亲力亲为担当起来，绝不可使懒取惰而假手他人。

想到这里，他迅捷起床下地擦了一把脸，从书橱里翻找寻得《黄帝内经素问》《伤寒杂病论》《古今医鉴》三部医典名著，仔细翻阅对照查校起来。

痨疾之病，初始起于肺阴暗耗肺体伤损，以致肺失滋润，继则阴虚火旺肺脾同病，肝肾阴伤而致气阴两虚，终致阴损及阴阳俱虚。

据《古今医鉴》载，此症便宜早治，缓则不及事矣！更须饮食适宜不可受饿，体若亏虚，则可服补药。

于是，他反复斟酌后亲自开了一剂滋补药方：

麦冬一两二钱,姜半夏一钱八分,人参一钱八分,炙甘草一钱二分,粳米三钱,阿胶二钱四分,茜草一钱八分,大枣四枚。

而后,径自去了济生堂,与傅郎中又反复推敲了一番,一次就抓了十剂。

回到家时,见二丫正在床上靠着行李半躺着,安亭公故作轻松地说:"前晌俺与傅郎中探讨了一番,他说你这病是由风寒引起,但当下已转入伤寒,决不可以轻慢懈怠而等闲视之。还须继续服药调养才能奏效,因此你要有长期服药的心理准备,这可不是俺危言耸听,而是傅郎中的特别叮咛。故而一次就配了十剂,每日一剂熬两次,早晚空腹各服一次。"

二丫笑着说:"你也太把俺当回事了,一个伤寒病犯得着这么较真吗?咱们老家的人受了风寒,还不是在家里蒙上头发一身臭汗就行了。伤寒症也只吃上两剂草药便能痊愈。"

安亭公说:"伤寒疟疾不容小觑,易于反复引发其他疾病,咱们还是慎重些好,免得留下病根反受其累,反正药已经抓回来了,你就别执拗了。"

这时小颖已经做好饭了,安亭公亲自舀了一碗粥,拨了一碟小菜,夹了个小花卷,送到床前的几上对二丫说:"你别动了,今后小颖熬药煮饭,俺来专门伺候你。"

二丫忙说:"俺这是做下甚有理的了,能劳得起您这个县太爷专门伺候吗?虽然您也是心甘情愿不怕劳乏,可俺还怕折了阳寿呢。"

安亭公笑了笑说:"反正这段时日衙门里也没什么要紧事,你伺候了俺六七年,也该轮俺侍候你几天了。"说得三个人都笑了。

晚饭时,小颖煎好了药,安亭公招呼着二丫把药先喝了。饭后小颖洗漱了,便坐在一旁陪着他俩聊天叙话。

安亭公委婉地对小颖说:"这两个多月我不在家时让你受累了,今晚你到书房里睡吧,我来陪太太好吗?"

小颖也没当回事,只轻轻地"嗯"了声,便抿着嘴走了。

这样,一段时日里,安亭公把衙门里的政务,尽委县丞米子茂处置。他腾出身子在家里陪二丫,把二丫感动地连连说:"老爷,您怎么像换了个人似的,俺长这么大了,还没有享受过被人侍候的滋味呢!"

一段时日后,二丫更觉不妥,便埋怨道:"老爷,您是县太爷,可不能这样婆婆妈妈地待在家里,真的把俺当病人了,您看俺这不是好好的吗?你该干甚干甚去，一天待在家里板着个面孔，俺姊妹俩想说点儿私房话，还得看您的脸色，时间长了还不把俺们憋出病来啊！"

每当此时，安亭公总是一笑置之，弄得二丫一点办法也没有。

据《古今医鉴》载，痨病是善养而不善治，也就是通过膳食补充养分而增强抵御和免疫功能，而后再辅之以精神抚慰，从心理上蔑视疾病，才是最好的治疗方法。倘若片面追求服药以求根治，那是徒劳而不可取的。

由是，安亭公便改弦更张调整方法，首先调理膳食结构，由药补转为食补。其次，引导二丫放下包袱轻松养病，从心理上先消除疾病。

经过一段时日的悉心疏导后，二丫的心境有了明显转变，整日里嘻嘻哈哈又说又笑，脸色圆润唇红齿白，竟似孩子一般。随着心情的逐渐开朗，病情似有向好的转折，安亭公悬着的一颗心也暂时放下来了。

临近年关时，二丫开了个年货采购明细交给安亭公说："过年时要请咱的几个老乡到家里来吃顿饭，俺也出不了门，你抽空上街采办点儿年货，别整天窝在家里，像个婆娘似的耍贫嘴逗乐子。"

于是，安亭公便把家里收拾停当后，胳膊上挎了个竹篮子上街采办年货。今日去南街买鲜鱼豆腐，明天到西城买腊肉合粘，后儿又去东城买干笋粉丝。几乎每日上街一趟，沿着城里的大街小巷走走停停来回转悠，顺便寻问年货的价格涨跌。

他上街时，着意换上短衣小帽笨鞋，活脱脱一个进城置办年货的乡下农夫。每次出门时，二丫和小颖总是掩着嘴窃笑，二丫还时不时地调侃道："老爷，您这是要到哪里微服私访去呀？"

安亭公便诙谐地笑着回应道："给俺家的蠢婆娘和细崽们置办年货去哟！"把二丫和小颖笑得前仰后合，眼泪都流出来了。

她们哪里知道，正是这看似平淡无奇的每日上街采办，让安亭公已在不经意间，把各种年货的价格都打听得清清楚楚，烂熟于心。

腊月二十三那天，他循例出门上街，准备到城关的蔡屠夫老肉铺里割点羊肉，回家捏扁食过小年。忽然听见身边的两个乡下人边走边说："老哥啊！这两天的年货一天一个价，天天见涨，昨天还是七文一斤的盐价，今早开市时已经涨到八文了，听说要涨到十文呢！唉！你说这穷人的年可咋过呀？"

另一个无奈地接着话茬儿说："兄弟，你就知足吧，忘了前些年咱们在外流浪的日子了吗？自从阎老爷上任以来，咱们才吃上饱饭，今年秋后俺上山挖了一个多月的药材，还卖了两吊现钱，俺琢磨着匀出一吊来，就能给娃崽们过个肥年了。谁承想，竟遇上这等烦心事，只能是紧钱过呗，盐涨到十文也得吃，反正咱也竞不上，大不了咱再上山网几只山鸡野兔聊作弥补，这年总归是要过的。"

安亭公听得一阵揪心的痛，心里想着这咸盐虽然是筷头头上醮的调味，可无论是贩夫走卒市井小民还是庄户人家，却是天天在用顿顿离不开，如果任其涨价泛滥，必然是牵一发而动全身。倘若其他年货也跟着涨价，必然波及千家万户引发民怨恐慌，俺这一方父母岂能视而不见袖手旁观呢？

于是，他便绕着后街小巷的近路，准备去老街上营销官盐的"聚元茂"商铺仔细了解一下此中就里。谁知，到了那里时，却见人头攒动水泄不通，商铺里外挤满了买盐的人。从店铺里挤出来的人，手里举着大包小包的盐袋，已是满头大汗了。被阻在店外的人，却站在街边的台阶上耍贫嘴调侃道："倘若不是你们这些愚人死命地争抢，盐价能涨这么高吗？"

那些把盐袋举过头顶的人却毫不示弱，竟也气呼呼地怼道："这位老表，你积点儿口德吧！别那么尖酸刻薄了。如果不是为了抢购食盐，你们涌到这里来干吗呢？有种的你们别买呀！听说明天可要涨到九文了，一旦开了这个涨价的豁豁就刹不住了，还是多囤点儿心里踏实。"

安亭公也装着买盐，便凑过去倾听他们的议论，原来这盐价跌宕起伏的历史，却也是由来已久。

大清王朝自顺治爷入主中原后，已是强弩之末兵穷力竭，摄政王多尔衮为了拱卫京畿平息叛乱开疆拓土，对这些荆楚边陲的荒蛮之地根本无暇顾及。

直到康熙爷亲政时，这里还是三藩的势力范围，吴三桂为了筹集起兵的粮饷，竟然垄断了江南半壁的食盐销售市场，盐价甚至涨到每斤八文还居高不下，江南百姓叫苦不迭怨声载道，王朝政府鞭长莫及，只能口诛笔伐望洋兴叹。

自雍正七年"改土归流"后，政府也只是设置衙署派遣官吏征收赋税而已。由是，长期以来私盐泛滥价格飞涨，百姓苦不堪言。

直到乾隆三十六年才正式设置盐官平抑盐价。从那时起至去年底，官盐价一直控制在每斤三文。去年年关时涨到四文，今年开春时又涨了一文，秋后时已是每斤五文了。谁知，昨天一下子便猛涨到七文，看这劲头似乎还有涨的趋势。

于是，百姓们便恐慌得赶紧抢购了。安亭公听罢顿时惊愕了！这食盐可是官卖食品，官府明码标价三文一斤，任何人不准随意哄抬涨价，否则严惩不贷。究竟是谁吃了熊心豹子胆，竟敢肆意妄为呢？

安亭公几经周折多方暗访后，才得知真相。原来所谓的官盐并不是官商经营，而是商家在盐官那里缴了厘税后，就能领到盐引，只要持有盐引的商家便是合法的官商。缘于经营食盐的暴利驱动，那些颇有人脉实力的商家们，便打起了买卖盐引以牟暴利的主意。

耒阳"聚元茂"商铺的财东鲍来亨资本雄厚手眼通天，在耒阳、衡州、邵阳、常宁、郴州等地经营着五家颇具规模的名号商铺，生意兴隆买卖越做越大。乾隆五十二年，他重金贿赂白银铺路，叩开了湖南盐运使李之茂的门槛，一次出银三万两，包揽了这五座城垣重镇的官盐盐引。除耒阳、衡州自己经营外，其他三个城镇的盐引，他又以高出官价一倍的价格转卖给当地的奸商，从而凭空获利三万多两白银，这样他便成了垄断这一方官盐的盐霸。

二次购买了盐引的奸商们为了牟取更大的暴利，只好以不断抬高盐价的手段来找补，且逢年过节时还要囤积居奇。于是盐价越涨越高，也由此引发私盐到处泛滥，官府屡禁而不止。

安亭公通过明察暗访获得可靠的第一手情报后，立即派王巡检将鲍来亨拘来询问。鲍来亨素知安亭公眼里揉不得沙子，巧言令色糊弄不仅是徒劳，而且是自取其辱，所以一到县衙里便如实坦白了，且可怜兮兮地跪地求饶，恳请安亭公予以从轻发落。

安亭公审时度势权衡利弊后，觉得当下正值年关时节，重要的是把盐价降下来，以稳定市场平息民愤才是目的。否则，一旦把鲍来亨绳之以法，势必要封存盐库调查取证清理整顿，如此则颇费时日一晃年就过了。

于是便问："你这是倒卖盐引牟取暴利，囤货居奇私抬官价二罪合一，论罪不仅要罚没充公，而且还得流放充军，你可想好了，愿刑还是愿罚？"

鲍来亨顿时吓得脸色苍白汗流浃背，趴在地上一个劲儿地磕着头求饶："老爷恩典，是小人猪油蒙了心，做下如此伤天害理之事，今后再也不敢干了,还请老爷法外施恩,小人愿罚,愿罚。"

安亭公紧绷着脸怒目直视,沉思了好一会儿才说:"念尔初犯,涉案不深,既然愿罚,本官为你法外开恩,非法得利五万两银子罚没充公,限三日内缴回县衙。明日始恢复三文一斤的官价,嗣后再犯,严惩不贷。"鲍来亨一听,顿时如释重负,磕头如捣蒜般地诺诺应允。

第二天上午,安亭公上街查询时,盐价果然降到了三文一斤的本位。那些原本趁势涨价的财东掌柜们见此情形,也赶紧缩了手脚,再也不敢张狂发癫了,市场物价一下子趋于稳定。人们欢欣鼓舞喜气洋洋,见面就说:"这县太爷能掐会算啊,坐在衙门里便能知道市面上的物价,真是诸葛孔明转世刘伯温再生!"

此时安亭公正从他们身边路过,不禁憨憨一笑,悄悄地绕着走了。

随着这五个地方的盐价平抑,不到五日整个湘省市场上的盐价一下子跌到每斤三文。

从此后,湘省巡抚浦琳大人但凡是见到那些觐见他的府县官员们便标榜说:"你们看看什么是本事,人家阎广居提着个菜篮子上街采办年货,不显山不露水就平抑了湘省的盐价,又得人心又收银子,这样的能员干吏谁不喜欢呢?"

此事迅捷震动湘省庙堂山野,成了人们茶余饭后街谈巷议的佐料,市井山野一时传为佳话。与此同时也引起了一些碌碌庸官们的嫉妒憎恨。

他们从抚台大人欣赏赞颂的语气中,似乎嗅到了某种言外之意的暗示。阎广居仅这次平抑盐价的罚银,就纯收入五万两,再联想到之前,剿盗收缴的赃银和赎罪银子,大约也有三十多万两,真的是发大财了。如此大宗的银子,经他过手能不贪吗?

于是那些奸佞之辈便上蹿下跳暗使阴招,疏通和动用了他们在京城里的人脉资源,直接或间接地把弹劾暗揭送到了御史衙门,甚至蛊惑扇动那些曾经被安亭公打击过的罪犯的家人们,带上银票进京贿赂御史弹劾,欲置安亭公于死地,以发泄他们心中的愤懑私怨。

这时安亭公因为秋日缉盗大获全胜,年关时破了一起倒卖盐引哄抬盐价的案子,又见二丫的病情有了明显好转,心情特别高兴,正兴致勃勃地忙着过年,对此暗流涌动的鬼魅伎俩,竟还蒙在鼓里浑然不知。

除夕早上,喜贵和茂才循例在他家里吃过饭,临出门时,安亭公嘱托他们说:"明天中午,把留在铁木石坊的老乡们,唤到家里吃个年饭,顺便问讯一下他们的去留情况。"

初一中午时,喜贵和茂才领着九斤、石见、二愣、三旦都过来了。进门后,石见和二愣、三旦便要跪下磕拜年的头,安亭公赶紧拉住说:"咱们都是一个辈分的人,千万不可行此大礼。"说着便把他们拉到桌前坐了。

席间,石见说:"四哥啊,我们来这里三年了,也挣了几十两银子,想回去过安生日子了,今天过来就是想和你商量商量。"

安亭公忙道:"你们这样做就对了,人不能光顾眼下,也得为家里人着想,先回去办正事,成了家再过来就没有后顾之忧了。过了十五我让茂才给你们安排吧。"

说完,疑惑地看了九斤一眼,茂才知道他是询问九斤呢,便说:"九斤和城北庄上的文寡妇相好了。那婆娘前年死了丈夫,带着个娃崽与婆母相依为命。而今婆母也年岁大了,看她日子过得艰难,便四处托人,张罗着给媳妇招赘个养家的。也合该是他们有缘,去年秋天老妇人到咱们坊间买镰刀时,九斤哥帮着精心挑选,这婆婆一眼就看中了他,说这娃儿实诚厚道能靠得住,便极力撮合促成此事。九斤哥今天过来,也是想听听你的意见呢。"

安亭公一听,便笑着说:"这是两好并一好的事,难得九斤哥有了相好的,咱得走明路,不能这样不清不白,正月里择个日子圆了房吧,俺去给你们主婚。"

初二一早饭后,安亭公约了喜贵、茂才去送神祇,他们出了东城门,沿着耒水走了二里多,找了块平坦的地方烧奠了。回来时安亭公对二人说:"你们打听一下,年后有没有去山西的客商或公差,联系一下把石见他们三个捎回去,俺不放心他们结伴上路。"

说着又回过头来对茂才说:"你和九斤合计一下,正月十五就是个好日子,把他的喜事给办了吧。他在这里没有亲人,咱们帮着操办一下好吗?"

喜贵和茂才都说:"放心吧,这点事交给俺俩,您就别操心了。"

茂才当日回去便把安亭公的安排告诉了九斤,九斤赶紧过去和文寡妇商量说:"俺家的县太爷给咱们择了正月十五的好日子,到时候他还要亲自过来给咱们主持婚礼呢!"

文寡妇一听就瞪大了眼疑惑地问:"这是真的吗？老爷真能到咱们家来喝喜酒啊！"

九斤虽然也心虚,但他还是咬了咬牙硬铮铮地说:"这还能有假吗？俺俩是一条街上耍大的,论年龄他还管俺叫哥呢！你放心吧！俺这么远里山天的来了这里,他能撒手不管吗？"

文寡妇说:"话虽如此,但人家毕竟是县太爷, 能过来就是天大的面子了,咱可不能当一般的亲戚接待啊！"

一句话说得两个人都犯了愁,连九斤心里也没谱了。

沉静了好一会儿,九斤才说:"快别愁了,车到山前必有路,咱们该咋办就咋办吧。到时候,俺那几个老乡都要过来,你娘家再来几个人,咱们预备上两桌饭,接待一下就行了。"

十五一早,安亭公把喜贵、茂才叫过去商议说:"咱们这是去吃喜酒呀,总不能两个肩肩抬个嘴过去喝酒吃饭吧！咱们得给九斤哥准备点儿贺礼长长脸吧。"

茂才笑了笑说:"这事俺和喜贵私下里议过,石见他们三个每人拿上一吊现钱,俺和喜贵每人两吊,您是县太爷,总得比俺们体面些吧。"

安亭公笑着说:"俺虽忝任知县,却也是囊中羞涩,就勉强凑上五两强撑体面吧！你一并收了,给他俩买点行头布料,剩余部分留给他们置办家当补贴生活可好？"

正月十五午时初刻,安亭公、喜贵、茂才、石见等六人,步行着来到城北庄上。村里人听说县太爷要过来,早早地就涌在院里候着看热闹。

当安亭公一行出现在大门前时,看热闹的人们都慌了,立刻乌泱泱地跪了一院磕头迎接。这突如其来的场面是安亭公一行始料未及的,也着实把他吓了一跳。稍顿片刻后,他便赶紧走过去一个一个地往起搀扶,口里说着:"老乡们,俺是过来走亲戚的,你们这样子,莫不是想撵俺走啊？"

众人忙磕了一头站起来,中间让开一条路,把他们让进屋里。

来到房里时,安亭公笑着说:"九斤哥,咱们几个老乡,过来给你和嫂子贺喜来了。"

九斤赶紧拉着文氏过来介绍说:"这是俺四蛮兄弟。"

文氏腼腆得羞红了脸,木讷地站在那里不知如何是好。

安亭公随即拱手揖礼笑着说："嫂夫人，俺九斤哥是个憨厚人，你可不能欺负他呀！"把个文氏羞得脸像抹了猪血似的更红了，低下头一个劲儿地抠指甲。

这时茂才将两身崭新的行头布料、五吊现钱和一锭五两的纹银双手捧着一并送上说："九斤哥，这是咱们几个老乡为你圆房凑的份子，你可别嫌寒碜啊！"

九斤激动得含着热泪双手接过来憨憨地说："看俺兄弟你说到哪里去了，你们来了就是俺的体面，俺欢喜还来不及呢，再送上这么厚重的大礼，可教俺怎的消缴你们啊？"说着回过头来递到文氏手里说："娃他娘，你赶紧收起来招呼客人去吧，别在这里傻站着了。"

文氏接过布料和银钱，稀罕地摸了又摸，才慎重地放进衣柜里锁了。而后端了一笸箩糖粔蛋蛋走到院里，满面春风喜气洋洋地挨着给乡亲们散发去了。

午饭时，九斤和文氏备了两桌酒席，一桌是文氏的婆母和娘家哥嫂及三个近门族支长辈，九斤作陪；一桌是安亭公一行六人。

安亭公一看就说："九斤哥今天是新郎官，可得坐上席啊，让喜贵过去当陪倌，九斤哥到这边来坐上席。"

九斤听的顿时蒙了，竟傻傻地愣在那里不知如何应对了。

文氏见状忙推了一把说："看你那傻样，县太爷都发话了，你还不赶紧过去坐上席呀！这可是你家兄弟为你争下的体面，快快过去陪兄弟们吧，这桌上的长辈们俺来替你伺候吧！"

九斤歉疚地看着坐在正席上的老太太点了点头，这才听话地走过来坐在下席陪了，红着脸对安亭公说："你虽然是跟俺光屁股长大的兄弟，可如今已是朝廷的命官了，千万不可因私情而废了礼法让人们笑话，俺今天能与您并排坐在正席上，也够体面了，您若再谦让，俺就得逃席了。"

安亭公还要谦让时，那边桌上的老太太说："老爷，您今天就坐在上席当一回亲家翁吧。您若再推辞，俺们就得离席跪地求告您了。"安亭公无奈之下只好勉强作罢。

安亭公命喜贵给席上的客人们都斟满了酒，而后端起酒杯隔着桌子站起来说："既然老夫人抬举俺，俺就当一回亲家翁吧！这第一杯酒先敬诸位长辈宾客,愿你们身体康健益寿延年;第二杯酒要感谢嫂子的哥嫂撮合玉成此事;第三杯酒愿九斤哥和嫂子夫妻恩爱白头偕老,俺这里先干为敬。"边说边连着喝了三杯。

站在院里看热闹的人们,连连赞叹道:"你看咱们这知县老爷,果然是大家风范,循亲依礼谦卑有度,大手笔啊!大手笔。"

三杯酒后,大家才没有了拘束,慢慢地热闹起来,一顿饭吃了小一个多时辰,众人才酒酣而散。

六

在回城的路上,喜贵对安亭公说:"前几日俺把石见他们返乡的事给朱主簿说了,他昨日给俺说,义和茶庄的范掌柜开春后要往绥远、包头押送一批茶叶和食盐,只是要等到二月底河水解冻了才能启程,届时,把咱们的人捎上,还能少雇几个帮工。"

安亭公遂说:"这就好,只要把人捎到太原就行了,你去跟他们说妥了,就这么办吧。石见他们的工钱,再加一个半月的返乡路程,结到三月十五,这两天就给他们结清。兑了银票路上好携带,连同盘缠一并交给石见掌管,那俩孩子没经事靠不住。"

安亭公晚上回到家里时,见二丫盖着被子躺在床上,咳嗽得异常厉害,便关切地问小颖道:"你姐这是又咋了,眼见的过年以来刚刚有了起色,这段时日更是日渐好转,怎么今天突然咳嗽成这个样子呢?"

小颖难过得低下头来愧疚地说:"老爷,晚饭后俺姐想出去散散心,俺也觉得过年以来身体日见好转已经无碍了,便也没当回事。于是,俺俩便偷偷地上街看了一趟花灯,回来后就成这样了,可能是又着了风寒,都是俺的失误,您就责备俺吧。"

安亭公忙凑过去熨摸二丫的额头时,已是烧得滚烫滚烫了,遂叫小颖赶紧烧了一碗姜汤趁热喝了,而后,给她盖了两床被子。

子夜时分,正在睡糊的安亭公突然被二丫的一阵猛烈的咳嗽声惊醒了,遂披了件内衣把她扶起来轻轻地拍打背心。此时的二丫已经滚身出了透汗,高烧也退了,但细看她吐在痰盂里的浓稠黏痰时,却已经带了血丝,安亭公一下子也蒙了。拉过她的手臂把脉时,脉速明显又加快了许多,躺下后便再也睡不着了,一夜辗转反侧,竟不知怎样才熬到天明。

翌日晨起后,安亭公见二丫早已醒了,只是脸色苍白眉头紧锁,心思重重地侧卧在床上喘着粗气,便蹑手蹑脚地走过去轻声问道:"身上松宽些了吧! 想吃点儿啥? 让小颖给你去做。"

二丫懒懒地说:"肚里塞得满满的,甚也不想吃,身上软得就是想圪弯②躺的。"

小颖站在一旁也没主意了,两眼询问的目光瞅着安亭公,等他拿主意。

安亭公遂道:"小颖,你知道你姐的口味,看的去做吧,软和点儿就行。"

早饭后, 安亭公匆匆去了济生堂,欲与傅郎中再次探讨一下二丫的病情。这时傅郎中才知道了,这位通晓医术的外地人便是大名鼎鼎的耒阳知县阎广居,遂不无谨慎地说:"老爷,咱俩虽是同道中人,可您的医术比俺精道多了,心里明镜似的,这个病的凶险您比俺更明白。惊蛰后,阳气上升是个坎儿,千万不可着了风寒。眼下就是静以养病延缓时日了,没有什么更好的法子可以起死回生,窃以为您不妨还按去年用的那个方子,调整一下剂量,再抓几剂药回去补补为妥,您以为呢? "

安亭公无可奈何地点点头,谢过傅郎中,又抓了十剂草药,无精打采地回家了。

他回家后吩咐小颖说:"还是去年的那个方子,又抓了十剂,早晚各熬一次饭前服,你辛苦些,给你姐做点儿好克化的吃食。"

这以后,小颖天天变着花样儿,给二丫煮软和顺口的饭。但二丫的身体不仅毫无起色,反而却在一天天地消瘦下去,天天早晚按时服药,但咳嗽还是止不住,而且咳的血越来越多了。之前,也只是痰里带着些许血丝儿,这会儿大口大口咳的都是痰血。

安亭公虽然心急如焚五内俱崩,但明面上却不能流露出丝毫的焦躁不安,似乎是在期待着某种冥冥中的意外一夜降临,而更多的是怕把这种不安的情绪传染给二丫,使其轰然崩溃。只是到了夜幕降临时,便把小颖支使到书房里独自歇息,自己则彻夜守在二丫床前悉心观察。

二月初二那天一早,小颖煎好药端上来,安亭公拿着小匙一匙一匙地喂着,二丫却噙在嘴里不肯下咽,勉强喝了一半时,她就摇头不想喝了。

安亭公遂把药汤倒回药吊子里,放到一边的几上,像哄孩子似的对她说:"咱们歇会儿再喝吧,还是听郎中的话按时服药,等春暖花开后,病情就

297

自然好了。"

二丫强睁着两眼嘴里喘着粗气,上气不接下气地望着他说:"老爷,您就别哄俺了,俺知道俺的病和俺'大'的病一样都是痨症,恐怕华佗先生也无可奈何了。这样下去,不仅治不好俺的病,还得把您也拖累倒了,您就不要劳心费力了,俺只求您将来一定要把俺拖引回老家去,俺就心安了。"

说着招手把小颖唤到床前,紧紧地拽着她的手对安亭公说:"俺走后,您身边不能没人照应,俺琢磨着您就把小颖纳了吧!她就是俺的亲妹子,让她替俺服侍您吧。"

小颖一下子哭着爬在她的身上说:"姐呀,你说啥子嘛!你真要是走了,俺也不想活了。"

安亭公强忍着泪水悲伤地说:"二丫啊!你可不能这样想,咱们还没有孩子呢!"

二丫歉疚地望了他一眼,嘴角带着一丝儿微笑,慢慢地闭上了双眼。

待他大声呼唤时,她却再也没有了回音。安亭公顿时天旋地转站立不住,倒在地上昏了过去,小颖赶紧抱住他的脖颈掐住人中,足足一袋烟的工夫才苏醒了。

当他睁开眼睛再往床上瞅时,见二丫脸色惨白双目紧闭,静静地躺在床上一动也不动。瞬间,他又疯了似的爬到床上,把二丫抱起来,抚摸着她的脸颊大声呼喊着:"二丫啊二丫,你怎么就这样狠心地把俺撇下走了呢?你今年才刚二十六岁呀!"

小颖一看这场面也唬得没招了,只好跑到衙署里唤人。正好碰上喜贵、茂才和朱主簿在那里商量什么。三人一听忙赶紧跑过来,把安亭公搀扶到椅子上坐下劝道:"老爷,您就节哀顺变吧,这是没法子的事,眼下要紧的是安排后事!您可不能气糊涂了啊!"

安亭公沉静了好一阵子才稳住神,他长长地叹了一口气,哀哀地对着三人说:"天有不测风云,人有旦夕祸福,此非人力所能抗拒,事已至此,咱也只能听天由命了。待俺冷静一会儿再和小颖给她穿衣装殓,喜贵和茂才到城北的铁木石坊,寻一口现成的棺木,顺便把咱们那几个老乡都唤过来,帮忙殓一下。朱主簿到厨下安排预备点儿便饭,午饭时咱们再碰头商量。"

临近晌午时分,喜贵和茂才、九斤领着石见三人,抬着一口柏木棺材过来了。茂才歉疚地说："这是咱们铁木石坊那边卖的现成棺木,俺随意挑了一口。"说着众人一起动手,将二丫草草殓了。

收拾停当后,安亭公对茂才说："二丫今年才二十六岁,按说还是小口,得找个风水先生选墓地择日子安镇一下合适。"

午饭后,安亭公嘱九斤说："九斤哥,烦劳你带上风水先生到你们庄上附近,找个背山向阳的地方寻找一块墓地,择定后再与地主协商补偿,千万不可生作莽撞。"

九斤遂领着风水先生和茂才到了他们庄上,挨着庄前庄后转了几个来回,竟然没有一块中意的地方。就在他们感到失望准备返回时,却在杜甫墓东向二百多步的地面上,忽然发现一块高出地面两丈多的小土包。

远远望去,只见那山包东西呈椭圆形,周边略有二里多长,上面长满密密麻麻的油茶树,郁郁青青灵秀幽静,匝密丰茂宛若伞盖。山包前有一条从耒水引来的长长灌渠,周围都是齐齐整整的方块稻田。风水先生一看就很感兴趣,说："这个地方好风水,周围平地田园如画,隆起的土包似众星拱月,这条干渠直通耒水,常年不息源远流长。"茂才看了也很满意,于是,他们便兴冲冲地回去复命了。

安亭公听后亦觉称心,遂执意要亲自去看一看。

茂才一听,赶忙去后院牵出一匹备好鞍辔的坐骑来。安亭公瞪了他一眼说："这才二里多路,还用得着骑牲口吗?"但他出了衙门才走了十几步时,似乎又有点吃力,便也不再坚持了,还是骑着马上了路。

在土包前下马后,安亭公缓缓地步上去,站在中间凹形处,只朝周围环视了一眼时,见背山临水三面开阔,南向能看得见北城门楼和城墙里外袅袅升起的炊烟,西向与杜陵遥遥相望竟成呼应之势,山前干渠一衣带水涓涓细流,便很满意地说："就在这里吧!"

他回头对九斤说："你回庄上打听一下是谁家的林地,顺便与其商议探讨,达成补偿契约,才能占用。"

九斤说："这块林地是俺们庄上吴秀才家的祖产叫星堆,吴先生一向宽容厚道,是这一带有名的开明士绅,他是不会计较的,我能做得了主,回去告他一声就行了。"

安亭公说："话可不能这么说, 咱可绝不能先斩后奏, 必须征得人家同

299

意，而且达成补偿契约才能使用。"

九斤一听，忙道："那你们先回衙门里，俺现在就过去跟他商议，一会儿回来给您交代好吗？"说着便先走了。

九斤匆匆回到庄上见了吴先生，便照直把情况说了。

吴先生一听便急了，忙说："这是个啥子事儿呢，老爷能看中这块风水是俺的荣幸，俺和咱们庄上附近的乡邻们也从来没有认真过，还能和老爷斤斤计较吗？再说了统共也占不了一张大床的地方，还要给俺补偿，这不是打俺的脸吗？你让俺以后怎么做人呢？"

九斤说："俺也是这么想着来，所以当时俺就替您做主答应了，怎奈老爷这人天生刻板又认死理，您要是不收点儿钱，他是决不肯占的，俺以为，您还是顺着他的性子多少收点儿钱，俺回去也好交代。"

吴先生想了想觉得也是这个理儿，灵机一动一本正经地板起面孔说："如此说来，那就给上两吊现钱吧，让风水先生定了穴位破土后，由俺派人过来挖，也省得那些不相干的人挖断了树根，大家脸上都不好看。"说着，故作矜持地写了一张转让契约交给九斤。

九斤随即一愣，瞬间又突然明白了，这是吴先生故作正经的障眼法儿。故而也未多言，遂佯装不解地接过契约，故作姿态地甩手走了。

安亭公看后亦觉矫揉造作，便一脸懵懂地说："这哪里是墓地价格啊，分明是吴先生欲盖弥彰使的障眼术，变着法儿倒贴咱呢，这可万万使不得。"

喜贵和茂才虽知二人的良苦用心并非恶意，但也怕僵在脸上真的黄了，遂赶紧打圆场说："咱们也得替人家想想啊，吴先生是本地的文化名人，收多了，怕玷污了自己的名声；不收吧，您又不肯答应。既然是这样，那就让他派人来挖好了，过后咱们再把挖了墓穴的工钱双倍奉上，这样也不失是一种补救的法子。"

第二天早饭后，安亭公备了香纸供品，到墓地里亲自动了土，留下九斤、石见他们四人开挖。谁知，刚开了工时，便看见吴先生也带着三个民工扛着铁锹镢头过来了。

吴先生见了安亭公后，双手施礼道："学生吴子乔拜见老父台。"

安亭公忙上前双手搀住一本正经地切入主题说："吴先生，感谢你为本县慷慨转让的墓地，倘若再贴上人工费用就不合适了，这样吧，你若不放心，就只留下一个自己人在这里指导开挖,人多了也是窝工。"

吴先生说:"老爷,这不是咱们之前已经说好了的吗?怎的临时又……"

安亭公忙道:"本来我也不想驳先生的面子,只是俺这几个老乡非要过来帮忙,俺也是没法子啊!"

吴先生稍顿后只好说:"既然老爷已经安排妥了,这里就在敝人庄上,午饭由俺准备,您不能不给俺这个面子吧!"安亭公也怕僵持下去吴先生面上不好看,便也勉强应允了。

安亭公从墓地回到寓所时,县丞米子茂领着朱主簿、王巡检和侥子等人,已在家里等候多时了。他进门时,众人都站起来说:"老爷,太太不幸猝殁,实在是个意外,您一定要节哀顺变啊!免得伤了身子,让俺们跟着揪心。再说了,您在这里没有亲人,就把俺们当家人使唤吧,有啥需要帮衬的,您说一声,千万别把俺们当外人啊。"

安亭公忙说:"大家都坐吧,生老病死是人之常情,非人力所能抗拒,我能挺得住。只是这段时日,衙门里的事却顾不上理论了,你们各司其职,别耽搁了正事就好。至于太太的丧事,尔等也伸不上手,需要时,我会随时召唤你们的。"

米县丞说:"话虽这样讲,但这么大的事,俺们岂能袖手旁观呢?您多少给俺们安排点营生,也让俺们尽尽心吧。"

安亭公遂道:"俺在这里也没有亲戚父子,修整墓穴,有俺的几个老乡就够了。七天后发丧,届时,俺派人采办点蔬菜,请厨下帮着备上两桌酒饭酬谢一下众人,王巡检带几个乡勇过来帮帮忙就行了。"

米县丞一听连连说:"老爷,这可不合适,太太跟随您已经七年了,这样草草安葬了能过意吗?况且,咱们衙里的人都要过来祭奠一下,那些巴圩人知道了能不来吗?还有官场上同仁们,倘若徐大人亲自过来吊唁,咱能不接待吗?您再斟酌一下。"

安亭公斩钉截铁地说:"米县丞,你就不要枉费口舌了,来人祭奠一下可以,但不设礼账不备酒席,这个没商量。"

众人一听老爷把话说到这个份儿上,只好作罢悻悻地去了。

这时,喜贵和茂才已经在院里扎了个茅草灵棚,简单布置了一下,又到河边砍了引魂幡杆儿和丧棒用白纸裹了。

待众人走后，安亭公悄悄地搬了把椅子，静静地坐在灵前，心里想着："俺不能让二丫孤独了，俺要为她守灵。"

谁知，刚坐下脑子里却像开了锅的水似的，翻江倒海卷巨澜，二丫的生前往事、音容笑貌一幅幅地呈现在他的眼前。

那是乾隆四十六年三月，她跟随自己千里迢迢赴常宁任上，至今已有七年了。七年来她与俺休戚与共朝夕相伴，相濡以沫，饱经忧患含辛茹苦，竟没有过上一天安生日子。而今年仅二十六岁便撒手人寰，尚且遗骨他乡。二丫临终前的恳托："老爷，俺求您一定要把俺拖引回咱们老家去啊！"

这近似哀求似的临终之托，竟像刀子一样刺得他心颤不已。瞬间，止不住的眼泪扑簌簌地滑落下来：二丫啊！二丫！是俺欠你的太多太多了，俺一定要亲手扶灵执绋，把你送回故里安葬祖茔。

这时，善解人意的小颖不知什么时候已经走过来，悄悄地递上一块手帕，轻轻地说："老爷，节哀吧，您可千万不能哭坏了身子。"

安亭公抬起头来时，只见小颖穿着一身重孝，眼里噙着泪水，楚楚可怜地站在身旁，遂接过手帕伤感地说："小颖，你这又是何苦呢？回去忙吧，这里我来守着。"

小颖流着眼泪凄凄地说："老爷，俺姐在这里没有亲人，就让俺给她守守灵吧！您回屋里躺下歇歇身子，千万不能累倒了。"看着小颖执着的样子，安亭公也不忍心撵她了，便站起来回到屋里，想一个人躺下静一静。

谁知，忧伤的闸门却像决了堤的洪水，顷刻间又注满了脑海，直憋得他脑子发胀发麻。直到小颖回来做午饭时，魂不守舍的他还在苦苦地挣扎。

这时一行北飞的大雁从长空掠过，一声凄厉的哀鸣直刺耳膜。他抬头望时，只见一只孤雁正在头顶上寻觅盘桓。他顿时触景生情，想起了元好问的《雁丘词》。啊！自己不正是那只盘桓在楚天哀鸣的孤雁吗？霎时间，脑中一个闪念：俺应该为她写点儿什么，才能寄托自己的哀思呢？

于是，他折返回屋，裁了两张宣纸铺在桌上，但心里乱得烂麻似的，却又不知如何下笔了。

沉思了好半天，才顺着《雁丘词》的意境，勉强拼拟了一副挽联：

问世界，情为何物，直教生死相许，千山暮雪，万里层云，天南地北双飞客，

　　叹人间，生离死别，招魂楚些何嗟！荒烟荆楚，寂寞箫鼓，形单影只向谁去。

　　写毕，似乎觉得还不足以释怀，于是，又写了一副灵前的挽联：

耒水桃花何去也？

肝肠寸断哭斯人！

　　他这才长长地舒了一口气，被忧郁满满填充的脑海，才稍稍得以舒缓平复。

　　黄昏时分，茂才回来说："这个墓穴的地形选得可意，不仅高出地面三丈有余似鹤立鸡群，且掘地三尺以下，都是红泥胶土不需防水，虽然土质坚韧如胶，但也估计三天就能成形了，若能再拉上一车青砖封口便万全了。午饭是吴先生派人送过来的，俺觉得不甚过意，便婉转地让他回去转告吴先生，明天别送了，俺们这边石坊有厨灶，能吃上热饭，比庄上又近些。"

　　安亭公说："这样铺排得好，免得亏累吴先生太多了，咱们心里也不落忍，事后咱们再和石坊里一次结算利索些。"

　　茂才又说："今天上午俺琢磨了一下，灵前空空落落的，咱们石坊那边有现成的石匠和青石，俺就做主凿了一块墓碑。是不是按咱们老家的习俗，做点纸扎才好呢？"

　　安亭公点了点头说："好吧，别太奢靡了，你去安排，记得把工料钱如数付了。"

　　晚饭后，安亭公披了件棉袍，拿了一本《诗经》走到灵前，就着一闪一闪的烛光边读书边守灵，直到子时，还不肯离开。小颖见状便劝说："老爷，您回去歇着吧，怕夜深中了风寒，俺比你年轻些，下半夜俺来守。"

　　安亭公无奈地说："咱们都回吧，明天还有正事呢，受了风寒可不是耍子。"

七

　　二月初五一早，茂才带人把纸扎祭品搬进来，已经摆满了灵堂。安亭公只瞥了一眼，心里便掠过一丝不悦，遂诘问茂才道："这些纸扎祭品，它本来就是个灵堂里的点缀摆设，用不着这么讲究，无论多寡，只出殡那天，一把火便烟消云散了，还是宜简不宜繁，千万不可为图排场体面而奢侈铺张了。"

　　茂才忙凑过来，歉意地解释道："四哥，俺又何尝不是这么想的呢？前日在坊间预订时，俺本来只订了明镜、靠山和一对纸牛纸马。谁知，今日取货时，那作坊纸匠却执意要送一对童男童女③，还说这是他们坊间生意多年来的老规矩，凡是成套定制的纸扎生意，无论是谁都有些许馈赠，只为招揽生意传个好名声而已，本来这点儿纸浆糊抿的手工营生，在他们来说也只用一袋烟的工夫就能完成，您老不必介意啊！当时俺也觉得不甚妥当，但见那人言辞恳切，又是上赶着套近乎，觉得反正也值不了几个小钱，便只稍稍客气了一下，顺手就拿上了。"

安亭公愠怒道："坊间手工货郎摊贩自古以来就是低眉下作的卑微职业，他们借助手勤脚快察言观色以苦求财，只为挣点蝇头小利以养家糊口。可即便如此，还是免不了要遭那些胥吏差役和市井无赖们的敲诈勒索，往往是挣好人的钱，受赖人的气，被人欺瞒哄骗是常有的事。他见你身着对襟皂衣，便知是衙门里的公人，这才低眉顺眼地讨好逢迎，可你也竟然装傻充愣搂草撵兔子，还不嫌丢人败兴吗？"

安亭公一阵连珠炮似的盘问训斥，直把茂才羞得满脸血红，已自惭愧地低下了头，他这才觉得语气似乎有点重了，便换了个口吻，婉转地说："对这等五行八作的下流贱业，便是升斗小民也不忍欺诈，常常是多给几个小钱以示怜悯体面，斤斤计较者往往会被人下眼取笑，若再恃强凌弱贪占便宜，就会遭人唾弃不耻。你赶紧过去销缴了，不可使懒拖延，否则，再等着人家背后议论时，咱可就丢人现眼了。"

茂才连连点头诺诺道："四哥，您看俺这猪脑子，灌的都是糨糊，俺这会儿便去销缴了。"

后半晌时，九斤和石见从庄上回来对安亭公说："兄弟，墓穴打造已经刨凿完成，墓口也用稻秸秆儿封死了，明天便可以把人都撤回来照应家里的营生了。"

安亭公说："九斤哥，你们这几天拗腰折背也累得够呛了，赶紧回去早点儿歇息吧！明天家里也没啥当紧事，后天前半晌再过来，咱们商量初八出殡的事吧。"

二月初七早饭后，米县丞和朱主簿等一干人都过来了。王巡检抱着一摞香烛纸表，上边压着一块白布包着的包儿，忐忐忑忑地对安亭公说："老爷，这是俺们几个同僚给太太凑的丧葬奠仪，大概也就是两吊现钱和几两散银，您就让俺们尽尽心吧。衙门里的其他人等，俺早就给您放出风去挡驾了，一个也不会来了，您就放心吧！"

安亭公苦笑着说："王巡检，不是俺驳你们的面子，咱不能开这个先例，豁豁一旦掰开就挡不住了，请你们理解俺的苦衷吧！香烛纸表如数留下，银钱可断然不能收，这是规矩。"说着，把一摞纸香接过来放到灵前的供桌上，亲自燃了一把香，陪着众人祭奠了，又补充道："大家该干啥还干啥，衙署里不可停公歇业。明天一早，王巡检带上几个乡勇们过来，帮着抬棺出殡就行了。"众人一脸无奈，只好悻悻退去。

须臾，九斤和石见几个老乡们，手里抱着纸和供馍都过来了。安亭公嘱小颖收了纸供，自己陪着奠了。而后对他们说："其实今天也没甚当紧事，只是请咱们自家人过来，守在灵前陪二丫说说话，别让她太冷清了，谁让咱们是老乡呢，吃了午饭都回去，明日拂晓时早点儿出殡。"

二月初八卯时初刻，王巡检备了两辆马车，带着四个乡勇早早地就过来了。他指挥着众人手托灵柩抬上第一辆马车，喜贵和茂才分别扛了引魂幡儿和哭丧棒，在前头引路。另一辆马车是预备安亭公、王巡检和风水先生坐的。

谁知，安亭公竟然走到灵车前，搭了一条麻绳手扶辕杆，头也不回地自言自语地说："俺要给二丫执绋扶灵，送上她最后一程。"

喜贵安排留下两个乡勇拆卸灵棚打扫庭院，其余人等荷了纸扎，撒着纸钱上了路。

到了墓地时，天刚微微闪亮，只见吴先生已经带了四个民工，正在从马车上往下卸封口的青砖。太阳出山时就埋殡了。

祭奠完毕，安亭公歉疚地对吴先生说："吴先生，你叫俺心里怎么过意呢？廉价占用了你的林地，还要再贴上墓穴埋葬的封口青砖，咱们一块回城里小酌几杯，让俺好好地酬谢酬谢你，待饭后俺派车送你回来可好？"

吴先生说："老爷，俺就不回去了，早饭后，庄上还有两家邻里的界畔纠纷等着俺去调停呢。待哪天得空了，俺亲到官邸与您小酌可好？"

安亭公虽然知道他是托词，但也没有再坚持，遂趁由他去了。心里想着："等过了这阵，再酬谢吧！"

早饭过后，众人陆续散去，家里空空落落的，显得格外凄凉冷清。小颖忙着收拾家务，只留下安亭公一人，坐在床头呆傻发愣。

小颖收拾停当后，便端了一杯热茶送过来，这才见他两手抱头眼睛呆滞，上下牙齿磕得嘎嘣直响，当她仔细摸他额头时，已是烧得滚烫滚烫了。小颖已经知道老爷是着了风寒，遂赶紧把他扶倒在床上和衣躺了，随手拉了床被子盖上，而后马上到厨房里烧了一碗姜汤趁热喂了，又加了一床被子捂住头脸，这才放心地让他睡了。

直到晌午时分，安亭公才醒了，小颖揭开被子看时，见内衣和枕头都湿透了，再摸额头时烧已退去，便轻声问道："老爷，这会儿轻快些了吧？"安亭公奄拉着眼睛喘着粗气，有气无力地喊着说："水，水，俺渴，渴。"

小颖再细看时，才见他嘴唇干裂的竟似葱儿皮皮，忙端过一杯热水扶起来，刚刚就到嘴边时，安亭公已是急不可耐了。他一口气喝完后，便又躺下沉沉地睡着了。

到了晚上时，小颖做了一碗老爷平日里喜欢喝的面片儿汤，面片儿喂到嘴里时，安亭公却只是舌头来回蠕动着，并不想下咽，只一口气喝了一碗清汤后，才又躺下睡着了，直到半夜醒来时，还是一个劲儿地要喝水。

第二天早上，小颖熬了一锅粳米稀粥，见安亭公醒来后，便把他扶着靠住行李半躺下，舀了一碗稀粥端过去，安亭公却只勉强喝了半碗后就又睡着了。连着三天都是这样，除了早饭能喝点粥，午饭、晚饭全无食欲，迷迷糊糊就是睡觉，小颖一看这个样子也着急了。

十二那日，喜贵过来时，她便把老爷的情况如实说了，托他到济生堂请傅郎中过来看看。

傅郎中看过舌苔又把了脉后对小颖说："老爷这是忧郁着了风寒，当下已经转成伤寒了，可不能等闲视之啊！"遂开了剂方子说："先吃三剂草药看看，吃完后再调整方子。"

这样连着吃了九剂草药。直到二月底时，安亭公才起床下了地。

二十八那日一早，喜贵和茂才领着石见三人过来辞行时，安亭公勉强伏在桌上，给士骧写了一封家信，递给石见说："回去时不要把太太猝殁和俺生病的事说给家人们，免得他们担忧操心。"

接着又问茂才说："工钱盘缠都结清了吗？"

茂才说："都结清了。"

安亭公叮嘱道："那你和喜贵替俺送上他们一程，顺便叮嘱他们路上务须小心谨慎,凡事不可使性冒险,到了水西关码头时,让义和茶庄的范掌柜给俺捎个平安口信回来。"

半前晌,朱主簿过来探病时,见安亭公已能勉强下地了,便婉转地开导说:"老爷,人死不能复生,您得节哀顺变尽快走出这个阴影,清明前后正是踏青郊游的季节,待哪天精神了,让小颖陪您到郊外散散心。您的身体可牵挂着一城百姓的心啊!"

安亭公只轻轻地点了点头,便找了个由头把小颖支出户外,才对朱主簿说:"朱主簿,小颖是去年春天为了照顾太太的病情才请来的佣工。如今,太太已经逝世了,她便没有留下的必要了,请你择个日子把她送回乡下去,交代给她的家人可好?"

朱主簿忙道:"老爷,您当下还在病中,饮食起居没人照顾可不行。如果您觉得小颖不甚可意,容俺缓以时日,再给您寻找一位趁手的行吗?"

安亭公忙道:"朱主簿,你误解了,小颖虽是乡野村妇,但她知书达理待人谦和。在太太生病期间和去世后的这段日子,倘若没有她的悉心照料,俺的日常生活不知要邋遢到何种境地了。对此,太太生前一直心存感激念念不忘,可如今她已撒手人寰,小颖若再留下,似乎就不妥了。虽然俺的饮食起居也需要有人来打理,而且小颖留下一定是驾轻就熟,可男女同处一室,必然要遭人非议。况且,小颖寡居守孝已经三年了,膝下并无子嗣,嫁人总归是迟早的事,还是趁早送回乡下去,为她寻个合适的托靠,似乎才是正经。"

朱主簿说:"老爷,话虽如此,可这一时半会儿到哪里去寻呢?俺先把这个话儿传给她的家人,让他们慢慢地问寻。这里让小颖再留一段时日,待您痊愈后,咱们再议此事可好?"安亭公沉吟了片刻后,才勉强点了点头。

朱主簿走后,安亭公想了许久,也想了很多。小颖虽然是因为二丫生病请来的佣工,但对二丫和自己关怀备至体贴入微,他与二丫早已把她视为家人了。二丫生病期间,她不避风火侍汤奉药毫无顾忌。二丫逝世后,她守灵戴孝哀哀切切情同姊妹,着实让人感动。

虽说二丫在临终前已把她托付于俺,但二丫新丧尚且不足三月,俺又岂能厚颜无耻行此勾当,可若无名分将她留下,妾乎?佣乎?如何诉诸于人,还着实令人作难,处置不当甚或留诟病于人。

二丫病逝后,小颖才明白了老爷和姐姐的良苦用心。老爷知道痨症传染的凶险,故而凡事亲力亲为,从来不让自己涉足。姐姐知道她将不久于人世,在弥留之际又把自己托付于他。老爷的人格品行令人钦服,若能将自己终身托付于他,也不枉此生.可咱一介山野村妇,又怎能存此非分而痴心妄想呢?唉! 姻缘宿命从来都是菩萨造化天意安排,芸芸众生只能多行善事修德积福,听天由命顺其自然了。可无论如何他当下还在病中,俺又怎能为了避嫌而一走了之呢? 想想也是罪过,好歹俺得把他伺候痊愈了,才能对得起死去的二丫姐姐。

朱主簿回到衙署后也暗自思忖:"老爷今日突然提出小颖的去留之事,既在情理之中,也在意料之外。依他当下尚在病中,无人料理可万万不行,即使从长远来说也得有人照顾。但老爷心里究竟是怎样想的呢? 却令人颇费猜度! 可看他今日之意,似乎又不排斥小颖。如果俺以此借口推诿拖延,似乎又有攀附之嫌,倘若当下就把小颖送回乡下,似乎又觉不妥。左思右想后,总也理不出个头绪来。心里觉得还是请米县丞帮着拿个主意为妥。

于是便带着一肚子的疑惑去了前厅二堂,把自己的困惑一五一十地说给米县丞。

米县丞沉思了片刻才道:"太太刚刚去世,依老爷的秉性和他与太太的感情,断乎不会当下纳妾。但他与小颖已经朝夕相处近一年了,小颖在照顾太太的同时也照顾着老爷的饮食起居,彼此间已经互相依赖了。太太猝殁后,小颖戴孝守灵,而且掌管着家里的开销采办,这足以说明她在老爷心中举足轻重的地位了,当下也只能以佣工的名义继续留下,待时间长了,自然水到渠成。"

朱主簿听后茅塞顿开,连连点头道:"还是你留心仔细,想得也周全。咱们眼下先不提纳妾的事,等待时机成熟后再作计议。"

二丫的不幸逝世,对安亭公的确是个沉重的打击,这一病又拖了三个多月。直到五月初三芒种节令时,安亭公的身体才渐渐有了起色。

五月初八那日,安亭公起床后,似乎觉得有点儿精神,早饭后便踱着慢步去了衙署。

米县丞见老爷来了,便跟着走进来说:"老爷,您可别犟扎挣,待您痊愈后再理事吧! 有事俺自会到府上请您示下。"

安亭公道:"今天似乎有点精神了,这段时日,让你受累了,我要是真的扛不住,也不会犟支撑着过来。"

接着他话锋一转,突然问道:"去年腊月里,'聚元茂'商铺私抬盐价,罚没的五万两银子,没挪作它用吧?"

米县丞道:"老爷,这么大宗的银两度支,没有您的示下,俺不敢擅自处置。"

安亭公说:"我这一病竟把正事也给耽搁了。这段时日我琢磨着,准备拨给城西营房五千两,作为乡勇城防巡逻的度支贴补,其余四万五千两,依去年底截止的户籍人口名册,作为去年年关时食盐非法涨价的补偿,还是给老百姓发下去吧。衙门里一两也不得截留,这也是对耒阳百姓的一个交代了,你看可否?"

米县丞道:"老爷,您用雷霆不及掩耳的霹雳手段平抑了盐价,老百姓已是感激不尽了,他们哪里还敢奢望再求补偿呢?自乾隆五十一年,您主政耒阳以来,衙门里每年度支缺口多达五六千两,此外还有乡村联保和公塾义学的贴补,咱们衙署里的累计亏空,已达四万余两,眼下正好用这笔银子补上,似乎也在情理之中。"

安亭公道:"此话说来倒也不虚,但我作为一城百姓的父母官,就应该首先为他们着想。况且这笔银子,本来就是官府因为食盐涨价,针对无良商家牟取暴利的惩处。而今补偿返还给购盐百姓也顺理成章,千万不可为了贪图私利而失去民心,因小失大。"

米县丞忙说:"老爷说得对,是卑职糊涂了,待我与朱主簿核实一下,十日内就能发下去。"

安亭公接着又说:"至于你刚才说的亏空,我也估算了一下,今年的粮食、油茶和商铺买卖的厘税都会比往年翻番,年底时补上亏空还略有节余,而且往后一年更比一年强,你别担忧,我心里有数呢!"

米县丞见安亭公今日颇有精神心情尚好,便趁着兴头,把他与朱主簿私下里商讨为他纳妾的事,委婉地提出来。

安亭公长长地叹了一口气说:"感谢你和朱主簿的惦念,只是俺心里觉得不妥。依礼太太也只是个小妾,但她与俺朝夕相伴了八年,而今她才刚谢世,俺眼下还沉浸在这个阴影里不能自拔,纳妾的事还是缓上几年再议吧!只当下俺的生活还需有人料理。二丫生前与小颖情投意合,已经认了干姊

309

妹,她在弥留之际将小颖托付给俺,俺绝不能对她食言,故而让小颖留下,临时料理俺的生活,也在情理之中。"

米县丞一听喜出望外,高兴地说:"老爷对太太一往情深,您写的挽联中,已经情不自禁地流露出来了,您才是有情有义的真性情中人,太太泉下有知,定会感激涕零。"

安亭公苦笑着说:"你恭维也罢,鄙视也罢,但俺不会作假。谢谢你二位的惦记。"

米县丞午后便把这个消息告诉了朱主簿,朱主簿高兴地说:"还是你能理解老爷,这下子咱们就不着急了。"

六月初大暑时节,安亭公的身体已经趋向大好,初六那日早起后,似乎更加精神了许多,于是他便带了喜贵和偯子来到太平圩乡。它与大和圩、长坪、坛下四个乡,是乾隆五十一年,安亭公履职耒阳后,大面积恢复推广种植油茶树经济作物的区域。这里的油茶树,经过三年多的扶植栽培,已经初具规模了。看着满山遍野的油茶绿树成荫果实累累,安亭公高兴得眉开眼笑,已经忘记了太太谢世带来的忧郁苦恼。

随行的里长夏侯南兴奋地说:"老爷,前些年因为匪盗骚扰民不聊生,乡民们或上山避祸,或亡命他乡,土地荒废无人经由,成片的油茶树任人砍伐枯萎而亡,致使这里灌木杂草丛生,山狍野獐出没,成了名副其实的荒山荒坡。自您上任后,重新规划扶植才逐渐恢复起来,前年才刚刚受了益,这可比种粮利大多了。"

安亭公详细地询问:"当下村里有多少户人家?林地面积是多少?每户有几亩地?有没有特别的大户呢?"

夏侯南说:"启禀老爷,上个月才按人丁发了盐价补偿,全村二百四十六户,一千二百三十六口人,林地面积一万三千二百余亩,大致每户平均十几亩,至多的也就是百十多亩,少的也够四五亩了。即使按四五亩折算也相当于四五十亩粮地的收入了,一家人过日子稳稳当当,衣食用度无忧无虑。"

安亭公回过头来对喜贵说:"咱们回衙后要专门颁布一个告示,布告各山野乡村,油茶树林地的买卖交易,必须通过衙署更换契约,要严格实行重税调节,任何人不得擅自私下里交易,否则重处重罚。坚决扼制大户兼并小户,以确保低收入农户的生活保障,绝不能出现衣食无着的贫穷困难户。"

他们一行离开太平圩村后，又把大和圩、长坪、坛下几个村里都转了一遍，回到耒阳时已是六月中旬了。

六月十五那日午后，湖南巡抚浦琳大人正在抚台衙署西跨院的自省堂书斋里读书小憩，忽然书办进来禀报："禀中丞大人，湖广道监察御史郑天成大人请见。"

浦大人顿时心里一惊，兀自琢磨："这个烂嚼舌根子的黄鼠狼突然不期而至，能有好事吗？"

遂自沉吟了片刻才道："吩咐下去，孝廉堂接客。"而后换上官服整衣出门。

郑天成浙江绍兴人，只因从小钦服战国时的纵横家苏秦，故而表字幼秦，祖上三代都是刀笔小吏。乾隆四十二年因科考不第，以举人功名屈身投在浙江巡抚王亶望幕府充当师爷，凭着祖传的刀笔功底，不到三年光景便做到首辅幕僚。乾隆四十五年，经王亶望极力举荐而进入都察院任六品给事中。

而今虽然还是个五品衔的言官，但因他是都察院湖广道监察御史，口衔皇命代天巡视，手里握着纠察检举弹劾荆楚两省九品以上官吏的生杀予夺大权，地位之显赫，举足轻重令人刮目。

此人尖嘴猴腮豁牙露齿相貌猥琐，阴险狡诈藏而不露城府颇深，且居高临下深不可测，活脱脱一副十足的酷吏嘴脸更兼伶牙俐齿口吐莲花。一张能言善辩的三寸不烂之舌，翻手为云覆手为雨，竟把湘鄂两省的大小官员肆意玩弄于股掌之上。故而上至三台大员，下至州县胥吏，对他畏之如虎惧若豺狼敬而远之。虽然私下里恨得咬牙切齿，但明面上却也是唯唯诺诺噤若寒蝉，所以他无论走到哪里都是上宾礼遇。

当浦大人行至孝廉堂前才刚站定时，郑天成刚好趾高气扬地踏进月亮门来。浦大人立即趋步迎上去，笑呵呵地双手抱拳揖礼道："幼秦兄大驾光临，本抚未曾远迎，失礼！失礼！"

郑天成佯装着正要跪地参拜时，浦大人立即上前扶住说："幼秦兄，你可别折了我的阳寿啊？"说着挽住其臂寒暄着走进堂内。

二人分宾主坐定后，郑天成开门见山地对浦大人道："浦大人，今年三月底，都察院收到多名御史弹劾和京城街巷暗揭检举，耒阳知县阎广居在破获古尚云盗案和查检耒阳官盐涨价案时徇私枉法，贪墨收缴盗贼赎罪银二十三万八千二百两，罚没盐商私抬官盐价银五万两，两项合计共二十八万八千二百余两，兼有收受江洋大盗古尚云巨额贿赂，为其开脱罪责之嫌。敝人受左都御史阿扬阿大人的差遣，特来详查此案。"

浦琳大人听后，知其与己无关，顿时一身轻松心中窃喜，但明面儿上却很镇静，遂自将须微微一笑道："阁知县在这两个案子中，足智多谋手段霹雳，尽显其非凡才智，确是我湘省难得的能员干吏。其间，我也风闻他收缴了不少金银细软古董字画，但从未往私吞贪墨的歪路上想，总以君子之心度小人之腹，更兼该员一路走来政声颇佳，深得士绅民众拥戴。如此看来试玉要烧三日满，辨材须待七年期，还是老夫看走眼了。如今既然有人弹劾检举，也是无风不起浪，还是查检一下也为他好。我作为钦命署理湘省得朝廷大员，举贤任能和纠察官吏都是职责使命，不会因为爱才惜才而罔顾王命法度，甚至刻意去袒护和庇佑谁，雷霆雨露都是天恩。"

郑天成一听正中下怀，遂试探地问道："阁广居主政耒阳已经五年了，衙门里的吏员们，上上下下都是他调教使唤出来的手足亲信，难免互相勾连盘根错节。而今贸然介入查检，倘若他们根深蒂固串通一气，必然会是阻力重重，甚至无功而返，也是可能的。"

浦大人沉吟了片刻道："郑大人所虑极是，但七品以上吏员任免，非吏部行文不可擅动，本抚实在爱莫能助，除非当下便有铁的证据，才能临机处置。"郑天成忙道："浦大人所言极是，有鉴于此，离京前阿扬阿大人便与吏部郎中蒋钦大人暗里疏浚，并请得吏部尚书彭元瑞大人的示下，已免去阁广居耒阳知县之职，暂委应天候补监生王祖恩署理，这次王祖恩也随行来了，现正在外边候着呢。"

浦琳大人立即附议道："还是阿大人虑事周全，如此便好行事了。"

八

六月十八日巳时，安亭公正在衙署二堂校阅禁止油茶树林地买卖的告示条文，长沙按察使司臬台周宣理和郑天成、王祖恩一行，坐着官船来到耒阳。他们进了县衙后，便把阁广居和米县丞、朱主簿等一干人召来，当即宣读了吏部任免行文，即日起免去阁广居耒阳知县之职，暂由应天监生王祖恩补缺署理。

这突如其来的晴天霹雳,瞬间把安亭公击蒙了,这到底是何缘由呢?他虽然心无尘埃自然淡定,但却也是一脸茫然。然而,面对口衔天命声色俱厉的天朝第一酷吏郑天成,他一个芝麻似的七品小吏,唯一的选择就是俯首听命逆来顺受任其处置。倘若当下便直言反诘问其缘由,无疑是螳臂当车以卵击石,甚或授人以柄,被这个专横跋扈的奸佞小人,随便安上一个抗命犯上、咆哮公堂的莫须有罪名,而后收监受辱作茧自缚也是有的,遂自无可奈何地叹了一口气,立即交割印信任其处置。

回到寓所后,他才静下心来反躬自省搜索记忆:"想我阎广居幼年启蒙受教于孔孟,束发弱冠立志于报效朝廷。自乾隆四十六年踏上仕途后,只为报效皇恩拯救黎民于水火,一路走来如履薄冰守正不阿,自以为绝无点滴贪赃枉法之劣迹,更无些许放浪形骸的只言瑕疵,扪心自问俯仰无愧,皇天后土日月昭昭!褒贬自在春秋,此心唯有苍天可鉴!而今事出反常陡然生变必有蹊跷。为人不做亏心事,不怕半夜鬼叫门,我自身正不怕影子歪。但回首往顾这些年来,自己只顾了一门心思地整饬吏治打击豪强,剿匪治盗除暴安良,其间,难免矫枉过正处置偏颇,触犯了哪个豪门权贵的既得私利,甚或是除恶未尽留下的祸根。他们长期以来心怀怨恨处心积虑久矣!如此则卑劣下作唆使阴人攻讦加害,暗使阴招栽赃诬陷也是有的。诸如常宁章氏兄弟之辈,不一而足。但真正能掀起如此惊涛骇浪的魑魅魍魉,恐怕非常宁痞霸章虎莫属。此人财大气粗舍得花钱,且多年来在官场上结交的权贵,还在不断地往上攀爬。乾隆四十六年的那场雷霆风暴,若非此人呼风唤雨,谁能动用了兵部侍郎与吏部郎中,将我调任慈利而将其保全下来东山再起。唉!人在江湖身不由己,更何况这钩心斗角尔虞我诈的险恶官场呢?宦海沉浮本来就是鱼龙混杂相互蚕食倾轧掀起的争斗风波,只有那些八面玲珑见风使舵的阿谀之辈,才能驾轻就熟游刃有余。风平浪静只是他们明争暗斗劳累困乏了的偶尔间隙,风起云涌跌宕起伏才是自然常态。不经一番寒彻骨,怎得暗香盈袖梅花扑鼻香,如此说来抑或还是上苍的造化安排,我就不信如当今皇上这般雄才大略,也能被奸佞小人蒙蔽视听?朗朗晴空,岂容乌云蔽日遮天?"

于是乎!他瞬间释然淡定下来,是福不是祸,是祸我也不会躲!

为了远离是非之地以避嫌清静,次日早起饭后,安亭公与小颖便将行李书籍和简单日用品打包了,来到城北的铁木石坊。茂才和九斤以为他还是因二丫去世后心里憋屈得郁闷烦躁，想在这里暂住些日子，以排遣心中的淤积，于是便着人打扫出一间干净的屋子，又派人将他的行李书籍家什一并搬来。

在纷繁复杂事务中解脱出来的安亭公，又恢复了无官一身轻的平民生活，每日晨起漫游散步到杜子美坟前凭吊，读书吟诗作赋以抒发情感，与这位忧国忧民的中唐诗圣心灵沟通。

早饭后，便携小颖踏着纵横交错的阡陌小路到二丫坟前悼念。当他看到早已被青青芳草裹挟着的坟头，掩映在油茶绿树丛中，显得那么孤独寂寥无可奈何时，心中便升起一缕缕凄凉，不由得阵阵伤感而黯然泪下。待放眼四顾，见阡陌田间散落的劳作农夫，正精神饱满辛勤劳作耕耘时，却又倍感欣慰心情愉悦，遂像孩子似的撒开腿脚走下山来，沿着山包前的灌渠堰畔上，手忙脚乱地将正在绽放的各色不知名的花卉采集在手，用稻秸秆儿捆绑了两束，默默地插在二丫的坟头上，深情地缅怀二丫生前的点点滴滴，聊以舒缓。

午睡起床后，便跟着九斤调锤打铁凿石为乐，不仅没有颓唐废志萎靡不振的失落感，反而悠哉悠哉一身轻松潇洒自如。

安亭公免职后，填补了耒阳知县缺的王祖恩，本是江苏应天府人氏，祖上也曾是读书门第。只因其父王继祖弃文经商后，才改换了门庭，买卖竟然从应天府的市井陌巷，做到了京城前门外的大街上。这时精于算计的王继祖，便想让儿子读书入仕再续书香。于是，他便纳钱为其捐了个监生学位，而进入国子监读书深造。

国子监本是明、清两朝官方的最高学府，监生是取得国子监读书资格的太学生，分为举监、贡监、荫监、例监。其中例监又分为恩监和纳监，由皇上恩赐特许的为恩监，凭缴纳钱财取得者为纳监。

王祖恩正是纳钱捐的例监生。他自幼长在繁华京都的天子脚下，又兼家资巨富，早已沾染上八旗子弟的劣迹陋习，混迹于纨绔少爷的行列。整日里跑马斗鸡走狗，出入烟馆赌场妓院，哪里还有心思寒窗苦读博取功名，连着考了三科之后，还是白丁之身。王继祖见其功名无望，便给吏部郎中蒋钦又送了五千两银票，在吏部为其捐了候补知县，并托其悉心关照以早日补缺。

正如安亭公剖析的那样，制造这起贪墨诬陷案的始作俑者，正是曾经横行于常宁市井街头的那条汉子——章氏三痞之章二。乾隆三十六年，章二利用自己投机钻营在湘省官场积累的人脉，挥金如土上下梳理打通关节，只手垄断了湘省宫廷膳食油的榨制进贡专权，进而把持了常宁境内油茶果经营的独家生意。十年来他勾结官府逃漏厘税攫取暴利，欺行霸市盘剥百姓涂炭黎民，其斑斑劣迹层垒叠加，早已惹得人神共怒民怨沸腾。

乾隆四十六年，安亭公上任伊始，遂顺应民意立即着手调查，不到半年光景，便已将其恶行劣迹查得水落石出大白天下。谁知，正当章氏三痞被安亭公收监审诘拟处极刑报请刑部核准时，章二之子章文携巨额银票，进京疏通了吏部郎中蒋钦，在其鬼蜮伎俩的阴谋运作下，安亭公被迫离开常宁调任慈利，使得章氏三痞改判流放岭南而躲过一劫，侥幸捡回三条性命。

在此期间，章二与蒋钦又故技重演，用白银铺路疏通了大理寺、刑部和都察院，于乾隆四十九年赦免其流罪而返回故里。

章二兄弟蛰伏了两年后，又利用曾经积攒的人脉资源，重操旧业做起了油茶果生意，虽然不是垄断，也没有了宫廷膳食油的专贡特权，但也赚了不少银子。

去年年关时，坊间传闻阎广居在枇杷山庄剿盗时，收缴了盗首柳之龙的财货，折计十一万三千多两银子，盗犯缴纳赎罪银十二万五千余，收入鲍来亨私抬官盐价的罚没银五万两，由此而引起湖省官吏们的嫉妒憎恨。于是，那些与章二过从甚密的官场吏员们，便私下里怂恿撺掇章二趁机报仇雪恨。

章二这个曾经气焰嚣张的市井痞霸，多年来对阎广居当年打击他的重创铭心刻骨，恨得咬牙切齿，只是苦于没有咸鱼翻身的契机。如今机遇来了，昔日官场上的狐朋狗友们便趁势煽风助火，从而点燃了他蓄谋已久的仇恨火焰。

于是，章二兄弟三人便密谋策划攒倒兑换了五万两银票，连夜进京住在前门街上的顺风客栈，与吏部郎中蒋钦狼狈为奸一拍即合。经蒋钦暗里穿针引线，三万两银票疏通了湖广道监察御史郑天成。又经郑天成点拨，拉拢腐蚀了两名言官公开弹劾，大街小巷张贴暗揭。不待几日，京城里便传得沸沸扬扬。郑天成趁机推波助澜，捅到左都御史阿扬阿那里。阿大人一怒之下未加翔实，便声色俱厉地命郑天成立即赴湘迅速纠察。

如是，在郑天成和蒋钦的精心运作下，王祖恩便由候缺转为实职，顺利地递补了耒阳知县的缺。

王祖恩离京前，蒋大人专门在府邸召见了他并当场诺许："此去耒阳任上，务须鼎力玉成郑大人查检阎广居贪墨一案，若能奏效，两三年内便可升迁递补京官。"

由是，王祖恩上任伊始，便把米县丞、朱主簿、王巡检、喜贵等一干人召来，假传圣旨胁迫说："前任知县阎广居贪墨一案，圣上亲点湖广道监察御史郑天成大人前来纠察，我等务须全力配合并主动揭发其贪墨劣迹。否则，一旦查检属实，尔等将以隐匿不报或通同作弊连带处罚。"

众人莫名其妙一头雾水，但又不敢反诘，只好唯唯诺诺，敷衍了事。

当天晚上，王祖恩在城南醉风客栈，召了两名娼妓左右陪饮，为郑天成摆酒接风洗尘。席间，王祖恩低三下四极尽阿谀奉承之能事，拍着胸膛朗声承诺："郑大人自管放心查检，有何差遣尽可吩咐，卑职当尽全力予以配合，不出三个月定叫阎广居戴镣入监认罪伏法，届时您老人家便可回京复命了。"当晚二人由两名娼妓陪着，眠宿于醉风客栈。

谁知，查了一个多月后，只见盗窟收缴的古董、字画、文物和金银财货，都有现场登记造册的当事人签署，官卖时也是件件评估有人经手。盗匪们缴纳的赎罪银子，都有翔实名册登记。连同罚没收入共计二十七万三千二百两，除了拨付劫狱案中，死伤乡勇抚恤银一万八千两，其余悉数补偿失窃商户。食盐涨价罚没五万两，除补贴营房度支缺口五千两外，其余补偿均已分发到商户民众，阎广居并未经手分文，且件件有据款款明细，无一虚假捏造，更无些许点滴贪墨弊端。郑天成见状，遂恼羞成怒地吼道："这天底下还有如此不沾荤腥的蠢猫吗？我就不信他阎广居是当世的海瑞包拯，能洁身自好两袖清风出淤泥而不染。"

于是，他便把账簿查检搁置一边，又从外围着手查检，并四处张贴告示，鼓励乡民官吏检举揭发，甚至广开言路风闻议事。

这时耒阳百姓才得知安亭公已被免去知县之职，现在城北的铁木石坊隐居养病。于是他们便三三两两地相约前往探望。他们怎么也不会相信，这位正气浩然廉洁奉公的清官能和贪墨连在一起。即便是朝廷派人来查，也不信确有其事，始终坚信他一定是遭人中伤诬陷。他们心里明镜似的，这位县太爷给他们带来的好处是看得见摸得着的实惠。他们淳朴善良敦厚，宁肯相信太阳可以从西山升起，也不会相信安亭公就是戏文里说的贪婪昏官，虽百般质疑困惑迷茫不解，但他们并不怯懦怕事，只是手无回天之力，只好在心里默默地为他祈祷，用这种憨厚直白的方式表达心意，隔三岔五地拿着自家田间院落栽种的季节蔬果，过来探望慰藉以求心安。

初始，安亭公总是把凳子搬到院里与他们聊天叙话，仔细询问他们家中人口收成，渔猎耕读田亩赋税，徭役摊派物价涨跌……，凡此种种不一而足，柴米油盐幼童启蒙，大事小情无不涉猎。这时人们才真正感受到这位县太爷亲和爱民洞察敏锐，如是，来的人越来越多了，安亭公也渐渐地有些应接不暇了。

王祖恩知悉后，顿生恼怒怨恨，甚至是恐慌了。于是，他便打发了几名亲信，夹杂在人群里悄悄地跟踪，试图借此搜集安亭公与人勾连串通的证据，甚或摸索些许能与案件有关联的蛛丝马迹。

这样一段时日后，安亭公似有觉察，遂又萌生了离开这里的念头。于是，他便瞅了个阴雨天，雇了辆马车，带着小颖悄悄去了羊武咀。

当他们来到羊武咀时，那里的巴天人见他们平日里供奉着的五谷财神阁老爷突然莅临，高兴得手舞足蹈欢呼跳跃。那些稚嫩的孩子们，竟口无遮拦地喊着："财神爷爷来了，财神爷爷来了。"

起初，安亭公只当是孩子们闹着玩呢，并未特别在意，待他去各家串门时，才突然发现这里的巴天人，家家都把他的画像贴在财神爷的位置上供着。便沉下脸来怒斥道："你们这不是胡诌吗？俺就是一个读过书的平常人，怎能当神供奉呢？快撤下来，否则俺可真生气了。"

怎奈这些巴天人似乎就是一根筋，凡是他们认准的死理，绝不会轻易自我否决，虽然当着安亭公的面，他们不敢公开反驳，但行动上却是推诿搪塞软磨硬拖，铁了心就是不肯往下剥，弄得安亭公竟也无可奈何。

于是，他便转换了一种温婉的口吻说："尔等不知俺们汉人是有忌讳的，活着的人不能画像立牌位供奉。一旦犯了这个忌，轻则破财生灾，重则生病折寿，甚或殃及子孙。其次，凡被供着的人都是上天赐予的配享，至少也是皇上敕封的爵位，否则便是僭越，论罪是要杀头治罪的，你们忍心要祸害俺吗？"

他们一听，顿时恍然大悟，于是连连允诺，这才立即揭剥撤换下来。

317

原来,那些巴天人,自从安亭公上任后,他们便交上了好运。不仅远离了水中栖息被人歧视的生活,而且还有了固定的居所,分得可以让他们自给自足的田地,生活安定衣食无忧。

他们经过教化改造后,又掌握了熟练的汉语汉话耕田犁作,与周边土著民和睦相处互相尊重,人格上也获得了体面尊严。他们从心底里感激安亭公,没有他就没有他们今天的幸福生活,安亭公就是他们的活祖宗。

当他们的生活融入当地后,看到本地人家家都供着财神爷,便萌发了奉祀安亭公为财神的念头。于是经龙塘、夏塘、羊武咀三处的头人合议后,便将安亭公自定为他们的五谷财神爷,并请人画像刻板集中印制,而后分发到族群里的每户人家,以便逢年过节四时奉祀。这样一来也感染了周边的土著民族,奉典享祀的范围越来越大,以致后来耒阳境内的百姓人家都供奉起来。

当他们得知安亭公要在这里住上一段日子时,便马上用竹竿稻草搭建了一栋简易的阁楼,并为之凑齐了灶具家什。

自此,安亭公便在羊武咀过起了隐居生活。

谁知,那些巴天人率性耿直热情好客憨态可掬,自从安亭公来了以后,他们便把他当做尊贵的客人,白天陪着下地劳作,夜晚凑在一起聊天,午饭轮流请吃,闲暇时也不离左右,家里送来的蔬果鱼虾吃不完。这样便无形中扰乱了他的恬淡宁静,安亭公又怕伤了他们的自尊,还不能硬生生地拒绝,由是,便平添了许多烦恼。

这样一段时日后,安亭公渐渐地不安了,兀自在心里纳谋:"因为自己的不期而至给巴天人添加了负担,虽然他们是由衷的自愿,但自己却生生地受不了。怎样才能避开这炭火般的热情炙烤呢? 除了赶紧离开,别无选择。"

中元节那天,安亭公对巴天头人说,他想到青龙寺去还愿,顺便拜访一个老朋友。于是,那些巴天头人便摇了条小船,把他们送过河对岸上了青麓书院。

青麓书院掌院山长文廷云,看到已经卸任的安亭公突然造访,遂热情地接待了他。他与安亭公虽然年龄悬差二十多岁,但二人倾心相慕神交已久。他们之前虽也有过两次短暂的接触,但他久闻安亭先生文武兼备,不仅通晓经史子集,而且诗词歌赋也十分了得。

这次长谈后,他对安亭公有了更深层次的了解,特别是对"四书"的深刻诠释,安亭公更有独到的见解,他说:"当下'四书'注释,实乃宋儒程颢、程颐兄弟和朱熹,经过包装后的伪学。虽然被之后的历代王朝政府钦定为科考命题正统,但其间掺杂了许多他们个人主张的思想,与原意相距甚远,更有曲解之意。"

谁知,他的这种独到的学术见地竟与文先生不谋而合,二人彻夜促膝而谈,由此而激发的谈兴愈加浓厚,似有相见恨晚之意。

于是,文老先生便委婉地引导他说:"安亭先生,恕我直言,像您这样饱读圣贤书的正统君子,只晓得为庶民百姓办实事谋福祉报效皇恩,如何能适应了当今官场上尔虞我诈险象环生的无为争斗? 您虽然赢得了老百姓的拥护爱戴,但这样一意孤行不知通权达变,必然会触及某些权贵的私利而断了别人的财路。自古道,断人财路犹如杀其父母,这样的宿敌累积多了便是祸端,一旦他们群起而攻之,能有您的好果子吃吗? 以您的人格品行和学识渊博,若能放下功名跳出江湖隐匿山野,或著文立说,或教书育人,或许更有用武之地,才不枉此生,也省却了和那些小人们钩心斗角的徒招恶怨。不瞒您说,我就是厌恶了这种无谓的争斗倾轧,才毅然全身而退的。"

安亭公笑着说:"我倒是真想和您一样,做一个山中宰相,著文立说教书育人,得遇栋梁贤才而悉心教之,此生夙愿足矣!"

文先生说:"公乃人中龙凤,更有旷世奇才,若能退出江湖归隐林泉,便是大彻大悟,此生自然无忧无虑逍遥自在。您又何乐而不为呢? "

安亭公仔细琢磨后,亦觉文先生说得在理。

于是便慨然应允留在青麓书院,当起了教书匠,专门讲授《大学》《论语》。开卷数日后,他引经据典旁征博引,口若悬河语惊四座,一下子便征服了书院的学子们。霎时间,慕名而来的旁听者车水马龙川流不息,青麓书院一时名声大噪,一夜间传遍荆楚潇湘。

在此期间,郑天成和王祖恩改弦更张后,又到衡州大牢里提审了江洋大盗古尚云。

开堂时,郑天成摆足了监察御史的威风,开口便威胁恐吓道:"据耒阳地方士绅检举,阎广居在审结盗案中滥施重刑要挟恐吓,以减免刑处等卑劣手段胁迫利诱,收受尔等贿赂一事,已经昭然若揭,尔可从实招来,免得皮肉受苦。"

古尚云抬起头来只睨了他一眼，便镇定自若地说："我虽身为盗首，但窃来钱财均已布施济贫散尽，此身之外别无长物，更别说贿赂他人了，别人贿赂与否我不知道，但我这里却是分文没有。"

郑天成和王祖恩听后，顿时勃然大怒，遂气急败坏地吩咐衙役重刑伺候，以此要挟。谁知，古尚云只轻蔑地看了他们一眼，竟毫无惧色坦然受之。

这时，闻讯赶来的衡州知府徐大人，见这场面慨然言道："此案已经审理结案，并报刑部、大理寺、都察院待核。若要再审时，须有三法司联袂行文或授权委托方可，如此贸然行事似乎不合律法，二位是不是有点唐突了。"

郑天成与王祖恩互相看了一眼，亦自觉底气不足，遂草草收场悻悻而去。

两人回到耒阳后仍不死心，又把鲍来亨和那几个哄抬盐价的奸商都召来，一并开堂如法炮制。此时的鲍来亨突然觉得报复的机会来了，便蠢蠢欲动想给安亭公"上点儿眼药"，但琢磨再三后，却终也无从下手。

无奈之下，王祖恩又心生歹意，将盗案中被判重刑的柳之龙、梁化锋等几名盗匪酷吏的家人召来，一番软硬兼施的恫吓利诱后，他们便出具了曾经贿赂安亭公的伪证。

耒阳民间有句口头禅："老子不信邪，要死卵朝天。"耒阳人自古以来便以倔强霸蛮闻名于世，外地人戏称他们为"耒牯子"。

王祖恩和郑天成等人的所作所为，激起了耒阳民间的强烈不满，也激起了耒阳士绅们的极大愤慨，乡绅伍声雷更是义愤填膺。

他横下一条心，决心要为耒阳百姓奔走呼号，为安亭公鸣冤喊屈。随着伍声雷振臂高呼，一石激起千层浪。于是，大家公推伍声雷领衔，发起万民诉状为安亭公鸣冤洗屈。

九

耒阳籍致仕乡宦罗楚望、张廷仪慷慨激昂奋笔疾书：

> 耒阳地处荆楚蛮荒边陲，自古以来汉苗白回土家人杂居，族群藩篱尚武械斗，积弊成习竟成常态；盗寇横行匪患猖獗，水深火热已是必然；更兼衙不理政形同虚设，民无生计苦熬苦煎。自乾隆五十年阎廷居履职以来，出生入死剿匪治盗打击豪强除暴安良，惩腐戒贪整饬吏治教化异人兴办公塾，肃清族群藩篱，消弭民族矛盾；

天恩雨露润泽万民,滋养百姓安居乐业。孰知,乾隆四十六年,曾被阎广居履职常宁知县时,处以极刑的痞霸章虎,在吏部郎中蒋钦的庇佑下,咸鱼翻身潜入京城,串通湖广道监察御史郑天成,暗使阴招罢免了阎广居。替补知县王祖恩上任后,亵渎皇权假传圣旨,与郑天成狼狈为奸,威胁利诱刑讯逼供栽赃诬陷,是可忍孰不可忍。为一方苍生百姓计,耒阳士绅商贾渔猎耕夫斗胆上书,恳请圣上明察秋毫驱散阴霾拨云见日,还我耒阳百姓朗朗晴天。

诉状拟就后,伍声雷、罗楚望、张廷仪领衔签名,三日内签名人众已达万余。众人合议后,便委他们三人,持诉状前往青麓书院拜谒掌院山长文廷云,启请文先生援手并为之谋划点拨。

文先生览毕,不禁勃然大怒:"这些伤天害理的龌龊鼠辈,竟敢以小人之心度君子之腹。安亭先生襟怀坦荡风骨峭峻谦谦君子,他自履职湘省以来,消弭匪盗除暴安良,绥靖地方功不可没,惩腐戒贪整饬吏治,堪称能员干吏。其疾恶如仇侠骨柔肠金刚怒目菩萨情怀,早已潜移默化深入人心,三湘父老有口皆碑。饶是如此,我也不想劝他再返官场而自污清白。

"纵观古今宦海沉浮,官场就是赌场和猎场,甚至是沙场,它就是一群私欲膨胀了的伪君子们,不择手段地钩心斗角啮咬撕逼的屠场。他们为了一己之私利,像输红了眼的赌徒一样,不惜撕下道貌岸然的君子面纱,赤膊上阵大打出手,阴招迭出疯狂野蛮。特别是那些执掌军机要职进入中枢宰辅的重臣们,他们更多的时候,却是把这种残酷的争斗,当做竞技演义给皇上看。对此,皇上并不反感,虽然雷霆震怒严旨申饬,但心中窃喜如饮甘泉,如此则君臣坦然相安无事。

"如果你以为这只是他们之间争权夺利的私欲贪婪使然,那你就浅薄了,因为铁血冷酷的皇权体制,从它诞生的那一天起,就为每个进入职场的吏员们,量身定置了一个低薪贪墨的潜规则。乍听起来似乎耸人听闻不可思议,但绝非欺诳虚妄之言。

"倘若尔等置身其间,仔细琢磨便可窥见端倪,一个知县的年俸禄米尚且不足百两银子,其中还囊括雇佣师爷自置官服的应酬开销,除抛下尽后,是否能够维系温饱尚在其次,更重要的是他们十载寒窗苦熬苦读,县考乡试时尚可节衣缩食勉强支撑。待到会试、殿试上京赶考时,便得亏欠人情筹措盘缠。好不容易鱼跃龙门功名及第,可若要踏上仕途还得举债借贷。一朝进入官场似乎已是功德圆满,可他们却猝然又面对偿债的难堪。更何况他们还想出人头地奢侈体面,如果指望俸禄化解尴尬,那是雾里看花犀牛望月。

"说透了,皇权体制是默许他们适当贪墨来填补窟窿的,诸如税银上解火耗、粮米运送库存雀鼠耗和养廉银制,就是皇权体制为他们故意设置的贪墨漏洞,只是适可而止不可私欲膨胀了。

"说白了,那就是皇上给他们划定了一块特定的贪墨范围,在这个范围内,只要按照户部核准的标准核减不算贪墨,甚至稍有拔高,皇上也会睁一只眼闭一只眼听之任之,以此保证司法公正吏治清明,坚决杜绝触碰除此以外的红线,仅此而已!

"可是那些利欲熏心的官吏们,不仅擅自抬高火耗和雀鼠耗的定制比例,而且将这两项合并定制为'耗羡'向老百姓统一征收,将养廉银当俸禄理所当然地据为己有。更有甚者,竟然把贪墨的触角延伸到赈灾、诉讼、断狱等诸多领域,甚至是独辟蹊径推陈出新。

"这样一来他们贪墨的小辫子就永远攥在皇上手中,待他们哪天不听话时,皇上就把这个拽扯出来说事。也由此而编织了一张自上而下控制各级官吏的大网,皇上只要撒下网蹶攥住钢绳,就可以纲举目张收放自如,把他们牢牢地掌控在手中,迫使他们不得不低声下气俯首帖耳听命皇权。

"对此,各级官吏心里也明镜儿似的,他们偶尔的撕咬争斗也是给皇上演戏。甚至那些清廉的官吏们,也不得不自污清白来抹黑自己向皇上递送把柄。说到底就是他们只有不断地撕咬争斗皇上才能放心,一旦抱团结党威胁皇权时必杀无赦。他们无论高低贵贱胜负输赢,到头来个个被撕咬得头破血流遍体鳞伤奄奄一息。只有唯唯诺诺效命皇权,才是皇上所要的结果。

"简而言之,皇上既是纵容贪墨的幕后主使,又是贪腐官吏的冷血杀手,他时而偏袒庇佑,时而痛下杀手,适时把握平衡抑制结党乱政。时而也挑上几个不知深浅的贪墨昏官,杀鸡儆猴平息民愤。但凡挑战皇权国本者,无论官阶高低贪墨与否格杀勿论毫不手软。甚至在处置那些敢与皇权争锋的清廉犯官时,也总要编织若干贪墨的罪名来引导民愤,以此来证明他们的卑劣下作是职场争斗的倾轧,而并非皇权无情主上寡恩,从而震慑官场巩固皇权。

　　"冷血暴虐的皇权政治足以令满朝文武和各级官吏低眉俯首闻风丧胆。但被贪婪蛊惑裹挟了的官吏们，时而也敢触碰王法，皇上正是利用了他们这种贪无止境的私欲，纵横捭阖威慑官场诛杀叛逆。皇上也知道他们之间的争斗撕逼，有时也是在邀功争宠，故而视而不见听之任之。而庶民百姓蝼蚁苍生，便是被这群冠冕堂皇的正人君子们驱赶放牧的牛羊。他们只有辛勤劳作渔猎刨食才能勉为生计，支差纳粮任人驱使是天经地义，稍有不慎便会给你扣上个刁民作乱的帽子，而后茹毛饮血啜食宰割。能臣干吏只是皇上需要的道德标本，他们维护皇权守正笃定庇佑苍生坚守道德底线，是游离于二者之间的忠诚卫士。

　　"安亭先生以他耿介刚直的秉性，既不能自污清白与之同流合污，又不会阿意曲承巴结逢迎，即使侥幸躲过了这一波劫难，但下一波来临时还是在劫难逃，只要他行走游弋其间，被撕逼啃咬攫噬是迟早的必然。

　　"依我之见，倒不如眼下就坡下驴退出官场留在书院，尚可为我桑梓百年大计培育名士贤才。否则，那就是金丝楠木做了寺院里的门槛，饶是菩萨慈悲殿宇辉煌，可他却只能默默地忍受着他人的作践踩踏胯下之辱，黄钟毁弃瓦釜雷鸣，谗人高张贤士无名。"

　　文先生这一番酣畅淋漓的慷慨陈词，顷刻间将两千多年皇权体制的阴险歹毒鞭挞得淋漓尽致体无完肤一览无余，直惊的各众人瞠目结舌冒了一身冷汗，连连慨叹："先生不愧是潇湘大儒山中宰相，若非您这一番撕心裂肺的直言剖析，俺们还真不知道无耻的皇权体制，竟是这样控制羁绊自上而下的各级官吏，官场却原来是如此卑劣下作令人作呕战栗。真正让俺们振聋发聩醍醐灌顶耳目一新，残酷啊！残酷！恕我等孤陋浅薄鼠目寸光，以安亭先生之文韬武略菩萨心肠，当下便能造福桑梓拯救百姓解民于倒悬，我等又何必要舍弃眼前的既得，而苛求未来的百年大计呢？如今这样的能员干吏已是凤毛麟角了，为苍生百姓计，咱们还是急功近利顾眼前吧，耒阳百姓需要他的呵护啊！"

　　文先生说："尔等如此这般，便是把安亭先生送上炉火灼烤，自私啊！自私！"

　　伍声雷忙说："文先生，如今耒阳百姓企盼安亭公，犹如久旱的禾苗望甘霖，您这一念之差，他们当下便陷入水深火热之中了，您可要三思啊！三思！"

文先生沉吟了片刻，遂长长地叹了一口气道："郑天成王祖恩之流的卑鄙龌龊，我又何尝不是怒发冲冠义愤填膺呢。只是事已至此，眼下若要扭转危局，还得借助皇权的力量。如此则我倒是有个简单便捷的法子，尔等不妨可以试一试。咱们湘省衡山才子旷楚贤，是乾隆四十六年殿试时，当今圣上亲点的二甲传胪。乾隆四十二年曾在此就读三年，说起来也算是敝院走出去的俊才翘楚，如今已官居都察院右都御史，其秉性耿直不苟言笑，为人慷慨仗义，敢于犯颜直谏，屡屡平狱定谳，颇为圣上垂青眷顾，当下正值沐浴皇恩春风得意之时。待我修书一封与他，尔等进京后可面见直呈，以他一向刚烈之秉性和对这方百姓的眷顾之情，必然是发指眦裂拍案而起，他若施以援手，上达天听已是必然。以当今圣上之睿智敏感老成谋国，还怕嗅不出这点猫腻来吗？平息这场风波料也不是难事。其次，以安亭先生循规蹈矩守正不阿之笃定，正是历代皇权意志迫切需要的忠诚卫士，如此则皇上高兴了，免不了还要标榜激励一番，这样一来洗清安亭先生不白之冤便易如反掌不费吹灰之力了。"

说罢，便亲笔领衔签名，并把诉状递与众学子们传阅签名，他又伏案疾书书信一封交与伍声雷。伍声雷顿时喜出望外连连惊呼："先生果然是胸有成竹妙算无遗，只此一招剑走偏锋，便是独木桥上赶牛犊，逼犊儿老照直。此行不虚！不虚此行！"

三人回到耒阳时已是掌灯时分，见众人还在文庙里盈盈候着，伍声雷遂对大家说："文先生与众学子们闻悉安亭公蒙冤受屈后，群情激愤怒不可遏，纷纷签名予以鼎力，其情其景令人动容。咱们今晚就推举两名代表，明日进京告御状。"

他担心走漏风声被奸人抓住把柄，便刻意隐瞒了文先生给旷楚贤亲笔作书，敦促他为此伸张正义奔走呼号的事，大家合议后，一致推举伍声雷和罗楚望二人进京递送申冤诉状。这时"广德诚"钱庄东家方鼎臣慨然道："咱们耒阳商贾店铺的东家掌柜们私下里议过，这次派代表进京递状的盘缠所费，可得由俺们各商铺店家分担了，恳请诸位父老乡亲们把这点儿仔肩，让给俺们承担了可好？"说着抱拳一揖，深深地施了一礼。

伍声雷难为情地一晒道："这点盘缠银子俺还是能拿得出来的，不劳各位财东掌柜们操心了。"

方鼎臣一听便急了，当即愤愤道："话可不能这么说，自乾隆五十年安亭公上任以来，他教化异人平匪治盗，为俺们店铺生意构建了安定宽松的经营环境，不仅挽回了前些年匪盗作乱时落下的亏空损失，还多寡不等地挣了些银子。如今士绅乡贤们领衔为他鸣冤诉屈，俺们作为他老人家福泽乡里的最大受益人，岂能袖手旁观等闲视之呢？"

众人立即附议道："方东家言之有理，还是大家都分担些仔肩得好，盘缠路费由各商铺店家承担了，你二人不辞劳苦赴京请命已够辛苦，若再贴上银子就不合适了。"伍声雷这才不吭气了。

说着方鼎臣从怀里掏出两张五百两的银票和一包散银递上说："这里离京城三千多里的行程，便是车船代步也得两个多月，二位先生重任在肩，得攒足了精神才好为民请命。再则说了，京城里可比不得咱山乡僻壤，吃住花销都得使银子。倘若遇上个昏官懒政恶差刁难状告无门时，免不了塞黑食使银子的开销，还是多带些银两，以备不时之用，免得届时困在京城流落街头，却教俺们情何以堪？"

伍声雷因为有了文先生给旷楚贤作书的底气，便毫不犹豫地接过一张五百两的银票和散银掂了掂说："这就够用了，带多了也是累赘。"

由是，第二天一早，伍声雷和罗楚望便从城南耒水码头，悄悄地乘船踏上行程。二人车履舟船晓行夜宿，起早贪黑一路颠簸，直到九月底才到了京城。

进京后，他俩便在都察院刑部街的顺风客栈住下来。当晚，二人到石大人胡同的御史官邸，拜望了都察院右都御史旷楚贤。旷大人览毕文先生的亲笔书信和耒阳士绅万民诉状后，顿时勃然大怒拍案而起，按捺不住地骂道："这些丧心病狂的龌龊魍魉人，什么卑鄙肮脏的勾当也能使出来，简直是无法无天了！是可忍，孰不可忍！"稍顿后，才觉得自己在乡族面前失态了，便坐下来与二人温语叙话道："文先生一向可好？你二人何时到的京城？现在何处下榻？"

伍声雷说："文先生安好。我二人午后才到，已在前街上的顺风客栈歇脚了。"

说话间旷大人已将诉状折叠了递到伍声雷手中说："诉状尔等先带回去，待明日早班时送到御史衙门，例行公事击鼓鸣冤递上大堂。容俺今晚纳谋纳谋该如何切入才是呢。"

翌日晨起,伍声雷和罗楚望一大早便来到都察院衙门口等候,待两扇乌漆大门敞开时,二人迅捷奔上东侧台基上的鸣冤鼓台,伍声雷敏捷将鼓槌攥在右手,使出浑身的劲儿拼命地猛捶鼓面。刚敲了三五声,便见一个身着皂衣筒靴的衙役跑出来,把他们领到掌院大堂。罗楚望头顶诉状,二人跪在堂前,高喊:"耒阳草民伍声雷、罗楚望,替耒阳百姓为遭人诬陷罢官夺职的知县阎广居鸣冤诉屈,恳请掌院大人垂顾惠览明察秋毫为民做主。"

旷大人只摆了摆手,值日书办便立即上前将诉状接了呈上大堂,旷大人只稍加浏览后便嘱书办道:"将他二人领到签押房登记备考,嘱其留下住址返回下榻处等候传讯吧!"

退堂后,旷大人返回二堂,便将昨晚拟就的奏折,仔细浏览后又作了增删修改,而后誊抄了与诉状一并装匣上锁,叮嘱书办立即送往上书房呈皇上御览。

  臣,都察院右都御史旷楚贤启奏圣上:据湖南名士文廷云、伍声雷、罗楚望、张廷仪领衔耒阳万民请愿诉状称:乾隆四十六年,山西阳曲大挑一等举人阎广居自履职耒阳知县以来,教化异人水怪,消弭山寇盗匪;打击豪强恶霸,消弭吏治腐败;兴办公塾义学,化解族群藩篱;山野路不拾遗,百姓安居乐业;政通人和百废试举。

  孰知,乾隆四十七年,阎广居任职常宁知县时,因秉公执法除暴安良,惩治地方豪强垄断油茶果生意经营,而结怨于当地痞霸章虎兄弟三人。章虎挟私泄愤,携巨银潜入京城,贿赂吏部郎中蒋钦、都察院湖广道监察御史郑天成,三人沆瀣一气迭使阴招,收买六科给事中王恩、李健,街巷暗揭弹劾诬告,蒙蔽都察院左都御史阿扬阿,欺诳吏部右侍郎保成,捏造贪墨罪名,先行罢黜耒阳知县阎广居,任用候补监生王祖恩署理。

  继而,郑天成亲赴耒阳假传圣旨,弄权唆使盗属奸商诬陷阎广居贪赃枉法。从而激起地方士绅民众义愤填膺,以致万人请愿诉状申冤,恳请圣上明察秋毫拨云见日,还阎广居清白之身,还耒阳百姓青天父母。

  以臣拙见,此风恶劣不可助长,倘若置若罔闻,必然动摇国之基石而贻害无穷，叩请圣上慧眼明察乾纲独断。

臣都察院右都御史旷楚贤恭折据实具奏。

乾隆五十四年十月初三日

十月初六，乾隆皇帝接到都察院右都御史旷楚贤的奏折和耒阳万民诉状后，览毕龙颜震怒，雷霆大发，随手便将一只钧瓷茶碗摔在地下砸得粉碎，即刻命御前行走太监胡世杰，传谕都察院左都御史阿扬阿立即觐见。

其时，阿扬阿早已风闻右都御史旷楚贤背着他，接了耒阳士绅送来的万民诉状，可三天过去了，旷楚贤竟然封得严严实实，并未禀报他这个掌院的左都御史，正一个人坐在书房里生闷气呢。

恰在此时，忽然门役禀报御前行走太监胡公公前来传谕，阿扬阿刚要出门迎接时，只见胡公公已气喘吁吁地走进来，遂立即跪地接旨。胡公公站定后清了清嗓子，操着河间府乡音的京腔朗声宣旨道："圣上口谕，传都察院左都御史阿扬阿养心殿觐见。"

阿扬阿遂面北而拜磕了三个响头，诚惶诚恐地领旨道："奴才阿扬阿恭领圣谕。"

随即站起身来，从袖兜里掏出一张五十两的银票，塞在胡世杰手里说："胡公公，辛苦您了，只一杯茶资，您别嫌寒碜啊！"

胡公公稍顿后，虽佯装着勉强推辞了一番，但还是接过来揣进怀里说："阿大人，奴才只知道皇上午后看奏折时盛怒了，还将一只钧瓷茶碗当场摔碎了，奴才就知道这些了，您好自为之吧！"说着逃也似的走了。

胡公公走后，阿大人赶紧整束衣冠吩咐备轿，一路上边走边在脑海里搜索着，近日来发生在朝堂上和衙门里的大事，兀自觉得除了耒阳士绅万民诉状敏感外，再无别的塌天大事了，遂自贴着这个思路调整思绪，纳谋着见了皇上后的应对措辞。直至到了午门前下轿后，才趋步小跑着直奔养心殿去了。

当他上气不接下气地来到养心殿门前时，见御前侍卫海兰察与张召重正虎视眈眈地侍立在门两侧。遂自放慢了脚步走到跟前，站定后整了整衣冠，轻轻地咳了一声，微笑着点了点头说："您二位当值啊，奴才奉旨见驾，劳烦二位启禀圣上。"

海兰察只面无表情地点了点头说："阿大人请吧。"

327

阿大人进门时，见皇上正在低头批阅奏折，遂战战兢兢地跪倒在地，怯怯地奏道："奴才阿扬阿恭请圣安。"说着"咚"的一头磕了下去，就再也不敢吭声了。

乾隆皇上头也没抬，随手便把一纸诉状摔到他的头上，恶狠狠地说："阿扬阿，你干的好事啊！耒阳士绅民众把你告了，你自己看吧。"

阿扬阿颤抖着双手把诉状捡起来，仔仔细细地浏览了一遍，定了定神才说："皇上息怒，容奴才细禀，此事缘起于今年三月，卑职收到湖广道监察御史郑天成与多名言官弹劾和街巷暗揭，检举耒阳知县阎广居贪赃枉法。奴才知道皇上最恨这等嗜钱如命的贪墨之辈，故而未加深思，便允准郑天成赴湘查检。谁知这个狗才竟然贪赃受贿在前，暗使阴招于后，瞒天过海假传圣旨，亵渎皇权胡作非为，若非皇上圣聪睿智慧眼如炬，奴才几乎被这个狗才糊弄了而诬陷忠良。恳请圣上暂息雷霆盛怒，缓以时日，容奴才细细查究，定然挖出幕后黑手，重刑重判绝不宽宥。"

不待阿扬阿把话说完，皇上已抬起头来，铁青着脸呵斥道："阿扬阿，你也是朕的老臣了，亏了你还是两榜进士读书之人，你的圣贤书读到哪里去了？朕知道你不是贪吏奸佞，只是可惜了你几十年的干臣，竟然被一个龌龊奴才给蒙骗了。朕叫你过来就是给你吹吹风，此事你已陷入其中，就不宜插手了，让旷楚贤去查，你回去闭门思过反躬自省好自为之，朕也劳乏了，你跪安吧！"

阿扬阿顿时一脸茫然，连着磕了三个响头道："奴才谨记圣上谆谆教诲，回去闭门思过反躬自省。"而后，才颤颤巍巍地站起来，倒着退出养心殿。这时一阵冷风吹过，他才觉得刚才出了一身冷汗，这会儿湿透了的内衣拔得浑身哆嗦，遂裹了裹衣袍，缩着脑袋，两手捅进衣袖里，佝偻着身子出了午门。

阿大人拖着灌了铅似的两腿回到书房刚刚坐定，门役来报："江南道监察御史郑天成求见。"

阿大人顿时无名火起三丈，心里琢磨着怎样把这个狗才叫进来，瓷瓷实实地数落上一顿，出一出心里的这口恶怒气。但又想了想觉得当下自己正败走麦城，多一事不如少一事，遂冷冷地甩了一句："不见。"

328 郑大成与王祖恩在醉风客栈正不择手段地威逼利诱搜罗伪证时，风闻耒阳士绅民众万人已在诉状上签名，欲派人进京为阎广居鸣冤诉屈。遂自匆匆收场整理行装,兀自心里琢磨着:"必须赶在他们之前进京,先入为主把这个案子办成铁案,等他们递上诉状时,生米已经做成熟饭,若要再想逆转,便回天乏力千难万难了。"

谁知,他还是晚了半步,郑天成是前半晌坐船才回到通州码头的,下船后顾不得疲乏劳累,立即叫了一顶二人小轿,急匆匆地赶往都察院禀报阿大人。却不曾料到门役传出话来说:"阿大人正在给皇上草拟奏折,改日再见吧!"

他只瞥了一眼,见门役还像以前那样,满脸堆着笑容客客气气,但阴险鬼诈的郑天成,却早已从他那躲闪狡黠的眼神中窥见端倪,便一下子掉入了冰窟窿,瞬间冷得浑身发抖,只好拖着疲惫的身躯,无可奈何地回家去了。

阿扬阿前脚刚出门,皇上便令胡公公传旨旷楚贤觐见。旷楚贤进门后循例跪了大礼参拜:"臣都察院右都御史旷楚贤恭请圣安。"

皇上只稍稍抬了抬右手道:"旷爱卿起来回话,赐座上茶。"胡公公见皇上阴沉的脸上面露喜色,早已用拂尘将杌子扫了,端过来放到榻几前,而后又端了一碗盖碗茶过来放到榻几上。

旷楚贤落座后,皇上微微一哂道:"旷爱卿啊!有劳你了,这民告官的忤逆案,除了你,还真没人有这个胆量上奏呢,你可真是朕的股肱之臣海青天。昨儿个,朕派人去户部查了一下,自大清开朝以来,耒阳县每年仅发放赈灾粮米就得十万石。自阎广居上任三年后,便开始给国库纳粮了,去年已经涨到十万石,这一里一外便是二十万石的回合。别小看了这二十万石毛粮,日子长了可是一笔大数,大清开朝一百四十余年是多少呢?全国一千六百多个县,这样的能员干吏有几个呢?若非爱卿直言陈奏,朕几乎与阎广居这样的干臣失之交臂,你做了一件功德善事,朕可要好好地奖拔你呢。"

旷楚贤忙道:"若不是皇上圣明慧眼独具,臣便是奏了也是白搭,说不定还要获罪呢!说到底还是皇上圣明才壮了臣的胆子,这也是耒阳百姓的造化,天下臣民之福。"

皇上笑着抿了口茶道:"旷爱卿,什么也甭说了,一客不烦二主,送佛上西天,好人做到底,你就放开手脚,大刀阔斧地审结吧!阿扬阿老糊涂了,朕先让他反躬自省闭门思过,之后体面致仕告老还乡。嗣后,都察院朕就交给你了,朕信得过你这个铁面无私的海青天。"

旷楚贤忙跪倒在地连连磕头道："皇上，您还是另择贤能吧！臣可挑不了这么重的担子。"

乾隆皇上仰着脸笑了笑说："朕虽然老了，但这双眼睛可刁着呢，那些投机耍奸钻猫狗洞的人，朕偏不用他们。就这么定了，都察院掌院非你莫属，跪安吧！"

十

旷楚贤回到御史台后，甚感欣慰，意犹未尽，遂将皇上朱批谕旨仔细将了一遍，心里暗自慨叹："当今圣上不愧是圣明天子，虽已年近八旬，但耳聪目明睿智超凡，思维缜密明察秋毫，一眼便洞穿了郑天成与蒋钦之流的鬼蜮伎俩。其爱才惜才用才，知人善任笃信不疑，真乃千古明君第一，摊上这样的主子，能不为之披肝沥胆赴汤蹈火吗？"他思维敏捷行事果敢坚毅，谋定之后便令都事厅立即行文顺天府尹，即日拘捕吏部郎中蒋钦和湖广道监察御史郑天成。而后，命人召来伍声雷、罗楚望嘱道："今日午后皇上在养心殿召我见驾了。圣上朱批谕旨，阎广居贪墨夺职一案，属郑天成、蒋钦之辈栽赃诬陷，责令都察院与刑部严查急办。不日内可见分晓，你二人回乡听讯吧，留在这里已经没有必要了。"

说着从抽屉里拿出一封信札交给伍声雷说："烦劳二位先生回乡后，将此信札转呈文先生，拜托了。"

顺天府尹接文后，立即派了两名狱吏和捕快，各自带了五名狱卒和囚车，直奔石大人胡同和铁狮子胡同，拘捕郑天成和蒋钦去了。

掌灯时分郑天成才无精打采地回到石大人胡同家里，缘于今日午后在都察院吃了阿大人的闭门羹，他一直心存疑惧耿耿于怀，竟然不知一向对自己言听计从视为股肱的阿大人，今天究竟是怎么了？居然一反常态拒而不见，是衙门里遇到什么棘手闹心的塌天大事，还是他在皇上那里触了霉头？

一天来水米未进的他，竟然也不觉得饥渴，便无心懒意地躲在书房里苦思冥想："如此说来，指不定还是那些耒阳士绅们抢在自己前头给皇上递了诉状，引得皇上雷霆震怒才使他颜面扫地，不然以一向老成持重的阿大人，也不会这么大动肝火。可他们又是走的谁的路子将诉状递上去的呢？此人一定是皇上倚重宠信的重臣，否则，这民告官的忤逆案，断然不能一告就准而且上达天听。依《大清律例》，凡民告官的案子均属以下犯上，无论冤情属实与否,当事人是要滚钉板才能递进诉状的,更何况是上达天听呢?即使是皇上接了诉状,也得六部九卿的大员御前会审反复甄议,才能付诸实施,如此雷厉风行显然不合常规。思来想去觉得唯有右都御史旷楚贤才有这个胆略和能量。首先他是湖南人,更重要的是他在皇上跟前春风得意圣眷正隆,除他之外别人既没这个胆量,也没这个能耐,更不会如此上心!"

他心里乱成一锅粥似的,直至三更后还在辗转反侧睡意全无。忽然猛听得一阵急促的擂门声,紧接着闯进五名如狼似虎的狱卒来。为首的狱吏邹同进门后,立即朗声宣读都察院羁拿拘捕手令:"奉上谕,着即拘捕湖广道监察御史郑天成。"

郑天成惊得一下子瘫倒在地,两名狱卒立即上前披枷带锁,将其拖上囚车。

其时,吏部郎中蒋钦刚与常宁痞霸章虎在八大胡同吃完花酒回到家里,就被一群如狼似虎的狱卒拖上囚车,押回大牢。

次日早班时,旷楚贤在顺天府衙门开堂提审了郑天成。

郑天成自昨日午夜被拘到顺天府大牢后,联想到白日里请见阿扬阿大人被拒,心里便有了底数,这个岔子就出在自己赴湘督查阁广居贪墨案上,此事显然已经捅到皇上那里无疑了。只眼下还不知道是哪个衙门讯诘审理,平日里仗着自己四品言官的弹劾权,又在阿大人跟前得宠,震慑着满朝文武百官,也和刑部、大理寺的各个主官颇有交情,可一旦圣上朱批御旨下来,谁又敢吃了熊心豹子胆为之通融呢?如果撞到旷楚贤这个铁血魔头手里,那就在劫难逃了。

直到押上堂来抬眼看时,主审官正是都察院右都御史旷楚贤,他一下便如烂泥一般瘫跪在地上。

只见旷大人身着深蓝色的三品文职官服,石青色补子上绣着金线彩丝孔雀,蓝色宽檐呢帽上嵌着一颗硕大无比的蓝宝石,红缨伞盖顶插单眼花翎,威风凛凛地端坐在大堂上。身旁的几案上,两名书吏研墨铺纸侍笔以待,八名身着皂衣筒靴的衙役手执水火棍,横眉怒目侧立堂下直视着他。

旷大人铁青着脸,足足审视了他寸许香的功夫,直把他盯得手足无措,心里像长了草一样乱作一团,兀自琢磨:"这旷楚贤可是敢和皇上扛脖子的人,连阿扬阿大人都惧怕他三分,看眼下这情势,阿大人肯定已经失宠了,真是冤家路窄,怕谁就是谁。之前他和蒋钦作的那些龌龊勾当,都是瞒着旷楚贤而糊弄住阿大人私下里操作的,如今撞在这个六亲不认的铁面包公手里能有好果子吃吗?更何况,此人就是湖南人,自乾隆五十一年任职御史台右都后,屡屡犯颜直谏,着实办了几个令皇上头疼的案子,竟把阿大人也撇到一边。以此度之,那份耒阳士民的申诉状肯定是他呈给皇上的,而且他也一定在皇上那里领了谕旨。眼下只有如实坦白,或许还能从轻发落。否则,必然累及家人玉石俱焚。"

郑天成正绞尽脑汁苦思冥想着,忽然听得堂上一声惊堂木猛地拍得山响,只听旷大人正声吼道:"堂下何人?报上名来。"

郑天成忙支撑着抽了筋似的身子,规规矩矩地磕了一个响头,小心翼翼地回话道:"回禀旷大人,小人都察院湖广道监察御史郑天成。"

旷大人又拍了一声惊堂木道:"郑天成你可知罪乎?"

郑天成又磕了一个响头说:"属下罪该万死,还请大人法外施恩。"

旷大人见其认罪伏法,便穷追不舍地责问道:"尔既知罪,还不快快招来,非得本官督促你吗?"

郑天成忙道:"不敢!不敢!是小人猪油蒙了心,中了吏部郎中蒋钦和常宁痞霸章虎设下的圈套,当了诬陷耒阳知县阎廪居的帮凶。"说着便把他与蒋钦、章虎如何密谋策划收买六科给事中王恩、李健,暗使阴招街巷揭帖,欺诳左都御史阿扬阿与吏部侍郎保成,骗取信任赚得阎廪居免职和任用王祖恩的吏部行文,以及自赴耒阳督查胁迫古尚云,诱骗盗匪家人伪证栽赃诬陷阎廪居的龌龊勾当,一一作了如实交代。

旷楚贤见其已经交代得差不多了,便迅即转了话题问道:"你可知常宁章虎现在何处?"

阴险诡诈的郑天成,只眨了眨那双狡黠的鼠眼,瞬间便撒了个谎道:"小人离京前他还住在前门街上的顺风客栈,回京后尚不知其下落。"

审结毕,旷楚贤从书吏手中接过供状,反复与郑天成逐句核对作了增删修改,又命书吏誊抄了两份,而后将供状递给郑天成确认无疑后,当场签字画押。

郑天成画押毕,又连着磕了三个响头道:"旷大人,我这可是布袋里倒南瓜都交代了,还请大人高抬贵手保全属下家人。"

旷大人只轻轻地冷笑了一声道："早知今日，何必当初？你好自为之吧！"

他退堂后，立即发签将御史王恩、李健拘来收监，又趁热打铁，提审了吏部郎中蒋钦。

当蒋钦被押上堂来时，腰杆儿挺得笔直，一副趾高气扬的样子。旷大人狠狠地拍了一声惊堂木吼道："堂下何人，见了本官为何不拜？"

蒋钦傲慢地抬起头来，两眼狠狠地盯着旷大人说："四品吏部郎中蒋钦，不知旷大人缘何拘押本官？"

旷楚贤只轻蔑地冷笑了一声，随即抱腕拱手向北一揖道："奉上谕，着都察院右都御史旷楚贤，彻查吏部郎中蒋钦、都察院江南道御史郑天成勾结常宁奸人章虎，暗使阴招诬陷耒阳知县阎广居一案。"蒋钦听得浑身一颤，已自瘫倒在地。

旷楚贤随即从签筒里抽了一支令签扔到堂下，愤愤地吼道："本官从未见过此等狂徒，竟敢蔑视御史台公堂，左右听好了，给我拉下堂去，杖责四十再行审理。"

两边衙役不敢怠慢，立即把蒋钦拖倒在地趴了，四个人扯直了身子就要行刑。

蒋钦这才突然意识到，此事必然有人已经捅到皇上那里去了。否则，若无真凭实据圣上首肯，就算是铁血酷吏旷楚贤，他也不敢如此底气十足嚣张跋扈，看来纸里是包不住火了。当下必须得认栽服输，才能躲过眼前的这一劫。否则，这雨点般的四十杖棍刑后，就算是侥幸留下一条性命，今后就别再指望站着走路了。于是，便扯直了嗓子大喊道："旷大人恕罪，小人愿招。"

旷楚贤冷笑了一声道："那就先寄下二十，减半行刑吧。"

蒋钦尚未醒过神来时，四名衙役已将其摁住腿臂，一阵噼里啪啦的暴揍后，屁股上已经血肉模糊了。他强忍着撕心裂肺的疼痛，还是跪了磕头谢罪道："谢大人恩典。"

于是，他便把今年三月，常宁痞霸章虎进京后，带着妻兄荐信登门造访，送了自己一万两银票，请托为他雪恨诬陷耒阳知县阎广居，以及自己如何串通江南道监察御史郑天成，暗使阴招蒙蔽阿扬阿，欺诳保成，促成阎广居罢官夺职，趁机任用自己的亲信王祖恩的事，通通作了交代。只是心存侥幸地刻意隐瞒了乾隆四十七年，他与章虎过从甚密，使计调离阎广居，包庇祖护章虎的隐形劣迹，妄图蒙哄过关。

谁知，旷大人听罢并不松口，立即追问道："尔与常宁痞霸章虎何时相识？"

蒋钦道："小人今年三月才与之认识，之前并无毫厘瓜葛。"

旷大人两眼紧盯着他片刻工夫尚未作声，突然不经意间猛地问道："你可知章虎当下住在哪里？"

蒋钦猝不及防随口而答："章虎前日来京，当下正住在前门街上的顺风客栈。"

蒋钦话刚出口便后悔了，但已覆水难收，心里追悔莫及阵痛不已。

旷大人立即宣布退堂："今日到此为止，回去仔细想好了择日再审吧。"

退堂后，旷大人立即发签，派狱吏邹同带了四个捕快，去顺风客栈把章虎拘来，打入死牢。

今年三月，章虎带着巨额银票来京后，在蒋钦的谋划运作下，收买了江南道监察御史郑天成和六科给事中王恩、李健，蒙骗了左都御史阿扬阿和吏部右侍郎保成，给阁广居挖了个深坑，必欲置其死地而后快。郑天成到湖南查检阁广居时，章虎心里一阵窃喜，知道大势已定，便相跟着回去打理自己的生意。

他一路上陪着郑天成和王祖恩游山玩水，把这两个主子伺候得像皇上似的，郑天成也拍着胸脯允诺："你就放一百个心吧，这回一定要把阁广居置于万劫不复之地，让他永世不得翻身。"

回到长沙后，章虎为了避嫌，私下里给了郑天成两千两银票供其挥霍，便悄悄地与之分道扬镳了。直到七月初，当他听说郑天成这边已经结案返京时，便把家里的生意托付于长兄章龙料理，自己带了个小厮尾随追到京城，以打探消息等候结案。

他进京当晚便到石大人胡同拜见郑天成，这时郑天成午后刚在阿大人那里触了霉头，正在书房里一个人生着闷气，家人也不敢禀报，便挡驾说还没回来。于是，他便转身前往铁狮子胡同蒋钦府邸，而蒋钦竟然一脸懵懂，尚且不知郑天成已回京城。由是，二人便借着由头上了八大胡同去吃花酒厮混，直到临近午夜时分才分手。当晚酉时，他又到了石大人胡同郑天成府邸时，家人只半掩着大门说了声"郑大人尚未回府"，便"呼"的一声把门关了。

待他一头雾水刚刚回到顺风客栈时，便莫名其妙地被旷大人拘捕了，遂自一下子如坠入无底深渊，心里琢磨着，前日见蒋大人时，他还神色自如谈笑风生，并没有一丝儿反常的迹象，怎么突然间风向一下子便逆转了呢？竟不知到底是哪里出了纰漏。

京城的九月已是秋风萧瑟，潮湿的大牢里冰冷如铁，糊里糊涂的章虎蜷缩着身子窝在墙角里，瞪着两眼苦思冥想了一夜，终也理不出个头绪来。

旷大人当日便令都事厅持都察院公函，从刑部调来乾隆四十七年，湖南按察使司报送的常宁章氏三兄弟暴力案结案卷宗，详细誊抄整理了一份。次日一早来到顺天府衙门，立即召来狱吏询问昨日拘捕章虎的情状。

狱吏邹同小心翼翼地回禀："奉大人令，昨日戌时三刻，卑职亲率捕快四人，在前门街顺风客栈已将章虎拘捕了，现在重犯大牢里关押着。"

旷大人立即吩咐升堂，一夜未眠的章虎被带上堂来时蓬头垢面披头散发，猥猥琐琐地佝偻着身子，拘谨地杵在那里浑身哆嗦，往日的威风霸气早已一扫而光。忽然听到堂上一声惊堂木响起，他才醒过神来，遂立即跪倒在地磕头谢罪。

旷大人又拍了一声惊堂木，厉声问道："下跪何人？报上名来。"

章虎赶紧应道："回大人，小人是湖南常宁茶商章虎。"

旷大人问道："尔可知罪乎？"

章虎道："回大人，小人山野草民天生愚钝，还请大人明示。"

旷大人遂对书吏吩咐道："尔可将常宁痞霸章虎的斑斑劣迹与之一一核实。"

值日书吏应声将卷宗展开，朗声宣读道："人犯章虎，乾隆十二年生人，湖南常宁塔山南峒村人氏。兄弟三人蛇鼠一窝，横行乡里欺男霸女敲诈勒索杀人越货。自乾隆三十六年始，长期暴力垄断常宁油茶果生意，偷漏厘税牟取暴利百万计。乾隆四十七年，阎广居任职常宁知县时，顺天应人除暴安良，由此而结怨章氏三人。乾隆五十四年三月，章虎为挟机报复，携巨银潜入京都，与吏部郎中蒋钦狼狈为奸，贿赂江南道御史郑天成，收买六科给事中王恩、李健，暗使阴招诬陷迫害，将其罢官夺职免去耒阳知县……"

宣读至此，旷大人突然摆手叫停，尔后，两眼盯着筛糠一般瑟瑟发抖的章虎说："给你留个赎罪的机会，接下来你供吧，我若宣读完毕，你就等着开

335

刀行刑吧！"

书吏宣读时，章虎心惊肉跳，已经吓得尿湿了裤子。

等旷大人发话让他交代时，他立即应声道："大人恩典，小人愿招，小人愿招。"说着，便将今年三月他来京后，在吏部郎中蒋钦阴谋策划下，贿银万两将江南道御史郑天成拉下水，尔后，三人密谋策划给阎广居挖坑的事一一做了交代。

旷大人又问道："乾隆四十七年，阎广居在常宁任上将你绳之以法，你是如何勾结蒋钦咸鱼翻身的呢？"

章虎抬起头来，困惑不解地问道："正如大人卷宗里所述一般。"

旷大人道："我要你的自供状，说吧，说了算你的招供状，记录在案是可以减刑的。"

章虎一听自供状可以赎罪，似乎又看到了一线生机，遂又把自己在常宁暴力垄断油茶果生意时，被知县阎广居打击重刑重判，自己如何重金贿赂蒋钦，蒋钦又如何使计运作，撤换知县阎广居，以及之后赦免他的流罪等前前后后如实作了招供。

书吏将供状又与章虎核对一番后，令其画押签字。

退堂后，旷大人立即行文湖南按察使司，令其速将章虎的兄弟章龙章豹拘捕，立即解来顺天府衙门收监候审，而后加印铅封，送往通州码头驿站，五百里加急发往长沙湖南按察使司。而后，将郑天成、蒋钦和章虎的供状仔细整理核对了一番，从而发现蒋钦的供状闪烁其词，刻意隐瞒了乾隆四十七年，他在章虎贿赂的驱使下，为包庇祖护章氏兄弟，阴谋运作，撤换常宁知县阎广居的事。

午后，旷大人又开堂提审了蒋钦，蒋钦被押上堂来时，已经没有了之前的傲气，立即跪下来规规矩矩地磕头谢罪。

旷大人狠狠地拍了声惊堂木，大声责问道："蒋钦，今年三月之前，你与章虎可有瓜葛？"

蒋钦立即意识到自己昨天的招供出了纰漏，章虎肯定已被旷楚贤拘捕并招了供状，若再刻意隐瞒便是自欺欺人，以旷楚贤之精明狡诈，企图蒙混过关无疑是自取其辱。如是稍顿后，便将他与章虎结识的历史渊源以及阎广居在常宁扫黑除霸时，打击恶霸章虎，自己如何私下运作，李代桃僵撤换常宁知县,为章虎开脱减刑的龌龊事,一五一十做了招供。

蒋钦押下堂后,旷大人又分别提审了王恩、李健。二人一看是自己的主官,人称铁面判官的右都御史旷楚贤主审,早已吓得魂飞魄散,哪里还敢丝毫隐瞒,遂自如实招供了全部罪状。

退堂后,旷大人将蒋钦、郑天成、章虎以及王恩、李健的供状又仔细捋了一番,命经历厅将案卷供状详加整理,悉数移交顺天府衙门,令其深入查检量刑结案。

回到都察院后,旷楚贤一看天色尚早,便信步走进左都御史阿扬阿大人的书房。阿大人见旷楚贤突然造访,先是一愣,继而快步走过来将他拉到自己身边坐下。待仆役送茶退下后,阿大人才流着眼泪对旷楚贤说:"旷大人,想不到我阿扬阿一世清名,竟毁在郑天成这个狗才手里,我糊涂啊! 糊涂! "

旷楚贤诚挚而委婉地安慰道:"阿大人,您这是受了郑天成的欺诳蒙蔽,充其量也就是用人失察上当受骗,并非贪赃枉法徇私舞弊,大可不必愧疚自责,您的德行操守连皇上都赞赏呢! "

接着便把这几日拘捕郑天成、蒋钦、章虎、王恩、李健,以及审理情状一一与之禀报。

阿扬阿听了旷楚贤的一番开诚布公的肺腑之言后,激动地说:"旷大人,你可真是云水襟怀坦荡之人,怪不得皇上那么喜欢你。我如今在皇上那里触了霉头,别人避之唯恐不及,甚或恶意中伤落井下石,你却一如既往以诚相待。嗣后,这些事你就别给我说了,直接呈报皇上吧,我现在已是戴罪之人,皇上让我反躬自省呢! 我也想好了,过了这段时日,我就向皇上递辞呈举荐你任御史台主官,皇上那里还望你鼎力周全。"

旷楚贤说:"阿大人,您放心好了,皇上那里我会如实奏报的,您现在还是都察院的主官,上呈奏折时还须您领衔呢,给您禀报是必须的。"

自从听说左都御史阿扬阿在皇上那里触了霉头,皇上紧急召见了右都御史旷楚贤,蒋钦、郑天成双双拘捕入狱后,素以沉稳持重的吏部侍郎保成再也沉不住气了,思来想去总觉得近日里发生的这些大事小情都与自己有着某种直接和间接牵连。此事大约是今年三月初,他在吏部衙门值守时,吏部郎中蒋钦领着湖广道监察御史郑天成推门进来,手持左都御史阿大人签署并盖有御史台大印、令郑天成赴湘省督察阁广居贪墨案的知会行文,请求先行免去阁广居耒阳知县之职，任用候补监生王祖恩暂时署理。

其时吏部尚书彭元瑞不仅是御前行走，还兼领着内务府总管，整日里忙得焦头烂额，没有什么特别重大的人事动荡和官员任免，从来不到衙门里坐堂理政，日常事务悉数交与保成署理。

更何况当时他也觉得既然御史台已经行文知会，将阁广居定性为贪墨官吏，眼下就不宜再任知县了，这样处置也只是个例行公事而已，故而未加思索便信手签了。

虽然这些小官吏的例行公事任免也不是什么大事，但真有了事可就不是小事了，联想到这段时日以来的这许多变故，似乎自己也深陷其中了。由是，谨小慎微的他整日提心吊胆坐卧不宁，总想找个适当的机会，向旷大人言明疏解以释嫌疑。但旷大人那副铁血包公的冷面孔，就连那些朝廷大员王爷重臣们去见他也觉得发怵，自己一个从三品衔的侍郎，他会买账吗？

于是，他苦思冥想了数日后，便瞅了个伸手不见五指的漆黑夜晚，出门叫了顶二人小轿，忐忐忑忑地寻上门来。

累了一天的旷大人回到家时已是酉时初刻了，他刚进家门换了便服坐定，老家人旷德便来报："大人，吏部侍郎保成大人求见。"

旷大人只稍稍顿了顿，便道："有请保大人。"

当老家人领着保成走进前院时，旷大人已经候在台阶上迎接了。二人作揖施礼寒暄后，旷大人便上前挽住保成的胳膊，相携着走进书房，一直把他拉到自己身边的太师椅上坐了。

待书童上茶退下后，旷楚贤才对保成说："保大人，这回你可是被人利用当枪使了，你做官清廉心底无私固然难能可贵，但墨守成规不辨忠奸不明是非可是要吃大亏的。否则，被人家卖了还得跟上数钱呢！"

听话听声锣鼓听音，保成听罢旷大人的这一番抱怨责备的言辞，悬着的一颗心终于跌在肚里，当下已然是如释重负了。他知道这是旷大人在有意开脱保全自己，遂自激动得泪流满面地说："旷大人，下官一时糊涂上了奸佞小人的当，若非您明察秋毫，必然牵连祸及。皇上那里还得请您鼎力周全呢。"

旷楚贤叹了一口气，苦笑着说："保大人，蒋钦、郑天成与章虎三人勾连窜通，暗使阴招诬陷阁广居已是铁证如山。王祖恩也是这个大案中的重要嫌犯，他的任职已经涉嫌作奸犯科，明显是蒋钦私下里收受贿赂，蒙蔽足下而任用的庸官,拘捕收监已迫在眉睫。当下你应该尽快与彭大人沟通,先行一步免去其职,立即恢复阎广居耒阳知县之职,主动纠错赎罪,以平息民愤撇清自己,拖得时间越长你越被动,别等得皇上问责时,再屁股上作揖自讨没趣。我之所以迟迟没有行文拘捕王祖恩,就是在等着你主动矫正呢! 这样结案时,我在皇上那里便好为你开脱了,刚才我还正为此事发愁呢。人非圣贤孰能无过,赶紧撇清自保吧! 再晚了,可就说不清了。”

保成一听瞬间脑洞大开,他猛地拍了一下自己的脑门心说:“你看我这个气闷了心的榆木疙瘩,怎么就想不到这一层呢? 感谢旷大人及时提醒,稍待一两日便可见分晓。”

保成告辞出门时,羞涩而愧惭地从怀里掏出一方用手帕包着的端砚,嗫嚅着对旷楚贤说:“旷大人,这块端砚,是下官的学生王文宣,去年从江南来京履职时送给下官的,放在我那里也就是块磨墨的石头。我知道大人平日里有把玩这个的嗜好,便厚着脸皮给您带来了,说着已是赧颜汗下了。

旷楚贤见状,只稍顿了顿,便双手接过来放在几上。而后,打开手帕把砚台捧在手里反复品鉴赏析时,已是爱不释手了,口中连连道:“这是本朝第一制砚名家宋荦先生的上品之作,其材质细腻雕刻精美,好砚啊! 好砚! ”

保大人见此情景,悬着的一颗心终于掉进肚里,暗自庆幸旷大人今天总算是给自己薄面了,不仅没有严词呵斥,反而欣赏有加。谁知,正当他把玩鉴赏的兴头上,忽然放下手中的砚台,从书橱里拿出一个深蓝色的书匣子,打开时却是一套装帧精美的《石头记》手抄本,双手递给他说:“保大人,我这里有一部当下流行的《石头记》手抄本,是我闲暇时练字誊抄的,我想送给保大人做个念想,也请您破个例笑纳了吧。”

保成顿时惊得目瞪口呆,他只接过来翻了一页时,见字如珠玑飞鸿戏海,排列工整间隔均匀,页面整洁如新竟无点滴污渍,已是爱不释手了。心里暗自慨叹:“这旷大人不愧是当今第一圣手书生! 这么厚的一部手抄本俱是蝇头小楷,没有三年的功夫恐怕难成其就! 以旷大人当下在书坛的名气,一幅三尺宣的墨宝已经涨到二十两纹银,这么贵重的稀世珍品,我岂能厚颜夺人所爱?”心里想着便不由自主地赶紧合上页码,轻轻地放在几上,委婉地说:“旷大人,以曹公之旷世佳作,再配上你的簪花小楷,此书的珍藏价值绝不亚于宋版线装的古籍善本,在下何德何能岂敢横刀夺爱? 还是您留下传之子孙以为收藏。"

旷楚贤微笑着说:"红粉送佳人,宝剑赠英雄,货与识家才有所值,谁让咱俩投缘呢! 彼此! 彼此! 你就成全了在下的这份心意吧! "

保成知道旷大人也是真性情中人,话虽如此,可这毕竟不是普通的线装书啊! 再看旷大人那诚恳而不容质疑的目光时,却又没有理直气壮的言辞婉拒了,遂苦笑着双手一揖道:"旷大人,您可真叫我汗颜了,冲着您的这份情谊,在下也只好恭敬不如从命了。"

保成走后,旷楚贤这才觉得如释重负一般,仔细琢磨着刚才的情景,以保大人之儒雅清高孤傲倔犟,从不与人结党私交,更别说收受贿赂请托了。甚至当下官场上时尚流行又不被人视为贪墨的冰敬炭敬常例和年节馈赠,他也能不近人情地拒之千里。倘若不是这样,依彭大人之清正廉明,能让他这个右侍郎代拆代行职守吏部衙门吗? 自己若将其生生地拒之门外,他将情何以堪? 如此则彼此都能接受了,且互相心里都明白,这是惺惺相惜的友情互赠,遂暗自庆幸自己今晚的临机处置还算妥帖。

次日早朝御前会议后,保成便将彭元瑞大人约到朝堂阁的僻静处,把这段时日以来,淤积在自己胸中的一块心病,向彭大人开诚布公地倾诉一番:"今年三月,蒋钦这个狗才拿着都察院的知会行文,到我这里来诳骗游说,说已有言官弹劾,湖南耒阳知县阎广居已经陷入一起重大的贪墨案中,都察院欲派湖广道监察御史郑天成前往湘省查检。为便于行事,请先行免去阎广居耒阳知县之职,并举荐候补监生王祖恩补任。那天您不在衙署,卑职见其已有都察院的知会行文,只以为就是个例行公事的任免程序,故而未请您示下,便签署发文了。吏部任免行文都是我签发的,倘若皇上责备怪罪时,我自会上折澄清。只这段时日我才渐渐地醒过神来,原来此事从一开始便是蒋钦和郑天成二人,在常宁痞霸章虎的蛊惑下,暗使阴招给阎广居挖的陷阱,连都察院的知会行文,也是郑天成从阿大人那里诳骗来的,自始至终就是个阴谋。前几日,皇上为此雷霆震怒,钦点右都御史旷楚贤严查急办,如今蒋钦、郑天成均已收监候审。为此事,皇上把阿大人好一顿训斥,如今我们既然知道了,就该及早矫正,赶紧免去王祖恩,恢复阎广居耒阳知县之职,再不能被动下去了,免得皇上误解了受牵连。"

听了保成的一席肺腑之言,彭大人这才如释重负,不无惋惜地说:"想不到阿大人一世清名,竟被他的得意门生郑天成毁于一旦。蒋钦这个狗才,平日里投机钻营不务正业,也早该收拾了。嗣后,咱们用人一定要小心谨慎,千万不能把这样的小人留在身边。你替我顶了杠子,我心里有数儿呢,圣上责罚时,我自会替你设法开脱。你所言极是,当下咱们应立即发文免去王祖恩这个庸官,恢复阎广居耒阳知县之职,五百里加急发往长沙抚台衙门。"

吏部行文签署加印铅封后,保成亲自带着去了御史台对旷楚贤说:"旷大人,吏部任免行文已经签发,我这就派人送往通州张家湾码头驿站,大约十几天便可送达长沙抚台衙门了。"

旷楚贤说:"保大人,你稍候,我这里再给长沙按察使司发个行文,让他们立即差人,将王祖恩和章龙、章豹一起解来顺天府衙门收监候审,你一并带去发了吧。"说着召来书吏立即起草加印铅封,一并交给保成送达通州码头驿站,五百里加急送达长沙按察使司和抚台衙门。

十月二十三那日,湖南抚台衙门和提刑按察使司,同时收到吏部和都察院的行文。浦琳大人览毕,顿时惊得目瞪口呆,心里暗自庆幸自己乖觉灵敏,尚未陷进去。虽然之前他也风闻耒阳士绅进京递送万民诉状的事,但却始终也没当回事。只是在心里嘀咕:"这民告官的案子是那么容易的吗?且不说结果如何,只从递送受理查检到审理结案,这套程序正常下来,恐怕没有半年是不行的,真到那时黄花菜早凉了,倘若中间某个环节受阻耽搁那就遥遥无期了。谁知,这么一桩错综复杂的泼天大案,竟然被这两个土老帽儿给告准了,而且速度之快来势凶猛,如果没有高人点拨和幕后的强势推送,岂能如此快捷?这样就不容小觑了,当下自己得赶紧表明心迹,主动支持耒阳士绅民众。否则,结案时免不了牵连纵容失察之责。"

浦大人正琢磨着如何处置时,忽然门役来报:"臬台周宣理大人请见。"

浦大人立即传见,只见周宣理手里拿着都察院拘捕王祖恩的行文进来请示道:"浦大人,都察院行文让拘捕耒阳知县王祖恩,此事您可知晓?"

这时,浦大人已经恢复了常态,一脸正色道:"这个王祖恩獐头鼠目一看就不是什么好货色,你看出事了吧?吏部免职行文已经下来,立即免去他的知县之职,耒阳知县除了阎广居,还真没人能替代呢。你把这两份行文都带上,马上启程到耒阳宣布执行吧。路过衡州时把徐知府也约上同往,让徐知府代我安抚一下阎广居,有什么委屈到我这里来倾诉,我会给他做主的。"

341

周宣理遂从浦大人手里接过行文，立即带了四个差役坐着官船启程，路过衡州时，他亲自上岸去请徐知府，并说明详情原委和浦大人的嘱托。

徐知府听后笑着说："当初，我就觉得这是恶人诬陷的冤案，以子仁兄的为人，能把朝廷给他的养廉银子充作公用，岂能如此下作自污清白吗？"于是，他立即带了两个差役和书吏上了官船。

一路上徐知府在心里琢磨着："这堂堂的吏部衙门似乎也太轻狂任性了，好端端的一个知县说免就免了，启用时又只发一纸行文，对其任免的理由避而不谈，竟把律法当作儿戏。阎广居这回受了这么大的冤枉，仅凭一纸行文，他会乖乖地跟着回耒阳吗？"

于是，便在心里盘算着，见面时怎样劝导说服才能使其顾全朝廷的脸面，又不辱浦大人的使命呢？不知不觉已经到了青麓山脚下的铜锣湾。徐知府便委婉地对周宣理说："周大人您在船上稍候片刻，待我上山去敦促广居赴任。"

其时，阎广居正与文先生在书房里研讨《论语》校注，二人一见徐知府大驾光临便起身施礼。

徐知府哈哈一笑道："松涛云海鹤作伴，紫竹林中卧高士，二位先生好清闲啊！羡慕煞我也！"

文先生忙道："知府大人莅临敝院必有教谕，有何训导赐教山人，敬请直言。"

徐知府道："我此行是为子仁兄抬轿子来了，今晨抚台衙门收到吏部五百里加急行文，立即恢复子仁兄耒阳知县之职，浦大人知道子仁兄无端受了冤枉，故而特命在下前来劝驾，敦促子仁兄即日回任。"

安亭公听了，苦笑着说："徐大人，在下已经委身书院传道授业，再也不愿返回官场从政了。烦劳您回禀抚台大人，请他另择贤能吧！拜托了！"说着又抱拳深深地施了一礼。

徐知府一听便急眼了："这可不是闹着玩的，吏部任免行文已然下达，王祖恩已经免职，耒阳不可一日无人署理，赶紧收拾行装跟我回去，周宣理大人还在船上候着呢！"

文先生也怕弄僵了不好收场，便委婉地劝说："依山人之见，不管受了多大的委屈，子仁应该随徐大人回去圆了场，余下的事，待消停了再作计议，否则,便是和皇上叫板逼牛角呢。"

安亭公见拗不过二人,只好暂时收拾了行装,唤上小颖,勉强跟着徐知府上了船。

周宣理和徐知府一行到了耒阳县衙时,已是后半晌了。王祖恩见二位大人突然不期而至,急忙跪倒大礼参拜。周宣理只冷冷地说:"起来吧,赶紧把衙门里的吏员们召来,宣读吏部和都察院的行文。"

这时王祖恩才看到阎广居与二位大人同行而来,又说又笑十分随意,心里便有一种不祥的预感。

一会儿,米县丞和朱主簿等一干人都来了,周宣理遂站起身来,正色宣读道:"接吏部行文,着即免去王祖恩耒阳知县之职,任命阎广居即日复任履职。"

王祖恩一头雾水竟不知所措,瞬间杵在那里愣住了。接着,周宣理又宣读都察院行文:"着湖南按察使接文后,立即将犯官王祖恩锁拿,派人解往京城顺天府衙门收监候审。"王祖恩还没反应过来,已被两个差役锁了押到官船上。

此时天已大黑了,安亭公将二位大人领入二堂叙话时,米县丞已安排了一桌酒饭招待来宾,周宣理道:"我们吃点儿便饭,还要连夜赶回长沙去,安排明日派人押解王祖恩进京的事呢。徐大人留下与阎知县叙叙话,明日再回衡州吧。"说着匆匆吃了几口就走了。

徐知府也觉得安亭公的心结尚未解开,便留下来和他边吃边聊。

席间,安亭公一脸认真地对他说:"徐大人,我可是真的看破红尘再也不想蹚这浑水了,下半生留在青麓书院教书授课便是我的归宿,待饭后我草拟一份辞呈,请您代为转呈抚台大人可好?"

徐知府道:"子仁兄,你的想法似乎并无不妥之处,但依当下情势而言,耒阳士绅民众,为了给你申冤昭雪,义愤填膺万人签名诉状,士绅伍声雷、罗楚望千里迢迢远赴京城上诉,那可是担着滚钉板蹲大牢的风险才下的决心,自古以来民告官的案子,除了上达天听乾纲独断,成功的可能几乎是没有,这次真的是沾了乡党旷楚贤大人的光,走了都察院的捷径,才使之一蹴而就。倘若通过刑部、大理寺递呈诉状,他们宁肯把你冤屈致死,也不会开这个先例,你想想这得多大的胆量和勇气啊!最要紧的是,通过这次万民诉状的风波，皇上已经关注你了，换而言之，就是你在皇上那里已经挂上号了。据悉皇上对你欣赏有加好一顿褒奖，还寄予更大的期望呢，就凭皇上对你的赏识，你也应该留下来才能对得起他老人家的知遇之恩。"

安亭公道："徐大人，你说的这些我都懂，我也不是铁石心肠的人，只是我对当下官场尔虞我诈的争斗倾轧已经恐惧了。更兼抚台大人还常怀猜忌，叫我时时如临深渊如履薄冰防不胜防，这次真的多亏了耒阳士绅民众的舍身仗义，才得以昭雪复职。否则，可真是冤沉大海，株连三族祸及家人，永无出头之日了。"

徐知府说："子仁兄，我又何尝不是这样呢，但吏部行文刚刚下达，你便使性撂挑子，这不是和朝廷打擂台吗？让我怎么给抚台大人交代呢？况且浦大人也知道你受了委屈，我这次陪你回耒阳，就是受他的委托，专门安抚给你体面来了。你若辞职，浦大人也下不了台，更无法向朝廷交代，你觉得合适吗？至少现在先担起来，瞅个合适的时机再做计议。"

虽然徐大人说得口干舌燥入情入理，可安亭公似乎已是铁石心肠，毫不为其所动，只一个劲儿地低着头，一杯接一杯地喝着闷酒。

徐大人被逼得实在没办法了，只好把实情和盘托出，他愤愤地说："子仁兄，皇上此次为你一个七品小吏的冤案，竟然开缺了左都御史阿扬阿，拘捕了吏部郎中蒋钦、湖广道监察御史郑天成和两名六品言官予以收监，动了这么大的杀伐，恐怕大清开朝以来还是第一遭吧！你就一点也不为之所动吗？再说了，耒阳民众把你尊为五谷财神，他们对你的期盼犹如久旱的禾苗望甘霖，你难道就没有一丝恻隐之心，能忍心弃他们而去吗？"

听了徐知府的一番肺腑之言时，安亭公已是泪流满面了，他抽噎着说："徐大人，您什么也别说了，我听你的留下来就是了。"

徐知府这才如释重负般松了一口气，一路上紧绷着的脸，才浮出了微微的笑容。

安亭公重返耒阳主政的消息，当天就传遍县城的大街小巷，人们奔走相告："阎老爷昭雪了！阎老爷回来了！阎老爷还是我们的父母官。"街上的买卖商铺家把整筐的爆竹摆在门前，专供过往行人任意鸣放。霎时间，把一年来笼罩在耒阳上空的阴云雾霾驱得干干净净，瞬间云开日出风清气朗。

徐知府不无诙谐地对安亭公说："这就是民心，民心就是天意，你还纠结吗？"

安亭公轻轻地叹了一口气道："徐大人，也许是我对这一方百姓有着特殊的情感，这大概也是缘分，我还真有点舍不得离开他们呢！"

腊月二十八那日，湖南按察使司已派人将王祖恩和章龙、章豹解交顺天府衙门收监候审。

三千多里的路程，两个多月的行期，王祖恩一路上窝着火儿暗自琢磨，这一趟耒阳之行真的不值当，心里一个劲儿地埋怨他的父亲王继祖，花了那么多银子弄了个小知县，还被打发到边远的荒蛮之地，真是窝囊憋屈透了。

自从他上任以来，就一直忙着配合郑天成收罗阎广居贪墨的证据，违制威逼已经结案的盗首古尚云，甚至把那些奸商匪首的家人们召来威胁恐吓，直直折腾了一个多月。为了避开县衙吏员和阎广居的亲信耳目，他陪着郑天成在醉风客栈开府建衙。其间，狎妓嫖娼眠宿于醉风妓院，虽然逍遥快活过着神仙般的日子，但却开销了两千多两银子，几乎把他从家里带来的体己钱全部花销一空。待郑天成回京复命后，他才回到衙署履职，心里便纳谋着怎样才能把这些花掉的银子找补回来。

离京赴任时，王祖恩的那些狐朋狗友们，在前门街上的德胜饭庄摆酒置席为他饯行。席间，他们不厌其烦地反复给王祖恩灌输衙门里贪墨弄钱的渠道法子。其中，主要是通过诉讼官司敲诈勒索收受贿赂，其次就是提高厘税火耗和雀鼠耗的起征点，仅此两项每年捞乞三两万银子，似乎已不在话下。把王祖恩那根贪欲的神经刺激得蠢蠢欲动，贪婪的脑海里装的都是白花花的银子，一任知县下来，除抛下尽也能捞乞五六万两银子，似乎轻而易举。

他回到衙门理政时，已是八月初了，独自纳谋了几天后，便向朱主簿索来上年的田亩赋税清册详细查检。从而得知，去年耒阳的赋税落脚累计是十一万三千余石，解缴户部十万石，衙门截留一万三千余石，以为地方公塾义学和乡勇经费补贴。据此推算，今年夏粮已征五万多石，秋粮应征七万余石。按半银半粮计，应缴纳粮米三万五千石，每石额外可征缴雀鼠耗两升，计征七千石。按每石价银二两计，应收银一万四千两。缴银七万余两，若按每两火耗三钱，计二万一千两，这样可收雀鼠耗粮和火耗银子三万五千两，除去正常火耗五千两，尚有余银三万两，亦是一笔不小的数目，心中一阵窃喜，便打起了这笔银子的主意来了。

于是他便将米县丞和朱主簿召来询问："咱们以前年度征缴厘税的火耗银雀鼠耗银是怎样起征的呢？"

朱主簿道："阎知县上任之前耒阳每年发放赈灾粮十万石，乾隆五十一年才开始征缴粮赋的。耗羡银是因袭常宁、慈利测试的基数，即厘税每两征缴半钱，雀鼠耗每石征缴半升，这样下来还略有些节余。"

王祖恩沉吟了片刻才说："那衙门里的度支和巡城乡勇的开销从哪里筹措呢？"

朱主簿道："起先是龙塘、夏塘和羊武咀开垦的公田余粮，之后是捕盗收缴和处置奸商的罚银补贴。"

王祖恩说："如此说来，这些收入都是不确定的，依我之见，最好的方法，还是以赋税征缴的方式固定下来为好。我的想法是咱们也比照其他州县的常例，雀鼠耗按每石两升，火耗银每两三钱这个基点征收，既不违制，又能保障衙门里的正常度支，这样便可一劳永逸了。"

米县丞和朱主簿一听王祖恩说话的语气并无商讨之意，而是铁了心要强硬征缴，便没有吭气。

于是，王祖恩便令朱主簿以此征缴基点，立即发布告示遍贴城郊乡野。告示贴出后，顿时民怨沸腾士绅疾呼像炸了锅似的。之前，因为无端罢销阎广居的怒火还未平息，这新任知县又加征雀鼠耗和火耗，无疑是烈火烹油，把耒阳百姓这堆干柴又一次点燃了。

于是，耒阳士绅张文仪领衔，又掀起万民诉状风波。三日后，便派代表送达衡州府衙和长沙抚台衙门。浦琳大人接到诉状后，不禁大动肝火，心里暗自慨叹："这人比人可气死人，货比货那就得扔。这个二愣子，脚跟还没站稳就想着捞钱了，耒阳人是那么好惹的吗？这等货色，给阎广居提鞋都不配。"

于是，他立即派人把王祖恩召来好一顿训斥："你刚刚上任才两个多月，尚未给老百姓办了一件能看得见摸得着的实事，就想着捞钱，这不是给自己找不痛快吗？真是棺材里伸出手来，死要钱的主儿，连我也得跟着你吃瓜落呢，能不能让人省点儿心！"

浦大人一阵疾风暴雨般的数落把他骂得灰头土脸，勒令其赶紧收回成命，否则，立即辞职。王祖恩诺诺领命退下，窝着一肚子火回到耒阳，便再也不敢提及此事了。

十一

八月十七那日，醉风妓院发生了一起嫖客猝死的案子。妓院老鸨报案后，王祖恩先派仵作二人赶赴现场验尸勘察，仵作回来禀报说："回禀老爷，醉风妓院暴毙尸检勘察，现场未见打斗痕迹，尸检并无刀匕勒痕，亦无中毒症状，经小人反复勘验，应属醉酒猝死无疑。"

王祖恩听后，忽然嗅到了什么似的，瞬间，脑子里转了几个弯，沉吟了片刻后灵机一动，便不动声色地派了四名乡勇到醉风妓院，昼夜轮流监护，尔后，命人四处张贴认尸布告。死者家人闻讯验明尸体后，便到衙门里将妓院告了，硬说是老鸨和妓女谋财害命中毒而亡，不依不饶纠缠不休。

原来死者名叫王三俫，是城南乡下王家冲人氏，从小不务正业，长期混迹于市井街头，整日里酗酒赌博嫖妓，十足的浪荡无赖泼皮混混。八月十七那日午后，他时来运转手气大顺，在赌场里掷骰子赢了四五两散碎银子，晚上被几个狐朋狗友撺掇着狂饮了一顿，便眠宿于醉风妓院，次日天明就再也没有醒来。

王祖恩见此案大有文章可做，便将老鸨和妓女一起拘来收监并派人立即查封了妓院。

开堂审理时，老鸨这才发现堂上审案的大老爷，竟然就是前一阵子住在妓院里的嫖客，遂一下子慌了手脚，立即捎话给柜上，赶紧将其前段时日花销在妓院里的银票如数奉还。

王祖恩收到银票后，轻蔑地冷笑了一声，遂自在心里琢磨着："这买卖刚开张了，不加点儿利息能对得住自己吗？"但表面上却声色不露，只是撤了监护乡勇，先将老鸨放回去，令其随传随到，但尸体依然停放在妓院里，竟无丝毫予以结案的苗头。而后，派人暗示苦主："三俫属醉酒猝死，与妓院毫无瓜葛，若想讨要点儿丧葬银两，须如此这般……"教唆怂恿其撒泼耍赖。苦主家人一听，自然心领神会，便狮子大张口，非得索要赔偿银子两千两才肯息讼罢诉。这样又拖了半个多月，尸体腐烂生蛆恶臭，把一条街熏得断了路，周边的买卖商铺和住户们叫苦连天，纷纷寻上门来与妓院老鸨强势理论无果后，又联名将其状告到县衙里，讨要说法施加压力。

老鸨这时才感到四面楚歌走投无路了，遂自在心里纳谋着："这样被人胁迫讹诈牵着鼻子走的哑巴亏断然不能吃。一旦开了先例，以后市井无赖们打讹吓诈乱箭上身时就挡不住了，与其这样窝囊气堆地把银子赔给死主掰下豁豁，倒不如孝敬给县太爷还能图个长远庇护呢！"

其时，王祖恩只不动声色地稳坐在衙署里。徐娘半老的妓院老鸨便一番浓妆艳抹后，趁着夜深人静，带着他曾如胶似漆的相与阿娇，款款地给他送来了盖着"广德诚"钱庄红印戳见票即付的两千两银票。而后母子二人并蒂莲花一夜绽放，直把王祖恩喜得左拥右抱如鱼得水，才下巫山又上云端，一夜销魂夺魄不能自已，直到日上三竿，兀自颠鸾倒凤战犹酣。

他起床后，尚且意犹未尽，这才欣然命笔予以结案，判词曰：

> 王三侉，耒阳城南王家冲人氏，自幼泼皮无赖，长成不事农桑，无家无舍无产业，市井街头混迹，赌场妓院盘桓。乾隆五十四年八月十七日与数名狐朋狗友狂饮醉酒后，眠宿于醉风妓院狎妓猝死。经衙署公人仵作现场勘验，其身无刀匕勒痕亦无中毒症状，更无与人结怨生恨冤杀屈死痕迹，当属醉酒纵欲暴毙而亡。经本县反复详察，虽是薄命裸毙，但与醉风妓院并无丝毫瓜葛。念其近门族支无力发葬，判令醉风妓院资助丧葬银十两，立即收尸掩埋。否则，以寻衅滋事罪论处。

死者家人们见此判决后，便知县太爷已经得手了，再拖下去不仅没有便宜可占，弄不好还得受牵连吃官司蹲大牢，于是只好就坡下驴，连夜收尸草草掩埋，此案才得以了结。

这样，他不仅如数收回了之前在醉风妓院花掉的全部开销，而且还赚了两千两的利钱又兼美人投怀送抱温柔缠绵。他顿时心花怒放，像六月大暑天喝了蜂蜜水似的，心里甭提多畅快了，之前付出的那么多投入，今天终于收到回报了。此时他才真正品尝到了，这人世间为什么是人不是人的都想沐猴而冠，绞尽脑汁挖空了心思去做官的滋味。心里琢磨着："还是这人命官司诉讼纠纷来钱便捷容易，只要头脑灵光拿捏准了，不费吹灰之力，白花花的银子就会不显山不露水地揽入囊中。世间三教九流五行八作的生意，除了做官还有什么行当能来钱如此从容？"心里由衷地钦服父亲的精明练达远见卓识！

他心情舒畅嗓子也发痒了，嘴里情不自禁地哼起京剧《空城计》的唱腔来："我正在城楼上观山景，耳听得城外乱纷纷，旌旗招展空翻影，却原来是司马发来的兵……"

谁知第二个捞钱的案子还未等来时，他便被罢官夺职拘捕了。

顺天府尹马焕璋，从都察院接过旷楚贤移交的案子后，知道是皇上御批的钦案，便丝毫也不敢懈怠，遂立即着手介入。他仔细浏览了全部案卷，研究了参与人犯的供状供词和涉案当事人的证言证词后，经过十几日的悉心检索，已将涉案人犯的证据链接得天衣无缝，只等着王祖恩与章龙、章豹解押来京后，录了口供便可最后结案了。

十月二十三日，王祖恩三人押解到京后，他便立即开堂审理，第一个提审的便是王祖恩。

二十四日一早开堂，马大人身着蓝色的三品官服，铁青着脸当堂而坐，八名手执水火棍的衙役金刚怒目居高临下，直看得王祖恩浑身颤抖不寒而栗。

王祖恩出身商贾世宦之家，自幼锦衣玉食斗鸡走狗，虽是京城里有名的纨绔子弟，却哪里见过这等威严摄人魂魄的阵势，尚未用刑便如实招了。心里想着："反正咱家里有的是银子，自己又是父母的心肝宝贝独根苗子，宁肯多破费点儿，也不能让皮肉受制了，他们不会吝啬钱财而坐视不理的。"

接着依次带上堂来的是章龙、章豹，二人也知道章虎早已收监在押，且已如实招供，如果自己守口如瓶坚挺不供，那只能是徒招酷刑自讨苦吃，故而也没费多大劲便都招了。

马大人将三人的供状仔细核对签字画押退堂后，便依据《大清律例》和人犯涉案的深浅详细对照比较，拟就各人犯的刑处判决如下：

一、涉案主犯蒋钦，捕前曾任吏部四品郎中，陕西汉中人氏，自乾隆四十二年始便与常宁痞霸章虎勾结在一起，在章虎巨额贿赂的驱动下，为其精心谋划疏通关节，争得宫廷御用油茶果油的专贡权，独家垄断了常宁油茶果的经营生意。乾隆四十七年，在章虎遭到常宁知县阎广居扫黑除霸的灭顶之灾时，又收受其万两白银贿赂，绞尽脑汁密谋策划，偷天换日蛊惑游说兵部侍郎李兆麟，以慈利匪患猖獗，必须借助阎广居这颗匪盗克星予以镇伏的名义，冠冕堂皇地将阎广居急调慈利知县，致使阎广居呕心沥血半年之久，精心部署的扫黑除霸雷霆行动胎死腹中功亏一篑。论罪当处极刑的章氏三霸也由此而逃脱了已经判决的严惩刑处。接着阴招迭出，唆使新任知县刻意庇护，但迫于民愤还是勉强判处流刑而草草收场。之后，蒋钦又故技重演，疏通刑部和大理寺赦免了章氏三人的流罪，使其又返故里继续作恶。这样挣脱法网的章氏三霸，把一腔愤恨迁怒于阎广居。于是，乾隆五十四年三月，章虎又雷行旧路携巨银潜入京城，请托蒋钦为之报仇雪恨。蒋钦在收受章虎的一万两银票后，经过一番周密谋划，又唆使其贿赂都察院湖广道监察御史郑天成，六科给事中王恩、李健，诱使三人街巷暗帖言官弹劾，诬陷阎广居贪墨而将其罢官夺职。谗言佞语欺诳蒙骗吏部右侍郎保成，乘机收受淮阴候补监生王祖恩贿银五千两，将其予以替补安插。

蒋钦身为吏部大员，食四品俸禄充斥朝堂，饱受皇恩而不思报效，反而利欲熏心自甘堕落，与痞霸章虎结党营私，阴招迭出诬陷朝廷干吏，实乃国之大蠹，不杀不足以平息民愤。

依《大清律例》贪贿枉法应处极刑，罚没家私，拟判斩监候，待刑部、大理寺核准，秋后问斩。家资财产悉数充公，十六岁以上男丁发往岭南流配充军，十五岁以下男丁及妇孺婢使官卖为奴。

二、涉案主犯郑天成，直隶河间府人氏，乾隆五十四年三月，在都察院湖广道监察御史任上，收受常宁痞霸章虎贿银一万两后，遂自死心塌地地与吏部郎中蒋钦沆瀣一气，穿针引线唆使章虎收买六科给事中王恩、李健。街巷暗揭言官弹劾，欺诳左都御史阿扬阿，铸成诬陷阎广居贪墨立案，并亲赴耒阳查检。一路上与章虎吃住同行，又收受其贿银两千两。在耒阳查案中假传圣旨，威胁利诱骗取证言证词，是捏造诬陷阎广居冤案的罪魁祸首。

依《大清律例》监察官吏贪贿特别巨大当处绞刑，拟判绞监候，报刑部、大理寺核准后秋后行刑。家资财产悉数充公，十六岁以上男丁流放岭南充军，十五岁以下男丁及妇孺婢使官卖为奴。

三、涉案主犯章虎，湖南常宁人氏，自乾隆三十六年起，兄弟三人横行乡里杀人越货，暴力垄断常宁油茶果经营生意，偷漏厘税低收高卖，非法牟取暴利百万计。乾隆四十七年，阎广居扫黑除暴雷霆行动中，将章氏三兄弟定性为黑恶势力予以严惩，章虎由此结怨生恨而挟私报复。乾隆五十四年三月,章虎秘密潜入京城,收买串通吏部郎中蒋钦,贿赂都察院湖广道监察御史郑天成、六科给事中王恩、李健,暗使阴招街巷暗揭言官弹劾,迫使正在耒阳知县任上的阎广居,落于他们诬陷编织的贪墨案中而罢官夺爵。

依《大清律例》横行乡里的黑恶痞霸,欺行霸市鱼肉百姓杀人越货,诬陷朝廷命官等数罪并举,应处极刑,拟判斩监候,报刑部、大理寺核准秋后问斩。家资财产悉数充公,十六岁以上男丁流放岭南从军,十五岁以下男丁及妇孺婢使官卖为奴。

四、涉案从犯:王恩,广东揭阳人氏。李健,安徽凤阳人氏。二人利欲熏心狼狈为奸,乾隆五十四年三月,在任都察院六科给事中期间,各收受常宁痞霸章虎贿银一千两,自甘堕落充当走卒,积极参与街巷暗揭诬告弹劾,促使诬陷阎广居贪墨立案。

依《大清律例》监察官吏贪赃一百五十两以上当处流刑,家私罚没充公,流放宁古塔与披甲人为奴。

五、涉案协犯:王祖恩,江苏应天府人氏,行贿买爵贪赃枉法狎妓嫖娼,参与诬陷朝廷命官。

依《大清律例》行贿纳爵贪赃枉法二罪并举革去功名,永不叙用,流放宁古塔与披甲人为奴。

六、涉案从犯:章龙、章豹,湖南常宁人氏,常宁痞霸章虎的胞兄弟,自乾隆三十六年起,兄弟二人参与章虎黑恶暴力,垄断油茶果经营,盘剥百姓欺压良善,偷漏厘税扰乱市场,杀人越货危害乡里,攫取巨额雄财。

依《大清律例》坑蒙拐骗、欺行霸市数罪并举,罚没家私,拟判流放岭南充军,遇赦不赦,永不返乡。

马大人经反复斟酌修改后,令书办誊抄四份,盖印签发。刑部、大理寺各送一份,一份存档,一份送都察院右都御史旷楚贤。

旷大人接文后,又将案卷供状证词详细核实,比照《大清律例》一一核对,确认无疑后,便亲自动手起草奏折:

臣,都察院右都御史旷楚贤启奏圣上:山西阳曲大挑一等举人阎广居,自乾隆四十六年任职常宁知县始,顺应天意民心除暴安良,打击地方痞霸章氏三兄弟为首的黑恶暴力团伙,深得当地百姓拥护爱戴。

乾隆四十七年任职慈利知县,剿匪治盗绥靖地方,招抚山寇化盗为民。至其任满离任时,已是城垣市井夜不闭户,乡野山寨路不拾遗,慈利百姓泪洒长街扼腕叹息!

乾隆五十年任耒阳知县始,教化异人水怪化盗为良,消弭山寇盗匪域内安宁;打击豪强恶霸百姓称快,整饬吏治腐败风清气正;兴办公塾义学蔚然成风,化解族群藩篱民族融合;民众欢欣鼓舞高呼青天,盗匪心惊肉跳称其克星;民间顶礼膜拜奉祀为五谷财神,巴天人倾心宾服自愿随姓尊为祖宗。疾恶如仇廉政爱民,为民解困夜以继日,为君分忧宵衣旰食,为官一任造福一方,功在社稷德泽千秋。

然,木秀于林风必摧之,行高于众人必非之。阎广居虽然赢得民心拥护爱戴,却使山寇盗匪黑恶恐惧,贪腐官吏憎恨。霎时间,魑魅魍魉纷纷出笼,奸佞小人粉墨登场,他们煽风点火蛊惑怂恿上下齐手沆瀣一气,欲置阎广居于死地而后快。常宁痞霸章虎为报私仇泄愤的强力渴望和雄厚的白银实力,使吏部郎中蒋钦和都察院监察御史郑天成等官场吏员,急于权力变现的欲望,瞬间得到了极大的满足。于是乎,他们各取所需一拍即合,迅速勾结在一起。而后,瞒天过海无中生有暗使阴招,疏密有序地编织了一张置阎广居于死地的天罗地网,使得阎广居横招诬陷罢官夺爵。

知县虽是微末小吏,然国之基石万民父母也!他承接吾皇圣意,布达域内庶民百姓,替君行道滋润天下苍生,政令通畅桥梁纽带,关乎国计民生社稷兴衰也!

阎广居履职常宁、慈利、耒阳三县,勤勉十年九考卓异,政绩斐然蜚声江南,士绅商贾有口皆碑,治下百姓众口称善。自乾隆四十六年任常宁知县九年来,尽将皇上赏赐的养廉银四千五百两悉数充公,而其母大丧竟自乞贷安葬,其清贫养廉的德行操守,由此可见一斑。如此廉吏能员,竟然惨遭阴人诬陷废为庶民,倘若阴谋得逞,必是罢官夺爵充军流放,甚或冤死狱中株连三族。清平世界朗朗乾坤，如此泼天冤案一旦石沉大海无以昭雪，不仅天理不公国法难容，更让苍生百姓失望而寒了贤臣良吏的拳拳报国之心！

臣以为：为正国法惩恶扬善，涉案奸人应予重刑重判，非如此而不足以彰显正义平息民愤。

此次涉案主、从、协犯八人，臣与顺天府尹马焕璋已据《大清律例》初拟量刑附录于后，呈请圣上御览。

另：此案涉嫌都察院左都御史阿扬阿与吏部右侍郎保成，念其二人事前并不知情，且居官清正一生廉洁，此次牵涉实属蒋钦、郑天成二人欺诳蒙蔽所致，究其原委当属忠厚有余奸究不足御下无方。

且左都阿扬阿在圣上训谕后，已闭门思过反躬自省三月有余，他时常以泪洗面，自叹辜负圣恩，大罪也。

吏部郎中蒋钦拘押后，吏部右侍郎保成自查自纠知错矫过，立即恢复阎广居耒阳知县之职，免去庸官王祖恩，主动配合纠错矫正，亦属雷厉风行。

依臣拙见，念及二人居官尚能守正不阿廉洁奉公，可否免于刑法，准其戴罪履职赎过，呈请圣裁。

臣，都察院右都御史旷楚贤恭折据实具奏。

乾隆五十五年五月初二

端午那日乾隆皇上在奏折上御批：

阎广居虽是七品微末小吏，实乃朕之栋梁国之基石，他打击豪强除暴安良，消弭匪盗绥靖地方；教化异人水怪化解族群藩篱，整饬吏治廉洁自律，能员干吏也！朕欲擢拔而重用之！怎奈耒阳百姓依之为衣食父母，朕不忍轻拂民意夺人所爱，故而加封其为六品职衔，仍履职耒阳知县，以为弥补缺憾！

朕闻阎广居幼年家贫清廉养德，初涉仕途举债上任，居官三载借债未偿，其母大丧竟致乞贷，只此一斑已见全豹，不愧为江南第一廉吏也！如此清官廉吏，朕不忍叫他饿着肚子办差而寒了天下士子们的心，朕要褒奖他！晓谕内务府拨内帑银一千两予以为赏赐，着吏部立即派遣钦差赴湘省嘉奖慰勉。

史传周人始祖后稷亲民善种，才被后世尊崇奉为五谷神。阎广居启蒙异人犁田作耕种植农桑，代朕施教感化苍生，已被巴天人奉祀尊为五谷神，足以见其拔除苦难怜悯众生之菩萨情怀，民心即是天意，天意便是民心。古有后稷，今有广居，朕心甚慰功莫大焉！朕既贵为天子，便索性替天敕封阎广居为耒阳的五谷财神，以慰民心天意。

蒋钦、郑天成既为朝廷四品命官，竟然厚颜无耻贪婪敛财狼狈为奸诬陷忠良，其罪死有余辜。

章虎肆虐乡里鱼肉百姓，腐蚀朝廷命官，诬陷国之干臣，其罪大恶极，当枭首示众。

王恩、李健、王祖恩这几个蛀虫，兴风作浪，必须严惩。

为震慑乡野痞霸恶徒，可着章龙、章豹给章虎陪法场。

阿扬阿年老昏聩不堪重任，准其致仕告老还乡。

吏部右侍郎保成，虽有过在前，念其尚不知情，且能知错赎罪矫正补过，着即罚俸一年戴罪留任。

嗣后，知县以上官吏任免，吏部例行考评朕御览钦定。官吏升迁须有两名上司主官联袂举荐，举荐主官要存档备考，升迁官吏贪赃枉法，举荐主官要连坐受责，钦此！

五月初九早朝后，旷楚贤收到上书房发还的皇上御批奏折誊抄本，览毕大悦，遂派人将吏部右侍郎保成请来，与之商议派遣钦差远赴湘省宣旨的诸项事宜。

当日早朝后，保大人也收到了上书房令吏部派遣钦差赴湘省宣旨的诏命。至此他那一颗忐忑不安悬着的心才掉进肚里，也知道耒阳知县阎广居被诬陷的冤案已经尘埃落定了，而且也由此肯定了自己并未遭受株连。否则，今日收到的就不是上书房下达的颁旨诏命，而是胡公公亲临宣谕皇上对自己如何处置了。

他进门后忙抱拳施礼向旷大人连连称谢，旷大人还礼毕只笑了笑，便将皇上御批奏折的誊抄手本递过来请他浏览。

保大人说："这个不合适吧？"

旷大人道："今日早朝御前已经宣读了，里边还有你的差事呢。"

保大人说："交办的差事我已知晓了,上书房早朝后下诏了。"

旷大人道："那你和彭大人,准备谁去湖南呢?"

保大人说："我在来的路上还纳谋呢,彭大人年龄大了,而且是吏部的主官,这三千多里路程的舟船劳动,还是由我勉为其行吧!"

旷大人道："我也觉得还是你去较为妥帖,请你过来就是商讨此事呢,只是辛苦你了。"

保大人忙道："难得旷大人如此信赖,这等抬轿子吹喇叭的差事,下官还是愿意效劳的。"

旷大人道："那你就体体面面地当一回钦差吧!回去后到上书房请圣旨御书,再去造办处督促凿刻制匾、内务府提银子,十五前启程可好?"

保大人道："启程的日子越早越好,我还得赶在九月底前回来协同礼部秋闱大考呢!"

保大人回到吏部衙门后,便向彭大人请了这个差事。五月十三,他只带了两名笔帖式、两名随从、四名亲兵和半副銮驾执事人等,从通州张家湾码头乘船启程,走京杭大运河,直趋长沙而去。

六月十三浦琳大人已从邸报上得知钦差大臣保成来长沙宣旨的消息,便派人在湘江下游的益阳码头蹲守坐探。六月十五那日午后,快马来报,钦差大人的官船今早从益阳启程,大约申时便到长沙了。

浦大人立即坐着自己的绿呢大轿,又备了一乘八抬大轿和一队亲兵,匆匆去了湘江码头。刚在岸边站定,便见一艘彩旗飘飘的官船,已经驶进码头靠岸停泊。须臾,两名随从搀扶着保大人走下船来,浦琳大人立即上前下跪,行三叩九拜礼曰:"臣,湖南巡抚领兵部侍郎衔浦琳恭请圣安。"

保大人正色朗声曰:"圣躬安。"

说着赶紧上前把浦大人搀扶起来揖礼道:"浦大人,有劳你了。"

浦大人忙抱拳揖礼道:"保大人,别来无恙?"说着上前握着保大人的手说:"前日从邸报上得知您来长沙钦差宣旨的音讯后,下官便望眼欲穿夜不能寐了,大人来得好快啊!几乎与邸报同步而来。"

保大人道:"君命在身不敢懈怠,阎广居受了那么大冤枉,度日如年备受熬煎,圣上为之特颁御旨,我还能顾忌舟船劳动而偷奸使懒吗?还请浦大人体谅下官的难处。"

浦大人立即正色道:"当今皇上圣聪睿智洞察秋毫,岂是那几个蠹贼能糊弄了的?阁广居功在湘省名震江南,倘若蒙冤受屈,我这个抚台是不能坐视不理的。那个郑天成一副奸佞小人相,他到我这里来,我就没给他好脸色看。回京时便悄悄地溜走了。"

保大人说:"难得浦大人一身正气,倘若碰上个糊涂的庸官,指不定还要为虎作伥呢。在下回京复命时,一定据实呈奏圣上。"

保大人不经意间的一席寒暄话,听得浦琳大人瞬间脸色血红,讪讪地说:"保大人您快别调侃了,总归是下官天性懦弱无能所致。当面对酷吏郑天成的飞扬跋扈时,虽然心里明镜儿似的,但却不敢针锋相对仗义执言,只好窝在心里憋屈而愧对阁广居,致使其蒙冤受屈惨遭诬陷,只要圣上不迁怒于我就偷着乐呢,哪里还敢奢望褒奖呢!咱们长话短说,还是回衙门里再聊吧,我已经为你备好下榻之处了。"

保大人道:"浦大人,下官离京前已领了今年秋闱的差事,还想在九月底前返回京城履职呢!今晚就在驿站将息一宿,省得来回折腾枉费时日,您今晚回衙署里安排停当,明日一早咱俩同赴耒阳可好?"

浦琳大人急道:"保大人,您可是堂堂正正的宣旨钦差,如此将息迁就,知道的说您是体恤下官赶日子呢,不知道的还说是下官蔑视皇上,倘有言官风闻弹劾,下官可担不起这忤逆亵渎的欺君之罪。况且这里可比不得京城,驿站潮湿更有蚊虫叮咬,您就成全下官则个。"

保大人赧然一笑道:"如今都察院掌院可是你湖南的铁面包公旷楚贤,我就不信哪个吃了熊心豹子胆的言官,敢弹劾楚大人的父母官呢?"

浦琳见拗不过保大人,便吩咐主事韦智立即晓谕驿站驿丞,赶紧备上三桌上好的酒席。

保大人说:"不可奢侈了,我多年养成的习惯,粗茶淡饭惯了,酒肉还克化不动呢。"

二人说笑着回到驿馆,浦大人又吩咐主事韦智:"你连夜带人前往耒阳晓喻阁知县,明日午前钦差大人前往宣旨,请他安排接待事宜,场面要宏大。路过衡州时,顺便告一下徐知府,明日陪钦差大人一同前往耒阳颁旨。"

六月十六日晨曦时,钦差大人保成一行从湘江码头启程,官船上披红挂彩旌旗飘飘,四名随从双手举着蓝底金字的敕命、钦差、肃静、回避的皇命牌肃立船头,十二名执事手执对旗、对锣、伞盖、对扇、斧钺、立瓜、卧瓜、朝天镫侍立船舱两侧,四名亲兵守在前后舱口左右持枪护卫。浦大人又带了一条官船,载着两名主事和二十名亲兵护送,两条官船直趋耒阳而去。一路上湘江两岸的田园风光随山潜移,不知不觉巳时初刻水已到了衡州码头。

十二

官船靠岸后,等在那里的徐知府缓缓走上船来,见了保大人立即下跪行三叩九拜礼曰:"臣,衡州知府徐文昌恭请圣安。"

徐知府又磕了一头道:"给二位大人请安。"浦大人虚抬了一下手说:"快起来吧,别客气了。"

而后,三人一起回到船舱坐了,官船沿着耒水河逆流而上。

昨晚头更时分,阎广居接到抚台衙门主事韦智的晓谕后,便连夜将米县丞、朱主簿等一干吏员召来安排部署。他令喜贵雇了三乘民间喜轿,征集了十匹一色儿枣红马和健骡,备好鞍辔。朱主簿专司厅堂打扫膳食接待。王巡检组织护城乡勇,把县衙至码头的官道洒水清扫一新。

当天夜里,城里的百姓便知道皇上派钦差给阎老爷昭雪来了。第二天一早伍声雷、罗楚贤、张廷仪等士绅们部署,用红绸彩带将码头装饰一新。城里的买卖商家联手订了九腔锣鼓班,抬了四大筐千鞭双响炮仗候在码头拭目以待。

午时初刻,当安亭公率衙门里的吏员来到码头时,这里已经被县城和周边乡村拥来的百姓们挤得人山人海水泄不通。安亭公见人多拥挤,便让王巡检调来一百名乡勇维持秩序。

钦差大人的官船靠岸时,只听得鼓乐齐鸣爆竹连天,偌大的灶市码头上,早已被蜂蚁般簇拥的人群填得满满的。饶是在京城见过世面的保大人,也被这空前震撼的场面惊呆了,遂自在心里琢磨:"临行前,彭大人与旷大人再三叮嘱,此次钦差的使命,不仅仅是奉谕宣旨,为皇上钦定的'江南第一廉吏'阎广居洗冤昭雪,更重要的是平息民愤抚慰人心,使耒阳百姓在横遭肆虐的寒冬后,沐浴皇恩浩荡的阳光雨露。如此则非这样盛大的场面,不足以凸显皇上宅心仁厚的博大情怀。"

于是,他稍加思索后,便悄悄地和浦琳大人咬了咬耳朵,遂决定临时改变主意,借助这个难得的宏大场面,以彰显皇恩雨露的磅礴气势。

357

只在眨眼间，浦琳大人已心领神会，他立即命令把总陈天贵上岸晓谕阎知县。安亭公领命后，急令王把总调来一百名乡勇，迅即在码头北端的农田里，临时清理出一块五亩见方的空地来，而后将亲兵与乡勇背北面南扇形排开。十二名仪仗执事手执对旗、对锣、对牌、金瓜、斧钺、朝天镫，步上码头紧锣密鼓地左右铺开阵势。两名笔帖式捧着圣旨匣子侍立左侧，两名随从抬着彩绸绣球装饰的"江南第一廉吏"匾额侍立右侧，两名差役抬着一只挂了彩绸的黄铜包角官银箱，放置右首。

伴随着三声震耳欲聋的火铳声响起时，保大人才在伞盖对扇和浦、徐二位大人的簇拥下，缓缓登上码头移步北端尽头朝南正位站定。

其时，安亭公已带领属下吏员依次匍匐跪地，三叩九拜曰："臣，耒阳知县阎广居恭请圣安！"

保大人应声曰："圣躬安。"而后高呼："请圣旨。"

这时，一名笔帖式双手捧着一袭条方形的紫黄丝缎匣子，弯腰举过头顶送到保大人跟前跪了。保大人转身朝北一揖，而后双手打开匣子珍重地取出圣旨卷轴，恭恭敬敬地站正了身子。

浦大人和徐知府立刻出列下跪，码头上的人群也潮涌般地跪倒在地。本来就拥挤的人群顿时膨胀了，边缘的人们被拥挤着倒退了十几丈，才勉强跪下来。

保大人环视着人群参差不齐地跪定后，才徐徐地将圣旨展开，清了清嗓子，操着正宗的京腔朗声宣读：

奉天承运，皇帝诏曰：湖南耒阳知县阎广居，自乾隆四十六年履职湘省以来，剿匪治盗除暴安良，惩腐戒贪整饬吏治；改造异人消弭藩篱，兴办公塾教化子民；代朕布德勤勉恭谨，奉职十年九考卓异；堪称能员干吏，朕心甚慰，功莫大焉，着即加六品顶戴赐单眼花翎，敕封"江南第一廉吏"，赏内帑银一千两，以资褒奖，钦此。

保大人读毕，安亭公已是汗流浃背泪眼婆娑了，遂顿首叩拜曰："臣，耒阳知县阎广居谢陛下隆恩，吾皇万岁！万岁！万万岁！"而后，他又双手恭恭敬敬地接过圣旨举过头顶。码头上跪听圣旨的士绅商贾人众也参差不齐地顿首山呼："皇上万岁！万岁！万万岁！"

待安亭公陪着钦差保大人和浦大人一行离开码头时，蜂拥的人群才肆无忌惮地沸腾了,"皇上万岁!万岁!万万岁!"的山呼声,夹杂着锣鼓爆竹轰鸣声此起彼伏,长长的尾音回荡在山间河畔。

保大人对同行的浦琳大人说:"五月十二那日,皇上在文华殿经筵讲学时动情地说,民心就是天意,天意亦即民心,那些不知廉耻的贪腐官吏,他们钻猫狗洞巴结逢迎不好使,糊弄上司主子也没用,谄媚讨好朕还够不上。与其挖空了心思投机钻营,还不如脚踏实地去给老百姓办点儿看得见摸得着的实事感动他们,只要他们把老百姓伺候好了,就比什么都管用,朕也自然赏识他们,相形之下,阎广居就比他们明白多了。"

午饭是在城西营房自备的,米县丞和朱主簿陪着笔帖式、文吏、书办、执事人等坐了两桌,王巡检和喜贵招待其余亲兵差役。安亭公陪着保大人、浦大人、徐知府和陈把总坐了一桌。主菜是南北风味两荤两素:清蒸土鸡、青椒炒鱼、水煮油豆腐、笋干炒合粉,四个凉盘也是两荤两素:猪蹄皮冻、荞面血肠、蕌头咸菜、甜酸萝卜,一盆甜糟枸杞汤圆羹。主食四样:糍粑、七层糕、羊肉扁食、新市白米,还破例上了一坛汾酒和一坛崔婆老酒。

当主菜上来时,浦琳大人不无酸楚地调侃道:"贤契啊!今天我可是沾了钦差大人的光了。记得那年我和徐知府下来督察赈灾时,你给我们备的是大杂烩、山野菜和煮苞米、烧地瓜,竟然没有一星半点儿肉腥腥,更别说这么档次的酒了!"

阎广居苦笑着说:"浦大人,得罪了,那时我刚匆匆到任,城里城外满目疮痍,市井街头饿殍遍地,逃难的饥民似蝼蚁蜂群。我心急如焚焦头烂额,昼夜守候在粥棚里张罗调停,困了席地而睡,饿了粥饭充饥,三个月没吃过一芹菜叶一碗干饭。就是那点儿地瓜苞米,还是米县丞从他家堂客和娃崽们的嘴里抠出来的呢。让您见笑了!以后再来就不会那么寒碜了,皇上赏了我那么多银子,足够咱们排场一阵子了。"

浦大人忙道:"贤契啊,调侃!调侃!只当是笑话,老夫可没那么小家子气,更没有嗔怪责备你的贬义,甚至还在其他州县标榜过你的廉洁呢!如今耒阳可是咱们湘省屈指一数的纳粮大县了,应酬交际寒碜了也不是待客之道,更何况是钦差大人莅临宣旨?你再不给咱们湖南人撑点儿脸面,连我这个抚台大人脸上也无光了。"

席间,保大人意味深长地说:"子仁啊,皇上为了给你申冤昭雪,一怒之下,开缺了左都御史阿扬阿,绞了四品郎中蒋钦和湖广道监察御史郑天成,都察院六品给事中王恩、李健发配充军,就连我这个被人欺诳失察的三品侍郎也跟着罚俸一年。全国一千六百多个县,除了台湾知县,你是第一个加封六品衔的知县,就连那一千两赏银也是皇上自个儿掏的腰包!真正下了血本!'江南第一廉吏'的金匾,大清开朝以来只赏过两个山西人,一个是于成龙,一个就是你。这一路走来我都在纳谋,康、乾两代圣主为什么就那么喜欢你们老西儿呢?说透了,还是你们山西人诚实笃信守正不阿,你可要仔细珍惜啊!皇上对臣子的圣眷恩宠,你可是占尽了当下官场的风头!依制你该亲自进京谢恩才是,皇上念及你路途辛劳费日时多,特谕,嘱你写一封谢恩折子,让我带回去交差就行了,这下子你该知足了吧!"

阎敬居听罢,顿时泪如雨下,面北而拜曰:"臣虽赴汤蹈火马革裹尸,也难报皇恩于万一。"

午饭吃了足足一个多时辰,保大人对这桌南北风味的地方菜肴赞不绝口十分中意,不无感慨地对浦大人说:"古语有云,吃在扬州住在苏杭,仔细品来此言似有偏颇,这南北菜肴的精致结合也是别出心裁,叫人肚饱心饥食欲大增,山西汾酒和崔婆老酒南北双星乃才是酒中之冠。"

饭后,米县丞安排宾客休息,阎敬居乘着酒兴草拟谢恩奏折:

臣,耒阳知县阎敬居顿首叩拜!

广居生于寒门幼年贫贱,二十载寒窗苦读屡试不第,湮没蓬蒿凡尘十余载。幸得皇上恩赐大挑举士,才踏上仕途显身庙堂,皇上于尘埃山野擢拔的知遇之恩,广居虽粉身碎骨没齿难忘。臣自乾隆四十六年履职常宁知县始,至今已历慈利、耒阳三县。十年来奉公守职战战兢兢如履薄冰,虽有微功薄劳亦不敢贪为己有,唯以宵衣旰食报效皇恩而已。怎奈江湖水深宦海险恶而横遭诬陷削职为民,不得已而委身青麓书院授课教习以为生计。亏得耒阳士绅民众万人诉状,皇上慧眼如炬明察秋毫,才得以昭雪申冤再返仕途。承蒙圣上恩宠眷顾,又赐六品顶戴单眼花翎,更兼敕封"江南第一廉吏",内帑赏银千两。如此旷世殊荣,却叫臣受之有愧诚惶诚恐,虽粉身碎骨肝脑涂地,也难报皇恩于毫厘,唯愿来世结草衔环以报陛下。

恭祝吾皇万寿无疆!

臣，御赐六品顶戴单眼花翎湖南耒阳知县阎广居恭折具呈，谢主隆恩顿首再拜！

乾隆五十五年七月十六吉日

申时初刻，保大人酒醒后，安亭公遂将谢恩折子双手呈上说："保大人，拜托您了。"

保大人接过折子后，只委婉地说："子仁啊！今晚我得连夜返回长沙，彭大人如今年岁已高，又兼领着内务府的差事，我须在九月底前赶回京城，协同礼部料理今年的秋闱科考。只因大考在即，皇差不敢懈怠，还请子仁见谅！"

安亭公知道秋闱大考事关重大，保大人又是皇上钦点的副主考，故而不敢十分勉强，便命喜贵和王巡检备好车马，亲自陪同把保大人和浦大人一行送到码头，送上官船才拖着疲惫的身躯返回县衙。

他回到衙署时，见朱主簿正叮嘱差役将悬挂在正堂上"明镜高悬"的横匾撤下来，欲将御赐"江南第一廉吏"匾额挂上去。安亭公忙制止道："大清法典是一把尺一杆秤一面镜，旨在警觉身居庙堂的执尺掌戥者敬天法地，正大光明地彰显法典的公正无私，从源头上杜绝贪赃枉法营私舞弊，从而唤醒迷途知返的羔羊及时良心发现，以自检自律悔过自新。大堂是诉讼申冤明辨是非审理案诘的神圣之地，非此匾不足以昭示鸿渐之仪。而御赐匾额是皇上对臣子的鞭策慰藉，旨在提醒臣下时时反躬自省以为勉励，还是挂在二堂上庄重肃穆。"

待差役退下后，安亭公遂命人将皇上封赏的二十锭台州银锭抬上来，吩咐朱主簿道："圣上赏银还是存在银库里，专门用于周济鳏寡孤独应酬接待的度支，待我花销时再向你申领，这次接待钦差大人的开销都从这里度支吧！"

朱主簿忙道："老爷，您可别本末倒置了，这可是皇上赏您的私银，你若觉得存储不便，就寄存在银库里也行，或者我给您兑了银票，你自个儿花销也方便，再也不能像养廉银子那样处置了。况且咱们衙门里现在也宽裕了，账户上的余银还有五千多两呢！这次接待钦差大人才开销了不足三十两银子，一坛汾酒还是您从老家带来的呢。"

安亭公毅然决然道："朱主簿，你听我的安排，就这么办吧！"

朱主簿摇了摇头，遂无可奈何地命人将银子抬进银库。

七月十七一早，浦大人送走钦差大人后回到抚台衙门，便把自己关在书房里反复琢磨："这阎广居果然是吉人天相福大命大，章虎、蒋钦和郑天成一伙如此翻江倒海大动干戈折腾了一番，他不仅毫发无损，反而因祸得福名声大噪了，皇上不仅给他加衔晋爵，还不惜自掏腰包恩宠赏赐，也算是名利双收了。"

初始，他也只当这是君上笼络人臣惯用的手段，只是这次有点树大招风出人意料了。可如此一来，不仅能把阎广居这个廉臣干吏，当下便引为知己，更重要的是抚慰荆楚边陲蛮夷族民久已干涸枯竭的受伤心灵，以怀柔抚远播撒皇恩雨露的博大情怀，真可谓是一箭三雕了，遂自在心里由衷地叹服皇上的心机深邃老成谋国。

但仔细思忖，才觉得自己似乎还是浅薄了："皇上还有一招更大的棋子。那就是他老人家的真实意图，却是要借此为全国一千六百多个县的知县，树立一个廉吏的典范楷模，以自下而上整饬吏治夯实国之基础，而自己居然糊涂懵懂浑然不知。既然如此，我又何不趁着那些督抚大员们还在迷茫彷徨的时候，先期动作起来，为皇上树上一个廉政行省得楷模，以引领十八行省得官吏竞相效仿。这样既掐准了皇上的脉搏，讨得他老人家的欢心，还可以将阎广居牢牢地拢在自己麾下，拿捏准了，抑或还是自己手里的一张王牌。"

于是，他搜肠刮肚地纳谋了一番后，将主事韦智召来叮嘱："你可依据昨日钦差大人宣读的圣意，立即以抚台衙门的名义下达一个通告行文，令全省十七个府、州、厅、八十八个县九品以上吏员，以耒阳知县阎广居为楷模，围绕忠于职守勤政廉明、奉公履职杜绝贪墨等诸项，制定一个校检标杆，层层逐级考核，以此作为升迁贬黜淘汰官吏的统一标尺，争取三年内打造一个响当当的廉政行省，为全国十八行省树立典范楷模。顺便再查一下，这几年耒阳有无报请未批的候补吏员呢？"

半个时辰后，韦智禀报："禀大人，遵钧命卑职查阅备档，乾隆五十年，耒阳知县阎广居曾报请阎喜贵和阎茂才候补吏员，前任抚台李大人已核准并报请吏部存档候补，其时仅有典史一职候缺，便先任了阎喜贵，阎茂才至今一直候补未任。"

浦大人只沉吟了片刻道："乾隆五十二年，耒阳狱吏梁化锋参与劫狱案被斩后至今尚未补缺,你立即草拟行文任阎茂才为耒阳牢狱九品狱吏,并行文报吏部备档。"

安亭公收到抚台衙门的行文后,立即将茂才召来以实相告:"乾隆五十年,我已将你和喜贵以剿匪军功擢拔的名义,同时报请抚台衙门擢补九品候补吏员,当时查实仅有一个空缺,便先补了喜贵。其时李大人允诺,俟后缺员即补,怎奈李大人调任湖北巡抚后,此事便随之搁浅,而一拖就是五年。说来也怪我迂腐,倘若多个心眼儿疏通一下,也不是不可能的事,但我不愿颔首低眉授人以柄。今日忽然收到抚台衙门的任职行文,让你补任耒阳九品狱吏,虽然姗姗来迟,也总算是进了仕途了,你好自为之吧!"

茂才遂愤愤地说:"这个事俺心里有数呢,您虽然立了那么大的功劳,但浦大人对您并不看好,人家喜欢的是巴结送礼的,这点您做不到,俺也不想因为自己的差事补缺,让您委屈求人,所以早就放弃了。这次能补了缺,也是浦大人向您示好呢!自那日钦差大人宣旨圣谕后,浦大人对您的态度就转变了。依当下情势,估计今后再也不会难为您了,说到底俺还是沾了您的光了,俺应该感谢您才是呢!"

安亭公说:"我生来就是这个脾性,只要站得正立得直,从来就不信邪。但牢狱重地可是个肮脏的地方,狱吏虽然是个小吏,可没有定力的人也容易犯事,你的前任梁化锋和慈利的严筱芃便是活生生的例子,你一定要把握分寸洁身自好,千万不可出了纰漏。否则,就会成为别人攻讦我的口实,到那时我是不会袒护你的。"

茂才忙说:"四哥放心,这个道理俺明白,俺不会给您丢人的。"

安亭公说:"你能这样理解甚好,我也就放心了。"

午后,王巡检来报:"老爷,巡城乡勇在城南贺家祠堂捕获一名专以挑唆包揽诉讼的童生,在其居所搜的该生所著《笃国策》一本,计二十六页,内容多系攻讦时政朝纲等狂妄怪诞之词。卑职深感此事干系重大,故而丝毫不敢怠慢,人犯现已解交大牢关押,逆书呈交老爷查检。"

安亭公平生最恨那些摇唇鼓舌的读书人拨弄是非,于是便立即升堂讯诘。当该犯带上堂来时,只见那人蓬头垢面衣衫褴褛,竟是个颤颤巍巍的老翁,便有些不忍了。

363

讯问之下才知此人名叫贺世盛,是本县城西五十里黄泥塘人氏,其家境贫寒一生潦倒,现年已经六十九岁了。他自以为读了一辈子书抱负不凡,可直到乾隆十七年,三十一岁时才中了童生,之后三十余年科考屡试不中。他眼见功名无望后,便愤世嫉俗负情狂诞,把自己一生不如意的愤懑都化作满腔怨恨,铆足了劲头攻讦时政抨击朝纲,为此常常遭到家里人的驳斥。

于是,个性倔犟的贺世盛便索性离家出走,住在城南的贺家祠堂,平日里专以替人书写讼状为生。因鄙视捐纳官员心怀愤恨,谓其偷奸耍滑不走正途,挤占了读书人的科考进身之路。又因独居无聊,便妄思著书立说,捡拾平时记诵的往事以为诽谤时政,托名《笃国策》,以显其学问渊博。又自作序文,称其为"陈策序",意欲成书之日赴京进献,图赏官职以邀功荣宠,此其著作之原委实情也。书内妄议朝政斥责现任官吏,文辞反复啰唆,语言支离破碎,颠倒黑白肆行狂吠显然悖逆,凡此种种不一而足。

安亭公反复诘讯:"捐纳事例早已奉旨永停,尔书内所云,开捐纳官之处究系何人所为?捐纳官员又实指何人?巡抚捐官于省,又系何人任内所为?外省并无捐官之例,既是巡抚纳捐卖官,亦应切实指出。"

贺世盛连连叩首认罪说:"书内所叙捐纳官员为害地方,原只不过是小人一时兴起,信笔涂鸦敷衍而已,并无实指。捐官于省系从前风闻甘肃开捐纳士,抚台大人得受属员贿赂纵容所为,故而随笔写入,实无确有所指。"

安亭公怒斥道:"以尔意下,既无真凭实据,又无实指官吏,当属凭空臆断捏造,缘何反复议论喋喋不休,任意诋诃肆意狂吠,是何本意?"

贺世盛供曰:"回禀老爷,只因小人深恶捐官歧途而阻滞了士子登科进身,后又屡试不中淹蹇终身,便想就此发端著书陈献,或可邀宠请赏遂我平生夙愿。又因心中愤懑牢骚,以致语涉谬妄近似狂吠。今蒙老爷逐条指示,自知丧心病狂罪该万死,只求治罪并无怨言。"

安亭公又诘:"尔序文自称,早年传读御批陈含怀所作之书,虽多荒谬,乃乡村学究陋识,与胡中藻所作立意背叛,殊不相侔等语。陈含怀之作系何人伪著,胡中藻系远平逆犯所作,诗文久已销毁,尔又从何得见,读得御批?"

贺世盛曰:"小人这本《笃国策》,原本就是一时怨恨陆续起草,其中措辞过于激烈,亦恐有碍进呈,因想起乾隆二十二年本省茶陵州生员陈安兆字含怀,著有《大学疑思辨断》等书。那巡抚作逆书奏辩,奉到御批,所作之书并非悖逆,与胡中藻逆书不同,随之将陈安兆免责释放。由此,通省人人传诵皇上宽宏气度,我彼时听闻此语,便强记在心。因我所作此策意在笃厚国本,故序文中又将从前御批引入此书,并非妄议朝政,那陈安兆和胡中藻原书,小人实不曾见过。"

安亭公反诘:"尔自乾隆四十六年立意著书,迄今已历八载,何以尚未成书,且抄本亦只此二十余页,明显有抽藏隐匿情弊。再者,尔之长子贺家瑞、胞弟贺世咏均系生员,尔侄贺家彦亦系监生,必有共同相谋捏造情事。且书内涂抹删改甚多,正写傍写并有破损之处,应系与人商酌随时更改而为,亦必有参订传抄之人,尔可从实招来。"

贺世盛回禀:"此书因系闲暇时随意攒凑,故而数年未成,小人弟侄均在乡间陋所居住,只因我性情怪僻,平日里与家人素不和睦,我在城中祠堂著书,与他们从不往来。逢年过节他们因祀祖偶尔至祠屋,也因不甚欢洽,不过问候数语而别,并无共谋商讨同造之事。长子家瑞是乾隆四十七年入学,此前曾来寓所见过书稿,屡屡劝我烧毁,奈我不曾理会,其余子侄都在乡下,多年未曾谋面,更无览阅谋划之事,所供是实,还请老爷明察。"

安亭公浏览供状后,遂命书办与之一一核实画押签字。

退堂后,安亭公遂命人找来乾隆二十二年,前湘省抚台富勒浑和学政毛辉祖任内,茶陵州生员所著《大学疑思辨断》等书进呈,奉旨无庸办理,钦遵在案,与贺犯所供相符。

安亭公仔细对照贺世盛的前后供状后,心里反复琢磨:"此犯供述虽回憨直,实无背叛之意,原是辩解并非逆书。"但虑及其狂悖叛逆自著已成书稿,又不敢隐匿不报。为慎重起见,便将审诘供状和人犯贺世盛一并解交衡州府衙,以期复审辨别。

其时衡州知府徐文昌已擢升湘省提刑按察使司,现任知府潘成栋接收后,亦不敢怠慢。遂即行审讯并派员赴贺世盛家中及祠屋居所,再行逐细搜检。时只有呈词底稿一包,其余均系寻常诵读经书时文,并无别项不法书籍字迹。

潘知府久历官场,知道此事繁杂干系重大,便及时禀报了衡永郴桂道员世宁。世宁仔细审定后,先将贺世盛胞弟子侄一十七名传播之人,除犯侄贺家瑾外贸未归外,尽数拿解逐一审诘,与贺世盛供状亦相符无误。

待人犯和供状解交衡州府衙后,安亭公又陷入沉思。贺世盛与胞弟贺世咏、长子贺家瑞均系生员，其侄贺家彦系监生，一门父子四人都是读书之人，亦属书香门第。倘若下情不能上达，更加奸佞小人邀功请赏迫切，处置稍有不慎，便会兴起"文字狱"，其株连波及之人又不在少数，如此则必然陷圣上于不义，此人臣之大罪也！然，自己一介六品小吏，若想影响案情审诘量刑，似比登天还难。

十三

衡州知府潘成栋和衡永郴桂道员世宁接手此案后，虽审诘与安亭公报送的供状相符，却不仅没有偃旗息鼓之意，反而似有深挖细追扩大案情之势。若照此情势深入下去，必然会兴起"文字狱"而大开杀戒，株连一批似是而非的无辜者，这样自己便成千古罪人了。

这时他想起了前任衡州知府徐文昌，倘若此公在任时，便可与之敞开心扉深入探究。他是个顾全大局而又明辨是非的人，此中利害得失自然心知肚明，如此则事情就好办了，甚至他还能与我联手向抚台大人建言以改弦易辙。

而今这潘大人是上个月才走马到任的，上任那日，衡州府辖各县的知县都如约到衡州码头迎接，场面十分热闹。其时自己正为贺世盛的案诘审讯忙得不可开交，故而未与参见。

觐见时，安亭公大礼参拜，歉疚地说："大人到任那日，正好衙署里有个急办公务抽身不得，未能给大人接风洗尘，今日特来拜谒谢罪，还请潘大人海涵。"

潘大人忙把他搀扶起来，和颜悦色地说："子仁啊！咱俩今生际遇，也算是前世修来的缘分。之前虽未谋面，但你的名声早已如雷贯耳，如今你圣眷正宠如日中天，我虽忝居黄堂，可毕竟初来乍到，凡事还需仰仗足下帮衬。嗣后，咱俩见面时只论年齿，千万不可行此大礼。"

潘大人屈尊纡贵谦恭有礼，这一番和蔼可掬的恳切言词，倒着实让人亲切暖心。顷刻间，便将安亭公来时那颗悬着的心平静了许多。

于是，他便趁着潘大人这出乎意料的亲和斗胆直言，将此行的目的对之坦诚相告。谁知，潘大人听后竟然一脸正色道："子仁啊！此案既然发端于耒阳，咱俩便都有不可推卸的仔肩，倒也不是在下胆小怯懦遇事推诿，只是此案敏感棘手，咱俩一介府县小吏，如何能担得了如此干系。当下唯一的抉择，便是逐级如实呈报,把终极定案结论的这些尴尬,留给臬台、抚台大人去拿捏把握吧!这样咱俩才能置身事外洗清自己。否则,一旦牵扯进去,便浑身是嘴也说不清了,甚至陷入泥潭而不能自拔。"

潘大人此言一出,安亭公便知此公城府颇深并无担当,当下只想着进而邀功请赏,退则撇清自己,此案腹稿已在心里反刍了几个回合。眼下便是说破大天,他也不会稍有更改,与其在这里磨牙磕嘴枉费口舌,还不如打道回府另觅他途呢!遂自站起身来虚与委蛇一番,而后客客气气地告辞而别。

当他迈着沉重的脚步走出府衙时,不禁仰天长叹了一声:"士风日下,人心不古,竖子不足与谋!看来此路不通,还须再辟新途。然而,四野茫茫路在何方?前任抚台李绥大人倒是老成谋国远见卓识,倘若当下他在中丞任上,哪里用得着我这个小县吏四处奔走呢?以他沉稳练达之机敏,自会变着法儿装聋作哑避虚就实,以挑唆诉讼扰乱司法的罪名,将贺世盛严厉地申饬一番,而后打入大牢绳之以法,这样便省却了多少麻烦。眼下尚能指望的也就是徐文昌大人了,他与我相交多年亦师亦友,虽然眼下已擢升提刑按察使司主理臬台衙门,但这样敏感的疑案,他也不敢一锤定音擅做主张。倘若呈报都察院、刑部、大理寺裁夺时,恐怕也得抚台大人把握口径拿捏措辞。届时,或许一言一词便能影响了此案的走向。作为掌管一省刑法的臬台衙门长官,若他挺身而出据理力争时,就是抚台大人也不会置之不理,可他是否敢于抗争?又能影响多少?心里实在没底。当下只能趁此案尚未呈报时,先期与之沟通一下,抑或还能做点儿亡羊补牢的铺垫。"

他打定主意后,次日早起便与喜贵搭乘一艘过路商船直趋长沙而去。当他抵达臬台衙门时已是头更天了,徐大人刚刚洗漱后正要就寝,忽听门役来报:"耒阳知县阎广居造访。"

徐大人忙嘱:"快请。"

安亭公进门后,顾不得寒暄揖礼便直奔主题,把这段时日搅扰自己心神不宁的贺世盛私著逆书《笃国策》疑案,给徐大人作了翔实禀报,末了他说:"徐大人,耒阳讼棍贺世盛挑唆扰乱诉讼案,着实把我击蒙了,眼下我可实在没法把控了,只好登门向您讨个主意,还望大人不吝赐教。"

徐大人长长地叹了一口气道:"子仁兄,倘若当初你尚未介入,现在便可置身事外了。"

安亭公道："徐大人，之前我也只是觉得贺世盛此人无德，只因自己科考屡屡失意，便恶意挑唆诉讼自甘堕落，实在是给咱们读书人丢尽了脸面。但又虑及他已年届古稀垂垂老矣，心里只想着给他点儿颜色瞧一瞧，让他顾及体面知难而退，即使生计艰难，也要君子固穷坚守底线，千万不可混迹于市井街头与贱民为伍，营蝇狗苟作践自己，更不可作奸犯科自污清白。

"谁知，派人搜检时，竟然查出其自著逆书《笃国策》纸稿二十余页，此时已是欲罢不能了。由是，只好循序渐进开堂审诘，以期澄清原委再作计议。

"平心而论，贺世盛著书起源实为发泄私愤，并非诽谤朝廷，这也是科场失意不满现状的文人通病。他们自以为熟读圣贤经典，掌握了治世真谛，便可达则跻身庙堂治世安邦，穷则隐匿蒿蓬指手画脚。如是便站在道德和伦理的高度，自命清高卓尔不凡，两只眼睛直勾勾地盯着那些既往和当下的各级官吏，鸡蛋里挑骨头，满腹牢骚散发议论，希图剑走偏锋哗众取宠，取悦今上以为进身捷途。

"该犯虽然人格分裂卑鄙龌龊，可面对当堂诘问时，似乎也不敢隐匿撒谎。为此我曾反复查询多方核实印证，事实与该犯供述基本相符。此稿与家下兄弟子侄并无勾连串通，纯系罪犯一人所为，因未成书，亦无传播抄阅扩散途径。"

徐大人沉吟了片刻道："大清王朝自顺治帝入主中原后，面对人口众多文化繁荣的泱泱华夏时，自知关外异族文化落后人口稀薄，虽以满蒙铁骑骄兵悍将侥幸征服，但绝不可倚仗武力长治久安。于是，便理智地采纳了汉臣范文程的建议，实施满汉一体怀柔天下的政治策略，大局才得以稳定。为满足日益增加的官吏派遣需求，笼络汉民知识群体，不仅开科取士的名额逐科递增，而且还以各种似是而非的名义，于正科外增加诸如新皇登基、太子大婚、消灾祛病、博学鸿词等名目繁多的恩科，甚至不惜"副榜""大挑举士"以笼络落第举子。明面儿上似乎海纳百川野无遗贤，尽将天下名士囊入彀中，可即便如此，能摄入皇权视野者也是凤毛麟角。那些大量科考不第的举子们，便不免心怀怨恨针砭时弊恶意攻讦朝政。

"大清自开朝以来，对这等疑似犯上叛逆的苗头就很敏感，处置手段也是雷厉风行毫不手软，宁肯错杀无辜，也绝不姑息养奸。话再说回来，咱俩都是恩科大挑才踏上仕途的官吏，也算是皇恩雨露的最大受益人，论理是该知无不言，言无不尽，以报效皇上的知遇之恩。但针对这等敏感的疑似叛逆案，还是小心谨慎些得好，否则，便有包庇纵容的嫌疑。尽管你当下圣眷正隆皇上恩宠，可无论如何不能得意忘形。说白了咱们还是奴才仆人，唯有俯首帖耳看人家的脸色行事，哪里能有自己的主张和见解呢？以我之见，还是规避一下为好。否则，一旦攀扯牵连上便有口难辩，甚至罢官削爵也是有的，到头来弄个里外不是人。"

安亭公道："这个道理我又何尝不明白，只是贺氏这一门三个生员一个监生，好歹亦算是书香门第了，在弹丸之地的未阳影响确实很大，若由逆书引发'文字狱案'，势必会震动湘省乃至全国。未阳地处匪盗横行的荆楚边陲，读书的种子本来就少，若能多一个读书人，便少一个盗贼，这才是长治久安的根本，还请大人三思。"

徐大人道："子仁兄，言之有理老成谋国，徐某自叹不如！可当我们自顾不暇时，又何以能够庇佑他人呢？况且有些事本来就是包不住的，自雍正爷始授权专折密奏以来，许多地方小吏都有密折专奏之权，他们的官阶不一定很高，但架不住皇上信任，指不定哪个衙门里的小吏仆役便是皇上派下来的卧底密探，地方官吏的一举一动都逃不出皇上的视线。康熙朝时连索额图、明珠这样的上书房满大臣，家里都安着十三衙门的眼线。雍正朝的粘杆处更是怕人，他们随时都可密折专奏。如此一来，便制衡了地方官吏的信息封闭，同样一个信息或许便有若干人在同时密奏。这已是公开的秘密，大家心里都明白，只是谁也不敢也不愿意捅破这层窗户纸罢了。纵使那些位高权重的官员也不敢隐匿不报，深恐皇上怪其包藏祸心，因此而摘掉顶戴花翎死无葬身之地。类似这种敏感的逆书案，说不定早有人捅到皇上那里了，浦大人何等精明之人，能不知道此中的利害得失吗？况且这样邀功请赏的机会，自下而上的各级官吏，哪个不是急赤白脸争先恐后地献殷勤呢？甚至为了赢得皇上的青睐赏识，不惜弄虚作假。"

安亭公说："子曰：阿意曲承，陷亲不义，此大不敬也！他们这样便是把君父陷于众矢之的。老百姓只会说皇上昏庸无道，却全然不知是下边的官员蒙蔽糊弄。抑或一二正直贤臣明白原委，也不敢捅破这层窗户纸自讨没趣，如此便是把皇上置于炉火上炙烤的尴尬境地。而我更担忧的却是未阳近年来刚刚兴起的读书风气便会就此偃旗息鼓，老百姓还没有尝到读书的甜头，就已经感到它的畏惧了,指不定哪天不慎祸及己身,还是远离避祸得好。民众教化需要潜移默化的影响,十年树木,百年树人,冰冻三尺非一日之寒也!如果处置失当,之前几代人多少年的勠力铺垫,顷刻间便会化为乌有,可惜啊!可惜!"

徐大人不无感慨地说:"子仁兄,对这个意外生出来的逆书案,咱俩的担忧并非空穴来风,只是咱们左右不了。眼下能做到的就是把握分寸适当介入,至于结果如何,那就得听天由命看他贺世盛一家的造化了,若真要犯糊涂干预此事,那就是蚍蜉撼树螳臂当车自不量力。"

安亭公愤然道:"南宋诗人陆游虽屡屡贬官,却位卑未敢忘忧国。当今君父是古今第一圣明天子,咱们岂能让他老人家被奸佞欺蒙,无端地背黑锅?我要奋笔疾书据实具奏,哪怕身陷囹圄,也在所不惜。"

徐大人急道:"子仁兄,我确实钦佩你的胆量和忠诚,但我还是要奉劝你,此议不妥。虽然圣上刚刚颁旨褒奖了你,皇上对你的信任也毋庸置疑,但你眼下还没有奏议朝政的资格,更没有密折专奏之权,倘有如鲠在喉之言,也只能上疏督抚请其代为转陈,说到底还是绕不过浦大人。如果直陈上奏,且不说能否上达天听,甚至是僭越违制。倘有御史弹劾你不自量力妄议朝政,必然获罪无疑。这条路根本走不通。"

安亭公不无感慨地说:"难道我就能眼睁睁地看着'文字狱'的兴起,而使圣上背负千古骂名吗?"

他沉吟了片刻又道:"想当年雍正爷即位后,因夺嫡之争软禁了皇弟胤禵几位王爷,八爷党们发遣广西路经湖南时,散布他阴谋篡位之说,湖南儒生曾静闻之曰:'大清末运已至',便自不量力谋划推翻清廷以正本清源,并修书派其弟子张熙,赴西北大营策反川陕总督岳钟琪,如此行径实属谋逆大罪无疑,事泄败露后,二人被捕供认不讳。雍正爷虽然刻薄,但还是宽宥了他们,自著《大义觉迷录》,派员引领曾静赴各省巡回演讲,既澄清了篡位登基之说,又震慑了那些妄图兴风作浪的奸佞之徒,最终还落了个心怀坦荡光明磊落的好名声。如此则事半功倍一举多得,可谓上善之举,以圣上之睿智聪颖,岂能不明白此理!"

徐大人道:"若当今圣上亦能如此,则贺氏一门幸甚!耒阳百姓幸甚!天下臣民幸甚!但须圣上自醒才是功德,倘若哪个不知深浅的凡夫俗子自以为是,希图点拨邀功,便弄巧成拙了,天意从来高难问!"

安亭公道:"但愿圣上幡然觉醒改弦易辙,便是功德无量了!"

不知不觉天已大亮,二人这才发现,竟通宵达旦叙了一夜。安亭公站起来伸了伸酸困的懒腰,歉意地说:"唉!只因在下不期造访,竟害得大人一夜未眠,失礼了!失礼了!"

徐大人道:"但愿我的苦口良言,能使足下幡然也就没有白说了,你好自为之吧!"

安亭公回到耒阳时已是晌午了,他只匆匆吃了一碗面,便倒床大睡了,一觉醒来时已是夕阳西下了。

衡州知府潘成栋和衡永郴桂道员世宁,经过一段时日的深挖细追,案情毫无进展,便立即予以结案,以衡永郴桂道的名义,将案件审诘供状和人犯一并移送长沙提刑按察使司复审。

徐大人接手后,仔细审理了耒阳县、衡州府和衡永郴桂道的审诘供状,又与贺世盛及胞弟子侄反复诘讯。诚如安亭公所言,贺世盛著书源于自己科考不第,散发牢骚攻讦时政以发泄心中的不满,却并无与兄弟子侄串联勾谋之事。

于是他便将耒阳、衡州、衡永郴桂道三处审理结果和自己的结案意见,一并移交抚台衙门,呈请浦琳大人裁夺,并委婉地说:"据耒阳县、衡州府和衡永郴桂道审诘状称,贺世盛只因科考不第仕途无望,便混迹市井街头恶意挑唆诉讼,实属无良讼棍,其斑斑劣迹已昭然若揭,当绳之以法严惩不贷。至于民间盛传其私著逆书之说,下官亦曾反复讯诘查验,其书只有裁剪无序的散佚纸稿二十余页,章节多系臆想拼凑勉强成文的摘章乱语而已,内有多处删改涂抹的妄加评语,似有攻讦当下之意,充其量也就是信笔涂鸦的记事手稿而已!仔细想来似觉荒诞。且该书尚未装订成册,亦无与家人密谋勾连串通,倘若治罪,也是贺世盛一人所为,与兄弟子侄并无瓜葛。"

浦大人道:"似这等狂吠之徒,死有余辜,倘若祸连家人似有不忍,可这等泼天大案谁又能做得了主?循《大清律例》,谋逆犯上攻讦时政,无论勾谋串联与否,必是处以极刑满门抄斩,惟圣上慈悲,似可回旋法外施恩,我等却是爱莫能助。"

浦大人一口晦涩难懂的闽南官话像刀子一样,听得徐大人怔怔发愣,心

371

里想着如此则已是回天乏力了，只好站起身来知趣而退。

待徐大人走后，浦琳大人静下心来，将县、府、道逐级报送的诘案卷宗，认真仔细梳理了一番，已自认定是逆书诽谤当今。遂命书吏将他的掌案师爷周铁成召来，把供状卷宗一并付与并叮嘱："贺世盛的案子非比寻常，尔可仔细核实，如实呈报都察院、大理寺、刑部三法司复审，并尽快草拟一份奏折呈报皇上。"

周铁成浙江绍兴人，祖上三代都是有名的刀笔吏，跟随浦大人已有五年了，素以精通法典雕琢判词草拟行文著称，是浦大人麾下最为倚重的掌案师爷。他从浦大人叮嘱的语气中知道此案不同寻常，领命后丝毫不敢懈怠，遂自逐条逐句推敲拿捏，直到第二日午后，才将奏折和呈报行文拟就。

浦大人阅后甚觉满意，便将奏折亲自誊抄一遍，连同呈报三法司的行文铅封加密，派了一名把总和主事，带着二十名亲兵，将贺世盛家下一门十七人丁悉数解往京城。而后又将案卷供状移送湖南学政钱沣，并报湖广总督舒常复勘。

安亭公闻讯后，不禁连连慨叹："徐大人私下里苦口婆心，规劝自己切莫介入，可他竟然不怕株连，坦言直陈为贺氏开脱，虽然收效甚微，但也算尽心了，浦大人与之相形似乎少了点什么，潘大人更是不可比拟，唉！人心似海，不可斗量！"

九月十八日晌午时分，钦差大人保成顺利回到京城，他在张家湾码头下船后，便令两个笔帖式带着銮驾执事和随行人等回城复命，自己则从驿站叫了一乘二人小轿，急匆匆地赶往紫禁城觐见皇上，乾隆皇上在上书房立即召见了他。

见面请安后，保成先将阎广居的谢恩折子呈上，而后把这次钦差耒阳的宏大场面，给皇上细述了一番。皇上眯着两眼听完后大悦，不无欣赏地说："阎广居果然是个干吏，真给朝廷长脸了，不枉朕的一番良苦用心，也由此而知道他平日里是怎样办差的。若无爱民如子的博大情怀，老百姓会平白无故地拥护他吗？你看他这谢恩折子，言简意赅干净利索没有半句废话，文字功底也十分了得，他日可堪大任。你这一番叙述，把朕心里撩拨得直痒痒，朕恨不得这会儿就想见见他呢。保爱卿，你这趟差办得好，朕要奖拔你，罚俸的事就免了吧。秋闱大考是朝廷的大事，朕点你的将就是看中了你的勤勉务实，你这么急急忙忙赶回来,恐怕也是心里惦记着这个差事吧,可见你事主忠诚任劳任怨,一路上舟船颠簸劳乏了,跪安吧。"

十月初,皇上在上书房陆续接到了十几份湘省官吏报来关于耒阳狂生贺世盛私著逆书的密折专奏,不禁雷霆震怒,心里泛起阵阵波澜:"大清开朝已经一百五十年了,竟有这等狂徒,胆敢冒死妄议国政攻讦朝廷,可见人心不古世事难料,此风断然不可任其蔓延,务须扼杀在萌芽,诛心须用重典。"

霎时间,他已经动了杀机。由是,便抬起头来对胡公公谕旨:"你这两日留意湖南抚台浦琳的奏折,顺便知会一下都察院、刑部、大理寺,湖南报上来的私著逆书案要及时整理报朕。"

胡世杰一听,便知道湖南出大事了,遂连连点头退下。

腊月初八那日,贺世盛一干人犯押解到京,皇上同时收到湖南学政钱沣、巡抚浦琳和湖广总督舒常的奏折,遂立即将刑部尚书王杰召来谕旨:"此等丧心病狂蜀犬吠日之徒,务须从重从快严惩严办,决不可以姑息养奸。但也别冤枉了他,为慎重起见,尔可会同都察院、大理寺同堂会审,并报军机处召集六部九卿大学士复审定案。"

王杰领命后,知道皇上已经动了杀机,便丝毫也不敢怠慢,立即将都察院、大理寺三法司的主官召来当堂会审。又参酌湘省学政钱沣、抚台浦琳和湖广总督舒常报送的案卷细目和罪犯供状,经过连续三天的审诘,案情已经一目了然。

就此刑部尚书王杰遂与都察院左都御史旷楚贤、大理寺正卿嵇璜比照《大清律例》,就贺世盛逆书《笃国策》案,迅即拟出结案刑处呈报皇上。

　　臣刑部尚书王杰、都察院左都御史旷楚贤、大理寺正卿嵇璜恭摺具奏:

　　查湖南生员贺世盛《笃国策》案,委系该犯科考不第心生怨恨,私著逆书以恶意攻讦诽谤朝廷。经详查,该犯一向不安本分,为逞其枭獍之性,妄泯朝政肆其悖逆,已为人神共愤覆载不容,实属狂悖大逆十恶不赦。

　　臣等已详查,据《大清律例》载:凡大逆者凌迟处死,正犯之子孙兄弟及兄弟之子年十六岁以上者皆斩。十五岁以下者与正犯及兄弟子侄之妻,给付功臣之家为奴。正犯财产入官,知情隐匿者斩。据此审结拟判以下刑处：

一、贺世盛合依大逆律凌迟处死，鉴于先帝已废此刑久矣！故拟判斩立决，传首该犯原籍地方枭示。

二、正犯之子贺家瑞既为生员，自观其父著书悖逆，虽屡劝不止却听任其藏匿，其知情隐藏与大逆缘坐，二罪相等，拟判斩立决。

三、贺世盛次子贺家瑾、长孙贺本约，胞弟贺世咏，胞侄贺家湘、贺家斗、贺家彦、贺家琏、贺家珩，虽讯均不知情，但系正犯之子孙及其亲弟侄，依律应缘坐，其年龄具在十六岁以上，均应照律先行刺字斩立决。

四、贺世盛之孙贺麒麟、贺又麟、贺三麟、贺仍麟、贺吉宁具年在十五岁以下，应与贺世盛之妻谷氏、子媳刘氏、李氏俱给付功臣之家为奴。

五、贺世盛之女贺陈氏久已出嫁陈以贵为妻，外孙女陈达秀依律不与连坐。

六、正犯财产饬令地方确查照律入官。

七、尚有缘坐之犯侄贺家进因贸在逃，责令严饬缉拿，获日另诘。贺世盛、贺家瑞、贺世咏各生员衣顶饬学除名，贺家彦监生捐照饬追容销。

八、该犯书内所指各控案内，经查审明，李逢昇于乞丐伍大胜病毙一案，误报被谷发乃殴死，着将知县李逢昇革职问罪。其余各案俱供，均系年代久远之事，现饬提取案卷查明，分别虚实办理。历任失察之各职另容查明咨参，所有查拿生员著作逆书审明定拟缘由。

乾隆五十五年十二月十二日

臣大学士刑部尚书王杰

臣都察院左都御史旷楚贤

臣大学士大理寺正卿嵇璜

恭折俱奏恭呈御览伏乞皇上睿鉴敕下

并移案卷报军机处，会同六部九卿大学士复审。

腊月十三，六部九卿复审后呈文上折：

大学士臣嵇璜等谨奏，为遵旨核拟速奏事，据湖南巡抚浦琳奏称：

湖南耒阳生员贺世盛潜居县城代人书写诉状，私造逆书案审拟治罪一折，奉朱批大学士九卿会法司核拟速奏，钦此！

臣等会同议得，据湖南巡抚浦琳奏称，贺世盛系耒阳生员，现年六十九岁，现饬提取案卷查明，分别虚实办理，均应如该抚所奏办理完结。再该抚奏称历任失察各职，另容查明咨参。追究历任学政失参之咎一并查明分别办理。又查该犯策内称，官收漕粮淋尖踢斛，高价折收。并称巡抚捐官于省，是否该省地方各官，于征收漕粮违例折收，遇有缺出营谋钻刺，而上司得其贿赂徇私升调，以致该犯籍为口实，亦不可不彻根究查。毕沅新授湖广总督，湖南亦其属辖，而该犯供称各弊皆非该督任内之事，无所回护，应行令该督到任后，将有无该犯所称诸弊密访严查据实具奏。故臣等会同速拟缘由，理合恭折具奏请旨。

乾隆五十五年腊月十三

臣大学士大理寺正卿嵇璜

臣大学士和珅

臣大学士刑部尚书王杰

臣协办大学士福康安

臣协办大学士刘墉

臣吏部尚书绰克托

左侍郎玛兴阿

右侍郎保成

户部尚书董浩

左侍郎诺穆亲

右侍郎蒋赐棨

十四

腊月十五，皇上在上书房仔细览阅了刑部尚书王杰、大理寺正卿嵇璜、都察院左都御史旷楚贤和军机处呈上的六部九卿大学士奏折，沉思了好久，遂提起朱笔御批："该犯心达而险、行僻而坚、言伪而辩，诽谤朝廷，实属大逆不道。奏议照准,立即行刑,着军机处四百里加急行文通报各省,钦此。"这才长长地出了一口气,这段时日窝在心里的火似乎稍稍得以平息。

腊月十八,刑部收到朱批御旨后,立即布置行刑法场,拟定于腊月二十一午时三刻行刑,届时三法司主官临场监斩,法场治安和沿街警戒由步军统领衙门执行。

腊月二十一日一大早起,天阴得沉沉的,凛冽的寒风裹挟着沙尘粒像碎刀子似的,刺得人龇牙咧嘴直打哆嗦,街上过往的行人戴着毛耳刮刮垂着头,双手拥在袖筒里,嘴里哈着白气与擦肩而过的熟人木讷地打着招呼。坐落在菜市口的千年古刹法源寺,似乎比往日的香火更旺,大殿里烟雾缭绕灯火通明。住持法师亲率众僧布道斋醮法事,虔诚的善男信女们早早来到寺内焚香祈祷超度亡魂。

早饭刚过,从四面八方蜂拥而至的人群,潮水般地涌向菜市口。临近午时,天色大变,彤云密布旷野四合,顷刻间,纷纷扬扬下起了鹅毛大雪,人们的肩上头上堆满了厚厚的雪片,偌大的北京城瞬间银装素裹白茫茫一片,京城九门城楼四角的铃铛随风摇曳,一阵紧似一阵的朔风呼啸,仿佛深邃遥远的天际传来的凄凉哀乐。

午时三刻,随着三声追魂炮的响起,十颗木讷的人头,瞬间砍瓜切菜般地滚落在地上,殷红的热血从腔眼里直往外喷,霎时间白皑皑的雪地被染得浓红嫣赤。就连那些看惯了行刑的京城百姓们,也被这血腥的恐怖,惊悚得背过脸去久久不敢回头,当场晕倒的人不计其数,一场轰动全国的"文字狱案"就此尘埃落定。

京城一次行刑十人的消息像长了翅膀似的,竟比四百里加急的行文邸报还要快,不到三个月便已传遍了大清王朝的每一寸国土。

贺世盛一家满门抄斩的噩耗传到耒阳时,已是乾隆五十六年的二月底了,安亭公深深地叹了一口气道:"伯仁非我杀,我竟死伯仁,作孽啊!作孽!"

清明过后,安亭公收到长沙臬台衙门发来收缴贺犯家产的行文,便派喜贵带了几个差役,前往黄泥塘执行。行前他悄悄叮嘱喜贵:"家里可挪动的财产让其女儿女婿悉数搬走,房屋土地等不动产廉价折与近门族人,让他们上京把贺氏一门斩首的遗骸寻回祖茔安葬。"此时他那颗备受煎熬的心才稍稍得以宽慰。

大清王朝入主中原后，全国划分十八行省，一千五百四十九县。由礼部按人口比例，严格核定州县文廪生考试名额，明确规定除增加赋税或皇上额外施恩，任何人不得擅自增加录取名额。

康熙五十二年礼部核准，耒阳每年可录取文廪生十五名，雍正三年增加至二十名，一直延续到乾隆一朝。

乾隆五十年之前，耒阳是湘省有名的重灾县，经户部核准每年拨付赈灾粮米十万石。乾隆五十一年，安亭公上任后才扭亏为盈，乾隆五十二年纳赋钱粮已达十万石，乾隆五十四年已增加至二十万石。为此乾隆五十五年又经礼部核准，耒阳年可录取文廪生增加至二十五名。之前由于匪盗作乱百姓流离，每年参加县考的童生仅八九十人，考场就设在县衙。场地虽不宽敞亦能勉强支应，但桌椅板凳须考生自带。其间，便有奸人趁机改造夹层藏匿小抄，临场查检颇费周折，正常考试常常为此延期误时。

乾隆五十八年二月，安亭公循例主持童生县考，年前核实报考名额时，应试童生陡然增到二百多人，这样就给考场布置监管平添了压力。此时安亭公便在心里琢磨："如何能在年内盖一所宽敞的考棚化解这个尴尬？"

正月十五刚过，他便迫不及待地把米县丞、朱主簿召来共同商讨对策。

米县丞道："老爷，以当下情势，没个固定的考棚显然不行，今年先想法子应对过去，待考试结束后，就得筹划兴建考棚了。否则，以后参考童生逐年递增，场地局促了容易出现监考纰漏。"

安亭公道："足下言之有理，只眼前先把今年的考试应急过去，再纳谋盖考棚的事吧！"

朱主簿道："今年的考试，除了往年占用的大堂、二堂外，还得腾一些办公场地以为弥补，桌椅板凳尚可与各家商铺公塾义学商借，不足部分由附近考生自备。这样开考前两天就得搬来穿插摆放，以免届时杂乱无序，被奸人钻了空子夹带小抄。"

安亭公无奈地说："今年也只好这样，看来盖考棚的事再也不能迁就了。否则，往后更不好维持了，你二人琢磨着布置吧！二月初二之前把这些琐事安排停当。"

二月初八，县学童生考试结束后，安亭公正在二堂阅卷，忽听门役禀报，耒阳名士伍声雷、谢南辉请见。安亭公忙道："快请。"随即放下试卷准备接待客人。

二人进门后便要倒地行跪拜礼，安亭公上前一把拉住说："伍先生，乾隆五十四年下官横遭诬陷谪居青麓书院，若非先生四下联络赴京鸣冤，我早已锒铛入狱，甚至冤沉大海永无出头之日，在下至今心存感激无以言表，行此大礼实不敢当。"

待二人落座上茶后，安亭公谦谦道："二位先生久居市井乡野，必然洞悉民间疾苦，凡我衙署胥吏公人，但有贪赃枉法盘剥百姓者，无论蛛丝马迹风闻言传，敬请直言无妨。嗣后，县政诸事还须仰仗二位襄赞。"

伍声雷与谢南辉交换了一下眼神坦言道："老爷误会了，俺俩此来只为近日风闻街谈巷议，今年县考人多拥挤场面混乱，偶有夹带小抄监考疏漏之弊，故而不避闲言不期而至，还请老爷海涵，怎的想个万全的法子，避免这种瑕疵纰漏的弊端。"

安亭公听后叹了一口气道："承蒙二位不吝赐教，在下不胜感激。这段时日我也正为此事揪心呢！心里想着等过了这阵子，再与各位乡贤名士们商讨如何盖一所考棚。谁知二位先生竟与在下不谋而合想到一起了。耒阳自乾隆五十一年兴办公塾义学以来，县考童生与日俱增。以前年度在县衙尚可勉强支应，今年考生骤然增至二百多人，便有些应接不暇了。前些年我也纳谋久矣，但终因财力不济又兼琐事缠身而搁浅了，如今看来必须付诸实施了。"

谢南辉说："不瞒老爷，俺俩今日拜访，便是专为此事而来。如果能为此尽点儿绵薄之力，也算是三生有幸了。"

安亭公道："去年春试发榜后，我虑及此事心里烦躁，便与喜贵到城西郊外散心。折返回城途中，偶然发现那里有块闲置场地，虽然坑坑洼洼污秽不堪，但只需稍加平整，地形还是宽敞。经初步测量东西宽十五丈左右，南北长二十八丈有余，大概有六七亩地。只周边堆放垃圾，内有盐碱薄田三亩有余，其他都是低凹积水泥潭。若能将其填充平整，修建一所宽敞的考棚绰绰有余。"

伍声雷道："老爷，您要不提示，俺一时还想不起来呢。这个地方紧挨县城，闹中取静，果然是个盖考棚的好场地，倘若不是地势低凹积水又堆放垃圾，怎么会废弃闲置在那里呢？无非就是多增加些填充平整费用，三亩盐碱地也不值几两散银，或购置或兑换都好商洽。"

安亭公接着道："于是，去年秋后我便请三都镇大工匠蒯大年，测绘了建筑平面草图，初步预算大致需耗银一万二千余两。只因衙门里一时凑不上那么多银子，我便盘算着缩减一下规模，或许也能省几千两银子，缺口小了好筹措。"

伍声雷说："老爷，俺以为修盖考棚是百年大计，不盖则已，但盖就要体面气派些，银子短缺了可以想法子凑，哪怕就是兑点儿饥荒，还能以后慢慢偿还，千万不可为了节省开支而缩减了规模，免得日后反悔时，有了银子也填不进去。不知老爷现在的缺额有多大呢？"

安亭公道："不瞒二位先生，之前衙署里的度支都是寅吃卯粮年年亏空，从前年开始才收支平衡。眼下可度支的银子只有二千多两，到年底时还能填补三千多两，这样大概缺口尚有七千两左右。所以我纳谋着把开销压缩在一万两以内，短缺的五千银子，由衙署赋税作保，按民间借贷利息与钱庄商借，以后逐年分期偿还，也就是两年的饥荒罢了。"

伍声雷说："老爷，据我所知城里有模样的商贾店铺钱庄就有六十多家，其余酒肆饭庄作坊也有百余处。若再把耒水两岸新市、灶市等几个繁华大镇的买卖字号囊括进来，大致也不少于三百家，劝募施捐亦可筹措。像盖考棚这样的善行义举，谁家不愿积点儿功德？只要您不介意，俺俩回去透个信儿稍作暗示，莫说区区七千两缺口，便是全部工程所费，似乎也不在话下。"

安亭公道："说起来作坊店铺倒也不少，可前些年山寇匪盗抢掠骚扰，买卖萧条日渐凋零。只近几年才有了些许盈余，我心有不忍才打消了这个念头。"

伍声雷说："老爷，咱们换个法子也行啊！请您把缩减规模的念头打消了，考棚还按原设计规模施工，增加的两千两银子由俺俩出面募筹，这样轮到各家就是六七两银子的回合，似乎也不是额外负担。其余五千两亏空，按您的法子与钱庄当铺借贷筹措可好？"

安亭公沉吟了片刻，才心有不忍地说："伍先生，经你这么一说，倒也不失为一个缓解的法子。可咱们必须说定了，这笔银子算是衙门里向大家暂借，三年后再从各家缴纳的厘税里抵减，只是不计利息罢了。这样我这里再填上五百两银子，拢共再筹一千五百两就够了。"

伍德声忙道："老爷，您一年俸禄不足百两银子，除养活一家人外，还要支助鳏寡孤独,肯定是入不敷出,哪里还有多余的银子施捐?"

安亭公道:"实不相瞒,这可是皇上前年赏的那一千两内帑银的结余,只是为了让以后的考生们沾点儿皇恩喜气讨个吉利罢了,并非在下显摆施捐。"

二人知道这是老爷掩盖自己捐银的托词,但见他说得那么自然贴切冠冕堂皇又无可辩驳,不禁一阵唏嘘不已!

他俩离开衙门后便来到文庙,只见三间大殿里挤满了祈祷纳福的应试考生和他们的家人。每年考试结束发榜前,这里比过年还热闹,已经是常态惯例了。

伍声雷只一眼就在人群里瞅见了"广德诚"钱庄东家方鼎臣和几个买卖字号的东家掌柜,也领着自家的崽娃挤在人群里等着上香。等他们出来时,伍声雷便将他们领到西厢房里与之说:"早饭后俺俩去衙署请见了老爷,说起今年考场拥挤的乱象弊端时,便趁势建议盖个宽敞的考棚,以解此燃眉之需。谁知他也早有此意,而且已经选中了场地并绘出建筑平面草图,只是苦于没有银子无法实施。"接着便把他俩与安亭公商讨如何筹措银两的过程和盘端出来,征求他们的意见。

"广德诚"钱庄东家方鼎臣忙说:"今年我送娃崽考试时,目睹了考场拥挤不堪的乱象。这个考棚不仅要盖,而且要盖得体面气派,才能对得起子孙后代,它不仅是耒阳的文化标志,更是咱耒阳人的精神风骨。只要老爷首肯允准了,所需用度无论多寡,就由俺向各家商户募捐筹措,还能让老爷自掏腰包吗?咱'耒牯子'可丢不起这个人。"

他说完后左右环顾了一下,众位东家掌柜们立刻击掌附议。

伍声雷苦笑着说:"老爷已经咬死了,募捐筹银只需一千五百两,而且说好了是借,你这样大包大揽,他绝不会同意,不妥!不妥!"

众人听得一时无语,只愣在那里发呆,方鼎臣忙不迭地问道:"那你说个章程,咱们怎样才能替老爷分点仔肩呢?"

伍声雷沉吟了好一会儿才难为情地说:"俺倒是有个法子可以试试,只是招数不甚体面,而且只能私下里运作。"

众人一听忙说:"伍先生,您就别卖关子了,快说吧!俺们急着呢!"

伍声雷道:"募捐银的数额,明面上咱还按老爷核定的数额,筹足一千五百两就行了。当下能做的手脚，就是先与蒯大年私下沟通了，从他那里讨来砖瓦木石材料的用度明细，提前找好顾主下了订单，赶在考棚开工前，将材料源源不断地运到工地上，这样他便没辙了。明里的一千五百两，由俺和谢南辉从士绅乡贤这个群体里募筹，尔等只从商铺作坊这边再筹措五千两就足够材料度支了。这样咱们分头串连私募，等他醒过神来时，生米已经煮成熟饭了。"

众人一听立刻喜上眉梢，纷纷点头说："好主意，就这么办。"于是，他们便分头行动起来。

二月初九那日，安亭公带着喜贵、蒯大年来到城西南隅的积水潭丈量土地面积，他将里正黄树仁召来说明情况，并托他与地主商洽土地置换补偿事宜。

黄树仁一听满心欢喜地说："老爷，这块地就是俺家的原分祖产，本来是块不打粮食的盐碱地，只是荒芜废置了怕乡邻们耻笑才勉强耕种的，如今能盖考棚正好派上用场，您就当是俺们家捐的功德吧！还说什么补偿呢？"

安亭公笑着说："黄里正，这可使不得，凡事得有规矩，回头我让他们测算一下，或置换或补偿，你说个章程。"

第二天一早，喜贵便带着招募来的民工百余人，推着独轮车、抬着箩筐、拉着碌碡来到积水潭，准备填充平整碾压夯实地基。附近的村民们闻风后，便自发地扛着石杵、木杵和铁锹、镢头等工具自动加入，施工人数陡然增加到五百多人。这样工程进度骤然加快了数倍，原计划半个月的工程，只用了不到三天便完成了。

其时方鼎臣寻了个由头，把伍声雷和蒯大年请到和顺饭庄喝酒叙话。席间，他委婉地将自己的初衷与之说明，并请他提供材料数额尺寸明细。

蒯大年吞吞吐吐地说："这材料明细单子俺已交给老爷了，好像他已订货下单了。"

方鼎臣一听就急了，连连叹道："这可如何是好？"

谁知伍声雷却诡异地笑着问道："这材料供货的顾主你可知道是哪家吗？"

蒯大年应声道："这些供货顾主都是俺提供给老爷的，能不知道吗？"

伍声雷忙道："这样更好，你只给俺们开个明细，剩下的事你就甭管了。"

送走蒯大年后，伍声雷才道出实情："这样更省事，咱们只循着这个明细单子，找到供料货主预先把银子支了，岂不更省事吗？"方东家这才恍然大悟了。

二月十六安亭公亲自主持了奠基仪式，部署考棚修造开工，他令喜贵担任施工总管，蒯大年任工程总监。

蒯大年人称蒯鲁班，是前朝永乐年修造紫禁城的总设计师蒯祥的十三世嫡系后裔，时年仅四十八岁，正值年富力强。其工程设计施工手段，自然承袭了先祖遗风，无论宏观统筹布局还是砖雕木刻彩绘，技艺精湛誉满江南。只因二十一岁那年，他独自领工修葺江南名胜岳阳楼而使之名声大噪。如今江南许多经典的寺庙道观名楼殿宇都是他主持设计建造的，无一不是传世之作。

安亭公与之同庚又很投缘，他每到工地，必与其互相切磋探讨研究促膝长谈。一段时日后见其勤谨朴实，便专权专用委以重任，喜贵只负责材料供应、工钱结算和工匠伙食。

蒯大年见安亭公对他如此信赖，便越发舍了命地昼夜操劳，由是工程进度突飞猛进，建造工艺更是精湛绝伦，到九月底时房屋主体已经完工。这时伍声雷及时送来了募捐银一千五百两，安亭公核实预算开支时，见如此浩大的工程，至此仅支付了三千多两银子，而且多是工匠伙食薪酬度支，砖瓦木石这些大宗建材，除开工时预付的五百两定银外，再无毫厘支付，便将喜贵召来询问。喜贵道："禀老爷，这段时日俺只顾忙了工程零星材料，主要建材货主尚未催讨，竟把此事遗忘了，待俺抽空核实一下吧！"

安亭公愠怒道："你糊涂啊！但凡衙门官署的工程用料，哪个不识相的主顾胆敢上门催讨索逼呢？咱们可不能倚官仗势恣意耍横啊！"喜贵一听连声诺诺。

十月初三那日，喜贵来到衙署二堂，小心翼翼地给安亭公禀报："老爷，前两日我到乡下走了一遭，各供料顾主们齐刷刷的一个口径说，广德诚钱庄的方东家已将材料银子提前预付了，咱们只管使用就行了。"

安亭公遂令喜贵亲自去将方鼎臣请来询问。谁知，半个时辰后，喜贵回来禀报："钱庄掌柜周广银说，方东家已于半月前南下广东韶关，打理那里的生意去了，估计一时半会儿回不来，行前只留下一张募捐银两的计开明细。"

安亭公接过来细看时，只见方鼎臣捐银五百两名列榜首，其余三百多家钱庄店铺酒肆作坊名列其上，或三五两或三五十两不等，累计五千两整。末尾两行蝇头小楷掷地有声："老爷解囊修建考棚，鼎臣闻之不胜赧颜，经与各商铺酒肆作坊财东们合议，众筹私募五千两以尽绵薄，恳请悉数查收。"这时他才明白了原委，虽然心里着急却又无从下手，于是只好就此作罢，心里想着等见到他时再作了断。

午后，安亭公来到考棚工地对蒯大年说："蒯师傅，按这个进度，明春考试时就能用上考棚了？"

蒯大年说："老爷有所不知，这主体完工了才一半的工程，剩下的都是细慢活儿，满打满算剩下的日子还有四个月，而且昼短夜长，白日里能做营生的时间也就四个多时辰。我琢磨着铺地抹墙粉饰的工程可以挑灯夜战，好在室内营生没有刮风下雨的顾虑，这样铺排好还是可以挤些时间。俺知道您着急使用，正准备着增加人手撵赶工期，过年时休上三天假，只要铺排得当，正月底就可告竣了。"

安亭公听后连连道："蒯师傅果然思虑缜密，你只管好工期质量就行了，其余的事让喜贵多操心。"

他临走时特别叮嘱喜贵道："一应工程大小事务均由蒯师傅做主，你的材料供应别挡了他的手，在此期间一定要把工匠们的生活安排妥了，隔三岔五要有鱼或肉改善伙食，千万别亏待了受苦人。"

腊月二十三小年那天，喜贵把大家的工钱结到年底悉数发放。饭后放假半天，让他们把工钱送回家中安排购置年货，晚饭时众人便陆陆续续地赶回来了。春节时只放了三天假，正月二十四全部工程顺利告竣。

正月二十五一大早起，安亭公、蒯大年领着米县丞、朱主簿、喜贵和伍声雷等耒阳士绅乡贤一干人，来到考棚院验收。

安亭公喜气洋洋精神焕发特别高兴。当众人来到大门前时，只见二尺高的青石台基上，一座宽一丈二尺、高一丈、进深五尺的跑马门楼飞檐斗拱傲然挺拔，湛蓝色的筒瓦前后出水一波三折，九寸高的脊梁上四只跑马走兽相背翘首，滴水瓦当前后门檐蓝白彩绘，嵌着黄铜兽环铺首的朱漆大门，四角包着云纹图案的熟铁叶子。门前台阶上耸立着一对三尺高的乌青石狮，直径尺余的抱柱上瓦面楹联耀眼夺目：寒窗苦读十年磨利剑，蟾宫折桂一朝跃龙门。

大门正前丈八之地，巍然耸立着一座高八尺、宽九尺的砖雕照壁，壁面镌刻儒学圣贤孔子韦编三绝图。五尺高的青砖院墙坐落在一尺八寸高的青石地基上，把考棚院围得严严实实。

步入大门下了台阶，左右两处四合考棚院，置考棚三十二间。

中轴线上三尺六寸宽的鹅卵石甬道直通大堂，前行一丈八尺立仪门一座，两边抱柱上的楹联，掷地铿锵豪气穿云：

俯仰无愧天地，

褒贬自有春秋。

左右两通三尺宽、六尺高的青石碑，左手碑面是安亭公亲笔撰书的《考棚记》碑文：

岁科两试，必由州县考校录送，盖即古乡举里选之遗意，故设考棚以校士，各州县俱有之。耒邑于衡称繁剧，其人文亦彬彬焉，而考棚独阙，每当季考，咸就县署；一切需用什物，应试者俱自行备办，皆以为不便；且于关防之道，亦有未密也。历任者胥计及之，然筹诸筑室，道谋而已。癸丑春，余再莅此土，乃合邑士庶谋，因得地于城西南隅，计东西二十八弓，墙外各留地七尺，南北五十六弓，前后俱抵古道。爰鸠工庀材，构造后堂一栋，左右横屋二栋，大堂一栋，东、西场共四栋，仪门、头门各一；横屏墙及器用等项，位置得宜，取资俱足。耒阳之有考棚，盖自此始。斯亦可以俾应童子试者，呈材效技千风藩寸晷中，当不致自备什物之繁，而于关防取士之法，亦较严密矣。虽然，事有始必有终，后视今安知不如今视昔。吾犹望夫嗣而葺之者，庶几斯棚之不朽也。

乾隆五十九年铭文谨记

考棚设计大工匠蒯大年

布施筹银经理伍声雷，协理谢南辉

右手碑面是耒阳士绅乡贤、店铺字号布施花名。

进入仪门，左右各有宽五尺、长一丈的椭圆弯形沼池，左曰鱼池，寓意鲤鱼跃龙门，右曰蟾池，寓意蟾宫折桂。

两边各有考棚两排十四间，计二十八间。

沿着甬道往里五丈,二尺高的青石台基上,便是三间四楹的硬山厅堂,面宽三丈六尺,进深一丈五尺,高一丈二尺,庄严巍峨气势恢宏。正门两侧朱红漆底金字楹联,耀眼夺目熠熠生辉:

　　春风大雅能容物,

　　秋水文章不染尘。

穿过厅堂下的台阶,左植寒梅数株,右栽绿竹一丛。走尽末端才是三间四楹的后堂,堂前楹联:

　　暗香盈雪醒诗梦,

　　竹叶浮烟荡俗尘。

左右侧门又是两个考棚院,计有考棚三十二间。六院四排共计前后厅堂六间,考棚九十二间,内外楹联均为安亭公亲笔撰书。

直到晌午时分工程验收才告结束,众人看得眼花缭乱欣喜若狂,对蒯师傅精美绝伦的构思和精湛的技艺赞不绝口,纷纷拱手抱腕,盛赞伍声雷、方鼎臣等名士商贾募集筹资的善行义举。

伍声雷朗声曰:"为盖考棚院,老爷把皇上赏的养廉银子捐了五百两,是他的人格魅力感染了乡贤士绅,老爷才是修建考棚院的第一功臣。"

安亭公谦谦地说:"我是职责所在箭在弦上不得不发,唯伍先生、方东家、谢先生和蒯大师才是第一功臣。这个考棚一次可容纳五六百个考生,嗣后,再也不会为每年的考试发愁了,平时也别闲着,可以做学宫。待我得空了去青麓书院,请文廷云山长推荐几个饱学硕儒任教,凡县考录取的文廪生均可在此继续深造。十年后从这里走出来的不仅是贡生秀才,亦不乏举人进士,这里就是咱们耒阳文士才子的摇篮。"

安亭公说得眉飞色舞,众人听得喜上眉梢,大家都为他的深谋远虑深深折服。

乾隆五十九年二月初二,童生考试便在这里举行,考场里鸦雀无声秩序井然,往年的混乱不堪已然消失殆尽。

二月中浣县考结束,安亭公择日亲往青麓书院,专程拜访了文廷云山长,文先生获悉耒阳考棚业已告竣,又闻安亭公欲办学宫时,遂大加赞赏道:"安亭先生,你可为耒阳的读书人做了件功德无量的善事,此举必将载入史册!"而后,欣然为之遴荐了四名饱学硕儒。

安亭公返回耒阳后,便夜以继日谋划筹办学宫招生事宜,明确规定凡县域内获得文廪生资格的生员均可报名。三月初三开学时,已经招得往应届文廪生六十余名,他亲自主持了开学典礼,耒阳学宫正式启动了。

【方言注释】

① 叼马子:勾搭女人。

② 圪弯:卷曲。

③ 童男童女:纸扎的侍男侍女。

第十一章　辰沅兵备副使

乾隆六十年五月初，在稻穗扬花的时节，安亭公收到长子士骧报喜的家书："承蒙父亲早晚教诲，孩儿有幸得中今科乙卯乡试第六十名举人。"

安亭公读罢不禁喜上眉梢，他掰着指头数了数，士骧是乾隆三十三年生人，眼下也已二十七岁了，这个迟到的功名，虽不尽如人意，但也总算是出人头地了。回首往顾，自乾隆四十六年自己踏上仕途后，士骧便扛起了他这一支脉的门衍差事。时年仅十三岁的他，读书之余还要替母亲分担家务侍奉祖母，仔细想来也真难为他了，此时一种莫名的愧疚顿时涌上他的心头。但他只沉吟了片刻后，便给士骧回了一封情真意切的勉励信："欣闻吾儿今科乡试得中，父心甚慰不胜欢愉，冀希吾儿不可偷安窃喜，当再接再厉一鼓作气蟾宫折桂。大丈夫生于天地间，当以立身庙堂为国分忧为己任，此生足矣！"书毕封缄，正要派人送达驿站传寄时，突然想起今年春节时，因忙于考棚彩绘工程验收等诸事，竟未给家里寄过贴补银两，于是便与朱主簿商借了二十两银子，才派喜贵将信札银两一并送往驿站邮寄。

五月十六日，忽然接到长沙抚台衙门的紧急行文："耒阳知县阎广居，兹因永绥、乾州、凤凰三厅苗人叛乱，军机处急令湖广总督毕沅组建湘西剿匪大本营，同时成立辰沅兵备道。经道台徐文昌举荐，任尔充当副使协办军务。耒阳知县暂由正黄旗监生张曾良署理。情势所迫十万火急，务须三日内交割上任。切！切！"

安亭公接到行文后，才知道长沙提刑按察使徐文昌大人，已调任辰沅兵备道道台了。

原来，湘西武陵山腹地的永绥、乾州、凤凰三厅，地处湘、蜀、黔、桂接壤的西南边陲，域内六七以上的苗人祖祖辈辈居住于此，世代沿袭土司管理制度。直至雍正七年，才在云贵总督鄂尔泰的强势主张下，设立州、厅、县治，推行"改土归流",实行流官直属辖制。随着"改土归流"的广泛推进,大批流官驻军和伐木流民涌入该地,他们仗着手中的权力和阴险狡诈,趁机盘剥鱼肉掠夺苗人的土地和私产,苗民恨得咬牙切齿斥之为"流寇",从而激起当地土著苗人的强烈反抗。如是六十多年来,连续不断的苗民起义频频爆发。虽然很快就被手段强势的地方政府以高压态势围剿扼杀,但这种长期对立潜伏的矛盾,却似干柴枯草,稍有火星便能燃起熊熊烈火。

乾隆五十九年,随着这种矛盾的日益激化,白莲教匪趁机鼓动煽情,终于爆发了大规模的云、贵、湘、桂边陲四省苗民的起义叛乱。湖南境内响应的是湘西的永绥、凤凰、乾州三厅的苗民,他们在白莲教首石柳邓、石三保的蛊惑煽动下揭竿而起,迅速拉起两万多人的武装,占山为王攻城略地,其势如暴风骤雨锐不可当。

苗民起义的消息迅速传到京城,乾隆皇上亲自主持军机处会议钦定,立即成立湘西剿匪大本营,由湖广总督毕沅亲自坐镇调停。同时撤销辰州、沅州二府,改设辰沅兵备道,下辖三厅十七县,湖南提刑按察使徐永昌调任道台,协调粮草军械供应。徐大人虑及此职责任重大,上任前便向抚台姜晟大人呈请调耒阳知县阎广居为其副使。姜大人也深知粮草军械供应是剿匪用兵的头等大事,竟未犹豫便一口应允了。

安亭公领命后丝毫不敢懈怠,立即与新任知县张曾良交割印信,连夜打点行装匆匆上任。

当他马不停蹄来到辰州道台衙门时,徐大人正在衙署焦急地等待,见面伊始便歉意地说:"子仁兄,值此国家多事之秋,我被任命为辰沅兵备道道台,而我对兵事不甚了然,唯恐处置失当,耽误了朝廷的剿匪方略。无奈之下,竟未与你商酌,便贸然向抚台大人举荐你任副使,请你无论如何要助我一臂之力。他日剿匪凯旋时,我自会向抚台大人举荐擢拔你。"

安亭公道:"徐大人,感谢您对下官的信赖,咱俩和衷共济十余年情同手足,更何况值此生灵涂炭之时,岂能斤斤计较个人升迁擢拔利害得失,我愿与您风雨同舟为国纾难。"

安亭公一席慷慨陈词,顿使徐大人面红耳赤如芒刺背,连声道:"子仁兄襟怀坦荡谦谦君子,是我狭隘偏颇了。"

接着徐大人便给安亭公介绍说:"坐镇大本营的是湖广总督毕沅大人,

辰沅兵备道的职守，只是协办军械调拨粮草后勤供给。道台下辖乾州、凤凰、永绥三厅，及保靖、桑植等十七个县。我若在大本营参赞待命时，道台衙门便由你坐镇主持，一切军政要务均可代拆代行，总督授权的令箭就供在大堂上，你只管放开胆子相机处置，差使调遣厅县吏员无须请命。凡有抗命不遵督办不力者，尔可杀伐决断先斩后奏，凡事由我一面承当。值此非常时期，非严刑重典不足以镇摄威服，只不可耽误了剿匪大计，一切都好斡旋。"

安亭公道："承蒙大人厚爱，卑职自会在其位谋其政，既然领了钧命，就得知道职责所在。当下我们这里也是战场。常言道，兵马未动粮草先行，历来打仗拼的是粮草辎重，一旦运输不畅供给滞后，必然贻害无穷。凡事预则立，不预则废，料事于先临事不慌，从现在起咱们就要未雨绸缪。否则，临事失当就会让人牵着鼻子走，与其受制于人，还不如先发制人，反正瞌睡离不开眼里过。当下毕大人麾下统兵两万有余，咱们须按三万人的编制配备粮草军械，千万不可等到迫在眉睫时再去筹办就来不及了。今年梅雨季节虽然延迟，但不会不来。眼下当务之急，便是预备雨季所需蓑衣草鞋雨具，及时预备齐了存放待命似可无虞，免得临事慌张手足无措。真到那时罢官夺爵还是小事，稍不留神军法从事是常有的事。为此，粮草存放要就近设置若干仓库，一旦断了粮草军心不稳打了败仗，毕大人必然会寻找替罪羔羊迁怒于你我。更重要的是士官兵卒在前线厮杀，粮草仓库得有精悍士卒护卫，当下之要是招募乡勇团练守护，粮草搬运须防对方袭扰。自古知兵善战者往往是断其粮道以置其死地，如果有了足够的乡勇团练守护，便可免除后顾之忧了。"

安亭公一席话点醒了梦中的徐大人，他连连称道："子仁啊！这就是我为什么要调你来当副使的缘故。你尽快草拟个实施方案，咱们马上将各厅县衙职司主官召来部署，免得临事抓瞎受制于人。"

安亭公只沉思了片刻，便着手拟就实施方案，并附上一份当下急需筹备粮草器械的明细清单。徐大人览罢，便连夜差人通知各厅县署衙职司，十八日午后准时赴道台衙门议事。

徐大人亲自主持了议事会，他首先通报了当前剿匪前线的严峻情势，永绥、凤凰、乾州三厅是匪患猖獗之地，各厅、县职司务须全力以赴同心配合，任何人不可玩忽职守，否则以资匪助敌罪议处。值此非常时期，凡蔑视僭越者辄以军法从事，议事会一开场就把众人带入紧张的气氛中。

接着由安亭公分发布置差事,十日内速备蓑衣三万袭,永绥、凤凰、乾州每厅二千袭,其余大县一千二,小县一千。草鞋五万双,每厅四千双,大县二千二百双,小县二千双。运送粮草车辆三千乘,配置苫盖雨具三千袭,每厅三百乘,每县一百二十乘,十日内备齐听令征调。夏收纳粮就地存储,随时等候就近征调,派遣民夫修桥补路,及时保证运输畅通。

招募乡勇团练两千人,每厅二百人,每县一百。团练乡勇战时押运粮草,平时训练巡逻守卫粮仓,联防统筹由道台衙署统一调遣,一方有难八方驰援。此外再从中精选青壮猎手二十余名,深入匪区收集情报,设置快捷传递途径,为各地兵营输送匪情动态情报。在关隘要道设置隐形烽火台,收集储备艾蒿、狼粪若干,一旦发现匪情动态,随时点燃烽火传递警报。

安亭公部署停当,站起身来迅捷朝全场扫了一眼,而后操着浓重的山西官话,斩钉截铁地说:"各位同僚们可听好了,今日派遣的差事便是军令。十日后我自会派人分头验收,凡敷衍搪塞玩忽职守者当以军法论处,届时莫怪本官铁面冷酷手下无情。"说着朝着大堂上的总督令箭狠狠地盯了一眼,众人面面相觑一片肃然,诺诺领命而去。

这些厅县职司官吏对安亭公之前在常宁、慈利、耒阳扫黑除霸剿匪治盗的雷霆手段,早已如雷贯耳。今日只是初次谋面,但见这个精明干练的山西佬,冷酷无情不怒自威,果然是个厉害的狠角色,不由得已是汗流浃背了。于是,匆匆退出大厅连夜返回署衙尽气卖力地操办去了。

待众人走后,徐大人笑着说:"子仁兄,只你那副冷峻深邃的铁面孔,就能把人唬得心惊胆战了,连我这个曾经执司刑杀的臬台,也是脊背阵阵发凉,今天可真领教了。"

安亭公讪讪一笑道:"大人有所不知,值此非常时期,还真来不得半点儿马虎,既然总督大人授权了,咱们何不狐假虎威一回,你现在和他们客气了,到时违了军令,总督大人可对咱们不客气。所以不如当下先唬住他们,小心翼翼地去办差,届时皆大欢喜得好。"

徐大人连连说:"对,对,你说得很对,看来你这个副使我是选对了,否则我可真不知道该如何上手了。"

五月底时,迟到的梅雨果然来了。连着五六日雾霾,天阴沉沉的,淅淅沥沥的小雨不紧不慢地下着,山谷沟壑河川原野,静静地笼罩在浓浓的云雨中。安亭公掐算了一下日子，任务已经下达七八天了，于是便派了九个胥吏差役冒雨分头到各厅县核实差事的完成收缴进度去了。

其时剿匪大本营已经推进到苗疆边墙的乾州城，官军也已占领了保靖、绥靖、永绥和松花厅的几个重镇，把苗匪挤到附近的望高岭、腊尔山、老凤山、雷公山据险而守，官军与之犬牙交错游击对峙。那些亡命之徒们被逼无奈，便时不时地冒死下山抢粮抓夫。

三日后，道台衙门收到大本营传来督宪钧令："着辰沅兵备道，速备蓑衣二万五千袭，草鞋二万五千双，十日内解交乾州大本营，违令者军法从事，切，切。"

此时派出去的胥吏差役们刚好返回缴令，各地均已备齐雨具器械静待收缴。

于是，安亭公便派了两个胥吏奔赴乾州、凤凰二厅传谕，令他们将收缴的蓑衣、草鞋打包装车派员押送至永绥，解交当地驻军职司。又派了十名胥吏差役，手执道台衙门的行文分赴各县督促，将收缴的雨具器械直接送往乾州，务须七日内解交大本营。

而后安亭公带了两名胥吏，骑快马抄小路直达乾州大营，现场清点边收边交。待交割完毕校尉如实进帐禀报后，毕大人愤愤地将安亭公传入帐内厉声喝道："阎副使，虽说你交差提前了一天，却为何蓑衣少了一千袭？"

安亭公立即下跪小心翼翼地答道："制台大人有所不知，我这次派遣各厅县的蓑衣是三万袭，草鞋五万双，我恐大营人手不够来回折腾，遂先期派人将乾州、凤凰、永绥三厅的蓑衣六千袭，草鞋一万二千双解交永绥军营了。"

毕督宪一听大喜过望，立即走下堂来亲手将安亭公扶起来说："阎副使快快请起，本督不明就里错怪你了。"

随即吩咐帐前赐座与安亭公叙话："子仁啊！说来也是本督疏忽了，我只以为去岁秋涝一冬无雨，今年的梅雨会延至秋后。谁知这不期而至的雨季猝然降临，倒使本督手足无措了，故未加深思，便强令尔等十日内送来雨具器械。这火烧眉毛的差事，且不说加工验收需要时间，光运送交割恐怕没有七八日也不行。但将士兵勇冒雨打仗我又于心不忍，值此进退维谷，你竟能提前置齐，而且还将大部分送到前线营房，不知足下是如何办的差事，我倒有

391

些困惑了。"

安亭公道："大人过奖了！下官到任后便考虑到，今年梅雨季节虽然来得迟，但一定要来。于是，一到任上便将蓑衣和草鞋的差事先行派遣下去，且虑及雨季行军打仗一双草鞋似有不够，便酌情双份派遣，大人令到之日，已经验收待命了。"

毕大人道："足下真有王佐之才，怪不得皇上那么欣赏你，这样的能员干吏谁不喜欢呢？我现在突然有个不情之请，想把你调到帐前参赞军务，不知足下意下如何？"

安亭公沉吟了片刻道："承蒙大人厚爱，卑职不胜感激。只是下官纳谋，这打仗打的是钱粮军需，我把这些差事办理妥当，便是替大人分忧了，反而比留在军前效力更实在。"

毕大人忙道："还是你虑事周全，等剿匪结束后再擢拔吧！"说着吩咐厨下备饭，亲自陪着安亭公吃了午饭，才打发他返程上路。

安亭公回到辰州道台衙门时，已是三更天了，徐大人还在签押房里焦急地等他归来，一见面就急切地询问："子仁兄，为何迟至现在才姗姗归来？莫非是少了器械误了缴期，总督大人难为你了？"

安亭公笑着道："非也！大人多虑了，只因雨械交割多出若干，更加缴期提前了一天，毕大人欢喜犒赏酒饭才延迟了返回时辰。"

徐大人大喜道："子仁兄，若非你有先见之明提前做了准备，恐怕我这会儿已被毕大人军法从事了，在下真不知该如何感激你了。"

安亭公道："徐大人，当下咱俩已经坐到一条船上了，还分你我吗？"

徐大人道："待这次剿匪凯旋后，下官向中丞大人保举你留在这里做道台吧！这帮人你能镇得住，以你的才气胆识也早该擢升了。"

安亭公道："徐大人，我只想为国分忧做点实事，并无升迁擢拔的奢望。"

徐大人道："子仁兄，好铁应该放到刀刃上，我这可是为国举贤，并无半点私情杂念。"

安亭公道："徐大人咱俩相交多年情同手足，但同在一个衙门里共事还是头一遭，只我这人心直口快不会掩饰，倘有言语不当行事冒失之处，还请大人多多海涵。"

徐大人忙道："子仁兄，你过虑了，我一路走来，只在州县府衙履职，却从未经此征敛调度催讨索逼的差事,这次任职辰沅道台,也以为只是个筹办粮草派遣供给的总提调而已。谁知,里面竟有这等纷繁复杂的弯弯肠子,倒教本官望而生畏了,这样就不得不倚重足下。嗣后,凡事只需你认为可行的,便以道台衙门的名义上传下达,不须请我示下。"

安亭公道:"大人客气,本末不可倒置,些许小事我自会临机处断,大事裁夺还须大人示下。这两日我欲到各厅县督促一下乡勇团练招募和情报搜集传递的琐事,大人留在署衙里坐镇调停几日可好?"

徐大人道:"你这段时日调度收缴解交粮草雨具器械也够劳乏了,还是我下去查检吧。"

安亭公道:"大人是主官,留在衙署里坐镇为好,这些差事我熟悉。"

第二天一早,安亭公便带了一个胥吏两个亲兵到了永绥厅。此时已是擦黑时分,不停的小雨一阵紧似一阵,知府莫荣亭退衙后正在更衣洗漱,忽听门役来报:"辰沅道副使阎广居大人造访。"

莫大人急忙换上官服打开中门迎接,只见安亭公头顶斗笠身着蓑衣脚蹬草鞋手执马鞭,正在台阶上来回踱步,两个亲兵胥吏也是身着蓑衣草鞋牵马候在阶下。

莫知府赶紧上前施礼寒暄:"大人莅临敝署,也不事先知会一声,这淫雨霏霏的暮夜,让您候在衙前淋雨,实在是下官的罪过!罪过!"

安亭公道:"如今战事紧张,哪里还顾得了这些繁文缛节,在下不期而至,搅扰!搅扰!"

莫知府忙道:"大人襟怀坦荡胸藏经纬温文儒雅,下官仰慕久矣!若非战事紧张职司所系,在下还纳谋着何时能到署衙聆听讨教呢。今天莅临,真乃天赐良机也!"说着便令仆役引领胥吏差役至前卫厅安置,传令厨下立即造饭,自将安亭公迎入内堂洗漱更衣。

安亭公忙道:"莫大人,只简单些弄点儿热汤干饭,能填饱肚子就行了。"

莫荣亭素闻安亭公尚俭厌奢不喜铺张,便叮嘱仆役道:"但听阎大人的吩咐,简单弄几个小菜下饭就行了。"

待仆役退下后,安亭公洗漱毕换了一身干净衣服,便和莫大人叙起话来。安亭公歉意地说:"莫大人,上次在道台衙门布置差事时,在下态度生硬似有不近人情,还请足下见谅!"

莫荣亭道:"大人多心了,我知道您并非寡恩薄义之人,可如今身负重任又值此非常时期,岂可敷衍含糊马虎行事,稍有闪失便是军法处置,在下心里明白着呢。"

安亭公道:"难得莫大人理解就好。下官此行主要是查检乡勇招募和情报刺探传递的事,不知莫大人是如何铺排的呢?"

莫荣亭道:"自那日从辰州领命回来后,我便知道此事干系重大。故而丝毫不敢懈怠,立即着手招募乡勇二百人,从绿营中抽调精悍官佐三人,担任把总教官日夜训练,当下已能守城巡防了。又从中挑了两名矫健猎手,派遣到苗匪集结占领的山林附近,以狩猎采药的名义,捕捉苗匪行踪动向。又在各堡寨关隘择山头高地,修筑隐蔽烽火台十余座,每座配备乡勇六人日夜轮流守候,一旦发现匪徒下山抢劫,及时点燃烽火,引导官军围追阻击。"

安亭公听完后说:"若莫大人所言不谬,自然是天罗地网铜墙铁壁,明日我等前往察看便一目了然了。"

此时仆役已经端上菜来,竹笋腊肉、薤头咸菜、清炖鲢鱼汤,莫大人说:"胥吏兵卒已在前厅就餐,咱俩就在这里用吧。"说着上了一坛老酒试探地说:"阎大人,这梅雨下得让人心烦,少酌几杯解解乏吧,反正今夜也没事了,喝完酒睡觉正好。"

安亭公听了莫大人的简单汇报,心里正欢喜着,便点头应允道:"咱俩一人只喝一碗,剩余的送到前厅,让娃儿们也喝点暖和暖和。"莫大人满满斟了两碗,便吩咐仆役把剩下的酒送到前厅,一人盛了一碗米饭,边吃边喝边聊起来。

翌日天明雨停了,莫大人陪着安亭公一行,踏着泥泞来到城西营房的校场上。其时乡勇们正在分头操练擒拿格斗,他们见莫知府陪着阎大人前来视察,似乎劲头更足了,但手脚明显生疏迟滞慌乱笨拙。

安亭公便对莫知府说:"莫大人,新招的乡勇,最好的训练方法是把他们和绿营兵交叉编队,以老带新效果以要好些,待训练成熟了再分开编队,否则,一旦有了战事不能独当一面。"

莫大人恍然道:"大人此法最妙,我怎么就没有想到呢?"说着便把绿营管带陶大志和乡勇把总召来,令其按安亭公的吩咐立即交叉编队。

离开校场后,莫大人领着安亭公连着爬了几座山包,查检烽火报警设置。大部分烽火台都修筑在山包之巅,虽然台顶盖着蓑衣可以防雨,但连日来阴雨连绵,艾蒿、狼粪早已受潮,真有匪情根本不能点燃。

安亭公便沉下脸来说:"莫大人,燃料受潮了,烽火台就形同虚设,得赶紧把地下挖空支上炕洞,通风透气才能防潮。受潮的燃料立即烘干重新填充才能使用。"莫大人当下羞得面红耳赤,立即吩咐随行的把总如法照办。

而后带着莫大人直接去了前方剿匪营帐,造访了围山管带房胜勇,把猎户侦探情报和烽火报警的事,当面向他做了交代。房管带兴奋地说:"我们正发愁这初来乍到两眼一抹黑,情报闭塞了无法行动,如今有了本地猎户的配合,就放心了。"随即与莫大人交换了意见,并表示:"一旦发现烽火报警,我们一定会在最短的时间内,派出精悍的部队配合地方剿匪。"并当即答应交割永绥厅可以武装二百乡勇的刀枪兵器,莫大人顿时高兴得眉开眼笑。

在营地吃过午饭后,安亭公与莫知府分手,北上绥靖镇。如是这样,待二十个厅县查检部署结束,回到辰州道台署衙时,已是七月底了。

待到十月底时,长沙抚台衙门突然发来紧急行文:"近日贵州小竹山教匪流窜至芷江作乱,声势浩大从者甚众,当前县城已陷贼众包围之中,知县樊桐已化装布衣逃遁。中丞大人钧命并报吏部待核,着辰沅兵备道副使阎广居任芷江六品知县,文到之日即行赴任。"

徐大人收到行文后,立即将安亭公召来,一脸茫然却又无可奈何地叹道:"子仁兄,别人做官是一步一个台阶,你这可好,不见升迁反而倒是降职了,唉! 我都替你抱不平了。可官场从来就是这样,鞭打快牛能者多劳,像你这样的能员干吏,太平时节擢拔升迁轮不上,遇事救急第一个想到的就是你,谁让你是能够独当一面的能员干吏呢? 只是你这一走便折了我的臂膀,叫我如何能挑得起这千斤重担呢? 好在这半年来,在你的精心铺排下,乡勇团练情报侦探和烽火报警诸事已落到实处,咱们各自珍重吧! "

安亭公道:"徐大人,这也是没法子的事,只是我这一走,你肩上的担子更重了,临行前我想给您提个醒,值此战乱时期,一定要谨小慎微,凡事未雨绸缪把握主动,千万不可让人牵着鼻子走啊! "

徐大人立即站起来拉着安亭公的手说:"子仁兄,当下芷江已是一片废墟,那里更是战场,凡事思虑周全小心为上,千万不可为逞一时之勇,不避刀斧置身险地,咱们兄弟来日方长。"说着二人洒泪而别。

第十二章　芷江剿匪

芷江地处五陵山系南麓，云贵高原东延地带，东邻中方、鹤城，南接洪江、会同以及贵州省得天柱县，西连新晃县，北界麻阳、铜仁二县，素有"滇黔门户，黔楚咽喉"之称。自汉高祖五年置县，史上曾六度为州府治所，古属五蛮之地。域内溪网密布河流纵横，山岗丘陵环抱，土地丰腴物产富饶，人口稠密族群繁茂，苗、侗、汉、瑶、白、回和土家人杂居其地，其中十之六七为苗、侗和土家族人。

自古以来，藩篱界畔争议持续不断，族群械斗已然成风，民族矛盾复杂尖锐而敏感。历史上无论是大一统的王朝政府，还是地方割据的小朝廷，都无法在此推行郡县治理，只能无可奈何地沿袭前朝的土司制度授权管理。

这样在漫漫的历史长河中，任凭世间风云变幻朝代更迭，王权易主像走马灯似的，换了一茬又一茬，你方唱罢我登场，这里依旧风雨如磐家传世袭，推杯换盏子承父业。待到新朝即位时，免不了遣使贺表纳贡称臣，而后册封授权颁发印信。世上已千年，我家才数月。

追根溯源，这种封闭的土司制度起源于公元前二百二十一年。雄才大略的始皇嬴政剿灭山东六国统一中原后，在全国推行郡县管理制度。而对鞭长莫及的岭南及其他边远地区，只能利用少数民族中旧的贵族势力，实行土司管理，形式上土地和百姓归属土司政权管理，经济上维持原有的生产模式，从而满足王朝政府征缴赋税称臣纳贡的需求，以维持大一统的帝国统治。这种无可奈何的权宜之计，也只是中央与地方各少数民族统治集团之间，互相合作又钩心斗角的一种妥协制度，竟然沿袭了两千多年。

其间，地方土司政权发生族群内斗杀戮更迭时，王朝政府也是听之任之从不干预，只待暴乱平息后，再履行封爵授权予以认可。这些土司政权一旦地位稳固后，便实行家传世袭子承父业，俨然国中之国。他们为了巩固自己的封爵世代沿袭，便刻意拉拢地方豪强封锁王朝政令，处心积虑地屯粮养兵自成体系，以长期割据一方与王朝政府分庭抗礼。而历代王朝政府为了加强中央集权，巩固少数民族地区的政令一统，也常常是采取拉拢利诱的手段绥靖安抚。地方各级土司为了巩固自己的既得利益，也适时称臣纳贡讨好王权，以此求得彼此长期相安无事。

土司统治发端于秦汉，完善鼎盛于宋元，戛然截止于清中期。湘西永顺彭氏土司始于五代，至后梁开平初年，彭瑊联合地方蛮酋，以武力统一了溪州后，被后梁小朝廷授予刺史。其管辖范围涉及湘、鄂、川、黔、滇陲的五溪二十州。后梁小朝廷适时给彭氏及其所属的州、溪、洞，分别分封刺史、宣慰使、宣抚使、土知州、土巡检等大小不同的官职，使之成为彭氏政权在溪州的一世土司，芷江便是其治下的县域。后梁开平四年，彭瑊战死疆场，其子彭士愁顺理成章地接任溪州刺史。

雄起于白山黑水之间的大清王朝入主中原后，为了巩固完善中央政权，稳定西南边陲，抗击北部沙俄入侵，仍沿袭了土司制度，以维持暂时的皇权一统。康熙十二年，西南云贵的吴三桂、福建的耿精忠、广东的尚可喜三藩作乱，直至康熙二十年才得以平息。之后孤悬海外的郑经企图裂土分疆，收复台湾战争又持续了三年。嗣后，蒙古噶尔丹在沙俄的怂恿下，妄图割据西北称雄漠西，统一蒙古各部，与清廷一决雄雌，为此康熙御驾三征讨伐，战争又持续了十五年。凡此种种不一而足，严重地束绑了朝廷的手脚。雍正七年由云贵总督鄂尔泰奏议，才将"改土归流"正式提上朝廷的议事日程并付诸实施，其艰难曲折由此可见一斑。

雍正七年，溪州末代土司彭肇槐，顺应历史潮流自动献土，带着他的世族子孙黯然离开溪州，回到祖籍江西没落定居。这样延续了八百一十八年的溪州土司政权，才退出历史舞台。

然而清政府派遣的流官接管政权后，并未贯彻朝廷既定的政治策略"循序渐进，宽柔抚慰"，而是恶意增加赋税兴派徭役，大大小小的地方官吏们恣意妄为贪墨成风，更兼绿营驻军肆意抢掠民间财物，从而激起当地土著民的强烈不满，这样便给他们反抗叛乱制造了无可厚非的口实。那些已被褫夺爵位的土官们本来就心有不甘，当时只是慑于政府的高压态势，不得已而表面屈从隐忍，虎落平阳潜伏爪牙忍受。

乾隆登基后,政府为了加强赋税征缴,实施土地兼并高度集中,数以百万计的自耕农民,被迫离开了他们祖祖辈辈赖以生存的热土,大批涌入云、贵、湘、鄂边陲的原始森林,垦荒伐木以为生计,致使这里的人口急剧膨胀。而政府派遣的地方流官,不仅没有因势利导正确梳理,反而趁机攫赶驱逐盘剥渔利。于是,便激起流民人众更大的强烈不满,民怨民愤似干柴枯草烈火烹油。

乾隆五十七年,河南白莲教支派混元教首领刘松起义失败,他的弟子刘之协、宋子清等人迫于无奈,千里跋涉逃亡到西南边陲的少数民族地区传播邪教,以发展信众教徒再举义旗。

他们来到贵州小竹山时,很快便与当地的土知州魏虎等人勾结在一起。魏虎因朝廷强制推行"改土归流",使他失去了世袭的统治地位,本来就心存不满,这时突然来了一群能给官府制造麻烦的白莲教传教士,他便立即奉其为上宾并不失时机地供给钱粮与之联手,企图借尸还魂东山再起,挟匪自重与朝廷分庭抗礼。

刘之协和宋子清见此天赐良机自然喜出望外,便踏踏实实地安营扎寨在这里。白日里到周边山寨蛊惑煽动民众,夜晚游走于流民棚户区,传播邪教发展信徒。这样不到三年的光景,便发展教徒信众十万余人,其声势浩大气焰嚣张已成气候。

二人见此情势心中狂喜,审时度势后,便决定把小竹山作为大本营,由刘之协在此坐镇调停,宋子清则北上湘西开辟新的领地,以造成南北遥相呼应之势,只待时机成熟时,在黔、楚边陲发动局部起义,而后逐步蚕食连成一片。

宋子清领命后,便立即带了数名手足亲信,秘密潜入晃州大洞坪,与当地削职的土知州柴士信一拍即合狼狈为奸,不到三个月又发展了信教徒众数万。宋之清遂从中遴选了五百名精壮信徒昼夜训练,谋划武力夺取芷江县城,以为湘西立足之地。柴士信见状便将自己当年"撤土归流"时隐藏下来的刀枪武器悉数与之。时任芷江知县的樊桐,见匪众来势汹汹咄咄逼人,既无沉着应对之策,更无血气方刚之勇,顿时惊得六神无主方寸大乱,不得已只好挂印辞官逃之夭夭。

鹤州知府李玥闻报后,连夜召集幕僚紧急磋商并呈报长沙抚台衙门。

湖南巡抚姜晟大人接文后，不禁拍案而起脱口大骂："樊桐这个狗才，竟敢陷一城百姓于教匪的铁蹄下肆虐践踏，而罔顾王法临阵脱逃苟且偷生。"遂令有司衙门立即行文通缉，并派员到广东韶关拘其家人守株待兔。

但惊骇之余，他又陷入如何解此危急的沉思中，只在心里暗自琢磨："值此教匪围城蹂躏生灵的非常时期，谁能担此重任，深入虎穴拯救一城百姓解民于倒悬呢？"

经过一番反复筛选比较之后，突然一个人进入他的脑海，他不禁眼前一亮，觉得唯有现任辰沅兵备副使的阎广居，文韬武略沉稳持重可堪此任。但仔细梳理时，却发现阎广居是今年五月中浣，才因紧急协办军务破格擢任的辰沅兵备副使，时至当下尚且不足半年。其间，毕沅大人曾多次来函赞许有加，似有欣赏擢拔之意。如今贸然将其调离，倘若总督大人垂询时将作何解释？况且还是降格任用，于情于理似有不妥。但当下已是火烧眉毛了，哪里还顾得了这许多？遂自毫不犹豫地发文辰沅兵备道，急调阎广居速赴芷江收拾残局，同时四百里加急呈文吏部报核并发函毕沅大人致歉。

乾隆六十年十月二十六日，安亭公接文后，连夜交割文印便衣乔装潜入芷江。他熟悉情势后，便将县尉姚智勇召来与之计议，立即选拔了五名精悍捕快，混入流民中充当卧底眼线，以侦探教匪的活动轨迹。同时在通往县城的大小要道和关隘渡口，派出乡勇兵丁昼夜巡逻，发现可疑之人即行逮捕甄别，防止细作混入城内刺探情报。而后又呈文湘西剿匪大本营，呈请毕总督调遣三百绿营兵卒，秘密潜入城内隐蔽下来，以应对时有发生的不测。

不待几日，教首宋子清也已获悉阎广居潜入芷江就任知县的消息。他深知其人知兵善战洞悉韬略，文武兼备足智多谋，更兼城坚壕深粮草充足，若其兵民合力据险而守时，正面攻城非数倍于敌的兵力不足以与之争锋，当下却不可贸然行动。于是，便决定改弦易辙，缓以时日再作计议。

经过一番深思熟虑的缜密谋划后，宋子清便将其麾下游击将军古令臣召来嘱托："这阎广居不仅智勇双全奸猾狡诈，而且是久经沙场的老将，咱们虽然人多却是乌合之众，更无攻城攀援的实战能力，岂能与训练有素据险而守的官兵直面争锋？倘若屯兵坚城之下久攻不克，进退失据时必受其害。故而，我欲前往小竹山调兵遣将，以数倍于敌的兵力，争取一战凯旋，免得招来援兵腹背受敌功亏一篑。待我走后，尔可将五百勇士就地分散潜伏，暂且偎旗息鼓。其余教民收缴武器疏散隐蔽,秘密赶制云梯弓弩。私下里多派细作收集情报,以掌握官军动态。无论发生什么情况,千万不可轻举妄动,只可避其锋芒退让示弱保存实力,待我搬来援兵时再谋划攻城。"

如此这般便把古令臣留在晃州镇临时调停,自己只带了两名随从,偷偷返回小竹山与刘之协商讨对策。准备从那里再调上五百精悍兵勇增援晃州镇,企图以压倒优势的绝对兵力强行夺取芷江县城,割据一方与官军长期对峙。

古令臣本是朝廷敕封的命官,曾任贵州铜仁府绿营把总,只因克扣军饷贪墨事发,为逃避缉拿追捕,才携银潜逃混入流民中隐避躲藏。一次偶然的机会,被宋之清发现后,便纳入麾下封了个"游击将军"。

此人出身行伍刚愎自用,对宋子清等人摇唇鼓舌蛊惑煽情的勾当,从来就不屑一顾,心里只想着攻城略地刀枪厮杀,抢劫官仓府库钱庄当铺以满足自己的贪婪欲望。宋子清临行前的反复叮咛,他却只当是耳旁风,心里盘算着:"一个方圆不足二十里的芷江县城,守城兵丁尚且不足二百,加上乡勇也不过五百人众。而我帐下擒拿格斗的敢死之士就有五百余人,再调上武装教民千人便三倍于敌,只要多备弓弩云梯,待夜深人定时秘密围城,凌晨发起突攻,天明即可占领芷江县城。等你归来时,我便坐拥县衙安民告示了,也教你看看我的手段如何!"

于是他便丝毫也没有理会宋子清临行前的安排,尽将五百敢死之士,继续留在晃州镇昼夜训练,又调信徒千余齐集待命,秘密策划准备三日内强攻芷江县城。

谁知,安亭公安排的卧底眼线,早已将古令臣的行动轨迹,侦察得清清楚楚了如指掌。于是,他便不失时机地将守城骁骑尉张富贵、绿营把总韦国忠和县尉姚智勇召来,连夜部署安排,决定当晚带队出击包围晃州镇,一举剿灭这群乌合之众,亥时集结三更开拔,自己亲自上阵,跟随绿营兵行动。

县尉姚智勇不无担忧地说:"老爷,咱们统共不足八百兵丁,还得留下一队守城,而教匪现有彪悍之士五百,又调来亡命之徒千余,兵力之悬殊敌翻倍于我,若贸然发起围剿,恐无胜算。卑职以为老爷修书,派人再去大本营请调五百绿营兵,这样似可万无一失。"

安亭公道:"姚县尉此言固然不谬,倘若正面排兵布阵时,这样悬殊的兵力是很难有必胜的把握。但咱们今晚打的是突袭战，只要情报准确，把握得当，出其不意便可打他个措手不及。之前我从大本营秘调的三百绿营兵，至今封锁严密，匪敌并不知晓。我之所以这样谨小慎微，就是藏精示拙麻痹敌人，使其轻敌松懈藐视官军。若非如此，古令臣也不会掉以轻心，轻率地将一千五百匪兵集结在晃州镇而自投罗网。据打入匪营卧底和安插在晃州镇的眼线证实，此情报准确无误，今夜行动正当其时，等到古令臣反应过来时，就错过这个良机了。这一仗举足轻重关乎大局稳定，不战则已，战则必胜，务须一战定乾坤。"

绿营把总韦国忠说："老爷文武兼备足智多谋，竟使总督大人也常常赞不绝口，临行前他反复叮嘱在下，阎知县知兵善战，绝非等闲之人，凡用兵之事，务须听命于他，尔切不可自做主张。卑职只唯老爷马首是瞻。"

安亭公道："只要咱们官兵勠力同仇敌忾，今夜此战稳操胜券，诸位分头调遣安排部署吧！"

亥时三刻，队伍集结完毕饱餐一顿后，便兵分三路悄悄出城。子时初刻，七百多兵丁乡勇，已将晃州镇围得水泄不通。安亭公只带了两名亲兵登上镇北的山神庙高地调遣指挥。是时，三路兵丁快速出击冲入匪营，而操练了一天的匪兵们早已进入梦乡，霎时间官军兵不血刃，已将他们悉数抓捕，收缴的刀枪武器打包装车运回城西兵营。拂晓时，便将古令臣等匪首二十多人捆绑了，其余匪众集中在镇西的麦场上，周围站满了手持刀枪的乡勇兵卒，二百名弓弩手威风凛凛地站在西南山坡的高地上，张弓搭箭虎视眈眈。

安亭公见大功告成，便安排随行文吏二十余人，现场设案站东过西逐个核实造册登记，按居住籍贯拘押到就近的营房里关押，天将擦黑时已登记分拨完毕。

翌日晨起，安亭公派人四处张贴告示："一，凡此次参加暴乱的本地山民，准许各溪洞山寨里的乡贤绅士带家人前来认领，三日内有效。二，逾期无人认领者，即行解交溪州、长沙大牢拘押。三，凡误入邪教的山民，允许十日内到衙署自首登记，确定身份后放归还乡概不论处。逾期尚未登记者，十日后按图索骥重新审查另当别处。四，参与暴乱的外籍流民立即行文通晓户籍地州、县署衙前来领人。"

这样十日后，经本地乡绅取保领走的匪民一千二百余人。认领手续既简単又慎重，只需匪兵家属现场指认，本村乡绅确认无疑后串联五户乡邻，集体画押取保释放。这样疏散后，营房里拘押的外乡籍流民还有三百余人。

如此一个多月以来，安亭公忙得焦头烂额心神疲惫。直到年关时他才想起来，自今年夏收时，自己只身赴辰沅任上协办军务已快半年了。小颖至今还滞留在耒阳，如今快过年了，不能把她一个人孤单单地留在那里。于是，便把姚县尉召来说明情况并请他帮忙。姚县尉遂派了两个老成持重的乡勇，雇了辆马车前往耒阳，把小颖接来芷江县衙安顿下来。

三个月后，又经域外州县认领带走二百八十多人，只剩匪首古令臣等骨干头目二十余人无人担保。安亭公遂将他们悉数押回县衙大牢拘押候审，半个月后据实呈文押送溪州府衙复审。其间，姚县尉带领捕快数十人，在各山寨乡村头人乡绅的引领下，已将尚未登记的教徒按图索骥一一澄清，而后交由地方保甲长监管。

这样只在不到半年的时间里，安亭公便将一场声势浩大的暴民动乱迅速扑灭。如此缜密细致快刀斩乱麻的霹雳手段，一下子就把那些助纣为虐的地方土官们惊得目瞪口呆。巡抚姜晟大人闻报后，不禁拍案叫绝，连呼："有斯人如是，何愁湘西匪患不灭？"

匪首宋子清得知此事时，已是一个多月以后了，他顿时气得捶胸顿足瘫坐在太师椅上，破口大骂古令臣这个不识时务的草包鼠目寸光，为逞匹夫之勇争强好胜，把一个好端端的局面毁得一干二净，只好垂头丧气地龟缩在小竹山骂娘，再也不敢图谋跨入芷江半步了。

安亭公回到县城后，便将县尉姚智勇、绿营把总韦国忠和骁骑尉张富贵一起召来，分头部署撤兵整顿城区治安。

姚智勇道："前任知县樊桐上任时，溪州府派了二百绿营兵随行护送，由骁骑尉张富贵统领。樊桐上任后又招了三百乡勇团练，由我辖制。平日里守城巡逻就靠这五百多人。樊桐逃遁后，张富贵也慌了手脚，当时便要撤离芷江返回溪州交差。还是我提醒他说：'樊知县虽然挂印辞官，但你我的职责是守护城池，没有钧令不可擅离职守。恐他日城池失陷生灵涂炭时，溪州府衙追责治罪，不如当下坚守城垣，等待新知县到任后再做计议可好？'由是张富贵便与我坚持下来。"

张富贵也连连说："若非姚县尉及时提醒，我几乎成了千古罪人，卑职愿听老爷调遣以戴罪立功。"

安亭公道:"当下芷江局势已经稳定下来,可辰沅剿匪却恶战在即,韦把总可带着你的绿营兵撤离芷江,返回大营听候毕大人调遣。张富贵统辖二百骁骑营暂时留下守城,我另修书给溪州府于知府说明情况可好?"

张富贵立即道:"愿听大人差遣。"

当天晚上,安亭公与姚县尉邀了张富贵,在县衙为韦把总和两名骁骑尉摆酒饯行。席间,安亭公把酒致意韦把总说:"此次剿匪多亏足下身先士卒奋勇当先,才一举成功。尔等官兵建此不世功勋,本县理应替芷江百姓慰勉犒劳全体官兵,才能说得过去。怎奈芷江遭此匪乱后已是一贫如洗,只好委屈足下包容担待,本县深以为憾。但我自会呈文致函总督大人,为尔等官兵叙功请赏。"

韦国忠道:"老爷,为民剿匪本来就是官兵的职责所在,我只想着上阵官兵无一伤亡便是大幸,叙功请赏却不敢奢望。此战若非您运筹帷幄谋划周详一战成功,还不知要死伤多少人呢!真到那时,我不仅无法向总督大人交差,更无颜面对战死沙场的弟兄们的家人。"

第二天一早,绿营兵撤离芷江县城时,安亭公亲自带着地方父老和合城百姓,前往城西校场为之送行。临行前他把一封亲笔信函递到韦国忠手里说:"烦劳将军把此函带给毕大人,尔等官兵此次剿匪的功勋俱已开列详细,毕大人自会据此论功行赏的。"

韦国忠敏捷地打了个千儿道:"老爷和各位父老请留步,卑职就此别过,咱们来日方长。"

安亭公送走绿营兵回到衙署刚刚坐定,忽然门役来报:"老爷,竹坪铺山货集市包揽课税的严乡绅求见。"

安亭公说:"课税的事让他去找萧主簿磋商,我与姚县尉正有要事相商呢。"说着回过头来对姚智勇说:"当下教匪的嚣张气焰已暂时扼制,但他们绝不会就此罢休,随时都有可能卷土重来,尔等务须枕戈待旦严防死守。绿营兵撤走以后,兵力明显不足,从现在开始就得筹划整军备战了。"

姚县尉道:"目前芷江尚有可用兵力五百余人,只留下二百绿营兵守城护卫,其余三百乡勇巡防治安,如果没有外来强敌入侵,尚可勉强应付局面,倘若教匪卷土再来,这点兵力明显不足以御敌。若要做好长期应战准备,现在就得再招募乡勇二百人方可。"

安亭公道:"据我所知芷江的人口分布,乡下十之六七是苗、侗、土家人,汉民只有十之二三,而城里正好与之相反。之前,因于汉官盘剥压榨,使得官民关系对立仇视由来已久。当下只有从根本上消除了隔阂,才能彻底解决这个矛盾,缓解官民汉夷之间的紧张关系。否则,他们就永远和匪敌站在一起,你募多少兵也没用。咱们现在要做的就是如何消除这个隔阂,让那些苗、侗、白、回、土家人,从心底里认可和接受,这才是解决矛盾的根本所在。为了防止教匪流窜入界,蛊惑煽动苗、侗、土家族民,尔可调集二百乡勇,编队分发到郊外的关隘要道,设卡巡逻查检。一旦发现形迹可疑之人,立即带回盘查询问,时刻提防他们与那些潜伏下来的教徒勾连串通。其余一百余人乔装潜入洞溪山寨秘密勘察,以扼制那些漏网的教匪和土官头人们勾结串联,更不能让他们流窜到洞溪山寨煽动苗、侗、土家族人聚众闹事。"

姚县尉道:"老爷,您安托的这些都好铺排。只眼前就有个制造麻烦的棘手之地令人头疼,它便是城西竹坪铺的山货市场。这里是芷江乃至湘西最大的山货土产贸易集市,周围百里以内的土著苗、侗族民采集的药材、山货、皮毛、猎物,都在这里买卖交易。其辐射区域之广泛,已波及周边四五个州县。更有云、贵、川、黔来的皮毛药材采购商人,当然也囊括荆楚潇湘的内地买卖人。大集三、六、九,小集天天赶,每日到此赶集的人数超过万余,且人流成分极其复杂。不仅公开藏污纳垢,而且是一个滋生官民矛盾的火药桶,残余教匪混入其中百八十人毫不显眼。若要彻底管控,除非禁了集市,但禁了集市这里就变成死水一潭,更重要的是每年还有几千两银子的课税收入,可以弥补衙门里的度支不足。"

安亭公一听突然问道:"这里的课税是如何征缴的?"

姚县尉道:"乾隆五十六年以前,是县衙里的胥吏差役按摊位和营销品种酌量征收。前任知县樊桐上任后,为了满足自己的贪婪私欲,便将经营课税囫囵包揽给刚才请见您的那个严乡绅。自此以后这里就纠纷争执不断,打架斗殴成了家常饭,其间,还曾多次发生过流血械斗。为此樊知县令我安排了四十名乡勇,长期驻扎这里维持治安秩序,这样眼下可以调遣的乡勇就只有六十余人了。谁知这些乡勇们进驻集市后,很快就被严乡绅收买了,久而久之就变换了身份,成了严乡绅的打手。那些山民们便把他们对严乡绅的满腔怨恨，都转移到衙署头上来，由民间械斗引发的间接矛盾，直接转化为对官府的仇恨敌视。这次参与暴乱的教匪，十之五六都是这些采集山货摆摊交易的山民们。"

安亭公听得不禁疑窦顿生，他只沉吟片刻后，便不动声色地对姚县尉说："你先把这些剩余的乡勇组织起来，布置洞溪山寨勘察匪患。至于竹坪铺集市的治安管控，待我先去考察一番，回来咱俩再做计议。"

次日一早，安亭公带了两个胥吏换了便装，悄悄来到竹坪铺的山货集市。

竹坪铺山货集市位于沅水南岸与码头并排相邻的边滩上，地势平坦视野开阔，交通便利出入快捷。虽说已是冷风嗖嗖的隆冬季节，但这里依旧车水马龙人声鼎沸熙熙攘攘，其热闹气氛丝毫不减寻常。远远望去，只见四十多亩的沙滩地上，周围扎了五尺高的竹篱笆，东、西、南、北四个方位，各有一座杉木杆扎把的藩篱门，门前两名皂衣束腰的壮汉，贼眉鼠眼地盘查着每一辆出入市场的车辆，收取货引对照查验，但有私藏夹带立即扣押。进入场内时，却是另一番情景，四通八达的行人甬道，把偌大的市场切成井字形的方块。每个方块里搭着长十丈、宽三丈、高一丈五尺，顶盖稻秸秆儿蓑草的竹棚一座，东西十座，南北三排，棚与棚间隔三丈，供赶集的人来回走动。当他们循着南门进入市场时，只见前后两排的草棚里，陈列着毛皮山货、名贵药材，中间一排却是干鲜果蔬、渔猎珍稀，琳琅满目应有尽有，令人眼花缭乱目不暇接。然而，令人奇怪的却是，每个摊主的身边都带着得心应手的屹揽棍棒。

他顺着人行甬道一路走过，只见草棚里摆摊设位的，都是从山里赶来的苗、侗、瑶、回、壮、白、土家人。服装形形色色奇形怪状，语言五花八门晦涩难懂。但见他们面色凝重心事重重，似乎不是在等待顾客兜揽生意，倒像是怕人抢劫掠夺防贼似的。棚内游走攒动着的都是身着长袍马褂的外地商人，每人身边跟着一名背着褡裢的伙计。他们时而俯下身来趑趄摸摸检验品相，时而抬起头来讨价还价，时而又躲在背地旮旯里窃窃私语，似乎在商讨价格，又似乎在争执什么，安亭公看得一头雾水不知所以。

突然间，刚才还在随波涌动的人流，竟自觉不自觉地让到两边，中间腾出一条三尺多宽的人行甬道。三名身着皂衣快靴的恶奴，簇拥着一个身高不满四尺，却被一身油光水滑绸缎衣裳包裹着的矮胖子，如狼似虎地顺着刚腾

405

出来的甬道迎面扑来。

安亭公定睛细看时，只见那人一脸横肉门牙裸翘，立眉倒竖颧骨高凸，中间嵌着一双铃铛似的吊睛白眼，两腿罗圈右脚微跛，大腹便便浑身滚圆，走起路来一闪一颠，倒像是个椭圆形的硕大西瓜就地翻滚。可就是这么一位活脱脱的现世宝，竟把一个偌大的市场搅得天翻地覆鸡飞狗跳。走过跟前的人们赔着笑脸点头哈腰打躬作揖，那人却趾高气扬不屑一顾，目空一切如入无人之境。安亭公正看得目瞪口呆时，只稍稍迟疑了一下，便被一个皂衣恶奴推了个趔趄几乎跌倒。两名胥吏正要上前与之理论时，他暗暗地拽了一下他们的衣袖悄悄地制止了。

看着这伙人渐行渐远的背影消失在涌动的人流中，人们才开始议论纷纷地说："怪不得好端端的太平年景，苗、侗族民们铁了心地拾翻闹事，敢情就是这号人惹的祸。这种人猖狂一天，这个世道就不会安宁。唉！等着瞧吧！还有好戏看呢。"

还有人说："不用这号人，谁给他们捞钱呢？人家和县太爷是连襟，正儿八经的嬲亲，能不耍点儿威风吗？"

更有甚者说："自古以来胡人无百年之运，清人入关已经一百五十多年了，不这样能亡吗？"

安亭公一路走过，两只耳朵里塞满了愤愤不平的污言秽语，群情激愤的人们似乎来了兴头，说的话越来越难听了。

当他们出了北门，来到沅水河畔时，只见岸边的码头上停泊着两只大帆船，十几个粗布短衣的壮汉，正在上上下下地装卸。装上船的都是皮毛、山货、药材、干鲜果品，卸的货却是茶叶、布匹、粮食、食盐等生活用品。码头上人来人往热火朝天。

意犹未尽的安亭公又沿着集市外沿栅栏转了东、西两座大门，西门进来的车装的都是本地的山货、皮毛、药材、果品，东门拉走的却是布匹、食盐、茶叶，南门只供赶集的人群进出。

太阳落山时，安亭公带着一天来明察暗访耳闻目睹的一系列惊诧疑问回到衙署，此时天已擦黑了。

晚饭后，安亭公已经累得精疲力尽了，但他还是强撑着身子，命人立刻将姚县尉召来，急切地一一予以询问。姚县尉这才长长地叹了一口气娓娓道来,从而揭开了竹坪铺山货集市的龌龊内幕,而且还将前任知县樊桐与他在集市上撞见的那个魔头之间的一系列鸡零狗碎,刨了个底朝天。

竹坪铺山货市场形成的年代久远,已不可考据。只因这里城乡接壤背靠沅水车船便利的特殊地理优势,不知什么年代,当地土著乡民们就选择了它,作为商品贸易交换的场地。开始还只是附近的渔猎村夫,将自家收获的多余粮食、山货、药材、土产运来,以物易物互换交易,大家约定俗成来去自由。随着时间的推移,人们才慢慢地跳出了这种简易纯朴的互换模式,逐渐改为钱物交易。之后随着交易规模的不断扩大,当地土官就派人开始介入征缴课税,正式充当了这个集市的合法管理人。

雍正七年"改土归流"后,政府派遣的流官上任之始,就发现了这个集市潜在的巨大利益。于是,他们就选派自己的亲信到此征收交易课税,管理市场秩序。至于征缴的额度多少,除了县太爷和主管的胥吏,其他人根本不知详情,只是到了年终时,才象征性地给衙门里缴上一二百两银子的利钱,给胥吏差役们办点儿年货,以掩人耳目。由是,这里就成了历任县太爷的钱袋子,那些经管市场的胥吏差役,仗着县太爷毫无底线的撑腰,刻意横征暴敛欺诈山民,以致常常引发群殴械斗。县太爷为了一己之私利,不问青红皂白,调来兵勇暴力镇压,从而加剧了官民汉夷之间的矛盾对立,冲突隔阂由来已久根深蒂固。

乾隆五十六年,前任知县樊桐上任后,也顺理成章地接管了这个集市。经过一段时日的探询,他就敏锐地觉察到这种课税征缴的手段,其实是自欺欺人,明眼人一眼就能洞穿其中的猫腻,且树大招风人多嘴杂,又容易走风漏气。衙门里的那些胥吏们个个奸头滑脑一个比一个精明,这样的油水肥差,谁不想染指捞上一把。就是那些参与其中的胥吏差役们,相互间还常常为了分赃不均争风吃醋钩心斗角,坊间传得风言风语沸沸扬扬。若再用这种笨拙的方法继续下去,到头来不仅吃不上肥羊肉,还得惹一身膻气。

他经过反复思忖后,便决定变换一种掩人耳目的方式,把衙门里的胥吏差役都裁撤了,而后物色一个精明干练的当地人,参酌往年的税额尺度,将集市课税囫囵包揽下去。这样不仅能把市场的课税潜能挖掘出来,而且能装进自己的腰包里。他在那里变着法子使劲儿地收,我这里只睁一眼闭一眼装糊涂。多余收缴的银子给他分个一、九或二、八的小份额,他还不是梦里娶媳妇偷着乐吗？是多是少，我只和他一个人说道，只要他能守口如瓶，别人不知就里，更不会说三道四。倘若他起心动念胆敢昧我时，随便寻个什么由头便能治了他，除非他吃了熊心豹子胆。正当他萌生这种想法的时候，有一个合适的人选很快就进入了他的视线。

这人便是竹坪铺的地头蛇严酉迁，此人自幼顽劣不事农桑，虽然长得五短身材，但打架斗殴却是个不要命的狠主，是方圆十里八乡出了名的混世魔头。

严酉迁的父亲严承业，本是广东番禺的药材客商，只因通晓文墨精于算计，又兼头脑灵光心眼活泛，乾隆二年来此进货时，被芷江城里"合德成"字号的东家看中聘为大掌柜。

这严承业果然精明干练不负东家重托，只用了三年光景，便把一个濒临关闭的药材店铺，经营得风生水起财源滚滚。发了大财后，便娶了本地堂客成家立业，又在竹坪铺置了一处上好的砖瓦院和四十多亩水田，日子过得红红火火，也算是这山乡僻壤里的殷实富户。怎奈五十多岁时才养了个不争气的儿子严酉迁。

严承业老年得子自然宠爱，严酉迁仗着家里富裕父母娇惯，从小就结识了一帮狐朋狗友，整日里花天酒地斗鸡走狗非赌即嫖，不待几年下来，便把老爹积攒的偌大家当折腾了个精光，爹娘气得一命呜呼上了西天。

父母死后，严酉迁没了依靠，便流落在集市上，给外地客商当捐客混口饭吃。他从小跟着他爹混迹于生意场上，也是靠嘴皮子吃饭，虽然个头矮小粗鄙不堪又未曾读书，但他眼观六路耳听八方，且通晓苗、侗、土家等五六种方言土语，吃喝嫖赌也是样样俱全。

稍稍长大后，严酉迁便不屑于替人磨嘴皮子当捐客了。他纠结了一帮子狐朋狗党，在集市上囤货居奇垄断买卖左右行情。但凡外来客商的大宗买卖和走俏货品，必须经他倒腾过手，不准他们与货主直接交易。否则，不是失窃便是调包，让他们损失惨重吃尽苦头，严酉迁两边通吃坐收渔利，久而久之便成了惯例，每年能凭空从这里捞走一千多两的利银。人们恨得咬牙切齿却又无可奈何，背地里都管他叫"土行孙"。于是，严酉迁便自然而然地成了这个集市上横行霸道的地头蛇。

"土行孙"有了银子后自然出手阔绰，不待几年就把败家子老爹卖掉的老宅赎回来,又置了五十亩水田,大有"浪子回头"重振家业的势头。但因其面貌丑陋名声太臭,方圆几十里内,好人家的闺女不愿上门,直到三十大几了,还是孤身一人。于是,他便花了一千两银子,把沅州城怡红院的当红妓女"海棠红"赎回家来做堂客。

谁知,他的老爹虽然败家一世却并不糊涂,他知道当过婊子的女人不能生娃崽。眼见这个不争气的儿子买了个妓女做堂客,便破口大骂道:"你这个伤风败俗的狗崽子,成心要绝俺严家的香火啊,叫你老爹拿什么脸去见先人呢?"

"土行孙"反唇相讥道:"你也不是什么好鸟儿,要不是俺把老宅赎回来,你现在还不知道在哪里钻猫狗道刨食儿呢!这会儿倒有脸腆着肚子教训俺。"

"土行孙"一阵恶言污语的讥讽辱骂,把老爹气得背过气去就再也没有醒来,如此一来倒也遂了他的意。之后,他便和尚打伞更加肆无忌惮无法无天了。

说起这个"海棠红"来,倒还真有些名头。她本是域内边远山寨一伍姓猎户家的小女儿,乳名阿兰,只因十二岁那年父母双亡,被她远房抽大烟的堂叔,卖到沅州城里的怡红院当使女。老鸨一见便知道是个美人坯子,遂刻意请人教习精心培植,只用了不到三年的功夫,便出脱得琴、棋、歌、舞样样通晓,搔首弄姿妖艳无比。十五岁那年开苞接客时,成了怡红院的当红粉头,不知迷倒了多少达官贵人风流才子,让怡红院赚得盆满钵盈,着实红了十几年。之后,虽然人老色退,但风韵犹存不减当年。那时"土行孙"尚且穷困潦倒勉强糊口,虽然久慕其名,怎奈囊中羞涩。如今有了银子,便心里痒得再也坐不住了。遂花了一锭大银包了三天三夜,被其迷得神魂颠倒不能自拔。之后,"土行孙"便隔三岔五地往那里逛。前年春上老鸨定了赎银后,他便毫不犹豫地将其赎回家来,做了名正言顺的堂客。

"土行孙"虽然混账荒唐却并不糊涂,自打"海棠红"赎回家后,他便再也不到外面厮混了。在"海棠红"的精心打理下,不仅家里布置精致典雅,配齐了丫鬟仆役,还从长沙府的聚仙楼上,请了个善烹湘菜和淮扬菜的名厨。得空时便把那些外地来的客商,邀到家里来饮酒聚赌。那些商人们只为一睹"海棠红"的娇颜,只要她一露面,就把这伙人勾得五眉三道丢了魂似的,大把大把的银子往外掏,家里竟似妓院一般,日子过得如鱼得水。

樊知县上任后,为了摸清集市上的课税底细,便择了个日子,亲自到这里来深入细探,胥吏房四徕和"土行孙"自然跟随左右陪同伺候。

"土行孙"一改往日的绫罗绸缎,今日特意换了一身布衣蓝衫,一个上午陪在左右,小心翼翼地伺候着。临近午时,"土行孙"殷勤地凑到樊知县跟前,斯斯文文地谄媚道:"老爷,寒舍就在附近不远处,如蒙不弃,请到舍下喝杯清茶解解困乏可好?"说着朝房胥吏使劲地眨了眨眼。

房胥吏立即会意地附和着说:"老爷,只在前面一箭之地的林荫中便是,那里幽静清凉,咱们过去喝杯茶歇歇脚吧。"

樊知县在集市上转了一个多时辰,早已又渴又累了,见"土行孙"如此低眉顺眼地讨好,便爽快地点头应允了,于是便在二人的引领下缓缓地走了过去。

待他走近了时,却见绿荫丛中掩映着一处深宅大院,青砖瓦舍古色古香,曲径通幽恬淡清静。只门前的一汪碧水池塘盛满荷叶荷花,一缕清风袭来,顿觉浑身凉爽,就让他不禁平添了几分欢喜。

门前一棵参天老槐枝繁叶茂状如伞盖,一尺八寸高的青石台基上,砖门楼子飞檐斗拱,紧贴着朱漆门框两边,立着一对雕着莲花图案的青石鼓门当。待推门进去时,正前方是一丈二尺宽九尺高的砖雕照壁,上面镌刻着岁寒三友松竹梅。绕过照壁后别有洞天,五丈见方的院落里青砖墁地,四面瓦舍飞檐,精雕彩绘竟似庙宇一般。面阔五间六楹的歇山顶正厅一明两暗,檐下回廊可通东、西厢房。

樊知县在"土行孙"的引领下进入上房客厅。尚未来得及细细端量时,便见西侧屋的内室里,轻轻地闪出一位娇艳娘子,那三寸金莲迈着碎步儿,轻盈地走到他面前,深深地使了个万福,微启红唇道了一声:"奴家阿兰这厢有礼了。"

樊知县这里抬头细看时,只见那小娘子身着翠绿色的百褶云裙,外套一件镶着酱紫色边幅的粉红背心,发髻高挽金簪斜插,明眸皓齿粉面含春,凤眼微启顾盼生辉,丰胸翘臀婀娜妩媚,好一个如花似玉的俏艳美娇娘!只惊得他猛的一个激灵待在那里,已自酥了半边。心里暗暗嘀咕:"想不到如此边远的山乡僻壤,竟然藏着这般绝妙佳人,好一块肥羊肉,可惜掉进狗嘴里,这小子好艳福啊！"瞬间，一股无名酸楚，情不自禁涌上心头，不由得一阵扼腕惋惜！唏嘘不已！

"土行孙"见其傻傻地杵在那里不知所云，心里不由得一阵窃喜。见二人眼里已迸出火星时，才轻轻地上前解围说："老爷，这是拙荆伍氏乳名阿兰，小户人家的堂客，上不得台面，让您见笑了。"

樊知县这时才觉得自己失态了，遂见风使舵地调侃道："哪里，哪里，严乡绅金屋藏娇好艳福啊！尊夫人貌若天仙，虽大家闺秀也望尘莫及。这会儿我正琢磨着，还以为是秋公遇仙了。"

"土行孙"只憨憨地一笑，便把樊知县让到中堂前的太师椅上坐了。这时"海棠红"早已恢复了矜持，她沏了一壶上好的碧螺春端上来，娴熟地扬着花袖儿注入钧瓷茶碗，而后羞涩地端到樊知县面前，娇滴滴地说："老爷，一盏清茶，解解渴吧。"

樊知县看着那佳人，眉翠含颦靥红展笑，一张小嘴恰似新破的榴实，两只葱白似的玉手在眼前轻轻晃动，不禁又心旌摇曳想入非非了。

房四徕见老爷神魂颠倒如痴如醉的样子，知道已经上钩了，便不失时机地说："老爷，您在这儿喝茶小憩，待俺去去就来。"

"土行孙"见势，也站起来朝着"海棠红"使了个眼色道："你小心陪着老爷说说话，待俺去送送房胥吏。"

说着二人相跟着走了出去，到了大门外的台阶上时，"土行孙"从怀里掏出一锭二十两的细银递给房四徕道："你去把老爷的随从轿夫们安顿一下，老爷中午留在这里我来招待吧！"

房胥吏会意地接过银子点点头，窃笑着走了。"土行孙"知趣地在池塘边溜达了好一阵子，才悄悄地返回院里，绕到厨下布置饭菜去了。

樊知县见二人出去后，屋里只剩下他们两人，已自心猿意马起来，便不无挑逗地说："阿兰啊！你这头上莫非是洒了洋人的蔷薇露，真把老爷熏得头昏脑涨了。"

"海棠红"斜着凤眸，只轻轻地瞥了他一眼道："早闻老爷久历风月身经百战，今日倒在这里伴风诈冒装傻充愣，糊弄起奴家了，端的好装相啊！"

说着便把脸凑上去嗲声嗲气地说："你再闻闻是啥子香露，奴家今日非把你熏个半死不成。"

411

樊知县早已按捺不住了,遂一把将她揽在怀里,迫不及待地把嘴凑到她那扉红的脸颊上乱拱起来。"海棠红"随即揽住他的脖颈,嘴里吐着香气哼哼唧唧地佯装躲闪。樊知县只在她的腋下轻轻一点,便熟练地堵住她的嘴,用舌头撬开樱桃小口,二人上下其手已经缠绕在一起了。

正当两人如胶似漆快要入港时,忽然听得院里传来重重的脚步声,"海棠红"敏捷地挣脱身子站了起来,把嘴凑到他的脸旁悄悄耳语:"待会儿奴家把那个死鬼灌个烂醉,让你闻个够。"

说话间,"土行孙"已经进门了,他朝着樊县令拱手抱拳一揖道:"老爷,刚才送房胥吏出去,我已安排您的随从就餐休息去了,家里新近请了个淮扬厨子,手艺还说得过去,在下陪您小酌几杯可好?"

樊知县点了点头道:"难得足下如此盛情,本县恭敬不如从命了。"

这时八仙桌上已经摆好了四个凉盘:酱板鸭,姊妹团子,烧辣椒擂皮蛋,长沙臭豆腐。樊知县理所当然地坐了上席,"土行孙"与"海棠红"左右陪了。其时侍女丫鬟已经开了一坛钩藤老酒,筛满两壶端上来。"海棠红"接过来先给樊知县斟满,而后给"土行孙"和自己一齐斟上,端起杯来朝樊知县微微一笑道:"老爷满饮此杯,奴家先干为敬。"说着一口呷了,樊知县遂赔着笑脸喝了。接着"土行孙"也拿起酒壶给樊知县斟满,才文绉绉地说:"今日老爷莅临寒舍蓬荜生辉,招待不周怠慢之处,小人自罚三杯,还请老爷海涵。"说着连着喝了三杯。三人你来我往,一阵推杯换盏后,已经喝干了四壶老酒。

使女又筛了两壶口子窖,丫鬟撤了凉盘,端上四个热菜:菊花青鱼,红烧寒菌,酸辣狗肉,麻辣田鸡腿,一盆鹿肉芋白羹。瞬间,满屋香气四溢,直往鼻孔里钻,勾得"土行孙"已是垂涎三尺了,迫不及待地夹了一块酸辣狗肉塞到嘴里,未及齿咬已自化了,待"土行孙"还要夹时,"海棠红"两腮微红凤眼圆睁怒嗔道:"看你那猴急的吃相,像饿了三年似的,老爷还未动筷,你便先品了,罚酒三杯。"

"土行孙"自知理亏,忙道:"认罚,认罚。"说着自斟自饮了三杯。

樊知县佯怒道:"不是三杯是三壶。"

"海棠红"马上帮腔说:"对,老娘说的是三壶,你这个狗才竟敢偷奸耍滑。"

412

"土行孙"赶紧附和说:"对,对,是三壶,小人即刻补上。"

说着右手托了酒壶，就着壶嘴儿一口气饮干了一壶，待三壶酒喝完时已是天旋地转，慢慢地黜退到桌子底下了。

"海棠红"见状忙吩咐仆役道："当家的喝醉了，赶紧扶到西厢房里歇息去，告诉厨下给他烧个酸辣汤醒酒。"

又嘱使女和丫鬟说："你俩也下去吃饭吧，老爷这里我来伺候。"

待众人走后，"海棠红"娇滴滴地嗲道："老爷，现在就咱两了，你说怎么喝吧，奴家今日舍了身子也要陪你喝个够。"

樊知县道："我的小冤家，咱们换个喝法吧，这样太乏味了。"

"海棠红"抿着嘴儿一笑，而后就着壶嘴吸了满满的一口，坐到他的大腿上对着他的嘴努了努，樊知县立即会意地张开口呷了，"海棠红"随手夹了块酸辣狗肉塞进他的嘴里说："这叫钩藤老酒口子窖，狗肉塞进狗嘴里，受用吗？"

樊知县忙说："受用，受用，娘子九天仙姑，在下凡夫俗子，不知哪世修来的这等艳福？"

几个来回下来，已把樊知县灌得醉眼蒙眬晕晕乎乎了，"海棠红"似乎刚来了兴头，还在变着法儿施展妖媚。

这时樊知县早已欲火焚烧按捺不住了，忽然一个鲤鱼翻身把"海棠红"抱起来，冲进侧屋卧室扔在床上，解衣宽带饿虎逮羊似的扑了上去。"海棠红"似乎意犹未尽，竟东躲西闪地和他玩起了猫抓老鼠的游戏，直累得他气喘吁吁急赤白脸时，才莞尔一笑自解衣带暖暖地偎在他的身旁。刚才还在活蹦乱跳的小牛犊子，霎时间变得像个小白兔一样温婉可人。大喜过望的樊知县一把将她揽在怀里，二人瞬间融为一体。

那"海棠红"不愧是沅州城里的名妓花中海棠，极尽所能使出浑身解数，时而潜水游鱼，时而浪里白条，树上开花反客为主，蜻蜓点水诱敌深入，静若处子动如脱兔，用情犹似用兵，欲擒故纵，以逸待劳，竟把床第当沙场，出神入化游刃有余，柔情似矛戈，直把个樊知县杀得顾此失彼人仰马翻，欲罢不能应接不暇，口里直呼："熨帖！熨帖！受用！受用！"一阵巫山云雨后，二人相拥而眠，直到夕阳西下时才醒了过来。

樊知县睁开眼时，只见"海棠红"云鬟蓬松梨花带雨，正依偎在他的怀里抽抽噎噎啜泣不已，便一把揽过来问道："小祖宗，刚才还好好儿的，到底是

413

哪里不受用了呢？快快与我说来。"

海棠红遂抽泣着把自己的身世泪述了一番，末了说："过去的事苦也就苦了，只是这临了从良时还由不得你，被这个千人万人耻笑的现世活宝强掳了，弄得奴家在人前总也抬不起头来，若能配上老爷这样的俊杰才子，就是当牛做马也值了。"

几句话把樊知县奉承得一下子高兴起来，忙道："今日得遇仙缘，实乃三生有幸。我这初来乍到，一时半会儿还走不了，咱俩先做露水鸳鸯，待我离任时，再作长远打算可好？"

樊知县一席貌似情深意切的敷衍搪塞，竟使得"海棠红"如饮甘饴破涕为笑，不知不觉浑身燥热，又忸怩作态蠕动起来，撩得樊知县来了兴头，不免又搂作一处翻滚起来。

二人一阵颠鸾倒凤尽情狂欢后，遂起身洗漱更衣走出卧室。此时天已大黑了，"海棠红"忙吩咐丫鬟沏了一壶峨眉毛峰，自己只身溜到西厢房里去察看"土行孙"，见他还在那里扯着呼噜酣睡，不禁嫣然窃笑，才令家人前往市场上呼唤知县老爷的随从轿夫。

待到一壶茶喝完时，轿夫随从人等已经来到门前，樊知县遂站起身来与"海棠红"依依惜别，而后哼着小曲儿心满意足地打道回府了。

他在返回衙署的官轿里，还在仔细咂摸品味着今日这从天而降的风流艳遇，不禁连连慨叹："这个'海棠红'果然是个人间尤物，一颦一笑勾人魂魄，一招一式妙不可言，跌宕起伏心旌摇曳，收放自如恰到好处。人生能有几回醉，此情之外更无加，才觉明珠减价，金玉成灰！罢！罢！罢！人生一世，夫复何求？佳人难再，得乐且乐，莫使金樽空对月。而今，只要把竹坪铺集市上的课税收缴，团团囵囵包揽给'土行孙'这个痞子，以其贪婪猥琐的天性使然，自然就过了明路。真到那时，'海棠红'这个小脚妙手的俏丽佳人，还不是自己信手拈来的囊中之物吗？"

一路上他像吃了蜂蜜似的，甜甜蜜蜜晕晕乎乎，已是飘飘然而不知所以了，不知不觉已经迷糊了过去。殊不知他早已掉入"土行孙"谋划的温柔陷阱里，还沾沾自喜浑然不觉。螳螂捕蝉，黄雀在后，能人背后有能人，强中更有强中手。

第二天一早，樊知县将房胥吏召来，装模作样地询问道："你在竹坪铺集市参与了多年,这里一年的课税征缴是多少呢？"

房胥吏一听,便猜到了老爷心里的小九九,遂狡黠地眨了眨他那双惯会见风使舵的小眼睛,才小心翼翼地回道:"老爷,这里的课税征缴本来就没个定数,之前都是按物流吞吐的多寡征收,最多时每年也不过三千两左右,少的时候也就是两千两出头吧！"

樊大人道:"课税征收经管需要多少人？一年的薪酬度支开销多少银子？"

房胥吏道:"课税经管只两个胥吏一个账房是衙门里派遣的,其余勤杂二十多人都是临时雇佣的,每年的开销大概也就一千多两银子吧！"

樊知县道:"如此说来收支抵减后,每年纯收入也就是一千两左右。"

房胥吏忙道:"老爷,这还是生意红火的正常时候,倘若碰上个兵荒马乱的饥荒年景,可就大打折扣了。诸如……"

樊知县见其还要说下去时,遂不耐烦地挥了挥手道:"就这样吧,你纳谋着拟个合约,把这个集市上的课税征缴,囫囵包揽出去,而后把衙门里的人都撤回来,其余的人等就地裁散,咱们图个省心利索,只干得利什么也甭管了。"

房胥吏领命后,赶紧差人通晓"土行孙"。

午后,"土行孙"揣了两千两银票,兴致勃勃地赶到衙门里请见樊知县。见面时,"土行孙"立即跪倒在地纳头便拜,口里谦卑地说:"昨日老爷莅临寒舍,仓促间招待不周,酒后失礼多有得罪,还请老爷见谅。"

樊知县忙走下堂来,亲自将其搀扶起来,拉到自己身边坐下,和颜悦色地说:"严乡绅,咱俩今生际遇便是缘分,如蒙不弃,愿与足下结为兄弟。嗣后,来衙署便如家人一般。"

"土行孙"听得一阵心花怒放,忙受宠若惊地连连说:"老爷,您可是朝廷命官啊！是俺们这一方百姓的衣食父母,小人只是您治下的小民,哪里敢与您老人家称兄道弟呢？折煞我也！"说着从怀里掏出银票双手递上。

樊知县只虚推了一下道:"你我已是兄弟了,还用得着来此虚礼吗？有何为难之事,只管如实说来,何必这般客气呢？"

"土行孙"道:"这段时日,俺听说衙门里要把竹坪铺集市的课税包揽与人,小人也并非贪婪之人,只是这守在自家门口,又经营了多年的顺手生意,

415

被别人争去做了，觉得脸上无光。知道的，说俺大大咧咧不在乎这点儿蝇头小利；不知道的呢，还以为是俺阴奸使诈被老爷踢退了。说透了，俺倒也不是在乎这几两散碎银子，在乎的是人前的面子，俺丢不起这个人啊！故而觍着脸皮，恳请老爷成全则个。"

樊知县道："你若不说，我还正要派人召唤你呢。足下既是本地乡绅，又素有人望，况且这等轻车熟路的营生，还非你莫属呢。"

"土行孙"当下便激动地说："若能如此，便是再生爹娘，小人终生感激不尽。"

樊知县忙转了话题道："昨日叨扰府上，承蒙贤弟厚爱出妻相见，美酒佳肴盛情款待，至今意犹未尽回味无穷。刚才我还在心里寻思着，待哪天得闲了，再到府上一享口欲之福，讨扰！讨扰！"

"土行孙"忙道："不瞒老爷，在下也是嗜好口欲之人，能与老爷结此善缘，也算是三生有幸了。昨儿晚上临睡前，贱妻阿兰还念叨您来着，说老爷是人中龙凤酒场英杰，仰慕赞叹啧啧称奇。"

樊知县闻之喜上眉梢，遂不无调侃地说："夫人不愧是沅城名花，待人接物彬彬有礼，风姿绰约温情似水，方圆百里恐无人能与之比肩，你老弟好艳福啊！"

说着便将房胥吏召来吩咐，当场与"土行孙"签了五年的课税包揽合约，约定以每年一千五百两现银承约。合约签订时缴纳一千五百两，之后逐年依次递交，五年期满再议续约。如是"土行孙"如愿以偿地包揽了竹坪铺集市的课税征缴，樊知县也自然而然地与"海棠红"过了明路，二人蛇鼠一窝，各取所需，皆大欢喜。

当日午时，"土行孙"在家里备了一桌上好的酒席，将房胥吏请来，他和"海棠红"陪着招待了一番，临走时又给他塞了一张百两的银票，感激地说："若非房兄鼎力，岂能玉成好事，他日兄弟发达了，自然少不了你的好处。"

房胥吏醉眼蒙眬地瞥了一眼"海棠红"，淫笑着说："咱们兄弟彼此！彼此！"说着一阵哈哈大笑，抬脚出了门槛。

"土行孙"包揽了集市上的课税征缴后，便把往日里跟随他的那些狐朋狗友和接收的衙门里的杂役合作一处，皂衣束腰统一服装，分拨二十人收缴税费，二十名打手专司护场。又重新规划调整了摊位，先交定银统一划拨。货品进出设卡登记，表面上看起来，似乎比之前更加规范整齐了。

一段时日后，人们才渐渐地发现，之前的课税只对摊位发卖者征收，如今买卖双方都得缴纳了。对此，外地客商自然忍气吞声不敢多言，可那些本地山民们却像炸了锅似的，纷纷寻上门来与之理论抗议。

"土行孙"似乎早有心理准备，一脸不屑地对那些山民们不冷不热地说："这是新任知县老爷立的规矩，我也没法子更改，你们不服气，就到衙门里与他老人家理论去。"

一提起知县老爷来，山民们顿时哑了口，他们知道"土行孙"的靠山就是县太爷，他俩本来穿的就是一条连裆裤，谁还敢再饶舌多言呢？

如此一来不仅摊位管理收费增加了，仅交易课税，半年就收缴了八千多两。"土行孙"高兴得心花怒放，适时又给樊知县送了五千两银票说："老爷，这是半年课税的盈余提成，您老先收着。"

樊知县哈哈一笑，不无慷慨地说："咱们兄弟还用得着分得这么清吗？你都一并递给阿兰存在柜上，让她给咱俩当家，待我用得着时，从她那里随花随取更方便些。"

"土行孙"明明知道这是县太爷的一句客套话，哪里还敢自讨没趣？忙不迭地说："她一个妇道人家，哪里能掌管了这许多银子？还是老爷自个儿收着，花销时也方便。"

樊知县自从与"土行孙"签了合约后，便隔三岔五地到"土行孙"的宅第里与"海棠红"尽情厮混，竟把这里当做他的外宅一般。但凡老爷莅临时，那"海棠红"便兴奋得眉开眼笑花枝招展，使出浑身解数百般迎合，直把个樊知县迷得神魂颠倒乐不思蜀。

每每此时，"土行孙"便打发两个仆役守在池塘边的古槐下逗蛐蛐儿望风，谢绝一切来访客。自己则借故躲到集市上，忙活生意去了。正应了茅厕门上贴对联的那句口头俗语："你来我不在，我在你不来。"二人轮流坐庄相得益彰，配合得天衣无缝。

但时间久了，哪有不透风的墙？"土行孙"家里的这些鸡零狗碎，那些苗、侗、土家人早已探得清清楚楚。开始时，他们也只当是个风流轶事，在私下里打诨插科调侃笑话。但一段时日后，才觉得"土行孙"对他们的盘剥压榨加码了，这时他们才感到这王八可不是白当的，如果"土行孙"不是以此诱饵，傍上樊知县这棵参天大树，他也不敢如此肆无忌惮为所欲为，无形中便把这种怨恨迁怒于樊知县。他们也曾私下里议过，瞅个机会把这个衣冠禽兽从严宅里揪出来，让他灰头土脸丢尽颜面，看他还拿甚底气去为"土行孙"撑腰呢？但退一步讲，这知县老爷毕竟是朝廷的命官，倘若走漏风声被其反咬一口，必然招来官府的通缉拘捕而株连累及家人。三思之后终也不敢轻举妄动，恨只恨"土行孙"厚颜无耻卑鄙下作。反复斟酌后，便又把报复的苗头锁定了"土行孙"，琢磨着找个空子教训一下这个魔头，杀一杀他的威风，让他有所收敛。

于是，他们便联络了几个铁杆兄弟，瞅了个伸手不见五指的深夜，等"土行孙"醉酒酣睡在集市上的窝窟里时，一群人上去把他揪出来，蒙住头脸拳打脚踢一顿暴揍。等他的那些帮闲恶奴们闻讯赶来时，他们早已一哄而散四下逃走了。

"土行孙"当即被打得鼻青脸肿头破血流，足足在床上躺了十几日才下了地，又窝在家里养了一个多月，才拄着拐杖出了门。

一向横行霸道寻衅斗狠的"土行孙"，背地里扔石头打闷棍都是他平时惯用的拿手好戏看家本领，如今被别人以其人之道还治其人之身，猛地吃了这个闷头青的哑巴亏，早已恨得咬牙切齿，哪里肯善罢甘休呢？

他在家养伤的这段日子，就在心里细细地琢磨："这水瓮里能跑的了王八吗？准是那些集市上摆摊设点的苗、侗、土家山民们。"可到底是谁呢？心里还真是拿不准。他在心里把那些摆摊设点的山民们，挨个过滤了一遍，想谁谁就像，想谁就是谁，想着想着整个集市上摆摊设点的山民，都变成自己的仇敌，总也理不出个头绪来。

于是，他便瞅了个机会，一把鼻涕一把泪地把自己被人打了闷棍的事，向樊知县原原本本地叙述了一番，哀求他为自己撑腰做主。

谁知，"土行孙"在家养伤的这段日子，也把樊知县的好事给搅黄了，早就烧手燎足抓耳挠腮等不及了。他只沉吟了片刻道："贤弟，你别委屈了，这些土著山人本来就是蛮夷刁民，不给他们点儿颜色瞧瞧，怎么能镇得住呢？待我吩咐姚县尉，给你拨上几十个护场兵丁，你纳谋着寻个由头，抓几个人教训教训，他们就老实了。"

于是，樊知县便安排姚县尉，拨了四十个兵丁进驻集市，随时听候"土行孙"的差遣。

从这次挨打后,"土行孙"看到那些摆摊的土家人就更不顺眼了,有事没事总想找个茬儿寻衅挑事。自打兵丁们驻扎集市上后,"土行孙"就有了底气。那些苗、侗、土家人也知道他的这点儿歪心思,凡事忍气吞声不想惹麻烦,尽可能地避免与之正面争执。

然而,山民们的妥协退让,使得一向自负的"土行孙"却误以为是把他们唬住了。由是,他便更加得寸进尺肆意挑衅,企图制造矛盾挑起事端,出出心里的这股子恶怒气。

那些苗、侗、土家人天性敦厚豪放不羁,喜歌舞善猎射,本来也没什么弯弯肠子。可当他们面对"土行孙"的恣意挑衅胡作非为时,也被彻底激怒了。于是,他们就私下里串联准备了圪揽棍棒,相约一旦"土行孙"恶意寻衅滋事时,大家便携起手来和他拼死一搏,再也不能忍受这个乌龟王八的窝囊气了。而不识时务的"土行孙"不仅没有适时收敛,反而变本加厉越来越猖狂了。

这天一大早"土行孙"又带了几个恶奴到集市上逛游,准备找碴儿收拾几个人出出气。当他们一行来到西门口的山货棚时,看见五郎溪的杨氏兄弟二人正在拾掇货品准备开张,两个恶奴便凑上来挑眼剜刺地找麻烦。杨氏兄弟对这阵势早已司空见惯了,便赔着笑脸儿一个劲儿地赔不是。而这伙人事先早已得到"土行孙"暗示,明显是来寻衅闹事,自然不会收敛,反而纠缠得动静越来越大,竟肆无忌惮地在货棚里任意踩踏,把已经摆放整齐的货品踩踏得七零八落一片狼藉。杨氏兄弟二人实在忍不下去了,便上前与之理论。"土行孙"见其已经钻进自己布下的圈套,心里一阵窃喜,遂一声令下,几个恶奴一起上手,把杨氏兄弟二人摁倒在地毒打起来。

这时周围摆摊的山民们,不约而同地提了棍棒围上来,"土行孙"见势不妙,已自悄悄地溜了。正当众人使劲暴打那几个恶奴时,突然围上来三十多个手持腰刀的兵丁,一场血肉混战开始了,霎时间天昏地暗。争斗只持续了半个时辰,其结果显而易见,棍棒怎敌刀枪,山民们被砍伤了六七人,其余的都被逼到拐角旮旯里控制起来。这时"土行孙"才一脸奸笑地走过来与那个领头的百长耳语了一番,当下抓走了十几个山民。

正值此时,白莲教首宋子清潜入晃州大洞坪一代传教煽情,愤怒的山民们立即纷纷加入白莲教，火借风势风助火威，点燃了教匪暴乱的熊熊大火。樊知县见势头不妙，怕惹火烧身搭上身家性命，只好三十六计走为上策。

他临走时，还念念不忘他的心肝宝贝"海棠红"。于是，便瞅了个月黑风高的夜晚，兴冲冲地溜过来与之商议着远走高飞。谁知，那"海棠红"见其失魂落魄的狼狈相，哪里还肯与他亡命天涯呢？樊知县刚刚露了个话头，往日山盟海誓温婉可人的那个"海棠红"，顿时蛾眉紧锁脸色乌青，头摇得拨浪鼓似的倒退了几步。樊知县见势，早已凉了半截身子，心里暗自骂道："果然是婊子无情贼无义，怪我鬼迷心窍了。"便立刻打住话题，深深地叹了一口气，悻悻地走了。

其时，教匪围城人心惶惶乱作一团，哪里还有人来做生意？樊知县逃遁后，"土行孙"虽然没有了靠山，但财迷心窍的他并未就此罢手，更何况他已经骑虎难下了。他也知道战乱迟早要平息，朝廷还要再派新的知县来管理这个集市，反正自己手里攥着衙门里的合约，不怕他们不认账。眼下这四十多个兵丁还能为他看家护院，只要把他们糊弄住，这儿便是他的小天下。待新知县上任后，他再故伎重演，不愁拖他不下水，哪个当官的不好酒色财帛。拿准了主意后，便给那些兵丁们发上双倍的赏银强撑着。

待安亭公上任后，他便迫不及待地揣了三千两银票到衙门里来例行拜访，谁知竟吃了闭门羹。当时他还误以为是知县老爷忙着剿匪无暇顾及，等消停了再说。之后，又连着请见几次无果，便有些沉不住气了。但他在心里自忖："一旦离开这个日进斗金的集市，拿什么去喂养这帮子狐朋狗友和兵丁呢？倘若没有了这些人的助威，自己便是落架的凤凰不如鸡，虎落平原被犬欺。无论如何不能认尿。否则那些山民们还不生吞活剥了自己？"这时他气焰已经不敢十分嚣张了，只好窝在家里给那些恶奴帮凶们打气壮胆，隔三岔五地酒肉犒劳收拾人心，以求得暂时偏安度过这个坎儿。

至此，安亭公才彻底厘清了头绪，正是这个毫无底线的魔头在集市上盘剥压榨横征暴敛，才把那些苗、侗、土著山民们推到教匪的怀抱里，追根溯源这里就是引发芷江暴乱的源头。只有快刀斩乱麻把这伙黑恶势力镇压下去，恢复正常的课税征缴，才能彻底消除苗、侗、土家山民们对官府由来已久的矛盾积怨。只要这个隔阂消弭了，以他们的淳朴憨厚的天性使然，就断然不会跟着教匪兴风作浪。正所谓扬汤止沸不如釜底抽薪。

安亭公审时度势后，次日一早便把姚县尉召来，令他立即安排部署，带上四十名兵丁，将"土行孙"和他的那些恶奴帮凶以及与之勾连作恶的胥吏差役悉数抓捕入狱。而后重新制定了新的课税征缴法则，从衙门里选配了两个正直无私的胥吏，再招新人接管了集市上的课税征缴，使之纳入正常的运行轨道。与此同时，在集市上张贴安民告示，鼓励本地山民们大胆揭露"土行孙"的罪恶行径。

安亭公迅速出击抓捕"土行孙"和他的那些恶奴的消息，一夜之间传遍芷江域内。那些饱受欺侮霸凌的山民们，顿时扬眉吐气拍手称快，奔走相告喜气洋洋。

嘉庆元年深秋时，"土行孙"已经抓捕一个多月了，安亭公依据课税征缴的账房记录和山民客商们的控告状，已经彻底掌握了"土行孙"这几年在集市上横征暴敛的确切额度和暴力罪行，便立即开堂予以审理。

"土行孙"当被押上堂来时，早已没有了往日那嚣张跋扈的气势，如筛糠的身子跪在那里直打哆嗦，口里一个劲儿地直喊："小人罪该万死！死有余辜！"

故而未动大刑，他便竹筒里倒豆子，将数年来欺诈山民横征暴敛的罪行劣迹统统招供了。

退堂后，安亭公仔细整理供词供状后，才知道了这个集市上课税征缴的水到底有多深。

"土行孙"自乾隆五十八年与樊知县签订合约，包揽课税征缴以来，三年共征缴课税银两万六千余两，收取摊位费一万二千余两，敲诈勒索两万一千余两，合计横征暴敛五万九千余两。其中，缴纳衙署包税银四千五百两，栅栏竹棚修缮度支一千二百两，勤杂人等薪酬一千五百两，樊知县贪墨提成两万一千两，计两万八千二百两。其余三万零八百余两悉数收入"土行孙"的囊中。其间寻衅斗狠三十多次，致伤致残十七人。

据此，判决如下：

一、严酉迁，长期盘踞山货集市，与前任知县樊桐沆瀣一气，包揽课税，盘剥压榨，横征暴敛税费银五万九千余两，私自侵吞三万零八百两。其间，暴力斗殴致商贩十七人伤残。罪大恶极，天怒人怨，循《大清律例》拟判斩监候，财产罚没悉数充公，妻伍氏发配关东尚阳堡服役，丫鬟使女仆役人等官卖充公。

二、胥吏房四徕在经管集市课税其间，贪墨私吞税银两千一百余两，收受严酉迁赃银五百余两，与之勾连作弊通同作恶。循《大清律例》拟判流刑，流放关东尚阳堡戍边服役，家产官卖充公。

三、李倌望、刘双堡、赵三徕三人，充当严酉迁帮凶头目，丧心病狂手段残忍，组织参与暴力斗狠，是伤残十七名山民的罪魁祸首。循《大清律例》拟判流刑，流放关东尚阳堡戍边服役。

判决后立即呈文报刑部大理寺复审，待核准后予以行刑。

前任知县樊桐与严酉迁狼狈为奸，私吞课税银两万一千两，立即移交长沙按察使司另案审结。

其余帮凶恶奴人等，或笞或杖，当下一一予以开销。

此次打击严酉迁黑恶势力案，从抓捕到审结为时不足两月，罚没收得严酉迁家私官卖收银五万余两，罚没收得房四徕贪墨赃银与家私官卖收入三千九百两。除补缴衙署正当课税一万二千两，留存两千两作为伤残山民十七人的抚恤银外，其余三万九千九百两，悉数返还集市上设点摆摊的山民商客。

告示贴出后，人们欢呼雀跃载歌载舞，竟比过节还热闹，竹坪铺集市沸腾了！芷江县城沸腾了！

那些苗、侗、土家人等，在欢庆之余一股暖流骤然涌上心来，他们见面时相互议论着："想不到汉官中竟有如此清官廉吏，这阎广居到底是何方神圣？"

这时从内地来的那些知情商人，便凑过来插话说："阎广居是黄河边上的山西人，他与大名鼎鼎的关老爷是一衣带水的同乡。他与关老爷也是一个秉性，铁面无私刚直不阿，爱民如子廉洁奉公，贪官污吏恨之入骨，匪盗痞霸为之闻风丧胆。不知尔等这方百姓是哪世修来的福分，才摊上这样的青天父母。"

如此则一传十传百，安亭公惩恶扬善除暴安良的雷霆手段和刚直不阿的人格魅力，瞬间征服了芷江百姓，他的大名一夜间，传遍芷江的乡村山寨千家万户，苗、侗、土家人崇敬地尊他是当世的"关帝圣君"。

正值此时，教首宋子清又带了几名随从亲信，偷偷流窜到芷江来传教，准备积蓄力量再举义旗。谁知当年那个视他为知己的土知州柴士信见到他时，连连摇着头说："宋首领，现在可比不得从前了。这个阎广居可是个厉害的狠角色，这里的百姓都把他当神供着，哪里还能容得我们再兴风作浪呢？"宋子清一听，当下便泄了气，知道这里再也没有他的用武之地了，便连夜悄悄潜入芷江邻县麻阳，配合已在那里传教形成气候的张方兴，开辟新的领地去了。

嘉庆二年夏收后，安亭公将各村溪洞寨的乡贤族长召回衙署，统一部署推举里长、正长和族长，核实人丁田亩，完善保甲联防体系和防匪防盗措施。

三个月后，芷江域内乡村溪洞山寨民意推举选拔的里、正、族长正式就任，又成立了伍、什、保甲自治组织。招募乡勇团练五百余人，全面推行乡村、溪洞、山寨联防自治。如是，教匪闻风丧胆不敢再来进犯，山寇盗贼避而远之逃遁他乡，芷江境内已是铜墙铁壁。

这时长沙抚台衙门，突然发来任职行文，急调安亭公署理麻阳知县。他自然不敢怠慢，遂与新任知县淳于黄匆匆交割印信，准备启程赴任麻阳。

第十三章　麻阳平乱

一

麻阳县东邻辰溪，南接鹤城、芷江，西毗黔东铜仁州，北连泸溪、凤凰二城，因戍而名。自南朝陈天嘉三年平蛮后，在麻口屯兵置戍，因其地处锦江水北，故名麻阳戍。唐武德三年废戍置县，自古以来就是镇筸门户，战略位置十分重要，为历代兵家必争之地。

这里的土著民是苗、侗、瑶，若追根溯源，他们都起源于远古时代的"九黎族"，"九黎族"是中国古代东南各少数民族部落的合称。《国语·楚语》注中说："九黎，蚩尤之徒也。"《书·吕刑释文》《吕氏春秋·荡兵》《战国策·秦》高诱注等，也说蚩尤是九黎之君。这个以蚩尤为首领的部落联盟，开始主要生活在长江中下游和黄河下游一代，形成了雄踞东南最强大的部落联盟。而蚩尤部落联盟的强盛，是战胜了以炎帝为首领的部落联盟才兴起的。之后炎帝联合黄河上游的黄帝部落联盟，共同征伐蚩尤，双方在河北逐鹿，展开了一场决定族群命运的生死大决战。蚩尤战败身死后，"九黎族"被迫迁徙至云、贵、川、湘一代，而繁衍了各少数民族族群。

他们的栖息之地多为山寨洞穴溪边，自古以来由土司世袭盘踞。自雍正七年朝廷"改土归流"以来，才逐渐设置衙署派遣官吏。

贵州小竹山教匪刘之协、宋子清在芷江发动苗、侗、土家族民叛乱时，被安亭公以迅雷不及掩耳之势平息后，便一蹶不振偃旗息鼓了。二人审时度势，又绕开防守严密的芷江县，北上与其毗邻的麻阳县播撒教种发展会众。经过一年多的苦心经营，宋子清在麻阳西晃山一代发展了教众三万余人，成立了以张方兴为首的晃山支教。

教首张方兴秉承刘之协、宋子清的旨意，与当地的土官慕容高勾结在一起，从教众中精选了铁杆死党五百余人，经过反复洗脑后，又组建了新的敢死先锋营,隐蔽在西晃山一代的高山密林中,招募武术名师昼夜教习训练,对外号称八百勇士,伺机准备再行武装举事。

时任麻阳知县的甄子其,闻讯后大惊失色。其时他已在此任上履职三年有余,去年春天便托他在吏部任主事的堂兄甄子桓使了银子,吏部文选司郎中魏元冲已亲口许诺,任满后擢升他为宝庆府通判似无异议。而今任期已满三年了,可升迁任职文书还是雾里看花水中捞月杳无音信,若这样漫无日期地拖沓下去,真不知要等到猴年马月,才能离开这凶险之地。而今麻阳城外,除了环城周边的七八个集镇村落,教匪尚未染指,其余周边的洞溪山寨均已落入匪众掌控之中,大战一触即发,麻阳已是危在旦夕。一旦教匪围城屠戮,倾巢之下岂有完卵?就当下情势而言,即使侥幸躲过此劫,灰头土脸地混入流民群里,或许也能苟延残喘。可当他一旦失踪了时,当下便陷入了官府和教匪的双重通缉中,哪里还有自己的藏身之地?抑或颠沛流离熬到战后,料也难逃恢恢法网,看来此劫难逃,其时已是热锅上的蚂蚁方寸大乱了。事到如今,哪里还再奢望日后升迁发迹的富贵荣华?与其遥遥无期地死守在这个充满杀机的凶险之地,窝囊憋屈地苟延偷生,还不如寻个冠冕堂皇的由头逃离此地,或许还有一线生机。悠悠万事,唯此为大,还是逃命要紧,无论如何得想个法子离开这里。如此这般他谋划了一番后,便嘱他的刀笔书吏邹群,伪造了一封四川南充寄来的家书,托词母亲病危行将就木,只盼能与其见上最后一面,以为慰藉以全其孝。而后,亲自拟了一封告假文牍并附上家书作证,派人送往宝庆府转呈抚台大人。

湖南巡抚姜晟大人收到文牍后,一眼就洞穿了他的五脏六腑,虽然心里狐疑十分憎恶,只想着怎样严词申饬一番,但见其书札戳印似无或缺,一时间难以鉴别真伪。况且,似这等投机钻营的狗才,即使勉强留下来,他也不会尽职守城。真到那时,指不定还又生出什么幺蛾子来呢。我怎能把一城百姓的身家性命,托付这等小人?还是另觅能员担此重任,免得日后追悔莫及。

可如今湘西剿匪正是短兵相接之机,抚台衙门七品以下吏员,但凡有一技之长者,都已派到那里救急去了,当下手头还真没有合适的人选。思来想去,最终还是锁定了素以匪盗克星而闻名湘西的芷江知县阎广居。此人虽是"大挑举士"的文职吏员,但处变不惊临危不惧,知兵善战也丝毫不输沙场武职。自乾隆四十六年署理常宁以来,出生入死已历慈利、耒阳、辰沅、芷江四县一道,剿匪荡寇除暴安良蜚声迭起,逆转翻盘出奇制胜只在不经意间。署理芷江只不过两年的功夫,就把那里的匪患消弭殆尽。别人一路升迁早已做到州府官吏,而他还在知县任上盘桓,不避刀斧不计名利,只为解民于倒悬。但若这等频繁地驱使任免,似有能者多劳鞭赶快牛之嫌,可当下麻阳危在旦夕,哪里还顾得了这许多?如今我就免不了厚着脸皮,再当一回恶人,待把这里捋顺后,一定要考虑他的升迁。

据悉当下坐镇麻阳的那个教首宋子清,就是他在芷江剿匪时逼走的手下败将。如今只需将跟随自己多年的胥吏淳于黄派往芷江,守城历练上几年,让阎广居驾轻就熟署理麻阳,正好解了此围。

谋定之后,他便立即以抚台衙门的名义下达任职行文,而后四百里加急,报请吏部核准补授任职文书。

九月十五日安亭公在芷江知县任上,接到抚台衙门的临时任职行文。

其实,他在芷江任上时,对教匪在周边县域的活动就十分关注,特别对宋子清潜入麻阳后的行动轨迹,更是了如指掌。遂自在心里暗暗琢磨:"这个宋子清虽是教匪,但奸猾狡诈诡计多端,亦属匪类中的枭雄。他在麻阳已经营了一年多,必然会吸取芷江失败的教训,倍加谨慎。如今自己单骑赴任濒临险地,若身边没有一两个得力的帮手恐有闪失,便辜负了抚台大人的重托。若能把喜贵和姚县尉调到身边来,协助一些时日自然得心应手。但又虑及抚台大人猜忌招人闲话,心里十分纠结。可剿匪毕竟不是儿戏,若无十拿九稳的谋划周全,怎能担此重任?如今,麻阳的情势已是十万火急刻不容缓,哪里还能容得了瞻前顾后摇摆不定?只要自己心底无私,哪怕他人背后非议。"

他反复思虑之后,便委婉地给抚台大人上了一道呈文。

中丞大人钧鉴:

　　顷接抚台衙署任职行文,已悉麻阳情势十万火急,值此非常之时,卑职自当摒弃万千顾虑,星夜兼程履职麻阳,虽赴汤蹈火弗敢辞也!然,熟虑再三后,才觉人地生疏单骑赴任,若有闪失恐负钧命。虑及于此,卑职斗胆恳言,若蒙大人恩准现任芷江县尉姚智勇、耒阳巡检阎喜贵,跟随在下赴任麻阳,助职一臂之力,待匪患平息之日,或留守麻阳,或回任原职,任凭大人裁夺,广居自不胜感激!

钦赐六品顶戴芷江知县阎广居顿首拜上

嘉庆二年九月十五日

巡抚姜大人接到呈文后,亦知阎广居只是平乱心切,并非刻意钻营拉帮结党,仔细回味颇觉歉意,觉得还是自己疏忽了,麻阳情势如此紧迫,阎广居虽是能员干吏,若无一二得力帮手,他一人单骑赴任恐有闪失,似在情理之中。于是,便将书吏召来,令其查阅麻阳衙署当下职缺。须臾,书吏报曰:"麻阳衙署唯县尉、巡检二职候缺待补。"

由是姜大人立即口授行文:"着芷江县尉姚智勇,即日履职麻阳县正八品县尉,耒阳典史阎喜贵擢任麻阳县从八品巡检,并呈报吏部存档备查。"

嘉庆二年九月十六一大早,安亭公派人雇了一辆马车,打点行装启程赴任。其时,姚县尉已经安排了十名亲兵,候在衙前准备武装护送。

安亭公似乎早已成竹在胸,他换了一身蓝布青衫扮作教书先生,小颖女扮男装做了书童,又带了两名熟悉方言土语的本地亲兵,扮作仆人和车夫,准备轻装简从上任。

姚县尉立即上前劝道:"老爷,这麻阳已经乱成一锅粥了,您这个样子怎么能行呢?我已派了十名亲兵武装护送,到任后留在身边给您当护卫,我也放心些。"

安亭公笑道:"你这不是招风吗?倘若真的有事,这十个亲兵哪里管用呢?他们不仅保护不了我,还得搭上自己的性命。只有这样乔装改扮,或许还能蒙哄过关,等贼人反应过来时,我已进入麻阳了,这叫出其不意攻其不备。否则后果不堪设想,听我的什么也甭说了。"

姚县尉沉吟片刻后,也觉得还是安亭公的铺排在理,于是便撤了护送亲兵,把两个随从叫到一边,仔细安托了一番,才让他们上路。

此时正值深秋季节,远山霜叶似火,近水微澜从容,天高云淡,风清气爽,路旁的野草已渐次呈黄。离开县城里许时,却又是一番别样景致,但见山野乡村里鸡鸣犬吠炊烟袅袅,村头谷场上堆满了高粱苞米稻谷穗儿,打场的人们正忙得热火朝天,他们抑制不住的喜悦洋溢在黝黑的脸上,像过年一样。星星点点的耕牛在田野上欢快蠕动,才刚翻过的农田里淌着红土细浪直冒热气,散发出阵阵清香,尽情地倾吐着翻身后的喜悦。三五成群的孩童们,在田埂上嬉戏欢闹竞相角逐,贪婪地争采着路边的无名野花。满目祥和生机勃勃,一派欣欣向荣,南国的九月似乎还在春天,一路走过一路欢欣鼓舞。之前的荒凉凋敝剑拔弩张,早已荡然无存,他的心境也随之格外舒畅。

第二天午后翻过一道山梁时,便进入麻阳界畔。只见空旷的田野上杂草丛生,一片萧条肃杀之气,已是冰火两重天了。偶尔碰上一二贩夫走卒,也是行色匆匆惊恐不安,一阵冷风袭来,似乎已是寒冬。这时他才感到了麻阳的情势严峻,欢娱的心情一下子便跌入谷底,离开芷江时的那份喜悦,瞬间被这荒芜凋敝的凄凉扫得干干净净。

沿着大官道走了三十多里时,已是黄昏时分了,只见官道边上有个紧闭着大门的驿站,便打发仆人上前询问,试图在这里歇息一宿明日再赶路。谁知敲开大门时,走出一位满头花发的老驿卒却说:"驿丞人等均已逃离避难去了,这里就留下俺们两个不怕死的看门守院,已经半年多没有接待客人了,请客官们还是另寻他处投宿吧。"

安亭公听了仆人的叙述,便亲自上前敲开大门,操着娴熟的湘西土语询问道:"请问二位老表,前边可有投宿之地? 离这里还有多少路程?"

那个老驿卒见他斯斯文文的像个教书先生,便诚实地说:"有倒是有,路程也不远,只是这乱哄哄的世道,恐怕他们也不敢轻易收留尔等,再说了,你们住在那里也不安全。只前面三里路程的高坡上有个天王庙,住着两三个僧人。住持净空法师是位得道的高僧,无论官民匪盗还是苗汉俗人,对他崇敬有礼不敢肆意蛮横,住到那里准保万无一失。客官们紧巴些过去,谎称是还愿来的香客,他一定会收留你们。"安亭公轻轻地点了点头,拱手揖礼谢过。

他们一行沿着官道继续前行,走了约莫半个时辰时,果然隐隐约约地看见左前方的半山坡上有一座寺庙。此时虽已大黑了,但影影绰绰地还能看到古庙宏大的轮廓。

安亭公遂吩咐小颖和车夫仆役在外候着,自己一人上前轻轻叩门。片刻,一个八九岁的小沙弥开门探出头来,安亭公合掌揖礼道:"俗家弟子阎子仁,应邀前往麻阳柴东家府上授塾,只因赶路错过了宿头,恳请留宿一夜,烦请小师父回禀宝刹住持。"

那小沙弥眨了眨他那稚嫩的两只大眼睛,上下仔细打量了安亭公一番,又看了看门前的车马,脆生生地说:"施主,请随我来吧。"

安亭公跟着进了大门,朝着西禅房走去。进门后,只见一个须眉皆白的老僧正在蒲团上打坐。

安亭公眼前忽然一亮，这不是古大侠古尚云吗？老僧似乎也认出了他。他正欲开口亲近时，却见那老僧双手合十一脸平静地说："阿弥陀佛，老衲净空。"

安亭公见状，赶紧上前揖礼道："俗家弟子阎子仁，应邀前往麻阳柴东家府上授塾，只因赶路错过宿头，请借宝刹歇息一宿，还望师父行个方便。"

老僧单手揖礼道："阿弥陀佛，善哉！善哉！"又嘱小沙弥道："知会明远一声，安顿施主们食宿。"

小沙弥双手合什道："弟子明白。"说着便领着安亭公走出禅房，到山门前把车辆安顿在前殿别院后，才把他们领入西屋歇息。

安亭公洗漱停当后，便坐在床边纳闷："这古尚云怎么不想与我搭腔相认呢？以他的秉性似乎不是这样的人，难道他有什么难言之隐？"正百思不得其解地遐想时，忽见小沙弥走进来合掌揖礼道："净空住持请施主到禅房叙话。"

安亭公愣了一下，便随着小沙弥来到禅房里。待小沙弥退出后，净空法师才站起来揖礼道："安亭先生，自衡州一别已经十年，久违了。"

安亭公随即拱手道："果然是古大侠啊，我还以为是我老眼昏花认错人了，自衡州别过，真的十年了，幸会！幸会！"

古尚云忙歉疚地说："我知道先生来此，必是负了皇命履职私访，并非授塾教课，故而不敢贸然唐突，也是为了安全起见，还请先生见谅！"说着便把他拉到自己身边的蒲团上坐了，上了一杯清茶聊起话来。

原来古尚云自乾隆五十二年离开衡州后，便追随师父皇甫南来到这里。其时，他的师父已经在这里当住持十年了，他之前接济的那些财帛，师父也都修葺了寺庙。乾隆五十九年师父圆寂后，他便当了住持，当前寺里有一个和尚一个沙弥，连他共三个僧人。

听了古尚云的一番叙述，安亭公便把他此行的使命如实告知。

古尚云沉吟了片刻才说："安亭先生，这里可比不得耒阳，当下正是剑拔弩张一触即发之时。此去麻阳便是以身试险凶多吉少，我劝你还是托病在此静养数月，暂时避避风头为妥。人有疾谁能料乎！而今你已进了麻阳境内，正是上任途中，不能算是抗命不遵。况且，眼下进城的路已被匪徒们封锁了，你单人独骑一时半会儿也进不了城,这也是不争的事实,对上也好交代了。先躲过这阵子,看看情势再作打算如何?"

安亭公道:"我自受皇恩之日,便以身许国了,岂可置国家危难百姓生死于不顾,而考虑个人安危临阵退缩呢?值此非常时期,更应挺身担当,虽赴汤蹈火在所不惜!"

古尚云叹了一口气不无惋惜地说:"安亭先生,贫僧有一言如鲠在喉不吐不快。此次麻阳动乱,并非土著苗民之过,而在朝廷处置失当。自雍正七年'改土归流'以来,这里的苗、侗族民们虽不情愿,但在朝廷的高压强制下,他们也就勉强接受了。可朝廷派来的流官不仅没有怀柔抚恤他们,反而把他们视为蛮夷异族,恣意增加赋税兴派徭役盘剥压榨,更兼绿营驻军肆意抢掠为所欲为,这才刺激了他们的那根饱受欺凌的敏感神经,也给他们留下了叛乱的口实,你说他们何罪之有又该如何酌处呢?除了奋起反击,便是束手就范任人宰割了。"

安亭公长长地叹了一口气道:"净空法师,你说的在理也都是实情,但我可以坦诚地告诉你,这样的弊端并不是朝廷的本意,以皇上的圣聪睿智,岂能不知循序渐进怀柔抚慰?只是下边的这些狗官们贪赃枉法肆意敛财,把好好的一盘棋给下砸了。据京城传来的邸报悉,皇上对此龙颜震怒追悔莫及,明旨晓谕:"治乱世须用重典,凡此次涉嫌引发苗民动乱的贪腐官吏,无论过去有何功勋,当下官职几品,朕绝不宽宥,哪怕是皇亲国戚,也务须重刑重处严惩不贷,宁可错杀也决不放过一个。"

古尚云惘然道:"话虽如此,但木已成舟既成事实,为时晚矣!"接着便把当下麻阳的情势,又入丝入理地剖析了一番。

原来这次动乱的教首张方兴也是本地西晃山人氏,此人虽是苗民,但仰慕信奉汉学,自幼也曾熟读诗书,怎奈连着考了二十多年,还是白丁一个。于是,他便产生了强烈的叛逆心理,愤然焚书掷笔参与了教匪作乱。宋子清见其文韬武略,知是可塑之材,便推举他为西晃山支教教首。以他在当地的人望,自然一呼百应。当地土著苗侗族民们,只因"改土归流"后,饱受汉官的盘剥压榨,早已义愤填膺,张方兴趁机摇唇鼓舌煽风点火。由是,土著山民们便死心塌地聚拢在他的麾下,甘心情愿任其驱使。现任知县甄子其,又是个不识时务的昏官,只知死命地伸手捞钱,不知审时度势随机应变。当下官府与山民的对立情势已形同水火,衙门里的人成了过街老鼠,甄子其当下也只能窝在城里发号施令,绝不敢迈出城池半步。

况且你初来乍到人地两疏,印信交割后,甄子其自然一走了之,而他往日盘剥压榨欠了山民的账,就得你来偿还了,你上任后就是给甄子其还欠账擦屁股。更何况如今要想进城亦非易事,一路上苗民处处设卡盘查,只怕你在半路上就让他们拦截了。

安亭公道:"在下既已身负皇命,就不能躲闪逃避明哲保身了,虽刀山火海亦须挺身而上,如此而已!否则,有何面目立于庙堂,又如何面对这一方百姓呢?"

古尚云长吁了一口气道:"罢!罢!罢!我就知道你这九头牛也拉不回来的倔犟秉性,明知不可为也要为之。待我想个万全的法子,先把你送进城里再说吧!"

这时小沙弥来报:"饭已煮好了,请施主用斋吧!"

古尚云道:"把施主的斋饭送到这里,我俩就在这里用吧!"

一会儿,小沙弥端来一沽粳米粥饭,一盘山野菜,两个地瓜,两棒苞米。这时安亭公早已饥肠辘辘了,也顾不得客气了,遂舀了一碗粥饭捧了一棒苞米大嚼大吃起来。

古尚云边吃边道:"先生若执意要进麻阳城,这样人匹马夫太招人,看来只有我和你走一趟了。不瞒先生,这十几年来我还是积攒了些人气,这里的山民们都把我当得道的高僧,明日你便扮作车夫给我赶一回车,带上一个随从,碰到盘查的人就说是请我进城去做法事,他们不会起疑心,中午时分就能进城了。午后让随从把我送回天王庙,让他们住一宿便能回芷江了,如此则可保万无一失,你看这样可好?"

安亭公一听,顿时喜出望外,连连说:"如此甚好,如此甚好。"

翌日晨起饭后,古尚云便随安亭公启程了。刚走了四五里路时,远远就看见五六个手里拿着刀枪的山民站在路边,正朝着他们这边瞭望。到了跟前时,安亭公拉住缰绳下了车,小心翼翼地等候查检。可是,当他们看见车上坐着的古尚云时,马上扔掉手里的刀枪,虔诚地站在路边,双手合掌深深揖礼道"阿弥陀佛,阿内能果"。古尚云只朝着他们微微一笑单手一揖,竟未下车便扬长而去了。一路上碰了几起巡查的人都是这样。安亭公不禁暗暗称奇,心里琢磨："这古尚云还真是个世外高人，这些山民们竟把他当神似的敬着。"

临近午时，他们一行进了麻阳县衙。甄子其见新任知县上任来了，而且还是与天王庙的住持净空法师同车而来，一下子便坠入五里云中，似有些不解，随即马上就明白了，心里兀自琢磨："这阎知县一来便和净空法师扯到一起了，这一招可真高啊！净空法师可是个平安护身符。看来我要想离开此地，也得仰仗此人了。"

想到这里便赶紧走上前稽首道："净空法师，俗家弟子子其这厢有礼了。"

古尚云只平静地单手揖礼道："阿弥陀佛，善哉！善哉！"

随即甄子其便吩咐厨下，赶紧备一桌上好的素席。

古尚云忙阻止道："素席就免了吧，出家人没有讲究，只要有点斋饭充饥就行了，天黑前我还得赶回天王庙里做法事呢。"

甄子其一听，便知道净空法师厌恶自己，遂把求助的目光投向安亭公。安亭公也趁势打拦着说："净空师父，以您的道行哪里需要回庙里去做法事呢？晚上我给您安排个清静的住所，备上香烛也是一样的，好歹留上一宿吧。"

古尚云见安亭公执意挽留，也不好硬生生地拒绝，便勉强留下来。甄子其感激地看了一眼安亭公，便忙着备饭安排住处去了。

午饭后，甄子其立即交割文牍印信，因为早有准备，移交起来也顺当，只一个多时辰便交割完毕。临了他羡慕地对安亭公说："子仁兄，你这个脉把握得真准，净空法师可是这一方百姓的活佛，这里的山民们对他尊敬得像神一样，只要哄住这个活佛，就没有摆不平的事。你这初来乍到，怎么就切得这么准啊！而且我看他对你那么听话，竟像老朋友一般，我可真服你了。"

安亭公道："我们是昨晚投宿天王庙才认识，之前尚未谋面。"

甄子其狐疑地摇了摇头，不解地说："今年春天山民动乱以来，我还亲往天王庙拜谒净空法师，请他为平息动乱拯救黎民百姓助力。怎奈法师以'贫僧乃方外之人，既已跳出三界外，便不在五行中'为词婉拒了我。唉！这世上的事从来就是一物降一物，你这刚刚认识了，他就像孩子一样听话，真的不可思议。看来这麻阳知县非你莫属了，姜大人这回可选对人了！"

末了又恳切地对安亭公说："说什么也是多余了，只一句话，你的运气比我好，现在我只求你与净空法师疏通一下，明天带我离开这里，我就感激不尽了。"

安亭公笑着说："中午时，我也看出你的意图了，所以刻意把他挽留下来，今晚我和他疏通吧！"

甄子其立即站起身来重重地施了一礼道："子仁兄，拜托了。"

晚饭后，安亭公来到古尚云的静室与之长谈。古尚云颇有怨言地说："你不该把我留下来，这个甄子其确实不得人心，我若袒护于他，不仅这里的山民会轻视我，就是佛祖也不会宽恕，你让贫僧如何酌处？"

安亭公只微微一哂道："净空法师，您误解了，不是我不明就里刻意袒护于他，甄子其虽然罪无可赦，但他这会儿卸任已是平民了，我作为现任知县，是有责任保护他安全的。倘若在我任期他被匪盗劫掳杀戮了，我难辞其咎，也无法向抚台衙门交代，还请你理解我的苦衷！至于他在任上恣意妄为强势弹压激起民变的罪责，自有朝廷法度惩处，这些都不是我这个六品小吏考虑的范畴。"

古尚云无可奈何道："事到如今也只能这样了，但你要转告他，我只能护着他一人平安离境，至于他的家人和他贪墨的那些财帛，我就爱莫能助了。似这等作恶多端的贪婪之徒，也早该下地狱了！可惜了先生的菩萨心肠！倒是眼下你还是考虑一下你自身的处境吧！"

安亭公长长地叹了一口气，噙着眼泪道："净空法师，不瞒您说，其实我在来的路上一直都在思考这个问题，也着实把我搅得心神不宁了。但我既已奉了钧命职守麻阳，便是这一方百姓的衣食父母。虽然这里的官民对立矛盾已形同水火，但只要有了宽裕的时间，我还是有足够的自信，去把这个缝隙抹平。而今，我担忧的是这些义愤填膺的山民们，一旦被那些别有用心的邪教徒们蛊惑煽动起来嗷嗷围城时，必然是两军对垒直面斯杀。这样无论谁胜谁负，死的都是渔猎农夫贫民子弟。届时生灵涂炭祸及平民都是我的罪过。如果没有个简单快捷的法子，从根本上解开这个疙瘩，又没有充裕的时间容我去解，我该如何酌处？您住持天王庙十余年，德惠恩泽深得民心，这一方百姓对您顶礼膜拜已作神人，更是僧俗两界公认的得道高僧。在下恳请您慈悲为怀施以援手，拯救这一方百姓拔除苦难，如此则功德无量胜造摩天浮屠！"

古尚云道："昨日在天王庙时，贫僧便以实言相告，劝你称病避祸不可轻涉险地，而你却充耳不闻，执意要蹚这趟浑水，或许这就是你的使命，也是这方生灵的造化。而今，你既然来了，贫僧就不会袖手旁观，但万事随缘，都是佛的安排，还要看你的造化。阿弥陀佛，善哉！善哉！"

安亭公走出静室后，便将净空法师的允诺转告了甄子其。甄子其不无讨好地说："多谢子仁兄鼎力玉成此事，着实叫我喜出望外。净空法师能够慨然应允，实在是冲着您的金面。眼下我先把眷属疏散到民间隐蔽下来，待动乱平息后，再接她们离开这里，早晚还望子仁兄看顾。我回长沙后，当立即向抚台大人禀报这里的情势，敦促他速速派兵驰援，解围之期不日可望，您就静待佳音吧！"

安亭公此时已是心乱如麻，哪里还有心思听他啰唆。看着他那一副谄佞的媚态，心里不由得一阵鄙视厌恶，只勉强与之敷衍了几句，便回后衙安顿小颖去了。

甄子其在得知抚台大人允准他的告假文牒后，便铺排好了退路，只等着新任知县到任交割，赶紧离开这个让他日夜提心吊胆的是非之地。面对凶险的麻阳匪情，他也不敢奢望在离开时将家人财帛顺顺当当的一次迁徙。于是他在城关附近的后街上，租了三间不起眼的民宅，将家眷财货悄悄地搬过去，把值钱的古玩、珠宝、字画尽托给"合德诚"当铺的赵掌柜折价变卖了，兑成黄白之物存入"义胜永"钱庄换了银票，只等着印信交割后，便返回故里避上一段时日。待风头过后，再辗转到长沙住下来，把重宝押在抚台大人身上，狠狠地砸上一笔银子攀上这棵大树，庇佑撇清自己，虽然升迁没有指望，但在潇湘两岸的富庶之地，谋个知县的差事料也不是难事。等到动乱平息了，再折回麻阳把家眷悄悄接回来，那时就少了许多周折。总而言之，只要躲过这场突如其来的无妄之灾，再作从长计议，除了死路都是活路。

回首往顾这些年，自己在麻阳任上也着实把苗寨山民们得罪狠了。如果麻阳士绅民众检举告发，抚台大人一定会寻找一个替罪羔羊来为他自己开脱。倘若那些多嘴的言官们挑眼剜刺地追究动乱的诱因，皇上为了平息民愤笼络苗民，必然要追责问罪，届时恐怕自己难辞其咎。好在这几年虽然官运不济，但也巧取豪夺捞了五六万两银子，哪怕致仕还乡，也能当个逍遥快活的富足翁了。如今麻阳乱成这个样子，也只能火烧眉毛顾眼前一走了之，看来明天搭上净空法师的车离开这里,已是十拿九稳,想着想着心里也就坦然了。

当晚回到家里时,他便反复叮嘱小妾阿秀:"我离开麻阳的这段时日,你要放下身价夹起尾巴来装穷,粗茶淡饭布裙荆钗与人为善,深居简出少惹是非麻烦,千万不可奢侈张扬,免得财帛外露招来贼祸。现任知县那里我已打过招呼,有事他自会施以援手看顾尔等。多则半年少则三五个月,待那边安顿下来,我便回来接你。"阿秀唯唯诺诺一一应允,二人一夜缠绵难舍难分,直至凌晨卯时才洒泪而别。

天亮时,甄子其揣了五万两银票和一些散碎银子,换了一身布衣长衫来到衙署里,乘着净空法师的车子离开麻阳,在沅水码头搭了一艘顺路的商船直趋长沙去了。

送走净空法师一行,安亭公回到衙署后,便把县丞陆文远和绿营把总郑三山召来,仔细询问当前麻阳的敌我态势和守城兵卒状况。

县丞陆文远小心翼翼地回道:"回禀老爷,当下麻阳匪情不容小觑,匪首宋子清、张方兴已在这里经营了一年多,除了县城附近的几个集镇村落外,周边山寨里的土著苗民们,都被他们控制了,麻阳已处在四面环形的包围之中。依卑职拙见,眼下当务之急是呈请大本营立即派兵驰援,我们能做的就是安抚民心守城待援,此外别无他法了。"

安亭公遂问绿营把总郑三山:"咱们现在能真刀真枪上阵厮杀的兵卒有多少呢?"

郑三山道:"回禀老爷,自雍正七年"改土归流"起,这里的长期驻兵仅三百余人,今年秋收时为防止教匪攻打县城,湘西剿匪大本营调集了二百绿营兵增援,当下合计也就五百兵卒。寻常守城防卫需二百余人,城外哨卡巡逻三百余,城内治安还是衙门里的捕快衙役们维持着。目前教匪在西晃山训练了精壮兵勇八百多,还有能武装起来的青壮山民千余人,随时准备攻打城池,情势逼人十万火急,与教匪的这场恶战,已是迫在眉睫一触即发了。敌我兵力如此悬殊,倘若教匪发起攻城时,势必寡不敌众。当下我们应该呈请大本营再调五百兵卒守城护卫,尚可勉强与之势均力敌。若要彻底歼灭时,至少还得再调一千精兵。否则,城破只是早晚的事,更别说彻底歼灭教匪了。"

安亭公道:"值此非常时期,我们带兵的官佐,首先要耐得住性子沉得住气而且通权达变,决不可人云亦云听风便是雨,自己先乱了方寸。二位刚才所说的这些情况可靠吗?是从哪里得来的情报?"

两人一听顿时愕然,郑三山志志忑忑地说:"老爷,我们还真没有自己的可靠情报来源。今年夏收以来教匪封山戒严,我们的情报来源就中断了。这些情况还是之前收集和之后从过往客商那里打探来的,虽然不是十分准确,但也大致八九不离十,基本没有太大的出入。"

安亭公一听便有些愠怒道:"自古以来战端未启情报先行,知彼知己才能百战百胜。如今两军对垒开战在即,自己竟然没有可靠的情报来源,随时掌握敌营动态,便是瞎子和聋子了。再说了,咱们的情报是中断了,可人家的情报却畅通着呢。从现在开始,咱们应该立即着手挑选上二十名机敏可靠的侦探,把咱们的情报网建起来,深入到匪区腹地侦探收集情报。在我们的情报网还没有建起来时,首先要在关隘、要道、城门和市井客栈、茶坊、酒肆派遣便衣巡逻,搜检捕捉教匪的细作探子,以封锁对方的情报网络。非常时期必须非常手段,从今日起,亥时初刻关闭城门,三刻以后全城宵禁,发现可疑之人,立即拘捕审讯,以彻底切断教匪的情报源头,才能从容应战。否则,一切都无从谈起。"

郑三山走出二堂时,已经出了一身冷汗,不禁大为惊诧,这位太爷果然知兵善战,只三言五语便切中了城垣防守的关键所在。遂丝毫也不敢懈怠,立即赶回营房,部署城防戒严去了。

午后,安亭公正在二堂里,整理熟悉甄子其移交的文牍时,忽见门役领着一个苗人装束的汉子径直走进来。他正要发问时,只见那人纳头便拜,口称:"老爷,卑职姚智勇奉命前来,给您拉马拽蹬来了。"

安亭公赶紧走过去将其扶起来,惊喜地说:"姚县尉,果然是你啊!临上任前我给抚台大人上了一道呈文,请调你和耒阳典史阎喜贵来麻阳助我平叛。刚才我还在心里琢磨,只以为是中丞大人心存猜忌不肯允准呢,谁承想还是我多心了,姜大人竟然如此雷厉风行,把你这个及时雨给我送来了。"说着便把他拉到身边坐了,顺手递了一杯清茶急切地询问道:"这一路上你是怎么过来的?还顺当吗?"

姚智勇道:"老爷,您离开芷江后,我就接到抚台衙门的行文了。信差说麻阳已经封锁了,行文一时无法送达,让我带着直接上任。我知道麻阳情势危急，第二天便交割印信，轻装简从上路。俺原以为这只是信差使懒，不肯多走这二百多里路的托词，麻阳虽然乱了，但也不至于切断了交通。谁承想进了麻阳界畔时，才知道情势远比我想象的还要严重得多，不得已只好原路返回，投宿到天王庙。还是净空住持指点迷津，给我换了一身苗民服装，才抄袭近路绕进城来。"

安亭公道："这里的情势你已经看到了，我就不给你一一赘述了，我们当下要应付一场与教匪的恶战。这一仗的胜负至关重要，战胜了可以收拢民心稳定治安，打击教匪的嚣张气焰，否则，后果不堪设想。而要打好这一仗的关键，首先是完善情报搜集渠道，只有这样才能打有把握的仗。如今你来了，其他的事先别插手，就把城内治安和情报搜集这副担子挑起来，等打完仗后再作调整可好？"

姚智勇道："老爷虑事周全，卑职竭诚以赴。"

这时正好绿营把总郑三山前来禀报情报网的布置情况，安亭公遂将二人介绍认识，当下便安排郑三山道："郑把总，今后你专司守城巡防，城内治安和情报网络暂由姚县尉署理，你二人现在就移交熟悉情况去吧。"二人领命后，便相跟着到营房交接去了。

姚县尉接管城防治安和情报搜集后，便把郑把总已经筛选的人员分了两拨，城内部署了十名便衣探子，分别潜伏在酒肆、饭庄、妓院、客栈、市井，昼夜巡回密切监视。又选了五名精干的捕快，潜入西晃山一带，侦探教匪的行动轨迹。而后，派人四处散布"湘西剿匪大营已经调遣一千精兵，日夜兼程奔赴麻阳而来，不日大兵即将压境"的消息，以此给匪徒们造成心理恐怖和精神压力。同时在四座城门又增加了二十名流动巡检，日夜轮流巡查进出城门的可疑之人。

城门盘查警戒后，连着抓了四五名可疑的探子，那些潜伏在城里的细作们顿时紧张了，一个个吓得龟缩在市井间蛰伏下来，再也不敢抛头露面了。

姚县尉立即将抓捕的嫌疑人，拘押到刑讯室严审诘询仔细甄别。

其中两名货真价实的细作供称，他们兄弟二人是西晃山苗民，与教首张方兴是一个山寨里的邻舍，哥哥阿三弟弟阿四，自小以种田打猎为生，日子过得虽不算富裕，但也是殷实之家。因不满衙门里皂吏差官们飞扬跋扈的欺侮压榨，便在张方兴的挑唆下加入了白莲教，又因二人机智灵活身手矫健，被张方兴收入麾下，视为心腹亲信。

张方兴知道他们的至亲姑母就住在城里又常有往来，进出城门便利易于掩护，便派他们进城来刺探情报。他们进城后就住在城西营房附近的姑母家。姑夫是一个经销皮毛生意的小商贩，膝下只有一女乳名玉环，只比阿四小了两岁，二人自幼青梅竹马，从小就定了娃娃亲。去年正月十五时，姑夫、姑母正式向娘家哥嫂提出，想招赘阿四上门养老。阿四的爷娘也早有此意，只因他们全家拢共才有二十多亩耕地，阿四招赘后，其他三个哥哥自然就能多分点儿田，只是碍于面子不好十分主动。当阿妹夫妇上门请求时，便慨然应允了。去年腊月里两家已商定了，今年正月正式举办婚礼，却偏偏碰上这兵连祸结的乱世，无奈之下只好随势顺延。这次进城也是奉了爷娘之命，顺便探望安慰一下姑母一家。当他们侦得新任知县已经到任和城里的守备部署兵力详情后，便急于回去邀功请赏。谁知，出城时竟然被抓捕了，说着连连唉声叹气！只能自认倒霉。

姚县尉听完后，心里一动便有了主意，遂好言安抚劝慰了一番，吩咐看守给二人去了绳索镣铐，另辟了一间干净宽敞的牢房，秘密关押起来。自己则带人亲自到城西一带了解打探，结果证实二人所供不虚，便立即返回衙署把这个情况及时禀报了安亭公。

安亭公听后，只沉吟了片刻道："这倒不失是一个契机，只是如何把握需要斟酌，你有什么打算呢？"

姚县尉道："老爷，我觉得这两个探子可以利用一下。"

"怎么个利用法呢？"安亭公追问道。

姚县尉道："如今他们姑母一家都住在城西，而且家里还有一份厚实的产业，其独生女儿玉环又是阿四的未婚婆娘。咱们只要派人把他们姑母一家监控起来，再把阿四留下做人质，有了这个砝码，还怕他阿三敢不唯命是从束手就范吗？"

安亭公连连摆手道："不妥，不妥，不妥，不妥，此议不妥，凡事不可逆天而行违背人性，人心都是肉长的，这种要挟恐吓逼人就范的卑劣手段，绝不能让人心悦诚服，只能激发更大的敌视仇恨。即使当下硬着头皮勉强应允了也是假的，他们心里窝着一肚子火，能与你合作吗？如果他们反其道而行之，与教匪串通一气给你挖个坑呢？其后果更不堪设想。即使侥幸得逞了，也显得不地道,似有卑鄙龌龊阴险狡诈之嫌,难免让人诟病不屑,绝非正人君子所为。若能晓之以理情结于人,让人心甘情愿主动配合,既可事半功倍,又显得堂堂正正,还是再想他法吧!"

姚县尉当下脸色憋得血红道:"诚如老爷所述,如此则甚好,但人之常情往往是敬情不如怕情,倘若没有软肋挟制或重金利诱,要想让其改变初衷,恐怕比登天还难,更何况这两人还是张方兴的邻舍亲信,我这也是没有法子的法子啊!"

安亭公道:"咱们不妨换个法子试试,今晚你去准备一桌酒席,让我与他们叙谈叙谈,看看效果再作计议可好?"

酉时三刻,姚县尉领着换了一身便服的安亭公,来到关押阿三兄弟二人的牢房,一进牢门阿三阿四便跪了磕头谢罪。姚县尉忙介绍道:"知县老爷纡尊降贵,亲自看望你们来了。"二人一听更不敢抬头仰视,只跪在那里瑟瑟发抖。

安亭公忙走上前去,边扶边笑呵呵地说:"二位义士快快请起,让你们委屈了。"

当二人起身抬起头来时,不禁愕然了,只在心里狐疑:"难道这位慈眉善目的谦谦长者,便是当今的知县老爷吗?"遂自惊得愣在那里,不知所措了。

安亭公瞬间使了个眼色,姚县尉急忙上前援手,把二人扶到床边坐了,又给安亭公搬了一条长凳放到跟前。

二人立即站起身来,惶恐不安地说:"老爷,俺们可是戴罪之身,哪里敢在您老人家面前放肆入座呢?"

安亭公拍了拍二人的肩膀摁着坐下,这才款款地说:"二位义士不必拘礼,咱们今日相见也是缘分,既然走到一起,就坐下来叙谈叙谈又何妨呢?平心而论,这次麻阳动乱,并非尔等苗民之过,实在是那些凶神恶煞的酷吏差役们逼出来的。自雍正七年'改土归流'以来,朝廷派遣的流官飞扬跋扈盘剥压榨,把土著苗民们逼得走投无路了。不得已,他们才走上叛逆的反抗路,说白了就是官逼民反。对此当今圣上早已追悔莫及,并明确晓谕,凡此次在湘西任上盘剥弹压处置失当,诱发苗民叛乱的官吏,无论是谁,哪怕就是皇亲国戚,也必严加惩处,宁可错杀也绝不轻易放过一个。同时还要把煽动苗民闹事的教首和上当受骗的土著苗民,严格区别开来,不可一概而论大开杀戒。而今,本县就是带着皇上的千斤重托,给苗民兄弟们谢罪来了。"

安亭公一席开诚布公语重心长的暖心话,竟把阿三兄弟二人听得热泪盈眶,立即跪倒在地纳头再拜,说:"老爷,您说的这些俺们并不知晓,只苗民动乱却实实在在是那些外来的邪教徒蛊惑撺掇的,俺们兄弟犯糊涂也跟着起哄了。您这一席肺腑之言,才让俺们明白了。您说个章程,俺们听您的。但凡有用得着小人们的地方,俺们兄弟万死不辞。"

安亭公微笑着将二人扶起来说:"本县此来别无他求,只为宣谕圣教唤醒苗民迷途知返,息兵罢战归服王化,却不想再起战端祸及苗民百姓。真到那时大兵压境,必然是生灵涂炭玉石俱焚,吃苦受害的还是土著苗民农家子弟,此则我所不忍也非朝廷所愿。二位若能将本县的这番心意和万岁爷的皇恩雨露带给山寨苗民,我就心满意足了。"

二人忙道:"不消老爷吩咐,这个自然。"

这时狱吏陶强领着冠生园饭庄的小二提着大食盒,带了两个牢役抬着饭桌进来,敏捷地摆了一桌酒席,安亭公遂邀二人坐了边吃边聊。

席间,阿三感动地说:"如果老爷信得过俺们兄弟,凭着俺们与张方兴邻里几辈子的私交,俺想说服他自动解除武装平息干戈,大家过太平日子。"

安亭公道:"如此则甚好,但这些邪教的骨干头领们,都是私欲膨胀别有用心的人,一心只想着怎样利用官民汉夷长期以来的对立矛盾,蛊惑煽动不明真相的土著苗民聚众闹事,以增加他们与官府抗争的筹码,借以达到与朝廷长期分庭抗礼的目的。岂能在一朝一夕间,凭尔三言两语,便能使其改变初衷?此举非但不能奏效,还有可能搭上尔等的性命。当下只需尔等回山后,把皇上的圣谕和朝廷不日大兵压境的消息,如实地传递给苗民,使之幡然醒悟,不再跟着教匪头领起哄闹事,以期达到分化瓦解的目的,或许他们还能知难而退有所收敛。而今本县担心的却是这些亡命之徒们,鬼迷了心窍孤注一掷,如此则两军对垒刀枪拼杀就不可避免了。届时短兵相接针锋相对,死伤的可是土著苗家子弟,真到那时我就是跳进扬子江里也洗不清了。"说着已是潸然泪下了。

阿三兄弟二人见状,立即起身跪地泣声道:"老爷俺们遵命就是了。"

安亭公也擦干眼泪,起身将二人扶起来说:"二位兄弟,千万不可意气用事,一定要保护好自身安全。"

翌日天明城门刚开，姚县尉就送二人出城了。路上阿三向姚县尉请教如何回复张方兴的言辞时，姚县尉委婉地引导说："老爷宅心仁厚，只怕两军对峙时祸及苗民兄弟。但依我之见，倘若不可避免时，迟则不如早矣！二位只需将城里的兵力部署，适当打点折扣示弱于匪，使其放松警惕轻敌懈怠，我们便可从中取事了。"二人似有所悟，诺诺应允而去。

初冬十月的江南季节天清气朗暖阳高照，竟似北国深秋一般。麻阳今年的冬天似乎来得要早些。后半晌时分，城郭郊外已是空空荡荡没了人迹。这时，一个商客模样的中年人，行色匆匆地来到城门口，守城的兵卒见其形迹可疑，便拦住盘查。来人自称是衡州来的茶商王某，要进城旅宿客栈。兵卒见其形色仓皇更起了疑心，不由分说便将他扭送到城西营房。待兵卒们走后，姚县尉正要盘查询问时，那人才说他是来麻阳上任的巡检阎喜贵，说着从袖兜里掏出任职文书递了上去。姚县尉笑了笑，便亲自陪了去见安亭公。

安亭公见喜贵突然从天而降，自然喜出望外，自从耒阳一别后，他们已经三年多未曾谋面了。二人亲热地叙了一会儿话，安亭公才切入正题道："当前这里情势十分紧张，想必在来的路上你也看到了，我们与教匪迟早要有一场恶战。当下你先别公开露面，让姚县尉给你派上一名向导，扮作打山的猎户，进西晃山一带侦探一下进出山的路径，以备开仗时急需。"喜贵欣然领命而去。

阿三兄弟二人回到西晃山后，当晚便去见了张方兴，详细汇报了此行在城里收集的情报。

这几日山寨里的苗民中盛传："湘西大本营已经调遣了一千多精兵，奔赴增援麻阳的路上，大兵不日将至，麻阳守城兵卒也增加到六百多人。派出去的细作探子，一个也不见了踪影。"苗民们私下里议论纷纷，大小村寨一片混乱人心厌战，把张方兴也搅得慌恐不安了。

他认真听完二人的汇报后，急切地询问道："当下麻阳守城的兵卒到底有多少呢？"

阿三胸有成竹地说："之前长期驻军是二百多人，今年夏收时又从湘西大本营调来三百多，总兵力在五百人左右。秋后瘟疫流行时病倒死伤了二百多人，又从乡下征集补充了一百多，眼下最多也就是四百人左右，但真正能拿得起刀枪厮杀的也就三百多人。当下城里主要是缺粮缺药，民心已是一片混乱了。只近日城里盛传，湘西大本营已调遣了一千精兵，正在增援麻阳的路上，还请大哥仔细酌酌。"

阿三兄弟回来后，周围大小山寨的苗民们，便三三两两地上门来打探消息，二人表面上声色不动守口如瓶。但私下里却按姚县尉叮咛的口径，对那些相好厚气的亲友们稍稍透露了一些情况。不待几日湘西大本营派兵增援的消息便传遍了大小山寨，也传到了张方兴视为铁杆禁军的敢死营，一夜之间便逃走了四五十人。

张方兴一看事态有变，怕人心乱了不好收拾，天长日久前功尽弃，于是便决定趁目前还能把控的情况下，提前实施攻打县城的行动。

二

十月初九，张方兴召集山寨里的大小头目十几人，商讨攻城部署时，阿三也应邀参加了。

张方兴似乎成竹在胸侃侃而谈："据阿三探来的可靠情报，今年秋后城里瘟疫蔓延，守城官军病死伤了二百多人，减员惨重兵力空虚，民心恐慌已然大乱了。当下攻城正是机会，只要攻下县城，守住关隘要道，便可与官军长期对峙，进则可以有效歼敌，退则可据守坚城迂回周旋。这样我们就有了纵横湘西的资本，而后逐渐蚕食向周边县域拓展。诸位以为如何？"

当时就有人提出："听说湘西大营已经调遣了一千精兵，正日夜兼程往这里赶，准备大兵围剿我们。到那时我们窝在城里不是等着挨打，被人瓮中捉鳖一窝端吗？与其这样还不如占领山寨险要，借助山高林密据险而守安全呢。"

张方兴道："凡事有利必有害，尔等只看到守城艰难的弊端，却忽略了占领城池优势的一面。殊不知我们占领了麻阳城，便把一城人的命运和我们连在一起，必要时还可以鼓动城里的百姓和我们同舟共济扼守城池，甚至还可以将城里的青壮男丁强行驱使着替我们出城打前阵。前日我已秘密派人送信与小竹山大营，再从那里调遣两千兵勇增援，以对付湘西大营的官军援兵。届时内外夹击，更是一举歼灭官军的好机会。"

虽然多数人心有疑虑不甚赞同，但在张方兴的执拗坚持下，还是决定十月二十日夜间，实施突袭攻打麻阳县城的军事行动。

会议结束后，张方兴把阿三单独留下来，亲手交给他两张三百两的银票和一包散银,给他布置了一个特别的差事:"为了使这次攻城偷袭稳操胜券,你们兄弟二人先期溜进城里潜伏下来,设法寻机收买了把守城门的头目,等大军围城时,打开城门配合攻城行动,待攻下县城时我给你们记首功。"

阿三听了心里一阵窃喜,但表面上却皱着眉头故作为难地说:"张头领,我们兄弟二人进出城门不是很作难,只是这贿赂守城头目的事,却是个担惊受怕的冒险营生,没有十足的把握,恐怕一时难以上手。况且眼下至攻城的日子仅有十几天,不是靠实的人哪里敢开口试探呢?弄不好搭上俺俩的性命是小事,坏了头领的攻城大计,罪过可就大了。此事我可不敢十分包揽,只能先试着探探路子,把握好时机才能出手。只因近年来姑母家我每年常去两三趟,也认识了几个相好厚气的朋友,其中有两个就在营房里当差,倘若时间宽裕时,俺倒是可以试着拉拉关系,只是这时间仓促了,却一时难以上手。"

张方兴立刻惊喜地说:"阿三啊,对你的精明干练,我还是有信心的。否则,我也不会把这么重要的大事托付给你,银子你先预备着带上,进城后便于相机行事,办成了那是你的功劳,办不成我也不会责怪于你。倘若此事不能如愿,你们兄弟二人,还可以分头在城里的大街小巷暗贴揭帖或纵火焚烧民房,制造混乱转移视线,扰乱守城官兵的阵脚。此举若能奏效,也算是你俩的功劳,这银票就算是赏钱了。明日下山进城去实施吧,城里的守军有什么新的动向,可以随时回来禀报。此外我再给你写一道手谕,沿途哨卡巡查的兵卒你可以任意差遣。"阿三无奈,只好硬着头皮点头应允了。

第二天午后,兄弟二人便乔装下山,混进城里直奔县衙去了。

这段时日,安亭公虽然在行动上积极部署备战应战,但在心里却是纳谋着怎样才能避免了这场正面冲突,以留下更多充裕的时间分化缓解静待其变,也寄希望于净空法师的教化引导,以期兵不血刃化干戈为玉帛,消弭匪患于无形,还麻阳百姓苗寨山民一块朗朗晴天,这才是他想要的结果,不到万不得已,绝不主动出击。否则,那是雪上加霜,苗寨山民们本来对官府就有很深的宿怨,如今旧恨未消又添新仇,似这样冤冤相报何时才能了结,如此下去这个疙瘩就永无解日。而那些丧心病狂的教首们,正好利用苗民的这种迫切复仇心理,蛊惑煽动他们与官府抗争。一旦这个疙瘩解开了,他们就不会盲目地跟着教首闹事了,至少眼下能平息一阵子。据派往山上的细作传来情报称，湘西大营派兵驰援的消息传开后，山民们已经恐慌了，敢死营的那些铁杆死士也开始逃遁，分化瓦解的手段业已奏效，只不知张方兴当下的心理活动如何？阿三兄弟自那日回山后，至今杳无音信，这两人能否靠得住？他心里实在没底。倒是表面上看去还挺实诚，也不像是偷奸耍滑反复无常的小人，可毕竟只是一面之交，画虎画皮难画骨，知人知面不知心。倘若他俩临时反水，匪首又从其他渠道获得情报，也不是不可能的。如果真是那样，便不能坐着傻等了，得赶紧改弦更张另想他法，否则，等下去是要吃大亏的。

这天午后，安亭公正在二堂里心急如焚地踱着碎步，苦思冥想着拿不定主意时，突然门掀开了，只见姚县尉领着阿三兄弟二人进来。他愁云紧锁的眉头瞬间舒展开来，不待他们兄弟下跪施礼，便喜得将他们拉到自己身边坐了，急切地询问道："阿三啊，这么长日子了，可把你们盼来了，是刚到吗？"

阿三忙道："老爷，这不俺们刚到就来见您了。"

接着便把他回西晃山给张方兴汇报的情况，又给安亭公复述了一遍。

安亭公听后心里不由得一阵欢喜，连连夸赞道："还是你拿捏得好，竟比我想的还周到呢。张方兴可有什么新的想法？"

阿三道："张方兴的精锐武装，就是在西晃山已经训练了半年多的五百兵卒，对外号称八百勇士。这段时日山上到处传闻，湘西大营已经派出重兵前来围剿。那些兵卒们闻讯后惶惶不可终日，已经逃遁了五六十人，当下也就四百多人了。本地山民猎户能凑数上阵呐喊几声的大约有二三百人，但真正打起仗来，恐怕都是乌合之众。张方兴担心他一年来的呕心沥血付之东流，便定于十月二十日夜袭攻城，妄图夺下县城作为大本营的根据地，而后向周边地区拓展扩张，以期号召苗民聚拢人心。他给教匪们鼓劲打气和心里依托的筹码，就是贵州小竹山大营可以随时调遣人马前来驰援。"

安亭公听了，顿时沉下脸来，心里琢磨："原以为只要放出湘西大营派兵驰援的消息后，他们就会有所收敛知难而退。谁承想弄巧成拙，反而加快了他攻城的步伐，看来还是自己失算了。这该来的还是来了，是福不是祸，是祸也躲不过。既然来了，就得积极准备应战。"

瞬间，他已冷静下来，遂对阿三兄弟二人说："你们暂时还是先到姑母家住下来，抽空时上街多转转，顺便帮着指认一下山里派来的细作。省得他们走风漏气坏了咱们的谋划，有事时我自会派人寻找你们。"

444

送走阿三兄弟二人后,安亭公立即将陆县丞、阎巡检和绿营把总郑三山一起招来议事。

他首先把阿三兄弟二人带回来的情报通晓给大家,而后坦诚地说:"我上任之时,就预感到这伙教匪咄咄逼人的气势,但虑及土著苗民与官府多年的宿怨,并不想挑起战端,只想着如何分化缓解平息民愤。故而派人散布湘西大营派兵驰援已在路上的消息,以期唬住他们不敢轻举妄动,腾出更多的时间缓解矛盾。谁知事与愿违,竟然使之惊慌失措贸然攻城,这样就把我们逼到墙角旮旯里,不得不奋起应战了,这一仗我们输不起只能赢。幸亏前些天我已派阎巡检带人,将进出山的路径仔细勘察了一遍,也算是做了些打仗的铺垫,只要咱们部署得当,我还是有必胜的把握。诸位有何招数,但请直言无妨。"

陆县丞不无担忧道:"老爷,我虽然不懂得用兵之事,但我还是虑及咱们的兵力远不如教匪,很难有必胜的把握。可否能请湘西大营,再调些兵力驰援较为稳妥呢?"

郑三山道:"据我所知,西晃山仅训练有素的精锐兵勇就有八百余人,又有山民猎户的预备武装五百余,只此便有兵力一千三百多。而我们当下仅有兵卒五百余,兵力悬殊如此之大,明显是寡不敌众,还请老爷慎重些考虑为妥。"

姚智勇道:"也非尽如二位所述,据阿三兄弟和咱们派出的细作探来的情报可知,教匪在西晃山的兵力尚且不足五百人,所谓八百勇士,那是虚张声势唬人的。这段时日,湘西大营派兵围剿的消息传开后,已经引起他们的极大惶恐,每日里逃逸二三十人,当下已不足四百人,且已惊恐万状人心厌战,这样的兵卒怎能攻城呢?那些临时纠集起来的猎户山民,亦未实施正规训练,只是凭着年轻力壮和狩猎打山的经验嚣张,若要真刀真枪地实战时,恐怕拉不出二百人,也根本上不了战场。"

安亭公又补充道:"若论兵力对比时,或许匪众占了上风,但实战能力却明显弱于我守城官兵。况且咱们居高临下据险而守明显是优势。而匪则不然,他们匆匆忙忙从百里以外的山上奔袭而来,必然是人困马乏,咱们以逸待劳又是明显的优势。只要部署得当了,必是胜券在握。咱们再从大本营请调三百绿营兵助战,便有了十足的把握。"

这时，一直沉默不语的喜贵说："前些日子，我带人绕山路上了一趟西晃山，一路上发现多处峡谷隘口，周围森林灌木丛生，都是打伏击的有利地形。届时，咱们除了守城的兵卒外，把全部人马都潜伏在峡谷两侧的密林中，打一场伏击战必能完胜。"

安亭公立即否定道："此议不妥，打伏击战必须具备三个条件，其一地形有利，其二便于隐蔽，其三兵力运动不留痕迹。据此前两个条件是满足了，但西晃山一带还在教匪控制下，沿途关隘要道都有专人守候，一旦兵力运动时，必然是打草惊蛇了。窃以为还是就近在城郊部署兵力，将敌诱到城下伏击更好。"

郑三山反诘道："当下我们就这点兵力，环城一周就有十大几里，谁知道他们攻打哪座城门，我们的兵力又该往哪儿埋伏呢？"

安亭公笑着道："这个诸位放心，我已给他们选择了一个对咱们十分有利的地形，让他们自动钻进口袋里来。"

众人顿时惊愕了，遂抬起头来疑惑地盯着安亭公不知所云。

安亭公接着道："阿三兄弟下山时，张方兴给了他们六百两银票，让他们寻机收买咱们把守城门的头目。倘若我让阿三回去禀报，就说已经贿赂了北城守门的头目了，张方兴一定信以为真。北城门外一里多便是山坡，坡上栗树坪住着二十多户人家，周围林木茂盛便于隐蔽。届时，把咱们的兵卒潜伏在村庄里，待他们攻城时，突然从背后包抄上来，准保一网打尽。"

这时，大家才顿悟了，一致赞赏此计最妙！原来安亭公早有成竹在胸。

会议结束时，安亭公一反常态地沉下脸来，声色俱厉道："任何人不得泄露一丝儿口风，否则军法从事！"

临了他又特别叮嘱郑三山说："从现在开始加强城门警戒，封锁内外消息，清查兵卒核实人数，改善伙食枕戈待旦整军备战。"又吩咐姚智勇道："你立即去把阿三召来见我。"另嘱喜贵单独留下。

半个时辰后阿三来了，安亭公兴奋地说："阿三，你立功的机会来了，我们准备打一场伏击战，能否如愿以偿就指望你了。"

阿三虔诚地说："老爷，您说吧！需要我干啥，就是上刀山下火海，我也不会眨一下眼睛。"

安亭公笑道："没那么严重。初十那日你曾对我说，张方兴给你带了六百两银票,让你贿赂把守城门的官佐,今天已是十五了,你现在就回去对他说,此事已经办妥并约好时辰暗号,把他的人马调到北城门外,一举将其奸灭。这里的情况他不知道,你可以随意编排,目的只有一个,就是诱导他来攻打北门。"

阿三道:"那我今天就得赶回去向他报告,确定攻城的时辰和接应的暗号方可。"

安亭公郑重其事地说:"正是这个意思,只是辛苦你了。"

阿三当即辞行,回到姑母家稍稍打点了一下行装,带了干粮便踏上回山的路。他凭着自幼狩猎打山练就的飞毛腿,一个时辰便走了三十多里路,到了山前的第一个巡防哨所时,凭着张方兴的亲笔手谕,借了一头爬山的健骡,晚饭时分便回到了西晃山匪巢。

自从十月初九召开攻城会议后,敢死营的士兵们,每日逃逸十几二十多人,虽然加强了防守控制,但逃逸的人数仍是有增无减。时下已经锐减了八九十人,如此下去待二十那日攻城时,恐怕连山民猎户也凑不够五百人。张方兴这几日心里正琢磨着,怎样抓紧时间提前行动,只是苦于没有阿三的消息,这会儿正在山寨里心急如焚抓耳挠腮呢。忽然见阿三回来,他高兴得像抓住救命稻草似的,立即屏退左右急切地询问道:"阿三,你那边运动得怎样了,可有什么好消息?"

阿三高兴地说:"张头领,好消息,我已经搭上掌管北城门锁钥的头目了。"

张方兴听了,心里一阵狂喜道:"快说,怎么回事?"

阿三一脸平静地娓娓说道:"之前我和你说过,我有两个要好的朋友在营房里当兵。初十那日我进城后便去见了他们,发现他俩已是掌管北门锁钥的小头目了,每日里专司吊桥升降和城门关闭,我心里好一阵欢喜。当晚就约了他俩在城里最大的冠生园饭庄,要了一间僻静的包厢喝酒畅谈。席间,二人见我衣着鲜亮出手阔绰,便不无羡慕地说:'阿三兄弟虽然比我们小了许多,却早已成家立业闯荡江湖了,可俺们二十大几了,还在为每月三两养家糊口的饷银当兵呢,这人比人可气死人啊!'说着一阵唏嘘慨叹!酸楚之情已形于色。我便乘势引诱刺激他俩说:'如今你俩都是掌管城门锁钥的小头目,不仅清闲自在还加了饷银,只早晚升降吊桥和关闭城门便无事可做了,其余时间都是自己的，顺便还能捎带走私夹带的生意揩点儿油水，也算是逍遥快活了。'谁知，俺只几句平常稀松的敷衍话，便把二人激得怒火中烧，叽里呱啦地一顿破口大骂，说：'虽说是每月涨了一两银子，但从今年开春以来就没发过饷，半个月见不到一点儿荤腥，每日三顿猪狗不吃的老米饭，哪里还有半点儿油水。官佐们克扣军饷狎妓聚赌，士兵们面黄肌瘦毫无斗志，开小差逃跑的人天天都有。营房里为了防止士兵逃遁，一到晚上便把他们收拢回营房监禁管制，连常规的巡逻警戒也废除了。倘若山上的匪兵们攻城时，必然是顷刻土崩瓦解。'二人时而牢骚满腹骂骂咧咧，时而唉声叹气悔恨不已，待喝下一坛老酒时，已是醉眼蒙眬了，面红耳赤地瞪着眼珠子说：'不瞒老弟，我俩这几日正琢磨着怎样逃跑呢，你再迟来几日，咱们兄弟就见不着了。'我听得喜不自胜，忙凑上去说：'俺刚从山上下来，那边的头领是俺大哥，近日便要攻打县城，临行前他让俺替他物色两个能开了城门接应的人。待大军攻城时，只要能及时打开城门，便给赏银五百两，不知二位哥哥意下如何？'二人听后顿时喜出望外，立刻兴奋地问：'兄弟，你此话可当真？'我当即把两张银票掏出来递上，二人一见高兴得连连讨好致谢。事情就是这样，只在不经意间便悄无声息地办妥了。"

张方兴顿时高兴得欣喜若狂，连连道："兄弟，你可真是我的左膀右臂啊！待攻下县城时，我任命你当麻阳知县。"

阿三腼腆地说："谢大哥栽培，只俺不是那块料子，只要您在攻下县城时，能派兵保护一下俺姑母家的生意不遭抢掠，俺就心满意足了。"

张方兴道："那是后话，眼下我想把攻城的日期提前两日，定在十八日三更后发起攻城，来得及吗？"

阿三说："今日才十五，我回山时凭着头领的手谕，从前山哨卡借了头爬山的健骡，明晨早起启程后半晌就到县城了，你派个体己亲信在哨卡等着，我明天进城与他俩商定时辰暗号后，便把信送到哨卡，让他连夜返回来禀报你，还有两天的准备时间，应该来得及。"

张方兴道："阿三啊，那就辛苦你了，这一仗的成败关键，我就拜托你们兄弟了。"

448　次日黎明时分，阿三便骑着健骡下山了，后半晌时就进了城，把此行与张方兴约好的攻城时间，向安亭公作了翔实汇报。

安亭公听后大喜道："阿三啊！这次你可立头功了，暗号就确定为三更初刻，届时，对方发三支响箭，咱们在北城门楼挂上红灯笼接应，赶紧回去复命吧！"

阿三回到姑母家，立即拟了一封里应外合的接头暗号信并封了口，等到天麻麻黑时，才送到哨卡交给来人带走。

晚饭后，安亭公把郑三山、姚智勇、阎喜贵和阿三召来，立即调配十八日北门外伏击战的部署："城墙上堆积石块滚木，选调五十名弓弩手，埋伏在垛口两侧。再从城外乡村里抽调一百青壮乡勇待命，待匪过了吊桥兵临城下时，尽将箭石滚木一齐抛下，以为声势逼其败逃。初更时分派人封锁山后村庄要道，二更时分在栗树坪附近的林木丛中潜伏二百兵卒，待匪兵来到护城河时，再从山后包抄过来。阎巡检带上五十名刀斧手，埋伏在返回西晃山的第一道隘口，布下绊马绳索，待匪兵撤退时，专门捕捉骑马的头领，只要捉住张方兴便是首功。我带阿三在城头上坐镇调停。这一仗务须生擒张方兴等几个重要头领，其余匪众只要扔掉武器只顾逃命者，任何人不得追杀，尽可网开一面任其逃遁，违令者斩。"

这时阿三插话补充道："张方兴的坐骑黄骠马最是神勇，三丈宽的壕沟可以腾空跳跃，翻山驾梁如履平地，一个时辰能跑八十里，等闲马匹望尘莫及，一旦突出重围，便放虎归山了。"

安亭公胸有成竹道："且让他侥幸一时，骏马虽速，量它也躲不过葫芦谷口的绊马绳索。"

张方兴收到阿三的密信后，便立即部署奔袭攻城。他将人马分了两拨，自己亲自统领二百轻骑打先锋，其余人马后续跟进，待先头部队占领县城后，后续人马立即跟进占领。

十八日夜间宵禁后，安亭公脚蹬快靴，身着紧身棉袍外披皂衣斗篷，腰间挂着青龙宝剑，威风凛凛地来到城西营房校场。此时校场上旌旗猎猎灯火通明，刚刚饱餐后的五百兵卒和一百乡勇，正士气高昂地集结在校场上静候调遣。

安亭公沉着地踏上青龙旗杆前的校验台上，向前迈了两步站定了，操着洪亮的北方官话，铿锵有力地下达动员令："今晚这一仗是我们与教匪的短兵相接，他们从百里以外的西晃山奔袭而来，已是疲惫之师，我们在家门口布网以逸待劳，此战必胜，冀希尔等鼓足勇气打出威风来，待凯旋时，我与诸位官佐在此设筵置酒为尔等庆功！"

令出如山，掷地有声，六百兵勇瞬间像喝了老酒似的热血沸腾摩拳擦掌。

安亭公稍稍停顿了一下，便斩钉截铁地下达命令："阎巡检带领五十名刀斧手先行，至城西通往西晃山的第二个峡谷葫芦谷口，潜伏在隘口两翼，布置绊马绳索，大队人马过往时不必理会。待张方兴等骑马头领败逃时，务必将其生擒活捉，而后绕近路押回县城，不可贪功恋战，阿四随行配合指认。"

阎巡检迅即打了千儿，带着人马出了西城门。

"绿营把总郑三山带二百兵卒，前往北山坡上的栗树坪潜伏，待匪兵到了护城河边时，从背后包抄上来掩杀。姚县尉与陆县丞各带五十兵勇，潜伏在东西瓮城内，待匪兵被困北城门下向东西逃窜时，尔等迅捷出城从两边截杀。"

郑三山、陆文远和姚智勇迅即打了个千儿领命而去。

安亭公扫视了留在现场的一百多乡勇，拔出青龙宝剑挥了挥说："其余人等跟我一起上城御敌。"

十月十六日凌晨，张方兴亲自指派嫡系亲信十几人外出，按图索骥将散落在各寨里的在册山民，召集至金顶寨统一行动。仔细盘点时，已经训练了一年多的五百兵卒，当下仅存不足四百，由他的胞弟张方青和妹丈韦德二人统领。山民猎户们来了二百多人，由金顶寨百户长史明山统领。

当晚张方兴将全体参战官兵集结在寨顶的校场上，命人抬来三箱银锭现场分发赏银，士卒人均五两，官佐翻倍，而后宰杀牛羊犒劳以资鼓励。

十七日凌晨卯时，全体官兵饱餐一顿后，带足干粮集结待命，张方兴踌躇满志威风凛凛地骑着他的黄骠马，率领这支带着长枪、砍刀、长矛、板斧、三节棍和锄头、铁耙等武器混杂的队伍，信心满满地出发了。临近黄昏时分已到了山前的哨卡，张方兴立即下马，命人摘掉马项铃铛，马蹄上扎绑了垫着绒草的软皮油布包裹，责令队伍隐蔽在附近的灌木丛林中休息待命。二更时分，这支参差不齐的队伍从哨卡林间悄悄收拢，而后神秘地出发了。张方兴兄弟二人，亲自带了二百精兵打前阵，史明山领着二百多山民随后跟进，韦德带领二百兵勇横刀断后。

队伍刚刚行进二里许时，突然浓云簇拥雾霾蔽天，一股冰冷的寒气骤然袭来，刚刚还挂在天穹的一轮冷月，仿佛被天狗一口吞掉似的，瞬间坠入混沌迷蒙，霎时间天昏地暗山峦沉寂，牧野四合万籁俱寂，眼前黑得伸手不见五指，叫人心慌得近乎窒息不寒而栗，匪兵们顿时慌乱不堪无所适从。史明山见状立即阴冷着夜色一样漆黑的凶脸，恶狠狠地回过头来，低声呵斥着落在他马后三丈远的山民们说："不许掉队，前头人拽住马尾巴，后头人牵着前头人的后衣襟快速跟进！"

三

临近子时，大队人马已经到了西城门外半里许的大官道上，张方兴遂令史明山率领山民左右疏散了，利用地形地物就地潜伏等待命令。自己亲自带了二百精兵，绕到北城门外的护城河畔观察动静。这时城里传来三声瓮声瓮气的木梆打更声，只见城头上高高悬起一盏大红灯笼，城墙上寂静无声却不见一个人影。他低声传令号兵立即发射信号，三支鸣哨响箭嗖嗖嗖地穿过城门楼顶上刺向夜空，霎时，只见高悬着的吊桥缓缓地放了下来，阿三已在城墙垛口上向他招手示意了。张方兴不由得一阵欣喜若狂，立即带领人马急匆匆地踏上吊桥冲到城门口。只见阿三的头从城墙垛口上探出来，俯下身两手掬着喇叭状低沉喊道："张头领您稍等片刻，待俺下去督促他俩马上开城门。"此时，断后的张方青和韦德不失时机地撵赶着匪兵们从吊桥上涌过来，依次向城门两边的墙根下有序扩散，却全然不知螳螂捕蝉黄雀在后。此时潜伏在栗树坪附近山林里的二百绿营兵，正悄悄地从他们身后快速包抄上来。那些匪兵们一门心思只想着赶紧进城抢掠财物，正一窝蜂似的争先恐后挤上吊桥往城门下簇拥，对身后发生的一切却浑然不知。

这时伴着三声闷雷似的火铳声突然响起，寂静的夜空瞬间被划破了，城墙上顿时灯火通明宛若长龙。只见安亭公与阿三气定神闲地站在城楼上，对着城下的张方兴大声喊道："张头领，你不辞劳乏远道而来，一路坎坷崎岖着实辛苦了！在下麻阳知县阎广居，已在此等候多时了。"

张方兴见情势突变已知上当受骗，急忙调转马头朝着匪众大吼一声："我们中计了，快撤！"谁知那些拥挤的匪兵们，已经把吊桥上塞得满满的，哪里还有退路？待他们回过神来掉头撤退时，这才发现自己已经被包围了，二百多手执刀枪的绿营兵,如天神般虎视眈眈地已经逼在眼前,他们哪里还敢反抗,只好乖乖地放下武器缴械投降。

张方兴见势不妙,便又掉头指挥困在城门下的匪兵,赶紧沿着城墙根往东、西两边疏散。

这时火铳声再次响起,只见城墙的垛口上立刻应声站满兵勇,乱箭、石块、滚木顺着城墙垛口暴雨般的倾泻下来,匪兵们哭爹喊娘一阵惨叫声,已是横七竖八地躺了一地。侥幸躲过灭顶之灾的残兵们,一下子慌了手脚,纷纷跳入护城河里拼死拼活地扑腾挣扎。

见势不妙的张方兴情急之下,立即打马扬鞭一跃而飞过护城河,阴沉着长满络腮胡子的苦瓜脸,歇斯底里地斥令已经涌到西门护城河畔的史明山,立即带领队伍驰援北门。绿营把总郑三山见状,也带了一百多兵卒迎上来,双方顿时昏天黑地搅杀在一起。

安亭公见状迅即传令陆文远和姚智勇,立即率领守候在东、西瓮城里的一百兵勇,左右冲出城门从背后掩杀过来。那些山民们见腹背受敌,早已乱作一团,哪里还有心思厮杀,顿作鸟兽跳入护城河里拼命挣扎。

张方兴眼见大势已去,遂无可奈何地率了张方青、韦德和史明山恨恨地打马急驰,向西晃山方向一路夺命而去。

安亭公眼见大局已定,立刻传令马上收拢兵勇打扫战场。张方兴与张方青、韦德和史明山逃遁后,那些被困在包围圈里的匪兵们,顿时像无头苍蝇乱了阵脚,只好放下武器缴械投降。郑三山立即命令手下兵卒,将他们拘回营房关押。

姚智勇带人打捞那些掉进护城河里、尚在挣扎攀爬的匪兵们。陆县丞命人将倒卧在城墙下的匪兵尸体,仰面朝天地抬到西侧城墙脚下整齐排列,其他受伤的匪兵悉数抬回营房救治。

五更时分,埋伏在葫芦谷口的喜贵,突然听得一阵嘎嘎的马蹄疾驰声由远而近,便低沉地提醒着周围的刀斧手说:"来了,注意隐蔽,准备擒贼。"

须臾,载着张方兴的黄骠马已经飞到谷口,喜贵一声令下,掩埋在地下的绳索在十几个刀斧手的拽扯下瞬间绷直了。那马受到羁绊惊吓,又被绳索带起的尘土迷了眼,顿失前蹄扑倒在地,一个弧形的抛物线,将骑在马上的张方兴摔出了三丈多远,扎了两个跟头后仰面朝天躺倒在了那里。埋伏在两侧灌木丛中的刀斧手们一拥而上，尚未等他反应过来时，已经把他捆绑成粽子似的拖到林间的灌木丛里，塞了一嘴枯萎黄草。两名随行的马夫迅捷上前，熟练地勒紧了匍匐在地的黄骠马嘴里的细铁链小缰子，用黑布蒙了双眼戴上笼嘴，拉到谷后崖下的树桩上拴紧了缰绳，而后重新布阵原样埋伏。准备甫定，又传来一阵急促的马蹄声，顷刻张方青、韦德、史明山的坐骑已经到了跟前。随着绊马绳索的绷紧，张方青的头马跌倒在地，紧随其后的两匹马，立刻跟着绊倒跌在一起，两边的刀斧手们迅捷围上来，一个一个捆绑结实了。喜贵见大功已经告成，便将人犯拴绑捆扎了驮在马背上，抄着小路打道回城了。

回到营房时，天已大亮。此时城外的战场已经打扫完毕。这次城门伏击战，共歼敌一百二十八人，其中：死亡十一人，重伤十八人，轻伤二十六人，俘虏七十三人，包括张方兴、张方青、韦德和史明山。检点守城伏击的官兵时，竟无一人伤亡。

安亭公令郑三山将俘虏的六十九名匪兵临时关押在营房里，张方兴等四名匪首拘回大牢戴枷铸锁，加派岗哨重兵看押。陆县丞派人购置棺木，将尸体仔细清洗，裹了白布换装入殓，而后，搭起灵棚，派兵守护。又从城里的药铺请来郎中，配合营房里的医工为伤残病员上药止血包扎，直到天黑时，才将诸事安置完毕。

当天晚上安亭公挑灯夜战，给湖南巡抚姜晟大人草拟行文，呈报此次麻阳平乱告捷的详细经过。

中丞大人钧鉴：

嘉庆二年九月十五日，卑职在芷江任上，接抚台衙门的任职行文后，即行交割印信，九月十八日即赴麻阳履职。经浣日查询访知，此次麻阳匪乱，并非一朝突发，当属经年累积宿怨。究其原委，乃历任流官敲骨吸髓盘剥压榨，授人以柄激起苗民愤慨，更兼白莲教匪趁机蛊惑煽情，导致民怨沸腾发酵蔓延，其波及湘西数县已一发不可收。虑及于此，卑职上任之时，并未急于派兵围剿，只是守城防御安抚民心，不到万不得已，不敢主动出击。冀希缓以时日宣谕圣教，以期布施皇恩消弭隔阂，甚或分化瓦解釜底抽薪，兵不血刃化干戈为玉帛。殊不知丧心病狂的教匪，竟于十月十八日凌晨，孤注一掷突袭孤城。无奈之下被动应战,怎奈教匪虽众,竟不堪一击,丢盔卸甲损兵折将。此役俘敌七十三人,死亡十一人,重伤十八人,轻伤二十六人,擒拿教首张方兴、张方青、韦德、史明山四人。其余匪众四处逃遁,已成惊弓之鸟,料也难成气候。

庆幸之余,余自思忖,此战虽捷,只可解燃眉之急,兵戈虽勇,只可夺其势而不可虏其心。当今圣上怀柔天下包容四海,我等臣下若能体察圣意怀柔抚慰恩结其心,似可长治久安一劳永逸。倘若依律依制,瓜蔓株连大开杀戮,必使苗民更加仇恨结怨,甚或致其死心塌地一边倒向教匪,但有风吹草动,必然死灰复燃永无宁日。且审诘浩繁费日时多。窃以为此役善后,应除教匪首恶外,其余蒙蔽胁从者,宜施恩抚慰从轻发落。概由当地百户、保甲长、邻舍三户连保尽释,使之消除怨恨感恩戴德臣服王化,如此则苗民幸甚!麻阳幸甚!朝廷幸甚!

麻阳知县阎广居顿首拜上

嘉庆二年十月十九日

草毕,又反复推敲,誊抄了两封并报辰沅兵备道。

搁笔后,安亭公这才觉得浑身困乏疲惫,睡意绵绵瞬间袭来。至此他才想起自昨夜调停至凌晨激战,竟通宵未眠,遂洗漱更衣准备就寝。这时忽然一个激灵猛地袭来,他立刻意识到行文送达往返,至少也得七八日,倘若抚台大人请旨圣上时,还不知要等到何年何月。这段时日,那些死伤和被俘的苗民家人,必然是悲愤惊恐痛不欲生。倘若教匪奸民蛊惑煽动挑拨离间,他们必然是怒火中烧丧失理智。如果他们聚众结伙拼死挑衅杀进城来,我若派兵弹压必然又起战端,流血死人自然不能幸免。届时,我进退两难无所适从,其后果不堪设想。想到这里,他已自惊出一身冷汗,哪里还有半点睡意。遂自在脑海里翻腾了半个时辰后,才决计不能坐等抚台大人的钧命,还是先斩后奏,速出安民告示稳定人心为上。倘若因此而获罪,唯自己一人领受,罢官夺爵也在所不惜。

由是,便又起身用冷水擦了一把脸,再次坐到案前研墨挥毫起草安民告示:

当今圣上怀柔天下包容四海,不拘汉夷视同一体,本县自履职麻阳以来,谨遵圣命,播撒皇恩。怎奈教匪丧心病狂挑唆苗民,蛊惑煽动聚众围城。为使一城百姓免遭涂炭,守城官兵奋勇出击,不幸酿成此役,谨以为憾!为消弭匪患,绥靖地方保境安民,冀希士农工商各界人等,恪守其业不必慌恐,并告曰:

一、凡此次夜袭攻城中被击杀之匪兵,本县念其愚昧又受教首张方兴等人蛊惑煽动上当受骗,业已收棺入殓。着即各山寨百户长、保甲长速带其家人,前来北城墙根前认领尸首,十日内无人认领者,均按无主户尸就近择地掩埋。

二、此役匪众轻重伤员四十四人,业已实施有效救治,着即各山寨百户长、保、甲长速带家人,前来县衙连保领回,十日为限过期收监。

三、此役俘虏的匪兵六十九人,着即各山寨百户长、保、甲长和邻里五户担保领回,十五日为限,过期即拘往辰沅兵备道关押候审。

四、其余逃逸的匪兵亦可参照以上条款,由其家人会同三户邻里,到城西营房登记履行担保不与追究,二十日内有效,过期尚未登记者,一律通缉拘捕罪无可赦。

望本邑乡人警觉提撕交相告知。

特此告示

嘉庆二年十月十九日

次日天明,安亭公将两封行文铅印封缄,派人快马送达长沙抚台衙门和辰沅兵备道。又令书吏将告示誊抄若干,加盖紫花大印四处张贴。

诚如安亭公所虑,那日侥幸逃脱的匪兵们,回到山寨后,便将他们夜袭麻阳受挫,暴虐死人无数的消息传遍大小山寨。那些别有用心的教匪骨干们,便趁机散布谣言制造恐怖:"残忍啊!残忍!俘虏都被官兵当下拉出城外挖坑活埋了,死亡者被当场架火焚烧。"听罢此言那些下落不明山民的家人们,顿时哭成了一团,家家摆香案设灵堂祭奠哀悼,香烛烟雾霎时间弥漫了大小村寨山庄窝铺,呼天抢地哀嚎遍野。

那些冥顽不化的教匪余孽,也乘势煽风点火说:"你们都是些尿包软蛋,哭能把死人哭活吗?是汉子的都集中起来,给亲人们报仇去!"于是山寨上下串联一呼百应，不到半天光景，便聚集了一千多人的复仇队伍。

次日天刚启明时，他们就背了弓箭拿起刀枪、棍棒、锄头、铁耙等一切可以致人死命的武器，在练兵校场上集中起来，浩浩荡荡地向县城涌去。

当他们路过山下的村庄道口时，看到墙上贴的安民告示后就动摇了，当下就散了一大半。勉强留下来的那部分人等，到了城门口时，见一溜崭新整齐的棺木，端端正正地摆在北门左侧城墙根下的灵棚里，灵前还摆放了祭奠的香烛纸扎供品，两个戎装挺拔的兵卒站在灵前守护。这时，他们才感到自己上当受骗被人利用了，一路上杀气腾腾的嚣张气焰，顿时消失得干干净净。他们纷纷扔掉手中的武器，惊悚地走进灵棚里辨识寻觅自家的亲人。

安亭公闻讯赶来时，众人早已散去，只留下死者家人，还在那里哀哀痛哭不忍离去。

随行的姚县尉和喜贵忙向他们介绍说："知县老爷看望大家来了。"

那些人这才回过神来，忙擦干了眼泪跪下来磕头谢罪。安亭公上前一个一个搀扶起来，含着眼泪哀哀地说："老表们，大家节哀顺变吧，事已至此，是我这个当差的知县没有尽到保护子民的责任，让尔等悲痛伤心了。"边说边领着他们回到营房里茶水伺候，顺便让他们探望了在押的熟人俘虏和伤病号，晚上还安排了食宿。次日一早打发他们回山时，安亭公谆谆叮嘱："诸位老表，拜托大家回去后，通晓一下那些死者家人，按照告示上的章法，赶紧来人把尸体先抬回去安葬，人死为大，入土为安，别让他们死不瞑目！"

那些山民们在折返回山的路上，虽然还是抽抽噎噎悲悲戚戚，但心里已经宽慰了许多，他们顺路揭了几张告示，回到家里时天已大黑了。那些在家里等着他们探听消息的乡邻们，一下子便围上来。于是，他们便把自己目睹的点点滴滴，哭着告诉了大家，末了还愤愤不已地说："咱们实在是上了那些油嘴滑舌的白莲教传教士的当了，这位新来的县太爷谦卑有礼仁仁义义，与之前的那些酷吏们简直判若两人。眼下咱们还是商量着怎样往回拖引自家的人吧。"几个年轻的后生们顿时听得怒不可遏，当他们分头四散到各山寨里，寻找前日摇唇鼓舌煽情的那几个造谣者时，却早已不见了踪影。于是，便又连夜登门寻找各家村寨里的百户、保甲长，央求他们根据告示上的章程，赶紧领头组织大家进城，保释自家的亲人。

谁知那些百户长却犯了难，虽然他们还是前些年山民们推举的百户长，但眼下的身份却很尴尬。因为他们与衙门里已经脱节了一年多,自白莲教煽动起事以来,他们征缴的赋税都交给教匪练兵度支了,现在衙门里还承认他们的身份吗?

眼下这些山民们心急火燎地督促保释他们的家人,可自己豁上身家性命为他们担保了,倘若他们再有反复的异常举动时,自己能不受株连吗?

心里不禁暗自思忖:"山民们无论什么理由,反正跟着教匪叛乱攻打县城,就是和朝廷扛脖子做对头、犯上作乱的死罪。如果自己当下替他们担保了,便是明显的同流合污包庇袒护,倘若官府秋后算账时,瓜蔓株连是必然的。再说了,谁又能保证衙门里,不是用这种简单笨拙的办法在甄别试探呢?若是这样的话,那就是黄泥巴掉进裤裆里,不是屎也是屎,真到那时可跳进黄河也洗不清了。"

他们前怕狼后怕虎躲躲闪闪,就是不敢应允,有的甚至逃到深山野林或亲朋好友家逃难躲避去了。

送走那些哭灵的山民们后,安亭公回到衙署时,才静下心来仔细回味,对昨天突发的苗民闯城寻衅哭灵事件,心里不由得一阵后怕。幸亏自己沉着冷静处置温和,又及时张贴了安民告示。否则,面对这一群不明真相又被奸人挑唆怒火中烧的无知山民,哪怕你就是苏秦、张仪,也难以说服他们,所有缓释劝导的说辞,都显得那么苍白无力,一场突如其来的对面冲突怎能避免?其结果必然是血雨腥风的刀枪厮杀。这样种下的祸根远比前日的守城伏击的后果,不知要大了几许,毕竟他们是一群无知的山民!嗣后,若要弥合这个裂痕,难度可就更大了!所幸我佛慈悲皇天庇佑有惊无险,阿弥陀佛!

他庆幸之余,却又在心头掠过一丝忧虑。自大清开朝以来,对胆敢威胁皇权犯上叛逆的乱匪,从来都是血腥镇压毫不手软。虽然这次麻阳平乱有功于皇权社稷,善后抚慰安民也并无不妥。但这却是自己临事应急的无奈之举,并未获得抚台大人的允准。倘若姜大人遵从祖制或心存猜忌,抑或怕吃瓜落撇清自己时,又得请旨圣上,那得耗费多少时日?真到那时这里恐怕已是剑拔弩张尸山血海了。自己的所作所为可是先斩后奏,倘若朝中的那些言官们,以离经叛道有违祖制为口实弹劾时,圣上必然会降罪于己。纵观古往今来,多少清官廉吏因此获罪身陷囹圄?不禁又出了一身冷汗。可当下已然这样了,又能如之奈何?是福是祸,唯己一人扛起来。

安亭公虽然信心满满，但接下来的等待却不能尽如他意。十月三十小雪节令那日，他循例到城西营房探望了那些受伤的苗民，虽然他们的伤口已经日见愈合，而且精神状态也还正常，但他回到衙署时，却怎么也高兴不起来。而今告示张贴已经十几天了，那些哭灵的山民们也走了七八日，竟没有一家前来保释领人，可见他们还是心存芥蒂并不信任官府。这样不带任何附加条件的保释认领，咋就这么难呢？到底是哪里出了纰漏？又该如何酌处呢？安亭公不禁又陷入了沉思中。

正当他郁闷纠结得难解难分时，突然书吏推门进来送上一封书札。看落款，居然是抚台衙门快马传来的信函。慌忙拆封，竟是中丞大人的亲笔：

广居贤契如晤：

十八日守城激战行文收悉，览毕大悦，困扰麻阳一年的匪乱，尔到任一月骤然平息，实乃奇迹也！贤契虑事周全，矫枉不忌过正。如尔所述，兵戈只可夺其势不可虏其心，先朝圣人文成公曰：破山中贼易，破心中贼难。此战虽捷，然心贼未除，欲破心贼，更须谨慎怀柔恩结其心，务使苗民沐浴皇恩臣服王化，此乃上善之举，切莫因循守制功亏一篑，贤契老成谋国处置得当与老夫不谋而合，吾心甚慰！

嗣后，凡事秉承圣意放开手脚以心为正，不必瞻前顾后畏首畏尾，凡事尽可临机处断。此议若违圣意，概由老夫一力承当。圣上那里老夫虽已呈文请旨，然旷日持久，恐尔心存顾虑不得章法，后续无法衔接，故而私信通晓，待圣旨下达之日，再行正文函告，望贤契好自为之。

姜晟

嘉庆二年十月二十六日

安亭公览毕，心里的一块石头终于落地了！他想："中丞大人封疆大吏经略湘省数年位高权重，与我之前仅例行拜谒见过一面，更无一点私交，其襟怀坦诚不藏不掖，竟与前任抚台判若两人，行事果敢勇于担当，不愧是皇上倚重的重臣，见识高远谋虑周全更是令人折服，人生得一知己足矣！敢不赴汤蹈火以死效力！"不禁感慨万千涕泪纵横。当即伏案疾书："广居由衷感激抚台大人赤诚相待鼎力支持，自当竭诚尽力不辱使命，虽肝脑涂地，亦在所不惜也！"

次日午后，天王寺住持净空法师突然莅临衙署，安亭公自然喜不自胜，急忙把他请到二堂坐了，虔诚地询问道："净空法师，别来无恙？这段时日我已是焦头烂额六神无主了。"

净空法师双手合十一脸肃穆道："贫僧只为吊丧而来。"

安亭公一脸茫然道："在下凡夫俗子，竟不知做错什么了，还望法师不吝赐教指点迷津。"

净空法师一脸正色道："尔只图保境安民立功心切，但也下手太狠了，一战就死伤了那么多苍生，虽有功于江山社稷，但，必自损阴德折己之寿矣！"

安亭公一脸无奈地颓然道："圣贤之道，为天地立心，为生民立命，为万世开太平。我佛慈悲，爱护众生，怜悯众生，拔除苦难。然，在下既为朝廷命官，便身负保境安民的使命，岂能眼见教匪分疆裂土涂炭生灵，而充耳不闻置身事外呢？"

净空法师不无惋惜道："话虽如此，只是出手太狠，也太残忍了。"

安亭公道："法师误解了，在下上任之时，也未派兵围剿，只是守城防御抚慰安民，冀希缓以时日播撒皇恩雨露，以期放下屠刀幡然悔悟，化干戈为玉帛。谁知，教匪竟然视为软弱步步紧逼，孤注一掷突袭孤城。为使一城百姓免遭屠戮，在下才不得不奋起反击。实在把我逼得没有退路了。"

净空法师深深地叹了一口气，还是不依不饶道："尔已坠入魔道久矣，岂能一朝一夕顿悟？还是说说你的打算，而今准备如何收场？"

于是，安亭公便把这段时日，自北城门伏击战以来，山民们聚众挑衅和他采取的一系列应对举措，以及与抚台大人私信沟通的共识，详尽地给净空法师阐述了。

而后心存疑虑地说："我虽然被逼无奈开了杀戒，但也心存忏悔做了许多缓释的铺垫，以求得这些受害苗民们的宽恕谅解。但他们还是心存顾忌疑虑未消，竟至今也不肯前来保释领人，实在令人费解！"

净空法师微微一哂道："贫僧此行就是专为此事而来，待我助尔一臂之力吧。"

原来是那些山寨里的百户长们心存疑虑，不敢贸然领衔保释，被山民乡人们追逼得实在无处藏身了，便偷偷地跑到天王寺里祈祷，并请求净空法师施以援手指点迷津。

净空法师听了他们的哭述后，才知道了麻阳发生的一切，便慨然应允道："据我所知，这位新任知县虽非佛门弟子，但也是菩萨心肠的施主，待贫僧明日进城一趟，摸摸他的底细，顺便给死难者做个斋醮法事，超度一下亡灵可好？"众人听得欣喜若狂，千恩万谢地回家等候去了。

安亭公当即表态说："当时那些无知的山民们，已经被教匪蛊惑挑唆得昏了头，他们也是上当受骗被人裹挟的无奈之举，彼一时此一时也！我已对那些参与攻城厮杀的山民们宽恕了，还能降罪于他们吗？只要乡民信赖推举，他们秉公办事能与官府精诚合作，嗣后，我还得仰仗他们呢！"

当晚安亭公为净空法师另辟了一处静室，净空法师香汤沐浴坐禅诵经。安亭公知趣地退了出来，连夜派人持函邀请附近几个寺庙的僧人，待明日莅临麻阳城，与净空法师一道主持超度亡灵的斋醮法事。

四

十一月初一凌晨时分，安亭公醒来时，见窗格上已微微闪亮，便轻轻地穿好衣衫，悄悄走出庭院。这时猛地一股寒风迎面扑来，他不由得浑身一颤打了个喷嚏。

当他抬眼四顾时，只见昏暗的乌云低垂天际，雾满千嶂山峦隐形，灰蒙蒙的天空稀疏地飘洒着几许柳絮儿般的绒雪，地上已经铺了薄薄的一层，似乎久违了的料峭冬寒一夜袭来。他不由得紧了紧束在外套上的蓝布腰带，两手抱着激了一身鸡皮疙瘩的身子，迅速返回家中，又换了一件往常只有寒冬腊月时才穿的薄棉袍。此时小颖已经起床，正在灶台前呼呼地拉着风箱烧水，见他回来，便从锅里舀了半瓢滚烫的热水倒进脸盆里，又兑了半瓢井水后，才沏了一杯热茶放到饭桌上。安亭公若有所思地踱过去，随手从脸盆架上扯了汗巾，在热水盆里轻轻地搓揉着，擦了一把脸，便坐在饭桌前边喝茶边对正在打扫屋子的小颖说："先简单弄点儿吃的，晨起要早点到衙署里去。"

卯时初刻他刚到二堂里坐定时，就见那些应邀的僧人们已经陆续来了。他们见净空法师已经先期而至，便一个个上前合掌揖礼，恭请净空法师主持这次非比寻常的亡灵斋醮法事。净空法师也未谦让，只微微一哂道："阿弥陀佛。"

辰时初刻，净空法师一行七僧身披袈裟，手里攥着锃光发亮的琥珀念珠，在安亭公的引领下，缓缓地来到北城门外的灵棚前。只见护城河面上已经结了一层薄薄的冰，守在灵前的衙役抱着七袭稻草蒲团，恭恭敬敬地递上来，净空法师随手接了一袭，瞅准位置放到地下，而后掀起袈裟端端正正地背西面东而坐，其他六位僧人依次围着他呈莲花形状坐了。伴着悠扬荡耳的铜磬声响起，香烛纸表烟雾升腾。正襟危坐的净空法师与六位僧人，同声依韵依次朗声诵念《地藏菩萨本愿经》《阿弥陀经》《六道金刚咒》《大光明咒》《得闻解脱咒》《本觉大秘咒》。那抑扬顿挫的诵经声，缓缓地飘荡在护城河两岸，飘上城头穿透云层。

须臾，弥漫在天空的浓云徐徐退去，殷红的太阳像一只破碎的蛋黄，慢慢地穿透云层，金黄的稠汁儿缓缓流散开来，与尚未退尽的残云搅和在一起，光芒万丈洒满穹天，霞光映射在薄薄的冰面上，五彩斑斓耀眼夺目。霎时间，冰面上空百鸟云集低翔盘桓，汇成一幅莺歌燕舞的画卷。伴着抑扬顿挫的经文诵读声，交织成一曲哀怨往生的凄凉韵律，时而怨恨忧伤，时而亢奋激扬。

这亘古未有的奇观异景，顷刻惊艳了过往的行人，人们驻足流连。须臾，护城河两岸聚集了数以千计的人观赏。困扰了麻阳一年，剑拔弩张的雾霾浊气，顿时荡涤得干干净净，人们欢呼雀跃欣喜若狂奔走相告。或三五扎堆，或七八成群，窃窃私语交口议论："这净空法师果然是法力无边神通广大，通天彻地驱使鬼神的得道高僧。弹指间，天门洞开霞光万丈，紫气东来妖雾遁消，百鸟来朝琴瑟和鸣，竟比济公活佛还灵验呢！"

这时，一位须眉皆白的皓首老翁，戳了戳手里的虬龙古藤手杖，慢条斯理地说："诸位看官，此言差矣！净空法师此行是为超度亡灵而来，这位新来的县太爷才是天上的星宿呢！他可是奉了玉帝的王命下凡来，替天行道拯救苍生的活菩萨。净空法师虽有呼风唤雨驱使鬼神的道行，但也不敢肆意显摆逆天行事。否则，佛祖一个意念就能让他坠入十八层地狱，永世不得超生。"

正当人们瞪大了眼睛，口中啧啧惊诧不已时，他身边一位年逾古稀戴着无框眼镜，学究模样的人神秘兮兮地插话说："诸位只知其一不知其二，只知其然而不知其所以然。尔等可知这位净空法师的前世今生吗？这净空法师便是当年在耒阳时，被这位知县老爷擒获的江洋大盗古尚云。"

461

他此言一出，似闷雷一般石破天惊，直惊得众人瞬间瞪大了眼睛，诧异费解的目光齐刷刷地朝他袭来。

"诸位老表稍待片刻，再听鄙人为你细细道来。"他像个说书先生似的，又卖了个关子才侃侃而谈："这古尚云本是湘省衡南人氏，自幼父母双亡流落街头，衣不蔽体食不果腹，江洋大盗皇甫南见其聪明伶俐十分喜人，便收养为义子并悉心教习。古尚云不仅熟读经史子集孙吴兵法六韬三略，而且通晓阴阳五星奇门遁甲，便是轻功也是上乘十分了得。他在江湖上行盗十余年从未走风失手，而且专以贪墨官吏和不法奸商为作案对象，由此而声名鹊起。窃来的钱财不赌不嫖不置家业，或布施寺庙，或赈济贫民，扶危济困赡养孤寡，游历山川与高僧大德谈经论道，一生尚未娶妻生子成家立业，江湖上人称第一劫富济贫侠盗。因此而被江南盗贼拥戴推举为总瓢把子。阎广居任耒阳知县时，江湖盗贼们慑于他的声望，纷纷远遁他乡避其锋芒，唯古尚云自恃卓尔不群胆大包天，竟然施以迷药盗窃了'广德诚'钱庄的白银一万二千两，其藐视轻慢挑衅显而易见。阎知县接案后，只巧施妙计瞒天过海声东击西，两个回合便把他搅得晕头转向不知所措，乾隆五十一年除夕夜被困在耒水河畔的伍家湾。谁知，古尚云艺高胆大，只随手掐了两根尺许长的芦苇秆儿，纵身一跃，恰似蜻蜓点水，一步三丈风驰电掣飞箭一般，眨眼间已突出重围越过河心，竟把十几名缉拿追捕的捕快弓弩手，惊得瞪目结舌愣在那里不知所措。说时迟那时快，只见阎知县不慌不忙，迅捷一个掌心雷，将其击落水中予以拘捕。只此一招便把古尚云佩服得五体投地，当下便执弟子礼拜倒在他的门下。诸位试想，这阎广居倘若不是天上的星宿下凡，又如何能掐会算文武皆善？说到底这净空法师只是他老人家门下的一个入室弟子而已！这次麻阳剿匪就是他老人家调来了一百个天兵天将，才得以解围。否则，怎能在一时三刻间，便让教匪的八百勇士灰飞烟灭了呢？"一席话尚未说完时，众人已是惊得目瞪口呆，一阵唏嘘慨叹！

恰在此时安亭公和喜贵正好出现在护城河南岸，围观的人群瞬间跪倒了一片，嘴里参差不齐地祈祷着："阿弥陀佛，无量寿佛，天降神人，庇佑麻阳。"

安亭公并未特别留意，他还误以为是眼前的奇观异景感染了人们的情绪，遂不经意地朝着人群挥了挥手缓缓地掠过。

看着安亭公高大洒脱飘逸的背影慢慢地消失了，虔诚的人们这才小心翼翼地站起来。他们更加笃信了他就是天上的星宿，二位老者之言，绝不是虚妄之词，肃然起敬。

北城门外超度亡灵突然呈现的奇观异景，知县老爷是天上的星宿下凡、净空法师是阎广居的门生弟子，瞬间机缘巧合地连接在一起，披上了一层神秘的色彩。由是，民间传说的各种诡异奇谈便铺天盖地而来，经无数人的口耳传播，已经演绎成无数个版本的神话传奇，一夜之间像风搅雪漫般，席卷了麻阳乃至湘西的大小山寨村落。

十一月初三午后，西晃山一带的山民们，在各自山寨里的百户长、伍什长带领下，成群结伙地来到城西营房里保释领人。安亭公像一位尊厚的长者，每日里亲临现场热情接待他们。那些山寨里的头面人物和山民们，纷纷参拜并盛赞他的宏雅大量和善行义德，安亭公自然免不了一番宣谕圣教悉心引导。不到十天的功夫，北城门外的尸体和营房里关押的俘虏、病号，便都被认领走了，城西营房又恢复了往日的静谧安宁。

久困笼中的小鸟渴望自由飞翔的欢乐，熬过寒冬腊月的人们，才能倍感春天的温暖。城门洞开路障尽撤，困扰麻阳两年的匪乱平息后，困顿在城里的蝼蚁子民们，悬在嗓子眼儿上的那颗焦虑恐惧的心，终于踏踏实实地落进肚里。他们像飞出笼中的小鸟，欢呼雀跃欣喜若狂，兴奋地享受着这来之不易的自由欢乐。

大寒节令时已经进了腊月，从乡下进城来赶集的人一天天多起来，城里的大街小巷车水马龙人如潮涌，买卖字号家的商铺里，被采办年货的人挤得满满的，萧条冷落的市井又恢复了往日喧嚣欢腾的热闹，处处呈现出一派欣欣向荣的繁华景象。

看着这蒸蒸日上的生活气息如此浓郁，安亭公不禁喜出望外，他的脸上也露出了久违了的笑容。遂趁着这份高兴愉快的心情，把绿营把总郑三山召来褒奖勉励了一番，而后与之商量说："郑把总，麻阳这次北城外伏击战的大获全胜，多亏你和众官兵兄弟们的奋勇厮杀，才彻底解了麻阳的匪患之忧，总算是把白莲教徒们的这股子嚣张气焰杀下去了，也算是一战定乾坤，眼下暂时不会再起大的战端了。据前日传来的邸报说，当前湘西剿匪战事正酣，我欲将年初从湘西大营借来的二百绿营兵悉数退回，好借好还再借不难，依你之见以为如何？"

郑三山忙双手抱拳一揖道："老爷客气了，此次麻阳伏敌守城之战，全凭老爷运筹谋划指挥得当，我等官兵并无奇功殊勋，若有微劳，也只是服从听命而已！而恪尽职守本来就是军人的职责，卑职不敢当此褒奖。就当前情势而言，此役足以震慑匪敌，倘若没有意外反差变异，我料他们再也不会掀起轩然大波了。至于官兵裁撤之议，全凭老爷定夺，我等当以服从为天职，并不敢妄加擅议。"

安亭公道："那就劳烦你去安排吧，临行前我要好好犒劳一下，备足路上的干粮，每人发上五两赏银，官佐们翻倍，别让他们失望了。此外你再开列一封功勋名册，待我修书呈报毕大人，为尔等官兵叙功请赏。"

腊月初三那日，安亭公送走绿营兵后，便着手开堂审理张方兴等四名匪首祸国殃民的滔天罪行。

张方兴自那日在葫芦谷伏击被擒后，在冰冷的死囚牢里心灰意冷，已是万念俱寂。痛定思痛悔不该当初冲冠一怒，不自量力扯旗放炮与官府作对，如今身陷囹圄必死无疑。若要逃过此劫，除非是小竹山大营刘之协、宋子清派人劫狱营救，尚有一线希望。否则，便是死路一条，与其奴颜婢膝跪地求饶，倒不如大义凛然视死如归，还能挣个慷慨赴难的汉子名声传之于世，至少当下可以免受皮肉之苦。抑或传到刘子协、宋子清耳里，他们为了笼络眼下还在为之四处闯荡卖命的那些干将们，动了恻隐之心解救自己也是有的。于是，他便横下一条心来要做顶天立地的大丈夫。

当张方兴被带上堂来时尚未动刑，他便毫不隐讳地将全部罪状都承揽在自己身上，慷慨陈词大义凛然只求速死，一副十足的大丈夫铁血形象。

张方青和韦德被押上堂来时，未曾动刑已先自瘫倒在地，痛哭流涕地反复陈述，他们都是忠厚老实的良善平民，只因与张方兴是同胞的兄弟姊妹亲情，而心里糊涂犯浑，又被他蛊惑煽动才上当受骗的，并无与官府成心扛脖子作对的仇恨。当时心里想着，只把带兵打仗当作一件出人头地的风光体面营生，依靠它来养家糊口，绝对没有扯旗放炮犯上作乱的念想，极力把全部罪状都推到张方兴身上，以期为自己开脱减负。

464　　倒是史明山被带上堂来时，却是满腔怒火毫不掩饰，义愤填膺道："自雍正七年朝廷'改土归流'以来，我等苗寨山民们，心里想着只要能平心顺气地过上几年太平日子,愿意安分守己地耕田狩猎种地纳粮,中规中矩地当好大清朝的子民。怎奈历任流官们却是刁钻刻薄盘剥压榨,竟把我们当作案板上的鱼肉任意宰割。无奈之下我们只好奋起反抗,出一出心中的恶怒气。而今既然被官府捉了,便死了生还的念头,是杀是剐任凭官府发落。"

史明山立场坚定旗帜鲜明,既无推责诿过之意,更不刻意隐瞒自己参与其中的所作所为,只这一番不藏不掖的慷慨陈词,就不愧是一条光明磊落的硬汉子,反倒使安亭公萌生了些许敬意。遂自在心里暗暗寻思,怎样能寻点儿由头为其开脱适量减刑。于是,他只录了口供画押后,便匆匆退堂。

他回到二堂后,又把张方兴等四个人的口供仔细捋了一遍,只在心里琢磨:"若依《大清律例》这四人所犯律条论罪当处极刑,张氏三人包藏祸心自然罪不可恕。可这史明山在大堂上义正词严慷慨直言毫不遮掩,仅此一端便知他是个耿直的汉子。更兼此人在金顶寨任百户长时,办事公道素孚人望,很得山寨苗民们的信任拥戴,也是方圆几十里苗寨山民们的灵魂人物,且深得张方兴的信赖倚重。他之所以撕破脸皮与官府作对,也是因为之前地方官吏欺凌压迫所致。如果循例处以极刑,谅他本人心里也不会不服,可是那些山寨苗民们必然会有异议。或许慑于当下的高压情势,他们并不敢十分激烈反对,但心里的不满怨恨怎能消除?若能网开一面判个流罪免其死刑,似可为日后安定抚慰争取民心做点儿缓释的铺垫。"

他经过反复斟酌仔细梳理,终于将张方兴等四个匪首的结案判决拟就如下:

一、匪首:张方兴,麻阳西晃山金顶寨人氏,该犯自乾隆五十九年死心塌地追随白莲教首刘之协、宋子清,创立白莲教西晃山支教并自任教首,煽动不明真相的苗民信徒与官府作对,亲自组织策划西晃山苗民信徒动乱,劫掠官府钱粮税赋折合白银十余万两,训练敢死营死士五百余人,于嘉庆二年十月十八,率匪众七百余偷袭麻阳县城,致使当场死伤山民五十五人,犯十恶不赦之大罪。依《大清律例》解,倡立邪教、编造邪说比照反逆定罪,妄布邪言为首者,拟判刑处斩立决。

二、张方青、韦德,麻阳西晃山金顶寨人,系教首张方兴之胞弟、妹丈。二人死心塌地追随其长兄张方兴传播邪教,妄布邪言,蛊惑煽动苗民对抗官府,有组织地策动苗民反叛动乱,依《大清律例》妄布邪言为从者,拟判刑处斩监候。

三、史明山,麻阳西晃山金顶寨人,曾长期任职金顶寨百户长,因为不满地方流官对苗民的长期盘剥压榨,在教首张方兴的蛊惑煽动下误入歧途,组织苗民动乱并担任骨干头领,虽有被恶人愚弄填穴之嫌,但参与十月十八日突袭围城,却是不争的事实,亦属罪无可赦,依《大清律例》解,拟判刑处流刑,流放岭南琼州永不返乡。

以上拟判刑处待刑部大理寺核准后予以施刑。

而后,附以审诘笔录画押口供文牍铅印封缄,即差信使快马报送湖南按察使司待核。

湖南按察使胡志强收到行文览阅后甚觉不妥,遂立即请见抚台姜晟大人道:"姜大人,适才收悉麻阳知县阎广居对该县西晃山暴民叛乱教首张方兴等三人的量刑判决并无不妥之处,只是这史明山不仅直接参与组织夜袭攻城,而且在公堂上大放厥词攻击当朝,判决流刑似有不妥,还请中丞大人慎裁。"

姜晟接过行文浏览时,特意将史明山的供状和刑处依据,仔细对照比拟了一番,才放下行文对胡志强说:"阎知县虽是六品小吏,但经略常宁、慈利、耒阳多年,深谙治乱方略,虑事周全谋划深远,领悟皇上剿抚圣意也比咱俩透彻。这史明山曾任金顶寨百户长多年,且素有人望,其在公堂上陈词也只是痛斥历任流官盘剥施政,并无攻讦朝廷辱骂圣上针砭时弊之词,若论此罪判死判流均不违律,岭南琼州乃是荒蛮之地,长年瘴烟疠气淤积毒蛇猛兽出入,寻常人等无法存活,除非他是哪吒二郎有金刚不坏之身,否则断无生还之路。这样的判决也只是卖了个空头人情,倘若判了死刑,不仅于事无补反而徒招恶怨,昔日那些拥戴史明山的苗寨山民们必然积怨生恨,对日后安定抚慰收拢人心弊多利少,且与皇上剿抚并用安抚为主的大政方略背道而驰,孰轻孰重一目了然,你就据此照准呈报吧!"

胡志强听罢心领神会顿时释然了,遂立即照准并呈文上报刑部大理寺。

腊月二十三小年时,巡城兵卒在城西营房附近,发现了两个形迹可疑的人。姚县尉抓来一审时果然是奸细。他们供称是受贵州小竹山大营刘之协的派遣,前来麻阳踏勘关押张方兴等四名匪首的牢狱路径,伺机准备劫狱救人。

原来十月十八日张方兴率兵夜袭麻阳受挫被捕的消息传到小竹山后，刘之协与宋子清顿时倒吸了一口冷气，他们三年来呕心沥血发展的两个县域根据地，竟然被阁广居这个克星不费吹灰之力，顷刻间便土崩瓦解了。他俩顿时精神沮丧近乎崩溃，继而思量："自古谋事在人成事在天，胜负乃兵家常事，岂可一战论输赢？只要留得青山在，就不怕没柴烧。况且这个张方兴也确实是个难得的混世魔头，无论播撒教种蛊惑煽情，还是招兵买马扯旗放炮，都是一把好手，若能把他先营救出来，以后还有翻盘举事的可能。更何况他跟随了自己几年，也算是忠心耿耿死心塌地的铁杆了。如今他与官府抗衡身陷囹圄，我等若见死不救毫无体恤怜悯之心，今后谁还肯冲锋陷阵为我们卖命呢？也怕寒了那些追随自己左右的铁杆死党们的心。故而，再三斟酌谋划后，便派了两名细作先期进城打探消息，踏勘一下牢狱路径准备劫狱营救。

姚县尉讯诘罢，便将这个突发的情况立即禀报了安亭公，安亭公闻后沉吟了片刻道："此事不容小觑，必须采取严密的防范措施以防万一。你立即安排部署，今晚与喜贵带上二十名兵卒，把人犯解交到长沙按察使司大牢关押，以保万无一失，彻底断了他们的念想，回来后咱们再做打算。"

当晚初更时分，安亭公拟了一封紧急行文，派姚县尉和喜贵带了三十名全副武装的兵卒，将张方兴等四名匪首连夜伪装货船载了，解往长沙按察使司大牢暂时关押。

甄子其自从那日乘着净空法师的马车离开麻阳后，便绕着山路跋涉到沅水码头登上一艘过路的商船。他一路上提心吊胆辗转迂回了十几日才回到长沙府，当他回到锣鼓巷自家的四合小院时，已是黄昏时分了。

甄子其的正妻叶氏与其成婚已经十余年了，尚未生得一男半女，甄子其对其早已厌倦不堪了。五年前他在花垣知县任上，花重金纳了小妾阿秀并生下一双儿女，自到麻阳任上后，便从未回过家来。叶氏见其今日突然不期而归，自然喜上眉梢，遂笑眯眯地挨上来道了个万福，而后嘘寒问暖极尽讨好谄媚。谁知，甄子其竟一言未发，只不耐烦地挥了挥手，便回里屋睡了。

叶氏似乎早已习惯了这种被他长期冷落的场面，亦未十分在意，只吩咐使女兰青准备酒饭，今晚给老爷接风洗尘，自己则欢欢喜喜地坐到梳妆台前精心打扮去了。一个时辰后甄子其睡醒了,他起床后擦了一把脸,揣了些散碎银两正要出门时,叶氏忙凑过来道:"老爷,饭菜已然备好了,您这是要到哪里去?"

甄子其恶狠狠地撂下一句:"你们吃吧!我还有应酬呢。"便头也不回地摔门扬长而去了。

他似这样昼伏夜出,三天两头就往酒肆茶楼里交际应酬,绕了偌大的个圈子,才结识了姜大人府邸的管家李茂。甄子其与之在烟花巷狎妓销魂一夜,又送了二百两银票,李茂才答应将其引荐给抚台大人。

腊月初三那日,李茂让人送来口信说:"自上月中浣麻阳匪乱平息的捷报传来后,抚台大人十分欢喜,这两日请见正是机会。"

于是,黄昏后甄子其便揣了一张五千两的银票,兴冲冲地来到姜府,在李茂的引荐下拜见了抚台大人。

自甄子其伪造家书告假离任后,姜大人心里早已窝了一肚子火儿,只是前段时日麻阳匪乱猖獗无暇顾及,今日见其突然夜间拜访已知其意,遂有意传他进来着着实实地奚落一番,让他乘早死了这份再任新职的心思。

甄子其进门后纳头便拜,口称:"卸任麻阳知县甄子其给大人请安。"

其时,姜大人正在榻几旁聚精会神地低头翻阅文牍,停了好大一会儿才冷冷地说:"起来回话吧!"

甄子其这才无所适从地站起身来,小心翼翼地杵在一边,望着还在低头翻阅文牍的姜大人怯怯地说:"回中丞大人,小人自九月十八与阎知县交割印信后,便急急忙忙赶回南充老家探望母病。谁知,家母只是风寒恶疾,卧病在床昏迷时,只一个劲儿地呼喊我的乳名,家人误以为她大限来临不久于人世,故而急忙给小人发了家书,害得小人千里迢迢空跑了一趟。这不病情稍有起色,小人便匆匆回来复命,并向您禀报麻阳匪乱的始末,以供大人参酌。"

他边说边用眼角的余光偷睨,见姜大人已经放下手头的文牍,正缓缓地抬起头来看着他,遂赶紧补充道:"麻阳自古以来就是湘省西陲的荒蛮之地,那些苗民们个个持枪械斗刁泼野蛮,不服王化由来已久。又加土司慕容家族的挑唆撺掇,专门与官府滋事作对,不臣之心久矣!更加白莲教匪的蛊惑煽动,以致酿成这次叛乱,搅得昏天黑地民不聊生,实乃痼疾难治。小人以为治乱世须用重典,非重兵弹压奴役强化才可使其臣服王化……"

看着甄子其还要继续说下去的样子,姜大人遂冰冷冷地打断他的话头说:"你别再费心了,麻阳苗乱已经平息。"

五

甄子其顿时惊得目瞪口呆愣在那里,好一阵子才回过神来,马上接着说道:"这就好,这就好。"赶紧从怀里掏出一张银票,觍着脸挨过去,款款地放在榻几上,木讷地说:"感谢大人多年来对在下的关照提携,些许薄礼恳请您赏脸笑纳。"随即趴在地上磕了一个响头,便要告辞。

尚未等他退到门口时,姜大人已将银票愤愤地扔到地上,大吼一声道:"你一个年俸不足百两银子的七品小吏,哪里来的这许多银子贿赂本官?除了贪墨还能作何解释?都是你们这些贪婪无度的蛀虫,敲骨吸髓盘剥压榨,才把苗民逼反了,引得遍地狼烟民不聊生,毁了圣上怀柔抚慰的大政方略!收起你的赃银回去等着问罪吧!"

甄子其一听,顿时惊得面无血色脸如黄表,当他跪倒还要分辩时,只听抚台大人又吼了一声"滚",随即进来两个亲兵把他硬拽着拖了出去。

二更时分,他无可奈何地拖着疲惫的身子,踉踉跄跄地回到家中。叶氏见他阴沉着脸回来,忙迎上去讨好道:"老爷回来了,您想吃点儿啥?待奴家给您下厨去做。"甄子其这时才终于找到一个出气的地方,随即也大吼了一声"滚",便回到卧室和衣躺下。心里兀自琢磨:"这阎广居到底使了什么魔法,竟在一月之内便把困扰了麻阳一年的匪乱平息了?看抚台大人那声嘶力吼不耐烦的架势,哪里还能指望再任新职呢?当下能躲过这一劫已是大幸了,弄不好还得吃官司坐大牢,看来这辈子的官也就做够了,赶紧逃吧。"

他一夜辗转反侧,好不容易挨到凌晨便赶紧起床,把之前放进柜底夹层里的那些大小银票,仔细攒倒了又重新装进内衣肚兜里,早饭时就到长沙码头,搭了一条快船赶回麻阳,匆匆忙忙把阿秀和两个孩子接上,达忙拾级地潜回南充老家避难去了。

腊月二十八年关时,茂才突然乘着一辆马车风尘仆仆地来到麻阳衙署,车上载着两坛老酒,一筐鲈鱼、腊肉、笋干、蘑菇等应时年货。

安亭公自乾隆五十九年夏收时离开耒阳,赴任辰沅兵备道帮办军务,至今已经两年多没见茂才了,心里不由得一阵欢喜,便一把将他拉到自己身边

469

坐了,急切地询问道:"茂才啊!两年多不见了,你一向可好啊?"

茂才低着头委屈道:"多谢四哥惦念,承蒙您擢拔抬举,尚可勉强敷衍。"安亭公听了顿时一愣,心里便有些不悦,不禁翻腾起来,但他还是强撑着颜面没有流露出来。

原来茂才自乾隆五十五年八月任耒阳大牢狱吏以来,至今已有六年了。初始他还谨小慎微勤勉履职恪守本分,但随着时间的推移,他就慢慢地懈怠了。起初他还只是管不住自己的嘴,在那些小牢头们的撺掇下,时不时地去酒肆里喝点儿小酒。一年以后随着欲望的日渐膨胀,他便三两、五两不知不觉地收起礼来了。那时安亭公还在耒阳任上,他也不敢十分放肆。饶是这样每年也能收四五十两银子。同僚们虽然早已心知肚明,但看在他是县太爷本家侄儿的份上,谁也不敢捅破这层窗户纸。乾隆五十九年,安亭公调往辰沅兵备副使任上后,茂才便没有了顾忌。特别是喜贵升迁麻阳从八品巡检后,他的心里就更加失衡了,不到半年光景已收了一百多两。

其时署理耒阳知县的莫镳也早有耳闻,但考虑到自己只是临时署理,又碍于安亭公的清廉名节,也不想声张,故而隐忍未发,这样就更加助长了他的贪婪无度。

嘉庆元年,四川华阳翰林钟文韫署理耒阳,上任不到三个月便发现了茂才的贪墨劣迹。但虑及安亭公前后执政耒阳知县九年,劳苦功高誉满朝野深得人心,且当下正受抚台大人的重用。故而,他也选择了包庇祖护隐忍不发,只待缓以时日,让他自己良心发现幡然收手。谁知过了一段时日后,见茂才不仅没有收敛之意,反而更加肆意妄为了。于是,他便在心里琢磨着:"这样长此下去不仅害了茂才,又恐累及安亭公的清廉名节。"

由是,他便给安亭公发了一封私信,委婉地暗示了茂才的不检点行为。

其时安亭公初到芷江任上,谋划剿匪整顿市场调和族群矛盾忙得不可开交,亦未特别留意,直到今日见了茂才时,他才想起了这件事。

自钟文韫署理耒阳后,茂才也从他的行事做派上,明显地感到了被人猜忌鄙视的烦恼。如果长此下去,不仅没有升迁的指望,恐怕连现任狱吏一职,也有随时被人顶替的可能,甚至还要牵扯上贪墨渎职的罪名革职蹲监。

470　　他这次赶在年关时专程前来麻阳,就是想请安亭公施以援手助他尽快离开耒阳,换上一个新的任所,最好是能到麻阳任上,以期获得他的庇佑祖护。他在心里琢磨这步棋已经半年多了。他也是十足地拿捏准了四哥的为人秉性，虽然清廉耿直疾恶如仇，但也是个知恩图报的柔肠汉子。以自己和他近门族支兄弟的这层关系，又是两代人的交情厚气，谅他也不会撒手不管。今日见他当面询问时，便吞吞吐吐地把自己窝在心里的憋屈和今后的打算，歉疚地向他倾吐了。

安亭公听罢，顿时一脸愕然，遂在心里不由得暗暗思忖："从俺记事那时起，自己家里就是人多地少生计艰难。寻常年份还可以搅糠拌菜勉强填饱肚子，遇上灾荒年景时缺粮断顿是常有的事。那时茂才的父亲文广叔是他们阎氏一门的族长，他们家里仅在麻坪滩里就有四十多亩水浇地，南头十字街上还经营着五间铺面房，也算得上是老镇上少有的殷实富户了。每逢灾荒年景或青黄不接的春夏之际，自己家里缺粮断炊时，文广叔总是慷慨解囊施舍周济。父母亲过世时的两次丧葬事宜和自己上任时的盘缠路费，都是他老人家鼎力筹措的。否则，哪有自己今日出人头地的似锦前程呢？母亲直到临终时，还在反复叮咛文广叔是俺家的大恩人，俺们欠人家的情分太多，要俺一定替她还上这个泼天人情。"

乾隆四十六年自己赴任湘省时，文广叔把茂才亲自托付给我，实指望我能拨律调引让他走上正道，寻个体面的出身以光耀门庭。谁承想，他竟然经不起诱惑堕落到如此境地。可究其原委，还是我这个当哥的只顾了自己的体面，疏于监管放任自流才造的孽。我若稍有检点时，他又何至于此，唉！实在是有负他老人家的重托，罪过啊！罪过！而今他老人家已经谢世多年，但受人点滴恩，须当涌泉报。做人诚实厚道，绝不能忘恩负义。否则，如何能对得起九泉之下的文广叔和父母亲的在天之灵，这种良心谴责的煎熬，将会伴随自己的余生直到终老。以我当下的影响，只要充耳不闻默许任之，抹平此事易如反掌。不仅钟知县会装聋作哑，便是抚台大人也会顾我薄面。可我身为朝廷命官位居六品，又怎能如此厚颜无耻呢？如果真得这样，我与那些曾经被我狠下杀手，伤得遍体鳞伤的贪墨官吏又有何异？嗣后，我还有何颜面忝居庙堂彰显正义？或许他们这时正躲在暗地里窃喜呢！他们还巴不得我这样卑鄙下作，正好有把柄攥在他们手里，指不定哪天就能当法宝祭起来，要挟恐吓我与之同流合污。如此一来眼下倒是成全了茂才，可也给自己套上永远的精神枷锁，一世清白付之东流，蒙羞受辱已是必然。想到这里时，他顿时惊得出了一身冷汗。

当他抬起头来时，只见茂才殷切企盼的目光正凝视着自己，心里又没了主意。

他沉吟了好一阵子，才言不达意地苦笑着说："茂才啊！时下年关已近，咱们分开也已两年多了，你先别急着回耒阳，既然来了，就和四哥过个年再回吧！"

茂才来时也正有此意，于是他便爽快地答应了，心里想着："四哥肯定是有难言之隐，眼下正好借着过年的由头多待上几日，也好给他留下充足的考虑时间。此事若换了别人时，以他疾恶如仇的秉性，当下就能让你灰头土脸下不了台，哪里还会热情地挽留你过年呢？无论如何留下来是个好兆头。以他在官场上的影响和人气，只要他应允了，事情便有了七八成的把握。更何况这样上不了台面的营生，我也不能把他逼得太紧了，总归是自己糊涂不成器，只好等过年后再作计议吧。"

由是，安亭公便把喜贵召来给茂才安置了住处，当晚还在家里，安排小颖做了几个家常菜小酌了几杯。

自北城门外围歼教匪一战后，安亭公的心境已然大好。今年的这个年本来可以过得舒心些，怎奈茂才的到来却又给他增添了莫名的烦恼，既无法施以援手，又不得不去面对，心里的烦躁苦闷搅得他更加心烦意乱，欢愉的心情一下子降到了冰点。

但他在私下里还是特意叮嘱小颖说："我和茂才两年没见了，过年的这段日子，咱们不妨破费点儿，提高一下伙食标准，增加些热闹气氛，尽可能地照顾茂才的情绪，让他有回家来的感觉。"

而他在更多的时候却是思考着怎样和茂才敞开心扉，谈一谈这个无法避开的话题。他在脑海里使劲地捋着思路，纳谋着怎样打开这个话匣子，既要让他认识到他犯罪的耻辱，心悦诚服地认罪伏法，还不能因此结怨生恨，落个见死不救落井下石的负义名声，以及如何面对耒阳百姓家乡父老婶子一家，他都想了遍，心里愁得不知如何是好。

过年这段时日，他的行程排得密不透风。腊月二十九，他与陆县丞到南城贫民区，检查防火防盗慰问鳏寡孤独。除夕一早，他和姚县尉登上城墙绕城转了一周，视察城区防务。初一早饭后，他又和陆县丞、喜贵到西城营房慰问守城官兵并与之共进午餐。初二上午,他与喜贵、茂才到麻阳河畔焚香燃纸祭祀祖宗。每天忙得早出晚归,回来时已是夜深人静。

对此,茂才也看在眼里,心里虽然十分焦急,但也不好意思打扰。直到正月初九那日晚饭后,安亭公把茂才约到二堂里促膝谈心时,才单刀切入直奔主题道:"去年初夏我在芷江任上时,钟知县给我来过一封长信,虽然遮遮掩掩,但我还是从他闪烁其词的字里行间,隐隐约约地感到了问题的严重。可惜那时我正忙着剿匪,亦未及时梳理,以致拖到今日,使之又蔓延发酵了一年多。过年的这段日子,我虽然忙得不可开交,但你的事我还是挂在心上放不下。可心有顾忌,也不想捅破这层窗户纸,直到昨天去天王寺见过净空法师才顿然开悟。以我当下的影响,只要放下身价稍施援手,成全你也不是难事。但左思右想还是觉得不妥。自古以来官场就是战场,哪里能有常青树不倒翁,久在河边站,怎能不湿鞋,倘若哪天有人捣鼓出来寻我的不是时,顺便就把你也捎带了。你别看我眼下官场得意风头正茂,但盛极而衰也是常有的事。凡世间之事都有它的两面性,利于火时必然不利于水,利于水时则必然不利于火,水火从来不相容。当下我这棵小树虽然可以遮阴乘凉,但指不定哪天就翻了跟头,抑或因此而埋下更大的恶果,把你推向万劫不复的深渊。你现在唯一的出路,就是立即返回耒阳坦白自首主动退赃,尚可争取从轻发落宽大处置,否则,别无选择。与其这样瞻前顾后躲躲闪闪,倒不如快刀斩乱麻,彻底解脱了的好。世间哪有刀切豆腐两面光的事呢,瞌睡离不开眼里过,是该到了了断的时候了。只要你有勇气迈出这一步,我会为你尽力周全的。"

适才被安亭公召到二堂叙话时,茂才不禁一阵欢喜,他心里想着,四哥一定是有成全我的办法了。但随着谈话的不断深入和语气凝重,他才意识到问题的严重性,心里也越来越紧张了,还没等到安亭公讲完时,已自瑟瑟发抖地跪倒在地连连叩头说:"四哥,是茂才糊涂给您添堵了,之前俺不仅是贪婪,而且还有侥幸心理,心里只想着,以您当下的名头和影响,周旋这点儿事应该不会作难。只要离开耒阳换个闲差,以后洗心革面改弦更张便能重新做人。经您这番苦心点拨,俺也顿悟了,人的私欲一旦膨胀后,要想收手本来就难,如果您再刻意庇护,要想彻底悔过就更难了,您说个章程,俺听您的就是了。"

安亭公遂把他扶起来,一脸愧疚地说:"茂才,你说得对,以我当下的影响，周旋你这点事料也不会作难，至少眼下你不会恨我。但这样就会把你推向万劫不复的深渊，真到了那一天，你会恨我一辈子，我也对不起死去的文广叔。佛说今生的果是前世的缘，今生的缘是来世的果，我虽然不是佛门弟子，但也不想让你再结来世的恶果。退一步说你今天的贪婪颓废，也是四哥疏于监管造的孽，四哥对不起你啊！"说着已是涕泪纵横了。

茂才赶紧说："四哥，你对俺已仁至义尽了，是俺不争气鬼迷了心窍，您大可不必自责，茂才听您的，明日就回耒阳自首退赃去。"

停了好长一会儿，安亭公才长长地叹了一口气道："此事我也纳谋好久了，人非圣贤孰能无过，唯有改邪归正才能重新做人，知耻而后勇，失之东隅，收之桑榆。据《大清律例》载：除反叛、故杀、私习天文外，自首者，原其罪，是可以免刑的，只是吏员不能做了。这样也未尝不是件好事，自文广叔过世后，家里的买卖和田地正好无人经管，母亲和妻儿的生活也需有人照顾，你回去后顺便把咱们阎氏一门的族长领料起来，也为乡里族人们做些贡献可好？"

茂才连连点头道："四哥，您这都是为了俺好，俺听您的就是了，只是茂才糊涂给您抹黑了，还请您见谅。"

正月十六茂才回到耒阳，便如实坦白，向钟知县交代了自己的罪过，并如数交出了赃银五百二十两，请求量刑治罪。

钟知县见茂才如此这般，顿时也震惊了，他原来只想通过书信暗示，能够引起安亭公的警觉，从而点拨敲引茂才改过自新，并不想深入追责治罪，谁知安亭公眼里却揉不得一颗沙子，竟然督促茂才直接坦白自首了，反而使他猝不及防没了退却回旋的余地。他愣了好一阵子才对茂才说："你先下去歇息两天，待我与子仁兄商酌后再做处置！"

茂才却跪着不起道："老爷，这都是他的主意，俺也没有这个觉悟，还是他悉心调引，才唤醒俺的良知。"

钟知县遂把茂才扶起来说："你先下去吧，给我一点时间考虑考虑，待成熟时，我自会召唤你的。"

茂才走后，钟知县才陷入深深的沉思中，这安亭公果然是高风亮节人品端正，凭着他这近二十年来累积的人脉，只要他不主张茂才伏法，巡抚姜大人也会给他三分颜面。可他居然硬生生地让茂才回来投案自首，相形之下不禁自惭形秽，倒显得自己龌龊下作了，反倒一时没了主意，竟然不知如何是好。

三日后，钟知县纳谋着，还是硬着头皮给安亭公去了一封信以为商榷。请他大可不必如此严苛，并提出自己对茂才的处置方案，还是退了赃银换个闲差继续留任吧，若除去吏员就不必追究赃银了，二者任选其一，也算是个惩戒。况且茂才已经知罪悔过了，也不可当头一棍置人于死地。况且当今官场上，那个人也不是清廉似水，只是无人检举查办而已！

他刚研好墨正欲铺纸提笔时，忽然书吏送来一封信札，封面落款竟是麻阳阁广居，急忙拆阅时只见：

文韫贤弟如晤：

惊悉族弟茂才，在耒阳狱吏任上，确有贪赃不法劣迹，经我当面审诘俱已认罪，故令其返回耒阳自首退赃，恳请足下依律依例绳之以法，千万不可虑我薄面徇情袒护，如此则老夫不胜感激，拜托！拜托！

顺致安祺

麻阳阁广居拜上

嘉庆三年正月既望日

钟知县读罢顿时肃然起敬，钦佩之情油然而生，便丝毫也不敢怠慢，遂将茂才召来，循律依例自首者原其罪，撤销狱吏之职贬为庶民，即日放逐还乡。

二月初十，茂才一身轻松地来到麻阳衙署向四哥辞行，安亭公滞留了一宿，临行前从怀里掏出三十两散银并书札两封递给茂才说："四哥只能资助你这点银子勉做路上盘缠了，我另修书一封给婶婶，备述你孝道心切弃吏还乡，免得遭人猜忌不好做事，回去后经营家业当好族长，切莫负我，好自为之！另一封家书转交士骧。"

茂才立即倒头泣泪叩拜曰："四哥，您已经仁至义尽了，是茂才糊涂给您丢人了。俺知道您也不宽裕，回去后俺将银子和信札一并交给士骧。这几年俺还攒了点积蓄，除了路上的盘缠外还有结余。因为俺的事让您操心了。"

他说着时已经哭成了琵琶，安亭公陪着洒泪安慰道："千万不可如此，银子是四哥给你随的盘缠，否则，四哥心里也不安然。"

自去年十月十八日,张方兴、史明山等四名教首夜袭麻阳惨败后,那些追随他们的徒子徒孙便无处藏身了。于是,他们便纷纷云集到金顶寨,蛊惑史明山的胞弟史明川为其长兄报仇雪恨。他们煽风点火轮番上阵,把史明川这个火汉激得发指眦裂怒火中烧。他一怒之下,便将合族男丁和过去追随乃兄出生入死的那些山寨苗民召集起来,一阵声泪俱下慷慨激昂的悲情控诉,又不失时机地蛊惑煽动。众人被他煽得神魂颠倒嗷嗷直叫,一致推举他为金顶寨之主,并愿意聚拢在他的麾下任其驱使,全力支持他拉山头树大旗,横下一条心来与官府拼死一搏血战到底,为他们的老族长报仇雪恨,虽赴汤蹈火在所不辞。这样不到十日便汇聚了一千多名骨干成员。史明川见状心中大喜,遂从中筛选了二百多青壮,准备组建一支精悍的武装。但见人数甚少势单力薄,尚不足与官府势均力敌,于是,他又亲自出马走乡串户,怂恿那些阵亡伤残者的家属子弟参与其中,才又增加了一百多人。

这样他便倾家荡产变卖家私购置刀枪武器,把这三百多人从头到脚武装起来,自封为金顶寨寨主,亲自坐镇日夜操练。与此同时他还派兵封锁了县城通往山寨的所有关隘要道,以为割据,自成体系。其间又派人前往小竹山大营联络刘之协和宋子清,以期获得兵力援助和财力支持。

此时盘踞在贵州小竹山的刘之协和宋子清,正为他们在西晃山布下的这个棋眼顷刻瓦解,又兼谋划劫狱施救张方兴已成泡影而懊恼沮丧,忽然听说史明川在金顶寨又聚集了三百多人的队伍揭竿而起,并主动派人前来请求纳入麾下时,不由得心花怒放,当即表示愿意与之联手,给予武器和财力上的全力扶持,并派宋子清带人亲赴金顶寨实地考察。

当宋子清来到金顶寨考察时,史明川已知大功告成,一番置酒款待后,又陪着他到校场检校了人马。

宋子清见这阵势,已知道他不是妄言虚诳,而是扎扎实实地真的想大干一场,遂由衷地勉励褒奖了一番,临走时留下五千两银票,叮嘱道:"尔等暂时只是收拢人心筹集经费训练兵勇,建立巩固以金顶寨为中心的根据地,而后向周边区域发展壮大,与县城形成割据之势,待到兵强马壮实力强大时,再见机行事。切不可像张方兴那样意气用事贸然攻打县城,以致功亏一篑。"史明川一一应允并付诸实施,待到夏收时割据已经初具规模,形成了以金顶寨为中心,辐射周边三十多个村寨,两千余户一万多人的武装割据带。

嘉庆三年元宵节后，安亭公便着手制定标准，实施部署乡村苗寨百户长、里正长的推举选拔。等他察觉时金顶寨已形成了咄咄逼人的气势，但他亦未特别惊慌，只在心里想着："有了年前北城门伏击战的那次大捷垫底，谅他们也不敢贸然行动，只要封锁了下山的关隘要道，县城的安全防卫暂时无虞。"

于是他便将姚县尉和喜贵召来，立即部署封锁通往金顶寨的大小交通要道，并派细作潜入该地侦探搜集情报，以期掌握金顶寨的匪势动态，并颁布告示如下：

一、乡村二百户以上设立里正长，不足部分由周边山庄窝铺补齐。

二、山寨方圆十里左右或百户以上设立百户长。

三、衙署指派胥吏二人会同地方乡绅贤达和大户族长、寨长，共同组织民意测验，遴选推举候选人若干，而后召集山寨乡民集体公议。

四、村寨以下保、甲长，伍、什长的选拔，由里、正长，百户长依次遴选。

五、时间从正月二十开始至七月底，为期六个月。

告示发布后，安亭公便派陆县丞、姚县尉、阎巡检三人下乡督促分片包干，截至四月初全县八十三个乡、村、寨，除金顶寨及其周边相邻的五个村、寨，在史明川及其追随党羽的控制下割据外，其余乡、村、寨的里、正长，百户长，已经悉数推举配备齐全。

这样金顶寨的孤立割据便更加凸显无疑，安亭公似乎也不是十分在意，而是继续深入完善治安联防联保，部署各乡、村、寨按人口多寡、区域大小、招募五十至八十不等人数的乡勇团练，又从守城绿营兵中抽调本乡籍的兵卒，回乡担任教练头目，组织操练，抽调村寨招募的乡勇，分期分批地到城西兵营中与士卒们摸爬滚打历练。这样三个月后，招募的乡勇已经轮流培训了一遍。安亭公又安排将北城门外伏击战时收缴的兵器悉数分发下去，不足部分由各地乡民筹措配备齐全。待到七月底时，乡村山寨已经规范训练的团练乡勇也达三千二百余人。

在此基础上又将各个村寨，就近三个五个不等连片，组成策应驰援联防营,设置正、副管带二人统领。利用地形地貌,运用烽火、烟筒、响箭等信号传递情报。寻常时种田狩猎巡逻,一旦有了匪情时,不到半个时辰就能汇集二三百人,如此一来小股山寇匪盗便再也不敢轻易袭扰了。

与此同时,在通往山上的交通要道口,配备乡勇昼夜把控,把金顶寨及与之结盟的那几个山寨严密封锁起来,使得他们只能蜷缩在方圆不足五十里的区域里自己折腾,根本无法向外延伸拓展。

六

史明川在小竹山教首刘之协、宋子清的资助下,常备武装力量也增加至五百余人,比之张方兴那时的气势毫不逊色,于是,他便趾高气扬飘飘然了。

为了拓展势力范围扩大影响,他曾组织这支由他亲手缔造又训练有素的"御林军",向外延山寨发起了几次试探性的突袭行动,顺便检验一下自己的实战能力。谁知,这群平日里自以为是的草包们,不仅没有让他扬眉吐气,反而被迅速集结起来的联防团练杀得灰头土脸人仰马翻,还折损了许多弟兄,曾经的万丈激情,瞬间跌入谷底,一种莫名的恐惧骤然袭来。周围山寨里的那些小头领们,见其落魄如此,也自失去了信心,开始动摇了。

直到此时, 他才冷静下来仔细反思:"这个新来的县太爷还真是有些手段,只半年多的光景,便组织起如此声势浩大的团练武装。似这样下去,且不说周边的那些山寨,还与他离心离德貌合神离,就是当下同仇敌忾拧成一股劲,也无法跳出这个铁箍似的包围。再退一步想想,就算是攻下县城又当如何? 而今,随着'改土归流'的逐步推进,就连那些曾经不可一世的土司王爷们,也早已隐形匿迹了,更何况自己才刚纠集起来的这群山野草莽。以困守一隅的乌合之众,与皇权一统的王朝官府抗衡力敌,岂不是螳臂当车以卵击石? 树倒猢狲散只是早晚间的事。怪只怪自己不识时务,头脑发热被人当枪使了。而今犯上作乱已是铁板上钉钉了,就算是悬崖勒马了,也没有退路。本来自己可以置身事外不蹚这趟浑水,唉! 早知今日走投无路,又何必当初扯旗放炮呢? "

中秋过后,对金顶寨的铁壁合围,已经形成高压态势。安亭公遂将陆县丞、姚县尉和喜贵一起召来议事:"当前,我们在金顶寨已经布下天罗地网,史明川已是秋后的蚂蚱,再也蹦跶不了几天了。我们之所以围而不攻,是等待他反躬自省悬崖勒马,更不想轻启战端涂炭生灵。如今已相持了一个多月，他也该到明白的时候了，再拖下去咱们耗不起，我这几日纳谋着想做个彻底的了断，诸位以为如何？"

姚县尉忙道："老爷，这段时日俺也在琢磨，咱们只需调上一千乡勇，三日内便可将其一举剿灭。倒是眼下不用理会，料他也成不了什么气候。只是咱们招募来的那些乡勇，都是村寨里的青壮劳力，如此耗下去，他们不仅不能自食其力养家糊口，衙门里还得掏银子去补贴，时间长了可是一笔不小的开支。若要彻底了断，还是武力来得快些。"

安亭公哈哈一笑道："杀鸡焉用牛刀，这等乌合之众，何须大动干戈，只我一人一骑足矣！"

他此言一出，众人已是惊得目瞪口呆，直愣愣地看着他不知所云。

安亭公见状，便胸有成竹地说："当下咱们虽然只是重兵压境，但金顶寨已是岌岌可危了。一旦四面包抄发起围攻，它便是釜底游鱼瓮中之鳖，灭顶之灾只在旦夕须臾间。史明川并非无能弱智之辈，此中利害他比谁也明白，所以他既不敢主动挑衅，又不甘于束手就擒，当下已是方寸大乱骑虎难下了。咱们虽有必胜的把握，但也不可轻启战端。孙子曰，兵者凶也，死生之地，存亡之道，国之大事。就连韩信这样的百战名将用兵，他也是慎之又慎不得已而为之。两军交战，杀人一千，必自损八百。上兵伐谋，其次伐交，其下伐兵，下下攻城。自古以来，以不战而屈人之兵，善之善者也。倘若史明川困兽犹斗时，惨遭屠戮的还是山寨苗民。我思虑再三，决计给他一个体面的台阶，明日前往金顶寨亲自晓谕劝导，促使他知难而退握手言和。"

陆县丞忙道："老爷，此事干系重大，万万不可莽撞。那些刁民久居深山，与虎狼作伴，与鸟兽为伍，桀骜不驯已成习性，既不守法度，又不识深浅，一旦使泼撒起野来，指不定能干出什么无法无天的糊涂事来。您是朝廷命官万金之躯，岂可深入虎穴以身试险？此议不妥！不妥！"

喜贵也极力劝阻说："不可！不可！这个风险冒得太大了，您还是冷静些，咱们再想个别的法子。"

姚县尉道："以在下之见，还是调上两千乡勇，先把金顶寨团团围住，形成围歼态势以敲山震虎。这样老爷再以官府的名义，给他们修上一封晓以利害言辞恳切的劝降信，或派人前往，或用响箭射入。他若能识时务遣散武装时，便可免却兵戎相见，皆大欢喜。若其执迷不悟负隅顽抗时，正好一举将其剿灭,这也算是先礼后兵仁至义尽了,何须老爷赴汤蹈火亲临险地。"

安亭公说:"眼下我们虽然只是以守为攻,但声势浩大的村寨联防,已是泰山压顶咄咄逼人了,史明川自然心知肚明。如果当下大兵压境形成围歼态势,必然使其惊慌失措铤而走险,若其孤注一掷破罐子破摔时,必然是尸横遍野血流成河。届时金顶寨的匪患是强势剿灭了,但苗民与官府却结下不可化解的矛盾,也因此而埋下仇恨的种子。这样我们两年来为招降安抚布下的棋局,顷刻间便化为泡影付之东流了。且不说当下的战事开销和善后安抚的难度,倘若哪天朝中的言官们挑眼剜刺时,奸佞小人再推波助澜,皇上为了安抚苗民稳定边陲,我等便成了替罪羔羊,这其中的利害得失孰轻孰重,尔等可要掂量好了。"

安亭公这番不得已而由衷的肺腑之言,听得众人已是振聋发聩茅塞顿开了。但他们对他亲冒矢雨的深入虎穴,还是不能接受,怎奈他去意已决,会议一时陷入僵局。

陆文远见状,遂站起来打圆场道:"老爷,您是这方百姓的衣食父母,倘有不测便是把我等置于炉火上灼烤,届时若处置失当,其后果更不堪设想。您不妨亲笔修书一封,让我代您前往山寨劝降。这样最坏的结果,也就是他们把我扣押了,以此为筹码要挟与您谈判。只要您在这里主持大计,他们就不敢轻举妄动。您若亲自去了,事态的发展可就掌控在史明川手里了。"姚县尉和喜贵立即表示赞同。

安亭公见众人只是一味地担忧他的安危,恐怕僵持下去一时难以成行,便换了个轻松的口吻道:"正因为我是朝廷命官,才显得更有分量和诚意,他们要的就是这个台阶,你们谁也替代不了。此行的安危我又何曾没有想过,若没有九分的把握,我也不会轻赴险地。尔等大可不必担忧。"

众人见他执拗如此又下了决心,也只好勉强顺从了。

喜贵见状忙站起来说:"老爷,去年剿匪时我曾带人亲自勘察过,这条路我熟悉。您既已决心要去,就让喜贵陪你一行,路上也好有个照应。况且我还会两下拳脚,倘若碰上三五个毛贼袭击时,也能抵挡一阵子。"

安亭公一听喜贵说得在理,也怕再纠缠下去错失谈判的最佳时机,便欣然接受了。

次日五更临近卯时,安亭公与喜贵便带足了干粮骑马结伴启程了。行前,安亭公对送行的陆县丞道:"我走之后,衙署政务由你代拆代行,倘有意外,立即派遣乡勇封锁关隘要道,加强城垣警戒以维持现状,并禀报辰沅兵备道和抚台衙门派人署理。千万不可派兵围剿,避免争战引发流血,为日后朝廷安抚留下隐患,切记!切记!"

陆县丞一听,便知道昨日议事时,他言之凿凿的那些辩解多么苍白,那只是他宽慰众人担忧的敷衍之词,此去金顶寨的凶险,他比谁都心里明白,遂强忍着眼泪哽咽着说:"老爷,您就放心吧,文远谨遵您的嘱托把控局势。倒是您身系麻阳百姓和自己的安危,此去匪巢一定要把握好分寸,千万不可操之过急,触怒乱匪遗恨千古。留得青山在,不怕没柴烧。只要您能平安归来,便可守得云开日出。我等翘首以待您的凯旋。"

他俩别过陆县丞和姚县尉后,便打马扬鞭绝尘而去。沿着平坦的乡间小路一路狂奔急驰,不知不觉已经到了山脚下的葫芦谷口,此时天刚微微闪亮,正是七色夜幕三分曙光的时候。这时喜贵突然勒住缰绳放慢了脚步,顺手指着掩映在灌木丛中的谷口两畔,兴致勃勃地给他讲述,去年在这里智擒张方兴等四个匪首时的精彩场面,绘声绘色眉飞色舞,安亭公会心地笑着,边走边看频频点头。

过了葫芦谷又穿行了十余里狭谷后,便是突兀陡峭的山间羊肠小道。此时,初升的阳光已经洒满林间山谷,树影婆娑鸟语花香,一阵微风拂过,更觉惬意清爽。奈何山路狭窄,坐骑已无用武之地,只能磕磕绊绊亦步亦趋。他俩勉强爬了二三里时,见久已无人行走的山路上,已是灌木丛生姜草侵道,不时还有人为设置的横木、乱石障碍。二人无奈只好下马拉着缰绳,边挪移清理,边趋步爬行。这样又走了一个多时辰,临近午时才爬到半山腰畔的哨卡底下,这里已是金顶寨的前沿阵地了。

哨卡上只有五名哨卒,他们的职责是昼夜轮流站岗,盘诘过往行人,接力传递情报指令,但有异常时,立即发送响箭为信号。这段时日以来,只因史明川窝在山寨里暴戾恣睢,上山的行人几乎断绝,巡查哨卡的小头目也渐渐地来得稀少了,哨卒们慢慢地也放下了紧张戒备的心理。此时他们正半躺半坐在山畔前的草坪上,嘴里叼着小烟袋,舒展了身子吞云吐雾,口无遮拦地调侃着,山寨里哪个婆娘的屁股大能生娃崽,谁家的婆娘偷人养汉,有几个相好的,说些荤段子。

临近午时，他们忽然看见陡峭的山路上，来了两个不明身份的汉人，一人手里拽着一匹马，从坡底下气喘吁吁地往上攀爬，于是便立即捡起武器，起身上岗等待盘诘。

当安亭公和喜贵爬上坡畔时，哨长一看竟是城里的县太爷，不禁也惊呆了。当二人走到跟前时，他便不由自主地跪倒在地，口称："不知老爷大驾光临，多有得罪！得罪！"那四个哨卒见状也摸不着头脑，遂赶紧跟着跪了请安。安亭公上前将他们一一扶起来，问那哨长道："这位老表，恕我眼拙，竟不知你何时认识本县？"

那哨长忙道："去年十月小雪那天，净空法师在北门城墙下作亡灵法事时，俺正夹杂在河边的人群里挤着看热闹，当云开日出百鸟凌空时，老爷正好从对岸河边走过。您的潇洒风度，当下就把俺们众人折服得跪了给您磕头，您虽然也只是须臾间的一闪而过，可俺还是认识您了。不知老爷今日要去哪里？是微服私访，还是走亲探友？小可愿为您效劳。"显然他已经忘记了自己的职责使命和当下寨主正与官府死磕的现状，而是把这个不期而至的县太爷当做玉帝派下来的天神，恭恭敬敬地侍候着。

安亭公道："如此说来，咱们也算是熟客了，我便实言相告，今日我要去金顶寨拜访一位老友。"

哨长迷惑不解地问道："不知老爷要去拜访哪个？小可为您牵马引路。"

安亭公微笑着道："就是你们的寨主史明川啊！"

哨长这会儿似乎才明白了什么似的，遂瞪大了眼睛一脸茫然道："小可竟不知老爷和俺们寨主还是老相识，既然是寨主的客人，俺就更应该伺候您了。只当下已是晌午了，您不妨在哨所里稍息片刻，待饭后俺把您送到寨里可好？"说着便令两个哨兵从安亭公和喜贵手里接过缰绳，把马拴在路边的树桩上，而后领着二人走进哨所里。

坐定后，安亭公命喜贵把随身背的熟苞米山芋拿出来充饥，哨长忙命人端来汤菜与之共餐。饭后，哨长带了一个哨兵，二人牵马请安亭公和喜贵坐了，向寨顶走去。

这一段路虽说还是山道，但已经明显地缓冲了许多。也许是饭后稍憩消除了饥渴疲劳，安亭公这时才饶有兴致地浏览起这从未见过的绝美风光。

一路上只见茅草簇拥的崎岖山路蜿蜒逶迤，姹紫嫣红的山花点缀在绿茵丛中,杉林茂密遮天蔽日,曲径通幽飘飘邈邈。他们穿行在其间,好像漫游在一条通往极乐天堂的逍遥栈道上。林荫间丝丝清风送爽,馥郁馨香熏人鼻息;繁茂的针叶乔木冠盖相连,无序地搭成一座座倾斜的庙宇殿堂,使人仿佛置身于静谧安宁的广寒仙宫。山道旁偶尔散落着一栋栋孤寂落寞的木藤小屋,萋草环抱古朴,倒像是山神土地家族的庙宇庵堂。回首遥望山坳间凸凹有序的茶园时,更见墨绿幽幽轻纱掩映。星星点点散落在坡坎上的寨楼屋顶炊烟袅袅,稚童欢娱,鸡鸣犬吠,好一派山中居士修行的幽静气息,闲云野鹤薄雾升腾,恍若世外桃源天上人家。山翼间弯弯曲曲峰回路转,山弯处溪涧飞泻呼啸,玉珠飞溅的银瀑白练从天而降,在林莽间激起一片片喧啸欢腾。细流潺潺的山泉,在沟壑里舒缓流淌,一路叮咚作响琮琮琤琤,抑扬顿挫的美妙旋律,骤然间唤醒了他久已尘封的凡心,澎湃激扬跳荡共鸣,如痴如醉流连忘形。真想掬一捧纯净清凉的瑶池玉液,沁入心脾抑制激情。虽然已是秋日里的山间,却依然漫山遍绿浓墨重彩,浓密的灌木丛林在斜阳的映照下熠熠生辉,迎风摇曳醉影婆娑,峰峦丘壑山岭沟畔郁郁葱葱,使人仿佛置身事外进入天堂。

安亭公早已忘却了一路上鞍马颠簸和爬行的疲劳,倒像是虔诚的佛教徒步入灵山圣地,沐浴了《般若心经》的荡涤洗礼,瞬间释然开悟了。

他不由得一阵惊叹长吁,心里暗自思忖:"这般天堂圣境怎能被战火蹂躏践踏?此行务须说服史明川尽释前嫌,罢兵息战休止兵戈。待他日辞官致仕时,在这里寻一块静地,茅草结庐品茗读书。于晨曦青岚间养浩然正气,林涧溪畔赋词吟诗,夕阳晚霞采菊东篱下,清风明月散淡逍遥,寄情山水颐养天年,悠哉! 乐哉! 此身足矣!"

经过几番挫折后,史明川当初冲冠一怒为兄雪恨的雄心,早已荡然无存了,心里熬煎得火烧火燎如坐针毡,整日里无事生非,找碴儿发泄。那些围绕在他身边的仆役家人们,虽然小心翼翼胆战心惊,却怎么也避不开被他鞭笞辱骂的责罚。家人们见其暴怒无常,便寻上门请来他的叔父史兆云,适时训诫约束。

原来史明川兄弟俩年幼时父母双亡,是史兆云把他们兄弟抚养长大,直至成家立业,史兆云视他们兄弟如己出,二人也视他为亲身父亲。史家本是当地的名门望族,史兆云又是饱读诗书的乡贤名士,他在二十多岁时,就被

483

族人乡绅们推举为族长和百户长。怎奈此人性格孤僻嗜好玄学,待到史明山成年后,便迫不及待地将这两副担子都推卸于他,自己则遁入空门皈依三宝,拜在净空法师门下参禅悟道虔诚修行。之前,史明川每有放荡不羁行为逾矩时,家人总是请出史兆云这把尚方宝剑镇伏威慑,且每次都很灵验奏效。

然而,这次他却没有当下就训诫管束,而是对其表示了充分的理解,他委婉地对其家人们说:"依我之见,明川心里的淤积,是因为明山被俘后,他被人挑唆着举事上当受骗的纠结。而今他已骑在老虎背上下不来了,只有解开心里的疙瘩才能彻底解脱了。否则,任何训诫说教都于事无补,如今能解开这个疙瘩的,唯有天王寺的住持净空法师,舍此而别无他法也!"

如是,家人们便恳请他尽快前往天王寺,敦请净空法师前来为其化解开悟消弭心结。于是,他便立即启程直奔天王寺,请见净空法师并说明来意。

净空法师自去年十月在麻阳城下做超度亡灵法事归来后,虽然日日青灯古佛诵经传道,但心里却在时时刻刻地关注着麻阳的动乱情势。当他听说史明川又在金顶寨组织人马举起反叛大旗时,心里不由得替安亭公捏了一把汗,生怕他平乱心切或惧上责难乱了方寸,贸然派兵围剿再起战端。

待观察了一段时日后,见安亭公只忙于整肃村寨民治联防,尚未围攻山寨剿灭史明川的迹象时,他的心里才稍稍安然。只是史明川不识时务还不收敛,这样相持下去终也是个麻烦。至于如何化解这惨烈的血雨腥风,他心里也没底了,这段时日正为此事揪心呢。今日见史兆云忽然前来拜谒,心里顿时便有了主意。

待史兆云说明来意后,净空法师当即慨然应允。当下师徒二人便启程前往金顶寨,一路上他在心里纳谋着:"怎样才能解开史明川心里的淤积,说服他放下仇恨解散武装归服王化呢?"

他们到达金顶寨时已是午后,他也顾不得鞍马劳顿疲乏,休息片刻后便与史兆云相跟着,径直去了史明川的寨楼。那史明川见净空法师突然莅临,眼前顿时一亮,立即倒地跪拜道:"活佛祥云驾临山寨,请受弟子一拜。"

净空法师单掌揖礼曰:"阿弥陀佛,善哉!善哉!"

484

待净空法师落座后,史明川唯唯诺诺地坐在他的旁座上,敞开心怀直抒胸臆,将自己心里的纠结郁闷,开诚布公地与之一一倾诉:"去年十月家兄战败被俘后，弟子未及深思，便匆匆召来族中子弟，商讨如何为其报仇雪恨。在众人的撺掇鼓动下，怒发冲冠糊涂犯浑举起大旗，实指望能向周边迅速拓展，凭借有利地形与官府抗衡一阵子。怎奈这个新来的县太爷，竟然不动声色地封锁了关隘要道，训练乡勇团练建起村寨联防体系，只不到半年光景，就把周围山寨联盟蚕食得支离破碎了。眼下虽然还是独立山头，但四周已经围得水泄不通了。似这样长此下去，用不了多久便会土崩瓦解，甚至还有灭顶之灾，当下已是山穷水尽了，还请法师拨云见日指点迷津。"

净空法师微微一晒道："凡此罪愆源自孽障，孽障源于心魔，心魔产于执念。若能放下执念，心魔自然消弭，心魔既已消弭，又何来孽障罪愆？罪愆消弭自然云开雾散。"

史明川道："法师言之自然在理，可弟子当下已是骑虎难下了，此时收手为时已晚，即使放下武器缴械投降，终也逃不脱瓜蔓株连砍头灭族的下场，与其束手就擒死无葬身之地，还不如拼死一搏，尚能争个死后的尊严体面。"

净空法师曰："尔竟以挥霍众生来争尊严体面，若怀此念便是心魔业障，罪愆愈加深重，罪过！罪过！"

史明川道："此中罪孽明川亦知，只是当下束手就擒心有不甘，恕弟子愚钝，还请法师宽宥。"

净空法师曰："尔若放下万缘心怀苍生虔心向善，又何虑心魔不消，心魔既已消弭，自有菩萨造化。倘若瞻前顾后患得患失，便已坠入地狱，善恶只在一念间。相形之下，安亭公可比你良善多了，尔细思量，他若不是顾及苍生劫难，以他当下的武力手段，剿灭金顶寨还不是易如反掌？"

史明川道："多谢法师点拨，弟子不胜感激，只是做起来却千难万难。"

净空法师道："人怀善念便是功德，尔若放下恶念，菩萨自然眷顾。"

史明川瞬间沉默无语。这时，忽然门役来报："前山哨长领着两位客人前来造访，领衔的那位自称是您的故交老友麻阳知县阎广居。"

安亭公与喜贵缘于哨长牵马引领，一路上自然无人拦阻，黄昏时分便到了金顶寨。

到了寨门前，哨长朝着领班的守门高喊："王头领，今日是你当值啊！快开寨门，史寨主的老友前来造访。"

守门头目一看来人是前山哨长引领，便丝毫也没有质疑，遂立即打开寨门侍立一旁迎接客人。他们一行款款步入寨门，沿着鹅卵石甬道，直奔史明川寨楼而来。到了大门前时，哨长指着安亭公，对守寨的门役道："这位拜访寨主的客人，可是当今麻阳的知县老爷，烦请兄弟通禀引见，俺还得返回哨卡去执事呢。"边说着便把两头牲口拴在门前的马桩上，而后掉头便走。

门役遂客气地对安亭公和喜贵道"二位老爷请随我来"，说着便领着他们朝里院走去。到了厅前的院中，他站定了反过头来对二人道："二位老爷稍候片刻，待俺进去禀报一声。"

史明川一听知县老爷亲自登门造访，顿时惊得目瞪口呆愣在那里，此时二人已经步入厅堂。

安亭公的不期而至，着实令史明川猝不及防，尚未等他反应过来时，净空法师已自起身合十道："阿弥陀佛！若非菩萨点拨造化，贫僧岂能与恩公不谋而合，善哉！善哉！"

安亭公瞬间一愣，随即惊喜地合十道："天意啊！天意！果然是菩萨造化使然。善哉！善哉！"

史兆云瞬间一个闪念："若非佛陀怜悯这方生灵，怎能修来二位菩萨际会于此的造化。阿弥陀佛！"

他心里不由得一阵欢喜，忙上前把安亭公和静空法师都请到上座，而后恭恭敬敬地施了一礼道："老爷是这方生灵的衣食父母，净空法师是我苗民活佛，二位菩萨际会金顶，真乃我苗民之福，请受兆云一拜。"

安亭公忙上前扶住道："久闻先生大名，如雷贯耳，请受广居一拜！"说着双手抱拳，深深地施了一礼。

待众人坐定后，净空法师才微微一哂道："修行本无定法，悟在明心见性，但以救度为法，只求耕耘，莫问收获。贫僧前半生时，还是行走于江湖上的窃贼，乾隆五十年在耒阳作案时，被安亭公缉捕下狱。谁知，他只不经意的三言五语，便使我幡然醒悟皈依佛门。若非此劫，也许我至今还在苦海中挣扎。人非圣贤孰能无过，放下屠刀立地成佛。"

净空法师只在须臾间的寥寥数语中，便将他与安亭公曾经风云际遇的那段往事勾勒出来，顷刻间证实了坊间演绎的那些神话传奇，绝非人云亦云空穴来风。

七

史明川这时才如梦方醒,遂即倒地跪拜道:"无怪乎老爷道行如此了得,若非净空法师坦言直陈,俺却断然不会轻信,您竟是活佛修行开悟的启蒙禅师。恕明川肉眼凡胎有眼不识泰山,竟敢在您的治下使泼撒野蚂蚁撼树不自量力,罪过!罪过!"说着一头磕了下去。

安亭公立即上前将他扶起来道:"惭愧!惭愧!净空活佛的道行,不知是他前几世苦行多少年才修来的造化,岂可一言以蔽之,他适才所言,只是那些得道高僧教化凡夫开悟时的自谦戏言,史寨主切莫当真了。本县也是凡夫俗子,哪里来的如此道行?倒是咱俩神交久矣!今日相见,也算了却了一桩平生夙愿。只是这不期而至的造访,倒是本县唐突了。"

史明川忙起身揖礼道:"哪里!哪里!老爷谦谦君子襟怀坦白,我仰慕久矣!小可之前糊涂犯浑亵渎了虎威,还望您老多多海涵。嗣后老爷但有差遣使唤,明川愿效犬马之劳。"

净空法师哈哈一笑道:"今日果然是精诚所至造化使然,愿二位开诚布公畅所欲言放下恩怨尽释前嫌,只为这一方苍生免遭涂炭拔除苦难。"

安亭公道:"普天之下莫非王土,率土之滨莫非王臣。唯有皇权一统百姓才能安居乐业,割据分裂便是动摇国之根本,大逆不道也!我等必须就此达成共识。史寨主若能顺应天意民心消除藩篱割据,便是深明大义不世之功,本县自会呈报抚台衙门,请钧命为你免却刑处,其余诸议均可坐下来商榷。"

史明川忙道:"老爷晓谕我又何尝不知,只是之前被人挑唆糊涂犯浑才闯下如此大祸,明川自知罪孽深重已是追悔莫及了。而今只想着怎样消除割据引颈受戮,哪里还敢奢望免除刑处逍遥法外呢?"

安亭公道:"人非圣贤孰能无过,亡羊补牢为时未晚。尔若能迷途知返悬崖勒马,便是浪子回头社稷功臣,本县非但不会降罪于你,而且还会摒弃前嫌劝喻山民,推举尔为金顶寨的当家人。"

史明川之前的心里纠结,也只是想着怎样能避免了杀戮,以立功赎罪免除株连积点荫德,他就心满意足了,哪里还敢奢望免却牢狱之灾全身而退呢?而今见安亭公不仅不计前嫌免除了他的罪责,而且还继续推举他为金顶寨的百户长时,心里已是百感交集喜出望外了,遂立即倒地磕头谢恩。

安亭公立即上前将他扶起来道:"史寨主,据我所知,尔等父兄两代执掌山寨二十余年,呕心沥血公道正义,已经深入人心了。本县岂肯舍本逐末任用他人,况且我在来时的路上已经纳谋好了,这里山清水秀人杰地灵,待他日致仕下野时,借尔立锥之地结草为庐颐养天年,不知足下肯允否?"说着一阵朗声大笑。

史明川瞬间一愣,稍顿片刻后似乎才醒过神来,遂连连点头道:"老爷钟情这方山水,更是眷顾这方百姓,明川敢不打扫厅堂侍奉左右,以尽地主之谊。"

至此,史明川悬在嗓子眼儿上的那颗忐忑不安的心才跌到肚里,他如释重负般,已是眉开眼笑了。遂即坦言恳请安亭公立即派人查验接收,明日交割兵器解除武装,撤销关隘要道巡检哨卡。

安亭公道:"山寨现有的兵勇只可保留二百人,悉数纳入乡勇团练,由姚县尉统领辖制,其余尽数裁撤,多余武器收缴封存。"

当晚史明川安排了一桌精致的斋饭,热诚地款待安亭公和净空法师一行。席间,他虔诚地对净空法师道:"幸得活佛拨云见日指点迷津,明川才得以解脱了。否则,俺至今还深陷其中苦苦挣扎而不能自拔,甚或一时冲动尸山血海酿成大祸,既愧对祖宗先人,更无颜直面山寨苗民,如此则明川便成了千古罪人。法师的再造之恩,虽肝脑涂地难报万一,请受弟子一拜!"说着虔诚地站起身来合十揖礼。

净空法师只平静地单掌揖礼道:"总归是你良心未泯自觉开悟,又兼安亭公宅心仁厚菩萨心肠,才修得如此功德。倘若尔执己念一意孤行,那就谁也救不了你了。冥冥之中还是佛祖施恩,这方生灵的造化。贫僧方外之人,岂敢贪天之功,阿弥陀佛!善哉!善哉!"

安亭公道:"史寨主,你们兄弟二人都是苗民翘楚人中龙凤,然较之乃兄,尔却更胜一筹。尔虽一时冲动误入歧途,但在面临生灵涂炭的危急关头,却能良心发现浪子回头,拯救苍生于水火,生生地避免了一场血雨腥风的杀戮。仅此一端便是功德无量,当名垂千古社稷留芳!我要为你请功奖拔铭石勒碑。鉴于此次教匪作乱中,尚有部分苗民上当受骗参与其间,念其懵懂无知又被教匪煽情绑架,也付出了血的代价,为此,本县呈文敦请抚台衙门,免征金顶寨及周边村寨苗民三年的赋税以资抚恤。"

史明川顿时感动得涕泗纵横,立即离席倒地再拜道:"老爷谬赞诚惶诚恐,明川却不敢领受。若要论功行赏,唯您才可当此殊勋名垂青史。就当下金顶寨已被围困形成的高压态势,倘若碰上个昏官时,还不趁势风卷残云大开杀戮,以为日后仕途升迁的铺垫,岂肯轻易错过这个邀功请赏的天赐良机?纵观古今官场,似老爷这等清官廉吏能有几人?您才是苗寨山民的活菩萨,明川的再生父母。今日当着法师佛面,明川对天起誓,山寨苗民当世世代代臣服王化,子子孙孙为朝廷看守西晃山门户。"

翌日晨起,史明川领着安亭公和喜贵,前往校场点验武装兵勇,逐条巡查了西晃山与外境连接的各个关隘要道。凡路经之地,山寨苗民都恭恭敬敬地侍立道旁施以礼敬,甚或为之歌舞笙箫。史明川惊得目瞪口呆,心里暗自思忖:"这位县太爷的魅力竟比活佛还要赢人,幸亏俺悬崖勒马及时收手了。否则,两军对垒时,这些山民们以他们对安亭公的虔诚,不须交兵,胜负已然分晓。"

第三天一早,安亭公告别了净空法师和史明川,准备返回麻阳县城时,史明川恭恭敬敬地一直送到山腰哨卡。此时各个哨卡上的哨卒已经裁撤了,他们已悉数集中在山路上清理障碍。上山时剑拔弩张的恐怖,已经消弭得干干净净了。

安亭公对史明川道:"史寨主,你留步吧!再送就到县城了!你的诚意我已经看到了,但愿咱们信守诺言以诚相待,待我回衙署后,便按前日商定的章程铺排,一两日内便派人上山与你交割,争取在一个月内裁撤武装,完成周边村寨的百户长推举,完善村寨联防自治,以确立你在金顶寨的当家地位。只要你与官府勠力同心,这块地盘还归你统辖。此外,务必在这两天派人摸排,把隐蔽在山寨里的那些教匪的残渣余孽们悉数抓捕了,一个也不许漏网,免得他们再到别处制造麻烦祸害百姓。"

史明川深深地施了一礼道:"不消老爷吩咐,明川已然成竹在胸,回山后俺就布置实施抓捕。还请老爷尽快派人丈量土地清理户籍核实赋税,明川永远是您忠实的奴仆。"

缘于清理了路障又是下山的路,临近午时,安亭公和喜贵便到了葫芦谷口。只见姚县尉亲自带着百余名强悍兵卒严阵以待,杀气腾腾地守在那里。

当安亭公与喜贵突然出现在他面前时,他不由得一阵惊喜,急忙上前叩头询问道:"老爷,史明川那厮没有为难您吗?"

489

安亭公笑着道:"姚县尉,你多虑了,他不仅没有难为本县,反而还以上宾之礼相待,赶快撤兵吧! 待会儿我给你慢慢细述。"

姚智勇一脸懵懂地连连惊呼道:"奇哉! 妙哉! 老爷三寸之舌抵得三千兵勇,不可思议啊! "遂即下令解禁撤兵。

回到衙署时已近黄昏时分,安亭公立即将陆县丞、姚县尉和喜贵召来作了部署:"明日一早喜贵带上胥吏捕快各三人前往金顶寨,将史明川武装的兵勇裁撤一百,保留二百人分发到附近的几个山寨里,由三个捕快分别节制,统筹纳入村寨联防体系,你临时坐镇统一调停,待大局稳定后,再视情况交由地方辖制。同时组织地方乡贤绅士,严格推举村寨百户寨长。待合法的民意治权形成后,着手核实户籍丈量土地核定赋税,争取年底前完成此事。其间的重心是着力抚慰教匪作乱时株连波及的受害山民。凡事延请史明川领衔牵头,以确保他在尔等撤离后,能与官府同心合力,这就省心多了。鉴于金顶寨的匪患业已消弭,麻阳平乱亦可暂告终结,守城兵卒只留百人,其余悉数退回辰沅兵备道。循例每人赏银五两,官佐翻倍以示犒劳,立功官兵另册计开,行文报送道台衙门以备奖赏参酌。此事由陆县丞和姚县尉协同承办,事无巨细尔等务须亲力亲为。"

待姚智勇和喜贵退下后,安亭公似乎意犹未尽,欲与陆县丞商谈金顶寨收回的善后诸事。陆县丞见时辰不早了,便委婉地说:"老爷,这段时日您忙于平乱未曾回家,夫人似乎小有微恙,您还是先回家看看吧! 衙门里的繁杂琐事,三言两语也说不清,咱们改日再叙可好?"

安亭公听了猛地一愣,这时他才突然意识到,这段日子里整天忙得焦头烂额,已经很长时间没回家了。其间偶尔一次两次,也是熄灯以后回去,天不亮就离开,正应了那句老话,砚台里翻跟头两头见黑。为了怕影响小颖的休息,之后他就干脆住在衙署里了。而小颖也在刻意遮掩隐瞒着他什么似的,当他回到家里时,不仅没见她有一星半点儿病的兆头,反而比平日里还要精神许多,着实把他瞒得严严实实。唉! 自己也太粗心了,是该回去看看她了。

他随即歉意地对陆县丞道:"衙署里的琐事你先料理着,待我回家去看看,改日咱们再议。"

当他回到家里时,已是掌灯时分了,只见小颖歪着头躺在床边,陆县丞的堂客陆田氏,正陪着她在床头叙话。他只客气地朝着陆田氏点了点头,便搬了只杌子坐在床边,款款地拉过小颖的右手,托在枕上静静地把起脉来。

小颖见状遂笑着道:"老爷,您别大惊小怪,俺的身子俺能不知道吗?还是前些日子偶感风寒引起的腹泻旧疾作怪呢,静养几日便可痊愈了,真的无大碍。"

安亭公只低着头循着寸关尺脉默默沉思,他对小颖的遮掩搪塞早已习惯了。只待半炷香后,虽见脉象弦细缓弱无力,却并无异常。他进门时悬在嗓子眼儿上的那颗心才慢慢放下来。随即向小玉讨过药方仔细对照斟酌,但见也只是些寻常的寒热药时,他就更放心了,遂歉意地对陆田氏道:"陆夫人,这些日子有劳你了,快回家照顾孩子吧,这里我来料理。"陆田氏遂站起身来,使了个万福告辞了。

送走陆田氏后,安亭公把刚煎好的药用细罗滤了,端过来伺候着小颖喝了,而后嘱小玉做了一股面片儿汤,自己用小勺儿吹着,一口一口地给她喂了半碗多,才哄着盖了两床被子,让她发汗去了。

翌日晨起,安亭公把煎好的汤药端到床头时,见小颖已经起了床,便道:"你快别逞强了,还是乖乖地躺着,将息上一段时日,待大愈后再扎挣吧。"

小颖说:"您可别把俺当孩子宠了,昨晚出了一身汗已经精神了,俺想起来活动活动。否则,真的躺成病人了。"

安亭公知道拗不过她,便道:"那也好,起来把药喝了,待会儿阳婆高了,我陪你到院里散散步吧!"

巳时初刻,太阳已经升起一竿高了,安亭公陪着小颖走出户外,在洒满阳光的庭院里,绕着圈儿边走边聊,尽情地享受着久违了的秋日暖阳,小颖拖着纤弱疲惫的身子走走停停。只一袋烟的工夫,她的额头上已经渗出了微微的虚汗。可性格倔犟的小颖似乎才来了精神,丝毫没有停下来的意思,只有安亭公知道她是强撑着身子在安慰自己。他的思绪瞬间拽回到十年前他和小颖初识的那段日子。

小颖是湖北麻城乡下人,祖上也是书香门第,到她父亲一辈时已经衰落下来。父亲陈士元因家贫早年辍学,长成后为讨生计,便举家辗转到襄阳城里,为衡州来的药商李侍良打理药材门店。陈士元先后生育三个女儿,小颖排行最小。李侍良长年行商于荆楚湘南间,他与陈士元虽为主仆,但二人相交甚厚情同手足。小颖三岁那年,母亲不幸病殁,其时,李侍良膝下只有二子且已进学,他心里只想着若能再生个女儿时,以为晚年慰藉。怎奈堂客文氏患病日久早已不能再孕,为此他常常慨叹引以为憾!遂对小颖格外喜欢。今见掌柜孺人新亡,便毛遂自荐请为老友代为抚养,以了平生夙愿。陈士元见东家厚道朴实又是一片热忱,便点头应允了。由是,李侍良便将小颖带回衡州老家悉心恩养。乾隆四十八年,十六岁的小颖已经出落得亭亭玉立,李侍良在征得陈士元首肯后,便将其许配于耒阳大和圩童生赵文俊为妻。谁知婚后三年其夫痨疾病亡,小颖恪尽妇道,一直守孝在赵家。

乾隆五十二年,安亭公的小妾二丫染病卧床时,耒阳县衙主簿朱先轸为解他燃眉之急,便将其妻表妹小颖接来伺候病中的二丫。乾隆五十三年二丫病殁后,他见小颖温良贤淑善解人意,便委婉恳词将其留下照顾自己的生活,直到乾隆五十六年,发妻冀氏病殁后才续弦为妻。之后小颖随他颠沛流离于芷江、辰沅、麻阳任上,其间曾生育二子一女,均因惊恐忧惧于襁褓中不幸夭折。一次次幼小生命的孕育,从十月怀胎到一朝分娩,从呱呱坠地到不幸夭折,像夏日的冰雹初冬的寒霜,把小颖击得遍体鳞伤痛彻骨髓,从此落下抑郁心结,郁气伤肝,肝气横逆,波及脾胃,终致积郁成疾。

谁知屋漏偏逢连阴雨,今夏以来,史明川勾结教匪刘之协、宋子清,又拉起一杆人马时,情势紧迫刻不容缓。这段日子安亭公天天守在衙门里,部署守城防御谋划布局,昼夜忙得不可开交,哪里还能顾得上对她的悉心呵护?

端午节后淅淅沥沥的小雨昼夜不停地下着,江南已经进入梅雨季节。自从幼子夭折后,小颖便郁郁寡欢一蹶不振了。接踵而至的是脾胃不和升降失常,上吐下泻耗阴伤阳,以致落下恙抱河鱼久泻不愈的病根。虽多方延请名医疗治,怎奈恶疾缠身心结作祟,终致长期服药旋发旋愈。

通晓脉相易理的安亭公自然明白,此病三分服药七分心疗,更需旷日持久的心理疏导。于是,他便在闲暇之余,想方设法为她排遣心中的郁结,他言辞委婉诙谐幽默,常常令其忍俊不禁开怀大笑。经过一段时日的舒缓后,她才慢慢地从伤痛的阴影中走出来,苍白的脸上已泛出了淡淡的红晕,病情明显有了好转。安亭公满心欢喜,心里暗自思忖,只要再坚持上一段时日,排解了她心中的淤积,再辅之以药理调节便可铲除病根,痊愈只是早晚间的事了。

谁知,月底时忽然接到栗树坪里长赵常青派人送来情报说,他们那里发现白莲教传教徒走乡串户行动诡异,请求衙门里派人勘查,免得形成气候尾大不掉。

安亭公闻报后,立即召来姚县尉安排:"城北栗树坪、谷达一带有漏网的白莲教徒在传教,我怀疑是金顶寨流窜下来的残渣余孽在那里作乱,你亲自带人守住城门盘查,不可使其混进城里。我自带上二十名便衣下乡清剿,咱们里应外合,一举将其扼杀在萌芽状态中,不可使其形成尾大不掉之势。"

姚县尉道:"老爷,还是您留下来守城吧!下乡清剿的事我代您去。"

安亭公道:"你千万不可小觑了守城巡防盘诘,这里才是重头戏,那些残渣余孽只是私下串联蛊惑煽情,并未形成气候,故而不必担忧他们正面交锋。我带人下去再调上二十名乡勇,用不了几天便可完成此事。"

次日一早,安亭公带了二十名便衣兵勇,携带短刀利器直奔栗树坪而来。其时,里正赵常青已守在公所等候,见面始便把教徒们这段时日的活动轨迹,向安亭公做了详细汇报。原来这伙传教徒,正是从金顶寨流窜下来的残渣余孽,他们见安亭公只身登上金顶寨,仅凭三寸不烂之舌,就说服史明川解除兵戈,化解了一场一触即发的汉苗冲突,便知道他们的末日来了。于是,便连夜流窜到城北的栗树坪、谷达一带,以传教的名义蛊惑煽动乡民,企图再起波澜。起先时也只是走村串户私下游说,之后便集中起来蛊惑煽情。这样每村设一个固定的窝点,夜深人静时便召集在一起,名义上是释讲教义,实则是煽风点火。

安亭公听罢问道:"他们共有多少人?都在哪些村里活动?有几个窝点?"

赵常青道:"大致有十几个人,主要在栗树坪、谷达两个大村落,活动地点就集中在两个村的祠堂寺庙里。"

安亭公随即安排道:"我带来二十名兵勇,你这里再调上二十名乡勇,都化了装,先把这两个村的寺庙祠堂监控起来,再派上七八个便衣混入乡民中,以随时把握他们的动态,待时机成熟时,里应外合一网将其捕尽。"

当下赵常青便召来二十名乡勇,安亭公从中挑选了本村籍的八人,令他们掺杂在村民中跟踪侦探。另将其余三十二名兵勇混编了三个小组,而后将两个小组,分发到两地的祠堂寺庙周围,秘密潜伏下来。他与赵常青带了一组,隐蔽在村口的民房里暗中调停指挥。

当天晚上四路潜伏的小组回来禀报,明天晚上他们要在栗树坪的龙王

493

庙和谷达的祠堂里举行集会。

第二天晚饭后安亭公又调了二十名乡勇重新部署，他带了三十名包抄谷达祠堂，留下赵常青带人包围栗树坪龙王庙，两边同时行动。凡上当受骗的乡民当场驱散，亥时初刻统一行动，抓捕后统一集中到栗树坪龙王庙汇合。是时，果如安亭公所料，当他们包抄了谷达祠堂时，他带了十名兵勇控制祠堂正门，谷达里正李四带人守在门前，逐个甄别登记，待乡民散尽后，只剩下八名传教徒悉数捆绑了，不到一个时辰便结束了抓捕。子时初刻，当安亭公带着抓捕的传教徒，回到栗树坪龙王庙时，这里的抓捕也以同样的方式结束，共抓得白莲教传教徒十五人，全部关押到龙王庙里拘禁。

第二天上午，安亭公与赵常青和李四，对十五名传教徒进行了简单的审讯核实，下午又将附近村里的乡民集中起来，在栗树坪的戏台前召开了乡民控诉检举大会，使得他们进一步了解和认清了白莲教传教的目的。

二十三日，安亭公带着二十名兵卒，将拘捕的十五名传教徒押回县城。他们一行刚离开栗树坪二三里时，忽然见前方的浓雾中急驶来一辆马车。到了跟前才发现是姚县尉带着两个随从时，安亭公立即下马询问缘由，姚县尉下车禀道："老爷，夫人小有微恙，请您随我先回寓所，这些罪犯让随从们押送大牢监禁吧！"

安亭公听罢，便知道一定是小颖的病情加重了，否则，姚县尉也不会亲自来接他，心里不由得一阵紧张，赶紧上了马车直奔衙署而去。一路上安亭公急切地询问小颖的病情，姚县尉只小心翼翼地应答道："辰时三刻时我刚到衙署，小玉来报夫人突然犯病，我便急匆匆地赶着车来接您了，病势如何我并不知情。"其实姚县尉来时小颖已经病殁了，只是他怕安亭公着急上火发生意外，才善意地撒了个谎。

一个时辰后回到寓所时，小颖直挺挺地躺在床上早已咽了气，安亭公揭开被子一看，便倒地昏厥了过去。其时陆县丞等几个吏员都已赶来，众人见状，急忙紧掐住人中好半天才把他窝过来。待他醒来时已是泪眼婆娑了，他只长长地叹了一口气，便木讷地呆坐在床前泪流满面唏嘘不已！此时陆田氏和小玉已经含着泪水，为小颖擦洗了身子换上寿衣正在梳妆，姚县尉也派人从城北坊间抬回一口棺木，众人一起将小颖收敛入棺并搭建了简易灵棚。

在众人的忙乱中，稍稍缓过神来的安亭公，遂嘱姚县尉到城北的栗树坪，与里正赵常青商洽，尽快寻一块合适的墓地。待众人散尽后，他凄然地坐在堂前的太师椅上，才陷入苦苦的哀思中："人生果然无常，三日前我离家时，她还拖着疲惫的病体为我料理行装，而今归来时已是撒手人寰，倏忽间已成隔世，可怜她红颜薄命！临终时我竟未守在床前，与她作最后的诀别！问苍天，你为何这般寡情义？凄风苦雨守孤灯，撇下痴翁孑然身。从此后，尽将长夜抱恨眠！唯有摔琴断弦酬子期，报尔平生未展眉。人有疾，天知否？过眼滔滔已是昨夜烟云！呜呼！哀哉！痛煞我也！"

他思绪的闸门再也憋不住了，旋转在眼里的泪花，顷刻间已夺眶而出。阵痛不已的他哀哀地将汩汩不息的泪水注入砚池，和泪研墨铺笺挥毫，无限哀思倾注笔端，文不加点一气呵成，悼亡妻陈小颖：

> 亡妻陈氏，湖北麻城县人，幼育于衡州李氏，乾隆五十三年适余，性端重寡言俭约自持，尤能识大体，处嫡庶间善避嫌疑，略无忌妒心，遇子女仆婢恩礼有加，故内外无闲言，余宦游南楚黜陟屡矣！姬与共甘苦忻戚不形，吾尝以为晓事，方冀奉我终老，不谓竟先我而逝也！初，姬生二子一女俱未成立，每深以为念，因之得疾，行年三十，抑郁以终。红颜命薄，一至于此！盖自古叹之矣！悼亡诸诗所由作也！今夏以来恙抱河鱼，旋发旋愈，几习为固然。中秋前后苗匪复出滋扰，余于二十日清查乡间难民，二十三日始归，途次得凶信，倏忽之间遂成隔世！人生离合聚散宁有常哉，十年事我，竟不获一朝执诀，苍苍者尚可问哉，期功之服连年不绝，而重罹此不幸，其将何以为吾也！噫！曼殊已殁，吾即才逮西河，而钟情则一，故叙其梗概以志悼，并令三子士骢承继用慰为幽魂。时嘉庆二年八月二十三日也！

他写毕掷笔才长长地吁了一口气，即嘱陆县丞连夜寻人铭石勒碑，镌刻悼文于墓碑后，以为悼念缅怀。

八

天擦黑时姚县尉回来禀报："老爷，栗树坪那边已经安排妥了，赵里正与卑职在他们村西口临河的山坳间，寻了一块阳坡弯弯的墓地，周围森林茂密群峦环抱，离城仅有二里之遥，站在城头便可一览无余。赵里正本来就是这一带有名的风水先生，他亲临实地罗盘堪舆点了穴，明日辰时便可动工开挖了。"

安亭公问道:"地价几何？可曾言妥？"

姚县尉道:"老爷,我虽再三与之言明此事,怎奈赵里正却正色道:'咱们村里人遇到这种丧葬寄埋的临时占地时,也只是事前与对方打个招呼就行了,却从来也没有收钱的先例。况且这地就是俺家的,俺若收了老爷的钱,还不让人笑掉大牙吗？'我坚持说那可不行,老爷一生清廉自律,千万不可为此玷污了他老人家的清白。赵里正这才无可奈何道:'如此便收上两吊现钱,但墓穴开挖纸扎镇文以及祭祀用品,须由俺一并预备。'我只好应允了,回来的路上我还在寻思,这个价码也差不了几许,若再给多了他也不会答应。"

安亭公道:"你傻呀！挖埋一个墓穴就得十几个人工,每个工少也得二十文,光这一桩就得二百文,这赵里正明里是收了咱的墓地钱,实则是变着法儿倒贴咱呢！明天带上三吊现钱和一坛老酒,我和你一道去破土,顺便销缴了他的人情,免得日后留下惦缺,教人心里别扭。"

第二天卯时初刻,姚县尉赶了一辆马车,载着安亭公带着祭品到了墓地时,赵里正已经带着五个民工等在那里。安亭公站在坟地前四顾时,只见这里面水背山前低后高视野开阔,北门城门楼和护城河水一览无余,心里颇觉满意,遂对赵里正拱手一揖以示谢意。

慌得赵里正忙跪了磕头施礼,而后起身陪着安亭公焚香燃表供了土神。礼毕,安亭公破了土,便把墓地交给民工,他与姚县尉、赵里正徐徐退到一边。姚县尉把一坛老酒和三吊现钱递到赵里正手里说:"夫人坟茔堪舆和镇文筹备,亏得赵里正鼎力承办,这坛老酒略表谢意,三吊现钱是置买墓地和工钱纸扎祭品的开销,请你务必收下。"

赵里正顿时像蝎子蜇了似的,赶紧把手缩回来说:"老爷,您这不是折俺的寿吗？别说是您了,就是乡里乡亲也没有这个行情。"

安亭公正色道:"赵里正,这笔账我心里有数呢,墓穴挖埋竖碑修路的工钱是三百文,纸扎、祭品、镇文用度六百文,墓穴占地两吊,剩余一百文给民工们备上一桌酒席,不够了你贴补些。这坛小酒也是我的心意,请你顾我薄面就别再争了,咱们以后才待要共事呢！"

安亭公这一番恳切的言辞循情依理天衣无缝,直把赵里正说得傻傻地愣在那里,心里暗自思忖:"人都说老爷清廉自律守正不阿,谁承想他竟这般细心周到？想想之前几任太爷的作为，他们每年的端午、中秋、寿诞是常例礼，父母大寿、孩子满月、夫人、太太的生日是节外礼。倘若遇上丧葬奠仪时，便派胥吏差役们，以催丁纳粮的名义下乡来放风暗示。至于丧葬前后的张罗铺排，早有那些钱庄店铺的东家掌柜们，争先恐后地办得妥妥帖帖了，哪里还需要老爷亲力亲为呢？他们只守在家里等着收礼，更别说主动支付开销了。说起来都是一个品阶的官员，行事做派却天差地别。这位太爷的行事，更叫人瞠目结舌不可思议！这样的清官廉吏古今能有几人？除了包拯海瑞，恐怕再也无人能与之比肩了！唉！这大概也是上苍眷顾这方百姓的恩惠。"

八月二十五那天一早，姚县尉带了四个强壮兵丁，众人上手把棺木和墓碑抬到马车上，安亭公挣扎着要上车扶灵，怎奈灵车上已经装满下葬什物，根本没有还能坐人的位置了。经姚县尉反复劝导才与他另坐了一辆马车，趋赶着走在灵车前面亲自抛撒纸钱。到了墓地时，赵里正已经带着下葬的民工守候多时了。

由是两拨人合作一处，手托着棺木抬上墓地，赶在阳婆出工时便埋瘗了。待墓碑竖起后，安亭公亲自拔了一把绒草，把墓碑上的土垢擦抹干净，而后焚香燃表洒酒祭奠。

经此一场飞来横祸的打击后，安亭公回到寓所便一蹶不振卧病在床了。幸得丫头小玉衣不解带悉心照顾，直到过了霜降时，才勉强拖着病体走出户外。那日早饭时，小玉见他喝了一小碗粳米粥，又吃了一个鸡子，似乎有了食欲，人也精神了些许，便委婉道："爹，您已经卧床好些日子了，今日天气清朗和风煦日，咱们到院里散散步可好？"安亭公正好也有此意，便爽快地答应了。小玉赶紧给他换了一件夹袍，又把手杖递过来，搀扶着走出门去。待到了庭院中央时，他抬起头来看着蔚蓝的天空，贪婪地深吸了一口气，竟甩开小玉一个人漫步开来，小玉喜得偷偷地站在一边悄悄数起步来，半个时辰后父女二人才回到屋里，安亭公似乎精神了许多。于是，他便来到二堂给长子士骧修了一封家书，备述小颖不幸罹难的前后经过，并告之已寄埋在城北二里之遥的栗树坪，待他百年后，要移棺大圩滩祖茔依礼安葬。他在信中特别嘱托，只因庶母身后无子，他已做主着三子士璁承袭子嗣，族谱上要明确载之，嗣后，士璁须以嫡母之礼祭祀奠敬，万万不可敷衍懈怠。

黄昏时分，喜贵在金顶寨听说婶母突然病殁的消息后，便急匆匆地赶回衙署。当他进了二堂时,突然一下子愣住了,这才一个多月不见,四叔竟像换了个人似的,傻傻地呆坐在那里发愣。他不由得一阵鼻子发酸,眼泪瞬间夺眶而出,一头磕了下去,失声道:"四叔啊!家里发生如此变故,您怎能不通晓一下侄儿,竟自一个人苦苦地承受呢?"

安亭公这才抬起头来,看清来人是喜贵时,遂深深地叹了一口气道:"唉!天有不测风云,人有旦夕祸福。事发突然我也盲人无治了,丧葬事宜都是陆县丞他们帮着筹办的。当时你正在金顶寨编遣裁撤武装推举村寨治权,交割户籍丈量土地核实赋税,我岂能因私废公再把你调回来?事情已然过去了,你也别自责了。况且你能把那里的事处置得当了,便是帮了我的大忙,快起来吧!说说金顶寨的情况。"

喜贵这才站起身来,坐了一旁道:"这次金顶寨编遣裁撤的各项事宜,在史明川的全力配合下,异乎寻常地顺利,金顶寨及周边三个村寨的寨长百户,已经通过乡贤民意推举出来,且已明确了史明川大当家的地位。村治联防由两名捕快分别担任头目,业已分发到西晃山外沿的关隘道口驻扎,由俺统一调停。目前西晃山的内外防控体系已基本形成,进可抵御入侵之匪,退可威慑地方治安,眼下是可以高枕无忧了。"

安亭公听得顿时心里一沉,觉得喜贵只注重了武装裁撤编遣的琐事,却并未领会派他去的真正意图,但又不便当下求全责备,遂沉吟了片刻道:"这段时日以来,我心里惦记的就是这件事,只怕它节外生枝再生变故,便前功尽弃了,只有你到那里调停我才能放心。但我还是要提醒你,派你到那里的使命,可不仅仅是外防教匪内慑乱民,而是与山寨苗民水乳交融,安抚笼络收拾人心,不可使其产生畏惧心理,以消除他们对官府由来已久的宿怨。对那些曾因教匪祸乱而失去家人的贫困苗民户,逢年过节时要施以周济抚恤慰问,潜移默化地消除他们对官府的憎恶怨恨,以化解由来已久的官民汉苗矛盾。史明川虽然误入歧途,但他能悬崖勒马就不失为明智之士。就眼下而言,他还是这方苗民中无人可以替代的首领,只要笼络住他,咱们便省心了。凡事谦恭礼让恩结其心,使其一心一意效命官府,千万不可居高临下盛气凌人,使其萌生畏惧而与官府离心离德。更不可喧宾夺主本末倒置了,如此则事倍功半也!切记!切记!这样你就不免还得辛苦一些时日,待局势平稳后,再回来可好?"

喜贵忙说："四叔,看您说到哪里去了,这本来就是俺这个巡检的职责所在,但有风吹草动,俺就绝不离开金顶寨半步。当下还是先说说您吧!咱们乡下殷实人家,但凡到了您这个岁数,都已是依靠子嗣供养生活而安度晚年的人了。而今您已五十多岁了,凡事不可争强好胜不服老,毕竟岁月不饶人。况且经此突发变故后,身边没有个贴心体己可不行,小玉虽然知冷知热,可毕竟是个女孩子,恐不足以担当突如其来的变故。俺以为眼下您不妨借此为口实,趁势向抚台大人恳请病休也在情理之中。待他人署理后,再借口病体难支调个闲职,或就坡下驴致仕还乡。否则,如此下去是要把人拖垮的。"

安亭公深深地叹了一口气道:"你说的这些道理,我又何尝不明白,只是这里的动乱刚刚平息,那些潜伏在民间的教匪余孽,却时刻在蠢蠢欲动,山寨苗民们也是等待观望,诸事纷乱,稍有不慎,便会再起波澜酿成灾祸。且不说当下没人敢接这个差事,就是有人接了,我也不放心。当初我布下的这个局,是以不战而屈人之兵,逼其就范收场了,虽然轰轰烈烈已经胜券在握,但这盘棋的棋眼却是安抚绥靖收拾人心,一着不慎满盘皆输,此中利害他人何以知晓,待缓以时日,让我把这盘棋下完后,便可抽身而退了。"

喜贵道:"俺知道四叔是明白人,只是怕您当局者迷了,才刻意提醒的,俺明日便回金顶寨去矫枉,您可要保重身体啊!"

喜贵下山前也是志得意满,心里想着自乾隆四十六年跟随四叔常宁赴任,已有十六个年头了。但唯有这次才是自己单独办差,故而既谨小慎微又雷厉风行,只在一个多月的时间里,便把金顶寨的兵勇裁撤、村寨治权推举、土地丈量税赋核实等诸事一一甫定。总以为这趟差事办得还称心如意,被四叔嘉奖勉励已是必然。可昨晚聆听四叔的谆谆教诲后,他才感悟到自己根本没有领会他老人家的良苦用心,而是抓住芝麻丢了西瓜适得其反。想想自己这段时日,凡事独断专行政由己出,丝毫没有理会史明川的感受。如此下去他必然由怨生恨与官府离心离德,他日一旦衙署里的人撤离后,他节外生枝再起波澜时,四叔怀柔抚慰的一番苦心便前功尽弃了。想着想着脊背上一阵发凉,竟自冒了一头冷汗。

自八月二十日喜贵带着胥吏捕快上山以来,史明川见其凡事大权独揽一人做主,倒像是钦差大臣一般,竟把他这个金顶寨的百户长撂到一边时,便产生了强烈的不满情绪,甚至怀疑喜贵的作为都是安亭公私下里的铺排,心里琢磨："这位县太爷貌似襟怀坦荡平易近人，却原来也是颇有心机深藏不露。嗣后不仅要戒备远离，还得赶紧谋划铺排自己的退路。"由是从心底里已经彻底颠覆了之前对安亭公的认知，心里纳谋着怎样摆脱当下的处境，再去寻找新的出路。

喜贵这次上山后，当晚便忐忑不安地拜访了史明川，他从怀里掏出一沓文牍，愧疚地递上道："我昨晚回县衙禀报老爷时，他责问这份呈报文牍上怎么没有史寨主的签署呢？我见老爷发了火，便把这段日子我的行事做派一一予以禀报。老爷听后，遂把我狠狠地训斥了一顿，说我是牝鸡司晨越俎代庖，没有史寨主的签署，必须推倒重来，无奈之下，只好回来向您请罪来了。"

其实昨天喜贵下山后，史明川便将他的几个心腹召来盘查询问，他们都说："阎巡检行事做派虽然有点急躁，却并无不妥之处。"史明川也觉得他行事果断快人快语，并非心机深沉之人。今日见喜贵亲自来反复解释，似有歉疚之意，便哈哈一笑道："阎巡检多虑了，我知道你是老爷的远房侄儿，鞍前马后出生入死追随老爷十六年，名为主仆情同父子。同时我也听说了，与你一起跟随老爷来湖南上任时，还有一位本家堂弟茂才，只因他在耒阳狱吏任上贪墨不法，硬是被老爷生生地撤职查办了，你若但有不法劣迹时，老爷岂能容你到今天？咱俩之前的隔阂，都是未能及时交流产生的误会，从今以后咱们互相理解，同心协力完成老爷托付的使命，这才是正理。"

喜贵忙道："就此事而言，其实还是怨俺呢！俺之前行事鲁莽多有不恭，还望寨主担待些许。之后咱们精诚合作，争取年底前顺利交接。临行前老爷特别交代，只要咱们把山寨里的事安排妥帖了，就是对他最好的慰藉。"

至此，史明川那颗悬着的心才踏实了，遂道："老爷待我恩重如山，我虽肝脑涂地也难报他的恩德于万一。"

腊月二十八那日黄昏时分，喜贵从金顶寨回来，安亭公在后衙二堂听取了他的详细汇报，喜贵不无忏悔道："俺之前只顾了匆匆完成您交办的差事，而忽略了对史寨主应有的尊重，凡事自做主张俨然钦命使者，竟把史寨主当作傀儡一般。自上次下山您点拨后，俺回去又与史寨主反复沟通才尽释前嫌，若非您悉心点拨，俺几乎铸成大错。今晨俺们撤离时，史寨主亲自送到山腰哨卡握着我的手说：'请你禀报老爷，明川决不辜负他老人家的悉心栽培，虽粉身碎骨也要守好这方净土，看住西晃山的门户。'临别时他还给您带了一只山狍两只野鸡,俺虽再三婉拒,怎奈他盛情难却,不得已只好带回来了,还请您体谅俺的苦衷。"

安亭公遂哂笑道:"你总算是领悟了,这趟差事办得好。只是这礼品当如何处置呢?"

喜贵忙道:"四叔,水至清则无鱼,人至清则无友,凡事通权达变不拘小节。倘若俺当时硬生生地拒绝了,他不仅不会以为是您廉洁,反而会使他失去尊严没了面子。待日后寻个合适的机会,您再回赠一份厚礼还显得亲近,礼尚往来也是人之常情。"

安亭公遂道:"也只好这样了,你帮我记着这份人情,届时提醒一下。"

这时忽然门役来报:"老爷,门外有个北方口音的汉子求见,他自称是您的家乡人。"

安亭公顿时一脸愕然,心里兀自琢磨:"这年关时节谁会千里迢迢上门来呢?"喜贵忙道:"待俺前去看看吧!"说着便随门役走了出去。

当安亭公还在纳闷时,喜贵已经领着一个年轻后生走进来,只见那人身材高大鼻直口方,活脱脱一个当年的自己。当他还在迟疑困惑时,那人已经跪倒在他的膝下,呜咽着喊了一声"大"便抽啜起来,安亭公迟疑了片刻,才颤颤巍巍地站起来抱住他的头道:"你是士骧啊?"

那人哽咽着道:"大,俺是士骢。"

此时,安亭公已是老泪纵横泣不成声了,父子二人抱在一起哭成了琵琶。

原来自十月十八赶集那日,士骧收到父亲的家书后,便把两个年长的弟弟召来,让他们挨着浏览了一遍才道:"自乾隆五十二年大大与咱们分别后,就再也没见面了,如今他老人家已届天命之年,又加庶母新亡,我怕大大经不起这个沉重的打击。心里想着若能在年前时,赶到麻阳陪他老人家过上个年以尽孝道。而后,再想方设法劝他致仕还乡颐养天年,倘有不测便遗恨千古了。"

士龙忙道:"大哥,明年秋闱你还得准备应试呢,湖南还是俺去吧!"

士骧道:"家有长子,国有大臣,明年秋闱你带上士骢去应试,俺是长子责无旁贷,湖南还是俺去吧!"

这时士骢开口道:"大大信中已然言明,让俺承袭子嗣,嫡母病殁,我岂能无动于衷？于情于理义不容辞，况我年龄尚小，下科再考也为时不晚。"

二人听后也觉得在理，既然士骢已经承袭子嗣，或许父亲更希望他能过去祭扫一下坟头，以为慰藉以全孝道。于是，士骢次日便整理行装启程了。

安亭公听罢一阵唉声叹气道："你妈去世那年，我在耒阳任上遭人诬陷，分身乏术，丧葬发送都是你们一手操办，至今想起来深以为憾！眼下我还能照顾了自己，你们在家勤奋读书考上功名，便是对我最好的孝道。"

士骢看着失神呆坐的父亲，爬满皱纹的脸庞上颧骨突兀眼窝深陷，鼻梁挺拔竟似刀削一般，一条稀疏花白的小辫子，柔软蓬松地拖在胸前，须眉已然皆白。曾经那个潇洒干练的父亲，仿佛一夜间已是白发苍苍的老翁了。他心痛得泪水止不住又滑落下来，泣声呜语道："大，这官咱不做了，过了年咱们回家吧！俺们已经没妈了，再也不能失去您了。"

安亭公深深地叹了一口气道："孩儿啊！大也不是贪恋爵位俸禄墨守成规之人，只是这麻阳的事始终是大的一块心病，过了年你先回去，待我把这里的事料理完才能对得起这方百姓，否则大死也不会瞑目！"

士骢见父亲执拗如此，也只好默默地点了点头。

第二天一早，喜贵套了一辆马车，载着父子二人和祭品，前往城北栗树坪扫墓，士骢以孝子之礼身着重孝，虔诚地叩奠了这位未曾谋面的母亲。安亭公眼里闪着泪花，掏出手帕把碑身前后擦抹了一遍，凝视着墓头上已经枯萎了的青草，含在眼里的泪水已然悄悄滑落下来，嘴里喃喃地念叨着："小颖，咱们的士骢看你来了。"

士骢与喜贵怕耽搁时间长了，他过于悲痛再生出枝节来，遂赶紧祭奠毕，搀扶着他下了山。

回到寓所后，安亭公拿出一串制钱递给喜贵道："你带士骢上街浏览一下，顺便给他剃个头买顶帽子，再买双鞋和腰带，捎带着置办点儿年货。"

晚上归来时，他见士骢只是剃了头，自己什么也没买，却给他买了鞋袜礼帽和腰带，也给喜贵和小玉买了腰带头巾手帕，还说这是俺大私下里交代的，直把小玉欢喜得一个劲儿地夸赞："还是俺哥疼俺。"

缘于士骢的到来，今年的这个年让安亭公倍觉舒心惬意，更令他欣慰的是士骢温文儒雅落落大方，似有当年自己的风范。

正月初六那日后半晌时，史明川带了一名随从，驮着两筐山货专程下山来给安亭公拜年。安亭公一见大喜,遂把喜贵唤到一边,给了几两散银叮嘱道:"立即吩咐厨下备上一桌上好的酒席,再买两只京华火腿和两坛钩藤老酒,明日回赠史寨主。"晚上安亭公又把陆县丞和姚县尉召来,隆重地款待了史明川。

席间安亭公诚恳地说:"史寨主,还是那句老话,金顶寨的治理防卫我就全权委托你了,希望尔莫负我托,不负黎民百姓。"

史明川含着热泪道:"老爷如此信赖,明川以死效命。"

一个正月里,安亭公除了接待地方乡贤名士的例行应酬外,便是为士骢讲习"四书"考校功课,士骢每日里早起诵读经书,晚上研习时文。士骢是乾隆三十八年生人,时年已二十五岁,虽然勤奋好学,怎奈不甚得法,经父亲悉心点拨后精进了许多,父子情深其乐融融,心情舒畅时光易逝,不知不觉已经过了正月二十五。在短短不到一个月的时日里,安亭公饮食倍增容光焕发,仿佛又回到了剿匪清乡的那段时光。看到父亲的身体有了明显转变,士骢心里的高兴自不言而喻。

雨水节令后,一冬雾霾染成的灰蒙蒙天空,一下子如水洗般湛蓝明净,遍地开放的油菜花像一幅彩色的山水油画,蜂飞蝶舞鸟雀欢唱,把春天的景致渲染得绚丽多姿,金黄的花瓣大片大片铺陈开来,农家院落前的一块块小洼地,更像是江南小镇的窈窕淑女,婀娜多姿清秀妩媚。围墙边的桃树已抽出了新芽,田埂上蒲公英也在悄然绽放,鸡鸣犬吠牛羊噪叫,好一幅迷人的天然画卷,江南的春光更具魅力。

一场春雨后的黄昏时分,父子二人行走在郊外的田埂上,斜阳晚霞把原野映照成一片金色的海洋,安亭公的心境被这灿烂的黄金世界感染了,情不自禁地感叹道:"夕阳无限好,只是近黄昏。"

士骢在旁应声道:"采菊东篱下,悠然见南山。山气日夕佳,飞鸟相与还。"

安亭公若有所悟地苦笑着看了看他说:"三儿啊,大明白你的意思,好歹把麻阳的这台戏唱完,俺就告老还乡。"

看着父亲愧疚歉意的目光,士骢也心软了,忙道:"大,俺也就是那么随口一诵,并无勉强您的意思。"

父子二人心照不宣,一阵哈哈大笑。

谁知,刚回到衙署后,便收到抚台姜晟大人的信函。

　　广居贤契如晤:

　　顷接吏部任职行文,缘于尔在常宁、慈利、耒阳、芷江、辰沅、麻阳履职任期剿匪治盗、兴办义学、整饬吏治功勋卓著、吏部考功二十年卓异。上谕擢升尔任乾州从五品同知, 附吏部任职文书于后。

　　文到之日,着即交割赴任,望尔不负君命,再建奇勋,报效皇恩。

　　父子二人顿时傻了眼,沉思了好一阵,安亭公才道:"三儿啊,皇命不可违,吏部任职文书一旦颁发,谁敢矫情辞职撂挑子呢? 事已至此,也只好如此了。看大眼下的身子骨儿,还能再撑两三年,待寻个合适的时机,咱们再做计议吧,这大概也是大的宿命,你现在就收拾行装,明日返乡,千万别耽误了今年的秋闱科考啊!"

第十四章　　主政乾州

一

乾州古城自古以来就是湘、鄂、渝、黔四省边贸物资的集散中心。缘于这里得天独厚的地理位置，使其一跃而成为苗疆边地政治、经济和文化的中心。

盘古爷的鬼斧神工，造就了这里的群山环抱峰峦叠翠，十里河道纵横交错，十里城墙宏伟壮观，十里盆地物阜民丰，十里古城静谧安宁，苍松翠柏绿树成荫，状如九龟寻母鲲鹏蛰伏，天星河、万溶江环城绕州，三陆横陈形似乾卦，故名乾州。

乾州的久远历史可以追溯到公元前四千多年前的夏商周时代，从那时起蚩尤、盘瓠和"毕兹卡"的后裔僰、瑶、苗人，就在这里渔猎耕作繁衍生息。早在秦汉时期，他们就已经迈入华夏礼乐的文明圈了，但是缘于交通闭塞的地理劣势，而远离了黄河流域的中原文明，直到明清时期，才伴随着大规模军队驻扎和移民潮的涌入，开启了汉文化教化传播的坎坷之路。

乾州古城与凤凰古城是南长城上比肩而立的双子城，自古以来乾州古城就是这条防御线上的重要军事重镇，它的南城门是举世无双的三开门，由南大门、通济门和月城融汇组成，是一座集交通、防卫、取水、防火为一体的标志性建筑，其壮观宏大气势非凡，是中国古建筑史上的一个奇迹。

从秦汉时起，这里就是闻名江南的重要商埠码头和交通枢纽，南来北往的古道在这里交汇组合，其水上交通便利发达，位列湘西四镇之首。

清兵入关后，为了强化武力统治，在湘西和黔东北的苗民区，修筑了三百多里长的长城边墙防线，以建立军事据点，实施"屯田养兵，设卡防民"，将苗民族群隔离于边墙之外，用军事手段强势控制，实行汉苗分治。这种由政府行为公开制造的种族歧视隔离带，激起了边地苗民的极大反感。雍正七

505

年,政府强制推行"改土归流",从而激发了他们的大规模武装起义。

著名的苗民领袖吴八月,祖籍凤凰厅杉木寨人氏。其少有大志通晓兵法,骁勇善战桀骜不驯,深得边地苗民衷心拥戴。幼年时随父举家迁徙至吉首平陇定居。因不满清廷对苗民的种族歧视和政府派遣流官的盘剥压榨,乾隆五十八年,他登高一呼举起义旗,号令八方,从者无数,霎时间风起云涌遍地狼烟。乾隆六十年八月,吴八月在凤凰城天星山,被各路义军共同推举为苗王。在攻打乾州时,吴八月挥舞着九十斤重的大刀,身先士卒,劈开城门占领城池。而后公然挑战朝廷,建立苗民政权,实施武装割据,与官府分庭抗礼。其势如暴风骤雨山崩海啸。

为了迅速镇压这起强势崛起的苗民武装起义,乾州厅游击陈纶急调三千精兵实施弹压,终因寡不敌众,被吴八月亲手斩杀。同知宋如椿受伤后见势不妙,只身逃回衙内自刎而死。巡检江瑶抱着印信逃至北城门,被苗将吴迁举追上钩刀钩死。数十名州厅官吏被擒枭首。

这次苗民起义,波及地域南至贵州铜仁、松桃,西至四川秀山、酉阳,北至湘西古丈、保靖,涉及湘、黔、川西南三省数十个州县,所到之处攻无不克战无不胜,起义军风起云涌如日中天,迅速发展到十万之众,对太平日久的王朝政府构成空前的致命威胁。

嘉庆二年二月十四日,兵部收到湖南督抚联名的六百里加急快报称:"湘西苗匪贼势甚众,攻城略地已克乾州,官军屡战屡败频频失利。"噩耗传来朝野震动,举国上下一片混乱。

其时,乾隆皇帝已经退居太上皇之位,和硕嘉亲王颙琰初登大宝,不免手忙脚乱惊慌失措,遂立即召集军机大臣阿桂、和珅会同兵部尚书朱珪,召开御前军机会议,连夜下诏紧急调遣云南、贵州、湖北、湖南、广东、广西、四川七省十余万骁勇铁骑,由云贵总督福康安和四川总督和琳率领,浩浩荡荡开赴湘黔边陲,分西、南两路合力围剿。

然而骁勇善战的吴八月,不仅足智多谋,更兼地形娴熟民众拥戴,朝廷如此大规模的围剿,不仅没有将其剿灭,反而被他统领的义军杀得丢盔卸甲。提督刘君辅遍体鳞伤一败涂地,只身逃出重围,侥幸捡了一条性命。云贵总督福康安在岩洞寨背子岩战斗中,身负重伤匆匆逃亡,死于贵州铜仁。四川总督和琳死于三岔坪天堂坡山脚的恶战中。其势如急风暴雨风卷残云,十余万铁骑骁勇合力形成的围剿之势,顷刻间土崩瓦解烟消云散。

三月二十六日,剿匪大本营十万火急军情文书飞入京城。嘉庆皇帝顿时慌了手脚方寸大乱,立即召开御前会议,决定听从兵部尚书朱珪的奏议临阵换将,急召久战沙场的名将傅鼐接任三军统帅。

傅鼐,字重庵,顺天府宛平人氏,只因他久主苗政,深谙其属性,且通晓兵法文韬武略,更兼杀伐决断临阵不乱。

他到任后立即调整了剿匪方略,一改以往主动出击合力围剿的战术,把"以夷制夷"的方针调整为"以苗制苗"。转而严密布防扼守关隘,稳扎稳打步步为营,拉拢收买剿抚并用。继而增兵三万围而不攻,把七万义军死死困在凤凰厅卧盘寨的孤山上。而后辅之以挑拨离间分化瓦解,逐渐缩小包围圈,使其困守孤山一隅,只有勉强招架之功,并无些许还手之力。这样相持了半年之久后,义军内部便钩心斗角四分五裂了。高层头领在固守待援和突围转移的决策上,互相猜忌产生了重大分歧,又断了粮草,情势瞬间逆转直下,那些中下层的小头领们见势不妙已自离心离德,趁着夜色偷偷下山归降清军逃遁一空,士卒们像无头苍蝇似的纷纷四散逃窜,山寨上下一片混乱,顷刻间众叛亲离,兵力锐减了十之七八。

嘉庆二年十一月初三,主帅傅鼐见时机已经成熟,便亲自挂帅出征,在卧盘寨的激战中,将其一举剿灭。吴八月带领数名亲信悄悄潜入附近的高山密林中,准备逃往云、贵、川一带的深山里,聚拢人马伺机反扑东山再起。谁知他的亲信将领吴陇登,却早已是傅鼐重金收买的卧底眼线了,当天深夜偷偷跑下山去,引领着清军突然包抄上来,出其不意一举将其生擒了。

吴八月被捕后,傅帅立即将其打入死牢,披枷带锁重兵看押,并六百里加急奏报朝廷,欲将其解往京城以彰显皇威。

捷报传来时,嘉庆皇帝龙颜大悦,困扰了他一年多的心头隐患已然消除,旷日持久的湘西剿匪终于落下帷幕。为避免节外生枝安全起见,遂六百里加急颁旨湘西剿匪大营,令傅鼐将吴八月就地凌迟处死以绝后患。

吴八月不愧是苗人族中的铁血汉子,他行刑时大义凛然慷慨赴难。一场轰轰烈烈的苗疆起义,在朝廷的强势镇压下,就此烟消雾散了。

自古以来战争是一把锋利的双刃剑,杀人一千必然自损八百。大清王朝举全国之力,耗资二千多万两白银,才支撑了这场波及湘、黔、川三省数十州县的剿匪之战。其结果虽然是义军十万之众被悉数剿灭,但朝廷战死都司以上官吏二百余名,云贵总督福康安、四川总督和琳死于非命,军民人等死伤十万余众。

吴八月虽然全军覆没身首异处,却赢得了世代苗民的景仰崇敬,为苗疆族民赢得无可替代的尊严体面。致使王朝政府不得不为此而痛下杀手,嘉庆皇帝一怒之下频频下诏,严刑惩办和撤换了几十名盘剥欺诈苗民的府、州、县官吏,并将雍正七年强制推行的"改土归流",暂时调整为赋税包干族群自治,政府派遣官吏以为过渡时期。

战后的乾州,城垣坍塌民房毁损,两千多年的历史文化古城毁于一旦,雍正七年才兴建的文庙学宫,除崇圣祠外全被焚毁,城隍社庙荡然无存,市井街巷一片废墟瓦砾,举目凄凉惨不忍睹。

更加恐怖的是街头横尸饿殍遍地,恶臭污秽气焰熏天,瘟疫疾病肆意蔓延。饥饿的灾民们横七竖八地露宿街头,竟与饿狼野狗争食人肉而大打出手,甚至易子而食以为苟活。在死神降临的前夜,生命如同蝼蚁草芥,任凭饥饿吞噬蚊虫叮咬而别无选择,其情其景惨绝人寰,人的尊严早已荡然无存。

嘉庆三年正月,缘于安亭公在芷江、辰沅、麻阳任上剿匪霹雳平叛有方,吏部考功十年"卓异",更兼抚台大人鼎力举荐,圣上欣然钦点,擢升他为乾州直隶厅五品同知。虑及战后赈灾刻不容缓,稍有拖延恐生民变,他在麻阳任上交割印信时,便给抚台大人亲笔修书一封,恳请商借赈灾粮米五千斛,以解当下燃眉之急。

二月初二那日他上任时,才知道前任知府已死于战乱,且吏部尚未派员补缺。显而易见,皇上是把疗治乾州战后创伤的这副重担,悉数压在他肩上了,眼下他便是乾州的主官。这时他才感到泰山压顶责任重大,眼前的情景已容不得他稍有喘息片刻怠慢。

其时,抚台大人料事在先,已令辰沅兵备道派遣绿营把总韦拔高亲率二百兵丁,就近调拨粟米一万斛押解上路了。

安亭公下车伊始,二百绿营兵押送的首批粮米一千斛正好运到。于是他顾不得一路舟船劳顿,立即命令韦拔高派遣兵丁五十人继续返回运粮,其余留下部署城垣四门设置粥棚,赈济灾民维持秩序,并四处张贴告示抚慰安民。

次日凌晨粥棚开张时,安亭公令胥吏差役逐个登记造册,从中遴选青壮男丁三千余,而后分作三拨。一拨上山伐木修补民房,一拨在北城墙根下修建简易茅棚三百座安置灾民,一拨掩埋野尸骸骨喷洒石灰清理污秽,采集草药抛撒入井,从源头上控制瘟疫蔓延。

秋分过后,城垣市井的瘟疫已经得到有效控制,残垣断壁废墟瓦砾已经整肃得有序干净,浮躁不安的人群才渐趋稳定下来。进入冬季时,城中民宅修葺完毕,风餐露宿的人流才回归自然,逃难在外的饥民们也渐次返乡了。在一片废墟瓦砾上,修葺一新的民居院落又升起久违了的袅袅炊烟。鸡鸣犬吠鸟雀喳喳与孩童嬉戏交织成的生活气息,瞬间唤醒了沉睡死寂的城垣。街道两旁店铺门面业已开张,车来人往熙熙攘攘,城垣市井又恢复了昔日的繁华盛景。

冬至那日,湖南巡抚姜晟大人来乾州督察时,见安亭公上任才八个多月,便使一座经历战火焚毁满目疮痍的废墟古城初现复苏端倪,民心安定秩序井然,遂即大加赞赏道:"贤契果然不负圣上重托,政绩卓著劳苦功高。"充分肯定了他为赈济灾民、防止瘟疫蔓延而采取的得力措施,并立即呈文吏部擢补他为乾州厅从四品知府。又虑及他年逾五旬,更加孺人新亡,遂将麻阳巡检喜贵擢任乾州八品巡检,以便随侍左右照顾他的生活,也算是他这个抚台大人唯一能额外给予他的体恤施恩。

喜贵在麻阳交割离任时,知县王辅仁令主簿田常兑了一千两银票递给他说:"阎大人在衙署账上还有一千两存银,他离任时走得急促,恐怕是遗忘了,烦劳足下顺致问候并代为转呈。"

喜贵一听便知道是怎么回事了,遂道:"老爷有所不知,这项存银是户部循例拨给他的养廉补贴,每年五百两,两年正好一千两。阎大人自乾隆四十六年履职常宁以来,便从未领过这笔补贴,惯例是在衙署设立专户存储,以周济鳏寡孤独和公务应酬度支,每届任内基本花得精光。这次在麻阳任上,只顾了平乱剿匪,并未涉及度支开销,故而才有了这许多结余。"

王知县听得顿时瞠目结舌道:"大人的清廉名声我早有耳闻,之前只当是民间演绎的传说而已!若非今日所见,我竟不信世上还有他这等倒贴银子的知县!真真是羞煞我们这些后生晚辈也!如此则你就更得带上,让他自己处置吧,留在这里反而让我不知所措了。"说着一阵唏嘘不已!

喜贵一听觉得有些为难，忙道："俺记得那是乾隆五十五年，皇上赏他一千两内帑银时，他也悉数捐给巴夭人办学了，这笔银子不是小数，俺可不敢替他擅做主张啊！"

王知县笑着道："无论如何你还是带回去请他自处吧！否则，留在这里，倒使我作难了。"

喜贵一愣，觉得王知县言之不无道理，便咬了咬牙揣在怀里。

腊月二十三那日，喜贵带着任职文书来到乾州任上，向安亭公说明原委后，安亭公一阵唏嘘感叹道："唉！有抚台大人体贴如此，倒叫我不知如何酌处了！唯有一腔热血死而后已！"

喜贵一听便知道这个痴人又动感情了，遂苦笑着从怀里掏出那张银票递上说："这是您留在麻阳任上的存银，临行前王知县死活让俺给您带上，俺再三推辞不过，只好带过来，若有不妥之处，您就责备俺吧。"

谁知，安亭公不仅没有愠怒，竟然还高兴地说："你这可真是雪中送炭了，这两日我还正愁着到哪里去筹一笔银子呢，这下就好了。"

安亭公一阵没头没脑的话把喜贵听得一头雾水不知所云，心里却暗自庆幸没有落下不是，让他当下就训斥自己。

第二天一早，安亭公带上喜贵循着万溶江、天星河把乾州古城浏览了一遍。虽然街市上人来车往勉强还像个城垣，但文庙坍塌社坛毁损到处残垣断壁，却更像是个没有篱笆围墙的破败院落，安亭公一阵唏嘘慨叹道："唉！可惜了湘西第一名城，竟在一场无妄的战火中焚毁殆尽，真叫人心疼啊！"

喜贵见他伤感如此，便知他的心思了，遂赶紧提醒道："四叔，您这才不到一年的光景，便把一座饱经战火蹂躏的千年古城，整治得如此井然，已经够了不起了。按旧貌恢复原样再修城墙，恐非易事，待稍缓上几年有了银子时再作计议吧！凡事审时度势因势利导，不可操之过急。把自己累倒，那就不值当了。更何况您也五十多岁了，士骢返乡时殷殷恳切地把您托付于俺，您可不能食言啊！"

安亭公口中诺诺频频点头。但喜贵心里明白，以他一向执拗的秉性，一旦谋划成熟了的营生，无论是谁，若试图去改变他的初衷，似乎比登天还难。

510　　其实，自姜大人冬至那日督察后，安亭公便在心里纳谋上怎样筹资修复城墙了，只是虑及工程巨大耗资不菲国蔽民穷举步维艰，一直在心里琢磨打鼓。

正月十五那日,借着元宵节的喜庆气氛,他便把城里的乡贤名士商贾大户召到府衙,把这段时日以来,窝在心里的郁积和盘端出来道:"这次苗匪作乱兵连祸结持续了两年之久,朝廷为平息此乱,不惜动用七省精锐之师,耗资白银两千多万两,军粮百多万石,乾隆晚期积攒了十几年的国库已然掏空。眼下战乱虽已平息,但朝廷为了抚恤劳军医治战后创伤,又度支白银二百多万两。不得已皇上只能把自己的体己银和后宫娘娘们的脂粉钱,施舍出来赈济灾民,大内开销骤然削减了十之七八,当下户部已是捉襟见肘元气大伤了。可现在的乾州与其说是城垣,其实更像是一个没有围墙的大杂院,乡下人无力筑墙时,往往也要扎个篱笆来阻挡野兽袭扰。作为一州首府,居然四野开放,似乎有失体统。自古以来城墙不仅是城垣的象征体面,更是维系一城百姓安危的依托。就眼下情势而言,若等待朝廷拨银修复时,恐怕十年内是没有指望了,而一城百姓的安危却是火烧眉毛刻不容缓。若就此得过且过颓废下去,不待几年便自然而然地沦为乡野了。我作为镇守这方的州牧主官,既要维护这方百姓的安危,还得为朝廷分忧解难,面对此等情势,真不知该如何处置了。今日邀请各位莅临,也是为了商讨一个万全之策,恳请诸位贤达不吝赐教。"说着站起身来深深地施了一礼。

众人听后一阵沉默不语,这时乾州"义生茂"钱庄财东伍良甫缓缓地站起来娓娓道:"听得大人一席肺腑之言,伍某感触良深。敝庄自顺治六年先祖伍朝云在此开张以来,至今已历六世一百五十余年了。这里不仅是我们钱庄生意的发祥之地,更是我们伍家几代人的精神家园。这次苗匪作乱,抢掠了敝庄白银一万三千余两,但我们'义生茂'仍然不离不弃,愿与乾州共命运,这里就是我们的根脉,永远的家。记得那是康熙十二年三藩叛乱时,叛军多次动议入城抢掠,但终因城高坚固,又加合城军民据险而守,使其终究未能得逞。与此同期周边几个相邻的县城,虽有重兵把守,却难免破城抢掠,由此可见兵多将勇终究不如一座牢固厚实的城墙防御踏实。据我所知,眼下乾州现有大小钱庄、商铺四十八家,饭庄、客栈、药铺一百二十余户,皮毛山货,纺织棉麻,针黹刺绣、粮油酒酱作坊八十余户。只要大家凝心聚力横下心来募捐筹集,纤尘堆聚可积高山,点滴细流汇成汪洋大海,众人拾柴便没有过不去的坎儿。大人是一城百姓的衣食父母,您说个章程,只要您领衔修城,我们

'义生茂'钱庄愿意舍家纾难,捐银三千两,以尽绵薄之力。"

伍良甫一番循情依理的剖析和慷慨捐赠,瞬间激发了人们修城自保的坚强信念,众人纷纷表示:"伍财东言之有理,是这一方水土养育了我们,这里就是我们的根脉我们的家,为了合城百姓的安危和我们的生意免遭匪盗侵扰,我们都有仔肩捐银修城,请大人领衔募集。"

安亭公见众人热心如此激情高涨,也被深深地感染了,遂婉转地说:"感谢诸位贤达之士的古道热肠。但由我领衔牵头,终究会使人觉得是衙门里在派遣官税,不明真相者就有了被人胁迫的抵触情绪,既不敢不捐,又不十分情愿,反而不利于调动大家的主动性。我以为还是民间组织领衔,更容易被民众认可接受,咱们不妨推举德高望重的贤达名士数人,成立募捐善举会。由他们负责动员和接受捐赠,定期公布捐赠名册和监督款项度支。我只负责组织民众施工,大家本着自愿尽力的原则,有多少钱办多少事,千万不可强制胁迫施压,这样可好?"

众人一听觉得安亭公说得在理,便一致推举"义生茂"钱庄财东伍良甫、"天星斋"饭庄掌柜李广文、"万溶"皮革作坊财东文三侠三人主持善银募集,会所就设在"义生茂"钱庄东关大街上的铺面上,由伍良甫任会长。

安亭公一看自己苦苦思索了一个多月的设想,顷刻间得以付诸实施,心里一阵欢喜,遂立即从怀里掏出一张银票来,递给伍良甫说:"伍会长,这是我在麻阳任上两年朝廷补的养廉银子,今日你开张正好派上用场,我得给你这个会长捧捧场啊!虽然羞涩,还请笑纳。"

伍良甫一下傻眼了,稍顿了片刻后,才接过银票递给身边的李广文说:"这是知府大人给咱们开张捐的一千两银票,赶紧装订簿册登记入账。"

这时喜贵才突然醒过神来,自己到任那日把银票递给安亭公时,他不仅没有愠怒训斥,反而高兴地揣在怀里一笑了之,却原来他那时早就在心里纳谋上这件事了。自己的一番良苦用心,他压根儿就是在敷衍搪塞,唉!有什么办法呢?江山易改禀性难移,只好随他吧。

在场的众人早闻安亭公清正廉洁,不仅不贪不占守身如玉,而且还把朝廷补贴的养廉银子收入衙署账上周济度支。今日见他如此慷慨解囊,一下子都被感染了,遂纷纷签名认捐,或百八十两,或三五百两不等,不到三日便筹得捐银二十余万两。

知府大人为修城墙率先捐银的事，像温暖的春风一样，迅即在城垣市井街头巷尾传播开来，合城百姓奔走相告激动不已。经此一年来的朝夕相伴，他们亲眼领略了这位年届五旬的知府大人不顾年迈体弱，在救死扶伤赈济灾民的三百多个日日夜夜里，心系一方生灵的亲民举措，是真正能与老百姓同呼吸共命运的青天父母。

经历过战火蹂躏的人们，更加懂得祥和安宁的不易，他们见安大人为了一城百姓的安危，竟把朝廷赏赐的养廉银子都捐出来修城，虽然眼下生计艰难，但热情瞬间高涨起来，遂主动自发地响应起来，天天云集在"义生茂"钱庄门前，不计多寡捐赠钱物粮米。半个多月来竟也捐得稻谷粮米千余斛，银饰器皿三千余，铜钱散银若干，粗略估计价值万余。安亭公深知百姓当下的疾苦，不忍为此拖累大家，虽经多次泣泪劝阻，却收效甚微。

募集筹资完成后，安亭便令喜贵和胥吏差役核实人丁造册登记，挑选了强壮劳力八千余，分编成二十支施工队伍，配置正副领工两人，其中，分发两队到城北窑头烧制砖瓦，三队组织车辆搬运，其余人等到城墙根下充当泥水瓦匠。捐筹得来的银两悉数购买粮米，民工按日计酬精粮米两升，这样既确保了民工队伍的稳定，又兼济了赈济灾民的目的，大家热火朝天干劲十足。

二

安亭公倒像个老农似的，除衙门里尚有紧急公务外，得空时便与喜贵结伴，寒暑不避风雨无阻，三天两头守在工地上，头顶斗笠脚踏草鞋身着布衣短裤，今天在砖窑头和泥打坯，明日爬上城墙涂抹砖缝，饭时便与民工们席地而坐同棚就食聊天作乐。闲暇时走街串巷访贫问苦，遇到那些缺粮断炊的困难户时，便嘱喜贵随手记录，时不时派人送上粮米周济贴补，直把那些市井百姓们感动得热泪盈眶，一个劲儿地念叨他是当世的观世音菩萨。

经过十个多月的昼夜苦战，战火焚毁已成残垣断壁的乾州古城，又恢复了昔日的峥嵘面目。

嘉庆五年正月十五元宵夜，安亭公饶有兴趣地领着伍良甫和各位乡贤财东掌柜们，登上城墙环城绕了一周，随后在南城门楼上停下来。这时喜贵已派人在城头上置办整齐，四张八仙桌上已摆满干鲜果蔬年糕糍粑，大家欢聚一堂，围炉煮茶品茗赏月。

是晚皓月千里长夜如昼，街头巷尾张灯结彩喧嚣欢腾；天星河、万溶江宛若玉带,明月清辉洒满江畔;过往商船上下穿梭,人来车往热闹非凡。垛口雉堞上的灯笼迎风摇曳,更像是一条盘伏在城墙上的蟠龙翩翩起舞活灵活现,乾州古城又恢复了曾经的雄姿英发。

安亭公抑制不住的喜悦已经布满眼角眉梢,他异常激动地站起身来道:"多亏各位贤达名士财东掌柜们慷慨解囊,才唤醒了合城百姓节衣缩食的鼎力支持,使得乾州古城又起死回生了,本府在这里衷心感谢你们。"说着站起身来,深深地施了一礼。

伍良甫和众人赶紧起身施礼道:"大人此言差矣! 值此城垣焚毁社坛神庙罹难之际,若非大人远见卓识力主担当领衔募捐,更加通权达变以工代赈措施得力,才使如此浩大的工程,只在八个月间便得以告竣。否则,我等至今还在犹豫彷徨呢,哪里会有今日之辉煌? 您才是合城百姓的衣食父母,乾州古城的灵魂柱石。"

此次策划古城修复时,原计划一年收尾尚需勉强,但在实施中仅用八个多月便提前告竣,生生地缩减了三月有余的工期。如此成绩,显然得益于安亭公思虑缜密计划周全的合理铺排。他巧妙地将募集捐银与赈灾钱粮合而为一以工代赈,用修城出工支付粮米酬劳的方法反哺赈济灾民,既稳定了民工群体的持续稳定,又抚慰了一城嗷嗷待哺的饥民,从而激发了合城民众齐心协力的主观能动性,唤醒了他们早日回归太平的渴望。他作为朝廷派遣的地方州牧,虽已年届五旬力不从心,但他责任担当不辱使命勤勉履职,凡事亲力亲为从不假手他人,不仅运筹帷幄指挥调停,还亲临工地检点督导,甚至脱鞋下水与他们一起摸爬滚打,同在一口饭锅里舀着吃喝,同在一个窝棚里午休叙话,直把他们感动得热泪盈眶忘记了疲劳。也由此而赢得了一城百姓的衷心拥戴,激发了大家的劳动热情,使得工程进展之快质量之优,收到了意外的惊人效果,所费之资亦大为缩减。经粗略估算,此次修城度支竟比原计划节省了白银五万余两。更加意外的收获是培养了一批熟练的工匠窑工,形成一个庞大的建筑群体。

安亭公仔细梳理收支时才发现,此次修城,之所以节省开销五万多两银子,缘于户部拨付的赈灾粮米反哺灾民,以工代赈而形成的额外节余。眼下有了这笔银子做铺垫,便可将多余的部分劳工输出到附近州县承揽工程,以增加收入贴补当下急需的工程度支。这样再兴土木修复文庙、学宫、城隍、社坛时,便有了汩汩不息的财力支撑,他心里不由得一阵欢喜。

安亭公深谋远虑,之所以把修复文庙、学宫、城隍、社坛摆在首位,是源于他深思熟虑的长远谋划。因为乾州地处湘西边陲,这里的土著苗民不服王化由来已久。自雍正七年"改土归流"后,历代流官重汉轻夷盘剥欺压,使得官民矛盾尖锐复杂,使之无形中形成一个抱团取暖崇尚武力的庞大族群,家家藏有刀枪弓弩,人人娴熟骑射狩猎。但凡是民族纠纷族群争议,他们从来不信任官府的排解调停,而是成群结队械斗争雄,经年累月已成陋习。又加历代汉官奉行"以夷制夷"的既定策略,不仅不事疏导教化,反而离间挑唆坐山观虎斗,甚或制造矛盾火中取栗。待到局势蔓延到无法掌控时,动辄强势围剿武力弹压,长此以往民族仇恨对立日趋恶化,久而久之已成常态。

官府无奈只好豢养大批游击武装,以戒备森严警惕防范,官民仇恨对立愈演愈烈,为此而增加的应急度支,每年不低于十万两白银计。

为使百姓安居乐业国家长治久安,唯有兴修文庙、学宫、城隍、社坛,开启教化,此举一旦奏效,不仅能为朝廷节省无谓的军费开销,更重要的是可以消除官民汉夷隔阂,引导教化一方百姓,可谓千秋大计功德无量。

怎奈胥吏僚属们对此并不理解,他们觉得在兵匪横行的战乱年代,修复城墙是为了防御匪盗侵扰,维护一城百姓的生命财产安全。虽然勒紧裤带募资筹银也无可厚非,甚至是功德无量。但经此兵变焚城的劫难后,百业萧条百废待举,若无三年五载的休养生息,恐一时难以恢复如初。眼前百姓的生活得以安定,也只是缘于赈灾钱粮的贴补才勉强温饱,一旦赈济钱粮滞后了,今年春夏又是饥荒年馑。文庙、学宫、城隍、社坛固然该修,似可缓以时日,燃眉之急还是民生重要,当下应未雨绸缪广积粮米以度饥荒,安亭公听后亦觉得似乎在理,不由得也有了顾虑。

为此,他决定亲往长沙抚台衙门拜见中丞大人,以禀报此次乾州募捐修城的经过和结果,进一步阐述当下修复文庙、学宫的重要和自己心中的顾虑,以期赢得中丞大人的鼎力支持,并请他以抚台衙门的名义,协调剩余工匠的输出事宜。

正月二十那日一大早,安亭公带着喜贵和两名亲兵,在城南门的万溶江码头登上一艘过路的商船,直趋长沙而去。

姜晟大人刻意安排,在接待贵宾的西跨院养心斋书房里接见了他。进门

515

后，安亭公循例便要倒地行跪拜之礼。姜大人见状，一把扶住他的手臂不无诙谐地说："阎知府，你可是乾隆爷嘉奖的能员干吏，拯救乾州灾民修复古城的功臣，我可不敢领受如此大礼，快快坐下，咱俩好久没在一起叙话了。"说着便将他拉到西侧的卧榻上对坐了。

安亭公局促不安地说："中丞大人，您此言甚重折煞我也！倘若没有您源源不断的赈灾钱粮鼎力，广居就是浑身是铁，又能打几颗铆钉？在这里我得替十万乾州父老谢谢您了。"说着又要下地施礼。

姜大人急忙一把摁住他的肩膀笑着说："阎知府，咱俩属虎同庚，知性合脾，又同在湘省共事多年，竟不知是前世几辈子的缘分才修来的如此造化，若蒙不弃，愿与足下结为金兰。就齿龄而言，我只长你三日，便忝居长兄可好？嗣后，咱们兄弟相称，再也不可如此生分了。"

安亭公忙连连摇头摆手道："中丞大人，您这是要折我寿啊？您是两榜进士，名门望族官居二品，当今皇上的股肱之臣封疆大吏。广居出身寒微大挑举士，幸得圣上擢拔才忝为知府，就品阶而言，也只是大人治下的一名从四品小吏，岂敢厚颜攀附与您称兄道弟，这可万万使不得。"

姜大人微笑着戏谑道："贤弟两袖清风廉洁守正，自然清高了，莫不是鄙视姜某品行操守，怕玷污了贤弟的名节啊？"

安亭公顿时憋得脸色血红，竟不知如何是好，连连拱手道："大人主政湘省这些年，廉洁奉公淡泊名利，守正不阿清心寡欲，一路清名不绝于耳，官民人等有口皆碑，广居萤虫之光，岂敢与您皓月争辉？惭愧！惭愧！"

姜大人见他如此窘态，忙笑着转了话题道："当下咱俩都是年届知命之年的皓首老翁了，我只在衙门里批写公文动动嘴皮子，一天下来也累得筋疲力尽了。可贤弟还在苦寒之地呕心沥血赈济灾民，仅此一斑足以表明你的耿耿心迹，若没有侍君如父爱民如子的赤胆忠诚又何以支撑？嗣后，你只需坐镇中枢指挥调停足矣！凡事不必亲力亲为疲于奔命，更不可因公废私以命相搏。抑或自己舍得性命不怕摧残，也要为乾州百姓着想啊！你可是咱湘西的擎天一柱，我还指望你撑起这块蓝天呢！"

安亭公见抚台大人如此体贴入微知心换命，顿时激动得热血沸腾，眼里噙着泪花道："承蒙大人如此厚爱，广居虽肝脑涂地也难报万一，来世再当结草衔环，以报您的恩德。"

姜大人知道安亭公秉性刚直不喜交际，无事不会登门造访，恐其碍于情面羞于启齿，便主动切入主题道："以贤弟一向耿直之秉性，若无火烧眉毛的难为之事，料也不会专程前来造访本府，你说吧！有何难处尽可直言无妨，咱们兄弟情同手足，千万不可藏着掖着。"

安亭公见抚台大人不仅洞悉人性又坦诚如此，便把这次乾州修城以工代赈结余捐银若干，当下只想修复文庙、学宫、城隍、社坛，又恐断了后续赈灾的担忧一并端出来道："这次乾州修城之所以提前告竣，实在是得益于民众渴望自身安全的迫切心理和以工代赈的廉价劳力，不仅节省了民间募捐的功德银两，还培养了一批娴熟的窑工大匠，眼下已经形成一个庞大的建筑群体而废弃闲置。大人若能以抚台衙门的名义，为属下协调输出部分剩余匠工，以减轻官府赈灾的压力，为修复文庙、学宫筹措些许银两，以为权宜之计。"

姜大人听罢，不由得一阵欢喜道："贤弟啊！你这可是大手笔，只此一子便激活了满盘的赢棋，怪不得皇上那么喜欢你！连我这个抚台大人也成了你的棋子了。嗣后，凡湘省境内库银度支的建筑工程，概由尔厅署衙门包揽承接，这样乾州百姓就多了一门养家糊口的手艺了，也算是因病做了郎中的造化，碰上你这样爱民如子的老父台，也是乾州百姓的福祉。索性我也凑个热闹当一回好人，再把滞后的赈灾钱粮循例顺延至夏收时。这样你再修文庙、学宫、城隍、社坛时就宽裕了。此外，我再报请户部豁免乾州百姓三年的税赋，送佛上西天，好人做到底，让老百姓过上几天舒心的日子。"

安亭公听得一阵心花怒放，竟比去年自己擢升知府时还要高兴，不由得激动地说："有抚台大人如此鼎力，乾州百姓何愁过不上好日子呢？"

恰在此时州署衙门里却又有了不同的声音，许多衙署吏员们知道修城募捐的银子有了节余时，便在私下里纷纷议论道："此次苗变焚城，厅署衙门虽然毁损不甚严重，但因是老旧房屋早已破败落伍。且本来就不宽敞，可自文庙、学宫烧毁后，教谕署也迁进来，明显觉得拥挤窄逼了。何况地处湘西边陲的厅署衙门，本来就是皇权威严的象征，若破败不堪了，何以威服震慑？"

他们虽然牢骚满腹议论纷纷，但知道知府大人耿直的秉性，也怕触了霉头自找没趣，并不敢直抒胸臆明里进言。于是，他们便私下里撺掇游说伍良甫、李广文等一些颇具影响的名士乡贤，请他们以民意建言的由头①，适时向

517

安亭公进言,试图影响改变他的初衷。

伍良甫、李广文等人闻讯后,也觉得安亭公此举似有不妥。于是便在安亭公召集的兴修文庙、社坛征求意见会上,郑重其事地将修缮厅署衙门的事提上议事日程来,恳请安亭公是否斟酌先修衙门后再盖庙宇。

安亭公听后微微一哂道:"这段时日以来,衙门里的吏员们也知道这次修城募捐的银子节余了几万两,便在私下里议论着想修缮一下府衙。明面上堂而皇之的理由是为了官府的威严,实则是想体面宽敞居高临下。且不说这笔余款是合城父老乡贤们勒紧裤带捐助的公益善银,应该取之于民用之民才是正理,仅萌生这种震慑唬人的念头就很幼稚荒唐。殊不知彰显皇权的威严体面,既不是骁勇善战的兵戈铁骑,更不是高大气派的衙门庙堂,而是潜移默化地对治下苍生的教化影响,更不可小觑了宗教寺庙熏陶的魅力。三皇五帝之所以伟大,并不只是开疆拓土统一华夏,而是教化众生心怀善念正己守道的初衷,圣人立德、立言、立教也缘于此。儒之忠孝是礼义廉耻,佛之慈悲是拔除苦难,庙之神奇是心生敬畏恪守本分。他们从诞生的那一天起,就担负起教化天下苍生的神圣使命而无可替代了。这种启迪民智的神奇理论一旦被世间苍生接受了,就能无形地把人的言行控制在起心动念之间。无论帝王将相达官贵人,还是士农工商庶民百姓,无论是杀人越货的山匪盗寇,还是十恶不赦的叛臣逆贼,他们对宗教寺庙的虔诚敬畏,已经达到趋之若鹜顶礼膜拜无以复加的高度了。杀人魔鬼能放下屠刀立地成佛,顺治爷为此遁入空门而不能自拔。由此可见宗教信仰的理论高深莫测精辟伟大,人的精神世界一旦被其洗礼升华后,哪里还会桀骜不驯叛逆造反呢?唯有谦卑恭敬改恶向善臣服王化。

"记得那是崇祯十六年,摄政王多尔衮统领十八万满蒙铁骑,在叛臣吴三桂的引领下从山海关一路狂飙,仅用了三个月就叩开紫禁城的大门。六岁的顺治爷登基后才发现,虽然皇朝已立,但中原尚未鼎定,却不能君临天下。仓皇逃亡的闯贼李自成正在鄂、豫、陕一带集结反扑,大有卷土重来东山再起之势。察哈尔王林丹汗的后裔也在联络蒙古王公贵族举兵南下。前朝藩邦虎视眈眈搭起凉棚观望,中原汉民眷恋前朝排斥异族。霎时间,风起云涌狼烟四起,新生的王朝政府不仅没有统一华夏,反而卷入危机四伏的风口浪尖上。虽然招降纳叛又扩充了十几万汉军绿营,然而当他面对幅员辽阔四夷未靖的万里疆域时,仅靠这点武力,莫说是攻城略地征伐天下了,就连京畿拱卫长城布防,也是顾此失彼而鞭长莫及。于是不可一世的摄政王多尔衮,只好屈尊纡贵,听从了汉臣范文程的建议,尊崇儒教振兴汉学,以中原文化笼络汉人知识阶层。兴修寺庙教化苍生,用宗教信仰束缚不臣羁绊乱民,修一座寺庙胜养十万雄兵。巧妙地运用悠扬的晨钟暮鼓替代了残酷的暴力镇压,成功地用兵于无形化解了这一难解的尴尬,弹指间樯橹灰飞烟灭,江山一统海内臣服。由此可见,宗教信仰的力量博大精深神鬼莫测,这就是我为什么要坚持修庙的初衷。"

安亭公一番循情入理的肺腑晟言,论证有据张弛适中,洋洋洒洒娓娓道来,把宗教、寺庙、信仰、教化的高深理论,阐述得清清楚楚明明白白。众人听得恍然大悟如梦初醒,不禁心悦诚服地感叹道:"大人不愧是当今皇上倚重的能员干吏国之栋梁,凡事高屋建瓴老成谋国,我等井底之蛙鼠目寸光,燕雀安知鸿鹄之志。"

乾州文庙始建于朝廷实施"改土归流"的雍正七年,位于东城土垣,占地八亩有余,规模虽然算不得宏大,却是湘西文人的精神家园,历代读书人视之为圣地,其影响之大范围之广,堪称湘西诸庙之首。此次苗民起义占领县城兵败撤离时,除崇圣祠外已悉数焚毁。

据《乾州厅志》载:"文庙在城东土垣,内有大成殿五间,东、西庵房各三间,三间式棂星门一座。泮池区圆,拱桥一座,尊经阁一所,名宦、乡贤祠各三间。"建筑结构呈塔式、歇山、硬山三种形式。主庙大殿为两层木质建筑,上以鳞灰瓦盖顶,下为青条石台基,座底拔高七丈有余。正殿柱木采用金丝楠木,柱下配以鼓石基座,气势恢宏十分壮观。其建筑设计为庙学合一,左为孔庙,右为学宫,中轴线上前置照壁设黉门,进而是红石棂星门、月桥、泮池、戟门,左为名宦祠,右为乡贤祠。北为二进,中为大成殿,前侧为东西庑,院中置条石铺面,石径直达月台,台前有五龙奉圣红石御道,大成殿雕梁画栋,飞檐翘角风铃飘响。拱棚、藻井、撑拱均配以替柱基石礅,气势宏大十分考究,左右两侧植丹桂两株。三进为崇圣祠,照壁南向外为头门,中为大堂,左有文昌宫,中有明伦堂,右为学宫教谕署。

嘉庆五年正月二十五,安亭公从长沙抚台衙门回来后,便着手部署先修文庙、学宫的主要事宜。他委派衙署学正王文良为工程修造总管,喜贵担任质量总监,好在刚刚修完城墙,砖瓦石灰尚有大量结余,烧窑泥瓦工匠也是现成的。为了再现当年庙宇雄风,他特意命人请来当年设计文庙学宫的营造师、湘西著名的营造世家文世光老先生的嫡孙文春霖先生绘制式样图纸。又在文先生的举荐下,派人去岳州府寻得当年修建岳阳楼的雕刻匠师、雷锡九老先生的后裔雷振湘先生总领木工匠班。精选了本地泥瓦工匠五十余人,组成三百多人的施工队伍,先行清理废墟烧制砖瓦搬运石材。派出五十多人的伐木工队,奔赴深山老林采伐檩椽梁柱,一切安排井然有序落到实处,一丝不苟精干利落。

二月初二"龙抬头"那日,安亭公亲临现场组织了盛大的开工奠基仪式。他这一惊人的举措,瞬间震撼了乾州古城传遍潇湘荆楚,湘西文人学子们顿时沸腾了!他们自发恭请已经致仕还乡的伍良弼老先生主持募筹,力求精益求精再现文庙学宫当年的风采雄姿,以满足他们的精神慰藉。安亭公虽然再三言明修城募捐尚有结余,足以负担工程度支,怎奈他们执拗坚持又是善心举措,他也不好过分强行干预,也就只好由他们去了。由此一斑可见此举多么深入人心。

春分节令时,伐木工队领班李大用回来禀报:"据王学正开列的伐木明细,这段时日我勘察了附近的几座大山,其他檩椽梁柱均可就近采伐,唯大成殿的十二根金丝楠木柱尚未落到实处。经请教,当地土人说这种木材珍贵稀有,只生长在离此六百里外莲台山腹地的原始森林中。缘于此材质异香扑鼻,惹得珍禽异兽频繁出没。永乐四年明成祖修建紫禁城时,曾组织了五千民夫上山采伐,并派了数以万计的彪悍士卒武装护卫。饶是这样也只能驱赶虎豹豺狼,对于毒蛇瘴气虽绞尽脑汁防范严密,终究无法避免人身伤亡,死伤惨重十分惊人。其时也有民间商贾贪图厚利觊觎此木,但终因采伐凶险望而却步。故而几百年来,那里人迹罕至终成禁地。若无雄壮的甲兵守护,再辅之以万无一失的安全保障,谁也不敢以身试险。"

安亭公沉吟了片刻道:"你先回家安顿一下,待我琢磨几日再作计议。"

李大用走后,他仔细纳谋了一夜后,便派人把这次乾州防疫时,首倡井中投放草药的乡野郎中孙道宗和绿营把总王天庆一起召来府衙商讨对策。他首先问王天庆道:"王把总,当前文庙修复的当务之急,是大成殿的十二根金丝楠木柱子,此木粗盈尺许、长三丈六尺五寸,生长在离此六百里外的武陵莲台山老林深处,可那里常年毒虫猛兽出没,如之奈何?若给你一百名刀斧弓箭手,能不能保证了伐木工匠的人身安全?"

王天庆本是猎户出身,听得安亭公询问,便道:"大人有所不知,虎豹猛兽固然凶狠残暴,但它们也通人性,惧怕携带刀枪的武装团伙,尽量避免与之正面冲突。如果有一百名全副武装的刀斧弓箭手担当护卫,大白天它们是不敢靠近,怕就怕落了单儿或晚上宿营时突然袭击。唯有毒虫诡异狡诈行踪不定,难以把控。"

安亭公又问孙道宗道:"孙郎中,深山老林里毒蛇侵袭瘴气熏人,可有防控手段?"

孙道宗说:"回大人,瘴气之多发于江南热带森林,是因为山中野兽死后腐朽糜烂而产生的毒气,一旦吸入五脏六腑不能及时救治必然殒命。但只要事先口服槟榔子、薏苡仁似可防范,亦可在瘴气区域点燃雄黄、苍术熏驱。至于毒蛇嘛,只要在宿地周围点燃艾草,撒上硫黄,它自然就退避了。"

安亭公一听大喜道:"如果是这样,咱们就完全可以防控了。据我所知,那些毒蛇猛兽特别惧怕火光,晚上宿营时集中在一起,周围点上高灯篝火,它们自然就不敢靠近了,这样不就安全无虞了吗?"

王天庆立即会意道:"对,大人思虑周全,兽类怕火怕光,只要有了灯火,它们一定避退,人身安全自然无虞。只是这深山老林里篝火明灯易燃,一旦失火便是灾难,焚山毁林尚在其次,人身安全更没了保障。"

安亭公笑着道:"行前带上十桶桐油、十桶硫黄和二十个铁笼、二十盏灯笼,用桐油点灯,铁笼燃火撒上硫黄,跟前常备水桶,桐油易燃水易熄灭,可防可控,隐患自然消除。"

经安亭公如此铺排后,王天庆顿然开窍忙道:"大人,经您这么一点拨,俺就敢领命了,您说吧!多会儿启程呢?俺随时待命听候差遣。"

安亭公道:"依工程进度,端午前台基起时,柱木必须运到工地,容不得丝毫耽搁。我给你两天时间,把所需的药材、硫黄、铁笼、灯具备好,带上一名防疫郎中,大后天启程吧。"

他随即又把李大用召来安排道:"我与绿营把总王天庆商妥,由他带上一百名刀斧弓箭手护卫,确保尔等万无一失。你现在就回山里,调上三十名精悍伐工,大后天启程进山砍伐楠木,三个月能否完成?"

李大用道："只要人身安全有了保障,砍伐费时一月,水上运输便利快捷,用不了三个月就可以运回来了。"

两天后,王天庆与李大用带着一百名刀斧弓箭手和伐木工匠三十人,在城南万溶江码头登上两艘硕大的官船,启程前往上游的武陵深山砍伐楠木。

行前,安亭公再三叮嘱二人道："路上行程约需二十余日,到了地头后雇上两名向导引路,也便于咨询。你二人此行干系重大,万万不可疏忽大意,绝不能伤及一人性命,切记!切记!"

二人立即倒地叩头曰："大人放心吧!俺们一定尽心尽力,务必不使一人受伤。届时,自会全须全尾一个不少地给您带回来。"

三

自送走伐木工队后,安亭公终于松了一口气,似乎轻快了许多。于是,他便专心致志地扑在文庙工地上,事无巨细亲力亲为,夜以继日不辞劳苦,审定图纸部署施工全面铺展开来,力求把文庙、学宫打造成湘西一流的文化圣殿。

武陵山位于湘、鄂、川、黔四省衔接地带,属云贵高原云雾山脉的东延部分,山系呈东北至西南延伸,弧顶突向西北,山体形态呈顶平、坡陡、谷深的特征。由西南至东北走向的山脉贯穿于湘西的龙山、保靖、古丈、永顺四县,其支脉绵延全境,山势蜿蜒起伏峰峦叠嶂,奇峰竞秀气势磅礴。境内的最高峰是位于石门县的壶瓶山。

三月二十日,王天庆和李大用一行一百三十二人,来到莲台山脚下的进山口,从而揭开了她古老而神秘的面纱。这块四百年来从未有人涉足的荒山禁地,以它那野蛮粗犷的疯狂,迎来了这群敢于挑战疯狂极限的征服者。当他们一路上踏着鸟语花香的山林风光进入腹地时,她才渐渐地露出了嚣张跋扈的狰狞面目。在古木参天的密林深处,只见烟雾缭绕遮天蔽日,鬼火磷光时隐时现,腐尸兽骨随处可见,灌木荆棘杂草丛生,山涧崖畔猴嗷猿啼豹狼嗥叫,幽幽的密林深处时而传来沉闷狂躁的狮吼虎啸,不经意间两只凶残的豺狼,已经撵赶着一群山獐野狍从身旁掠过;浓浓的瘴雾中弥漫着扑鼻的恶臭,熏得人窒息恐怖,仿佛满眼都是黑白无常魑魅魍魉,瞬间坠入阴曹地府幽冥鬼界,令人毛骨悚然不寒而栗。

此前王天庆早已将装着雄黄艾蒿的香囊纱袋配发下去,人们捂上口鼻。

其时,二十名虎背熊腰的刀斧手,吼喊着声震林岳的伐工号子,一路披荆斩棘,已在前头开出一条蜿蜒逶迤的人行甬道。八十名久经沙场的绿营兵卒,头戴青面獠牙的乌铜面具,保护着肩扛桐油灯具的三十名伐木工匠,刀出鞘箭上弦披坚执锐,铠甲鲜亮威风凛凛,直把那些山虫虎豹豺狼惊得望风披靡四处逃窜。

他们一行翻山越岭跨溪过涧一路穿行,直到黄昏时分才到达了此行的目的地,莲台山腹地一处深壑崖下的洼坳里。只见五棵笔直粗大的金丝楠木树,夹杂在一片茂密的杉木林中,傲然挺拔如金鸡独立。周围山上长满了两三人合抱的苍松翠柏香樟玉兰,竟似满山遍野的青龙古虹孔雀仙鹤,俯首帖耳地簇拥着天之骄子哪吒、二郎、托塔天王,在这千岩万壑的山坳中安营扎寨排道布场。三丈高的悬崖上一帘银色的白练临空倾泻飞流直下,沟壑谷底溪水潺潺叮咚作响,山涧沟畔松涛阵阵肆意喧嚣。

李大用顿时惊得目瞪口呆,继而喜出望外,他只目测了须臾便道:"踏破铁鞋无觅处,得来全不费功夫!一棵楠树可以截成三段,只伐四棵就够了。此行不虚,总算如愿以偿了!"

此时天色已经昏暗下来,王天庆赶紧组织民夫兵卒,在半里之遥北山坡上的坳谷里,寻得一块平整的场地,砍伐灌木荆棘搭设帐篷埋锅造饭。周围三丈以外的树杈上挂上灯笼,间隔三丈点燃篝火,每堆篝火前派了两名头戴乌铜面具的兵卒持枪侍立。霎时间,灯火通明旌旗猎猎,刁钻刺鼻的硫黄、艾蒿气息,伴着干柴烈火的爆裂声顷刻弥漫开来,山坳密林间顿时被浓浓的烟雾笼罩了。

晚饭后,王把总也丝毫不敢懈怠,遂令兵卒们戴好面具伫立在营地周围,持刀守卫静观其变。直到午夜时,山林间依然寂静如常,并不见虎豹猛兽的丝毫踪影,他才重重地松了一口气。而后留下五十名兵卒轮番守夜,其余人等钻进帐篷和衣而眠。后半夜果然安然无恙。

翌日晨起饭后,他们立即进入砍伐场地,王把总又将一百名全副武装的兵卒,安排在五丈以外的警戒线上。李大用焚香燃表祭了山神后,七人一组开始砍伐,他只穿梭于四组之间来回指导。王把总带着十名兵卒周围巡查。偶尔,也有几只虎豹和群狼撵赶追逐狍鹿羚羊,但这些畜生们似乎心有灵犀也恪守底线,只绕道而行,并不敢越雷池一步攻击人群。至此众人悬着的一颗心才彻底落在肚里。

午后，王把总见并无异常，便带了向导和十几个兵卒，循着溪水流淌的山路，深入到沟壑谷底，仔细勘察搬运木材的最佳线路。一路上但见沿线沟壑中溪水瀑满川流不息，且间隔三五里便有一处深潭蓄水，溪流可以延伸至山前，直至汇入八公山脚下的万溶江。他不禁暗自思忖："借着水力飘浮再辅以人工拽扯，必然可以免却人抬肩扛的繁重劳动，而加快运输速度。"心里不由得一阵欣慰欢喜，临近天黑时才信心满满地回到宿营地。

惊蛰那日，姜晟大人来函称："抚台衙门拟在湘潭、益阳、郴州三地，修筑官办民营的水陆码头三座，着乾州厅调集三百工匠和一千二百民工，按五百人一队分赴三地组织施工，十日内集结到达。"

安亭公立刻笑着对喜贵道："这姜大人果然仗义，咱们的生意来了。"

随即安排喜贵道："你立即四门张贴布告，招募民工匠工一千五百人，自备行李工具，每人预发三个月的劳酬，每日粮米民工三升、工匠五升。工价收入四、六分成，民四、官六。每队配备两名胥吏差役充当正副领工，路上盘缠由衙署度支，三日后启程，十日内须到达施工场地。"

文庙学宫自二月初二奠基后，伍良弼便一个劲儿地撺掇民间募捐布施，安亭公反复劝导："咱们去年修城还结余了几万两银子，修文庙学宫的开销也差不多了。时下抚台大人又允诺将今年的赈灾粮米顺延至夏收后，还为咱们协调输出劳工一千五百人，仅此一项便可年收入五六千两银子，也可补贴工程用度。况且经此匪乱后，平民百姓已靠赈济度日，去年修城时已经节衣缩食募捐了，这次就再不要给他们添加负担了。"

伍良弼道："大人宅心仁厚也是一片爱民之心，依情依理似无不妥。但缘于此，抚台大人才延长了半年的赈灾粮米，还免除了乾州百姓三年的赋税，仅此两项就贴补了十几万两银子。这份皇恩雨露也是惠泽了乾州百姓，倘若大家自愿募集万两以内，尚且不足官府贴补其十之一二。更何况兴修文庙、学宫这等百年盛事，于公于私大家能不欢欣鼓舞积极响应吗？"

伍良弼不愧是商贾世家，官场上摸爬滚打出来的能员干吏，他只在不经意间便将如此两笔不菲的账目，推理演算得清清楚楚明明白白，循情依礼有理有据，直把安亭公噎得目瞪口呆。他不禁抬起头来仔细打量了一下这位已经致仕赋闲的老先生。

原来这伍良弼是"义生茂"钱庄财东伍良甫的长兄。依祖制本应他承袭钱庄掌门财东，怎奈此人自幼喜好读书厌恶商贾，故而乾隆三十八年中了进士后，便留在翰林院任编修。乾隆四十年外放四川德阳、绵竹两任知县，之后擢升绵州直隶厅同判。只因为人率性耿直守正不阿，乾隆五十二年与知府熊某在刑狱审诘上发生争执生隙，愤而辞官致仕还乡以著书立说。因其人品端正学识渊博，诗词歌赋道德文章，深得当地文人学子的景仰崇敬，遂一致推举他为乾州文坛领袖。

安亭公也深知此人并非哗众取宠之辈，而是先天禀性孤傲不羁，只想变着法儿给文庙学宫化点善缘，以免日后捉襟见肘而缩减了规模留下遗憾。他虽也觉得其人似有偏颇，但又怕驳了他的颜面当下尴尬，故而不好硬生生地回绝。遂沉吟了片刻才不无感慨地说："伍先生不愧是两榜进士商贾世家，既热忱公益耿耿于怀，又谋划有据虑事周全，着实令在下钦佩不已。但凡事以中为度适可而止，千万不可大事张扬。首先，要尽可能地划分特定人群，以缩小募捐范围，比如有秀才及以上功名和享受府县廪膳补贴的生员，在任或致仕还乡的乡宦，城镇买卖商铺的财东掌柜，拥有耕田百亩以上的殷实财主。其次，必须本着自觉自愿不拘多少的原则，不可自定标准引导暗示，让人觉得似有苛捐绑架的感觉。其三，此项捐银须专门用于购置桌椅板凳和聘请授课先生的专用度支，不可任意挪作他用。请先生仔细斟酌妥否？"

伍良弼也从安亭公转了话锋的语气中，明显地感到他对自己撺掇募捐布施的举措，似乎不太热衷，只是碍于面子，才委婉地划定了若干条条框框来限制约束，以免互相尴尬下不了台阶。但无论如何终究是他爱民如子的怜悯之心使然，知道是他宅心仁厚怕给平民百姓增添负担，刻意给他铺垫的台阶，于是，也就不好再说什么了。遂就坡下驴一口应允道："大人尽可放心，伍某定会按您划定的范畴自愿募集，绝不敢越雷池半步骚扰百姓。"

端午那日，安亭公正在文庙工地上与营造师文春霖和雕刻工匠雷振湘等人，在一起商讨审定大成殿设计结构的终极图纸。文春霖不无担忧地说："大人，大殿后墙、山墙已经砌了两丈多高了，可楠木柱材至今尚未落到实处，此柱能否落实，直接影响大殿的建筑结构。倘若当下有了着落，哪怕就是迟些时日，咱们也可按设计继续施工，倘或落空了，就得变更结构修改图纸。否则一旦大墙成型后再变更结构，不仅劳民伤财还会影响工期进度。我意不如暂且停下来,延缓一些时日,免得届时留下遗憾。"

安亭公却是胸有成竹信心满满,固执地说:"我倒是觉得不仅不应该停工待料,而且还要加快施工进度,赶在五月底前完成主体工程,否则,进入雨季后就不好施工了。至于楠木柱材,应该不会落空,否则王把总也知道此材的干系重要,他早该派人回来及时禀报了,万万不会延至今日还杳无音信。因为砍伐难度和运输困难,拖延些时日也在情理之中。论理这两天也就该回来了,我们还是边施工边等待吧。"

众人见安亭公如此笃定不疑,也就不好再说什么了。其实安亭公心里也在打鼓:"这都快三个月了,应该是回来的时候了。"但他必须得沉住气,相信自己的判断,绝不能瞻前顾后优柔寡断,否则会影响工程进度和大家的情绪。

临近晌午时分,忽然见喜贵领着南城门上的守门兵卒,气喘吁吁地闯进来禀报道:"大人,王把总他们回来了,现正在南门码头上卸货登岸呢。"

安亭公一听大喜,忙招呼文春霖等众人道:"说曹操曹操就到,走,咱们去南门码头查检一下材质。"

当安亭公一行来到万溶江码头时,李大用正在组织民夫拆卸木筏,霎时间十二根金丝楠木柱,已经直愣愣地躺在码头上,众人喜得乐不可支。文春霖与雷振湘一个劲儿地夸赞道:"地道的通天楠木柱,无论材质品相,堪称绝品,好材! 好材!"

王把总赶紧上前,给安亭公打了个千儿道:"大人,若非运输环节上出了点纰漏,还可再早回来几日。虽然耽搁了数日,可一百三十二个兵卒民夫,我都给您毫发无损地带回来了,请您查验吧!"

安亭公遂欣喜地把他扶起来道:"王把总,你俩这回可立大功了,我要嘉奖你们。"

说话间,他回头叮嘱喜贵道:"赶紧派人通知营房备上一桌上好的酒席慰劳王把总和李师傅,民夫兵卒也要加鱼加菜犒劳!"

这时李大用手里托着一根雕刻精美的虎头手杖递上来道:"大人,若非您虑事周全铺排得当,我等岂能毫发无损全身返回呢?这根手杖是俺劳作之余,用树梢枝杈练手刻拔的,大人若不嫌弃,就给我个面子留下使用吧,您上了岁数的人用得着。"

安亭公接过来手杖在地下戳着把握了一下，果然得心应手，是个好物件，又捧在手里观摩了一会儿才道："李师傅，这么雕刻精美的手杖，我哪里敢享用呢？你还是拿回家里做个念想，待你上了岁数时会用得着的。"

这时王把总在一边帮腔道："大人，您就留下吧，李师傅知道您属虎，这可是他琢磨了几个晚上专为您雕刻打磨的，您若是拒绝了，他会伤心的。"

安亭公看着李大用那股切的目光，又拿起手杖反复看了看那一行略显苍劲的古篆："嘉庆五年三月望日李记"，便有些爱不释手了，权衡了再三后才羞涩地抱拳一揖道："恭敬不如从命，感谢李师傅倾情馈赠。除了乾隆爷的内帑赏赐，这还是我平生第一次私相收受他人的厚礼，惭愧啊！惭愧！"说着连连摇头唏嘘不已！

金丝楠木柱搬到工地后，李大用和雷振湘立即安排工匠，浅挖坑道用锯末熏烤快速烘干，而后剥皮刨光桐油浸泡，十二根金丝楠木柱顿时凝脂如玉宛若黄龙，呈现出流光溢彩腾云吐雾的华贵来。

大暑过后，赶在秋雨降临前，大成殿和其他建筑的主体工程均已完成。安亭公遂将泥瓦工匠遣散，抽调了一百多名泥土工进入城隍和关帝庙工地，修路备料开挖地基。只留下三十余名大工匠墁院铺地精雕细琢，油漆彩绘飞檐斗拱门窗壁画。

中秋节后，一座气派宏大巍峨壮观的文庙殿宇，在城东土垣上拔地而起了，其精雕细琢的气势之恢宏，让人叹为观止。

八月十八一大早，王文良、喜贵与伍良弼、文春霖、雷振湘簇拥着安亭公来到文庙，集体验收工程质量。当他们一行刚刚步入巷口时，已见占地八亩有余的文庙、学宫，掩映在绿荫深处，青砖黛瓦钟灵毓秀。周围一尺五寸高的青石座基上，环以青砖瓦脊的粉墙包裹。左右各立庙、宫二门，中间临街六丈长的影壁上，巧用脊瓦菱形状的四瓣花窗砌成，朱漆大门上配以虎头兽环黄铜铺首。东、西角落塔式钟、鼓二楼别具一格，左右黉门耸立。中轴线上前行数步，便是三间牌坊式的红石棂星门，跨上月桥左右各置一弯泮池，寓意状元及第鲤鱼跳龙门。戟门左为名宦祠，右为乡贤祠，二进两侧为东、西庑殿，配飨七十二贤塑像。脚下是一寸五鏨的青条石铺面，石径直达月台，台前五龙奉圣红石御道。正前方中央五尺高的青条石台基上，坐落着六楹五间的主庙大成殿。

大成殿外形两层木质结构,殿内厅堂气派敞亮。一尺二寸高的圆弧形鼓石底座,撑起两排三丈六尺五寸高的十二根金丝楠木通天柱,昂首挺拔直插二楼穹空。柱顶架梁叠加数层瓜柱,穹顶拱棚、藻井、撑拱、雀替,脚下是一尺见方的青砖铺地。中央四尺高的青砖台基上,置一丈二尺高的紫檀神龛于上,九尺六寸高的圣人雕塑仪态慈容端坐龛内。三面环墙彩绘孔圣收徒授教、周游列国系列壁画。殿宇整体为鳞灰瓦盖顶歇山式宫殿建筑,雕梁画栋彩绘门窗,飞檐斗拱凌空翘角风铃摇曳。

殿前两根红木抱柱上的楹联,是安亭公亲笔楷书:

> 天下为公圣道孔彰人共奋,
>
> 有教无类良师明伦士同尊。

殿内神龛前的通天明柱上一副楹联引人深思:

> 觉世牖民诗书易象春秋永垂道法,
>
> 出类拔萃河海泰山鳞凤莫喻圣人。

三进为崇圣祠,尊奉圣父叔梁纥以上五位先祖,照壁南向外为头门,左右两侧各植丹桂一株,中为明伦堂,左置文昌宫,右设学宫教谕署。其间,厢房、楼台、过厅、甬道、花坛、天井各具特色,触目所及青砖鼓石、木柱方架、雕花门窗、楼宇飞檐,构思精巧别具风格。置身其间,使人顿生虔诚恭敬,丝毫不敢胡思乱想非分造次,冥冥中觉得圣人就在头顶,密切关注着你的游思妄想举手投足。

他们一行边走边看,临近晌午时分才回到衙署。安亭公似乎毫无倦怠意犹未尽,他不无深情地对众人说:“今年总算是了却了一桩心愿了,此次重修庙宇学宫,在座的各位功不可没,在此我替乾州文人学子谢谢你们。”说着双手抱拳施了一礼。慌得众人忙站起来施礼道:“大人谬赞,我等愧不敢当!不敢当!”

倒是伍良弼先生一句戏言才化解了尴尬,他调侃道:“若非大人力排众议笃定坚持,咱们现在验收的可不是文庙、学宫,而是衙署庙堂。”众人听得一阵哈哈大笑。

安亭公也笑着道:“我意工程验收毕,咱们还应该举行一个盛大的祭孔开学典礼仪式。时间择定于孔圣诞辰日八月二十七,典礼程仪还请伍先生依礼酌定。王学正须立即着手制定一个合理的标准,以确定入学生员数。当下乾州共有多少廪膳补贴童生？而后据此配齐学宫的桌椅板凳,大成殿、崇圣祠、名宦乡贤祠所须供桌、香炉、烛台、乐器,以及大堂、明伦堂的桌椅几案……"

伍良弼忙道:"我原以为筹银剩余不多,除了重修文庙学宫还要再修城隍关帝庙,倘若大人面面俱到均衡使用,便只能削减规模。谁知,今日一见重修的工程,竟比焚毁前的还要气魄宏大,不仅没有削减半分规模,反而还增加了许多令人意想不到的巧妙构思,真正叫人叹服不已。嘉庆二年苗匪作乱时,我与家人逃到乡下幸免于难,闻听乾州城毁庙焚后,也曾捶胸顿足痛哭流涕。平心而论,我并非可惜自家宅院毁于战火,而是心疼城毁后百姓流离失所,从此陷入水深火热。更令我惋惜的还是文庙、学宫夷为平地。这还要缘于我从十二岁童生进学后就在这里读书,直到二十岁中举时才离开。从金钗、束发到弱冠年华,前后度过了八年的时光,这里留下我太多不能忘却的记忆,情有独钟魂牵梦萦。今年二月重修庙宫奠基后,我曾担忧筹银不足,怕压缩了她的规模,心里就琢磨着发起一个募捐倡议,把银子凑得足足的,这大概也是缘于自我私心作祟。经您反复引导后才有所收敛,我知道您这是一片爱民怜悯之心,故而便按您的铺排,缩小了募捐规模。而且严格限制在商贾店铺、乡绅财主和文人学子的范畴。心里想着,这样一来不仅缩小了规模而且限制了范围,既能免却庄户人家布施之累,又能达到补充筹银的不足。谁承想,大家并不理解,特别是那些既是乡绅财主又是文人学子的户家,他们就变着法儿重复抬高布施。无奈之下又把那些双重身份的户家,就高不就低限制为一个身份,且每户不得超过十两的上限。饶是这样还募集了六千二百四十二两,已经兑了银票,正好配上用场。"说着便从怀里掏出银票来双手递上。

安亭公苦笑着道:"伍先生,我知道您对文庙学宫情有偏爱,也怕给老百姓增添负担,又不好硬生生地给您泼冷水,故而才出此下策。谁知您还是变着法儿募了这许多,真难为您了。这笔捐银就交给王学正,除了购置桌凳、礼器和典礼开销外,其余留在教谕署,作为以后年度增加穷困生员的廪膳贴补和聘请先生的薪酬度支吧。"

嘉庆五年八月二十七日,天高气爽风轻云淡,正值秋风节令时节。地里的茶叶、棉花等经济作物已经收割入库,大秋作物稻谷、苞米、高粱也是丰收在望。辛勤劳作了一年的人们脸上绽放着掩饰不住的喜悦。他们手里捧着鲜花、香烛供品，一大早便从四面八方涌进城来，大小街巷挤得水泄不通。

辰时初刻时，那一轮才被晨曦洗净尘埃喷薄欲出的殷红秋日，正精神饱满地从万溶江的尽头冉冉升起，朝霞映红了天边的千山万壑，煮染了轻柔浮动的蓝天白云。须臾，霞光掩映下的天星河、万溶江已泛起金色的波澜，大成殿宇顶上的鳞灰脊瓦放出湛蓝的灵光。一抹娇羞浓艳的云蒸霞光，已悄悄地掀开二层楼阁的顶窗，倾泻在凝神静坐着的孔圣金身上，霎时间，把装饰一新的庙宇殿堂映得金碧辉煌。神龛左右威严伫立的青铜编钟上，泛着深邃幽幽的蓝光。两名峨冠博带的青衣乐师，肃穆恭敬执锤侍立。

辰时初刻，首批入学的四十八名廪膳生员，头顶瓜皮礼帽身着素衣长袍，一色乌黑溜光的大辫子齐刷刷地垂在腰际，在王学正的引领下从宫门缓缓步入，静静地集结在黉门前整齐列队肃穆以待。他们的年龄从金钗、束发到弱冠参差不齐，但个个温文儒雅仪容大方，精神饱满容光焕发。

须臾，安亭公带领九品以上州县吏员，身着素衣袍服从庙门而入，跨过棂星门踏上月桥，循着青石路面步入后进二院。

此时伍良弼、伍良甫兄弟二人，已引领士绅乡贤三十余人，肃立在殿前恭候。他们见安亭公一行走进来时，遂纷纷上前拱手揖礼道："大人功德无量！可喜可贺！"安亭公亦拱手施礼道："同喜！同喜！若非诸位乡贤名士鼎力，文庙岂有今日之辉煌。"说着便邀伍氏兄弟和王学正、王把总、喜贵步入三进明伦堂小憩议事。待众人坐定后，安亭公不无担忧道："今日祭祀大典，祈愿上香的人不会少了，我刚才从衙署步行过来时，但见大街小巷已经挤满了人。为了避免拥挤踩踏的意外，着王把总立即调遣一队便衣兵卒维持进出秩序。半个时辰分两批，每批进一百人，从庙门进来宫门退出，香烛纸表只可在殿外焚烧。伍先生担当主祭司仪，王学正和阎巡检副之，尽量缩减仪程以腾出更多的时间，满足每个人的祈祷心愿。"

王把总立即应声道："大人，我来时已经调了五十名便衣兵卒，正在门外待命。"说话间，伍良弼已令人捧出五十一条绶带送上，王把总立即领命部署，依次将首批百名妇孺，集结在庙门前排队导入，循黉门棂星门引到月台前列队候祭。

辰时三刻吉时，祭孔典礼正式开始，州县官吏、士绅乡贤、生员学子们列队肃立在殿前陛下。

主祭伍良弼斜挎明黄绶带，登上殿前月台主持程仪，九声铁铳礼炮响过后，浑厚铿锵的青铜编钟伴着丝、竹、琴、瑟、匏、革、石的雅韵绵长，依次演奏大成乐章：

一、迎神《咸和之曲》　大哉宣圣，道德尊崇，维持王化，斯民是宗。典祀有常，精纯益隆，神其来格，于昭盛容。

二、奠帛《宁和之曲》　自生民来，谁底其圣，唯师神明，度越前圣。粢帛具成，礼客斯称，黍稷非馨，惟神之听。

三、初献《安和之曲》　大哉圣王，实天生德，作乐以崇，时祀无斁。清酤惟馨，嘉牲孔硕，荐羞神明，庶几昭格。

四、终献《景和之曲》　百王宗师，生民物归，瞻之洋洋，神其宁止。酌彼金罍，惟清且旨，登献惟三，呜呼成礼。

五、彻馔《咸和之曲》　物象在前，豆笾在列，以享以荐，既芬既洁，礼成乐备，人和神悦，祭则受福，率遵无越。

六、送神《咸和之曲》　有严学宫，四方来宗，恪恭祀事，威仪雍雍，歆格惟馨，神驭旋复，明禋斯毕，咸膺百福。

绵延悠长的琴瑟丝竹绕梁时，古朴典雅的大成乐章已飞上九重苍穹。霎时间，色彩斑斓云卷云舒，遥远的天籁传来中和韶乐。冥冥中，鼓乐喧阗琴瑟和鸣，大成孔圣在七十二贤的簇拥下，已踏着五彩祥云步入殿堂。顷刻间，十二名峨冠博带的束发童生翩翩起舞，使迎神奠献的圣典涌上巅峰。十二名身着素衣长衫的弱冠生员，抬着三牲大供、干鲜果品鱼贯而入，依样摆满了龙卷双尾的紫檀供桌。安亭公与伍良弼净手点燃香烛纸表，三跪九叩大礼参拜。礼毕，安亭公神采奕奕地移步神龛左首站定，凝神静气后庄重深情地诵读献文：

嘉庆二年，苗匪作乱，烧杀掳掠，城毁庙焚；倾巢之下，安有完卵，百姓流离，哀嚎遍野；四年正月，乡贤公议，重修文庙，再造学宫；己未望月，时值中秋，万众瞩目，殿宇告竣；八月廿七，适逢圣诞，官民士绅，集结庙堂，追思缅怀，先贤孔圣。

伏惟至圣，起于陬邑，生逢乱世，春秋之末；周室颓隳，礼乐废弛，九州失驭，诸侯不臣；觊觎王权，窥窃神器，万方多难，民不聊生；天下汹汹，风起云涌。

531

夫子睿识，天赋异禀，少怀大志，拯救黎民；传道授业，有教无类，弟子三千，七十二贤；锲而不舍，匡复周礼，辅弼乱世，修身治国；韦编三绝，彰显五经，厄撰春秋，笔伐乱臣。

心仪周公，耻绝政刑，劝行德政，以期北拱；周游列国，播撒圣教，困厄陈蔡，断炊七日；心忧苍生，矢志不渝，奔走呼号，凡十四载。

斯文在兹，高山仰止，贤哉斯人，大哉孔圣；匡扶世风，追远慎终，春秋六经，景行行止；道贯古今，百代可依，仁义之师，人伦之表；克己复礼，天下归仁。

麒麟献瑞，丹凤鼓翼，玉树攀云，紫叶吟虹；鲲犁碧海，鹏登蟾宫，亘古壮哉！唯我夫子；谨此上达，伏惟尚飨！

呜呼！天不生仲尼，万古长如夜！

颂毕，安亭公与伍良弼领衔跪地顿首再拜，众人伏地顶礼膜拜。

是时已是巳时三刻，安亭公遂留下王学正与喜贵主持祭祀程仪。他与伍良弼、伍良甫等移步明伦堂小憩议事，其他人等从宫门依次退出。祭祀程仪仅用了一个时辰。

这时，首批引进庙门祭祀的三百乡民，已在身佩绶带的便衣兵卒引领下，虔诚循礼从黉门进来越过棂星门，循着中轴线趋步来到大成殿门前的月台陛下，恭恭敬敬地有序排列。王学正主持程仪，喜贵引领二十人的方阵，在殿外焚烧香烛纸表毕。悠扬的编钟奏起时，依着迎神、奠帛、初献、终献、彻馔、送神的程仪，伴着咸和、宁和、安和之曲，香烛纸表殿外焚烧。而后集体登上月台，由长者领衔奠仪一起叩拜。如此则既满足了每一个祈祷者的虔诚心理，也避免了纷至沓来的拥挤混乱，祭奠程仪有条不紊循序渐进，循环往复，一个时辰便可满足千人的祭奠。

然而美中不足的是，当虔诚的人们进殿叩奠时，见殿内并未放置功德箱，便在跪拜时，把制钱散银悄悄地塞在桌裙底下，以为祈祷达愿的功德布施。当王学正把这个节外生枝的细节禀报安亭公时，伍良弼从旁插话道："凡此种种都是那些家有读书娃崽的乡民们，在祈祷时默许的心愿。倘若明令禁止了，便是阻隔了他们与神灵达愿祈祷的途径，恐其恼羞成怒情绪抵触无法释怀，将愤懑怨恨迁怒于官府。依我之见，这样的随缘布施，与其大家尴尬适得其反，还不如睁一只眼闭一只眼，任由他们随喜的好。届时，衙署里只须派上两名胥吏当面清点，统一移交教谕署造册登记，以为日后学宫度支的贴补。可好？"

安亭公沉吟了片刻，觉得也是这个理儿，便苦笑着点了点头，算是默许了。如是这样熙熙攘攘，祭典持续了三天。那些周边州县的士民官绅们，也慕名前来顶礼膜拜，人如潮涌车水马龙，昼夜往复川流不息。

九月初一，安亭公聘任伍良弼先生为掌宫山长，又经青龙书院山长文廷云举荐，聘了湘南名士周恭先、张九镡专司讲学。

九月初三开学时，安亭公亲自主持了开学典礼，四十八名生员集体叩拜孔圣。

礼毕，伍先生极其庄重地对安亭公道："嘉庆元年我在青麓书院讲学时，文廷云先生对大人主讲的《四书》诠释大加欣赏赞不绝口。今日我便以学宫山长的名义，敦请大人为学宫开堂教授《四书》，可好？"安亭公慨然应允。

如是，九月初四一早，安亭公便前往学宫，主讲第一课《大学》开篇。

辰时初刻，安亭公身着洗得发白的蓝布长衫，挂着虎头拐杖步入黉门，当他越过教谕署步入二进院时，只见四十八名莘莘学子，左手托着线装书本和笔砚，右手拎着稻秆儿蒲团，已在大成殿前齐刷刷地侍立恭候，便径直走上月台中央的藤几前，将手杖倚在几侧，而后回过头来朝着台下挥了挥手道："大家席地而坐吧。"他只抿了一口伍先生递上来的清茶，便操着一口略带北方语音的湘西官话朗声开讲道：

"大学之道，在明明德，在亲民，在止于至善。知止而后有定，定而后能静，静而后能安，安而后能虑，虑而后能得。物有本末，事有终始，知所先后，则近道矣！

"概其核心，即为'三纲'明德、亲民、止于至善，'八目'格物、致知、诚意、正心、修身、齐家、治国、平天下。此则道之大纲也，举一纲而万目张；解一卷而众篇明，纲举目张，相得益彰。

"究其本论简而言之，即大德之人欲弘扬光明正大之品格时，须将自己的母邦家国治好方可。若要治好自己国家，须得管好宗族家下；若要管好自己的宗族家下，须修养自身的品行德性。若要修身养性，须端正心思才能修养品性。若要端正心思格物自知，务须意念真诚方可金石为开。若要意念真诚,务须革除自身不良品行,以认识纯真本心也!"

他反复推究事物的原理,追根溯源而彰显明德认识本心,以期表里如一意念才能真诚;意念真诚心思自然端正;心思端正才能修身养性,唯己品行端正才能齐家,治国,平天下。君子之道,穷不失义独善其身,达不离道兼济天下矣!

安亭公天赋异禀口才极好,用浅显易懂的大白话,以阶梯递进式的内在联系,顷刻间,已将大学之道的"三纲""八目"的本真释意,诠释得清清楚楚明明白白,台下学子们听得眉飞色舞耳目一新。就连伍良弼、周恭先、张九镡三位饱读诗书的两榜进士,也听得肃然起敬。这哪里还是当年那个连考三科未曾及第的举子阎广居?分明已是久历经筵讲习的翰林大学士了。

安亭公如此厚实的国学功底,还是得益于乾隆五十四年,他在耒阳任上,被他履职常宁知县时打击的地方豪强章二使诈诬陷而被罢官夺爵后,应邀前往青麓书院授课讲习时的锤炼,更得益于乾隆四十六年之前,为科举应试寒窗苦读的十年光阴,以及恩师张公谟先生垂爱的耳提面命,读书破万卷,舌底生莲花。他口若悬河滔滔不绝,洋洋洒洒一口气讲了个把时辰,似乎还没有倦意。

伍良弼见状,遂轻轻地走过去耳语道:"大人,学子们也该休息小解了,让娃儿们下去克化①克化,咱们下期再讲吧!"安亭公这才意犹未尽地点了点头,停止讲授。

四

学子们刚刚散去,安亭公正与伍先生喝茶聊话时,忽然见一名差官急匆匆地从宫门进来,直奔月台前跪倒在地禀报道:"大人,适才衙前有人击鼓鸣冤,只因事起仓促,阎巡检差遣小人向您禀报。"

安亭公听后,随即与来人匆匆走了。当他回到衙署二堂尚未换上官服时,喜贵已将喊冤之人带上堂来。那人头顶诉状,上来便跪倒在地哭诉道:"小民方二伢,城东太平乡石碑坳人,只为兄长死因不明前来喊冤,恳请大人为小民做主则个。"安亭公抬眼看时,只见那人身材修长面皮白净,虽是短衣笨鞋装束,倒像是个读书人的模样,齿龄只在弱冠之年,见其泪流满面气肠喁肚,眼睛已经哭得红肿了。

只见他一脸无奈声泪俱下地继续陈述道:"俺爹去世那年,俺家里拢共只有七八亩薄田，日子本来就过得十分紧逼。谁知俺哥八岁那年上树掏鸟蛋时，掉下来受伤跛了一只脚，以致落下终身残疾。眼见过了成婚年龄，他还是孑然一身，俺娘为此愁得白了头发。俺哥二十五岁那年，邻村鱼角坞的财主伍员外，托俺表舅上门来提亲，说是他家的二小姐因闺房不严犯了家规，他放出话来不仅不收聘礼，还愿意再贴上一笔像样的嫁妆，把这个丢脸丧德的妮子赶紧嫁出去。唯一的企求是婆家人敦厚良善，夫婿勤劳朴实能养活了她，好歹能吃饱穿暖居家度日，终不致使其沿门乞食流落街头冻饿毙命。

"俺娘听罢沉吟了好一阵子，虽然心里不舒坦，但虑及俺哥腿疾，家贫，实在无力筹措那笔不菲的聘礼，又恐怕错过了这个宿头③，耽搁了俺哥的一生留下遗憾，于是，便狠了狠心硬着头皮答应下来。

"其实，当时她在心里也有个小九九，心想：'这妮子情窦初开少不更事，被人哄骗上当也是有的事，虽说是闺房不严有失妇德，可既已作下这等丢人现眼的丑事，她也是赧颜羞惭心虚理亏。只要俺待她像亲闺女一样体贴包容，她就必然会心存感激悔过自新，好歹给俺满伢生个娃崽，终不致使他这一门断了香火，也算对得起他那死去的爹了。'

"可嫂子过门后不仅没有半点儿羞惭愧疚，反而是牢骚满腹怨气冲天，动不动就摆出小姐的架子来，冷言冷语地羞辱俺哥，拌嘴吵架摔盆砸碗是常有的事。俺娘虽然愠怒愤懑，但也总是耐着性子违心地呵斥俺哥而袒护于她。怎奈她并不领情，反而变本加厉更加疯狂了，如此倒也罢了，俺娘都能忍受。谁知，那寡廉鲜耻的婆娘，竟然对俺动了歪心思。这时，俺娘才知道这个婆娘不是善茬儿，便再也不能容忍了。于是便毅然决然地把家里的房产尽数留下，俺们母子俩只带了些必需的生活用品，搬到伯父家闲置的另一所别院里分门自过了。饶是如此，俺娘还是心存侥幸，只想着再等上三年两载，她倘或生上一男半女，能顾虑娃儿回心转意走上正道。可三年过去了，她与哥哥争吵不断的日子，不仅丝毫没有些许收敛，反而愈演愈烈。

"自从嫂子过门后，俺从未见她娘家有人登门光顾。直到半年后才见一个自称是她堂兄的男子频频光临。那后生俺也曾见过几面，平日里长袍马褂油头粉面，项上戴着一枚洋人的十字佩什，逢人颔首点头，还在胸前划着十字，嘴里念叨着"阿门，真主保佑"。这期间，村里便有些风言风语传得沸沸扬扬，母亲为此日夜焦虑寝食难安，但终究是肠子里发痒探不上，只能是心里

535

着急上火，却又无可奈何。谁承想，俺哥这样一个滚油浇心的苦日子，上苍也不曾庇佑他，噩运偏偏就降临在他的头上。

"今日凌晨时，俺家村头禾场上看场的茅庵突然着火了。当俺赶到场上时，那茅庵草房已烧成一片灰烬，只留下俺哥烧得面目全非的尸体。俺不禁心里狐疑，俺哥虽有腿疾，但毕竟年轻力壮，他一旦发现烟熏火起时，定有充裕的耐力和足够的功夫逃离现场，抑或磕碰绊倒烧伤也是有的，终不致使他一命呜呼归西了。若非被人捆绑了手脚动弹不得，甚或下了迷药神志不清，他断然不会直挺挺地躺在那里等着受死。如此则肯定是有人做了手脚。可让俺无法理解的是俺家祖上三代都是老实巴交的庄户人，从未与他人因仇生恨结过梁子，何况俺哥这等万般无奈的忠厚老实人，是何人歹毒下此狠手呢？俺虽不敢断言确系何人所为，但也总觉得事出有因似有蹊跷，不得不叫俺心生疑窦。久闻大人秉公执法断案如神，小人舍了命，也要前来为俺哥鸣冤喊屈，恳请大人为小民做主则个。"

安亭公听罢，只稍稍沉吟了片刻，便吩咐喜贵道："你立即备上两辆马车，带上差役仵作前往现场勘验，特别留意钝器击痕和中毒症状，仔细搜索现场有人作案的蛛丝马迹。尸体查验后要做防腐处理，责令地方保、甲长妥为看护，未结案前不得下葬掩埋。无论如何，须将那堂客带回衙署候审。"

临近黄昏时分，喜贵一行赶到石碑坳禾场上，村民们听说衙门里派人验尸来，早已三三两两地围拢上来。此时满伢已经收敛入棺了，灵前的席地上坐着一老一少两个妇人守灵。那一身素衣短褂的老妇人脸色苍白地趴在地上，已是气肠嗝肚泣不成声了。身边的那个一身重孝的少妇，虽然捶胸顿足嚎啕大哭，却只是吼着嗓子在那里干号，眼里并不见一点儿泪水。两只游离躲闪的眼睛，瞬间流露出惊悚的目光。

喜贵下车伊始，立即将地保召来说明来意，并令其上前与那婆娘言明开棺验尸。谁知那婆娘一听，便立即趴在棺材上，使泼撒野破口大骂起来："是哪个挨千刀的耳报神作的孽，就不怕天打雷劈断子绝孙吗？生前谋恨算计倒也罢了，死后竟然也饶不过他，天可怜见！我那苦命的死鬼啊！"

喜贵见状，遂命两个差役上去，硬把她拽扯下来拖到一边，而后强行撬开棺木，揭去掩盖在尸体上的寿衣袍褂，将烧灼成黑炭似的尸体抬到禾场上。

　　两个仵作忙用汗巾捂住自己的口鼻，而后在尸体上撒了白酒，戴上护手，打开包裹取出银针。当他俩撬开嘴巴时见口中并无异物，探视喉舌时亦无中毒征兆，便将白酒涂抹到前后脑门、左右两鬓上，然后又用捣烂了的葱白依次涂抹了一遍。须臾，又将撒上白醋的宣纸覆盖其上，而后点着油灯审视良久，也不见钝器击痕。却见死者的右手拇指掐着中指根部，据此而断，死亡时辰应是昨夜子时无疑。验毕，全身又撒了白酒抬入棺中复盖如初。

　　与此同时，喜贵在废墟中搜寻时，忽然扒拉出一枚十字形的铁器烧灼物。经与二伢核实，此物正是那洋和尚佩的物什，心里便有了底数，遂不露声色地将其包裹起来揣进怀里。

　　此时天已大黑了，当地保领着他们到了满伢隔壁的邻家吃饭时，喜贵试着与其攀谈，希望能从中了解一些蛛丝马迹。谁知，那老妇人左顾右盼一脸惊悚，忐忐忑忑欲言又止似乎有所顾忌，停顿了好一会儿才连连慨叹道："唉！满伢那娃崽好可怜，年纪轻轻真不该死啊！"饭后喜贵便令两个差役拘了方伍氏，连夜匆匆折返衙署。

　　翌日晨起，喜贵匆匆擦了一把脸，便带着仵作去见安亭公，将昨晚在石碑坳验尸的初勘详情做了如实禀报，并呈上现场搜检的那枚十字形铁器烧灼物说明原委。安亭公心里已经明白了七八分，又仔细看了验尸报告后，遂满脸狐疑地询问仵作："这人死后的指状示意时辰是阴阳五行之说，还是尔等多年累积的经验，是否与医理症状有着必然的联系？"

　　仵作忙谨慎作答："回禀大人，此论早在南宋提刑宋慈撰的《洗冤集录》和法医祖师郑克著的《折狱龟鉴》中均有明确记载，子午卯酉掐中指，辰戌丑未手掌舒，寅申巳亥拳着手，至今已流传五百多年，俺们行内人对此屡试不爽深信不疑。据此而推，此人应是子时初刻猝死无疑，只是尸检结果既无中毒症状，又无钝器击痕，却不能验明死因，心里疑惑似有蹊跷。"

　　安亭公听罢沉吟了片刻，便让仵作退下，决定先行开堂审诘，试探一下水的深浅。

　　当那婆娘被押上堂来时，只见安亭公身着五蟒四爪的石青色云缎官服，云雁补子对襟马褂肩有披领，头戴青金石顶冠，项上一袭沉香木朝珠垂在胸前，头顶"明镜高悬"的青蓝匾额，正襟危坐不怒自威。四个手执水火棍的衙役身着皂衣脚登快靴左右侍立，像寺庙里的护法天王金刚怒目虎视眈眈，令

537

人毛骨悚然。不由得心里一颤,已自怯了胆,遂耷拉着脑袋软软地瘫跪下去。她心里暗自琢磨:"料那死鬼身上并无一星半点儿伤痕淤积中毒症状,倘若茅草庵里留下些许蛛丝马迹,也被一把大火烧得干干净净,任凭他是包公转世也难断识。哪怕他酷刑严逼油烹火烤,只要俺一口咬定了什么也不知道,料他能奈俺何。"想到这里时,便强迫自己镇定下来,以不变应万变小心对答。

安亭公似乎也猜透了她的那点儿小心思,遂自狠狠地拍了一下惊堂木厉声问道:"下跪犯妇报上名来,年龄几何?哪里人氏?又因何事诉诸公堂?"

方伍氏缓缓地抬起头来不慌不忙道:"回禀青天大人,奴家方伍氏,年方二十有一,是太平乡石碑坳方满伢的堂客,只因夫君死得不明,被人诬陷对簿公堂。"

这时安亭公才仔细端量那婆娘,见其虽然披头散发衣衫不整,但鼻挺颧高明眸皓齿粉面含春,只那两只顾盼生辉的丹凤三角眼,便能使人心旌摇曳。可那一双躲闪而飘忽不定的眸子,却令人难以捉摸深不可测。虽然口齿伶俐应对自如,但终也掩饰不住她内心的慌乱恐惧,心里暗自思忖:"此妇沉稳内敛颇有心机,绝非寻常民妇可比,当下只可避虚就实巧审智取,只要突破了她的心理防线,她的精神自然就崩溃了。且不可高压强势刑讯逼供,否则适得其反,被其钻了空子。"

安亭公这里目光如炬审视良久一言不发,倒把那婆娘盯得垂下头来心里直犯嘀咕:"这位官爷铁面无私目露凶光,竟似乱刀在心上搅和,似乎一眼就能洞穿了人的五脏六腑。"刚刚才镇静下来的心境,瞬间又狂跳起来,不由得一阵打怵发毛,遂自垂下头来等着他雷霆震怒刑讯逼供。

谁知,安亭公只轻轻地拍了一下惊堂木,忽然变了口吻语气平和地询问道:"满伢年纪轻轻便突然死于非命,想尔少年夫妻更加悲伤,而今小叔为他鸣冤喊屈也在情理之中。尔可仔细回顾一下,他平日里可与他人有过债务结仇由怨生恨的过激纠葛,死前三五日内有何异常行为?"

那婆娘似乎受到了鼓励,适才狂跳不已的心又趋于平静,遂一把鼻涕一把泪地哭诉道:"奴家自十七岁那年一顶花轿抬进方家来,俺们少年夫妻相濡以沫恩爱有加。谁承想,半路上他却撇下俺自己走了,想俺那老实巴交的死鬼,除了营务庄稼喝酒睡觉却别无嗜好,何曾与他人有过债务结仇的恩怨纠纷，更别说逞强斗狠孽债生仇了。前日一早时，他到后山梁上收割苞谷累了一天，直到掌灯时分才回到家里，只匆匆吃了一碗米饭，便说是要到禾场上看场。俺见他尚未吃饱，便包了几个糍粑，提了一壶红苕酒让他晚上充饥解乏，谁知这一去竟成隔世永别。鸡叫二遍时俺还在睡梦中，突然听得街口有人吼喊禾场上着火了，待俺赶到场上时人已经烧成了黑炭。天可怜见，就是这样一个老实巴交的庄稼人，还是死于非命。"

安亭公遂平静地询问："如此说来，可是四更时人就已经烧死了。"

方伍氏忙说："大人说得对，不会太早了，应该是四更前后时分。"

正当那婆娘心里侥幸暗自得意时，安亭公猛地拍了一下惊堂木大声喝道："大胆刁妇，竟敢欺诳本官，好好的看场茅庵，若无人刻意纵火，怎能自燃焚烧？况且满伢早在着火前人已毙命，与茅庵失火毫无干系，仵作验尸记录在案，明明死于三更，且口内洁净如常并无异物。若非作奸犯科，为何要纵火焚烧制造假相隐瞒真情，快快如实招来，同谋何人？淫夫是谁？否则，大刑伺候！"

安亭公一阵连珠炮式的追问，箭箭命中句句戳心，直把那婆娘听得心惊肉跳，一下子瘫坐在地上没了主意。谁知她只沉吟了片刻后，又重新跪正了抬起头来，觍着脸皮问道："俺一个妇道人家，哪里见过这等阵势，也不懂得这许多仵作验尸的道理，心里只犯糊涂，还请大人明示。"

安亭公遂将仵作传上来当堂逐条细述，那婆娘听得一脸懵懂疑惑道："这口内洁净如常可有凭据，又作何解释呢？"

安亭公道："料尔刁蛮泼妇不见棺材不会掉泪，来人。"

遂即将喜贵传上堂来吩咐道："你立即派人寻两只公鸡来，一只活着缚了，一只当场杀死，都扔进火里烧烤。"

喜贵立即布置在当院里点燃一堆柴火，将两只鸡同时扔进去，待那只活鸡烧死后，捡出来当场验证，果然口内充满灰烬，而那只火烧时已被杀死的鸡腔内却洁净无物，真相不言自明已然大白。

安亭公遂命人将两只公鸡和喜贵在禾场废墟里搜捡的十字架烧灼物件一并呈上堂来，那婆娘顿时吓得面如土色瑟瑟发抖，身子瞬间绻缩成一团瘫倒在地，再也无法狡辩耍赖，遂一五一十地做了彻底交代。

原来此妇在娘家时便疯野癫狂不守妇道，十六岁那年与未出五服的堂兄伍二毛厮混勾搭成奸，以致怀孕堕胎坏了名声。伍员外见其伤风败俗坏了门风脸上无光，便想不拘好歹寻个人家打发她出嫁了。

当他听说邻村石碑坳方家有子跛脚瘸腿，但人还实诚时，便立即差人上门说合，并承诺不仅不收聘礼，还愿再送上一份丰厚的嫁资，以为婚后生活贴补。方家贫穷又兼儿子残疾，且年龄已过束发尚未成家，此事自然一拍即合。

伍二毛乱伦诱奸堂妹的龌龊行径败露后，伍员外当下气得浑身发抖怒不可遏，虽然顾及闺女的名声和家门体面不想对外声张，但纸里怎能包得住火，村里早已传得沸沸扬扬。身为族长的他又不好遮遮掩掩刻意隐瞒。无奈之下便将合族十六岁以上的男丁悉数召来，在伍氏祠堂主持公决议处。愤怒的族人们早已恨得咬牙切齿义愤填膺，一致要求按照族规将其乱棍暴打后沉塘处死。然而宅心仁厚的伍员外虑及堂兄膝下只有此子，不忍断了他这一脉的香火，又怕出了人命惹上官司丑事传得更远，于是便动了恻隐之心退而求其次，将其捆绑了一顿乱棍暴打后，合族男丁排着长队，轮流在其脸上唾痰一口，每人笞杖三下逐没出籍。

谁知，竟因他这一念之差，却种下了日后的祸根引发无妄之灾，不仅没有保全了堂兄一脉的香火，反而搭上了无辜的满伢和他闺女的性命，伤风败俗的家丑却因此而越抹越黑，传得全天下人都知道了，正应了那句老话儿，姑息养奸后患无穷。

伍二毛瘫卧在床躺了三个月后，才勉强爬起来走出户外。他知道自己犯了众怒，村里已无他安身立命之地了，于是便辗转到长沙，投奔到他表舅门下以求避难栖身。表舅无奈之下，只好办了一桌酒席央人担保，在太平街的药材店铺里，给他寻了个学徒伙计的营生以为生计。

谁知，这厮极不安分，又在那里与街头痞子们厮混时入了洋教。一年后又因偷窃犯奸，被东家一怒之下，暴打了一顿逐出店门。

伍二毛无奈之下只好又返回故里，可这厮因为披了一张洋和尚的外衣，非但没有灰头土脸，反而神气十足，似乎是衣锦还乡了。

他身着皂衣长袍，胸前佩着十字架的劳什子，嘴里念着叽里呱啦谁也听不懂的"鸟语"，竟把那些村里的保甲长们唬得一愣一愣的。他们私下里偷偷地嘀咕："这年头但凡是沾上点儿洋腥味的主儿，谁敢惹啊！就连城里的县太爷见了洋人,也是点头哈腰卑躬屈膝,极尽谄媚讨好之能事,生怕一时不慎惹下无妄祸端。"

果然自此以后,伍氏一门的族人,虽然一如既往地对其深恶痛绝,却再也不敢与之怒怼谴责了。乡里乡邻们尽量躲避着不与他正面接触,过去那些对他呼五喝六颐指气使的保甲长们,见面时也是嘘寒问暖曲意逢迎,甚至对其溜须拍马。伍员外虽然恨得咬牙切齿,但也无可奈何,只好躲在家里摔盆砸碗一个人生闷气,再也不敢仗义执言吼喊发声了,伍二毛俨然成了村里的太上地保。

于是,他便明目张胆地寻到石碑坳方家来,与堂妹方伍氏狗扯羊皮①重圆旧梦又缠绕在一起。

方伍氏自进了方家门后,见满伢跛脚瘸腿木讷寡言不解风情,白日里只知道田间劳作营务庄稼,夜晚时嗜酒如命蒙头睡觉,却单单少了对她花言巧语的讨好日哄,哪里及得伍二毛风流潇洒善解人意,早已萌生了厌恶嫌弃的逆反心理。只是碍于父母之命媒妁之言,又兼乱伦淫秽千夫所指尚有顾忌,只能偷偷摸摸地在暗里与其淫乱厮混,却不敢明目张胆地登堂入室改换门庭。怎奈伍二毛甜言蜜语巧舌如簧,信誓旦旦地对她许诺道:"咱俩与其这样偷偷摸摸,终也不是个长久之计,倒不如瞅个机会远走他乡,到长沙广州的大城市,傍靠上洋人吃香的喝辣的,双飞双宿永不返乡。"

一向满腹花花肠子又少心没肺的方伍氏,竟然也鬼迷心窍地信以为真了。于是,二人心有灵犀,经过一番搜肠刮肚的密谋策划后,便实施计谋杀害了方满伢。

这段时日,方伍氏见满伢天天晚上到禾场上看场值夜,觉得这是个好机会,于是,便在家里精心准备起来。她把糯米用烈酒浸泡烘干后,再浸泡烘干,反复三次,已将酒精渗入其中。而后配以红糖、蜂蜜、姜葱、肉沫精心制成糍粑,蒸熟后泡入蜜糖水中备用。

九月初二那日,满伢收了一天苞谷,回到家里时已是初更天了。方伍氏便麻利地将早已预备好的糍粑,从蜜糖水里捞出来沥干,而后置入加了猪油的热锅里煎热,又烫了一壶放了慢性迷药的老酒,笑嘻嘻地端上来。

方满伢平日里不苟言笑而嗜酒如命,且饮酒后倒头便睡,一觉醒来时已是次日天明,却把那淫荡成性的小姐妇撂到一边不管不顾。对此方伍氏早已厌烦透了，每每见他酗酒时，不是摔盆砸碗破口大骂，便是赌神发咒恶语伤人，从来也没有给过他好脸色。他平时回家来天天对的是凄凄戚戚的冷锅冷灶，听的是那婆娘的冷言冷语和讥讽辱骂，也早已习惯了。为了解除劳累乏饿，便只好自己胡乱寻点儿吃食聊以充饥。

谁知，他今晚回来时，已是疲惫劳乏饥肠辘辘了，正准备随便寻点儿吃喝聊以充饥解渴，忽见那婆娘一反常态地温柔亲热，不仅做了他爱吃的可口糍粑，还有上好的老酒管够，不禁大受感动，遂抬起头来憨憨地望了她一眼，便就着糍粑对着酒壶嘴儿嚼喝起来，连着喝了两壶还不肯罢休。方伍氏怕他迷倒在家里弄巧成拙，便赶紧包了五个糍粑又带了一壶老酒道："天已不早了，还是留点儿空肚子到茅庵里边看场边喝吧！"

满伢似乎意犹未尽，遂站起来朝着她感激地笑了笑，拎起糍粑和老酒出了家门。方伍氏站在大门口的台阶上，一直望着他走到禾场上时，才折返回家。

这时早已候在门前林中的伍二毛迅即闪进来，趁热吃了两个糍粑喝了一壶老酒，二人又缠绵了一会儿，才走了。

伍二毛临出门时，突然从柜顶上拿了一卷麻纸夹在腋下。方伍氏困惑不解地询问道："二哥哥，这都什么时候了，你拿这糊窗的白麻纸干吗？"

伍二毛诡异地一笑道："你别管，俺自有用处。"

原来这厮心里早就琢磨："倘若届时火力不足无法立时毙命，不仅枉费徒劳前功尽弃，还有可能留下活口事情败露。砒霜剧毒虽然灵验奏效，但经不起仵作勘验尸体，如何才能不露痕迹而又必死无疑呢？唯有牢狱里暴病处决囚犯时常用的绝招，白麻纸蘸水蒙蔽七窍窒息而亡，如此便万无一失了。"

当伍二毛赶到茅庵里时，见满伢早已将带来的酒食吃喝殆尽，正仰面朝天地躺在厚实暖和的稻草上鼾声如雷。他迅即掏出细麻绳将其手脚捆绑了，而后用麻纸蘸水将其口眼耳鼻五官蒙蔽，连着蒙了五层时，听得满伢胯下连着放了两声响屁，人已闭气身亡了。此时刚好鸡叫头遍，二毛这才长长地出了一恶气，遂立即掏出火镰点燃稻草，只见一阵烟雾过后，火苗迅即腾腾燃起，他才奔命般逃往茫茫的夜色中。

542 也许是冥冥中那个过往的神灵，见伍二毛阴谋已经得逞，又不忍满伢蒙冤受屈而动了恻隐之心临时使的羁绊，为安亭公日后破案留下了如山铁证。

就在二毛伏下身子吹燃茅草时，一股火苗蹿上来，竟然将他项上吊十字架的丝绳燎断，而他却浑然不知。待到大火冲天时，已是四更天了。

待那婆娘招罢，安亭公遂命文吏将供状呈上来仔细校对后，令她当堂画押摁了手印。而后立即派出捕快差役，连夜前往鱼角坞，捕捉凶犯伍二毛归案审诘。

伍二毛到案后，见方伍氏已经供认不讳，并有现场烧灼的十字架的铁证，知道抵赖无益还得徒受皮肉之苦。心里也在琢磨："俺是长沙天主教堂备案在册的传教士，克里昂神父还是抚台大人的座上宾，量他一个不毛之地的州知府，即使招了他又能把俺咋地？届时，只要克里昂神父打个招呼，他还不是乖乖地放人。"于是，便放心大胆地如实招供了，安亭公遂令其具状画押后披枷戴锁打入死牢。

安亭公在堂诘审理时，也见那厮不仅面无惧色，反而一脸奸笑，似有轻慢蔑视之意。他心里自然明白，这厮一定是仗着他那洋和尚的外衣逞狂呢。遂自琢磨："普天之下莫非王土，难不成他一个沾了点洋腥味的洋和尚就能翻了天？哪怕就是洋人犯了死罪，也得叫他认罪伏法，我就不信他是三头六臂的哪吒二郎天神。"

翌日晨起，安亭公命喜贵带了胥吏文案各一人，前往石牌坳村获取主、干、旁证证据链接。他们一行进村后，便在禾场上满伢的灵前摆了桌椅板凳，将该村保甲长、族长、左邻右舍和二伢母子一并传来，当场公布了满伢的死因结论和方伍氏、伍二毛被收监关押的消息。责成二伢母子择日安葬满伢尸体，并请乡民就二犯苟且之所见所闻予以翔实陈述，而后一一具状画押。村民们闻悉真相后，无不义愤填膺怒气冲天，纷纷谴责咒骂这对丧尽天良的狗男女。

嘉庆五年九月十九，鉴于奸夫淫妇已供状画押，仵作验尸确证无疑，主干旁证链接一应俱全，安亭公遂依《大清律例》快速结案：一，淫妇方伍氏乱伦淫奸，伙同奸夫谋杀亲夫，丧尽天良罪无可赦，二罪并举拟判刑处斩立决。二，奸夫伍二毛乱伦犯奸，预谋阴招唆使淫妇谋杀亲夫，手段残忍死有余辜。依《大清律例》兄妹乱伦淫奸、唆使淫妇谋杀亲夫、杀人主犯三罪并举，拟判刑处斩立决，家私财产悉数充公。并立即呈文报请长沙按察使司和刑部衙门核准，待核准行文到达之日，立即行刑处决。

至此，一桩轰动江南扑朔迷离的兄妹乱伦淫奸，奸夫淫妇谋杀亲夫案，在不到一个月的时间里，便被安亭公剥离审诘得真相大白而落下帷幕。其勘验讯诘堂审的机警睿智，侦探审理结案的速度之快，堪称当世包拯海瑞，立即被民间艺人演绎成各种版本的评书段子、道情渔鼓折子戏传唱于江南的城垣市井山野乡村，街头巷尾酒肆茶楼，甚至烟馆妓院田间井台，成了人们茶余饭后的谈资佐料。就连那些走村串巷的货郎担子，也打着花鼓竹板叫唱："天灵灵，地灵灵，乾州来了阁安亭；兄妹淫奸谋亲夫，药酒纸蒙纵火焚；安亭睿智识奸计，两只公鸡鉴伪真；奸夫淫妇吓破胆，认罪伏法把供招。霎时间，鬼头刀下把命丧，阴曹地府见阎王；天理循环报不差，人善人欺天不欺。"以期招揽生意。

<h2 style="text-align:center">五</h2>

嘉庆五年腊月初八，乾州城隍庙修葺一新，安亭公应住持悟明法师之约，为其撰写了修复乾州城隍庙碑记：

> 乾州城隍庙，建于康熙十一年。自乾隆六十年乙卯苗变，已成焦土矣。予于庚申春捐资修理殿庭门阶，悉复旧规，不数月而告竣。
>
> 考城隍之祀，不载祭法。自唐李阳冰始有庙祀，或谓即八蜡中水庸，理或然也。然而城复于隍，易垂其象，大约城以卫民，隍以卫城。所谓王公设险以守国者，官民所依，必有神司之。神聪明正直而壹，凡人间一切善恶，寔阴司其刑赏焉。造因于前，必有果报于后。而使善者勃然，而有为恶者悚然，而知惧圣人以神道设教，惟神其最著者与。
>
> 今庙成矣，以获生灵，以慰瞻拜，虽与高城浚池，长此终古可也。至祝融司火，龙王司雨，二神向附正殿之左右，今谨仍其旧，不敢更张之。

湖南乾州直隶厅知府阁广居撰文

乾州己酉科拔贡生张昌植书丹

嘉庆五年岁次辛酉孟冬月穀旦敬立。

　　住持：悟明、照明

　　石匠：颜道相

腊月二十三小年的那天一早，安亭公带着喜贵，出了三开门的南城门，沿着万溶河一路往西过了风雨桥，来到修葺一新的城隍庙。庙宇坐北朝南，虽占地仅一亩二分，但建筑十分考究，硬山穿斗抬梁式砖木结构，庙后玉皇楼高高矗立，与观音堂前后互通连成一体，气势恢宏蔚为壮观。

住持悟明法师见安亭公莅临，忙迎进正殿燃了香烛纸表，上了三炷紫檀清香叩奠了，并陪着他把后墙和左右山墙上彩绘的壁画仔细浏览了一遍，而后引领进西厢住持屋内叙话。

悟明法师不无感慨道："若非大人力排众议鼎力坚持，这里恐怕至今还是一片废墟瓦砾。一旦搁浅了，更不知何年何月才能付诸实施。"

安亭公微微一笑道："这里既处荆楚边陲，又远离中原文明，由于历史的原因，自古以来民族矛盾尖锐而敏感，族群械斗已然成风，不服王化由来已久，也从未涉猎老庄孔孟。他们只信奉因果循环阴司报应，故而以神道之教作为弥补。这样对维护国家一统民族融洽社会稳定，似有百利而无一害。毋庸讳言，本府之所以力主重修城隍老庙，并非为了累积功德虔诚敬畏，而是为了顺应天意民心疗治战争创伤，抚慰迷茫离乱的人心以绥靖地方。尤其是嘉庆二年苗变以来，城垣坍塌民房焚毁，兵连祸结地方糜烂，百姓流离失所。这就是我的初衷和本意，唯此而已！并不敢欺世盗名以为功德。"

悟明法师肃然起敬道："无量寿佛，大人学富五车通贯古今，三教玄理自然比贫道明白，但能心口如一坦诚直言者，唯大人一人而已。倘若换了别人，他一定会讲述一番敬畏神灵为民造福之类的高谈阔论，糊弄百姓赢得民心以为功德，断然不会如此坦言直白。"

安亭公笑道："神灵通天彻地无处不在，人若口是心非欺世盗名，便是卖弄聪明自欺欺人，与其大言不惭妄言欺诳，还不如直言坦诚顺应民意，更能赢得民心。"

悟明住持一阵哈哈大笑道："大人果然是诚实君子，怪不得乾民如此信赖拥戴。"

这时庙祝突然推门进来，向安亭公单掌稽首道："大人，门外有一紫发碧眼的洋人，自称是长沙天主教堂牧师的洋和尚拜谒请见。"

安亭公听了瞬间一愣，心里兀自琢磨："这该来的果然来了，是福不是祸，是祸躲不过。"

遂自沉吟了片刻道："请吧！"

悟明法师见有洋人造访，便悄悄退出来。

须臾，庙祝引领着一个穿着皂色长袍身材修长的洋牧师进来，只见那人蓝眼深邃一脸粉白鹰钩鼻尖鼻梁高挺，一头浓密的紫卷发披搭在肩，项上戴着和伍二毛一样的那个十字架劳什子。

那洋牧师进门站定后，一脸微笑着朝安亭公稽首揖了一礼，而后右手压在胸前，操着一口流利的国语朗声道："意大利国驻长沙天主教堂牧师马可尼拜见知府大人。"

安亭公也客气地点了点头说："久仰！久仰！"说着便把他让到悟明法师刚腾出来的那个木墩上，并让喜贵沏了一杯清茶递上。

马可尼牧师落座后，便放开喉咙侃侃而谈："卑人受长沙天主教神父克里昂的委托请见知府大人，只为敝教修士伍二毛不慎触及贵国法律，前来与大人磋商豁免刑罚，改由教规惩处一事。就此事敝教驻长沙教堂传教士克里昂神父，已请得长沙抚台姜大人示下并达成初步意向，委托敝人与阁下交涉。"

安亭公一听便什么都明白了，这肯定是他们在姜大人那里触了霉头，抑或是姜大人敷衍搪塞，便跑到这里糊弄欺诳，撞我的木钟来了。

遂哈哈一笑道："敢问牧师阁下，可有抚台大人钧谕和意向文牒？"

马可尼道："这倒没有，我来乾州时克里昂神父再三叮嘱，此事只可言传意会，不便明文晓谕，姜大人与阁知府虽是隶属，但情同手足，只要你去说明原委，阁知府便能领会钧意网开一面。"

安亭轻蔑地笑了笑道："阁下久住湘省多年，想必一定知道敝国的皇权体制，凡判处死刑的囚犯涉及域外交涉，须得圣上恩准授权或刑部理藩院行文委托，地方衙门才可循旨循谕行事处置，否则，任何人不得擅自僭越。况且伍二毛并非贵国公民，阁下亦非意国官员，更无政府授权文书，此议似有不妥，恕我不能遵命，还请阁下见谅。"

马可尼顿时语塞，只在心里暗自嘀咕："怪不得行前克里昂神父再三叮嘱，这阁知府可是乾隆皇帝御旨褒奖的江南第一廉吏，其沉稳机智腹有韬略，且胆大心细敢做敢当，绝非寻常胆小怕事的碌碌庸官，你务必小心应对尽力斡旋，千万不可糊弄欺诳误撞瞎闯硬顶硬碰。"

安亭公见马可尼半晌无语，便接着阐述道："据本府所知，牧师是上帝派来拯救众生的天使，他是上帝和芸芸众生之间的桥梁纽带，是这个世界上唯一介于上帝和平民之间的高尚职业。他的职责是教化、接引和抚慰灵魂,天主教和佛教、道教、伊斯兰教一样都是世界教,它们倡导世界大同并无国界之分,更无高低贵贱之别。唯一的区别就是善与恶,一心修德笃行向善的人,死去可以荣升天堂安享极乐。而那些心藏污垢凶残歹毒十恶不赦之辈,死去是要下地狱的,任何人不可逍遥法外。诸如伍二毛之类的凶残暴虐之人,恐怕仁慈的上帝也不会饶恕他的罪过,但凡秉承教义的教会,更不会违背上帝的旨意庇佑袒护。他们只能由公正无私的人间刑法替天行道,而后由城隍爷接引他去地狱里油烹水煎上刀山下火海,万能的上帝把这一切安排得合情合理妥妥帖帖,我们为什么要违背他老人家的旨意呢?"

原来自伍二毛乱伦淫奸伙同淫妇谋杀亲夫,被判斩刑的消息传到长沙后,那些与其常在一起厮混的泼皮无赖们顿时心惊肉跳,心里琢磨:"俺们当洋和尚,还不就是看准了洋人的风光体面,图的是有人庇护逍遥法外,若无半点好处,谁愿意背着被乡人指责呵斥的骂名,入这劳什子教呢?如今二毛被判了斩刑而教会无动于衷,这样开了豁豁,以后谁还把我们当回事呢?"

于是,他们便纠结了一帮狐朋狗友的同类们,前往教堂请见克里昂神父,请他出面与抚台衙门交涉保释赦免二毛的刑罚。克里昂神父听说后,立即引起他的高度警觉。

天主教虽然早在唐代就已经传入长安,但很快就昙花一现了。元朝铁穆耳时期二次传入,也因朝代更迭而销声匿迹。

明万历十年,意大利人利玛窦进入广东肇庆建立会所,他把天主教义与儒家伦理相融合,以为传教方针,之后几经辗转反复,于万历二十九年才进入北京,以介绍西方先进科技知识为辅助手段,才赢得大明皇帝和朝中士大夫阶层的认可。清顺治皇帝驾崩时,西方传教士汤若望力排众议,举荐了时年只有八岁、已经得过天花痊愈的玄烨继承大统。直到康熙三十一年,由于《中俄尼布楚条约》的签订,意大利传教士汤若望、白晋担当翻译功不可没,康熙皇帝特颁御旨,准许天主教在国朝本土自由传教,这样才扎下根来。其间,天主教在中国的传播经历了三起三落的七百多年。其鼎盛时期,天主教传教士南怀仁,曾任康熙皇上的西学几何天文学帝师,康熙十二年"三藩"之乱时,奉帝命监铸的"神威将军""武成永固大将军"和"神功军"炮,为剿灭"三藩"立下不世之功。康熙三十六年,康熙皇帝北征噶尔丹时,因患恶性疟

547

疾命悬一线卧倒在漠北大营,是南怀仁用神药金鸡内霜治愈了皇上,从而受到康熙皇帝的信赖倚重,而委以钦天监重任执掌天文历法。

于是京城上下的官吏便纷纷攀附,这样有些地方的传教士便恣睢骄横,神父牧师交结地方府县官吏,但有所请,无有不许。之后逐渐渗透和干预地方行政司法庇护不法教民,制造了许多涉及司法和民生的社会矛盾,从而引起国人的强烈不满而纷纷起来抗议。由是,乾隆十二年上谕颁旨又开始禁教,使得该教的传播也进入了暂时的低谷。

缘于这样一个错综复杂的历史背景,故而克里昂神父十分敏感,遂将牧师马可尼召来商讨对策。

谁知,马可尼竟十分自信地说:"乾隆皇帝退位后,嘉庆皇帝又开始解禁了,目前京城里已经传得沸沸扬扬,许多地方官员已经主动与咱们攀扯示好了。况且在这样一个封闭了几千年的国家传播圣教,老百姓倘若没有一点依附的好处,谁肯背着乡人们的斥骂而加入教会呢?"

克里昂道:"话虽如此说,但决不可掉以轻心,今后我们发展信徒,一定要有所选择,绝不可以不问青红皂白随意任性,对那些游手好闲不事农商,专以依附教会充当外衣庇护的人,要严格把关明令禁止,已经入教的信徒要及时教化改造,不可任其自由发展,否则会给教会带来无妄的灾难。这次乾州信徒伍二毛的事,咱们就别插手了,那个知府阎广居可不是庸庸碌碌的糊涂官员,他诸事底清数明不可欺逛糊弄,弄不好不仅于事无补,还有可能被其抓住把柄攻讦,还是远离得好。"

马可尼想了想说:"尊敬的克里昂神父,此事我已应允了,你就让我试一试好吗?"

克里昂听后,沉吟了片刻才道:"既然你已允诺,我也不好驳了你的面子,凡事好商好量,千万不可欺逛蒙骗硬顶硬撞,人家如果给面子,咱们要感恩称谢,若不肯时也别扯破脸皮。一切好自为之。"

于是便有了开头的那一幕。

马可尼见知府大人如此博学善辩,对教义的理论释解,阐述得深入浅出,竟比他这个牧师还要明白,便知道此人不可逛骗,遂自凉了半截身子,但又不甘示弱就此罢休,当即表示:"既然大人执意不允,在下只好回去如实禀告克里昂神父,剩下的事只好请他去与抚台大人交涉了。"

安亭公见其如此狂妄自信，似有要挟恐吓之意，便冷冷地一笑道："既然牧师阁下执意如此，恕本府不敢苟同，那就请吧。"说着伸出右手做了个送客的姿势。

马可尼见事已至此，知道再说无望，反而自取其辱，便一反来时的儒雅而恼羞成怒，立刻气势汹汹地扭头出门，扔下一句谁也听不懂的"鸟语"，悻悻地扬长而去了。

待马可尼走后，悟明法师便问安亭公："恕贫道无知，请教大人，这洋教究竟是个什么教，它与咱们本土的佛教道教有何异同？"

安亭公道："洋教并非专指天主教，其实除了儒、道是本土教之外，其余包括佛教在内的基督教、天主教和伊斯兰教等都是洋教。只不过佛教早在东汉明帝时，就从西方的天竺国传入本土而被国人接受，至今已经传承了一千七百多年，也由此而深入人心植根于本土，也被国人模糊地视为本土教。其中天主教还是从基督教派生出来的洋教，而藏传佛教和萨满教才是从佛教中衍生出来的本土教。依老夫一孔之见，各个教派无论它诞生和根植于哪个国度那个民族，它们的宗旨都是劝导人心向善，教化天下芸芸众生，并无高低贵贱善恶邪正之分。虽然它们之间也常因见解分歧而相互贬低攻讦，但教从来是不分国界的，它从诞生的那一天起，便以教化天下苍生为己任，归根结底还是万法归宗世界大同。"

悟明法师迷惑不解地询问："大人讲的这许多教派同源衍生归宗的理论，我虽不尽了然，可我看这天主教似乎就有些离经叛道，它不仅收罗了像伍二毛这样的狂悖残暴之徒，而且还能厚着脸皮为其开脱庇护，实在令人不可思议。"

安亭公笑道："其实这种不顾律法的护短恶习，各个教派间普遍存在，并非只有洋教才有。它们为了传播弘扬各自门派的道法教义，彰显万能的教无处不在无所不能，就不惜违背教规教义藏污纳垢。纵观两千多年的传教史，多少犯了刑法的贪墨官吏、犯上作乱的狂逆暴徒、杀人越货的山匪盗贼，他们寻常时贪婪狂悖暴戾肆逆不守律法，一旦穷途末路时便遁入空门以求避祸，可但凡有人告发或官府追捕时，寺庙住持自知理亏心虚，并不敢公开庇佑祖护。尤其在江山一统皇权牢固的国度里并不敢明目张胆地公开庇护，只有那少数厚颜无耻的传教牧师神父，仗着他们的祖上曾有功于国朝被皇上宠信和许多地方官吏厚颜攀附，才能如此寡廉鲜耻明目张胆。"

悟明法师叹了一口气道："怪不得国人信奉洋教趋之若鹜，却原来里面隐藏着这许多不可言传的龌龊，唉！这不是亵渎神灵自我作践吗？罪过！罪过！无量寿佛。"

嘉庆六年正月初八那日一早，安亭公正在衙署二堂闭目养神，忽然喜贵推门进来，送上一封刚刚收到的家书，拆阅时才知晓信是去年重阳那日发起的，论理应是腊月初几就能收到，不知何故竟然延长了这么多时日。士骧在信中殷切地备述了家人们的思念之情以及他们弟兄几人的近况。士骧自乾隆六十年中举后，连着考了两科不第后仍不气馁，大有今生不第势不罢休之志。经其内兄、曾任嘉庆帝师的静乐名士李銮宣反复劝导后，当下已经放弃了科考，并由山西藩台衙门遴选，委以河东太平县八品教谕而走上仕途，虽是小吏，也算有了归宿。好在长孙佩苏年届束发，去岁童试已进生员并享廪饩补贴。尚有薄田二十余亩由五叔代耕，足以供应士龙、士骢读书科考用度，生计勉为温足，无需老父劳心惦记补贴。

他在信的末尾委婉坦言："当下虑及父亲年届五十有五，似该考虑告老还乡颐养天年的时候了，切不可再恋仕途以命相搏，天有不测风云，人有旦夕祸福，祈父念儿等思虑心切，顾己病体知难而退。倘有不测，儿等罪莫大焉，切记！切记！"

安亭公读罢，不禁老泪纵横，回首往顾，自己从乾隆四十六年离开故土踏上仕途，眨眼间，已近耳顺之年，二十一年过去，垂垂老矣！过眼滔滔已是昨日，千里做官只为了报效皇上的知遇之恩，了却平生夙愿，人生苦短，转眼就是百年。一生功过又何惧春秋褒贬，虽无惊世骇俗的丰功建树，但俯仰无愧，足以告慰平生。可于家而言，自己只是个多余的老朽，非但没有悉心孝敬父母双亲培育子孙后代，竟连妻儿老小的赡养还得依靠兄弟们帮衬，甚至与己相依为命一生的贤妻病殁，也未能在其临终诀别前送上最后一程，唉！百无一用是书生。幸得孩儿们争气自立进取功名，而今孙儿也是廪饩生员了，自己也只是捎书带信给他取了个学名，还未曾一睹他那天真无邪的稚嫩，就已经走向成熟。如今自己老了，还得孩儿们牵挂。可当下乾州还有许多未了之事缠身，故而暂时不能引退，待延缓至年底时，似可收官了断告老还乡，免得孩儿们千里迢迢牵肠挂肚。但此念须先征得抚台大人允准才可付诸实施，免得临事突然让其作难。眼下过年期间正是闲暇，待十五过后，可去长沙拜谒抚台大人一诉衷肠。此人谦谦君子通情达理，只要赢得他的认可允诺，此事自然迎刃而解。

凡世界之事贵在一个"巧"字，正应了那句古语，无巧不成书。也许是安亭公思乡心切上苍眷顾，也许是他与抚台大人冥冥中心有灵犀互通感应，除夕年夜，中丞府邸张灯结彩，妻妾成群儿孙满堂，热闹气氛非比寻常，但作为一郡之守一家之主的抚台大人，不仅没有欢快愉悦，反而触景生情，突然想起与他义结金兰的乾州知府阎广居。他与自己虽是只差三日的同庚，可当下妻妾俱亡，子孙们又远在三千里外的故乡，一个人孤孤单单悽悽戚戚，如何度过这十倚栏杆的孤寂年节。又加去岁以来衙署诸事烦心，放眼四顾，身边僚属竟无一人可以倾心相诉排解淤积。也许是惺惺相惜志趣投契，又兼昨夜梦中官印失窃，坠入床底浑身爬满蛆虫啃咬，醒来时心有余悸，冥冥中觉得今岁流年不顺似有不祥。如是初十那日，他便急不可耐地打发贴身长随文四，手执他的亲笔信札，带了四名亲兵，坐着他高头大马的绿呢轿车，昼夜兼程前往乾州，邀请安亭公前来长沙共度元宵与之一叙，以解自己心中的思念之渴，也抚慰他和安亭公那片干涸孤寂的心田。

文四抵达乾州，正值安亭公读罢家书无限遐想时，他一听门役来报，抚台姜大人的长随文四请见时，便立即吩咐："快请。"

文四礼毕呈上信札，便坐在侧椅上喝茶静候，安亭公读罢，顿时眉开眼笑道："我与中丞大人真是心有灵犀，方才我私下里刚念叨了一遍，他就派人来接我了，这得前世几辈子才能修来的缘分呢？妙哉！妙哉！"

说着便立即将喜贵召来吩咐："你收拾一下，把士骢那年带来的两坛汾酒带上，陪我去长沙走一遭，多则二十日，少则半个月。"

巳时初刻，他们一行便从南城门的万溶江码头启程，一路舟车颠簸星夜兼程，正月十五那日午后，便来到长沙城西的潮宗门码头，抚台大人早已派了一乘八抬绿呢大轿候在江边，安亭公便弃船乘轿。文四随即吩咐一名亲兵骑马回衙报讯，而后他和喜贵坐车跟随，簇拥着安亭公从西门入城，半个时辰后才到了位于北正街又一村的抚台衙门。

此时那名报讯的亲兵已候在辕门前禀报："抚台大人传谕，请阎知府孝廉堂见。"文四和喜贵赶紧下车守在轿边，安亭公轻轻踏了两声轿底，轿夫即刻停下来,文四随即撩开轿帘询问:"大人有何吩咐?"

安亭公道:"该下轿了,已经到了抚衙辕门。"

文四道:"阎大人稍坐莫急,还有一段路呢,姜大人已传出话来,叫您乘轿直达孝廉堂,他在那里等您呢。"

安亭忙道:"不可,不可,失礼了。"

文四平静地说:"这是姜大人特别安排的,您别客气了。"说着便吩咐轿夫起轿。

安亭公便自纳闷起来:"这孝廉堂历来是抚台大人专门接待皇上钦差、王公大臣和地方大员的场所,一般属下宾客都是在他的书房里接待。莫不是京城来了哪个钦差大员?可这大过年的,京城里的要员怎么会到这里来呢?"

当他还在懵懂遐想时,轿子已经落地了,安亭公跨出轿门时,见姜大人已经迈下台阶,笑哈哈地迎上来,未及他伏地叩拜,便一把挽住他的胳膊说:"贤弟不可如此,折煞我也。"随即叮嘱文四带喜贵客堂休息,而后挽着安亭公的胳膊步上台阶。

孝廉堂位于抚衙二进的中枢庭院,六楹五间的正厅气势恢宏,歇山单檐四面出水门窗彩绘,飞檐重叠屋脊走兽四角风铃摇曳,门前的朱漆抱柱上一副楹联尤其引人注目:

孝冠古今仁风德雨泽万代,

廉行天下强国盛世固千秋。

当二人步入堂内时,只见左山墙下一排装满古籍善本的红木书橱古朴典雅,右山墙下一排回字形的古董架上,陈列着唐宋三彩古瓷精品,幽暗的猩红地毯彰显着富丽堂皇。中间一丈二尺长的龙卷尾供桌上,摆放着香炉烛台和两尊尺许高的寿山石刻精雕,一尊衡山千年松,一尊江山万里图。供桌左右各呈四尊三尺高的商周青铜礼器雄浑幽邃。正墙中堂上悬挂五尺高的孔圣拱手揖礼站像,左右依次周公、伊尹、孟子、朱熹。供桌前的八仙桌左右两只梨花木太师椅华贵雅致,桌上已经摆好了精细点心和时令果鲜,门庭左右四只藤条座椅中间夹着红木茶几。堂内却并无别的客人。

安亭公瞬间愣住了,忙问道:"大人,今日可有贵客?"

姜大人一晒道:"有啊,你不就是我请来的贵客吗?"安亭公顿时惊呆了,嘴角嚅动着竟不知说什么好,他沉吟了好长一会儿才嗫嚅着说:"大人抬举了，广居何德何能，敢蒙大人如此厚爱。"

姜大人一本正经地说："贤弟过谦了，那些虚礼都是掩人耳目的官样文章，真正能配这里接待的贵宾，唯贤弟而已，你才是顶天立地的大丈夫真名士，是我一生欣赏钦佩的唯一知己。"

姜大人遂将安亭公紧让到中堂左首的正席上，自己在右席陪了，二人稍事寒暄后，姜大人便直言切入主题道："贤弟，你可给我长脸了，去年你在乾州不仅修复了文庙学宫和城隍古庙，还捎带着审讯了一桩兄妹乱伦谋杀亲夫的淫奸案。此案堪称千古经典，足可填补《洗冤集录》空白，虽宋慈在世也不过如此，民间秧歌道情折子戏和评书艺人，已经传唱得玄之又玄神乎其神，堪称你乃当世包公海瑞。年前我在给皇上的奏疏中，已向圣上举荐你出任湘省按察使，主持臬台衙门。如果不出意外，估计年底或明年初便可到任了，届时咱俩相聚就不必如此大费周折了。不瞒贤弟，年除夕时我就念想你了，你千里漂泊在外孤身一人，身边唯有喜贵陪伴左右，此中甘苦谁人知晓！而今我府上有一婢女小字凤仙，女红针线厨艺烹调样样精致，自十三岁那年收到内室至今，深得夫人欢心，虽为主仆，却情同母女，年届二八正值芳龄。我当时便已与夫人商定，欲送与贤弟或纳妾或使唤，只为衣食冷暖侍奉身边，还请贤弟首肯笑纳，也好了却愚兄惦念之累。"

姜大人一口气将自己的心思述于安亭公，才松了一口气，他抿了一口茶继续倾诉：

"由是，思念之情愈加迫切，这样熬煎好不容易延缓至正月初十，便贸然派了贴身长随文四，去乾州接你来长沙，意欲与贤弟叙谈叙谈，不知叨扰贤弟与否。此外愚兄还有一件烦心的事，自除夕夜淤积在心，至今扰得心绪不宁，非贤弟莫解此结。今日过节高兴，也怕扰了贤弟的心绪，这里就不再赘述了，待过了今晚再与贤弟细说吧，这也是企盼你来长沙的缘故。"

安亭公叹了一口气道："多谢大人惦念抬举，丙午岁末，恩师来函言犹在耳，其时，正值江洋盗案侦缉迫在眉睫，箭在弦上，不敢以私废公，故而无暇敬禀，还望恩师海涵。而今广居忝任乾州职守，诸事刚起发端，百姓之苦，匪患之忧，迫在燃眉，若此时离任，似有不妥，唯愿三年任满地方绥靖黎民安康。届时愿追随恩师，侍奉左右。承蒙厚爱，不胜荣幸，感激涕零，顿首叩拜。大人与夫人的高恩厚德，广居没齿难忘，只当下我已是归心似箭，也就一年半载的时日,好歹可以迁就,无须那么讲究善体。且乾隆六十年,余在芷江剿匪时,于难民群中捡得十二岁流浪女小玉。盖因余膝下无女,平生只有四子,见其聪颖灵秀可怜兮兮,又怕露宿街头着了人贩子的道,便带回家中。先妻陈氏欢喜不尽遂认作义女,先妻病殁后,便由她料理我的日常生活,今年已经十八了。余来长沙时亦曾寻思,待我告老还乡时,还请大人帮我择一良婿以托付此女终生,当下我们父女二人相依为命足矣!万万不敢领受大人的馈赠。"

姜大人叹了一口气道:"依贤弟的才干履历,当下便做个封疆大吏也未尝不可,只是你的秉性却只会做事不会做官,愚兄奏疏若能奏效时,便不可推却,更不能力辞,首先是君有所赐不可违也,其次是别人投机钻营削尖了脑袋往上靠,你倒好,到手的爵禄顺手便辞掉了。奉劝贤弟还是勉为其难,待上任一两年后,随便找个由头,再从正三品臬司任上告老还乡,好歹也能封妻荫子,千万别意气用事违了圣意,辜负了皇上的雨露恩荫。至于馈赠婢女只是个由头,其实我的本意是想给贤弟纳个铺床叠被的小妾,哪怕告老还乡后,也得有人陪伴你的晚年。况且当下官场上但凡是个六七品的小吏,哪个不是家有贤妻娇妾外室如意夫人,如你这般苦行僧者可有几人?贤弟妻妾俱丧晚年孤寂,纳一小妾亦是人之常情,可别固执己见浪得虚名苦了自己。"

安亭公连连摇头摆手道:"大人盛情在下心领,但此议却不敢苟同,一旦圣上钦点吏部行文,做臣子的便得以死效命赴汤蹈火,岂能尸位素餐无所事事,缓以时日致仕回乡敷衍圣上?不妥!不妥!至于纳妾的事,就更加荒唐了,如今我已是行将就木的棺材瓢子了,把一个十八岁的黄花闺女纳在身边做妾合适吗?一旦自己呜呼哀哉,岂不是害了人家孩子?荒唐!荒唐!"

姜大人见安亭公脖子里青筋直暴脸庞憋得血红,知道他又来了牛脾气,便不再吱声了,两人都尴尬地僵持在那里沉默着。

沉吟了好长一会儿,还是姜大人委婉地转了个话题,才打破了僵局,他说:"你们那一方水土实在是地灵人杰,记得那年,当今圣上的启蒙老师,也是贤弟的邻县同乡李銮宣大人,上任浙江温处兵备道,过路途经长沙循例参拜于我,闲聊时他对贤弟的人品学识大加赞赏,只是性格执拗不晓得变通,凡事心口如一只认死理,从上到下一根直肠,一旦脾气上来不管不顾,今日我可领教了。"

安亭公也知道自己失礼了，遂不好意思地笑了笑说："大人莫怪，广居失礼了，不知銮宣贤侄来湘是哪年呢？"

姜大人道："是嘉庆三年，李道台比咱俩小了一个轮回，年轻有为博学鸿鹄，可是当今官场上不可多得的青年才俊，前途无量啊！听说也是世宦之家，你们在老家时也常有往来吗？"

安亭公腼腆地笑了笑说："不瞒大人，他是犬子的舅兄，我们是世交姻亲。"

姜大人似有所悟道："原来如此，怪不得他当时一口一个世叔，似有想见你的意思，那时你刚赴任芷江忙得剿匪，我便以实相告，他才打消了念头。"

"还有那康雍乾三朝的宰辅重臣孙嘉淦老先生，也是你的邻县老乡吧？"姜大人接着继续询问。

安亭公道："是的，他是銮宣贤侄的舅父，那是乾隆三十九年，我上京赶考时，持恩师张公谠先生的荐书请见才认识的，孙先生点评过我的策论文章，在老家时我们素无往来。"

姜大人见聊了一阵家事，气氛似有缓和，便委婉地说："至于贤弟致仕还乡的事，也怪愚兄莽撞了，事先并未征得贤弟首肯，便擅做主张，只是这上疏已经发出一个多月了，追是肯定追不回来了，当下只能走一步看一步，若年底无望时更好，倘若任了，咱们再商量如何应对变通。纳妾的事就此打住再不议了。"

两人虽有分歧但交谈甚笃，不知不觉已过戌时，文四进来请示："禀大人，刚才厨下询问几时用膳？请大人示下。"

姜大人道："我俩谈得正在兴头上，已经忘了时辰，该吃饭了。立刻摆酒澄湘亭，今晚我与贤弟亭上吃酒赏月观灯，尽情尽兴地过个元宵灯节可好？"

安亭公道："谢大人，遵命！"

澄湘亭位于抚台衙内后院澄湘湖北的花石高台上，凭高远眺，十里城垣尽收眼底。只见玉兔临空皓月千里，四野环顾一览无余，大街小巷花灯如织，观灯的人群稠如蝼蚁络绎不绝，挂满灯笼的城门角楼宛若龙头翘首，环绕在城墙上的灯笼迎风摇曳，把锯齿状的雉堞垛口女墙，映照在微风拂动的护城河里无序摇摆，竟似蠕动着的蟠龙鳞甲熠熠生辉。平日里车水马龙人头攒动的长沙古城，顿时陷入光焰如昼灵动鲜活的喧嚣海洋里。

555

安亭公的心情顿时为之一振豁然开朗，自过年以来萦绕在心头的淤积烦闷瞬间一扫而光，脸上露出久违了的笑容，站在身旁的姜大人见状便不无诙谐地问道："贤弟，此城此景，比你那弹丸之地的乾州古城如何？"

安亭公这才回过头来，不无幽默地应声曰："各有千秋，各有千秋，乾州古城，二水缠绕四面环山，玲珑精致小中见大。长沙老城，一衣带水四野开阔，富丽堂皇大气磅礴。"

姜大人遂道："贤弟才思敏捷口似悬河，堪比古之苏秦张仪，真是好辩才，怪不得三言两语便把那个洋牧师说得目瞪口呆，愚兄哪里是你的对手呢？甘拜下风，甘拜下风。"

安亭公顿时惊异地询问："原来此事你也知晓啊！难不成那克里昂神父真的与你签了引渡合约？"

姜大人道："这倒没有，年前腊月二十八那个蓝眼睛的马可尼牧师，从乾州回来后，呈上名刺请见于我，愤愤不平地叙述了你如何撵赶他的经过，我这才知晓得。"

这时，随后跟上来的仆役已将酒席摆好，姜大人遂邀安亭公入席，只见亭内大理石桌中央，一只黄铜火锅已经沸腾作响，四个凉盘是酱板鸭、口味虾、熏腊肉、臭豆腐，四个热菜是剁椒鱼头、组庵鱼翅、麻辣子鸡、花菇无黄蛋，摆了满满的一桌。

姜大人说："贤弟，酒还是你带来的杏花村汾酒，我只好用清风明月和合城如织的灯笼为你接风洗尘了，咱们边喝边聊。"

待二人入席后，文四和喜贵左右陪了，文四迅即拎起酒坛斟满酒杯，四人对影成酌频频举杯。

三巡过后，姜大人接着刚才的话题说："那牧师一脸委屈愤愤不已，狠狠地把你数落了一番，待他发泄完后，我只说了一句话：阎知府是皇上钦点吏部任命的乾州州牧，我也得看他的脸色，实在爱莫能助啊！那牧师便灰溜溜地走了。"

安亭公微微一哂道："那牧师到乾州时便欺诳我说，此事克里昂神父已请抚台大人示下，并签了引渡合约，由他们教堂循教规处置，我一听就知道大人秉性耿直底清数明，断然不会如此糊涂行事，故而才敢大义凛然据理力争。若要碰上个奴颜婢膝的糊涂上司，或许我也就借坡下驴钻了那厮的套子。"

姜大人一阵哈哈大笑道："贤弟抬举我了，我要真是个不明事理胆小怕事祖护洋人的主儿，你不仅会毫不留情地驳了我的面子，甚至还要上奏圣上，说我奴洋媚骨寡廉鲜耻蔑视皇权祖护洋人，那时二毛未及砍头行刑，皇上已将我罢官夺爵下了大牢，我能不明白此中干系吗？坦言相告，我怕你比怕皇上还厉害呢！"

姜大人一席话说得一桌人都笑了。这时突然抚台衙门掌管文印的胥吏周闿，上气不接下气急匆匆地跑上来禀报："大人不好了，官印丢失了。"

姜大人一听顿时惊恐失状不知所措，遂怒不可遏地吩咐文四："你亲自传谕值日校尉，立即关闭衙署前后大门，调集亲兵先从衙内搜检，而后骑快马前往城西营房，令李统领封锁城门升起吊桥，调集三千兵勇，城垣警备街巷戒严布下天罗地网，妓院旅舍酒楼茶肆重点搜检，过往行人站东过西，绝不可使盗贼逃逸，我就不信他一个鸡鸣狗盗的毛贼，会有土行孙的能耐，顷刻就能地遁了。"

安亭公见抚台大人如此大动干戈，显然已经乱了方寸，便悄悄地在桌底下轻轻地踩了他一脚，而后用他那炯鉴刚毅的目光，坚定地暗示他赶紧收回成命，否则后果不堪设想。姜大人似乎也明白了什么，便立即醉酒装糊涂道："这有什么大惊小怪的呢？明日拿上一锭大银让匠工再铸刻一枚不就得了吗？喝酒，喝酒，今朝有酒今朝醉，休管明日多少愁。人生得意须尽欢，莫使金樽空对月。醉，醉，醉，一醉解千愁。"

文四与胥吏周闿见状，瞬间惊愕坠入五里云雾中，似有些丈二和尚摸不着头脑，四目相对不知所云，只好把迷茫询问的目光投向安亭公，以期从他那里释疑解困，寻找当下处置的方法。

安亭公便把文四拉到亭外悄悄耳语了一番，文四立即会意，便带上周闿回衙部署去了。

安亭公回到席上时，一脸懵懂的姜大人急切地把他拉到身边坐下问道："贤弟啊！这么塌天的大事，你却叫我按兵不动，这是为何呢？愚兄着实糊涂了，自古以来官凭印信虎凭山，倘若真的寻不回来，还不叫人笑掉大牙？且不说朝廷怪罪处置是小事，一旦传到市面上，这人可真的丢大了。"

安亭公见其气急败坏，已经语无伦次了，便平心静气地说："大人扪心自问，这世上有哪个吃了熊心豹子胆的盗贼，敢冒着性命危险到抚台衙门里行窃呢？而且是专偷印信，便更令人不解了。老话儿说得好，偷来的锣鼓敲不得，他偷了官印既然不敢使用，难道是招蜂引蝶专门给自己惹麻烦吗？如果是为了偷窃银子，那砣银疙瘩充其量也不过一锭大银，值当吗？"姜大人似乎更加困惑不解了，忙问道："那依贤弟之见，到底是何人所为呢？"

安亭公道："如此看来必然是衙门里的胥吏师爷们受人之托，或是纳了贿赂，乘着节日混乱，偷着拿出去私自盖印做的手脚，却断然不会是偷窃行盗。刚才我已叮嘱文四以你的名义，秘密安排了两个捕快侦探，潜伏在二堂附近的隐秘处蹲守，如此则不显山不露水不动声色，至多明日天亮前便水落石出真相大白了。反之，倘若扯旗放炮全城戒严，偷窃者一看这阵势害了怕，便会私下里销毁印信以求避险自保，这样印信就真的丢了，如此则再破此案便千难万难了。况且，一旦四下里大张旗鼓地搜捕，必然弄得满城风雨沸沸扬扬，顷刻间丢失印信的丑闻就成了人们街谈巷议的逸闻趣事。再退一步说，即使这样搜捕真的抓住盗贼收回印信，可大人的颜面早已丧失殆尽丢到城垣市井了。倘若传到京城中枢，又被哪个多事的言官弹劾检举，朝廷为了顾全体面迫不得已，也得追究大人失察、失仪、失责之过，这岂不是因小失大划不来吗？"

姜大人听得顿时冒了一身冷汗，连连慨叹道："唉！若不是冥冥中神灵点拨请来贤弟，今天这笑话可弄大了，有了你我就大放心了。来，贤弟喝酒，喝酒，烹羊宰牛且为乐，会须一饮三百杯。岑夫子，丹丘生，将进酒，杯莫停，千万别负了这令人倾心陶醉的元宵明月夜。"

姜大人连着痛饮了三杯，忽然似有所悟，猛地蹾下酒杯，一阵哈哈大笑道："贤弟啊，我这可是梦见真梦了，今日白天我怕扰了你的兴头，不好言说的那个除夕夜梦正应在这里，真的是菩萨显灵了。"

说着便把他除夕夜做的那个梦，给安亭公叙述了一遍，而后不解地询问："这官印失窃当下已经应验了，可这坠入床下又被蛆虫啃咬，不知应在哪里？我索性一并说了，请贤弟参酌参酌，免得至今还扰得我心神不宁。"

安亭公沉吟了片刻道："此梦吉兆也，按《周公梦释》注解，官印失窃是辞旧迎新换印也，主大人年内必有升迁。躯体坠地是接上地气了，主大人升迁后落地生根不可撼动。蛆虫啃咬是指依附你的人骤然暴增，主升迁的空间之大令人瞠目。大人又何必杞人忧天，自寻烦恼呢？"

姜大人又是一阵哈哈大笑道："如此说来应是吉兆，倒是我孤陋寡闻不解其意自寻烦恼了，这就好，这就好。贤弟真是大才，连这周公解梦的八卦也如此通晓，几句话便解除了困扰我半个月的烦恼。其实我也不是贪婪无度的人，当下已是封疆大吏位极人臣了，还能指望升迁到哪里去？只要不是凶兆就好。咱俩再结伴上几个月，到年底时一起致仕告老还乡可好？"

安亭公风趣地说："恕在下浅薄，我在官场上摸爬滚打了二十多年，只顾了脸面名声，却没有攒下银子，待致仕回乡后，到太原府钟楼街的开化寺摆个卦摊子，还指靠这周公解梦的八卦手艺养老呢！"是晚二人便在姜大人的书房里抵足而眠。

翌日晨起尚未洗漱，忽然文四匆匆进来禀报："禀大人，那个偷窃印信的盗贼逮住了。"

姜大人急切地询问："是哪个吃了熊心豹胆的毛贼呢？竟敢活人眼里揣拳头，偷窃抚台衙门的官印。"

"回禀大人，说出来恐怕您也不会相信，是咱们抚衙内厅传送文牍的那个胥吏石龙。"文四遂小心翼翼地回禀。

姜大人顿时惊得目瞪口呆道："就是那个三棒子也敲不出一个响屁来的石聋子吗？这个屦头，平日里走路怕踩死蝼蚁，树叶儿掉下来怕砸了脑袋的怯懦之人，竟有如此狗胆？其背后主使是谁呢？"

文四忙细述："昨夜初更天，捕快张超和李三潜伏在后院的厕所和香樟树上，凌晨三更时分，忽然看见有人蹑手蹑脚地潜入后厅，便迅捷跟进抓捕，待将那人提溜到捕房时，未及审讯便如实招了。背后主使就更令人吃惊了，他就是大人幕府的得力僚佐夏云卿。小人不敢放肆，特来回禀大人裁夺。"

姜大人一阵唏嘘惊诧，沉吟了片刻道："这个夏云卿，想我平日待他不薄，为何如此下贱做作呢？人啊！真是不可思议，天作孽犹可恕，自作孽不可活，这也是没法子的事。传吧，二堂里见。先将石龙押来候审。"

姜大人两条腿像灌了铅似的，懒懒地迈着沉重的脚步，一脸沮丧地步入二堂。

当夏云卿被传来时，他见石龙已经跪在门前瑟瑟发抖，便什么都明白了，遂不由自主地也跪了下去，口称："死罪！死罪！是云卿辜负了大人多年的悉心栽培。"遂自痛哭流涕地作了彻底交代。

原来,夏云卿本出自江苏元和的书香世家,自幼勤奋好学,也曾试图功名举士,十五岁乡试便考取了廪饩生员。十六岁那年因家遭变故牵连,被府县学正革去功名。眼见仕途无望的他,无奈之下便转而攻读《雪鸿轩尺牍》《佐治药言》《秋水轩尺牍》以及《大清律例释解》《洗冤集录》这些幕僚师爷们精读的专业典籍,以期通过幕宾师爷这条捷径,傍靠朝廷重臣接近权力中心,再度走上功名仕途。

乾隆五十二年,姜大人擢升湖北巡抚,夏云卿便投奔到他的帐下。姜大人见其精明干练年轻有为,又是故土乡亲,便着意扶持培植,先从文牍书吏做起,继而任衙署九品胥吏,乾隆五十四年擢拔升任八品僚佐之首,二人配合相得益彰情同手足。乾隆五十六年,姜大人调任湖南巡抚时,夏云卿随之充任幕府僚长,而且愈加信赖倚重,夏云卿几乎成了抚台衙门一人之下众人之上的首辅吏员。衙署上下府县官吏凡有请托,便走夏云卿的门路,众星拱月的夏云卿春风得意乐此不疲,且事前事后必有丰厚的酬谢,他又何乐而不为呢?随着时间的推移,夏云卿私欲更加膨胀了,开始也只是在请托文牍上做些文字手脚,以后就模仿大人的笔迹代拆代批,之后胆子越来越大,便把他的心腹石龙安插在抚衙内厅传送文牍,并配了门柜锁钥寻机偷窃私盖印信,且屡屡得手。久而久之便成陋习常态。这次也是合该出事,他以为元宵灯节,合署上下忙忙碌碌一片混乱,抚台大人一定会带着僚属们上街观灯赏月与民同乐,却不知他在澄湘亭上宴请安亭公,衙署里的公人们也不敢擅离职守,于是便有了开头的那一幕。

更可恶的是这次偷窃官印私盖的文牍里,竟然夹杂着马可尼伪造引渡伍二毛的合约。原来马可尼自去年腊月二十八在姜大人这里碰了钉子后心有不甘,便给夏云卿送了两锭大银请托。于是夏云卿就为其伪造了私盖官印的引渡合约,而且盖印后,立即交由马可尼派来守候的人取走。由此可见,夏云卿的贪婪敛财已经到了不择手段的疯狂境地。

姜大人不无感慨地说:"夏云卿啊!夏云卿!平心而论,老夫待你如何?我见你青年才俊又是乡党,去年初已在吏部为你备了候补知县的档,年后便可填补实职,好歹先在下边历练上几年,待我致仕还乡时,给你补个府台道台的正途实职,料也不是难事,你怎就能如此龌龊、钻猫狗洞令人不齿呢?唉!

天要下雨娘要嫁人,咱俩的情分也就到此为止了。"

姜大人说得情真意切句句戳心,夏云卿听得羞愧难当悔恨不已,遂匍匐在地上号啕大哭起来。

姜大人见状,想起昔日情分,也动了恻隐之心,便有些不忍地说:"让文四陪你回去平复一下心情,写个自供状明日交上来再议吧!可惜呀!可惜!"

待夏云卿走后,姜大人回过头来询问安亭公:"是否先将那个洋牧师拘来,把盖了印的合约收回呢?免得他到处招摇撞骗,坏了官府的名声。"

安亭公道:"大人不必顾忌,他拿了合约必然要到乾州寻我,届时由我销缴他吧,省得大人费嘴磨牙劳心了。"

姜大人道:"这倒也是,他拿上合约必然要到乾州寻你要人,届时你给我把合约和供状拿回来,以免那些洋人和我纠缠说不清。"

夏云卿回到寓所后,前思后想悔恨交加,既无颜再见曾经提携擢拔他的恩公姜大人,也无颜直面僚属吏员的冷嘲热讽,更无颜面对父母妻儿老小,遂泣泪留下忏悔遗书,当晚便吞金自尽了。

姜大人亦是仁义君子,闻报后并未深究,虽知其罪无可赦,但罪不至死,又念及故里乡亲,人已去世,也不想张扬出去走风漏气,只对外宣称暴病而亡,遂令文四订了一副上好棺木收敛,拨了两名差役,支了一年的薪酬,送回元和老家安葬。一场盗窃官印的风波来去匆匆,就此烟消云散。

正月十八一早,安亭公辞别姜大人欲回乾州,姜大人派了他的绿呢大轿送行,又安排了四个亲兵护送,安亭公连连摆手说:"太慢了,坐轿得半个月,你给我和喜贵备上两匹快马,再派一个马夫跟着,把马牵回来就行了,用得着亲兵护送吗?"

姜大人见安亭公执意不允,便还是派了高头大马的绿呢轿车,让文四带了两名亲兵护送。行前姜大人拉着安亭公的手感慨地说:"贤弟啊,你这趟长沙之行,可帮了我的大忙了。否则,内有除夕噩梦的心火淤积,外有丢失官印的烈焰焚烧,内外夹烤几天就把我烤成干尸了。这一去不知何年何月才能相见呢?"

安亭公诙谐地说:"唉!人还是糊涂点儿得好,我这一精明,便使大人失去了王佐的臂膀之才,罪过!罪过!倘若今年中秋时,在下尚未解官归田,我请大人到乾州赏月可好?"

姜大人朗声应允："好，我一定应约前往，你就备上好酒等我吧！"

接着姜大人又补充道："此外，你还得预备那个洋牧师马可尼，带上夏云卿伪造盖了官印的合约去欺诳你呢。"

安亭公笑道："那我就把他扣起来，押到你这里，看你怎么收拾他吧。"

姜大人道："贤弟啊，适可而止。这洋人虽然龌龊，可真扣起来也挺麻烦的，多一事不如少一事，还是见好就收吧，别给自己找麻烦了。"

二人携手一直步出辕门外才依依惜别。

六

二十三那日天近午时，安亭公与喜贵才回到乾州，他刚进衙署二堂坐定，便吩咐文吏传话厨下备饭款待文四和亲兵。这时门役进来禀报："大人，门外有一洋人请见。"

安亭公遂冷笑了一声道："这厮来得好快啊！传吧。"

须臾，只见那马可尼跟着门役进来站定，左手拿着盖了官印的合约，右手摁在前胸一脸傲慢地说："知府大人，这是敝教神父克里昂与抚台大人签的引渡合约，请您过目。"

安亭公接过合约看也没看，便放到几上微微冷笑道："是正月十五那日，你花了一百两银子与夏云卿私下签的吧？"

马可尼顿时惊得目瞪口吃呆在那里，心里兀自琢磨："这阁广居难道是神人吗？这张合约是我与夏云卿做的手脚，十五那日刚刚收到，并未展示他人，他坐在乾州怎能知晓呢？真是活见鬼了。但此约克里昂神父并不知晓，倘若留在这里便是如山铁证，当下似可不必虑及，因为还没有哪个衙门敢为这点小事拘捕洋人。可阁知府一旦较起真来，以此作凭与教堂交涉，克里昂神父一定会按教规将我逐出教堂，那时没有了教堂的庇佑，我便成了任人作践的丧家之犬，随便哪个衙门都可以无所顾忌地拘拿。"想着想着不禁吓得出了一身冷汗。

安亭公见其傻傻地愣在那里呆若木鸡，便指了指身边的文四道："这位是抚台大人的贴身长随，想必阁下并不陌生，他便是奉了大人的钧命，在这里专等你的，你是跟他回长沙审诘，还是留在这里交代呢？"

马可尼见状不妙便自先软了，遂立即跪倒在地连连叩头道："大人恕罪，合约是小人糊涂犯浑与夏云卿私下做的手脚，与教堂并无半点瓜葛，还请大人饶恕则个。"

安亭公微微一笑道："论理这等作弊的勾当应走司法程序，你须跟着文四回长沙与夏云卿对簿公堂，辨明是非再做结论。若要简单些也好办，你只当下写个自供状画押签字后，便可走人了。"

马可尼稍作思忖："以此人的铁血冷酷，今日不写供状此关难过，不如先写了离开这里，回去再恳求克里昂神父，那人心慈耳软，只要多说些好话忏悔一番他便心软了，毕竟自己人好说话。"于是便索过纸笔做了彻底交代。

待马可尼走后，安亭公一阵大笑，将马可尼的自供状交与文四道："回去交代姜大人吧！你也算不虚此行了。"

文四回到抚台衙门后，把马可尼的自供状呈给抚台大人，姜大人看后不无诙谐地说："看这个洋牧师如何收场呢！让他再扑腾，真是自作自受。"

三月初六，吏部侍郎文宁乘坐彩旗飘飘的大官船，浩浩荡荡亲临长沙宣旨，圣上钦点湖南巡抚姜晟，擢任湖广总督并兼湘省巡抚本职。姜大人在孝廉堂高规格地接待了宣旨钦差文宁。圣旨是正月十五那日转到吏部衙门的，吏部尚书书麟接到圣旨后，立即将文宁召来商量："圣上钦点湖南巡抚姜晟擢任湖广总督兼理湘省巡抚。湖广总督一职，自嘉庆二年毕沅下狱后，已经空缺四年了，圣上晓谕，务须派一大员专程前往宣旨，我须明日启程亲往长沙，我走后烦劳文大人主持一段时日部议可好？"

文宁忙道："京城到长沙来回一趟至少得三个多月，大人是吏部主官，离开京城似有不妥，还是属下代你走一遭如何？我自任职吏部以来，一直窝在京城三年了，正好出去散散心。"

书大人知道文宁是怕自己舟船劳乏，故而主动请缨，也是一番好意，便感激地点头应允了。

原来自嘉庆元年乾隆逊位后，前任湖广总督毕沅，在上书奏折中多次因主次称谓开罪于乾隆太上皇，太上皇一怒之下，便于嘉庆二年将其罢官夺爵下了大狱，嘉庆皇帝明知其蒙冤是因为维护皇权而触犯了太上皇的逆鳞，但也不敢公开祖护，故而此衔一直空缺，待太上皇驾崩后，本想再度启用，又见其年老体衰已不宜外放，便在京城给他安排了个养老的闲职，将湖南巡抚姜晟擢拔为湖广总督。

文宁宣旨毕，不无关切地对姜晟说："姜大人你现在是湖广总督兼理湘省巡抚，身兼军政二职，也是威震一方的小诸侯了，但毕竟是过五奔六的年纪了，凡事悠着点儿，不可劳坏了身子，得空写个谢恩折子，待我替你转呈圣上吧，省得驿站传送耽搁了时日。"

姜晟忙拱手揖礼道："感谢文大人知心体贴，当下我的身子骨儿还可勉强支撑，倒是姜某眼下另有一事，恳请您费心点拨，还望大人不吝赐教。说来也是我自讨苦吃，那是年前我给圣上的请安折子里上了一道奏疏，举荐乾州知府阎广居擢任湘省臬台，也算是知人善任举贤任能，本来是一件蛮好的事。谁知，年后阎知府到我这里来诉苦，他想年内致仕还乡，擢任此职着实是坑苦他了，言语间埋埋怨怨竟有抵触情绪。也怨我只顾了量才举荐，并未顾及他眼下妻妾俱丧身体多病的孤独境况，一旦圣上恩准下旨，反倒使我进退两难了，如今我肠子都悔青了，真不知道该如何酌处，还请文大人指点迷津。"

文大人笑了笑说："我的姜大人，这还不简单吗？亏得你还在官场上摸爬了这么多年。倘若圣上恩准了，便再敷衍上一半年，直接告病还乡不就结了吗？"

姜大人忙道："文大人，这点道理我能不明白吗？只是这阎知府是个认死理的一根筋，既不会变通，也不愿意变通，凡事不会敷衍迁就，一旦圣旨下来，便是上刀山下火海，也要迎难而上，但心里的怨报都会归结到我这里，这样就把我俩都放在炉火上灼烤，我真不知如何是好。"

文大人道："倘若这样还真就没有法子，只能听天由命，走一步看一步了。"

姜晟忙道："文大人，其实我也没有什么特别的奢望，真到那时，还请文大人看在咱俩多年相交甚笃的份上，以吏部考功的名义奏明圣上，实言阎知府已年老体衰不堪此任，准其告老还乡，引导圣上另择贤能任用为好，这样就顺理成章了。"

文大人哈哈一笑道："姜大人，这好人都让你做了，我来给你当这垫背的恶人得了。"

待送走钦差后，姜大人才突然想起除夕夜那个困扰了自己半个月的噩梦，这才两个月就应验了，与阎知府剖析圆释的结果竟然丝毫不差，不禁连连慨叹哑然失笑,此人还真是通晓此道不可小觑。

三月初六那日,乾州厅收到臬司衙门转来刑部大理寺核准伍二毛、方伍氏勾决的行文,安亭公阅毕心里不免一阵唏嘘! 虽然行刑处决是迟早的事,但终究不如当下勾决让人快意。

原来朝廷对已判决的死囚行刑,也是有明确规定的,据《左传》《礼记》载:"赏以春夏,刑以秋冬。"《礼记月令》有"秋风至,白露降,寒蝉鸣,鹰乃祭鸟,用始行戮"。据此,古代行刑的时间,只局限在秋分节令后至次年立春前的秋冬季节,而且时辰必须是午时,除谋逆和奴婢弑主案,春夏季节是不可以行刑的。在此期内还有禁刑月日之忌,如正月、五月、九月、十二月为禁行月。每月的初一、初八、十四、十五、十八、二十三、二十四、二十八、二十九、三十为十直斋禁刑日。此外还有二十四节令、开朝立国庆典日和皇上寿诞是禁止行刑的。

如此则行刑必须等到秋后才能处决,这也是没法子的事,那就等吧!

乾州古城自嘉庆三年苗匪作乱后,城墙坍塌庙宇焚毁一片废墟,嘉庆四年安亭公上任后,当年节衣缩食筹银募工修复了城墙,次年又修复文庙学宫和城隍庙,直到去年中秋后,才介入关帝庙的修复工程。其时又突发了伍二毛乱伦淫奸烧杀方满伢的惨案,他侦缉审诘察案忙得不可开交,便将工程尽委学正王文良署理,自己腾出手来专司审诘此案,这段时日案件已基本了结似有闲暇,便把王学正召来询问了一番,知道工程已近收尾阶段。

初八一大早,安亭公在王学正的陪同下,挂着他的虎头拐杖,兴致勃勃地来到正在修复的关帝庙视察。庙宇虽然算不得宏大,但雕梁画栋精美绝伦十分精致,主体工程已经完成,目前正在油漆彩绘,安亭公欣喜地询问:"照此进度,何日可以告竣? "

王学正满有信心地说:"连同泥塑神像壁画和飞檐斗拱门窗油漆彩绘在内,预计再有两个月便全部完工了。"

安亭公稍顿片刻道:"可否赶在五月十三,关老爷生日那天祭祀开光典礼呢? "

王学正笑着说:"时间足够了,只是碑记尚未拟就,此文润色非大人莫属。"

安亭公爽朗地答应下来,三天后果然派人送来他草拟的碑文清样。

修复乾州武庙序

自文武之制分，而奉先师以仪型文教，复奉先圣以表率武功，武庙专祀，前代已然，我朝因之不改，而所钦崇隆祀者，惟关帝焉！故自都会郡邑，以及蛮獠荒徼之区，莫不改土为流建设武庙，一切仪制，几与文庙并隆。乾州武庙创于康熙十一年，及乾隆乙卯春苗变，城垣失守，庙宇亦归灰烬矣！姜大中丞当督师征苗时，即有修武庙之愿，并欲仿立铜柱遗迹。后乃命予董其事，予因其旧基竖立新宇，凡正殿廊房门阶垣墙俱以次兴修，昔之荒芜，今成巍峨，庶几可以栖神灵而慰瞻拜矣！然尝考诸葛君称帝绝伦逸群，其武略之盛固不待言，其生平所好读者，惟左氏《春秋》。《春秋》明王道大一统，笔削维严，拨乱反正，先师之心法、治法寓焉。惟帝忠肝义胆，常变不渝，名高三国，风师百世。其得力于《春秋》者良深，而凡趋跄其间，义气凛然，当有感发于不自己者矣！若夫膺甲胄之司，而不能捍卫社稷，秉节钺之任，而不能整饬戎行，惟是威福擅作，以为渔利之谋，剿抚莫施，以为媚苗之计，罔上凌下，沾沾焉！博旦夕之宠荣，以夸耀当世。此正《春秋》所谓乱臣贼子，而为圣帝所必诛者也。吁！可畏也哉！是为序。

王文良读罢，大为钦服连连赞叹："大人不愧是乾隆皇上大挑选拔的才子，果然文采斐然，佩服！佩服！"

安亭公苦笑着说："我一个手无缚鸡之力的老朽，而今肩不能挑手不能提，也就是这点儿垒积文字的雕虫小技，尚可勉强弥补不足，见笑！见笑！"

七

三月初六，吏部侍郎文宁在长沙抚台衙门的孝廉堂宣旨后，又迁延了几日，一则等待姜晟大人的谢恩折子，二则他也想浏览一下长沙附近的名胜古迹。三月初九姜大人亲自陪着他饱览了八百里洞庭风光，三月十二才从岳州踏上返京的回程，回到京城时已是五月初了。

端午那日文宁回到吏部衙门后，匆匆忙忙擦了一把脸，便立即递上请安折子请见皇上，嘉庆皇帝即刻传旨觐见，当他趋步来到上书房时，见皇上正在窗前的榻几上，正襟危坐着低头批阅奏折，值日太监魏公公手执拂尘侍立在侧，他立即倒地叩拜曰："皇上吉祥，臣，特命长沙宣旨钦差、吏部侍郎文宁恭请圣安。"

皇上忙得头也没抬，只平静地说："圣躬安。起来回话，赐座。"

魏公公迅即搬了个杌子放到榻前，文宁又磕了个响头道："谢陛下赐座。"这才站起身来，将姜晟大人的谢恩折子呈上，而后坐在杌子上细细陈述："万岁爷，这是臣返京时，姜晟大人托臣转呈皇上的请安谢恩折子，请您御览。"

嘉庆帝览毕，抬起头来微笑着说："文卿，这趟长沙之行辛苦你了。"

文宁赶紧站起来揖礼道："谢万岁爷，这等风光荣耀的差事，不知是臣祖上几辈子才修来的荫福，臣巴结还来不及呢。"

皇上微笑着摆了摆手说："文卿，坐下回话。"

说话间皇上的话锋一转道："朕就纳闷了，姜晟在年前的两次奏疏中，曾极力举荐乾州知府阎广居擢任湘省臬台，这两日朕正思谋着颁旨呢！可这年后的奏折中却再也未曾提及此事，甚至连朕的直言垂询，他也是躲躲闪闪含糊其词，不知是何缘故？朕只想听听你对此议的看法如何。"

文宁偷着睨了皇上一眼，见他并未动怒，还是刚才那一脸祥和的样子，便鼓起勇气大着胆子说："回万岁爷，您要是不说，臣还纳谋着怎样给您上个折子呈奏呢。据臣在吏部期年考功，就阎广居的品行才干而言，还真是块主理臬司衙门的好材料，姜大人之所以鼎力举荐，也是一心为国荐贤，并无半点儿私心作祟。"

文宁见皇上慢悠悠地转过身来，笑眯眯地看着自己，知道万岁爷这会儿批阅折子劳乏了，想叙叙话歇歇脑子，于是便把他这次长沙之行，一路上道听途说和民间演绎的阎广居去年审诘伍二毛乱伦淫奸谋杀案，今年正月十五智破抚台衙门官印失窃案，以及如何识破天主教牧师马可尼欺诳引渡伍二毛的荒唐，当作轶闻趣事绘声绘色地给皇上讲述了一番。

皇上像孩子似的竖着两耳听得入了神，待他讲完后足有一袋烟的工夫，还在那里直怔怔地发呆，过了好长一会儿，才有所深思地自言自语说："这阎安亭有胆有识杀伐决断张弛有度，果然是块司寇的好材地，先在下边历练上几年，朕再调他回京主理刑部衙门、都察院或大理寺，准保万无一失。待朕歇会儿就下旨，届时恐怕还得劳卿再去长沙辛苦一趟呢。"

文宁见皇上认真如此，知道自己一时痛快失了口，又怕弄巧成拙了，把安亭公置于更加尴尬的境地,便赶紧逆转话头委婉地说:"只是阎安亭当下已是暮年之人,又加近年来屡遭噩运,妻妾俱亡,期功之服连年不绝,早已没有了往日的锐气,哪里还能担此重任呢? 为此,他正月里还专程到长沙向姜大人诉苦,他当下已是身心疲惫不堪此任,哪里还敢再承揽臬司衙门的重担呢? 更怕力不从心辜负了圣上的着意栽培,不如当下知难让贤,免得他日不堪重负事与愿违,大家脸上都不好看。这倒也不是他矫情,只是他怕辜负了姜大人的鼎力荐举和皇上的恩典眷顾。说穿了,他的本意是想致仕告老呢! 怕把自己的一把老骨头扔在异地他乡。可惜他多少年远离京城,夜明珠埋在黄土里,无缘沐浴皇恩,这样的能员干吏一旦错过了,实在是惋惜!"

皇上顿时惊愕了,忙道:"这至于吗? 朕记得他是乾隆十一年生人,当下也只有五十六虚岁,再任个三年五载擢拔个二品三品又何尝不可? 到那时再致仕还乡,该是何等体面风光?"

文宁随即叹了一口气道:"圣上有所知而有所不知,阎安亭自乾隆四十六年任常宁知县始,至今已二十一年了,他履职的地方都是荒蛮边陲、匪盗贼寇出没、灾民如潮饿殍遍野的苦寒之地。而他却又是个凡事认真履职,既不敢敷衍糊涂,又不迁就服输的人,故而天天像打仗似的,筚路蓝缕栉风沐雨,废寝忘食夜以继日,虽有功于江山社稷,却早把自己的身子骨儿掏空了。当下虽然只是五十多岁的人,却早已熬得面容憔悴身似枯槁垂垂老矣! 况且近年来妻妾俱丧孤悬荆楚,身边又无亲属侍汤奉药悉心照顾,老家还在三千里外的山西,树高千丈落叶归根,他又怎能不为自己的身后思虑呢? 人老思故土啊!"

文宁一席情真意切的肺腑之言,把皇上听得顿时惊呆了:"是啊! 朕怎么就没想到这一层呢? 父皇一朝时,他在常宁、慈利、耒阳、麻阳、芷江任上勤勤恳恳兢兢业业,他的那些除霸安良剿匪治盗的波翻浪涌和改造异人水怪的功德善举,早已被民间艺人们演绎传唱得家喻户晓了,朕脑子里也灌得满满的。听说前些年,耒阳民间已奉祀他为五谷财神了,这就是天意民心,无需铭石勒碑已是名满天下。嘉庆二年,朕初登大宝时,乾州苗匪吴八月作乱,州厅官吏悉数惨遭屠戮,城毁庙焚一片废墟,还是姜晟鼎力举荐,朕钦点他任乾州同知。说穿了,他就是当了二十多年的救火应急官差,偏偏他又是个争强好胜一丝不苟的人,这样出生入死天天像赶集似的,怎能不把身子掏空呢?

唉！也就是他，倘若换了别人，早已死过几回了。"

皇上说着一阵唏嘘，慨叹道："只是这样忠君报国的廉吏能员，朕若是亏待了他，不仅朕心不安，上苍也会震怒的，嗣后谁还肯为朝廷使力效命呢？退一步说，倘若史官铁面秉笔，朕岂不成了与夏桀商纣一丘之貉的昏聩君王了？朕可担不起这个名声。只是当下朕也不知如何是好了，给他升官压担子，显然是鞭打快牛不识轻重，但若让他继续留在原任等待致仕还乡，朕又于心何忍呢？真正把朕置于进退两难的境地了。"

文宁见皇上真的动了感情，遂又徐徐温语慰藉："万岁爷，您是一国之君，千万不可为此伤了身子骨儿。话虽如此，但臣觉得眼下再别给他压担子了，还是原地履职得好，待延缓上一年半载，让他把乾州的善后安置妥也就明年了。那时皇上再颁恩旨，把他调回京城来，赐上一座宅院，安排一个闲职在京养老，这里离他家乡又近些，孩儿们照顾也方便，这样既不用费劲巴力劳心劳苦，又能使他感到温馨舒坦，倒不失为一个两全其美的法子，也算是皇上宅心仁厚惜才爱才体贴他了，古之明主圣君都是这样体恤恩荫社稷功臣的。"

听了文宁直抒胸臆的一席肺腑之言，皇上立刻转忧为喜道："好，如此甚好！到时候把他调进京城，留在朕的身边，给他封个奉政朝议大夫！有事时也可以随时召来参知政事，闲暇时便在京城游山玩水安享晚年。"

随即吩咐身边的值日书办道："今日朕与文卿之议，尔可如实秉笔记录在档，免得他日琐事繁扰忘却了。"

嘱毕又沉吟了片刻，似乎还意犹未尽，又不无遗憾地自语道："只是朕觉得眼下该赏他点儿什么才好呢？"

文宁立刻应声道："皇上若觉得过意不去，就赏他点儿银子吧。他当了一辈子的廉吏清官，别说贪婪敛财了，就连朝廷循例拨发的养廉银子，他也捐赠救助了鳏寡孤独和衙门里的度支应酬。嘉庆四年修复乾州古城时，他一次就捐了一千两银子，可家人们的膳养用度，还得向同僚们借贷举债。乾隆四十六年乃父病逝丧葬，以及南下上任时，家中已是一贫如洗了，还是乡邻族人们帮衬了六十多两银子才得以成行。可就是这点儿人情，直到他当了三年知县后偿还时，还是靠借贷举债才销缴的。他眼下最缺的就是银子，恐怕他这辈子最缺的也是银子。"

皇上听得不禁潸然泪下，猛地拍了一下榻几幡然醒悟道："对呀！朕怎么就把这茬儿给忘了呢？真是饱汉不知饿汉饥，朕记得乾隆五十五年，先帝爷就曾从内帑赏过他一千两银子，朕不敢压了先帝的风头，也赏他一千两吧！立即传谕，让湖南巡抚姜晟就近代朕前往乾州宣谕颁赏，以示恩典，以慰朕心。此外，待他致仕还乡时，朕再赐他一块"功勋卓著"的御书金匾，也算了却了朕的一块心病。你这趟长沙之行不辱使命，可为朕分忧解愁了，今儿能想到的就这些了，过了年再议，到时你提醒一下朕。跪安吧！"

文宁一看自鸣钟时，已过了一个多时辰，知道皇上累了，便立刻站起来倒地叩拜曰："臣替阁广居叩谢圣上隆恩。"

文宁回到衙署后，乘着余兴给姜晟大人写了一封私信具实相告，而后派人快马送往永定门驿站立即发起，这才如释重负般长长地出了一口气。

白露过后秋分时节，经过近三年的整治修葺，安亭公不仅修复了乾州的城墙、文庙学宫和城隍关帝庙，还修葺了战火焚毁的数千间民居民宅，修缮了北城门三开门和胡家塘等多处名胜古迹，河塘街巷修葺一新，乾州古城又恢复了昔日的雄姿风采，市井繁华买卖兴隆，城乡一派欣欣向荣。

其间从嘉庆四年起，经抚台姜大人亲自协调，先后输出了剩余劳工三千多人，当年就纯收入劳务银五万多两。安亭公审时度势，将其中三万两悉数购入粮米分发到户，剩余两万多两，全部用于两河流域的打坝淤田兴修水利工程，经过两年多的连续改造，已经初具规模，淤积出来的土地，悉数分配给前些年外出避难逃荒的返乡流民和人均不足一亩的贫困农户。到今年夏收时，不仅彻底免除了朝廷的赈济，还主动上缴了税赋粮五万石，秋收后可望再缴五万石，一年的赋税超过之前太平年景两年的总和，而且老百姓家家户户都有了余粮，眼见得秋粮也陆续上了禾场，丰产丰收已近在囊中，人们再也不用为饥饿贫困愁肠恐惧了，在劳动之余可以尽情地享受生活带来的欢乐。经过战火洗礼的庶民百姓们，更加珍惜这来之不易的祥和安康，城垣乡野的父老乡亲们，早已攒足了劲头，想在即将来临的中秋之夜，好好地庆贺一番，以宣泄心里抑制不住的喜悦，感恩皇天后土，感恩解民于倒悬赋予他们安逸生活的青天父母安亭公。

临近中秋时，安亭公突然想起来，今年正月十五在长沙时，姜大人曾与他击掌相约，中秋要来乾州赏月。但随即又迟疑起来：这抚台大人主理一省得政务,诸事缠身本来就够忙的,今年三月又擢升了湖广总督,更是日理万机,哪里会有闲暇之余来此践约呢? 大概也是自己多心了,遂自嘲地摇了摇头,苦笑着否定了。

谁知中秋那日午后,安亭公正在衙署二堂与喜贵叙话时,突然门役慌慌张张地跑进来禀报:"大人,衙门前来了一乘八抬绿呢大轿,还跟着一队亲兵和两辆骡车,不知是哪个衙门里来的官员,好大的气派啊!"

安亭公一听大吃一惊,遂立刻整理衣冠小跑着迎了出去,当他来到衙前时,只见湖广总督姜晟大人已经步上台阶,他立即迎上去倒地跪拜,姜大人忙趋步上前,双手将他扶起来说:"贤弟别来无恙! 快快起来,别折了愚兄的寿啊!"

稍事寒暄后,姜大人直言道:"贤弟啊,我这次乾州之行,首先是践约还愿而来,其次便是酬谢你的解梦应验来了,你可真是半仙之人啊!"

安亭公道:"大人,您如今身兼两任日理万机,哪有闲暇到此践约还愿,这解梦应验就更加荒唐了,您是天上的星宿皇上的股肱,在下岂敢胡言乱语,那只是醉酒后信口雌黄的一句戏语,您也当真了。"

姜大人一脸认真地说:"贤弟啊,你客气了,这可不是戏言,去年除夕夜那个困扰了愚兄半个月的怪异梦,不仅被你化释得清清楚楚明明白白,而且一一如实应验,这难道也是信口雌黄吗? 倘若没有通天彻地的能耐,哪能如此分毫不差地灵验呢?"

安亭公苦笑着说:"大人,这两天我正琢磨,您这身兼军政二职的荆楚封疆大吏,哪里会有闲暇到我这荒蛮边陲的不毛之地来呢? 谁知您一诺千金,还真的赏脸来了,在下感激涕零不知如何是好了。"

姜大人风趣地说:"贤弟啊,我这是奉旨抚慰你来了,还有更大的喜讯呢,待会儿进屋再说。"

安亭公还以为是姜大人的一句戏言,并未十分在意,只微笑着点了点头。

二人边走边聊着进了大门,而后慢步转进后院。这时文四领着十个亲兵,抬着礼品鱼贯而入,安亭公与姜大人进入后堂时,只见他们已将礼品摆放整齐,依次是:武陵老酒一坛,金华火腿两只,四只精致的提篮里各是黔阳甜橙、安江香柚、望城提子和天岩寨的柑橘,还有冠生园的云腿月饼两盒,特别惹眼的是一只四角包着铁皮又扎着红绸的上锁银箱，端端正正地摆在案前，只把安亭公看得眼花缭乱目瞪口呆，忙急切地询问："总督大人，您可折煞我也！这是要把广居放到炉火上灼烤啊？"

待众人退下后，姜大人这才一脸严肃道："乾州厅知府阎广居恭接圣旨！"

安亭公听了，顿时一怔，立刻命人摆起香案三叩九拜，而后虔诚地跪在地上伏头听宣。

姜大人随即站起来朗声宣谕："奉上谕：朕自亲政以来，乾州知府阎广居，职司州牧，勤勉躬亲；披肝沥胆；宵衣旰食；殊勋茂绩，屡建奇功；居官二十余载，清正廉洁，一尘不染；家贫如洗，举债遮羞，实乃我大清开朝以来官吏之楷模，每念及此，涕泪潸然，朕不忍其一代功臣廉吏，竟至借贷还债穷困度日，特赏赐内帑银一千两，以资慰藉！着湖广总督领兵部侍郎衔兼理湖南巡抚姜晟代朕宣谕颁赏。"

安亭公立即惶恐不安地伏首再拜："臣乾州知府阎广居谢主隆恩，恭请圣安，吾皇万岁！万岁！万万岁！"

姜大人应声曰："圣躬安。平身叙话吧！"

宣谕礼毕，安亭公站起来时，已是热血沸腾泪流满面了，哽咽着竟然说不出话来。他镇静了好一会儿才吭吭哧哧地嗫嚅着："广居何功何德，敢蒙圣上如此恩赏眷顾，若非三生有幸，怎能碰上这样的明主圣君，虽肝脑涂地也不能报恩于万一。"

姜大人忙把他拉到自己身旁坐了说："贤弟啊！这些年来，你在各地任上改造异人除暴安良剿匪治盗整肃吏治捐俸济困的一系列举措，早已被说书唱戏的民间艺人们演绎成道情秧歌折子戏，传到京城，把皇上感动了，这才引得皇上潸然掩面而怜悯恩赐的，连我这个封疆大吏也跟着沾光了。当今圣上历来爱才惜才体恤臣下，这也是实至名归天意民心所向，你也别太过激动了，就踏踏实实地谢恩领受吧。此外皇上另有谕旨嘱我，内帑赐银须用于贴补生活用度，不可由着他的性子随意施舍了。得空写个谢恩折子，由我代你转呈皇上可好？"

接着又把吏部侍郎文宁三月初六来长沙宣旨回京后，端午那日在上书房面见皇上的君臣对话，给安亭公叙述了一遍，并不无感慨地说："这下子你尽可放心了,皇上要调你回京养老,年底前把乾州的印信交割了,明年春暖花开后,便可进京颐养天年,再也不用担忧留在长沙孤寂了。我可真羡慕你啊!我哪年哪月才能熬到你这个份儿上呢?"

安亭公诚惶诚恐地说:"我阎广居何德何能,竟蒙两代皇上恩赏眷顾,此恩此情没齿难忘,当来世结草衔环再报了。只当下我也不想进京,更不敢奢望升迁,这倒也不是在下沽名钓誉故作清高,实在是身心疲惫体衰力竭,更不敢尸位素餐倚老卖老,给朝廷添加累赘。还请大人具实呈奏放我还乡,免得在下日夜惶恐不安!"

姜大人见安亭公执拗如此,知道他一根筋牛脾气又上来了,遂笑着转了话题说:"好好好,贤弟,此事改日再议。当下我可是皇上派来的宣谕钦差,又是你特意邀请的客人,今晚准备到哪里喝酒赏月呢?"

安亭公也知道自己失态了,遂也笑着说:"大人莫怪,是广居失礼了!在下还未曾给大人道喜呢,恭贺大人荣升湖广总督领兵部侍郎衔兼湘省抚台,这下便是上马管军下马管民,一肩挑两省得封疆大吏了,可喜,可贺。"

姜大人苦笑着说:"若不是贤弟替我分忧解困,哪里能有我今日的升迁?只这一升迁,便是把我也放到炉火上灼烤,而你这能扛重担的能员干吏,却要撂挑子告老还乡,你教我如何是好呢?"

安亭公见姜大人也动了真情,明显是伤感了,便安慰道:"大人此言差矣!你我今生相遇,不知是前世几辈子的缘才修来的果,在下并非不识深浅轻重之人,实在是体衰力竭不堪重负了,但凡有三分奈何,我也不愿离您而去,还望大人多多担待,今生未了之缘,当来世再报。"

是晚,安亭公在万溶江畔的南城门楼上摆了一桌席面,与姜大人品酒赏月。当二人登上城头时,只见满满的一轮新月,从天星河尽头的万山丛中已经冉冉升起,她那玉盘似的脸庞,流露着柔和喜悦的笑容,银色的月光里辉映着几丝儿羽毛般的轻云,映衬着素雅皎洁淡泊与宽容,更添加了几许冷艳的旖旎妩媚。幽蓝的天空里撒满了珍珠般的繁星,狡黠的目光一眨一眨地闪烁着,仿佛是在邀请芸芸众生登临广寒蟾宫,品咂香飘四溢的桂花美酒,欣赏嫦娥舞姿,遨游广袤无垠的万里苍穹,天上人间遥相呼应同欢同乐。戌时初刻,一轮皓月当空,把乾州古城照得如同白昼,天星河、万溶江仿佛盖了一床薄薄的银被,像两条蠕动的巨蟒闪烁着耀眼的鳞光。合城的父老乡亲们分

573

头抬着供品拎着灯笼,扶老携幼涌上城墙,虔诚地焚香燃表祭祀苍穹。各色月饼果鲜糍粑糯米五谷食品,摆满了垛口雉堞,人们扭着秧歌敲着花鼓欢欣喜悦载歌载舞,十里古城更像一条此起彼伏首尾连接躁动的蟠龙,在明月清晖的映照下,沉浸在喜庆祥和沸腾了的海洋中。翘首俯视万溶江码头,只见车旅舟船络绎不绝,马蹄驼铃两岸回荡,上下车船的人流熙熙攘攘,车推肩挑的夫役们川流不息,酒肆茶馆里进进出出生意兴隆,像极了清明上河图中的灵动画面,竟把久居长沙古城的姜大人也看得惊呆了!

安亭公平静地拿起火钳,往烟筒里夹了几块木炭,又把火钳伸进肚底的炉盘上,捅落了沉积在炉盘上的灰烬。霎时,沉寂了许久的火锅又发出了咕嘟咕嘟的响声,安亭公随即斟满了两杯老酒,而后轻轻地拍了拍姜大人的臂膀说:"大人,喝酒赏月才有兴致,咱们边喝边聊边看,别辜负了这明月清晖的大好时光。"

姜大人这才不好意思地回过头来说:"贤弟啊,这南长城上的双子城,可真是名不虚传,这次乾州之行才真正领略了她的人文山水情怀,好地方,比长沙老城强多了。"

安亭公忙道:"哪里!哪里!大人客气了,各有千秋!各有千秋。"说着二人一阵哈哈大笑,开怀畅饮起来,直到二更时分才意味深长地酒酣而归。

当晚安亭公便邀抚台大人与之同榻而眠。回到寓所时,小玉见二位大人晕晕乎乎似有醉意,急忙迎上来侍候更衣洗漱,姜大人见其秀外慧中恬静贤淑谦恭有礼,便知道她是安亭公的养女小玉,除了他谁能调教出这样的大家闺秀,心里不由得一阵欢喜,便自有了主意。小玉收拾停当后,端上一盘甜橙甘橘,泡了两杯酽茶,又麻利地烧了两碗醒酒汤和一壶开水,而后道了万福,便悄悄地退下了。

安亭公借着酒兴醉意蒙眬地对姜大人说:"大人,这丫头便是小女小玉,您没忘记吧!正月里咱们说好了,她的婚姻大事,我可就拜托您了。"

姜大人喝了一碗醒酒汤,似乎清醒了许多,笑着抿了一口茶道:"贤弟放心吧,我已经替你踅摸好了。他就是我的元和小老乡文四,今年刚满二十,我们两家是世交,其母早逝又因家贫,十五岁那年,他父亲把他托付给我,想在衙门里寻个出身。我见这孩子聪明伶俐读过诗书还写得一笔不俗的字,便把他留在身边当自己的娃儿似的做个伴随,闲暇之余教习读书悉心调教,名为主仆，情同父子。眼下虽然只是个长随文吏，但我已经给他在吏部补了知事的候缺，年底前到边远的小县做个巡检或典史，历练上几年，等我致仕还乡时，擢拔个七品吏员，料也不是难事，不知贤弟意下如何？"

安亭公忙道："大人，文四这娃崽厚道实诚，正合我的心思。不瞒大人，今年正月里见面时，我就有所心动，只是不知道人家孩子成婚与否，故而也不敢冒昧唐突。坦言相告，我的初衷并不在乎他当什么官差吏员出人头地，只要他们小两口能和睦恩爱白头偕老，我就放心了，若能与大人结上这门干亲，也是小女的福气，如此甚好。"

姜大人道："不瞒贤弟，此事说来话长，文四的父母从小也给他定了娃娃亲，那丫头还长他一岁。前年他父亲给我来信说丫头已经十九岁了，亲家三番五次差人上门督促，他们实在拖不起了，想赶紧完婚了却心愿，央我督促文四回乡成亲。在我的再三催促下，文四才道出了实情，说他压根儿便不情愿，只是那时年幼不敢抗命，而今既然离家在外，便死也不肯回去成亲，并恳请我替他想法子辞了这门亲事。无奈之下，我只好厚着老脸，给他父亲去信，委婉地说明缘由，又怕继续拖下去耽搁了人家姑娘，作为补偿我还寄了十两银子，并允诺将来孩子的婚事由我来承办，请他们不用操心了。这才解除了这门亲事，这就是文四拖到现在还没有成婚的真实原因。"

安亭公沉吟了片刻，叹了一口气苦笑着说："唉！说出来也不怕寒碜，我虽然做了二十多年的朝廷命官，却无力给小女置办点儿像样的嫁妆，还望大人海涵。"

姜大人道："自古以来，娶媳妇是为拔花，只要人好比什么都好，小玉这丫头文静恬淡落落大方，文四欢喜还来不及呢，我既然承诺了他父亲，你就不用操心了，男婚女嫁的一切用度由我来操办，你就等着届时迎娶吧，我会让你满意的。令我欣慰的是，攀上你这位名满潇湘的亲家翁才是幸事，在这里我替文四先谢过贤弟。"

安亭公羞惭地说："哪里！哪里！是我高攀大人了。"

姜大人道："彼此！彼此！一言为定，明年正月里，咱俩给他们热热闹闹地操办，到时你也可以放心地进京养老了。"

第二天早饭后，安亭公陪着姜大人浏览了修复的乾州名胜，文庙、学宫、城隍庙、关帝庙和胡家塘，姜大人不无感慨地说："贤弟啊，乾隆乙卯苗变，城

575

垣失陷城墙坍塌庙宇尽归灰烬。其时,我督师征讨路经此地,不禁扼腕惋惜长恨唏嘘不已。心里便自琢磨,待战事平息后,一定要修葺恢复,否则愧对湘西父老。故而力荐贤弟担当州牧以了却夙愿。你果然不负我托,只用了短短的三年,不仅悉数恢复,而且修得如此精致气势恢宏。只是这三年来,不仅耽搁了你的升迁,还把你的身子也掏空了,每念及此,不禁潸然泪下,在此我替湘西父老乡亲们谢过贤弟。"说着抱拳拱手,深深地施了一礼。

安亭公忙道:"大人,您过誉了,这城垣恢复庙宇修缮本来就是在下的职责所在,何言谈谢呢?"

秋分过后,安亭公避开"十直斋"禁刑日,把处决在押死囚伍二毛、方伍氏的行刑日,择定在八月十九,行刑地点刻意选在太平乡石碑坳村。八月十七日,他派喜贵和王把总带了五十名兵勇,在石碑坳村头的禾场上搭起监斩台,在离禾场二十丈以外的小溪边,清理铺垫出一块五丈见方的平台,中间并排竖了两根木桩,周边围了木栅栏作为法场。而后派人四处张贴告示,晓谕域内民众周知。

八月十九日五更时分,安亭公和喜贵乘了一辆骡车,王把总带了两名刀斧手和八十名兵卒,押着伍二毛、方伍氏的囚车从乾州启程。一路上愤怒的人们集中在村口路旁,咬牙切齿地吼喊咒骂:"这对伤天害理的狗男女,早该千刀万剐了,为满伢申冤雪恨。"并把早已预备好的污水烂菜臭鸡蛋,一齐抛向他们,以尽情地宣泄心里的愤懑不平,凡路过的村庄莫不如是。

巳时初刻,他们一行到达石碑坳时,那里早已聚集成人山人海了。方二伢左手提了一只大竹篮,里边装着香烛纸表供品炮仗,右手抱着哥哥方满伢的亡灵牌位,陪着母亲跪倒在村头的官道上,满伢的母亲嘶哑着嗓子喊了一声:"满伢儿,你睁开眼看吧,阎大人为你申冤雪恨来了。"便匍匐在地号啕大哭起来。安亭公立即吩咐喜贵下车,将其搀扶起来说:"老妇人,莫悲伤了,善有善报,恶有恶报,天网恢恢,疏而不漏。"

老妇人颤巍巍地站起来,伫立在路边,哆哆嗦嗦,嘴角嗫嚅着说:"青天大老爷,您公侯万代! 万代公侯!"

这时拥挤的人们自动让出一条甬道,王把总迅速布置警戒护卫。当囚车打开时,那对狗男女早已是烂泥一摊了,四名狱卒木然地将其架起来,径直拖到法场上的木桩前扔下,二人已经晕厥了过去。王把总立即命人提了两桶凉水,当头泼了下去才苏醒了,但也只是眼珠子稍稍转动,而根本跪立不住。地保奉命打开食盒端出辞阳饭时,他俩哪里还能咽得下?

安亭公与王把总登上监斩台坐定后,便命喜贵宣读刑部批复的处决行文,而后列数二人罪行,午时三刻,随着三声追魂炮响起,二犯人头瞬间落地,人们的欢呼声咒骂声震耳欲聋响彻云霄。二伢母子早已在满伢的亡灵牌位前点燃香烛纸表,伴着噼里啪啦的鞭炮声,涕泗横流地洒酒祭奠起来。

行刑毕,安亭公嘱喜贵给地保留下二十两银子,作为拆除围栏监斩台,清理现场和补偿踩踏耕地的费用,而后连夜带人返回乾州。

嘉庆六年九月初八,是安亭公的五十六岁生日,头天晚上,他梦里回到阔别了二十多年的故乡河口,掰脚挽腿地坐在上房的席炕上,与母亲促膝拉话,妻子冀氏高兴得抿着嘴儿,在地下忙碌着给他们预备午饭。母亲那爬满皱纹的脸上绽放着喜悦的红光,一脸慈祥地摸着他的脸庞兴奋地说:"孩儿啊,你可回来了,这回就不走了吧!"

他憨憨地笑着说:"妈,不走了,永远不走了,以后我就陪着您和俺大,再也不走了。"

这时,长子士骧、次子士龙、三子士骢和长孙佩荪依次进来请安,佩荪两手掬着一捧盈红艳艳的壶瓶枣放到碗里,笑嘻嘻地端到面前请他品尝。那小鸭梨似的肥硕果实,瞬间吸引了他的眼球,他迫不及待地拿了一颗,也顾不得擦洗便品尝起来,只咬了一口时,那异样脆生生的甘甜味觉,瞬间勾起了他那久违了的馋虫,贪婪的他竟像孩子似的连着吃了三颗才问道:"荪儿,你从哪里摘的枣子啊?"

佩荪道:"爷爷,您忘了吗?这便是那年咱家屋檐下,突然冒出来的那棵小枣树上结的枣啊!"

这时,他才注意到屋前的檐下多了一棵枣树,便立即下炕走到院里仔细勘察,只见那棵碗口粗的小枣树,已经越过房顶五尺多高,树干挺拔枝杈繁茂,虽是秋风萧瑟的晚秋季节,树叶已经悄悄飘零,但那红盈盈的大枣却依然稠密地挂满了枝头,娇艳地展示着它那年轻旺盛的顽强生命。

他回头看了看已经搂上他肩头的佩荪,不禁沉思起来。那还是乾隆五十六年春,因耒阳黄泥塘生员贺世盛《笃国策》案,而兴起株连贺氏一门三个生员一名监生,全家十余口收监的文字狱案。他作为耒阳知县,既无法阻止,又惨不忍睹,便愤而离任回乡省亲。其时,上房台阶下突然冒出一株稚嫩的小枣树苗,他怜其青葱可爱,又怕虫鸟叨啄践踏,便令小侄与佩荪揸上砖围圪针,并嘱他俩浇水守护,想想已经十年了,它只比佩荪小五岁,如今已是枝繁叶茂果实累累了。

回到家里时,佩荪已经放好纸笔,一边研墨一边说:"爷爷,您给这棵小枣树留点墨宝以为纪念吧!"

他执拗不过,便攥笔在手略有沉思,一篇辞藻华丽的《枣树记》,文不加点一挥而就。士骧读后不禁暗暗称奇,心里兀自琢磨:"父亲这般年岁,竟然如此才思敏捷而一气呵成,哪里像是已近六旬的老人呢?"

晨起后,安亭公颇觉奇异,但记文犹可回忆,遂乘兴录而收之。

枣树记

> 予于辛亥岁,课业家塾,屋霤下忽生枣一株,观玩之下,青葱可爱,辄作安邑千户侯想,因命侄与孙护养之,未半载已长三尺余。更阅数年,当垂阴檐际,纂纂结实矣!嘻!斯枣也!使不加培养,非践踏无存,即与瓦砾为伍,安望其发荣滋长乎!天下物之初生,而不可失所养者,类如斯也哉!因有感而书云!

其时,士骧正在太平县教谕任上编撰县志,九月初八那日早上醒来时,他清晰地记得昨晚梦中在家中见到了久别多年的老父亲,尤其是他写的那篇《枣树记》文竟能记忆成诵,便铺开纸张抄录下来。而后陷入沉思,那是嘉庆三年庶母陈氏病殁后,三弟士骢前往吊唁,正值父亲调任乾州厅同知,在士骢的苦苦哀求下,父亲允诺三年后告老还乡。而今三年过去了,还是杳无音信,倘若朝廷再有新的任职,以他那一向执拗率直的秉性,怎能知难而退呢?看来须得自己亲往任上,动之以情陈述利弊,婉言耐心敦促劝驾,或许尚可奏效,否则,又遥遥无期了。

他权衡再三谋定之后,即日便请见时任太平知县的罗文宇,说明原委并请告假数月,前往乾州任上迎回老父颐养天年,免得劳卒他乡留下遗憾。

罗文宇进士出身,湖南耒阳人氏。当他听士骧说明事由后,不由得连连慨叹道:"令尊大人三任敝邑县宰,德高望重名震朝野,是我们那一方百姓的"五谷财神",不仅居官清廉爱民如子,而且品行高洁学识渊博。乾隆五十五年，我在青麓书院就读时，曾有幸聆听先生诠释的《大学》讲义开篇，他传道授业的严谨谦和，使我终身受益匪浅。他一生廉洁自律尘埃不染的持之以恒，为当今上行下效贪墨成风的腐朽官场，注入一汪山泉一缕清风。除暴安良惩治贪腐的雷霆手段，更是支撑了湘省半壁晴天。他不仅是我们耒阳百姓衷心拥戴的青天父母，更是大清王朝的廉吏功臣中流砥柱。我们作为他的后生晚辈，无论于公于私，都责无旁贷，志书编撰可以暂时搁下，尔可不必顾忌放心前往。"

征得罗知县允准后，士骧便于次日踏上回家的路程。路经太原府时，他刻意前往晋阳书院，约见了二弟士龙并说明原委。谁知士龙竟也拿出一张盈尺小宣，那疏疏朗朗的蝇头小楷，记述的正是父亲梦中书写的《枣树记》，兄弟二人顿时惊愕了。一阵唏嘘慨叹后，士骧道出了自己的真实想法，士龙争着说："大哥，这次乾州之行让我去吧，你还有公职在身。"

士骧道："太平任上我已告假，你和三弟及佩荪，不可因此而荒废了学业。"

忧心忡忡的他离开晋阳书院后，便刻意绕道文庙后街上的崇善寺求了一卦，那签上居然是南宋名臣辛弃疾的半阕词话："了却君王天下事，赢得生前身后名，可怜白发生。"士骧看毕兀自琢磨："这也只是父亲一生的真实写照，却解不开当下的梦境。"随即又抽了一枚时，竟是李商隐的两句唐诗："相见时难别亦难，东风无力百花残。"

他顿时一阵惊恐手脚冰凉，便什么也明白了。

九月十五，士骧回到河口家中，把士骢和佩荪召来，只见二人手中各执手抄《枣树记》一文呈上并说明缘由，三人又是一阵震惊诧异，士骢惊诧地说："大哥，事出反常必有蹊跷，此梦不容小觑，抑或是冥冥中上苍提醒释放的预兆，只是咱们凡夫俗子不明就里，眼下咱们只有见到父亲才能放心，咱俩马上到乾州任上，待见到父亲后再作计议。"

士骧沉吟了片刻道："三弟啊！你和士龙佩荪在家读书岁考，乾州之行还是我一个人去吧，人多了咱也花销不起盘缠啊！"

时下正值秋收季节，士骧遂又迁延了数日，与弟兄们一起动手，将秋粮收割入仓，直到九月底才踏上了南下乾州的行程。

579

安亭公自生日那晚的异梦后，似乎一切都释然了，也更精神了，又似乎什么都明白了。九月二十那日，他把喜贵召来说："乾隆六十年，咱们离开耒阳，已经七年了，你准备一下，和我回耒阳龙塘、夏塘和羊武咀，看看那些巴天人如今的光景，顺便给你那两位故世的婶子扫扫墓，可好？"

喜贵说："是的，已经七年了，应该回去看看，想来他们更想见见您了。"

九月二十一日，安亭公将州署政务尽委通判何九章署理，令喜贵赶着骡车便衣乔装，踏上寻访耒阳故地的千里行程，喜贵充当车夫，安亭公俨然一位饱读经书的私塾先生，抑或又是一位饱经沧桑的乡医郎中。

行前，他让喜贵把皇上赏赐的一千两内帑银，兑成了九百两银票和一百两散银，随身带上。一路上风尘仆仆车旅舟行，于九月三十那日午后来到耒阳。

当骡车停在西城门下时，安亭公不由得一阵欣喜若狂，立即跳下车来整了整衣冠，挂着他的虎头拐杖站在城门口往里瞅了瞅，叮嘱喜贵道："走，故地重游，进城浏览一下，买点香烛纸表祭品，明天十月初一，正好去给你婶子扫墓，今晚咱们就住城北庄上，顺便看看你九斤叔这些年过得怎样了。"

黄昏时分，二人来到庄上九斤家的小院门口，喜贵停车路边上前叩门，刚敲了两下，便听见院里的狗"汪汪汪"地狂吠起来。须臾，便见九斤披了件薄棉袄趿拉着鞋出来，颤巍巍地站在老屋门前，操着河口方言吼了声："黑子别动，来客了。"

当他开了大门，见喜贵和安亭公站在门前，瞬间惊呆了，愣了好一会儿，才要倒地叩拜，安亭公急忙上前扶住说："九斤哥，这么多年了，兄弟来看看你，家里都好吗？"

九斤忙道："好着呢！我也想你们啊！快进家吧。"说着敞开大门把骡车吆喝进来，朝着屋里喊了声："伢他娘，你快看看谁来了，赶紧出来招呼客人。"

随着"吱扭"的开门声，一个矍铄硬朗的老夫人已经站在檐下，安亭公赶紧上前施礼说："九斤嫂，打搅你了。"

九斤见她呆呆地愣在那里竟然无动于衷，便赶紧介绍说："老伴啊，眼拙了吧！他便是七年前离开咱们的四蛮兄弟，如今在乾州做官，今天专程回来看咱们来了。"

那婆娘似乎一下子明白过来，赶紧上前道了个万福道："唉！看我这眼笨的,屋里请! 屋里请! "随即撩起门帘推开屋门往里紧让。

九斤卸了牲口,打了半盆井水备好草料,收拾停当回到家里时,见堂客文氏领着崽子,局促不安地站在门口抠指甲,竟然不知如何是好。九斤愠怒嗔怪地说:"别杵着⑤了,快去给客人备饭吧! "而后把那崽子领过来说:"快给四伯磕头。"

安亭公忙问道:"九斤哥,是你的崽子吗? 几岁了? "

九斤憨憨地说:"是俺的崽子七斤,已经十三了,还没名字呢! 你给起个大名吧。"

安亭公笑着说:"这名字倒是有意义,但不雅致,我看就叫楚雄吧! "

那崽子立刻高兴地倒地叩头道:"谢谢四伯给侄儿赐名。"

次日晨起饭后,九斤领着安亭公和喜贵到二丫坟上。行前,安亭公嘱喜贵给九斤留下十两银子,九斤却怎么也不肯接纳,还是安亭公认真动了怒,才勉强留下。

当他们来到二丫墓前时, 只见坟头上虽然草木枯萎,但修葺得整整齐齐,一看便知道是年年有人整修,不禁感激地望了望正在培土焚香的九斤。而后,掏出汗巾仔细擦抹墓碑上的灰土尘埃,也想起了二丫与他朝夕相伴的七年岁月,如今她已作古十三年了,可遗骸还孤苦伶仃地埋在异地他乡,不禁愧疚悔恨悲从中来,唉! 十三年了,自己作为她在这里唯一的亲人,竟未给她焚过一炷香燃过一张纸。十年生死两茫茫,不思量,自难忘。千里孤坟,无处话凄凉。终使相逢应不识,尘满面,鬓如霜……不由得一阵老泪纵横,嘴里唇嗫嚅着喃喃道:"二丫啊! 难为你了,咱们回家吧! 过了年我就来接你。"祭扫礼毕,喜贵搀扶着二人下了坡埂,安亭公擦干了满脸泪水,感激地对九斤说:"九斤哥,这么多年了,若不是你替我祭扫守墓,这坟冢不知要荒凉成甚了。"说着深深地施了一礼。慌得九斤忙不迭地说:"兄弟,你见外了,我也就是这点能耐了,你在这里为黎民百姓做事,为咱家乡的父老乡亲们增光,我还能干点甚呢? 用得着这么客气吗? "

十月初二早起,喜贵在城里"广德诚"票号将九百两银票兑了现银,晌午时分,便与安亭公来到龙塘。

初冬的龙塘、夏塘、羊武咀,虽然还残留着秋的斑斓色彩,但那些随风飘落的树叶,洒满池塘荷叶田间小径,百叶凋零绿意转红,秋色已然渐渐退去,冬日正在悄悄袭来,早晚也多了些许寒意,但午间时依旧是暖阳高照,似乎还在阳春三月。那些逐塘而建的家居院落,星星点点炊烟袅袅,鸡鸣犬吠牛羊嗥叫,老妪淘米少妇槌衣,孩童嬉戏生机盎然,昔日水怪鸟兽横行的旷野禁地,俨然已是小桥流水人家。

安亭公回来的消息像春雷一样,瞬间传遍了龙塘、夏塘和羊武咀,那些巴夭人像孩子似的,欢呼跳跃奔走相告。当年那个被安亭公用炉灰治过病的巴夭人,现在叫阎龙德,如今已是龙塘的保长了。在与他的攀谈中安亭公得知,龙塘圩夏塘圩和羊武咀的巴夭人共六十二户,计一百八十二人,其中:龙塘二十一户六十一人,夏塘一十九户五十六人,羊武咀二十二户六十五人。他们当下人均拥有土地两至三亩不等,各有公田十亩作为学堂用度,适龄儿童都上了学。羊武咀保长居三羊的儿子居少阳,在去年县考时得中廪膳生员,时下已在青麓书院就读,准备应考明年乡试。安亭公兴奋得喜笑颜开,当即让喜贵搬了六锭大银,递给阎龙德说:"皇上知道你们的崽子们读书了,专门赏赐了三百两银子。"阎龙德听后,又是狐疑又是欣喜地愣在那里,在安亭公的再三督促下,才将信将疑地叩头拜收了。

午饭后,阎龙德陪着安亭公走进塘边的各家各户,善良的巴夭人见他们朝思夜想的财神老爷回来了,高兴得手舞足蹈,打扫庭院鸣放爆竹。安亭公进门后,见各家的中堂上都把他当五谷财神供着,便愠怒着说:"龙德啊!咱们上次不是已经说好了,活人是不能供奉的,我承受不起也犯忌,再不许弄这个了好吗?"

阎龙德诺诺应声道:"老爷,是小人们糊涂犯浑,今后再也不供了。"随即吩咐众人说:"咱们听老爷的,都收了吧!今后再也不许供奉了。"

三日后夏塘的保长广夏云,亲自带了一乘肩舆,到龙塘来请安亭公。离开时,乡民们含着热泪,捧着米酒、鸡鸭、鱼虾,守在塘边为他们送行,安亭公一一婉言谢绝。

在前往夏塘圩的路上,安亭公与广夏云约法三章:其一,不许把他当"五谷财神"供奉;其二,不许放弃备耕劳作刻意接待;其三,不许置酒铺张馈赠礼品。否则他便就此打道回府,广夏云连连点头称是。这样到了夏塘后,便省却了许多麻烦,他依旧是挨门逐户走访,只是到了饭时,挨到谁家,便与家人们共餐便饭。临走时也给广夏云留下六锭大银,以皇上赏赐的名义作为公塾资助。到了羊武咀时，安亭公显得更加异常兴奋，他激动地对居三羊说："居保长啊，你不仅治圩有方，而且还培养了个好崽子，给咱们巴天人争光了。"随即令喜贵把剩下的三百两银子悉数留下说："这是皇上赏给你们兴办公塾助学的用度。"

在羊武咀的走访中，安亭公突然不期发现了居少阳这个巴天人的少年奇才，心里不禁一阵暗暗窃喜。离开羊武咀时，他刻意绕道前往青麓书院，专程拜访了掌院山长文廷云，就居少阳的培养教育，与老先生进行了反复切磋。

先生惊喜地说："这崽子天资聪慧过目不忘，很有灵气，勤学苦读悟性极高，不仅是巴天人中的翘楚，饶是在汉民中，也是十分难得的可塑之材，如果把握得当不出纰漏，科考及第似乎唾手可得，只是天生寡言性格孤僻，自我封闭似有缺憾。"

安亭公道："若追根溯源，此则不足为奇，巴天人本是南海苏禄国的土著族民，长年漂泊在茫茫的大海上，以船为家渔猎为生，至今还生活在启蒙开智的初级阶段。明正德年间，他们的祖上为救助广东商船而得罪海盗，不得已避难流落到广东韶州观音山，因遭当地汉民排斥而被官府围剿。明万历年间，他们为避灭族之祸，不得已循水潜回耒阳，又受到当地土著族民的无端挤压，长期生活在与世隔绝的池塘河畔山野竹林，他们既没有文字，更谈不上文化传承，沿袭下来的只是语言层面的交流。直到乾隆五十一年，我任耒阳知县时，才把他们从蒙昧封闭中解救出来，又经过数年的教化改造，才过上稳定安居的农耕生活，从而开启了种族文明的进化之旅。

"他们当下虽然已经融入华夏文明，但也因肤色黝黑天生异相而自惭形秽，这种从祖辈人沿袭传承下来的自卑早已浸泡在骨子里，渗透在血液中，没有若干代人的进化繁衍，怎能骤然改变这种固化已久的天性使然。而今他们融入华夏文明圈也仅十几年，在咱们这方水土的滋润下，便孕育了居少阳这颗另类的读书种子，不能不说是一个奇迹，他们一定以此为骄傲，向世人炫耀。作为这方土地上的山中学府，青麓书院既然有幸接纳了他，便有倍加珍惜的仔肩，千万不可使其中道夭折而留下遗憾。先生身为掌院山长，对传道授业的艰辛历程，自然深知十倍于某。我作为曾经教化改造巴天人的前任知县，愿寄厚望于先生，把少阳托付于你，权当是我的孩子一般，拜托先生忙

583

里偷闲点拨一二,更重要的是引导他身边的学子们主动与之亲和,潜移默化地去感染和影响他,使之尽快融入这个读书的群体,或许更有助于他的学业拔高。此举若能奏效,先生便是首功,倘若由此激励教化这个特殊的族群,更是功德无量。"说着站起身来,深深地施了一礼。

安亭公言辞恳切动情动容的一席肺腑之言,竟把文先生也感染了,他不无感佩地说:"大人作为已经离任的老县尊,不远千里故地重访,只是为了关怀一个尚在启蒙开智中的异域族群,既是宅心仁厚,更是老成谋国,老夫执教数十载,岂能不知此举干系,不须大人吩咐,我自会悉心料理。"

说话间先生已令书童将少阳召来。

少阳进门后,朝着先生深深地鞠了一躬道:"学生居少阳给先生请安了。"

文先生微笑着指着安亭公说:"这位便是曾任耒阳知县的安亭先生。"

少阳一听,立即面露惊喜倒地叩拜曰:"大人是俺们巴夭人的老祖宗活菩萨,俺早在娘胎里就听说了,只今日才一睹尊颜,请受少阳一拜。"

安亭公忙起身将其拉起来,摸着他的头爱抚地说:"孩子,你是咱们巴夭人的翘楚,我真替你高兴啊!"

说着回过头来问喜贵:"咱们还有多少银子?"

喜贵道:"大概还有六十两吧。"

安亭公道:"留下十两,够返回乾州的开销就行了,其余都给先生留下,作为少阳在此读书的用度。"

文先生道:"开学时他父亲已经缴纳了,况且也用不了这许多。"

安亭公歉疚地说:"先生,让您见笑了,我虽身为朝廷命官,却身无余银,这还是圣上赏给在下的养廉银!也让少阳沾点皇恩雨露吧!"

十月二十,安亭公与喜贵踏上乾州回程,行前,文先生领着少阳送出院外,安亭公不免又对其勉励鞭策了一番。

在返程乾州的路上,安亭公信心满满倦意全无,像一个探亲访故归来的慈厚长者,更像是一个还愿回家的虔诚香客,嘴里不住地念叨着:"总算了了一桩心愿,此行不虚!不虚此行!"而谈的最多的还是居少阳,似乎比他的孙儿佩荪中了生员还要高兴,抑制不住的喜悦溢于言表。

进入麻阳界内时,他的心绪突然一落千丈,喜贵心里明白他是想起先妻陈氏来了，遂小心翼翼地问道："四叔，咱们进城住一宿吧！"

安亭公凄婉地说："今年是你四婶辞世四周年了，明天咱们去给她上个坟。"

当晚二人在城北寻了一家僻静的客栈就宿。次日晨起，安亭公嘱喜贵买了两坛老酒和香烛纸表祭品，便直奔城北栗树坪亡妻坟岗而来。时值初冬季节，山野萧条鸟雀飞翻乌云低垂，北风呼啸更使人寒，灰蒙蒙的天际似乎比他的心境还要暗淡，压抑得人喘不过气来，一下把安亭公的心绪拽回到嘉庆二年那个凄风苦雨的日子。那时教匪流窜到栗树坪，以传教的名义策动起事，为了扑灭这股尚在萌芽状态的匪患，他带人在此蹲守了三天三夜，等到教匪悉数缉拿归案回到家里时，小颖已经与世长辞了。

喜贵搀扶着安亭公，爬上山岰间的坟冢时，他已是泪眼婆娑泣不成声了。小颖虽是因病而殁，但他作为她唯一的亲人，在临终前竟未守在榻前侍汤奉药，与她作最后的诀别。秋风萧瑟摧百花，似水云雪染双鬓，此情可待成追忆，只是当时已惘然。每念及此隐隐作痛，长恨唏嘘抱憾至今，青青子衿，悠悠我心，孔雀南飞，频频回首，山崩地裂水干涸，肝肠寸断不忍别。从此后，与君离，凄凉南国，断桥斜月，一声羌笛，暮云愁绝！

安亭公拖着疲惫的身躯下山后，又绕道栗树坪见过赵里正，留下两坛老酒，感谢他几年来对小颖坟冢的祭扫修葺，而后驱车再返乾州。

此时，已是小雪节令后，一路颠簸又感风寒，安亭公回到衙署便卧病在床了。养女小玉见其昏昏沉沉不思饮食已自着了急，遂衣不解带悉心调理侍奉在旁。还是喜贵请来城南益生堂的名医宋北锋先生，三剂草药后才有了明显好转，直到冬至后才走出户外。

小玉埋埋怨怨地数落："爹，这么远的路程，就是年轻人也受不了，您这么大岁数了，况且又是冬时寒月，哪里能受得了，真不知道爱惜自个儿的身子啊？"

安亭公这时才突然想起了她的婚事，虽说是他与姜大人私下里已经议妥了，知道小玉也很赏心，但她至今还被蒙在鼓里，今日正好是个机会，遂歉疚地说："这也是没法子的事，爹再不去就没时间了，若在有生之年不去这里走一遭，终也是一块心病，这下就放心了，你体谅体谅爹的难处吧！"

接着他话锋一转说："孩子，你今年已经十九了，也早该寻个婆家了，中秋那日,抚台大人来这里宣旨时,当面为他的长随文四向我提亲,那孩子今年二十,知书达理诚实可靠,正好与你般配,爹就替你做主了。这段时日,我忙得焦头烂额,一直未曾与你细说,待过几日消停了,叫个裁缝来家里,做两身体面的行头,明年正月里风风光光地打发你上花轿,到那时,爹就可以放心回乡养老了,不知你意下如何? 若不可意,爹就把他辞了。"

小玉顿时两颊绯红,不由得一阵"咚咚咚"的心跳,遂低下头来羞涩地嗫嚅着说:"女儿的终身大事,但凭爹爹做主,只是眼下我可不能离开您,待过上三年两载,安顿好你的养老后,再议还不成吗?"

其实,中秋那晚她刚退出门外时,忽然听见父亲与抚台大人的叙话中提到她,便不由得多了个心眼,停住脚步站在檐下,他俩的对话竟一字不落收入耳中。对文四她也早已心仪,只是留下父亲孤苦一人,她又怎能忍心离去?

安亭公苦笑着说:"傻丫头,又犯痴了不是? 等过上两三年,谁家还肯娶你啊?什么也别说了,就这样吧! 只是爹爹虽然身为朝廷的命官,却不能给你置办厚实的嫁妆,你可不要记恨哟! "

安亭公离开耒阳后,那些敦厚朴实的巴天人,高兴得热泪盈眶手舞足蹈,他们把安亭公送来的大银供起来,像过年似的烧香磕头载歌载舞,逢人就夸诩显摆他们巴天人出了秀才,仁慈的皇上知道后,派阎廣居老爷给他们送来资助办学的银子。这消息像长了翅膀一样,霎时间,城垣市井街谈巷议传得沸沸扬扬,不待几日便传到了抚台衙门姜大人的耳里。

姜大人知道后又惊又喜,不免又是一阵唏嘘慨叹,遂在当日的奏疏里,顺便禀报了皇上。

嘉庆皇帝阅后也震惊了,不禁暗自思忖:"朕怎么就没有想到这一层呢?阎廣居此举可不是仗义疏财那么狭隘,他身处尘埃腹有山川,在耒阳任上能将异域族民巴天人,改造教化为大清国的子民。而今又代朕布道赏银助学,感化他们世代臣服王化,实乃高屋建瓴老成谋国,其胸怀经纬虑事深邃,堪比古之先贤,绝非等闲谋略。"

他沉吟了许久,遂令魏公公传旨,将吏部侍郎文宁召来说:"顷接湖南巡抚姜晟奏疏,安亭公又将朕赏给他的银子,以朕赏赐助学的名义,悉数赠与耒阳的巴天人,朕想听听你对此举的见地。"

文宁道:"回皇上,这是他一贯的行事做派,乾隆五十五年,先皇赏给他的一千两内帑银,就悉数捐与乾州修城了。但凡能为圣上施恩布德的善行义举,他从不吝啬自己的钱财,更何况还是皇上赏给他的银子呢?此公历来如此,'已成癖习'并不稀罕。"

皇上听后一阵唏嘘道:"话虽如此,但朕总不能自己买了好儿,让他贴银子吧!朕想把这笔银子再还给他,而后调回京来养老。"

文宁忙道:"皇上圣明,现在是时候了,当下颁旨正好明年正月十五前收到,等他交割完毕也就月底了,二月初启程,待春暖花开时节便可到京,皇上赏他的银子,正好用于回京的盘缠路费,也算是正当其时。"

文宁一席话说得皇上也笑了,遂道:"对,对,就这样,朕就以回京盘缠的名义赏给他,看他还能如何变通施舍。"

随即安排文宁道:"就这样,按咱们端午那日议的章程,让内务府在前门街挑一座宅院一并赏他,草诏吧!"

文宁执笔在手一挥而就,皇上御览加盖玉玺后说:"圣旨与任职文书、银票一起装匣泥封,派一专使送往长沙抚台衙门,由湖南巡抚姜晟亲往乾州宣旨,此事由你专办,跪安吧!"

腊月二十八那日,安亭公忽然接到姜大人派专使送来的书信,略谓:"今择于嘉庆七年正月十一迎娶小玉,我这里已经准备停当,你就不必费心张罗了。为了省却路途遥远来回车马人力之累,届时所需用度如期一并奉上,还望贤弟海涵。"于是他便与小玉在家里翻箱倒柜,整理她的嫁妆行头,一只简易的红皮梳妆匣子,一床蓝布印花被褥,一袭玫瑰红色的碎花旗袍,一套翠绿色的细布短衣短裤,仅此而已。

安亭公不无遗憾歉疚地说:"闺女啊!这也太寒碜了,可爹就这点儿能耐,实在对不起你了。"

小玉感激地流着热泪说:"爹,您快别说了,要不是您在难民群里收留了俺,这会儿还不知道在哪里沿街乞讨,甚或早已被人贩子转了几个主儿,流落烟花柳巷被人糟蹋了。"

恰在此时喜贵领着士骧进来,他见父亲正襟危坐在中堂前的太师椅上,两鬓染霜须眉皆白垂垂老矣,遂趋步上前跪倒在膝下,只喊了一声"大",便泣不成声。安亭公顿时惊呆了,愣了好一会儿才掰起士骧的头,泣声呜语道:"士骧,真的是你吗?"士骧抬起头来呜咽着说:"大,是我。"父子二人相

587

拥而泣,哭成了泪人。

小玉立即上前把兄长搀扶起来,让到另一张椅上坐了,送上茶水,而后揉了一把汗巾递上,迅捷将嫁妆收起来,便去厨下准备午饭去了。

父子二人擦干眼泪后,才心平气和地细聊起来。士骧不无感慨地说:"大,自乾隆五十六年一别,咱们父子已有十年未见了,佩苏今年已经十五了,他对您的印象还停留在五岁那年,孩子们想您啊!我这次千里而来,就是接您回家团聚颐养天年,您再也不能不管不顾地奔命了。"

安亭公苦笑着说:"其实,九月初八那夜,大在梦中就已回了一次家,该见和想见的人,我都见到了,还为咱家院里的那棵小枣树,写了一篇记文,当时我已亲口答应了你奶奶,待明年正月里打发小玉上轿后,咱们就相跟着回家可好?"

说着从抽屉里取出他誊抄的记文,士骧接过一看,竟与他默抄的一字不差,顿时惊得目瞪口呆,爷孙五人在同一时间,做了同一个梦,倘若不是冥冥中的神灵点拨,还能作何解释?心里暗自庆幸,自己来得正当其时,无论如何也要把他劝回老家。遂定睛凝神端详了许久,觉得父亲虽已衰老,但精神矍铄似无大碍,一颗悬着的心才落在肚里。

腊月二十六,姜大人接到圣旨后心中大喜,心里兀自琢磨:"皇上圣明体恤功臣,回京伴君颐养天年,该是何等风光体面,摊上这样的圣主明君,正月十五过后,便可进京养老了,还不把他喜得热泪盈眶。待年后我与文四亲往乾州,宣旨娶亲一趟车,岂不妙哉!"

嘉庆七年的春节,缘于长子士骧的不期而至,安亭公格外欢喜精神。只初一、初二在家待了两天,初三便领着士骧和喜贵把文庙、学宫、城隍庙、关帝庙、万溶江码头挨着走了一遍。

初八那日,还把何通判、王学政、伍良甫、伍良弼等几位同僚、乡绅、士子们,请到家里吃了一顿便饭,席间再三嘱托:"正月十一小女出阁,我既不待客,更不收礼,烦请诸位不吝口舌,帮我说服劝导,不是本府寡情薄义沽名钓誉,只想刹住这股风气以为表率,拜请大家多多海涵。今日这杯薄酒,权当是赔礼谢罪了。"说着站起身来敬了众人一杯,而后深深地施了一礼,竟把众人噎得目瞪口呆,却又无可奈何。

正月初十,乾州衙署张灯结彩热闹非凡,晌午时分,一队亲兵簇拥着两乘绿呢轿车，浩浩荡荡进了西城门，直趋乾州衙署而来，三声爆竹响后，鼓乐齐鸣锣鼓喧天。早已等候在大门前的安亭公，领着喜贵和士骧步下台阶迎上去，掀开轿帘时，见文四扶着姜大人下了车，安亭公又惊又喜道："大人，我可万万没想到是您亲自来了！"

姜大人微笑着说："亲家翁，我可是专程给你道喜来了。"

安亭公忙道："同喜！同喜！"说着留下喜贵安排接待随行人等，他与姜大人携手，领着士骧与文四步入衙署二堂。坐定后，安亭公指着侍立在侧的士骧对姜大人说："这是犬子士骧，年前腊月二十八，从老家赶来接我了，待孩子们的婚事办完后，我就告老还乡。"

士骧忙倒地跪拜曰："伯父大人在上，小侄士骧给您请安了。"

姜大人右手虚抬了一下道："贤侄请起。"而后朗声曰："乾州知府阎广居接旨。"

安亭公瞬间愣了一下，忙令人摆起香案焚香鸣炮，他与士骧立即跪倒在地，姜大人缓缓步入案侧宣读："奉天承运，皇帝诏曰，乾隆四十六年，阎广居履职湘省，历任常宁、慈利、耒阳、芷江、麻阳知县，辰沅兵备副使，乾州同知、知府凡二十一载，廉洁奉公剿匪治盗，除暴安良整饬吏治，忠心事主不遗余力。朕念其鞠躬尽瘁劳苦功高，着即擢任正四品奉政朝议大夫御前侍驾，以解朕思贤之渴，并赐前门街宅第一所颐养天年，再拨内帑银一千两，以资进京盘缠用度，钦此！"

安亭公立即三叩九拜曰："谢皇上隆恩，臣乾州知府阎广居恭请圣安！"

姜大人应声曰："圣躬安，起来叙话吧！"

而后上前拉着安亭公的手说："亲家翁你今日双喜临门，真是好福气啊！过了十五交割印信后便可回京了。届时我和文四、小玉，在长沙抚台衙门摆酒为你饯行。"安亭公无可奈何地笑了笑。

正月十一早饭后，安亭公由喜贵、士骧陪着，把姜大人一行送出西城门，临别时他盈盈地叮嘱小玉："闺女，你放心走吧！这里有你哥照应呢！爹过了十五就进京赴任，路过长沙时再与你叙别。"小玉含着眼泪点头说："爹，我在长沙等您，您可一定要来啊！"

安亭公回到衙署时见天色尚早，便令喜贵将何九章召来安排道："何通判，眼见元宵节来临，咱们拉上几坛老酒和元宵，再牵几头羊，到西城营房慰问一下守城士卒,顺便检查一下城垣防务和防火事宜,中午在那里吃一顿便饭,与大家乐一乐。"

何九章忙道:"大人,咱们现在启程就行,我派人带上银子,顺路就能采购,不必来回倒腾。"

前半晌时,安亭公与何通判、喜贵、士骧一行,牵羊担酒来到西城营房,他微笑着对王把总说:"上元节来了,我过来看看咱们的守城将士,你先带我们去查验一下城防安全,回来在你这里吃顿便饭,与大家乐呵乐呵!"

王把总高兴得立即安排厨下备饭,而后便陪着安亭公一行上了城墙。

安亭公在攀爬城墙楼梯时,士骧赶紧上前搀扶,他信心十足地甩开士骧的胳膊,拄着虎头拐杖走在前头,神采奕奕步履矫健更显精神,登上西城门楼时,他环城扫了一眼,才长长地吁了一口气,似乎十分惬意舒心。一路上走走停停,目光犀利一丝不苟,时而驻足仔细叮咛,时而愠怒直指纰漏,城垣防卫针砭弊端,市井灾害洞察隐情,了如指掌洞若观火。

到了南城门时已是晌午时分,王把总凑上来小声地提醒说:"老公祖,已经饭时了,咱们吃了饭再转吧!"

安亭公似乎毫无倦意,只轻轻地说了句:"不急,别辜负了这难得的春日暖阳,咱们还是一鼓作气查完再吃吧!明天就没时间了。"

王把总只好作罢,直到黄昏时分才转到了北门,回到营房时,已是掌灯时分了。此时酒席已经摆好,大家虽然又累又饿,但还是矜持着不敢放肆,安亭公见状,不无愧疚地对众人说:"对不起!让你们跟着挨饿了,满上!满上,放开肚子喝吧!"而后举杯连着饮了三杯,众人这才放松了,于是大家推杯换盏大吃大嚼起来。士骧见状,遂在一边偷偷地扯了扯他的袍袖,示意他少喝点儿,谁知安亭公回头睨了他一眼道:"我知道,难得与大家凑在一起,再见面时,还不知是哪年哪月了!"一顿饭足足吃了一个多时辰,回到寓所时已是二更天了。安亭公嘱士骧从柜里取来两包早已备好的中药,一包当下熬着喝了,不到一袋烟的工夫已如厕两次。回来后精神焕发,似乎换了个人似的,指着另一包又对喜贵说:"赶紧泡药烧一锅开水洗澡解乏。"

二人一阵忙乎,待沐浴就寝时已是三更过后,安亭公更无倦意,他把那张皇上赏赐的银票掏出来递给士骧说:"我一生做官身无余财,这张银票还是圣上赏赐的,你仔细收好了,除却路上的盘缠后,剩余部分悉数交给里长,作为村里办学的用度,咱们欠族人乡亲的太多了。待过了十五后,你和喜贵到耒阳、麻阳把你两位庶母的遗骸刨挖上,咱们就回家。"

士骧遂不解地问道:"大,那您不去京城赴任了吗?"

安亭公含着眼泪,哀哀地说:"把她们安葬后,再去京城上任也不迟,我明天给吏部上个呈文,告上半年的省亲假便行了。"说话间已是酣睡如雷了。

士骧也很快随之进入梦乡。冥冥中,忽然看见一位仙风道骨的僧人飘然而至,与父亲端坐在中堂前的太师椅上亲切地叙话,父亲高兴地说:"净空师父啊,久违了! 您是踏着五彩祥云来的吧?"

那僧人微微一笑说:"安亭先生,听说您功德圆满要回家了,我过来送送您,以后咱们见面可就不方便了。"

安亭公也笑着说:"您那么神通广大法力无边,见个面还不是须臾之间的事吗?"

那僧人正色道:"您本是天上二十八宿中的文奎星,只因触犯了天条,而坠入人间受难,当下已经修成正果,玉帝念您宅心仁厚,敕封您为耒阳的五谷神了,您就好好享受这方百姓的奉祀吧!"说着一阵清风飘然而去。

士骧醒来时,已是五更时分了,他忙去推父亲时,父亲竟然已经没有了知觉。"大! 大! 大!"他连着喊了几声竟没有回应,顿时着了急,待到喜贵掌灯过来察看时,但见父亲两眼微闭慈祥安宁,却已驾鹤西游与世长辞了。

【方言注释】

① 由头:借口。

② 克化:消化。

③ 宿头:机会。

④ 狗扯羊皮:不正当的关系。

⑤ 杵着:窘迫地站着。

第十五章　魂归故里

　　士骧顿时瘫坐在地上，这猝然而至的泼天意外，着实把他给击蒙了，他呆木了好一阵子，眼泪才像决堤了的洪水似的夺眶而出。昏睡中猛醒了的喜贵顿时也惊呆了。他愣了好一会儿，才突然明白过来，忙赶紧凑上去，把士骧搀扶起来坐在床沿上，自己连连跺脚长吁短叹，眼泪扑簌簌地已经注满了腮帮。

　　痛彻心扉的士骧坐在床边，仔细梳理着这段时日以来发生在父亲身上一连串离奇怪诞的往事。自从去年十月，他在崇善寺求签占卜后，便隐隐约约有了某种不祥的预感。他老人家昨日还在城墙上神采奕奕地巡防，今日凌晨已是生离死别阴阳两隔了。虽然他百思不得其解，但冥冥中觉得一切更像是上苍的刻意安排，遂自默默地站起身来走到窗前，只想静静地排遣一下心里的淤积。

　　当他推开两扇紧闭着的窗户时，只见阴沉沉的天空飘着柳絮儿般的绒雪，湿漉漉的地下已是雨雪泥泞了，一股冷风扑面而来，他不由得打了个寒噤，这才清醒了许多。

　　父亲走了，昨夜星辰铅华洗尽，泪雨纷纷下，薄雾浓云氤氲锁尘埃！

　　父亲走了，山川旷野一片沉寂，黎明静悄悄，凄风苦雨一夜袭来！

　　他惩腐戒贪除恶务尽似海瑞包拯，来去匆匆雷厉风行，犹如古之侠客，事了拂衣去，深藏功与名。

　　父亲走了，像一位功德圆满修成正果的佛陀，踏着五彩祥云，悄然飘上苍穹。

　　他潇洒飘逸来去无踪，肃肃如松下之风，醉酒卧榻时玉山已崩。

　　天亮时，闻讯赶来的何通判一进门便跪倒在榻前哀哀叩拜，泣声呜语："大人啊！您这样猝然而去，却叫属下如何向三湘父老和抚台大人交代啊？"

士骧和喜贵忙上前搀扶起来说："何大人,您节哀顺变吧,我等已然乱了方寸,善后诸事,还得请您做主啊!"

何通判站起来拉着士骧的手抚慰了一番,便回到二堂铺排去了,这时那些留守的吏员差役们已经集结在堂前。他擦干眼泪迅速起草了一封讣报,派差役快马送往长沙抚台衙门禀报中丞大人。又派了一名差役,前往城西营房传唤王把总,带上二十名兵卒速来衙署候差,令胥吏周全去北城王记棺材铺,定置一口上好的棺木,让喜贵带人上街,采办寿衣纸扎祭祀用品。

半个时辰后,王把总已带人来到衙前,他急速跑进二堂,给何通判打了个千儿,含着眼泪一脸懵懂地询问:"阎大人昨日还在营房劳军,今晨怎么就猝殁了呢?卑职姗姗来迟,有何差遣,还请大人吩咐。"

何通判果敢地说:"你寻个风水先生堪舆一下,立即着手在衙门附近,搭建一个气派宏大的灵棚。为避免拥挤踩踏,再拨上二十名兵卒维持秩序,昼夜轮番为阎大人守灵。"

这时,寓所里喜贵已将"济生堂"的郎中宋先生请来,准备洗漱敷药以为防腐。宋先生轻轻地揭开被子察看时,见安亭公面目滋润馨香如兰,顿时惊呼道:"大人临终前已香汤沐浴泻药清肠,如此则可千年不腐也!若非神灵点拨,何来如此造化?"

士骧一阵沉思默默无语。

黄昏时分,士骧和喜贵已为安亭公穿戴整齐,士骧着意将父亲生前用过的青龙宝剑、虎头拐杖、老花镜,连同笔墨纸砚一并收敛入棺。而后请闻讯赶来的城隍庙住持悟明法师诵读《地藏经》文,覆盖了织满梵文的蚕丝陀罗经被。

这时王学正已将他书写的挽联贴在灵前:

> 一身是胆剿匪除盗,踏平湘西五岭狼窝虎穴;
>
> 两袖清风惩腐戒贪,撑起江南半壁廉政青天。

何通判领着衙署吏员们祭奠完毕,正要告辞时,士骧掏出父亲生前留给他的银票,诚恳地说:"何大人,这一千两银子是皇上赏给先父回京赴任的盘缠,这下也用不着了,留在衙署里度支吧,棺木丧仪移灵所费都从这里开销,短缺部分我会设法补上,千万不可为此亵渎了他老人家的一世清名。"

何通判的脸颊瞬间憋得血红道:"贤侄啊!你这不是把我放在炉火上灼

593

烤吗？阎公是社稷功臣朝廷命官,他为大清王朝忠心耿耿,效命二十余年,礼部自会依制拨下度支银两,丧葬用度还用得着你掏银子吗？我若收了你的银子,乾州百姓能饶得了我吗？他们就是用唾沫也能把我淹死啊！快快收起来吧！移棺祖茔时,用银子的地方还多着呢。"

稍顿后又询问士骧:"丧葬事宜按你们老家的习俗,还有哪些讲究,尔可一并述来,免得遗漏留下恌缺。"

士骧道:"丧仪习俗便有些疏漏,也不是大事,只在下还有两位已故庶母,葬于耒阳、麻阳,按我们老家的习俗,应该随父移葬祖茔。"

何通判道:"那好,明日备好棺木,让喜贵带上四名兵卒,把两位夫人的遗骸收敛回来,待移棺时一并运回祖茔安葬。"

安亭公溘然逝世的噩耗不胫而走,当天就传遍了城垣市井山野乡村。霎时间,昏天黑地一片晦暗,贩夫走卒为之扼腕惋惜,货郎摊贩捶胸顿足,渔猎农夫奔走哭诉,家家摆香案设灵堂断炊吊唁。买卖字号关门歇业,财东掌柜们派人把衙前一条街和四座城门,都用白幛黑纱装裹了,乾州古城瞬间淹没在举幡哀悼的海洋里。

正月十三一早,伍良甫领着各商户店铺的财东掌柜们,抬着牛、羊、猪三牲供品来到灵前集体祭祀。

奠毕,伍良甫请见何通判并送上银票三千两,他含着热泪恳切地哀告:"何大人,阎知府猝然离世,着实把俺们击蒙了,各商户店铺的财东掌柜们凑了些许银两,请求担负阎公丧葬用度的一切开销,以聊表寸心,请您务必允准成全。"

何通判怔怔地听完他的诉求,沉吟了片刻才委婉地说:"伍先生,各位乡绅们的感恩之心我能理解,论理我本不该辞,但阎公一世清廉爱民如子,如此只怕玷污了他老人家的名节。况且尔等已在衙前和城门上挂了白幡,又抬来三牲大供,已经花销了不少,若再收了银子,便更加不妥了。饶是如此也不免龌龊小人生蛆滋事,还是谨慎些好。只这段时日,尔等悲切伤痛无心营务情有可原,但日子长了似乎欠妥,烦请足下回去后,给各家买卖字号做点儿缓释的铺垫,开张门店正常营务,千万不可使一城百姓陷入生活困顿,被小人们钻了空子。"

午后,乾州士绅领袖伍良弼,带领着乡贤、乡宦、士子四十余人,前来吊奠并送上他亲笔书写的挽联：

宦海修三立，武陵遗厚爱，被奉作神明，享万家香火，一生无憾也！

生涯守五常，汾水怀懿范，已尽瘁身心，留百代芳名，千古永垂矣。

奠毕，当场宣布，在停灵期间，他们自愿轮流为阎公日夜守灵。簇拥在灵前祭奠悼亡的乡民们，更是络绎不绝昼夜不停。

正月十五那日午后，麻阳天王寺住持净空法师，携六名僧人飘然而至。士骧一见果然是那晚梦中所见的高僧，忙上前恭恭敬敬地合十礼拜道："俗家弟子士骧参拜净空师父。"

只见净空法师长髯飘飘鹤发童颜，目光迥异声如洪钟，单掌揖礼朗声曰："贫僧天王寺住持净空，应约前来为阎公设坛斋醮超度亡灵。羁鸟恋旧林，池鱼思故渊，精骛八极，心游万仞，岁寒，而后知松柏之凋也！"

士骧一听心里已然明白，遂合十再拜曰："弟子士骧谨遵师嘱，有何差遣，但凭吩咐。"

净空法师曰："一席蒲团，三餐斋饭，清汤沐浴，足矣！"

正月十九，姜大人一行回到抚台衙门时，已是黄昏时分。劳乏了半个多月的他，拖着疲惫的身躯走进书房，正准备更衣洗漱就寝时，忽然瞥见书桌上搁置着一封有加急标记的信札。待拆开览阅时，竟是安亭公猝殁的讣报，他顿时惊得瞠目结舌。安亭公的忌日竟是他们离开乾州后的次日！遂一下子瘫坐在太师椅上，止不住的两行老泪，已是肆意纵横了，哪里还有丝毫睡意？他勉强冷静了片刻后，便立即起草奏折呈报皇上：

臣湖广总督领兵部侍郎衔兼理湖南巡抚姜晟谨奏：

嘉庆七年正月初十，臣奉谕驰往乾州宣旨，敕封乾州知府阎广居四品奉政朝议大夫，该员感激涕零领旨谢恩，诺许上元节后交割赴京。然，臣次日离乾，十九日返回长沙时，突接乾州讣报，阎公已于十二日凌晨猝殁，灵耗骤至，臣惊愕不已。静则反思，阎公已自知体衰力竭，早有致仕还乡之意。故于去岁九月，曾驱车亲往耒阳抚慰巴天族民，并将圣上赏银千两，悉数与之助学。一路颠簸又感风寒，回到任所后，卧病在床月余，临近年关时，才勉强起床，卒前一日还抱病劳军巡城，次日晨晓便溘然长逝。虽卒乾州任所，但当下已是钦命朝员，丧葬抚恤例晋封赏，当依何制？恭请圣上晓谕。

595

臣姜晟顿首叩拜！

嘉庆七年正月十九日

姜晟大人拟就奏折后，心潮尚自起伏不定，遂自伏案再拟祭文以抒发悲悼之情。

悼阎公广居文

阎公广居，字子仁，号安亭。乾隆十一年生人，祖籍山西阳曲，乾隆三十五年乡试举子，乾隆四十六年大挑举士，历任湘省常宁、慈利、耒阳、芷江、麻阳知县，辰沅兵备副使，乾州直隶厅同知，例晋知府，诰授奉政朝议大夫。勤勉履职湘省二十二年，呕心沥血教化异人，致使巴民臣服王化！剿匪制盗一身是胆，敢闯狼窝虎穴！除暴安良雷霆霹雳，踏平擒贼险途！整饬吏治惩腐戒贪，撑起湘省半壁青天！兴办义学独辟蹊径，宅心仁厚化盗为民，公忠体国克己奉职，乾嘉两朝江南廉吏第一。嘉庆七年正月十二，积劳成疾，鞠躬尽瘁，劳卒乾州任上，时年五十七庚，倏忽间已成隔世，呜呼！斯人已逝，世间再无安亭公！

这时他才感到凄凉孤独阵阵袭来，竟似天塌地陷了一般，不禁捶胸顿足拍案痛哭：“子仁啊！你我情同手足义如管鲍，相濡以沫十余年，而今撇下愚兄撒手人寰，凄风苦雨孤独南天，从此后，知音难觅，人间再无钟子期。”

此时泪水的闸门，顷刻汹涌奔流，凄凄切切竟自一夜未眠。

直到书吏推门时，他才知道已是天亮，遂自擦干泪水止住哭声，将满腹悲怆倾注笔端，伏案疾书：

凄风苦雨，五岭挥泪哭安亭；

斯人已逝，尘世再无鲍叔牙。

笔落后才长长地吁了一口气，将奏折封匣上锁嘱书吏曰：“奏疏匣子装袋铅封，立即派人送往潮宗门驿站，六百里加急发往京城，顺便叫文四过来见我。”

文四进门后，一眼瞅见案上的挽联，瞬间惊呆了，遂迷惑不解地抬起头来，两眼直愣愣地盯着姜大人。

596 姜大人长长地叹了一口气才说：“文四啊！这是真的，阎公是咱们离乾后的次日凌晨猝殁的，你马上到度支科支领五百两丧仪银子，带上小玉驱车前往乾州吊唁,银票给付何通判,让他暂按州牧规制,署理丧葬抚恤,待圣上颁旨后再行定夺。"

安亭公不幸猝殁的噩耗,像惊雷一般,迅捷传遍荆楚三湘,常宁、慈利、耒阳、芷江、麻阳的民众震惊了,城垣市井乡村山寨一片哀嚎。人们自发地在寺庙祠堂设灵祭祀,巴夭人更是悲痛万分,家家设灵如丧考妣。

然,阳光温暖人皆喜好,但蜀犬吠日也不乏其人。诚如何通判所言,龌龊小人惯会造谣生事。不待几日,市面上突然传来了骇人听闻的谣言:"阎广居在慈利剿匪时,贪墨了二虎寨和双乔寨抄没的赃银一万余两,令茂才偷偷在澧州"鑫盛"钱庄兑了银票,明面上是以贪赃渎职的名义将茂才削职,实则是派他将银票送回家中。为了杀人灭口又捏造罪名,将二虎寨张文兄弟和双乔寨赵大兄弟四人送上断头台,而茂才只拿了三百两银子又被削职回乡后,便怀恨在心,遂匿名将其检举,又被朝中的御史大夫弹劾了。皇上知道后勃然大怒,为了防止阎广居畏罪潜逃,便以升迁的名义颁旨调其进京,欲治其罪。阎广居闻讯后,深知此劫难逃,便畏罪吞金自尽了。"

愤怒的乾民们听说后,当即把现场传谣的那几个小人围起来暴打了一顿,而后捆绑起来送往衙署请求治罪。

何通判仔细审理后,便派了两名捕快,循着传谣线索一路倒查,一直查到源头慈利才水落石出。

原来散布此谣的始作俑者,竟是安亭公在慈利整饬吏治时,被惩处的前任知县吴汝浩。他自乾隆四十九年,逃到广州珠江码头的十三行,隐匿了十八年后,已经站稳脚跟,便悄悄地潜回内地打探风声,正好传来安亭公猝殁的消息。于是他便赶往慈利,找到张文和赵大的家属,如此这般面授机宜一番,于是便有了开头的那一幕。

两名捕快迅速将其拘捕,送往长沙按察使司结案,此事才告一段落。吴汝浩本欲造谣生事诋毁中伤安亭公,为自己日后翻案埋下伏笔,谁知天佑贤良,使其露出了马脚,竟搬起石头砸了自己的脚,可谓法网恢恢疏而不漏,多行不义必自毙。

正月二十六日午后,嘉庆皇帝在南书房收到湖南巡抚姜晟的奏折,览毕一阵凄然,立即令魏公公传旨,将礼部尚书魁伦和吏部侍郎文宁召来议事。

文宁说:"回皇上,阎公虽已任命四品京官,但猝殁时,还在乾州知府任上，且尚未交割，可否依制循四品知府衔抚恤封赏？"

魁伦说："回皇上，阎公虽猝殁乾州知府任上，但当下已是钦命奉政朝议大夫，其丧葬抚恤封赏应依四品京官礼制为妥。"

皇上沉吟了片刻道："二卿所言循情依礼自然不谬，然阎卿体国公忠劳苦功高，若循情依制似有不忍，朕以为稍有拔高亦不为过，二卿以为如何？"

二人忙拱手揖礼曰："皇上仁慈体恤功臣，乃臣子们的福分。"

皇上曰："若无异议，就拟旨吧！"

文宁与魁伦稍作谦让后，便攥笔在手凝神静气伏案疾书：

奉天承运，皇帝诏曰：阎公广居，乾隆庚寅恩科举人，辛丑大挑一等举士，历任常宁、慈利、耒阳、芷江、麻阳知县，辰沅兵备道副使，乾州同知、知府，勤勉履职凡二十二年，嘉庆七年正月十二猝殁乾州知府任上。朕念其劳苦功高体国公忠，特赐进士出身，诰授奉政大夫例晋朝议大夫，直隶乾州军民府加知府衔，配飨崇祀名宦乡贤祠，妻冀氏诰封宜人例晋恭人，妾杨、陈氏例赠孺人。父文宝诰赠文林郎奉政朝议大夫，妣刘、武、赵氏诰赠宜人，例赠恭人。祖汝祐貤赠文林郎，祖妣王、杨氏例赠孺人。灵柩归葬祖茔，移灵途经所过府县，凡九品以上吏员，务必设坛路祭扶灵过境。着礼部奉旨勒祖茔神道碑、祖居官道功德碑各一通，依知府制赏丧葬抚恤银五百两，钦此。

皇上御览用玺后又嘱："丧葬抚恤、移灵用度，由乾州厅垫支，事毕可与户部核减当年税赋。神道、功德碑由礼部撰文，发谕山西抚台衙门，就近铭刻勒制送往原籍。当下能想到的也就这些了，遗漏之项尔等可循例依制续补，不必再行请旨了。朕还是那句话，就高不就低，不可亏待了阎卿。着六百里加急，送往乾州衙署，就这样，二卿跪安吧。"

正月二十八日午后，文四与小玉从长沙风尘仆仆地赶到乾州。下车伊始，小玉便跟跟跄跄地扑到灵前捶胸顿足，当下就哭得昏厥了过去，待她醒来时，已被文四和士骧抬回寓所。她抽抽噎噎地自裁了一身孝服，执意要为父亲守灵，文四无奈，也只好披上孝衣日夜陪着。

二月初二那日晌午时分，喜贵已将二位婶娘的干丧运回乾州，士骧与文四款款地将其抬入灵棚，放置在父亲灵柩一侧，而后奠酒叩拜。小玉看到母亲的干丧时，又哭成了琵琶。

二月初五驿站快马送来圣旨，何通判立即摆起香案，士骧、喜贵、文四倒地跪接，何通判宣读毕，士骧等三叩九拜恭请圣安。

何通判双手将圣旨捧到士骧手中说："贤侄仔细收藏了，这可是圣上对阎公一生功绩的褒奖。"

士骧含着热泪再行大礼叩拜："谢万岁爷隆恩！"

回到寓所后，士骧立即草拟家书，将父亲猝殁的噩耗，圣上谕旨诰赠祖父、曾祖两代先人的封号，一一详尽开列告知士龙、士骢，请他们依制依俗筹备安葬事宜，又将父亲生前撰写的文稿和书籍，一并打包送往驿站寄回家中。

二月初六，安亭公移棺故里正式启程，何通判着意令喜贵担当移灵总管，派了三辆双驾骡车和十名士卒随行，预支来回盘缠三千两，一并交由喜贵统管度支。

随着三声撕心裂肺的火铳声猛然响起时，灵车缓缓启动，士骧身着粗麻布斩衰丧服，拄着丧棒奔走在灵车前，一步一回首，三步一叩头，哀声泣唤："大，您再眷顾一眼乾州的老百姓，咱们一路顺风回咱家。"

那凄婉悲切的哀哀声唤，惹得街市两边送行的人们潸然泪下哭声再起。

何通判与王学正率领衙署九品以上吏员，左右列队扶棺执绋。

小玉自从正月二十那日惊悉父亲猝殁的噩耗后，便从长沙一路哭到乾州，正月二十八见到灵柩后，又昼夜守灵哀泣，早已流干了眼泪。当拣定移灵日子时，她便执拗坚持要随灵护送。士骧、文四虽费尽口舌也无济于事，于是，只好任由她拖着病恹恹的身子，跟着灵车一路随行。可还未到城门口时，她又一次昏厥了过去。无奈之下，文四只好将她抬上骡车折返长沙。

辰时初刻，乾州的百姓们便簇拥在街道两边，摆上供桌焚香燃表虔诚跪奠，沿街两旁跪满了白压压的人群，哀嚎哭泣声此起彼伏一阵紧似一阵，牵衣顿足呼天抢地，哭声响彻云霄。

待灵车走出西城门时，已近午时，直到黄昏时分，才到了城北太平村，可送行的人流尾巴还滞留在西城门口。

停灵后，士骧只好哀哀地苦求何通判："何大人，咱们就此别过吧，您看在先父生前爱民如子的份儿上，把乡亲们奉劝回去，否则，他老人家的魂灵会不安的。"

何通判哽咽着说："贤侄啊！圣上晓谕，移灵途经州县，九品以上吏员扶棺执绋界畔迎送，大人待我恩重如山一路提携，若不送过扬子江，我又于心何忍呢？"

士骧道："何大人，照眼下这个速度，到古丈境也得五天之后，若过扬子江时，恐怕就是三个月以后的事了。您岂能为了护佑亡灵而废置州政，再拖累一城百姓？倘若在此期间发生意外变故，那就更对不起他老人家了。凡事通权达变是为明智也！依侄儿愚见，您带众位吏员回衙署政，这里只留下王学正送到古丈便行了。"

何通判沉吟了片刻，觉得也是这个理，便带着十几名吏员一路央告，好不容易才把送行的人流劝导折返。

二月十一到达古丈界畔时，古丈知县王夺威已经带着属下吏员，抬着供品在界畔迎候祭奠，士骧遂恳切地对王学正说："王大人，留下两名士卒守灵帮忙就行了，其余人等您带回去吧，学宫里没您主持可不行啊！"

王学正虽然十分不情愿，但经不起士骧和喜贵的反复劝导，最终还是达成妥协，只带了六名士卒返回乾州。

一路上迎来送往走走停停，一日行走多则二三十里，直到端午节时，才到了宜昌码头。

过了扬子江后，士骧便与喜贵商定，避开官道抄走小路，虽然道路崎岖不畅，但省却了多少沿途官吏的路祭应酬。饶是这样，也直到中秋时，才进入洛阳界畔。洛阳知县魏襄立即带着衙署吏员和沿途百姓，守在大官道口设坛祭奠，又亲自扶棺执绋，把他们一行送到孟津黄河渡口，将随行车马留存在码头驿站，派了一艘官船逆流而上，而后进入山西境内。

经过整整八个月，行程三千余里，九月初六，安亭公的灵柩，终于回归故里。士龙、士骢和茂才早已带着家下族人，候在寨底码头跪接迎灵。灵柩卸船后，直接移往村口的大南场上，搭建灵棚设坛祭奠。

祭奠礼毕，士骧当场从怀里掏出一张银票，交给里长茂才说："这是皇上赏给先父回京上任的盘缠，他老人家临终前曾有交代，留作村上办学用度。"

现场的族人乡亲们一阵感念赞叹！唏嘘不已！

九月初八，阳曲知县金应潮乘坐官船载着功德神道碑，率领山西抚、藩、臬三台衙门和太原府台及士绅代表十余人，双手捧着抚台伯麟大人亲笔书写的挽联（三千里外楚水湘山，宦海丹心德永在；五百年来并州河口，桑梓热土范长存），抬着三牲大供，为安亭公举行了隆重的移灵祭奠仪式。

九月十二一大早起，天阴得沉沉的，合族男丁们簇拥着安亭公的灵柩，沿着驿站古道渡过汾河，抬往大圩滩祖茔依礼安葬。安亭公从此长眠于碧水缠绕的九凤朝阳山下。

辰时初刻，御赐神道碑巍然耸立，庙儿山俯首折腰为之慨叹！汾河水呜咽啜泣为之动容！一行南飞的大雁，嗷嗷哀鸣掠过长空，似乎痛悼惋惜，更像是引吭长吟，魂兮！魂兮！归来吧！归去来兮！

安亭公用他二十二年的仕途生涯，谱写了竹林七贤嵇康含恨带走的《广陵散》曲，电闪雷鸣惊骇鬼神，刑狱断讼似戈矛纵横，一腔热血疾恶如仇，踏狼窝闯虎穴赴汤蹈火，为荆楚边陲撑起一片廉政青天，铁骨铮铮大义凛然，为贪腐肆虐的皇权官场，注入一缕清风而曲终正气存。

附录一

安亭先生《力恕堂遗集》[①]序

　　安亭先生,以制义专门名家,同里惟折先生遇兰可与抗手,余子弗及也,既筮仕,值楚南兵兴,先生鸠定安集,功在社稷。其所为制义,老而不辍,余爱之诵之,不啻口流沫,手生胝矣! 顾未读先生古文诗也。辛未闰三月,嗣君士骧访余天津北仓,属为先生传,并出古文诗若干首,请弁言授梓,余受而读之,益叹文章与政事相表里,能为时文,未有不能为古文诗者也! 先生古文纡徐委备,出入欧曾之间,诗不事刻雕,天发自解,信乎道与文俱,制义与古文诗,不可歧而二之,而文章政事,非同源异流也,或谓篇什寥落,不必存。余告之曰,孝子不忘其亲,虽衣冠带屩必护惜珍庋之,历久摩抚不置,况口泽乎! 况手泽乎! 若为先生大者在治绩,制义乃其余事,古文诗,又其余事,韪矣,梓而存之,传先生之文,亦志士骧之孝也!

　　嘉庆辛未(即十六年)十二月下澣姻愚姪静乐李銮宣[②]谨序。

---

　　①《力恕堂遗集》全书一套共六册,现仅存世孤本,藏于天津南开大学古籍善本部,堪为稀世珍本,颇受中外学者关注。二〇二〇年,我与阎广居八世后裔阎月亮先生,前往南开大学查阅此集时,正值数名台湾学者在此查阅传抄,由此可见其珍贵的史料价值。

　　②李銮宣(1758—1817)字伯宣,号石农,别署散花龛主,山西静乐五家庄人。十三岁中秀才,十四岁即补为廪膳生员,二十二岁乡试中举。曾在北京景山学馆教授过皇家子孙,是嘉庆皇帝的启蒙老师。乾隆五十五年进士及第,授刑部主事。嘉庆三年擢任浙江温处兵备道,在任六年。修明文教颇有政声,与他的前任无锡秦小岘并称"前秦后李",深受当地士绅民众拥戴。履职云南按察使时,因不徇私情,遭人忌恨而惨遭诬陷,被流放到新疆迪化充军。嘉庆十四年复出后,历任户部主事、天津兵备道、直隶、广东按察使、四川布政使,云南巡抚,一路政声隆起。只因教授过皇家子孙,被朝野尊称为"龙大人"。少年时受学于寿阳祁鹤皋,博闻强记遍览群书,平生别无嗜好,唯喜吟诗作赋以为自娱,著有《坚白石斋集》。

　　嘉庆十六年闰三月,士骧携父亲平生所著诗词、制文、悼文、碑铭、纪事文稿一千余篇,前往天津北仓,请时任天津兵备道的李銮宣作序。李先生读罢叹曰:"益叹文章与政事相表里……,先生古文纡徐委备,出入欧曾之间,诗不事刻削,天发自解。"遂欣然命笔作序如上。

附录二
安亭先生族人概况

五弟广思，字诚九，乾隆十三年生人，其性格敦厚而量宽宏能持大礼，平生不忌小嫌不拘小节。常常周济穷困排忧解难，厚德载誉，深得族里乡贤盛赞。安亭公履职楚湘得以奉公尽职而无内顾之忧，公辅佐之力多也。他儿时亦曾嗜学饱读，怎奈琐事缠身，一生竟与功名无缘。安亭公常常为之慨叹："以广思之聪颖，若功名举仕，其才胜某十倍，是吾所累而深惜也！"生前亦曾捐从九品职衔，却终也未曾入仕，殁后例授虚衔登仕郎，嘉庆十五年卒，享寿六十三庚。

长子士骧，字应房，号西来，一号六山行一，乾隆三十三年生人。乾隆六十年恩科第六十名举人，戊辰大挑二等，捡选知县，先署荣河县教谕，后补平阳府太平县训导，二衔履职十八年。生平与人坦诚不欺，光明正大未尝有私，春风化雨，奉公履职；博学著书，一空理障。诸生成就甚众，深得乡野士绅民众拥戴，属地曾为之铭石勒"德寿泽碑"。及公将致仕还乡时，又立"去思碑"以为缅怀。嘉庆二十五年，知县李明府请修邑志，其间又应阳曲知县华典之邀，编纂《阳曲县志》。他不辞劳苦夜以继日，历时十一年，于道光十一年脱稿，终因积劳成疾，而卒于道光十三年二月十二日，享寿六十六岁。生平著作诗文授梓刊印《六山公文集》《槐树堂杂咏》《文中子中说》《格言录》《欧阳县志》《阳曲县志》，均为传世佳作而流芳千古，其文字功底之深，由此可见一斑。

次子士龙，字卧庐，号禹门，一号云轩，生于乾隆三十六年，卒于道光元年，享年五十一寿。嘉庆元年乙卯恩科乡试第三十一名举人。其子佩艾，为人慷慨尚义有胆略，少冠诸军即为士林器重。

其生平著作诗文千余篇，殁后，佩艾择其优者授梓刊印《禹门文稿》垂示于世。由大挑举仕履职阳曲县教谕。他上任伊始，阳曲学宫颓废已久，公慨然

603

以募修为己任,召众乡贤绅士筹资并亲任督工十余年,终致在其任期修葺告竣。故里河口老镇圣母庙、邻村寨上龙王河神殿,亦为公主持修葺耳!

公性直爽不苟私交,所遇落落难合,但喜周贫济困,里中多藉举火焉!尝恶衣恶食,躬自俭约而与冠盖往来恬然自若,大有圣门仲由之风,大宪曾叹曰:"洗尽铅华,独标新颖。"

嘉庆十二年,始建于金天会年间,明代重修并扩建的太原文庙坍塌已久。其时,贺学宪耦耕夫子来晋,下车伊始,遂与诸大宪议修圣庙,诸宪皆举公为首领,公慨然应允,率先捐银千两以为众倡。又因其地傍水极湿,于周围掘地八尺余深,以砂砾青石固其根基,至今赖而无患也!

此后,公与乡邑绅士共议,筹资修葺并身任其事,其力小而任重,后十余年功大费繁,或作或辍,有时刊疏募资,有时鸠工庀材,独不避嫌怨。夙兴夜寐,恃其壮健,往往废食废寝,诸大宪闻之,莫不刮目相看。以数百年之破庙,一旦修复,且根基完固可以长久。孰知公竟积劳成疾,道光元年秋勒石铭记,复力疾亲往查验并亲叙次书写,自是病遂益重,十月十五日碑成,十九日抵家,竟于二十七日溘然逝世。

时六山公士骧在平阳府太平县任上,闻其卒而叹曰:"手足摧折伤心,如刀割也。"哭之大恸。

嘉庆十七年,士骧司铎太平训导,家庭肃穆若静,举凡大小事,唯公至勤至慎,内外毫无闲言,故余府家声特振,皆公之力耳!

三子士聪,字希桓,号铁围,授太学生,乾隆三十八年生人,卒于嘉庆二十二年,享年四十五岁。少时读书极尽苦功,然不得来一芹,大以为憾,爰例入太学应本省乡试,荐而不中。从此罢攻举子业经理家务,心甚精细,暇则吟风弄月以自适焉!

公虽苦读诗书,竟与仕途无缘,但为人慷慨而精细,却是一把经商的好手。嘉庆三年他独辟蹊径,从挖煤、冶炼、开铁铺、熏硫黄的实业一步步做起,而后跨行经营买卖,踏着马蹄驼铃的足迹,万里迢迢南下两广、云、贵、川,北上包头、库伦、恰克图,蹚出一条盐铁茶马的万里商道,引领了晋商贯通南北生意的先河,累积了巨额白银资本,并在省城钟楼街上购置了半条商业老街,亦是弃文经营的儒商大贾。

四子士骒,字季俊,号八一,乾隆四十年生人,于乾隆五十四年,因自幼体弱而不幸夭亡，享年仅十五岁。其生平读书作文颖悟异常，堪为精材，且处家应物更有条理，故内外无不另眼相看。因属夭折，公临终遗命，由六山公次子佩茳承祀。公殁后，叔伯兄弟分居，众议以五股分配，即着佩茳过房，因此佩茳独分省城钟楼街房产二十余院，以承四叔之宗祀。

五子士骐，字季牧，号瑞麟，邑庠生。乾隆四十二年生人，卒于道光二十年，享年六十四岁，终身无仕无功名。

士骐长子佩荪，字香舟，号碧溪，乾隆五十一年生人，卒于道光二十二年，享寿五十七庚。由廪生中式道光二年壬午科举人，公车屡上而不中，卒后爱例授文林郎。

佩荪之子樹楠，字慈善，号圣医，嘉庆十九年生人，卒于光绪四年，享寿六十五岁。授太学生，为人一世慈悲救苦，祖遗汾南之良田四顷余。因其本性好积德济苦济贫，竟将汾南之地卖银周济施舍。前后未及四十余年，已将基业殆尽，仅余千分之一。行医一世无受分文，遂致终己受贫，可谓当世之大德高贤矣！

士骐次子佩江，字香渚，号雉翔子，别号九凤山人，县学邑庠生，未举功名，爱例授修职郎。嘉庆六年生人，卒于同治四年，享寿六十五岁。房产分在省城钟楼街，家亦住其后院，其平生浑厚量宽，忠以持己，恕以接物，勤俭无余力，训子有方而好善恶恶，排难解纷每救民于水火之中。乡党族人共称其盛德，仕宦乡亲咸颂之。十八岁入乡学庠生，加捐候选训导，议叙加一级，例授修职郎。公临终遗命于子樹椿，葬于太原东山河口剪子湾。

乾嘉两朝大夫第，一门三代四举人；举三代择优者如上，其后子孙读书奋进报效国家，廪膳生员、庠生、贡生、修职郎、登仕郎、文林郎、乡饮介宾……人才辈出，名士乡贤比比皆是。他们或许是尘世上的凡夫俗子，虽为小民小吏却情怀博大，于尘埃中心忧家国，恪尽职守，砥节奉公。或引领先河发展实业，顺应潮流行商坐贾，积累资本利国利民。抑或救死扶伤慈悲为怀，扶危济困仗义疏财。虽无特别的丰功建树，但勤奋读书敦厚良善的家风，像汩汩不息的汾河之水，润泽了乾嘉之后，山右偏隅二百多年的历史，可谓名门望族余泽不绝矣！

更为人们津津乐道的是，安亭公曾孙培禹生有二子，长名锦实，次名锦宝。民国十三年，三十八岁的培禹公撒手人寰时，撇下年仅十五岁的长子锦实和十三岁的次子锦宝。其时家道已然中落，但兄弟二人读书精进自律，颇有建树，遂与母亲相依为命。

民国十八年，二十岁的锦实娶妻成家，十八岁的锦宝投笔从戎，参加了山西军阀阎锡山之晋绥军。民国十九年，锦实妻不幸卒殁，竟被娘家人状告摊上官司而锒铛入狱。谁知，本是落难之人的他，竟因祸得福与革命结缘。他在狱中熬煎受难时，正与因闹学潮而被捕入狱的山西早期地下党员康永和同监拘押，在康永和的启发引领下，发展为地下党员。一九三四年出狱后，康永和介绍他进入山西兵工厂，从事工人运动。一九三七参加山西工卫旅担任排长而后连长。平型关战役后，八路军一一五师缺员严重。一九四〇年，在北方局的安排下，从工卫旅抽调一个团的兵力予以补充，锦实便随团加入一一五师战斗序列，之后升任营长。

此时，他的弟弟锦宝，已任太原绥靖公署主任阎锡山的警卫团长。那时正值国共合作一致抗日期间，故尔兄弟二人也时常见面，他们互相劝导策反，但谁也说服不了谁。

虽然兄弟二人政治志向大相径庭，但他们都是有名的孝子。在国共分裂的那段白色恐怖的日子里，老二锦宝回家看望母亲时，带着一个排的骑兵，骑着清一色儿的黑蹄白马，威风凛凛风光无限。而老大锦实回家时，却只能在半夜里带上一个警卫，偷偷地翻墙潜入，与母亲叙叙话，吃上一顿饱饭，而后在黎明前悄悄离去。

一九四五年日寇投降后，锦实随军转战东北屡建奇功，全国解放后任吉林四平军区政委。

在安亭公第四代锦字辈玄孙中，有一位老先生绝不可以绕过，他就是生于清光绪三十四年的锦仁。二十世纪四十年代初，他在太原进山中学毕业后投笔从戎，参加了薄一波领导的山西新军决死队，曾任通讯排长数年，卒于一九四九年解放太原的战役中，时年仅四十二岁。他虽然没有轰轰烈烈的辉煌人生，但书法笔力道劲，文字功底更见深沉。他劳时三年，悉心整理了《阎氏族谱》，那一手隽秀的蝇头小楷呈现在一张张泛黄脆薄的纸页上，其精练朴实言简意赅的文字，默默无闻地给我们留下了这许多宝贵的家族财富，从而唤醒了这段湮埋久远而惊世骇俗的尘封历史。他虽处尘埃，亦无大的建树，但仅此一斑，便可称得上阎氏族门的"太史公"。

后 记

　　群峦环抱，二龙游弋，南汇汾河口，三晋古镇，九凤朝阳，北望庙儿山——位于吕梁山脉石千峰脚下的河口古镇，东临太原城区，西通娄烦县内，南横九凤，北驰朝阳，四面环山，层峦叠嶂把她围得严严实实，由西北而东南纵贯山西半境的母亲河——汾河，在这里刻意拐了个九十度的急弯，状如后羿射日雕弓挽月，山环水绕人杰地灵，历史厚重源远流长。

　　河口古镇远在春秋战国时属赵国，秦统一六国后归属太原郡，汉景帝时隶属河东郡晋阳县，魏文帝黄初元年归属太原郡晋阳县，北魏时划归太原郡常安县，东魏时又归属龙山县，隋开皇十六年（596）划归阳直县，唐武德年间并入汾阳县，之后改汾阳县为阳曲县，河口古镇便一直隶属于阳曲县正西乡。之后河口设都，直至民国初年。其间，为了协调阳曲、娄烦、交城三县毗邻界畔的争议纠纷，曾在河口村西的圣母庙，设立合都议事厅。1958年，成立河口工矿区，之后区政府因故搬迁至古交，而改为古交工矿区，河口设立大管区，辖区相当于现在河口镇与东曲街道办事处合并后的地域面积。

　　在绵延不绝的历史长河中，河口古镇的形成，经历了漫长而厚重的沧桑岁月。早在旧石器时期，这里就有古人类活动的遗迹，到新石器时代的仰韶文化时期，远古的先民们就在此棚居穴处，耕稼作陶。在七百多公里长的汾河上，唯一一尊盘古开天辟地留下来的镇河石牛，就坐落在九凤山下的汾河拐弯处。周围五平方公里的区域内，新旧石器遗址、古墓石刻、洞穴遗存星罗棋布，比比皆是，神话传说久久流传。

　　黄帝时代，河口古镇头枕的朝阳山（现名俊家山）挺拔峻秀绵延起伏，其怀抱的山坳间却地势平坦而视野开阔，据省考古研究院专家透露，黄

607

帝时期曾在此设立部落都城。她与陕西神木的石峁文化和山东历城的龙山文化，同处在一个幽邃神秘的年代。曾经的历史辉煌虽然早已尘封湮没，可一旦挖掘问世，足以让世人瞠目结舌！

曾经耸立在镇东、西、南街边的三棵大槐树，比省城太原上马街的古槐不知要粗多少，仅此一点便可把她的文明历史，骤然拽回到风云际会的秦汉时期。

集中分布在村后山梁沟畔的铝铁、硫黄矿洞遗趾，以及不知流传了多少代的若干历史地名，诸如"紫金沟""前铁炉沟""后铁炉沟""高炉咀儿上"，其背后隐藏的历史在不经意间向人们揭示这里硫黄、青铜、铝铁冶炼业曾经的辉煌。

缘于战争和交通运输，隋大业年间修筑，之后存续了一千多年的寨底汾河码头和古道驿站，见证了多少金戈铁马改朝换代的峥嵘岁月。

位于村东紫金沟畔，大唐景龙四年镌刻的中唐石刻，字字凿金穿透时空，翔实地记录了初唐时这里店铺林立人口繁华的空前盛景。

就地理位置而言，这里虽是名不见经传的阳曲边陲小镇，但却是该县唯一汾河流经的集贸古镇。仅遗存三里多长的明清商业老街，已向世人展示了她在20世纪40年代以前，曾经商贾云集、店铺林立的繁华盛景。当下虽已坍塌毁损，但比之黄河岸边的碛口古镇却毫不逊色，甚或略胜一筹。

由于临河码头的特殊地理位置，唐宋时期官府为传递公文，接待过往官员和信使邮差，曾在这里设置古道驿站，经年累月车旅商船络绎不绝，马蹄驼铃昼夜回荡，历史悠久人文荟萃，乡贤名士不胜枚举。但最让人们津津乐道的，还是清朝乾隆年间的江南第一廉吏阎广居，这个被乡人引以为荣，传颂了二百多年，盛名经久不衰的名宦乡贤。

阎广居出身寒门，勤学苦读，乾隆三十一年（1766）中秀才，乾隆三十五年（1770）乡试考中第二十六名举人，乾隆四十六年（1781）大挑举士步入仕途，历任湖南常宁、慈利、耒阳、芷江、麻阳五任知县，辰沅兵备道副使、乾州同知、知府达二十二年。他一生勤政爱民廉洁奉公鞠躬尽瘁，嘉庆七年（1803）劳卒乾州任上。其子士骧、士龙与长孙佩荪都是嘉庆年间的举人，亦是通过大挑选拔走上仕途，都是有功于大清王朝的名宦乡贤。乾嘉两朝大夫第，一门三代四举人，名贯三晋，誉满潇湘，可圈可点，可歌可泣。嘉庆皇帝为激励官场，褒奖其功，敕令礼部勒石铭功德、神道碑各一通，功德碑耸立在村东园口的官道上，神道碑置于阎氏祖茔大圩滩坟前。上谕颁旨，明令过往行人须驻足参拜，文官下轿武官下马。

民国二十三年（1934），时任太原绥靖公署主任的山西军阀阎锡山，为了发展地方军事实力，巩固执掌山西军政大权，于当年8月1日首开先河创办了对山西现代工业发展影响深远的西北实业公司，并自任经理。为了攫取铁矿资源，在河口老镇中央，占地三千余平方米，修建了气派宏大的二进青砖灰瓦庭院，成立西北实业公司河口采矿部，专司河口地区的硫黄、铁矿采集。为了运输便利，还专门修筑了一条省城通往河口五十公里长的盘山公路，它便是中华人民共和国成立以后，太原通往古交矿区干线公路的雏形。

时任河口采矿部主任兼工程师的米彦群，原就职于山西陆军测探局，是湖南耒阳人。清乾隆四十五年（1780），其高祖米丙臣，曾任河口驿站驿丞兼领汾河码头主事。曾祖米子茂，曾任阎广居履职耒阳知县时的县丞。

米彦群上任伊始，便带了随从人等，抬着供桌供品大张旗鼓地到大圩滩阎氏祖茔，隆重祭奠先贤阎广居。其时汾河驿站码头早已废弃成一片瓦砾废墟，但他还是亲临实地，缅怀凭吊了一番。返回河口时，他还登门拜访了阎广居的嫡系后裔阎锦仁先生，并不无感慨地对阎先生说："你们的先祖阎广居先生，在历史上对俺们耒阳的民生贡献，绝不亚于伏羲神农，他教化黎民拯救百姓，功在社稷德泽千秋，是影响了耒阳近代史的先贤哲人，俺们耒阳人祖祖辈辈，都把他当作'五谷财神'供着呢！"

至此，乡里族人们突然被震憾了，之前他们只知道，在这块平凡的土地上，曾经有一位叫阎广居的先人，在湖南做过知县、府官，但却不知道他对那一方百姓的贡献如此之大，竟然被他们顶礼膜拜到如此程度。然而这样的丰功伟绩，却因日渐落寞的晚清王朝和民国初年动乱的社会变迁，沉没湮埋了一百多年，若再沉默下去无动于衷，必然是尘封永远。

于是，富有正义气节的阎锦仁先生痛定思痛，不惜抛家舍业，一门心

609

思全身心地投入，动手整理编撰了已经年久失修破损不堪的阎氏族谱，以期留下翔实的记载传之于世。

村里人在街谈巷议中，情不自禁地把阎广居挂在嘴上，景仰崇敬之情，常常在不经意间溢于言表。

童年时的我，常常走过这条通往省城和汾河驿站码头的官道，曾经在心里无数次地遐想，在这条阎广居老先生曾经读书、科考和踏上仕途的官道上，我们这些后生晚辈们脚下的足迹，与他老人家的印痕有多少叠加呢？这种瞬间袭来的灵感，似乎是一种无比惊异的信息，抑或是冥冥之中上苍的刻意点拨，更是一种无形的责任担当意识。其时我便在心里暗自琢磨，他年若能识文断字，一定要把这位名宦先贤曾经的辉煌付诸笔端，让他载入史册，流传千古，光耀万世。

然而命运多舛苦难深重的我，却因为九岁丧母、十三辍学，一步踏入成年。在我的记忆里，自己的生活音符，总比同龄人快一个节拍，似乎从来就没有触摸过少年，十三岁便放下书包一脚迈进黄土地，踏上苦力谋生的坎坷之路。在其他同龄人还享受着窗明几净的读书欢乐时，我已经是生产队里的正式社员了。生活啊，你就是这样凄惨！我迷茫了，困惑了。在那段辛酸熬煎的苦难岁月里，我曾经无数次地仰天长叹：上苍啊，你为何这般冷血？竟把这冰雹似的打击，无情地砸在一个只有十几岁的孩童身上，而毫不顾及他那幼小心灵的承受负荷。多少次梦里醒来时，汩汩不息的泪水，浸透了耳畔枕边。放眼四顾一片茫然，心高于天、命薄如纸的我，似乎生活已经陷入绝望，漫漫长夜啊，你何时启明？

为了消除心中淤积的苦闷，我常常忙里偷闲以书为乐。只要捧起书来，我便能进入别样的世界，忘记了苦闷忧伤，忘记了当下的生活困境，从此由娱生爱，由爱生癖，由癖生瘾，竟然痴迷上了读书。幸有诗书常作伴，心无旁骛天地宽。读书使我思想解放身心健康，精神愉悦，读书培养了我不屈不挠的个性，使我受益终生。

2011 年退休后，我毅然放弃了外聘挣薪的兼职，回到阔别多年的老家河口，陪伴年近九旬的耄耋老父。生活之余，读书种田回归自然。在这段难得的田园生活中，我狠下心来，要了却这个怀揣了五十年的梦想。

但真正静下心来铺张开文学创作时，面对如此浩繁的写作素材，我这个握着两手老茧，一生为生计奔命，而且只上了六年小学的小学生，连穷酸文人都不够资格的业余读书爱好者，却着实犯了难。完成一部鸿篇巨著，把阎老先生一生的丰功伟绩，真实无遗地展示给世人，并能使其光采照人永垂史册，我似乎是志大才疏力不从心，雾里看花井中望月。

我从来不敢奢望自己去当作家，但是为了圆家乡父老几代人的一个梦，对得起阎广居的铁杆粉丝们，抚慰那些虽然身处底层，却又一生在为公平正义呼吁呐喊，时刻不忘忧国忧民情怀的蝼蚁草民，更深层地展示阎广居廉洁奉公除暴安良的丰功伟绩，我必须思考攀登文学创作这个令人望而生畏的峭壁悬崖。

在望洋兴叹却步之余，我不禁想起了大文豪高尔基。他出生于一个木工家庭，四岁时父亲逝世，孤苦无依的他，只好跟随母亲寄宿在外祖父家，度过他的童年。十岁开始独立谋生，先后当过鞋店作坊徒工、轮船甲板上的搬运杂工、看门人、面包工人。十六岁时背井离乡，寄宿在市井中的大杂院里出卖苦力，与流浪汉为伍，与小市民摩擦，和形形色色的各阶层人接触，从而走进天地广阔的社会大学。1906 年，只上过两年小学的高尔基，凭着顽强的毅力，硬是出版了他的第一部长篇小说《母亲》，之后愈发不可收拾。1913 年至 1923 年，十年间陆续出版了自传体小说《童年》《在人间》《我的大学》三部曲。

高尔基这三部自传体小说的问世，对奥斯特洛夫斯基创作《钢铁是怎样炼成的》这一长篇巨著，起到了积极的催生作用。而奥斯特洛夫斯基的命运，似乎更加悲惨，他出生于穷困潦倒的工人家庭，因家境贫寒，十一岁便辍学当童工，十五岁参加了苏联卫国战争，十六岁在战场上不幸身受重伤。二十三岁时，双目失明才开始创作，二十五岁身体瘫痪。但他以不屈不挠的意志，克服了常人难以想象的困难，历时三年，完成了《钢铁是怎样炼成的》这部不朽的杰作。

这两位文学巨匠的共同点，都是因为少年家贫而辍学，又因生活在社会底层与文学结缘，是在被迫无奈的艰辛人生中，成就了作家梦。

于是乎，我又释然了，遂决心潜心沉静下来认真读书，以补上精研细

611

读这一课，潜心磨一剑，了却平生愿！

"工欲善其事，必先利其器。"退休后的时间特别充裕，可以任由自己安排。于是，我为自己开列了一串长长的必读书名单，包括：《红楼梦》《三国演义》；二月河的代表作，康、雍、乾三大帝王传；路遥的《人生》《平凡的世界》；陈忠实的《白鹿原》和霍达的《穆斯林的葬礼》……

对这些曾经捧读了无数次的名篇巨著，我再次从头认真研读。从立德立言的主题思想，到整体思路的章节安排，编排年谱起承转合，季节变幻文字雕琢，心理描写人物对白。为了精练文笔，先从诗词散文和短篇小说写起。其间，研究志书捕捉信息，查询族谱理顺脉络，外出走访请教长者，踏勘古庙考察碑文，累积资料搜索记忆。

其时，古交市文联主席李成明先生，见我辛苦如是，便亲自驾车与我到交城、阳曲、静乐以及太原文庙等周边地区实地考查，寻找佐证资料。

正当我潜心收集史志资料，读书练笔磨砺以待时，2017年正月，九十六岁高龄的老父溘然仙逝，又使我陷入无尽的悲痛之中！所幸年近古稀的我一生经历苦难无数，承受耐力尚可勉强支撑。

直到2019年正月，我才开始着手动笔，其间曾与阎广居八世后裔阎月亮、古交市文联主席李成明，结伴前往阎广居曾经做官的湖南常宁、慈利、耒阳、芷江、麻阳、辰沅、乾州五县二州，深入实地探幽寻古考察走访。所到之处，地方知情人士对阎广居的赞誉之声不绝于耳，一路走过一路蜚声。当地有关领导和作家们，亲切地称呼我们是"老长官故乡的亲人"，一句发自肺腑的暖心称呼，让我们倍感亲切，感激之情无以言表。

耒阳市民间文艺家协会主席、市作协执行主席，著名的红色文学作家朱文科先生自告奋勇，全程陪同我们参观了耒阳的文物古迹，并慷慨赠书《耒水流下潇湘去》，作为文史参考资料。耒阳市政协委员、市文联党组书记，著名的文史研究作家萧希求先生也全程陪同并慷慨赠送他的著作《千年古县》等系列历史丛书。二位先生的赠书，为我撰写耒阳的人文历史，提供了翔实厚重的文史资料。吉首市文化旅游局王伟局长，亲自带领我们冒雨参观了乾州古城的风貌，实地考察了阎广居亲自主持修复的乾州文庙、学宫，瞻仰了阎广居亲自撰写的《乾州城隍庙碑记》。在为期半个多月的采访中，他们给予了热情真诚的鼎力支持，在此表示衷心的谢意！

谁知，2021 年初，厮守一生的伴侣，因长期身患糖尿病，导致脑梗摔伤，数次住院疗治，出院后半身不遂行动不便，需有人长期服侍，使得自己身心疲惫。一直被命运捉弄的我，又经历了一次严峻的考验。抑或还是苦其心志、困乏其身的历练，甚或也是人生苦难的守恒定律，与其情绪低落颓唐废志，不如知难而上，更能利她养病宽慰己心。于是，我又一次放下抱恨，欢喜做，甘愿受，从此不再怨天尤人，而得到了身心煎熬的彻底解放。

最近我又读了莫言先生新出版的一部名著《晚熟的人》，或许我正是他书中所述的那个晚熟的人蒋二。

经过为期四年的潜心劳作，长篇历史传记小说《清代廉吏阎广居》初稿，终于在 2022 年 3 月勉为完成。戏而言之，也是老夫聊发少年狂，六十年磨一剑，在古稀之年疯癫轻狂了一把，虽味同嚼蜡俗不可耐令人捧腹，但也可以勉强告慰平生，"夙愿已酬，夫复何求"？

令我倍加欣慰的是，这部廉吏题材的文学作品的主人公，阎广居在清代乾、嘉两朝倡导并为之逆流而上，躬行实践了一生的廉政清风，在二百多年后的今天，竟然与党中央倡导的崇廉尚廉价值理念契合无间，很快便融入到新时代清廉政风的大潮中，古藤老树又发新枝。

2021 年古交市委、市政府领导得知我这个年逾古稀的退休老朽，已为此书创作辛苦耕耘了三年后大加赞赏，当即将其列入古交市国民经济和社会发展第十四个"五年规划"和 2035 年远景目标的文化建设项目中，为此书的推送给予了莫大的支持。

古交市纪委监委在贯彻落实党中央《关于加强新时代廉洁文化建设的意见》时，为夯实清正廉洁的思想根基，厚植廉洁文化基础，培养廉洁自律道德操守，弘扬崇廉拒腐的社会风尚，挖掘廉政思想廉洁故事，从传统文化中汲取养分，打造廉洁文化宣传矩阵，市纪委监委主要领导，立即委派市委清廉办主任陈丽娜同志，多次前往河口故里，组织地方乡贤文化名人座谈调查走访，并就作品的框架结构和主题思想的撰写，提出指导意见。于是我又据此进行了一年多的修改，才使之日臻完善。

2023 年 3 月两会期间，来自基层的人大代表和政协委员将此书的出版发行，纷纷加入提案行列，在精神上给予了我大力支持。

在此，笔者谨以个人的名义，向为此书付梓援手的各级领导、阎氏后裔和社会各界爱心人士的热诚鼎力，致以由衷的感谢。

古交市委宣传部和市纪委监委，精心策划的框架结构和宣传主题，是此书得以成型的原动力。

感谢古交市人大常委会原主任阎士禄同志的悉心指导，感谢李成明主席始终不渝一以贯之的真诚指导和提供史志藏书的资料查阅，感谢关心古交教育事业的教科局原局长张玉明先生热心筹集民间善款，为铸阎广居半身铜像倾情鼎力。

感谢阎氏族人阎月亮先生，为查阅史志发起组织的赴湖南、天津南开大学考察的热情支持。

阎广居八世玄孙阎宝才、阎爱珍，献出其祖父锦仁先生整理编撰的《阎氏族谱》参考，并讲述了祖辈人口耳流传下来的诸多民间史料，夯实了此书创作的根脉基础。

在此书创作过程中，承蒙吕立萍、卢斌、孙晓轩、张丽芳老师的倾情朗读，使之先期与读者谋面而深入人心。

拙著诗词楹联雕刻、文言断句辨识、医理切脉诊断，承蒙赵凡成先生鼎力。文字校对赖以弓忠义、张志旗、武建维老师的不辞辛劳。

特别感谢古交市矾石沟煤焦有限公司与阎广居八世玄孙阎爱珍付梓刊印经费的慷慨解囊。

2024 年 5 月